Trish McCallan
Geschmiedet in Asche



amazon crossing

## Das Buch

Kait Winchester hat von ihren Arapaho-Vorfahren eine besondere Gabe geerbt: Sie kann mit einer Berührung heilen. Und es gibt niemanden, den sie lieber in die Hände bekommen würde als den superheißen SEAL, der die gegenseitige Anziehungskraft jedoch entschlossen ignoriert. Als der verwundete Krieger endlich doch ihre Hilfe sucht, ist sie mehr als bereit, ihn wieder gesund zu pflegen … und ihn in ihr Bett zu bekommen. Navy SEAL Lieutenant Marcus »Cosky« Simcosky war schon öfter in Teufels Küche, aber in letzter Zeit scheint wahrlich die Hölle losgebrochen zu sein. Gegen sein Team wird wegen einer schiefgelaufenen Geiselbefreiung ermittelt, eine verrückte Stalkerin ist ihm auf den Fersen, und die letzten Kugeln, die er sich eingefangen hat, könnten das Ende seiner Karriere bedeuten. Doch das Schlimmste an der ganzen Sache ist, dass es sich bei der Frau, die ihn wieder auf die Beine bringen kann – und die seit Jahren in seinen Träumen herumspukt –, um die Schwester seines Teamkameraden handelt. Bisher hat er sie nur angesehen, aber nie berührt. Doch als seine Stalkerin Kait angreift, hat Cosky keine andere Wahl, als Himmel und Hölle in Bewegung zu setzen, damit ihr nichts geschieht.

## Die Autorin

Trish McCallan wurde in Eugene, Oregon, geboren und wuchs im Bundesstaat Washington auf, wo sie schon früh anfing, Geschichten zu schreiben. Ihre ersten Bücher wurden mit Buntstift illustriert, mit rotem Garn gebunden und für fünf Cent an ihrem Limonadestand verkauft. Nach ihrem Abschluss in Englischer Literatur mit dem Schwerpunkt auf kreativem Schreiben an der Western Washington University arbeitete sie als Buchhalterin und Personalsachbearbeiterin, bis sie schließlich ihren Job kündigte, um sich ausschließlich dem Schreiben zu widmen. *Geschmiedet im Feuer*, ihr erstes Buch aus der Red-Hot-SEALs-Reihe, entstand, als sie nach einem langen Leseabend und unter dem Einfluss eines Grippemedikaments einen sehr lebhaften Traum hatte. Heute lebt die Tierfreundin mit vier Golden Retrievern, einem schwarzen Labradormischling und zwei Katzen im Bundesstaat Washington.

Trish McCallan

# GESCHMIEDET IN ASCHE

Ein prickelnder SEALs-Roman

Band 2

Aus dem Amerikanischen von Kerstin Fricke

amazon crossing

Die Originalausgabe erschien 2014 unter dem Titel
»Forged In Ash« bei Montlake Romance, Las Vegas.

Deutsche Erstveröffentlichung bei
AmazonCrossing, Amazon Media E.U. Sàrl
5 Rue Plaetis, L-2338, Luxembourg
Juni 2015



Umschlaggestaltung: bürosüd° München, www.buerosued.de
Lektorat: Rotkel Textwerkstatt
Satz: Monika Daimer, www.buch-macher.de

Printed in Germany
by Amazon Distribution GmbH
Amazonstraße 1
04347 Leipzig, Germany

ISBN: 978-1-503-94687-3

www.amazon.com/crossing

*Dieses Buch ist meiner Familie gewidmet:*

*Iris Rose Hahn – meiner Großmutter,*
*die in jeder Hinsicht eine wunderschöne Frau ist.*

*Ray Monsey – dem besten Vater,*
*den sich eine Frau wünschen kann.*

*Keith und Ann Monsey – es ist so cool,*
*noch andere Autoren in der Familie zu haben!*

*Val Morrow – meiner Schwester,*
*die ich viel zu selten sehe.*

*Kevin Monsey – meinem kleinen Bruder,*
*der jetzt auch erwachsen ist und Kinder hat*
*(und vermutlich auch bald Enkelkinder).*

*Ich danke euch allen*
*für die unermüdliche Unterstützung!*

*Ich liebe euch alle!*

# Prolog

## April

Jillian Michaels erwachte unter Schmerzen.

Die Zellen ihres Körpers schrien – und zwar alle gleichzeitig.

Sie beugte sich vor und stieß mit dem Kopf gegen etwas Festes. In ihre klingelnden Ohren drang das Geräusch zerbrechenden Glases und das Kreischen von zerschnittenem Metall.

Eine gefühlte Ewigkeit hockte sie dort, während der Schmerz immer wieder zunahm und abebbte, sie verzehrte und in eine graue Lethargie herabzerrte. Bis etwas Kaltes und Feuchtes ihren Kopf berührte, ihr den Nacken herunterlief und sie wachrüttelte.

In ihrem Kopf regte sich etwas, sie war sich einer seltsamen Dringlichkeit bewusst, und ihr wurde klar, dass sie sich unbedingt an etwas erinnern musste.

An etwas Wichtiges.

Sie zwang sich, die Augen zu öffnen. Verschwommen tauchte ein Armaturenbrett vor ihr auf. Ein Lenkrad. Stoffwürfel, die an einem Schlüsselring baumelten. Sie erkannte die wackelnden Würfel und die vielen Schlüssel wieder, ebenso wie die ovale Uhr, die ins Armaturenbrett eingelassen war: Sie saß in ihrem Minivan. Hatte sie einen Unfall gehabt?

Tat ihr deshalb alles weh? Panik erfasste ihren ganzen Körper.

Sie versuchte, sich gerade hinzusetzen, aber der Schmerz wurde einfach unerträglich, er bohrte sich in ihren Schädel, zuckte durch ihre Brust und raste ihre Arme und Beine entlang. Am liebsten hätte sie sich in diese wundervolle Leere zurücksinken lassen, aber sie musste sich an etwas erinnern.

*Etwas ungemein Wichtiges.*

Ihre Arme schienen bleischwer zu sein, als sie sie anhob, um sich die Augen zu reiben. Als sie danach ihre Finger musterte, waren sie mit Blut beschmiert.

Sie blutete.

Wieder wallte die Panik in ihr auf und schob die Lethargie zur Seite. In ihrer schmerzenden Brust brannte es gleichzeitig heiß und kalt.

*Erinnere dich! Erinnere dich! Erinnere dich!*

Vor ihren Augen verschwamm schon wieder alles, und sie konzentrierte sich auf die wackelnden Würfel. Da verstummte ihr innerer Alarm. Die Würfel wirkten hypnotisierend. Sie konzentrierte sich darauf, auf das beruhigende Hin und Her, während vor ihrem inneren Auge ein Bild entstand.

*Kleine Hände reichen ihr ein zerknülltes Blatt Seidenpapier, auf das drei schiefe Schleifen gemalt waren. »Alles Gute zum Geburtstag, Mommy. Das habe ich ganz alleine gemacht. Gefällt es dir?«*

Ihr Verstand wurde auf einmal glasklar.

Die Kinder? Waren ihre Kinder ebenfalls im Wagen?

»Bree? Wes?« Ihre Stimme klang atemlos und war mit einem verstörenden Rasseln unterlegt.

Sie versuchte, sich umzudrehen und nach hinten zu sehen, aber der Sicherheitsgurt verhinderte es. Als sie den Kopf drehte, wurde die Welt um sie herum trübe und dunkel.

»Wes! Bree? Lizzie! Antwortet Mommy!«, rief sie.

Das Schweigen, das ihrer Bitte folgte, war schrecklich. Während sie mit hektischen Bewegungen versuchte, den Gurt zu lösen, kroch das Entsetzen durch ihre Adern und sie kämpfte darum, die Erinnerung an das, was geschehen war, aus der grauen Leere hervorzufischen.

Vielleicht saßen die Kinder ja gar nicht im Wagen. Möglicherweise waren sie zu Hause bei Russ. Ihr Bruder passte häufiger für ein paar Stunden auf sie auf. Ja. Ja. Das ergab Sinn. Die Kinder waren bestimmt daheim bei ihrem Bruder.

*Bitte, bitte, lass sie zu Hause sein.*

Ihre zitternden Finger fanden endlich das Gurtschloss und zogen die Schließe heraus. Der Druck auf ihren Schultern ließ nach. Als noch mehr dieser eiskalten Feuchtigkeit auf ihren Kopf tropfte, blickte sie auf. Das Schiebedach war offen. Regnete es?

Wieder rieb sie sich die Augen und starrte durch die Windschutzscheibe, um dann einen Schreckensschrei zu unterdrücken. Wasser leckte am Glas, und während sie nach draußen sah, verschwand die ganze Scheibe unter Wasser. Der Wagen versank.

Ihr blieb beinahe das Herz stehen, das im nächsten Augenblick nur umso schneller schlug, als sie sich zwischen den Schalensitzen hindurchquetschte. Wenn ihre Kinder im Wagen waren, dann musste sie sie schnellstmöglich rausholen. Sie würde Bree und Wes wecken, dann konnten ihr die beiden helfen, die Kleinen in Sicherheit zu bringen.

Kurz sah sie Wes' blondes, zerzaustes Haar und seinen erschlafften Körper, während sie nach hinten krabbelte. Großer Gott, er bewegte sich nicht. Ebenso wie Bree, die auf dem Sitz neben ihrem Bruder in ihrem Sicherheitsgurt nach vorn gefallen war, sodass ihr bronzefarbenes Haar ihr Gesicht verdeckte. Jillian wischte sich die Tränen aus den Augen und erstarrte, als sie wieder klar sehen und den ganzen Rücksitz erkennen konnte.

Der schwarze Nebel, der ihre Gedanken umwölkt hatte, verschwand, und die Erinnerungen kamen wieder.

Sie stieß einen schrillen, durchdringenden Schrei aus. Und dann noch einen und einen weiteren. Sie schrie und schrie …

»Nein. Nein. Nein.«

*Das Geräusch von Schüssen. Ihre Kinder, die in sich zusammensacken. Blut. So viel Blut. Ein Meer aus Blut.*

»Nein. Nein. Nein.«

*Ein Schlag gegen ihren Kopf. Ein weiterer auf ihr Herz. Schmerzen. Sie stürzt in ein schwarzes Loch.*

»Nein. Nein. Nein.«

Irgendwo in der Ferne schrie eine Frau – gebrochene Schreie, in denen sich Trauer, Entsetzen und unvergleichlicher Verlust widerspiegelten.

Warum? Warum hatten sie das getan?

Ihr Herz zerbrach in eine Million Teile und es würde sich nie wieder kitten lassen.

*Warum?*

In den Ruinen ihrer Seele regte sich die Rachsucht und verlieh ihrer Existenz einen tödlichen Zweck. Da war nichts mehr als eine ungezügelte Kraft, die nichts als Rache wollte.

Die Schreie hörten plötzlich auf. Methodisch rückte sie zwischen den Sitzen nach hinten und zog sich an der Kopfstütze hoch. Dann balancierte sie auf dem Fahrersitz und griff nach den Rändern des Schiebedachs. Ihre Kinder waren tot. Als diese Schweine sie in den Van gesetzt und in ihr nasses Grab geschickt hatten, waren sie längst Leichen gewesen. Und wenn sie noch lange im Wagen blieb, würde sie das gleiche Schicksal erwarten.

Aber das konnte sie nicht zulassen. Noch nicht.

Sie musste hier raus. Sie musste überleben.

Dann musste sie sie finden. Jeden Einzelnen von ihnen. Und sie würde sie finden. Um sie einen nach dem anderen dafür bezahlen zu lassen.

# Kapitel 1

## Juli

Lieutenant Marcus »Cosky« Simcosky verkniff sich eine Grimasse, als seine Mutter die drei Medaillen zurechtrückte, die auf der linken Brust seiner weißen Navy-Uniform prangten.

»Entspann dich, Mom«, sagte er ruhig und verlagerte auf seinen Krücken das Gewicht. »Es ist nur eine Anhörung, du musst dir keine Sorgen machen.«

Marion Simcosky tätschelte seine Brust und machte einen Schritt nach hinten. Ihre grauen Augen waren noch immer vor Sorge umwölkt. »Das sagen deine Jungs und du schon die ganze Zeit, Schatz.« Sie schenkte ihm ein schiefes Lächeln. »Doch warum steht die Hälfte der Flotte dann in Galauniform auf den Stufen des Gerichts?«

Das war wohl kaum die Hälfte der Flotte. Vielmehr standen dort all seine einhundertvierundzwanzig Brüder vom SEAL-Team 7 sowie weitere etwa einhundert von den Schwesterteams, also alle SEALs, die nicht gerade im Einsatz waren. Eine Stunde, bevor er, Rawls und Zane angekommen waren, hatten sich immer mehr ihrer Brüder auf den Stufen des Gerichtsgebäudes versammelt.

Diese sofortige und bedingungslose Unterstützung war innerhalb des Teams selbstverständlich. Man bekam immer Rückendeckung von seinen Brüdern, selbst wenn es gegen die Regierung der Vereinigten Staaten ging.

Marion warf einen nervösen Blick zu den geschlossenen Türen des Gebäudes hinüber, und ihr silbernes Haar glühte schon fast im gedämpften Licht. »Ich wünschte, ihr hättet Amys Rat befolgt und euch einen Anwalt genommen.«

Sie hatten darüber nachgedacht, einen Anwalt zu konsultieren, und sei es auch nur, um ihn um Rat zu fragen, da ein Rechtsbeistand bei einer Aussage vor dem großen Geschworenengericht nicht zugelassen war. Aber es hätte letzten Endes ohnehin keinen Unterschied gemacht. Sie hatten nicht vor, die Aussage zu verweigern, da sie nichts falsch gemacht hatten.

Lieutenant Seth Rawlings, der in seiner weißen Uniform, die seine blauen Augen nur umso besser zur Geltung brachte, umwerfend aussah, berührte Marions Ellbogen. »Sie haben nur ziemlich viele Fragen gestellt«, sagte er mit einem beruhigenden Südstaatenakzent. »Nichts, weswegen man sich Sorgen machen müsste.«

Rawls hatte als Erster ausgesagt, und wenn man sich sein zerzaustes blondes Haar so ansah, dann war die Sache bei Weitem nicht so glatt verlaufen, wie er behauptete. Doch Cosky hatte nichts dagegen, dass er das Ganze herunterspielte. Seine Mutter machte sich schon genug Sorgen, seitdem sie ihn vor drei Monaten in der Notaufnahme des Sacred-Heart-Krankenhauses halb tot vorgefunden hatte.

Eigentlich sorgte sie sich schon um ihn, seitdem er bei den SEALs war, aber das hatte sie ihm gegenüber nie zugegeben.

Ebenso wenig hatte sie je eingestanden, sich all die Jahre Sorgen um seinen Vater gemacht zu haben, während dieser auf Streife in Federal Way unterwegs gewesen war.

Ihn überkamen heftige Schuldgefühle. Er wusste, dass sie darauf hoffte, seine Verletzungen am Knie und am Oberschenkel würden ihn dazu zwingen, seine Karriere bei den SEALs aufzugeben und sich einen sicheren Job zu suchen.

Aber allein bei der Vorstellung, den Rest seines Lebens an einem verdammten Schreibtisch zu sitzen, hätte er am liebsten etwas in die Luft gesprengt. Seitdem Billy Pruett, sein bester Freund aus der Grundschule, ihm seinen Großvater Commander Handel vom SEAL-Team 3 vorgestellt hatte, war es Coskys einziger Wunsch gewesen, selbst einmal dazuzugehören.

Dieser Tag hatte ebenso sein Leben wie das seiner Mutter geprägt. Vermutlich verfluchte sie noch heute den Tag, an dem er Billy auf dem Spielplatz kennengelernt hatte.

Allerdings war Billy bereits zweimal in der SEAL-Grundausbildung gescheitert und sie hatten schon seit Jahren keinen Kontakt mehr. Cosky hatte sich jedoch angewöhnt, den alten Handel immer zu besuchen, wenn er in der Stadt war.

Der Flur vor dem Gerichtssaal war fast leer. Die Sicherheitsleute hatten die Reporter und Neugierigen nicht ins Gebäude gelassen – was für ein Glück! Als er daher im Augenwinkel eine Bewegung wahrnahm, drehte er sich mithilfe seiner Krücken um, da er wissen wollte, wer sich ihm näherte.

Beth, die Verlobte seines Lieutenant Commanders, kehrte gerade von der Toilette zurück, auf der sie in letzter Zeit sehr viel Zeit verbrachte. Anscheinend lag das Baby direkt über ihrer Blase.

»Ist er noch immer da drin?«, fragte Beth im Näherkommen und warf einen besorgten Blick in Richtung der Türen.

Ihr LC, Lieutenant Commander Zane Winters, machte gerade seine Aussage. Danach war Cosky an der Reihe.

»Es sind nicht die Fragen, die mir Sorgen machen«, meinte seine Mom mit leicht zitternder Stimme. Um ihren Mund zeichneten sich Sorgenfalten ab. »Sondern das, was deine Antworten nach sich ziehen könnten.«

Beth rieb seiner Mutter den Arm. »Diese Anhörung ist bestimmt nur eine Formalität, Marion. Sie haben die Unterstützung der Öffentlichkeit, der Passagiere von Flug 2077 und von Amy Chastain. Ich kann mir nicht vorstellen, dass tatsächlich Anklage erhoben wird.«

Als die Doppeltür geöffnet wurde, richtete sich Cosky zu schnell auf und verzog das Gesicht, weil sein Knie sofort wieder schmerzte. Es schwoll bereits an, und er konnte spüren, wie es unter der Kompressionsbandage eingequetscht wurde.

Zane sah Beth mit seinen ruhigen grünen Augen an, als er den Gerichtssaal verließ, und lächelte ihr aufmunternd zu. Cosky wusste, dass seinem kommandierenden Offizier dieses Lächeln schwerfiel. Zane hatte Beth ebenso wenig im Gericht haben wollen wie Cosky seine Mutter. Da ihre Namen und Gesichter in jeder verdammten Zeitung und in jeder Nachrichtensendung erschienen, waren er, Zane, Rawls und Mac im Grunde genommen wandelnde Zielscheiben. Jede Terrorzelle, die sie in den vergangenen vierzehn Revolutionen gejagt hatten, würde hinter ihnen her sein wie Hornissen hinter dem Honig, was wiederum die Menschen, die sie liebten, in Gefahr brachte.

Nachdem Reporter seine Mutter aufgespürt hatten, war Cosky gezwungen gewesen, sie aus ihrem Haus zu holen und unter einem anderen Namen in eine Mietwohnung einzuquartieren.

Das hieß jedoch noch lange nicht, dass es ihm oder Zane gelungen war, die Frauen am Verlassen des Hauses zu hindern. Sie waren entschlossen, ihre Männer zu unterstützen.

Die Doppeltür wurde geöffnet.

»Lieutenant Simcosky?«, fragte die Sprecherin der Geschworenen mittleren Alters und lächelte höflich. »Wir sind jetzt bereit für Ihre Aussage.«

Sie hielt ihm die Tür auf und folgte ihm dann in den mit Holz verkleideten Raum. Zu seiner Rechten saßen einige Männer und Frauen auf der etwas erhöhten Geschworenenbank. Direkt davor befand sich der Zeugenstand. Cosky marschierte hinüber und setzte sich. Die Geschworenensprecherin wartete, bis er seine Krücken verstaut hatte, bevor sie näher trat und ihn vereidigte, wobei er schwor, die reine Wahrheit und nichts als die Wahrheit zu sagen.

Dabei hatten sie genau das vom ersten Tag an getan, doch es hatte ihnen absolut gar nichts genützt. Sie waren trotzdem hier vor dem Geschworenengericht gelandet.

Der Generalbundesanwalt, der Cosky gegenüber an einem Tisch saß, stand auf und kam lässig und mit einer betont freundlichen Miene zu ihm herüber. »Ihnen ist bewusst, dass wir nur eine Faktenüberprüfung der Ereignisse vornehmen, die sich am 29. und 30. März ereignet haben?«

Cosky nickte.

Der Bastard erwähnte nicht, dass sich diese Faktenüberprüfung laut Amy Chastain – die es wissen musste, da sie vor ihrer Ehe eine hoch dekorierte FBI-Agentin gewesen war und vor zahlreichen Geschworenengerichten ausgesagt hatte – rasch in ein strafrechtliches Ermittlungsverfahren und somit in eine Anklage verwandeln konnte.

»Geben Sie für die Akten bitte Ihren Namen an.« Der Anwalt ging langsam in die Mitte des Raums.

»Lieutenant Marcus Simcosky, Einsatzleiter von Squad 1, Alpha Platoon, SEAL-Team 7.«

»Danke, Mr Sim…«

Ruhig fuhr Cosky damit fort, seine Referenzen aufzuführen: »Fünfzehn Jahre aktiver Dienst bei der Naval Special

Warfare Group 1. Vierzehn Einsätze in Afghanistan, im Irak, in Paki…«

»Mr Simcosky«, unterbrach ihn der Anwalt mit leicht erhöhter Stimme. »Dieses Gericht erkennt Ihre Verdienste für unser wundervolles Land durchaus an.«

»Lieutenant Simcosky«, korrigierte ihn Cosky trocken. »Wenn dieses Gericht meine Dienste für dieses Land anerkennt, dann wohl auch die Dienste von Commander Mackenzie, Lieutenant Commander Winters und Lieutenant Rawlings. In diesem Fall erkennt es zweifellos auch an, dass wir dank unserer zusammengenommen über sechzig Jahren Erfahrung aus verdeckten Ermittlungen mit dem Aufspüren, Auswerten und Unschädlichmachen von terroristischen Bedrohungen für die Vereinigten Staaten von Amerika durchaus in der Lage gewesen sind, die fraglichen Ereignisse einzuschätzen und entsprechend darauf zu reagieren.«

»Lieutenant Simcosky«, schaltete sich die Sprecherin der Geschworenen mit ruhiger, aber entschlossener Stimme ein und lenkte die Anhörung wieder in die richtige Bahn. »Sie hatten Flug 2077 gebucht. Ist das korrekt?«

Cosky nickte angespannt. »Ja, wir hatten Urlaub und wollten zur Hochzeit eines Freundes nach Hawaii fliegen.«

»Können Sie uns bitte erläutern, was an diesem Tag passiert ist?«

»Während wir darauf warteten, in den Flieger zu steigen, wurden wir darüber informiert, dass Flug 2077 das Ziel einer Flugzeugentführung werden sollte. Laut unserer Informationen befanden sich die Waffen schon an Bord, und die Gruppe, die die Entführung plante, hatte in Argentinien bereits zwei Flugzeuge entführt und die Passagiere abgeschlachtet.«

»Und woher hatten Sie diese Informationen?«, fragte der Staatsanwalt.

»Aus dem aktuellen Bericht eines verdeckten Ermittlers. Die genauen Details sind unter Verschluss«, antwortete Cosky.

Das große Geschworenengericht musste ja nicht wissen, dass diese *aktuellen Informationen* tatsächlich einer von Zanes praktischen Vorahnungen entsprangen.

»Commander Mackenzie hat John Chastain, den Special Agent, der die Terrorismusbekämpfungseinheit in Seattle leitete, informiert. Unsere Befehle lauteten, uns zurückzuhalten, die Terroristen im Auge zu behalten und dem FBI die Sache zu überlassen.«

Die Geschworenensprecherin nickte. »Zu welchem Zeitpunkt wurde Ihnen klar, dass das Büro in Seattle kompromittiert worden war?«

»Direkt nachdem Mac Chastain angerufen hatte. Nur wenige Minuten später versuchten die Entführer, das Gate zu verlassen.«

»Ist es korrekt, dass Sie die Vorschriften missachtet haben und eingeschritten sind, um die Verdächtigen festzuhalten, trotz Ihrer anderslautenden Befehle?«, wollte der Staatsanwalt wissen.

Cosky zog die Augenbrauen hoch und sah den Mann direkt an. »Wir hielten es für ratsam, die Verdächtigen festzuhalten, bis das FBI vor Ort war. Hätten Sie es vorgezogen, dass wir sie laufen lassen, damit sie einen anderen Flieger entführen können?«

»Wann haben Sie vermutet, dass Agent Chastain ebenfalls kompromittiert worden war?« Die Geschworenensprecherin warf dem Staatsanwalt einen eindringlichen Blick zu.

»Wir *wussten* am nächsten Morgen, dass Agent Chastain kompromittiert worden war. Er ist insgeheim auf uns zugekommen und hat uns alles gestanden. Er sagte, seine Frau und seine Söhne seien entführt worden, um ihn zur Kooperation zu zwingen, und hat uns um Hilfe gebeten, damit wir seine Familie finden und befreien.«

»Und Sie haben nicht in Erwägung gezogen, die örtlichen Behörden zu informieren, damit sie die Rettung von Agent Chastains Familie in die Hand nehmen konnten?« Der Tonfall des Staatsanwalts klang vorwurfsvoll.

»Agent Chastain war davon überzeugt, dass sein Büro und auch das Heimatschutzministerium betroffen waren. Außerdem ging er davon aus, dass die Polizei sein Büro benachrichtigen würde, sodass die Entführer Wind davon bekämen und seine Familie ausschalten würden. Nach der Durchsicht der Beweise mussten wir seiner Einschätzung zustimmen. Wir fürchteten außerdem, dass die Geiseln in höchster Gefahr schwebten, da die Flugzeugentführung abgebrochen worden war. Daher gingen wir davon aus, sofort handeln zu müssen, und haben Admiral McKay kontaktiert, der unserer Einschätzung zustimmte und uns grünes Licht gab.«

»Ist es nicht ausgesprochen praktisch, dass Agent Chastain und Admiral McKay nicht mehr verfügbar sind, um Ihren Bericht zu bestätigen?«, fragte der Staatsanwalt trocken.

*Nicht mehr verfügbar?*

Cosky knirschte mit den Zähnen, während die Wut in ihm hochstieg. Chastain und McKay hatten etwas Besseres verdient als diese Farce.

»Sie sind ›nicht mehr verfügbar‹, weil sie ermordet wurden.« Obwohl er sich große Mühe gab, konnte Cosky nicht verhindern, dass seine Abscheu durchschimmerte. »Das nennen Sie praktisch? Vielleicht sollten Sie mal mit ihren Frauen und Kindern darüber reden, wie sie diese Bezeichnung finden.«

Der Staatsanwalt lief puterrot an. Die Farbe sah richtiggehend ungesund aus. »Ihnen ist sehr wohl bewusst, dass ich diese Formulierung nur in Bezug auf das eigenwillige Verhalten von Ihnen und Ihren Teamkameraden verwende und damit die

Tatsache umschreibe, dass weder Agent Chastain noch Admiral McKay noch am Leben sind, um ihre Beteiligung an den von Ihnen beschriebenen Ereignissen zu bestätigen.«

»Die Morde an Chastain und Admiral McKay stehen in direktem Zusammenhang mit den Ereignissen vom 29. und 30. März.« Coskys Stimme wurde eisig. »Chastain wurde unmittelbar, nachdem seine Frau und seine Kinder befreit worden waren, ermordet. McKay wurde nur Stunden, nachdem er uns die Freigabe erteilt hatte, eliminiert. Ihr Tod ist kein Zufall.«

»Diese Morde werden noch untersucht«, erwiderte der Staatsanwalt angespannt, dessen Gesicht langsam wieder seine normale Farbe annahm. Er schickte ein angespanntes Lächeln in Richtung Geschworenenbank. »Aber diese Morde waren zwar tragisch, stehen jedoch nicht im Mittelpunkt dieser Anhörung. Hier geht es um Ihr eigenwilliges Verhalten und die Tatsache, dass Sie und Ihre Freunde eine Reihe von Todesopfern hinterlassen haben.«

Cosky verschränkte die Arme. »Diese Menschen verloren ihr Leben, als wir in das Haus eindrangen, um Amy Chastain und ihre Kinder zu befreien.« Er hielt inne und musste gegen den aufkommenden Sarkasmus ankämpfen. »Die Entführer wollten sich nur ungern von ihren Geiseln trennen.«

»Entspricht es nicht der Wahrheit, dass Sie ebenfalls mehrfach angeschossen und bei diesem Angriff sogar fast tödlich verwundet wurden?«

Mit gerunzelter Stirn lehnte sich Cosky zurück. Worauf wollte dieser Mistkerl nur hinaus? »Ja, das ist korrekt.«

»Dann waren Sie den Großteil des Kampfes über bewusstlos und können daher nicht bestätigen, dass es erforderlich war, tödliche Gewalt anzuwenden?«

*Machte der Kerl Witze? Was für ein blödes Arschloch.*

»Sind Sie mit den Eigenschaften einer MP5 vertraut?«, entgegnete Cosky.

Als der Staatsanwalt die Stirn runzelte und den Mund aufklappte, wandte sich Cosky an die Geschworenen. Ihm war klar, dass er ohnehin nichts sagen konnte, um den ahnungslosen Mistkerl zu überzeugen. Seine einzige Hoffnung war nun, dass wenigstens einige der Geschworenen einen Rest von gesundem Menschenverstand besaßen.

»Eine MP5 kann mehrere Hundert Schuss pro Minute abgeben. Die Männer, die Amy Chastain und ihre Kinder festhielten, hatten vier dieser Waffen auf dem Gelände, dazu noch einige Pistolen und Gewehre. Nach dem, was sie in Argentinien getan hatten, wussten wir, dass die Entführer keine Skrupel hatten und auch bereit waren, Frauen und Kinder abzuschlachten. Und um Ihre Frage zu beantworten: Ja, es war absolut notwendig, tödliche Gewalt anzuwenden, um die Geiseln da rauszuholen.«

Kurz darauf entließ ihn die Sprecherin der Geschworenen aus dem Zeugenstand. Cosky rührte sich jedoch nicht. Es war Zeit, dass der Staatsanwalt ihm einige Fragen beantwortete.

»Hat sich mal irgendjemand die Liste der Passagiere aus der ersten Klasse angesehen und versucht herauszufinden, wer die sieben Personen waren, hinter denen die Entführer eigentlich her waren?«, fragte er den Staatsanwalt und bemerkte, dass der große Mann kurz erstarrte.

»Es gibt keine Beweise dafür, dass eine solche Namensliste tatsächlich existiert hat.«

Die Tatsache, dass er die Frage beantwortete, war überraschend, seine Worte waren es allerdings nicht.

Cosky kniff die Augen zusammen. »Agent Chastain erhielt eine Liste mit Passagieren aus der ersten Klasse und sollte sie von den anderen trennen, wenn er seine Familie je wiedersehen wollte.«

»Das behaupten Sie und Ihre Teamkameraden«, erwiderte der Staatsanwalt gelangweilt. Er ging zu seinem Tisch, der dem Zeugenstand gegenüber platziert war, und stapelte seine Akten. »Dennoch sind in Agent Chastains Habseligkeiten keine Beweise aufgetaucht, die die Existenz dieser angeblichen Liste belegen.«

Cosky presste die Lippen aufeinander und verfluchte innerlich all diese Idioten, die etwas zu sagen hatten.

»Da sein Laptop und sein Handy nach seinem Tod nicht auffindbar waren, ist das Fehlen konkreter Beweise wohl nachvollziehbar. Möglicherweise ist Ihnen ja nicht bewusst, welche Auswirkungen diese Liste haben könnte. Alle Passagiere in der ersten Klasse waren Wissenschaftler, und einige von ihnen arbeiten an Projekten, die auch für militärische Zwecke genutzt werden können.«

»Jaja.« Der Staatsanwalt winkte ab. »Wir werden die Passagiere schon unter die Lupe nehmen.«

*Wer's glaubt …*

Cosky fluchte leise. Sie begriffen alle nicht, wieso sich niemand für die Passagiere interessierte. War diesen Arschlöchern denn nicht bewusst, wie wichtig diese sieben Namen waren? Jemand hatte versucht, ein Flugzeug zu entführen, um diese Menschen in seine Gewalt zu bringen.

Seine Frustration war immens, als er von der Sprecherin der Geschworenen aus dem Raum geführt wurde.

Zane warf einen Blick in Coskys Gesicht und fing an zu lachen. »Anscheinend hast du den Mistkerl ebenso ins Herz geschlossen wie ich.«

Da musste Cosky doch grinsen. Aber das Lächeln verging ihm schnell wieder.

Zane legte Beth einen Arm um die Schulter, während sie über den Flur gingen und ihr Tempo an Coskys Geschwindigkeit mit den Krücken anpassten.

Cosky schüttelte angewidert den Kopf. Der arme Kerl konnte offenbar nichts tun, ohne diese Frau zu berühren.

Andererseits hatte Zane Beth aber auch beinahe an Russ Branson … oder wie immer der Kerl hieß … verloren, daher durfte er vermutlich nicht zu hart zu ihm sein.

Beim Gedanken an Branson wurde seine Frustration wieder größer. Man hätte doch annehmen sollen, dass es nicht so schwer wäre, die Identität des Mannes, der die Flugzeugentführung und die Geiselnahme geplant hatte, herauszufinden, aber der Scheißkerl hatte sich als Geist herausgestellt. Zu schade, dass es Zane nicht gelungen war, ihm wenigstens eine verdammte Frage zu stellen, bevor er ihn umgelegt hatte.

»Mein Bruder hat uns seine Wohnung angeboten, die wir nutzen können, solange er im Einsatz ist und bis Beth und ich uns was Eigenes gekauft haben«, sagte Zane, als sich die Gruppe wieder in Bewegung setzte. »Daher sollten wir nach jemandem Ausschau halten, der meinen Teil der Wohnung übernimmt.«

Cosky nickte nur. Es war ohnehin nur eine Frage der Zeit gewesen, bis Zane auszog. Beth hatte sich nicht darüber beschwert, dass sie die Wohnung teilen mussten, wenn sie zu Besuch war, aber die Turteltäubchen wollten natürlich ihre Privatsphäre haben – was umso verständlicher war, da sie bald ein Baby bekamen.

»Aiden sucht eine Wohnung«, meinte Rawls, der sich ihnen anschloss.

*Verdammte Scheiße.*

*Auf gar keinen Fall.*

Cosky zuckte zusammen, und seine Krücken rutschten auf dem Marmorboden weg. Er verlor das Gleichgewicht und kippte nach vorn.

»Ist alles in Ordnung, Schatz?« Seine Mutter hielt ihn am Ellbogen fest, bis er wieder festen Halt hatte.

Ihm stieg die Röte ins Gesicht. Wie peinlich, dass einem die eigene Mutter den Arsch retten musste. Er holte tief Luft und stieß sie langsam wieder aus. Aber die Anspannung ließ nicht nach.

»Aiden sollte lieber dableiben, wo er ist, und sein Problem mit Tag klären, was auch immer das sein mag«, knurrte er.

Das entsprach durchaus der Wahrheit, war aber nicht der Grund dafür, dass er die Vorstellung, mit dem Scharfschützen von Squad 2 zusammenzuwohnen, nicht ertrug.

Rawls warf ihm einen überraschten Blick zu und zuckte mit den Achseln. »Das ist eine Sache zwischen ihm und Tag, die uns nichts angeht. Außerdem würden wir Kait öfter sehen, wenn Aiden bei uns wohnt. Wenn ich an das Chili denke, das sie letztes Jahr zum Grillfest mitgebracht hat, läuft mir noch immer das Wasser im Mund zusammen.«

Cosky spannte jeden Muskel im Körper an.

Das Letzte, was er brauchte, war, Kait in seiner Nähe zu haben. Es war ihm ja gerade erst gelungen, diese verdammten Träume loszuwerden.

Sein Verlangen regte sich bei der Erinnerung an die geisterhaften Finger, die an seiner Wirbelsäule entlangstrichen, und an den Wasserfall aus goldenen Haaren, der über seine verschwitzte Haut glitt.

Verdammt, genau das war der Grund dafür, warum Aiden nicht bei ihnen einziehen durfte. Er wollte auf gar keinen Fall ständig an Kait erinnert werden.

»Wer ist Kait?«, fragte seine Mutter langsam und nachdenklich.

»Aidens engelsgleiche Schwester«, antwortete Rawls. »Das hübscheste Mädchen, das ich je gesehen habe, und super kochen kann sie auch noch.«

»Wirklich?«, meinte seine Mom. »Cosky hat sie nie erwähnt.«

Na toll. Jetzt klang sie misstrauisch.

»Weil sie unwichtig ist«, fauchte Cosky.

Was der Wahrheit entsprach. Er hatte die letzten fünf Jahre damit verbracht, dafür zu sorgen, dass es so blieb.

Und er wollte diese Strategie um keinen Preis ändern, selbst wenn das bedeutete, Aiden zu verärgern.

## August

Als Cosky vom Parkplatz der Klinik fuhr und sich in den Verkehrsfluss von San Diego einfädelte, betäubte seine Benommenheit den Schock. Trotzdem hallten die Worte des Orthopäden weiterhin durch seinen Kopf.

*Die gute Neuigkeit ist, dass die Scheibe und die Schrauben gut sitzen und dass die Schienbeinfragmente nicht verrutscht sind. Aber die Lichtdurchlässigkeit und die sich vergrößernden Furchen zwischen den Knochenteilen deuten darauf hin, dass keine Heilung stattfindet.*

Der stechende Schmerz, der sein Knie durchfuhr, als er den Fuß vom Gaspedal auf die Bremse verlagerte, während er seinen Truck auf den Freeway von San Diego lenkte, schien diese Diagnose nur zu bestätigen.

Das Bein machte ihm das Leben zur Hölle, seitdem er die Schmerzmittel abgesetzt hatte, aber bisher hatte er den Schmerz abgetan und der aggressiven Krankengymnastik die Schuld daran gegeben. Der Orthopäde hatte ihm vom ersten Tag an klargemacht, dass die Chancen schlecht standen. Es würde verdammt viel Glück und harte Arbeit erfordern, wenn er sich dem SEAL-Team 7 wieder anschließen wollte.

Weder die harte Arbeit noch der damit zusammenhängende Schmerz jagten ihm Angst ein. Außerdem hatte es bisher ganz den Anschein gemacht, als wäre ihm das Glück hold. Die wiederherstellende Operation war gut verlaufen, das Bein konnte jetzt seit drei Monaten belastet werden, genau wie es der Arzt vorhergesagt hatte. Alles verlief nach Plan … hatte er zumindest gedacht.

Bis heute.

Cosky fluchte, als der Wagen vor ihm plötzlich bremste, nahm den Fuß ruckartig vom Gas und trat auf die Bremse. Sofort schoss der Schmerz durch sein Knie und verwandelte sich langsam in ein tiefes, quälendes Pochen.

Er hatte vermutet, dass diese stechenden Schmerzen nicht normal waren, und hatte sie daher beiläufig bei der Untersuchung erwähnt, woraufhin ihn der Arzt zum Röntgen geschickt hatte.

*»… ohne weitere Operation und Knochentransplantation wird die Platte irgendwann brechen.«*

Als er den Parkplatz vor seiner Wohnung erreichte, war die schockierende Taubheit mehr und mehr einer brodelnden Frustration gewichen, und dieses Gefühl wurde noch dadurch verstärkt, dass ein tiefergelegter Mustang auf dem Platz stand, auf dem Zane vor seinem Auszug immer geparkt hatte.

Cosky stellte seinen Wagen neben dem Oldtimer ab, verspürte dieses Mal jedoch nicht den altbekannten Neid. Er hatte sein Möglichstes versucht, um Aiden nicht als Mitbewohner zu bekommen, aber als sein standhaftes Mauern immer mehr Fragen aufgeworfen hatte, gab er schließlich nach. Zane und Rawls – und erst recht Aiden – sollten auf keinen Fall erfahren, aus welchem Grund er nicht mit dem Mann zusammenwohnen wollte.

Denn das würde ihm ewig nachhängen.

Er warf dem kirschroten Sportwagen einen finsteren Blick zu, während er die Wagentür öffnete. Nur weil Aiden da war, hieß das noch lange nicht, dass er auch Kait mitgebracht hatte. Wenn er sich die Kartons und Mülltüten so ansah, die sich auf dem Beifahrer- und dem Rücksitz türmten, dann war da auch gar nicht genug Platz, um noch eine Person mitzunehmen. Cosky schaute sich rasch auf dem Parkplatz um und entspannte sich, da er alle Wagen kannte.

Als er aus seinem Truck stieg, versuchte er, sich einzureden, dass es egal war, ob sie hier auftauchte. Es war Jahre her … Seine Reaktion auf sie würde wohl kaum noch so heftig ausfallen. Er war jetzt ein anderer Mann. Sie war eine andere Frau. Möglicherweise waren die Funken gar nicht mehr da.

*Klar, träum weiter …*

Wenn die Anziehungskraft nicht mehr vorhanden gewesen wäre, dann hätte er nicht jedes Argument, das ihm eingefallen war, ins Feld geführt, als Rawls Aiden als Zanes Nachfolger vorgeschlagen hatte.

Er hatte gerade den Wagen abgeschlossen, als die Haustür geöffnet wurde und Aiden die Stufen heruntergelaufen kam.

»Hey«, sagte Cosky und nickte, als ihm sein neuer Mitbewohner zuwinkte.

»Hey.« Aiden ging zu seinem Mustang, riss die Beifahrertür auf und schnappte sich die vier Kisten, die auf dem Sitz standen. »Da es so aussieht, als müssten wir bald wieder los, wollte ich meine Sachen lieber gleich herbringen.«

Cosky runzelte die Stirn. Wären sein Knie und die damit verbundene Zwangspause nicht gewesen, hätte er sich jetzt ebenfalls auf einen Einsatz vorbereitet.

Tja … Wenn er an diesem Tag nicht den Flug nach Hawaii gebucht und versucht hätte, den Helden zu spielen – und bei seinen Bemühungen nicht so schwer verletzt worden wäre.

Dabei hatten sie alles nach Vorschrift gemacht, verdammt noch mal, aber das machte heutzutage nicht den geringsten Unterschied, denn anstatt sie zu loben, waren sie alle an den Schreibtisch verbannt worden, solange die Ermittlungen nicht abgeschlossen waren. Sobald er nicht mehr krankgeschrieben war, würde er sich ihnen anschließen, dabei hätte er viel lieber die neuen Kadetten ausgebildet.

»Kann ich mit anpacken?«, fragte er Aiden, als dieser die Beifahrertür mit der Hüfte zustieß.

Aiden rückte seine Last zurecht, und sein schwarzes Haar glänzte in der Sonne. Seine scharfen Augen musterten Cosky und verweilten auf dessen rechtem Knie. Dann zuckte er mit den Achseln. »Tu, was du nicht lassen kannst.«

Sein neuer Mitbewohner war bereits im Haus verschwunden, als Cosky den Mustang erreichte. Nachdem er die Fahrertür geöffnet hatte, zerrte er zwei Müllsäcke heraus, warf sie sich über die Schulter und ging auf das Haus zu. Doch schon nach wenigen Schritten schoss ein stechender Schmerz durch sein Knie, und an seinem Rücken tränkte kalter Schweiß sein T-Shirt.

Dann wurde sein Bein einfach taub.

Das war mal was Neues.

Und es war verdammt unangenehm.

*So eine Scheiße!* Er blieb taumelnd stehen, ließ die Säcke fallen, beugte sich vor und drückte seine steifen Finger auf das Gelenk.

»Ist alles okay?«, fragte Aiden von irgendwo weiter oben.

*Oh ja, alles bestens.*

Cosky knirschte mit den Zähnen und massierte weiter. »Ich hab's wohl bei der Physio etwas übertrieben.«

»Vielleicht solltest du die Stelle kühlen«, schlug Aiden vor, und Cosky war sich nicht sicher, ob er ihm die Lüge abgekauft hatte. »Kann ich dir helfen?«

»Nein, ich komme schon klar.«

Aiden knurrte nur und zuckte mit den Achseln, um dann die beiden Mülltüten aufzuheben, die zu Coskys Füßen lagen. Während seine Frustration immer größer wurde, sah Cosky ihm nach, als er im Haus verschwand.

Aber er konnte auch nicht ewig hier stehen bleiben. Nachdem er sein Knie einige Sekunden lang geknetet und dabei gebetet hatte, richtete er sich wieder auf und machte vorsichtig einen Schritt. Sein Knie kribbelte wie verrückt, trug jedoch sein Gewicht.

Ganz langsam und ohne das schmerzende Knie zu sehr zu belasten, schlich er über den Bürgersteig und stieg die Stufen hinauf. Die Taubheit schien immer tiefer zu gehen und wurde nur hin und wieder von einem Kribbeln unterbrochen.

Irgendetwas sagte ihm, dass dieses neue Symptom kein gutes Zeichen war.

Eine schwarze Wolke umgab ihn, als er den Gefrierschrank öffnete und zwei Tüten Erbsen herausnahm. Er schlug die Plastiktüten gegen die Kühlschranktür und humpelte dann ins Wohnzimmer. Nachdem er sich auf die Couch gesetzt hatte, zog er die Schuhe aus, schob seine Jogginghose über die Sportshorts nach unten und stieg erst mit dem einen und danach mit dem anderen Fuß heraus. Früher hätte er sie einfach mit einem Tritt zur Seite geschleudert, aber bei seinem jetzigen Glück würde er dabei vermutlich gleich das ganze Bein verlieren und quer durch den Raum fliegen lassen.

Als Aiden wieder hereinkam, hatte Cosky gerade die beiden Tüten mit den gefrorenen Erbsen auf seiner Kompressionsbandage platziert.

Cosky blickte auf. »Alles drin?«

»Ja.«

Aiden ließ sich im Lederfernsehsessel links neben der Couch nieder und musterte Coskys mit Erbsen gekühltes Knie. »Wie läuft die Genesung?«

Cosky wollte ihn schon anlügen, aber ihm blieben die Worte im Hals stecken.

*… wird vermutlich nie ganz heilen … weitere Operation … mehr Narben, eingeschränkte Bewegungsfähigkeit … wird den Anforderungen Ihres Berufs unmöglich gewachsen sein …*

Unmöglich.

Vierzehn Jahre lang war er im aktiven Dienst gewesen, Kugeln, Bomben und Granaten in fernen Ländern ausgewichen, nur um durch einen Angriff auf amerikanischem Boden durch US-Bürger ausgeknockt zu werden.

Das Schicksal hatte einen verdammt makabren Sinn für Humor.

Gott allein wusste, was Aiden ihm ansah, aber der Mann runzelte die Stirn und beugte sich vor. »So schlimm?«

Coskys Achselzucken war viel zu angespannt. »Es heilt nicht.«

»Verdammt.« Aiden kniff sich in den Nasenrücken. Er machte den Mund auf, klappte ihn jedoch sofort wieder zu. Dann sprang er auf und ging zum Fenster.

Himmel, war der Mann nervös. Vielleicht ähnelte Coskys Lage zu sehr seiner eigenen. Aiden hatte mehrere Wochen im Krankenhaus verbringen müssen, nachdem sie ihn in Bagdad von einem Dach geholt und per Hubschrauber evakuiert hatten. Niemand hatte damit gerechnet, dass er je wieder würde laufen können, geschweige denn damit, dass er in den aktiven Dienst zurückkehrte.

Aiden drehte sich abrupt um. »Wusstest du, dass mein Dad Indianer war?«

»Nein«, antwortete Cosky.

Wieso sprach Aiden auf einmal über seine Herkunft? Gut, er sah genauso aus wie sein Vater. Commander Winchester hatte die gleichen breiten Schultern gehabt und war ebenso groß und schlank gewesen. Auch besaßen sie beide hohe Wangenknochen, schwarzes Haar und dunkle Augen.

Kait hingegen … Vor seinem inneren Auge sah er wieder ihren dicken, goldenen Zopf vor sich. Sie kam eher nach ihrer Mutter. Wenn man sich Aiden und Kait ansah, würde man nie auf die Idee kommen, dass sie Geschwister waren.

Der Hauch des uralten Verlangens stieg in ihm auf … Glatte, kalte Haut, die sich an seinem nackten, verschwitzten

Körper rieb. Alarmiert verdrängte er dieses Bild sofort wieder. Diese verdammten Träume hatten ihn jahrelang heimgesucht, und er war heilfroh gewesen, als diese unruhigen, schlaflosen Nächte endlich vorbei gewesen waren.

»Dad war ein Arapaho. Er hat sein Erbe zwar abgelehnt, aber es war dennoch ein Teil von ihm. Und er hatte gewisse ...« Aiden hielt inne und strich sich mit einer Hand über den Kopf. »Verdammt, ich rede so gut wie nie darüber. Die meisten Menschen ...« Wieder stockte er und schüttelte den Kopf. »Aber du und Zane, ihr steht euch nahe. Du glaubst an seine ... Gabe.«

*Was zum Teufel?*

Cosky lehnte sich gegen die Armlehne des Sofas. »Was genau meinst du damit?«

»Die Vorahnungen, die Zane hat. Du glaubst daran.«

Mit einem ungeduldigen Kopfschütteln rückte Cosky einen Beutel Erbsen auf seinem Knie zurecht, der gerade herunterrutschen wollte. »Was zum Henker hat das denn mit der Sache zu tun?«

»Erinnerst du dich daran, wie du mich da in Bagdad rausgeholt hast?«

Cosky verspannte sich. Er hatte geglaubt, sie hätten die ganze Bedankerei endlich hinter sich.

Aiden lachte laut auf. »Entspann dich, ich werde dich nicht erneut mit meiner Dankbarkeit überschütten. Diese Mörsergranate hat mir ein Stück der Wirbelsäule weggesprengt. Die Ärzte sagten, ich würde nie wieder laufen und erst recht nicht rennen können.«

Cosky verzog das Gesicht. »Glücklicherweise haben sie nicht immer recht.«

Er starrte die Eisbeutel auf seinem Knie an. Natürlich wusste er, dass Ärzte nicht immer recht hatten ... aber die stechenden Schmerzen, die Taubheit und das Kribbeln machten ihn nervös. Ja, seine Instinkte sagten ihm, dass sie in seinem Fall durchaus richtig lagen.

Der Knochen heilte nicht. Er konnte es spüren. Ja, verdammt, er konnte es sogar fühlen.

»Ja, aber genau darauf will ich hinaus …« Aiden kam näher, stellte sich vor die Couch und sah Cosky ins Gesicht. »Sie hatten recht.«

Cosky runzelte die Stirn. »Wie bitte?«

»Die Ärzte hatten recht. Ich habe die Röntgenaufnahmen gesehen. Verdammt, Rawls kennt sie auch und kann es dir bestätigen. Meine Wirbelsäule war im Arsch. Ich dürfte eigentlich gar nicht aufrecht stehen können.«

»Aber du tust es«, erwiderte Cosky und richtete sich auf. Doch dann musste er auf einmal wieder an Rawls' Worte denken …

*Ich sage dir, das geht nicht mit rechten Dingen zu, Cos. Das ist nicht natürlich. Ihm fehlt ein Stück der Wirbelsäule, und meines Wissens wächst so was nicht nach.*

»Rawls hat so etwas erwähnt«, gab Cosky stockend zu. »Er hat vermutet, du hättest an irgendeinem Geheimexperiment teilgenommen.«

Aiden lachte erneut auf. »Im Ernst?« Doch seine Belustigung ebbte sofort wieder ab. »Aber so war es nicht. Ich kann nur dank Kait wieder laufen. Denn sie hat eine Gabe … genau wie Zane. Nur dass Kaits Gabe in ihren Händen liegt. Sie stammt von unserem Vater und wird von Generation zu Generation weitergegeben. Manchmal … nicht immer, aber manchmal kann sie heilen. Hin und wieder kann sie sogar erstaunliche Dinge bewirken. Wie ein Stück der Wirbelsäule nachwachsen zu lassen.« Sein Blick ruhte auf Coskys Bein. »Oder Knochen in einem Knie bilden, das nicht heilen will.«

# Kapitel 2

»Du hast was?« Kait Winchester blieb wie erstarrt vor dem Fenster stehen, nahm das Telefon vom Ohr und starrte es an.

Vielleicht war das ja ein Witz. Ihr Bruder hatte einen seltsamen Sinn für Humor. Möglicherweise nahm er sie nur auf den Arm. Allerdings hatte er keine Ahnung, dass sie etwas für den Mann empfand, dem er ihre … Gabe offenbar freimütig angeboten hatte. Zumindest hatte sie mal viel für ihn empfunden. Sehr viel sogar. Ihre Gefühle hatten gewisse Stellen ihres Körpers arg in Wallung gebracht.

Aber das alles wollte sie nicht noch einmal erleben.

Statisches Rauschen drang in ihr Ohr, gefolgt von Aidens tiefer Stimme.

Kait lehnte den Kopf an die kalte Fensterscheibe und nahm das Telefon wieder ans Ohr. »So, jetzt noch mal von vorn. Du hast was getan?«

»Ich hab Cos gesagt, dass du ihm vielleicht bei seinem Knie helfen kannst.« Dieses Mal kam die furchtbare Nachricht glasklar aus dem Hörer. Ihr Magen zog sich vor Schreck zusammen und schlug ein paar Purzelbäume.

»Warum in aller Welt hast du ihm davon erzählt?«, fragte Kait und zerdrückte dabei beinahe die Plastikhülle ihres Handys.

»Weil er verzweifelt ist. Sein Knie will einfach nicht heilen. Er überlegt, es noch einmal operieren zu lassen, damit sich das Gelenk besser bewegen lässt. So kann er unmöglich wieder ins Team einsteigen.«

Sie schnaubte. Das wäre ja auch ein Weltuntergang.

Aber nach einem Augenblick musste sie seufzen. Für einige dieser Männer glich es tatsächlich einem Weltuntergang, wenn sie gezwungen wurden, aus ihrem Team auszuscheiden. Ihr Bruder hätte diesen Verlust beispielsweise bis zu seinem letzten Atemzug bereut. Ihr Vater hatte den Adrenalinrausch derart vermisst, dass er ein törichtes Risiko eingegangen war, und das auf einer Mission, für die er gar nicht gebraucht worden war und die ihn das Leben gekostet hatte.

Natürlich konnten die SEALs dieses Leben nicht ewig führen. Irgendwann mussten sie in den Ruhestand gehen, schließlich war der menschliche Körper, selbst wenn er gut gepflegt wurde, nicht bis in alle Ewigkeit in der Lage, das anstrengende Training und die Einsätze auszuhalten.

Aber im Allgemeinen kamen die Krieger aus der SEAL-Gemeinschaft besser mit dem Übergang klar, wenn sie sich freiwillig dazu entschlossen hatten.

Sie sah Coskys schlanken, kräftigen Körper vor ihrem inneren Auge. Er war eines der heißesten, beeindruckendsten Beispiele für Maskulinität, die sie je gesehen hatte – was auch das Kribbeln und ihre schweißnassen Handflächen erklärte, unter denen sie in seiner Nähe stets litt.

Sein kantiges Gesicht und seine grauen Augen konnten zwar sehr verwirrend sein, aber er war nicht unbedingt attraktiv im klassischen Sinne. Dafür hatte er sich einfach zu oft die Nase gebrochen. Seine sexuelle Anziehungskraft beruhte eher auf seiner geschmeidigen Kraft und seinem fließenden, anmutigen Gang.

Die Vorstellung, dass er diese Anmut verloren haben könnte, tat ihr in der Seele weh, und sie wollte nicht, dass er aufgrund des Egoismus und der Gier eines widerlichen Menschen ein eingeschränktes Leben voller Schmerzen führen musste.

Wenn sie das ändern konnte …

Allerdings gab es keine Garantie dafür, dass sie ihm wirklich helfen konnte. Sie hatte in dieser Hinsicht zwar schon einiges erreicht, aber auch noch nicht viele Wunder bewirkt.

»Du weißt ebenso gut wie ich, dass die Chance, dass ich ihm helfen kann, bei dreißig Prozent liegt«, meinte sie schließlich und ärgerte sich darüber, dass man ihrer Stimme ihre Angespanntheit anhören konnte.

Wolf, ihr Halbbruder, den sie erst vor Kurzem kennengelernt hatte, riet ihr immer, sich auf die dreißig Prozent zu konzentrieren, denen sie geholfen hatte, wie beispielsweise Aiden und Demi. Aber irgendwie musste Kait doch immer wieder an all jene denken, denen sie nicht hatte helfen können, wie Tante Issa.

Die Trauer schnürte ihr die Kehle zu.

Die dreißig Prozent der Menschen, denen sie in ihrem Leben geholfen hatte, würden die siebzig Prozent, bei denen sie gescheitert war, nie wettmachen können.

Was wäre, wenn Cosky ebenfalls zu den siebzig Prozent gehörte?

»Du wirst ihn ja nicht noch mehr verletzen«, sagte Aiden. »Er denkt sowieso über eine weitere OP nach. Wenn du ihn nicht heilen kannst, dann kann er sich immer noch operieren lassen, was schadet es also, es wenigstens zu versuchen? Du kannst es nicht schlimmer machen … und wenn es besser wird …«

*Was schadet es?*

Sie musste ein sarkastisches Lachen unterdrücken. Was war mit der Intimität, die für eine solche Heilung erforderlich war? Was war mit der Tatsache, dass er fast nackt sein würde, während sie mit den Händen über seinen wundervollen Körper strich? Was war mit dem Fakt, dass sie eine Ewigkeit gebraucht hatte, um diesen Mann aus ihren Gedanken und ihren Träumen zu verbannen, und dass sie während dieser Zeit kein einziges Wort mit ihm gewechselt hatte?

Was war damit, dass er sie zwar offensichtlich sehr anziehend fand, sie seine Zeit jedoch nicht wert gewesen war?

Das war nicht gerade gut für ihr Ego.

Aber Aiden wusste nichts von alledem. Er hatte damals vor lauter Schmerzen und Medikamenten kaum einen klaren Gedanken fassen können. Daher war ihm ihre Reaktion auf Cosky ebenso wenig aufgefallen wie dessen Verhalten ihr gegenüber, als sie einander in Aidens Krankenzimmer begegnet waren.

»Hast du ihm auch gesagt, dass die Heilung in den meisten Fällen nicht funktioniert?«

»Natürlich.« Aidens Stimme wurde schärfer. »Ich habe ihm den genauen Prozentsatz genannt.« Dann wurde er wieder etwas entspannter. »Interessanterweise hat ihm der Arzt vor der Operation auch etwas von einer dreißigprozentigen Chance erzählt. Hältst du das für ein gutes oder ein schlechtes Omen?«

»Und er ist einverstanden?« Kait bewegte die Stirn auf dem eiskalten Fenster hin und her. Der Mann ging ihr seit Jahren aus dem Weg, daher musste er schon sehr verzweifelt sein, wenn er auf Aidens Vorschlag einging.

»Er sagte, er würde es sich überlegen. Aber er hat sich deine Telefonnummer aufgeschrieben.«

Wow. Kaits Lippen zuckten. Endlich hatte er nach ihrer Telefonnummer gefragt … fünf Jahre zu spät und aus den völlig falschen Gründen.

»Du wirst es doch tun, oder? Falls er dich anruft?«, wollte Aiden wissen.

Kait seufzte, machte einen Schritt vom Fenster weg und richtete sich auf. Als ob sie in der Hinsicht eine Wahl hätte. »Ja, klar.«

»Gut.«

Es schwang keine Erleichterung in seiner Stimme mit, aber er hatte vermutlich auch nie daran gezweifelt, dass sie zustimmen würde. Er kannte sie einfach zu gut. Wenn es auch nur eine geringe Chance gab, dass sie einem seiner verwundeten Teamkameraden helfen konnte … Sie wussten beide, dass sie es zumindest versuchen musste.

»Er wird es doch nicht herumerzählen, oder?« Sie wandte sich vom Wohnzimmerfenster ab und ging zum Gefrierschrank, in dem sie für genau diese Situationen einen Notvorrat an Eiscreme von Ben & Jerry's aufbewahrte.

»Er wird keinen Ton sagen«, versicherte ihr Aiden.

Da hatte er zweifellos recht. Cosky würde seinen Teamkameraden wohl kaum erzählen, dass er eine Geistheilerin aufsuchte.

»Und, bist du jetzt richtig eingezogen?«, wechselte sie das Thema.

Die Tatsache, dass Aiden bei Rawls und Cosky einzog, hatte ihr zu denken gegeben, da durch diesen Umzug auch Marcus Simcosky wieder am Rand ihres Blickfelds auftauchen würde, doch dann war ihr klar geworden, dass sie Aiden ohnehin nur selten zu Hause besuchte. Wenn er nicht gerade im Einsatz oder beim Training war, kam er meist bei ihr vorbei. »Ich habe noch immer nicht begriffen, warum du dir nicht einfach was Eigenes kaufst.«

Genug Geld hatte er auf jeden Fall. Sie hatten nach dem Tod ihrer Eltern beide ein kleines Vermögen geerbt und würden allein von den Zinsen den Rest ihres Lebens gut auskommen können, ohne das Grundkapital anrühren zu müssen. Nicht dass es ihr gelungen wäre, Wolf davon zu überzeugen … ebenso wenig wie davon, dass ihm als ältestem Sohn ihres Vaters ein Drittel des Grundbesitzes zustand.

Aiden hatte ebenso viel Geld geerbt wie sie, aber dank ihrer Abstammung auch noch ein anderes Erbe erhalten: In ihm hatte sich dieselbe Gabe manifestiert, die ihr Vater im Laufe der Jahre geschärft hatte. Eine Gabe, die John Winchester zu einem sehr wohlhabenden Mann gemacht und ihm das Geld eingebracht hatte, von dem seine Kinder jetzt leben konnten.

Ihr Bruder erwähnte die Investitionen nur selten, die er dank seines geerbten *Wissens* tätigte, schließlich war ihm bewusst, dass sie sich nicht dafür interessierte, wie sie noch mehr Geld machen konnte. Für Aiden war es jedoch eine Herausforderung, ein Spiel.

»Ich habe nun mal gern Mitbewohner«, erwiderte Aiden mit gedämpfter Stimme.

»Warum bist du dann nicht dageblieben, wo du vorher gewohnt hast?« Sie hatte den Eindruck gehabt, dass er gut mit Tag und Trammel ausgekommen war.

»Mir war einfach nach einer Veränderung«, antwortete er mit noch kälterer Stimme, was bedeutete, dass er nicht darüber reden wollte.

Im nächsten Augenblick wechselte er auch schon das Thema.

»Wir haben heute Bescheid bekommen. In achtundvierzig Stunden geht es los.«

Kaits Brust schien sich zusammenzuziehen, und ihr Herz schlug schneller. Wie oft sie das auch durchmachten, ihre Angst ließ einfach nie nach. Das hatte sie schon vor Jahren akzeptiert und gelernt, damit zu leben.

»Versuch, an einem Stück wieder nach Hause zu kommen«, sprach sie die üblichen Abschiedsworte aus.

Er lachte, was auch Teil ihres Rituals war. Sein plötzliches Zögern gehörte allerdings nicht dazu.

Sie legte den Kopf etwas schief und wartete.

»Wolf hat angerufen …«

»Oh nein!« Kait stöhnte auf. Als Aiden das letzte Mal zu einem Einsatz aufgebrochen war, hatte sie Wolf nur mit Mühe und Not davon abhalten können, bei ihr einzuziehen, als wäre sie nicht dazu in der Lage, allein zu überleben, obwohl sie es davor auch schon jahrelang getan hatte.

»Ich habe ihm nichts gesagt«, verteidigte sich Aiden. »Er wusste es einfach. Ich hab keine Ahnung, welche Pipeline er dafür angezapft hat, aber er weiß echt eine Menge.«

Möglicherweise hatte Wolf auch einfach *gewusst*, dass Aiden wieder wegmusste. Das ergab Sinn. Ihr Vater hatte ebenso wie Aiden eine Art von *Wissen* besessen. Es hatte anscheinend etwas mit dem männlichen Chromosom in ihrer Blutlinie zu tun, und Wolf besaß die gleichen Gene.

»Du hast ihm doch hoffentlich versichert, dass ich keinen Babysitter brauche. Ich habe es neunundzwanzig Jahre lang sehr gut geschafft, allein auszukommen.«

»Er ist dein Bruder, *hookecouhu hiteseiw*. Er möchte dich nur beschützen.«

Na, großartig. Jetzt hatte Wolf Aiden dazu gebracht, ihr ebenfalls Arapaho-Kosenamen zu geben.

Kait schnaufte. »Weißt du überhaupt, was das bedeutet? Außerdem ist er *unser* Bruder. Aber ich wüsste nicht, dass er dir wie ein aufgedrehter Rottweiler hinterherrennt.«

Aidens Schweigen bewirkte, dass Kait, deren Finger schon auf dem Griff des Gefrierschranks lagen, erstarrte. »Was ist?«

Er schien irgendwie gepresst zu atmen und hustete einmal. »Ich bin mir ziemlich sicher, dass er auch für mich den Babysitter spielt.«

Irgendetwas sagte Kait, dass sich Aiden nicht auf die Zeit bezog, die er in Coronado verbracht hatte. »Was ist passiert?«

»Bei unserem letzten Einsatz wurden wir in eine Falle gelockt und saßen zwischen zwei Stockwerken fest. Wolf und ein paar knallharte Typen sind reingekommen und haben uns rausgeholt.«

Kait riss vor Schreck den Mund auf. Sie hatte gewusst, dass beim letzten Einsatz etwas schiefgelaufen war. Zwei von Aidens Teamkameraden waren in Leichensäcken nach Hause zurückgekehrt. Es wäre ihr jedoch nie in den Sinn gekommen, dass Wolf Aiden davor bewahrt hatte, das gleiche Schicksal zu erleiden.

»Ich weiß nicht, warum es mich überrascht, dass er Teil eines verdeckt arbeitenden Teams ist. Er hat uns gesagt, dass er Feinde hat, die uns als Druckmittel gegen ihn einsetzen könnten. Darum wollte er unsere Beziehung geheim halten. Zu welchem Team gehört er?«

»Das weiß ich nicht genau. Sie waren alle Arapaho. Zumindest haben sie Arapaho gesprochen.« Er hielt inne, und die Stille hing in der Luft. »Er ist wie gesagt gut vernetzt.«

Also diente Wolf seinem Land. Das überraschte sie nicht. Wolf war wie Aiden nun mal der Sohn seines Vaters. Da ergab es Sinn, dass er das gleiche Ehr- und Pflichtgefühl und die Fähigkeiten eines Kriegers hatte wie alle anderen Männer in ihrem Leben.

Eine tiefe Traurigkeit überkam sie. Wenn Wolf sie doch nur schon früher, noch vor dem Tod ihres Vaters kontaktiert hätte. Es schmerzte sie, daran zu denken, wie viel ihr Vater dadurch verloren hatte, dass er diesen Teil seines Erbes ablehnte. Er hatte die Gelegenheit verloren, eine Beziehung zu seinem ältesten Sohn aufzubauen, einem Sohn, den er ebenso geliebt hätte wie sie und Aiden.

Aber sie schüttelte ihr Bedauern ab. »Was glaubst du, für wen er arbeitet?«

Sie klemmte sich das Telefon zwischen Ohr und Schulter, öffnete den Gefrierschrank und nahm die Eispackung heraus.

Dann hob sie den Deckel ab und sah hinein. Sehr viel Trost war darin nicht mehr zu finden.

»Keine Ahnung. Aber er hatte das Sagen, und sein Team hatte echt was drauf.«

Sein Arapaho-Team.

Kait kniff nachdenklich die Augen zusammen. Bevor die nördlichen Arapaho gezwungen worden waren, ins Wind-River-Reservat zu ziehen, hatte der Stamm als starke Kriegergemeinschaft auf den Hochebenen gelebt. Viele der modernen Arapaho besaßen noch immer dieses Kriegergen.

Wie ihr Vater und ihre Brüder.

»Ich hatte überlegt, mal nach Wind River rauszufahren«, begann Kait vorsichtig. Sie wusste bereits, wie ihr Bruder darauf reagieren würde. Er hatte die Abneigung ihres Vaters schon vor Jahren übernommen.

»Ins Reservat?« Aiden hob überrascht die Stimme. »Warum in aller Welt willst du dorthin fahren?«

»Weil es unsere Leute sind. Weil es unser Arapaho-Blut ist, dem wir unsere Gaben verdanken. Wir haben dort Verwandte. Bist du denn gar nicht neugierig?«

Ihre Neugier hielt schon seit Jahren an und war nur noch stärker geworden, seitdem sich ihre Heilkräfte manifestiert hatten. Aber ihr Vater hatte derart wütend reagiert, als sie ihn nach seiner Familie und dem Reservat gefragt hatte, dass sie ihre Erkundigungen vorerst zurückgestellt hatte. Danach war sie durch seinen Tod wie betäubt gewesen. Erst durch Wolfs Auftauchen war ihr Interesse erneut geweckt worden.

»Das sind nicht unsere Leute. Dad wollte nichts mit ihnen zu tun haben. Die Teams waren seine Familie und nicht etwa ein Haufen Kinderschänder, die ihre Gaben in Drogen und Alkohol ertränken.« Aidens Stimme klang völlig ausdruckslos.

»Wolf ist weder alkoholkrank noch drogensüchtig«, merkte Kait an.

»Das stimmt, aber Wolf lebt auch nicht im Reservat. Er ist schon früh von dort abgehauen, ebenso wie Dad. Wir sind besser dran, wenn wir uns an die Teams halten.« Die Worte ihres Bruders klangen wie eine Feststellung.

Tja, die Teams mochten ja seine Familie sein, ebenso wie sie die ihres Vaters gewesen waren. Aber auch wenn die Gemeinschaft der SEALs einander unterstützte, war sie in dieser Kultur bei Weitem nicht so verwurzelt wie ihr Vater und ihr Bruder. Außerdem war da noch Wolf – sie hatte im letzten Jahr von Wolf mehr über ihre Arapaho-Heilkräfte gelernt als je von ihrem Dad.

Möglicherweise waren ihre Großeltern Monster gewesen, aber trotz der aufgrund seiner Kindheit verzerrten Perspektive ihres Vaters konnten nicht alle Arapaho versoffene, drogensüchtige Soziopathen sein. Vielleicht fand sie im Reservat ja Antworten oder konnte sogar lernen, wie sie ihre Heilkräfte weiter steigern konnte …

»Wie dem auch sei«, erklärte Aiden abrupt. »Du solltest damit rechnen, dass Cos dich anruft. Es sieht im Moment nicht gerade rosig für ihn aus.«

Nach dem üblichen »Pass auf dich auf« beendete Aiden das Gespräch.

Kait legte den Deckel der Eispackung auf die Arbeitsplatte, nahm einen Löffel von der Geschirrablage und steckte ihn in den Karton. Mit dem Telefon in der einen und ihrem Trosteis in der anderen Hand ging sie zurück ins Wohnzimmer und setzte sich im Schneidersitz auf die Couch.

Sie besaß keinen Massagetisch, daher würde sich Cosky auf die Couch oder auf den Boden legen müssen. Falls er denn überhaupt anrief, denn sein Knie müsste ihm schon üble Schmerzen bereiten, damit Marcus Simcosky tatsächlich zum Telefon griff und ihre Nummer wählte.

Natürlich war sie keine Idiotin und machte sich hinsichtlich ihres Aussehens auch nichts vor. Sie war attraktiv und fiel den Männern auf. Das war ihr schon seit der Pubertät sehr wohl bewusst.

Daher hatte sie gewusst, dass er auf sie reagierte, als sie einander in Aidens Krankenzimmer begegnet waren. Sie hatte bemerkt, wie er stockte, wie sein Blick intensiver und hitziger wurde. Ihr war nicht entgangen, dass sein Gesicht sich vor Erregung rötete und dass sein harter Mund sanfter wurde.

Er hatte sie begehrt.

Ein Blick, eine elektrisierende Berührung von nackter Haut an nackter Haut, als sich ihre Arme streiften, und er hatte sie gewollt.

Ebenso wie sie ihn.

Gut, das war nichts als reine animalische Anziehungskraft und Lust gewesen. Aber etwas derart Intensives hatte sie weder zuvor noch danach je wieder gespürt.

Sie war sich so sicher gewesen, dass er umkehren, ihr in Aidens Zimmer folgen, eine Unterhaltung anfangen und sich mit ihr verabreden würde. Als das nicht geschehen war, ging sie davon aus, dass er sie lieber im privaten Rahmen und nicht im Krankenhaus besser kennenlernen wollte. Sie hatte damit gerechnet, dass er sie anrufen würde. Sie hatte ganze drei Tage auf diesen Anruf gewartet, bis es ihr endlich dämmerte.

Marcus Simcosky war ein selbstbewusster Mann. Die Art von Mann, der versuchte zu bekommen, was er wollte. Wenn er sie also begehrt, wenn er sie wirklich gewollt hätte, dann wäre er inzwischen aufgetaucht. Er hätte sie aufgespürt und wäre mit ihr ausgegangen.

Er hatte keine Freundin, also gab es auch niemanden, der ihn davon abhielt. Das wusste sie aufgrund der Gespräche zwischen Aiden, Rawls und Zane, die sie belauscht hatte, während sie alle am Krankenbett ihres Bruders saßen. Dabei war ihr auch noch etwas anderes klar geworden: Cosky mied Aidens Krankenzimmer. Anders als Zane und Rawls, die bis zu ihrem nächsten Einsatz fast jeden Tag vorbeigekommen waren, hatte Cosky ihren Bruder kein weiteres Mal besucht. Das war derart offensichtlich gewesen, dass sich sogar Rawls und Aiden dazu geäußert hatten, auch wenn keiner genau zu wissen schien, was der Grund dafür war.

Kait wusste es jedoch: Es lag an ihr.

Wäre er weniger selbstsicher gewesen, dann hätte sie ihn angesprochen und dieses sofortige, überwältigende Verlangen genauer erkundet. Aber so war er nun mal nicht. Hätte er die Anziehungskraft, die eindeutig zwischen ihnen bestanden hatte, intensivieren wollen, dann hätte er es getan. Aber sie würde auf gar keinen Fall hinter ihm herlaufen und ihn davon überzeugen, dass sie seine Zeit und seine Aufmerksamkeit wert war.

Auch wenn sie unzählige Nächte von ihm geträumt hatte.

Und nach dem Aufwachen eine Sehnsucht verspürt hatte, über die sie lieber nicht genauer nachdenken wollte.

* * *

Cosky sah in den Rückspiegel und trat das Gaspedal durch, während er sich mit dem Ellbogen am Türgriff abstützte, als der Pick-up vorwärtsschoss. Hinter ihm hatte ein Wagen eine Fehlzündung. Das explosive Geräusch hallte durch die Luft und klang beinahe wie ein Schuss. Ein verrosteter zweitüriger Wagen, der ihm seit einer Meile nicht von der Stoßstange wich, kam in einer Abgaswolke um die Ecke und fuhr so dicht hinter ihm her, dass er die Fahrerin erkennen konnte: eine dünne, verbitterte Frau mit ungepflegtem braunem Haar.

Jetzt war er sich ganz sicher, dass er verfolgt wurde.

Sie schien europäischer Herkunft zu sein, was heutzutage auch nicht mehr viel hieß, da sich die einheimischen und die ausländischen Terroristen in Bezug auf Mord und Chaos nichts nahmen. Aber er bezweifelte, dass sie dazugehörte. Terroristen bildeten die Mitglieder ihrer Zellen besser aus. Diese Frau war eine absolute Amateurin. Oder eine Idiotin. Oder beides. Nur ein völliger Schwachkopf würde so dicht auffahren, dass man sein Gesicht erkennen konnte. Jemand, der auch nur ein bisschen Erfahrung hatte oder zumindest ein Quäntchen gesunden Menschenverstand besaß, würde einige Wagenlängen Abstand halten.

»Einfach unfassbar.«

Sie war ihm in dem Moment aufgefallen, in dem sie sich auf dem Silver Strand Boulevard hinter ihm eingereiht hatte. Sie war auch kaum zu übersehen gewesen. Wenn die Fehlzündungen ihn nicht auf sie aufmerksam gemacht hätten, dann die quietschenden Bremsen oder der klappernde Auspuff. Die Karre war lauter als ein Black-Hawk-Hubschrauber, und aus diesem Grund war er anfangs auch gar nicht auf den Gedanken gekommen, dass sie ihn verfolgen könnte. Gut, sie war ihm ständig hinterhergefahren, aber solche Zufälle gab es. Erst bei der vierten Kreuzung hatte er sich Gedanken gemacht und beschlossen, sie auf die Probe zu stellen, indem er plötzlich abbog, schneller oder langsamer wurde, über gelbe Ampeln fuhr oder vor grünen hielt. Sie machte jedes Manöver mit.

Ja, er wurde verfolgt. Von einer Idiotin.

Es wäre zum Lachen gewesen, wenn sein Knie nicht so geschmerzt hätte und wenn sein Leben nicht ohnehin kurz davor gestanden hätte, im Chaos zu versinken.

Vermutlich war sie Reporterin, einer dieser Geier, die den Kadaver seiner Navy-Karriere ausweiden wollten. Er runzelte die Stirn, als ihm die Frustration langsam die Luft aus der Lunge zu pressen schien.

Verdammt noch mal!

Die Aufmerksamkeit der Medien ließ langsam nach. Sie konnten endlich wieder die Basis verlassen, ohne dass ihnen die Reporter auf der Pelle hingen. Sobald das Justizministerium zu einem Urteil gekommen war, würde die Presse sie wieder belagern, aber momentan ließ man ihnen wenigstens etwas Luft zum Atmen. Das Letzte, was sie brauchten, war noch so ein irreführender Artikel in der Zeitung oder ein Bericht im Fernsehen.

Wieder hatte er das Gefühl, als würde jemand einen Eiszapfen durch sein Knie rammen. Er stieß einen Fluch aus und verlagerte das Gewicht, um das Bein nicht so zu belasten. Als der Schmerz nicht nachließ, bohrte er seine Finger in den protestierenden Muskel. Er hatte es im Fitnessstudio übertrieben, aber er hatte seinen Körper auch bis an den Rand der Erschöpfung treiben wollen.

Er musste an Kait Winchester denken, an ihre langen, aristokratischen Finger und den Wasserfall aus glattem, hellem Haar. Mit etwas Glück würde sein Körper nicht mehr genug Energie haben, um auf die einstündige Folter zu reagieren, auf die er sich einließ.

Er schnitt eine Grimasse und stieß ein frustriertes Stöhnen aus. Das war eine Scheißidee gewesen. Es gab einen guten Grund dafür, dass er Kait in den letzten fünf Jahren aus dem Weg gegangen war. Doch er wendete den Truck nicht. Offenbar war seine Hoffnung auf ein Wunder größer als sein Selbsterhaltungstrieb.

Das Letzte, was er wollte, war, die Presse bis vor Kaits Tür zu bringen, daher fuhr er an ihrem Apartmentkomplex vorbei. Er hatte vor, seine Verfolgerin abzuschütteln und dann zurückzukehren, um seinen Termin wahrzunehmen. Natürlich konnte er die Frau so nicht auf Dauer loswerden. Sie würde sich schon bald wieder an seine Fersen heften, und wenn nicht an seine, dann an die von Rawls, Zane oder, Gott bewahre, Beth. Zane würde durchdrehen, wenn irgendeine Irre Beth belästigte. Da war es vermutlich klüger, gleich ein ernstes Wort mit der Frau zu reden und sie in die Wüste zu schicken.

Mit diesem Vorsatz fuhr er auf den Parkplatz des Coronado-Ferry-Landing-Shoppingcenters. Seine Verfolgerin musste einige Autos durchlassen, bevor sie ihm folgen konnte. Er suchte sich einen Parkplatz in der hinteren linken Ecke, wo sie ihre Konfrontation austragen konnten. Die Frau hielt am Gehweg, der am Einkaufszentrum entlangführte. Das war perfekt für ihn, da sie den gesamten Parkplatz überqueren musste, um zu ihm zu kommen, sodass er genug Zeit hatte, sie zu beobachten.

Er öffnete das Handschuhfach, in dem seine Glock lag, schob sich die Waffe in den Bund seiner Jeans und stieg aus, wobei er versuchte, die starken Schmerzen in seiner Kniescheibe zu ignorieren. Die heiße Brise brachte den Geruch von Grillfleisch mit sich, und sein Magen knurrte. Wie ärgerlich, dass er aufgrund dieser unerwünschten Aufmerksamkeit zu spät dran war, denn das roch wirklich lecker.

Er bezweifelte, dass die Frau gefährlich war, aber es war nie klug, sein Leben auf Mutmaßungen aufzubauen, daher zog er sein T-Shirt hinter die Glock, damit er die Waffe schneller ziehen konnte, und beobachtete, wie die Frau die rostige Wagentür zuschlug und auf ihn zukam.

* * *

Marcus Simcosky sah in der Realität sogar noch besser aus als in der Zeitung oder im Fernsehen. Dieser Mann strahlte eine kalte Intensität aus, die in den Medien einfach nicht rüberkam.

Jillian Michaels steckte die Hände in die Taschen ihres Ponchos, den sie südlich von Portland, Oregon, von einer Wäscheleine hatte mitgehen lassen. Trotz der Sommerhitze und der dicken Wolle, die sie einhüllte, wurde ihr einfach nicht warm. Sie hatte das Gefühl, schon seit Monaten zu frieren.

Sie musterte den Mann, dessentwegen sie mehrere Tausend Meilen gefahren war, um ihn umzubringen – auch wenn er nicht der Einzige auf ihrer Liste war –, während sie über den Parkplatz marschierte. Er wirkte zurückhaltend und wachsam. Es war ein Wunder, dass sie ihn bemerkt hatte, als sein Truck an ihrem Überwachungspunkt am Silver Strand Boulevard vorbeigefahren war. Sie hatte schon seit Tagen an diesem Straßenabschnitt geparkt und darauf gehofft, dass einer der Männer, die sie töten wollte, vielleicht vorbeifahren würde. Die ganze Zeit hatte sie gebetet, dass sie sie erkennen würde, und sich erfolglos den Kopf zermartert, wie sie sie auf andere Weise aufspüren könnte.

In den Zeitungen hatten keine Adressen gestanden, und diese Männer waren natürlich auch nicht im Telefonbuch zu finden. Auch im Internet war sie nicht wirklich weitergekommen.

Sie wurde langsamer und starrte ihn an. Eigentlich hatte sie nicht erwartet, dass er so groß, so gebräunt und so muskulös sein würde. Sie hatte auch nicht mit dieser Selbstsicherheit und Kraft gerechnet, die er ausstrahlte, oder mit diesem unterschwelligen Gefühl der Bedrohung. Was sie jedoch am meisten verblüffte, war die Tatsache, dass er so verdammt … einsatzbereit wirkte.

Er hatte tagelang zwischen Leben und Tod geschwebt. Mehrere Wochen im Krankenhaus verbracht. Doch er sah nicht krank aus. Nicht so wie sie. Allerdings hatte er sich den Luxus erlauben können, sich im Krankenhaus zu erholen oder in den Häusern von Freunden oder Familienmitgliedern. Er war auch nicht auf der Flucht, musste nicht in gestohlenen Autos schlafen, sich aus Mülltonnen ernähren oder in leere Häuser einbrechen und hoffen, genug Bargeld zu finden, um eine Tankfüllung bezahlen oder sich etwas zu essen leisten zu können.

Auf einmal hupte jemand. Bremsen quietschten. Jillian sprang zurück und bemerkte, dass sie vor einen Wagen gelaufen war. Nicht, dass dieses Auto irgendeinen Schaden hätte anrichten können. Sie war bereits tot. Eine leblose Hülle, die nur von ihrer Rachsucht und Entschlossenheit zusammengehalten wurde. Als sie über den Parkplatz blickte, stellte sie fest, dass ihr künftiges Opfer sie mit kalter Entschlossenheit ansah. Er musste gesehen haben, dass der Wagen auf sie zufuhr, aber er hatte sie nicht gewarnt.

Dieses Arschloch.

Hatte er gehofft, dass der Wagen die Sache beendete und sie tötete, wo Kugeln und eisiges Wasser versagt hatten? Er war keiner der Männer, die ihre Tür eingetreten, ihre Familie entführt und ihr das Leben geraubt hatten, und er gehörte auch nicht zu den Leuten, die im Krankenhaus hinter ihr hergewesen waren, nachdem sie der Polizei berichtet hatte, was passiert war. Aber er hatte damit zu tun. Er war einer der Mistkerle, die ihren Bruder getötet und derartige Lügen über ihn in Umlauf gebracht hatten.

Heißer Zorn durchflutete sie. Ihre Finger krümmten sich zu Klauen. Sie schob sie tiefer in die Taschen ihres Ponchos. Als ihre Hand gegen den kalten Stahl des Revolvers stieß, den sie aus einem Haus in San Diego gestohlen hatte, zwang sie sich, die Finger zu öffnen und danach zu greifen. Der weit geschnittene Poncho verbarg die Wölbung der Waffe. Sie musste den Revolver nicht einmal herausziehen, sondern nur auf ihn richten und durch den Stoff schießen.

Wenn der mörderische, verlogene Mistkerl dann sterbend auf dem Boden lag, würde sie noch einmal schießen. Wieder und immer wieder. Ein Schuss für jedes ihrer Kinder und einer für ihren Bruder.

Er würde der Erste sein, der für das bezahlen musste, was man ihr genommen hatte, aber letzten Endes würden sie alle dran glauben müssen. Jeder Einzelne. Dafür würde sie schon sorgen.

Sie spannte vor Entschlossenheit die Muskeln an und machte noch einen Schritt auf ihn zu, während das Metall der Waffe in ihrer Hand wärmer wurde. Mit ihm, diesem mörderischen SEAL, würde sie anfangen, um dann auf seine Freunde loszugehen. Und bevor sie den letzten von ihnen umlegte, würde sie ihn zwingen, ihr zu verraten, wo sie die anderen finden konnte. Diese Schweine, die in ihr Haus eingebrochen waren und ihr die Familie und das Leben geraubt hatten.

Mit jedem Schritt wurde ihr Zorn größer und schien ihre vereiste Brust zu verflüssigen und ihre Arme und Beine zu wärmen, die die Kälte des eisigen Sees seit dem Tag vor einigen Monaten nie richtig hatten abschütteln können.

Als sie die Finger enger um die Waffe legte, ertönte hinter ihr auf einmal ein Schrei. Nein, es war eher ein schluchzendes Jaulen. Das Geräusch bewirkte, dass sie abrupt stehen blieb. Sie ließ die Waffe los. Wieder war dieser Schrei zu hören. So vertraut. So geliebt.

Zeit und Raum schienen zu verschwimmen und umgaben sie wie Wellen auf dem von der Sonne erhitzten Asphalt. Sie drehte sich wie in Zeitlupe um; die Sonne war verschwommen und strahlend über ihr zu erkennen. Dann hielt sie den Atem an und wartete auf diesen vertrauten, geliebten Schrei.

Ein Kinderwagen wurde klappernd über den Gehweg geschoben. Ihr Blick fiel auf den kleinen blonden Kopf, der bei jeder Bewegung der Räder leicht wackelte. Auf das tanzende hellblonde Haar.

Blonde Locken, ein Lächeln, das Grübchen hervorrief, strahlend blaue Augen.

*Weine nicht, Schätzchen. Nicht weinen. Mommy ist ja da. Mommy kommt.*

Jillian drehte sich um.

*Lächle doch mal, Schatz. Lächle für Mommy. Lass Mommy deine Grübchen sehen.*

Sie ging zurück auf den Bürgersteig und lief hinter dem Kinderwagen her, während sie nichts als diesen blonden Kinderschopf wahrnahm. Ihr Herz machte einen Satz, als die pummeligen Beine, die in einer Jeans steckten, im Gleichklang mit dem Schluckauf wackelten.

*Süße kleine Beine, ein gedrungener kleiner Körper. Rundliche Arme, die einen fest umarmten.*

In der Ferne weinte eine Frau. Sie schluchzte gebrochen und trauernd. Jillian blockte das Geräusch ab und konzentrierte sich auf den Kinderwagen.

*Weine nicht, Schätzchen. Nicht weinen. Mommy ist ja da. Mommy kommt.*

* * *

*Was zum Teufel?*

Cosky beobachtete, wie sich die Frau, die ihn verfolgt hatte, umdrehte und in die andere Richtung ging. Möglicherweise war sie doch nicht hinter ihm hergewesen. Coronado Ferry Landing war eine beliebte Anlaufstelle, wenn man einkaufen oder essen gehen wollte, und eventuell war das Ganze ja nichts als reiner Zufall gewesen. Aber dass sie ihm so lange Zeit und über eine solche Strecke gefolgt war, sprach eigentlich dagegen.

Vielleicht hatte sie ihn ja auch für jemand anders gehalten und ihren Fehler bemerkt, nachdem sie aus dem Wagen gestiegen und ihn genauer gesehen hatte. Vermutlich war es ihr danach zu peinlich gewesen, auf ihn zuzukommen.

Er runzelte die Stirn und schüttelte kaum merklich den Kopf. Dabei hätte er schwören können, dass sie ihn wiedererkannt hatte, da sie ihn mit einem erstarrten Gesichtsausdruck angesehen hatte, als wüsste sie, wer er war – oder glaubte, es zu wissen.

Während er sich langsam entspannte, sah er ihr nach, wie sie auf dem Bürgersteig davonging. Sie drehte sich nicht einmal zu ihm um. Als sein Knie verkrampfte und sein Oberschenkel zu schmerzen begann, stieg er wieder in seinen Truck und ließ den Motor an.

Bevor er den Parkplatz verließ, warf er seiner Stalkerin noch einen weiteren Blick zu. Sie würde auch eine sehr merkwürdige Terroristin abgeben. Aber die ganze Sache war schon äußerst seltsam, und das betraf nicht nur die Autofahrt, sondern auch ihren komischen Mantel. Wer trug denn in Coronado im Sommer schon Wolle? Es waren fast dreißig Grad. Sie musste in dem Ding ja förmlich eingehen. Aber er verdrängte diese Fragen und fuhr den Weg zurück, den er gekommen war.

* * *

**Zehn Minuten früher**

Robert Biesel fuhr hinter einem verrosteten, stotternden Wagen auf den Parkplatz des Coronado-Ferry-Landing-Restaurants. Das dicke Auspuffwolken ausstoßende Fahrzeug war vor ihm gewesen, seitdem er Simcosky dichter als sonst gefolgt war. Der Wochenendverkehr war heftig, die Fahrer fuhren aggressiv und ungeduldig, und er wollte nicht Gefahr laufen, sein Ziel zu verlieren. Zwar hatte er noch einen Partner, mit dem er Simcosky abwechselnd beschattete, um die

Gefahr einer Entdeckung zu verringern, aber er konnte Phillip wohl kaum sagen, wo er den SEAL abfangen sollte, wenn er nicht einmal wusste, welche Straße der Mistkerl nahm.

Und dann war dieser komische Wagen noch mit ins Spiel gekommen. Der Auspuff hatte sein Sichtfeld eingeschränkt, ihm aber auch signalisiert, wo er langfahren musste, nachdem ihm klar geworden war, dass die Frau mit den zerzausten Haaren, die hinter dem Lenkrad saß, ebenfalls hinter dem groß gewachsenen Bastard her war.

Er umkreiste den Parkplatz und fand etwa sechs Meter von Simcosky entfernt eine Lücke. Dank seines erhöhten Standpunkts hatte er beide Wagen gut im Blick, als er sein beigefarbenes, langweiliges Oldsmobile auf »Parken« stellte. Er schaltete den Motor aus und rutschte auf dem engen Sitz weiter nach unten, wobei er sich wünschte, dass er sich einfach zurücklehnen und ein Nickerchen machen könnte.

»Das wird eine kurze Angelegenheit«, hatte ihm Manheim versichert. »In vierundzwanzig, maximal achtundvierzig Stunden sind Sie wieder bei der Überwachung.«

Robert schnaubte angewidert. Die Ergreifung von sieben Wissenschaftlern und das Vortäuschen ihres Todes machte weitaus mehr Arbeit, als Manheim bewusst gewesen war. Verdammt noch mal, nur dank absoluter Präzision und eines genauen Timings hatten sie es geschafft, die Explosion wie einen Laborunfall aussehen zu lassen. Aber hatten ihnen die Bosse dafür mehr Zeit gegeben? Natürlich nicht – sie hatten vielmehr verlangt, dass alle rund um die Uhr arbeiteten.

Die Rostlaube parkte am Bürgersteig. Robert beäugte die Frau, die hinter dem Lenkrad saß, und drehte sich dann um. Simcosky stand mit gespreizten Beinen und verschränkten Armen neben seinem Truck. Das lief definitiv auf ein Treffen hinaus, das jedoch nicht freundlich verlaufen würde, wenn er Simcoskys eisigen Gesichtsausdruck und seine einschüchternde Haltung richtig deutete. Möglicherweise hatte der Kerl Ärger mit seiner Freundin.

Als die Frau aus ihrem Wagen stieg, nahm er die Colaflasche aus dem Halter in der Mittelkonsole. Er schraubte sie auf, trank einen Schluck und verzog das Gesicht, als ihm die warme Flüssigkeit in den Mund rann. Die Frau ging in Simcoskys Richtung. Roberts Blick wanderte über ihren dicken Wollumhang. War sie völlig verrückt? Da draußen waren fast dreißig Grad! Dann musterte er ihr dünnes, ausgezehrtes Gesicht.

Das er sofort erkannte.

Er verschluckte sich und bekam Cola in die falsche Röhre, sodass sie ihm bis in die Lunge rann, woraufhin er heftig hustete.

*Verdammte Scheiße!*

Mit tränenden Augen beobachtete Robert, wie die Frau, auf die er zwei Mal geschossen und die er dann in die eisigen Tiefen des Lake Katcheca geworfen hatte, fast vor einen Wagen lief – wäre das nicht großartig gewesen? Das hätte ihm den plötzlichen, heftigen Kopfschmerz erspart. Dummerweise fing sie sich in letzter Minute und machte einen Satz nach hinten.

Diese verdammte Frau hatte mehr Leben als eine Katze.

Was zum Teufel hatte Jillian Michaels in Coronado zu suchen? Und noch viel wichtiger: Warum traf sie sich mit Marcus Simcosky?

Der alte Mann würde durchdrehen, wenn er das erfuhr, und wer würde wohl das ganze Ausmaß seines Zorns zu spüren bekommen?

Wieder musste Robert heftig husten, und sein Herz hämmerte so heftig, dass er das Pochen noch in seinem Kopf spürte. Er hätte beinahe Bransons Schicksal geteilt und wäre ebenfalls im Grab gelandet, nachdem Jillian ihnen im Krankenhaus entwischt war. Phillip war seine einzige Rettung gewesen, er hatte bestätigt, dass Robert tatsächlich den Puls der Frau überprüft hatte.

Ihr Herz hatte definitiv nicht geschlagen, als er sie in den Van gesteckt hatte, da sie tot gewesen war. Er wusste doch, wann er eine Leiche vor sich hatte. Sie war tot gewesen. Genau wie ihre Kinder.

Er holte mehrmals tief Luft und unterdrückte den Hustenreiz. Als er sich die Tränen aus den Augen gewischt hatte, ging Jillian gerade über den Bürgersteig weg von Simcosky.

Robert drehte sich um und sah ihr nach. Hatte sie ihn bemerkt und das Treffen aus diesem Grund abgebrochen? Rasch blickte er zum Pick-up hinüber. Simcosky sah ihr ebenso verwirrt nach.

Die Tatsache, dass sie in Coronado war und mit einem der SEALs interagierte, von denen die Bosse derart besessen waren, würde ihm einen Heidenärger einbringen.

Weglaufen war allerdings sinnlos. Wie zum Teufel sollte er sich verstecken, wenn sein ganzer Körper im Grunde genommen ein einziger Peilsender war? Dieses Mal konnte ihn nichts mehr davor retten, ebenso wie Russ im Grab zu landen.

Es sei denn … Er sah, wie Jillian immer kleiner wurde. Wenn er sie sich schnappte, bevor seine Männer sie sahen und bevor seine Bosse erfuhren, dass sie noch am Leben war …

Er zog sein Handy aus der Tasche. Damit das funktionieren konnte, musste Phillip auf der anderen Seite der Stadt bleiben.

»Hey«, sagte er, sobald der Anruf angenommen wurde. »Es sieht ganz danach aus, als würde Simcosky nach Hause fahren. Warum fährst du nicht rüber zur Orange Avenue und fängst ihn an der Tenth ab?«

»Geht klar«, erwiderte Phillip. »Sag mir Bescheid, falls er es sich noch anders überlegt.«

»Das ist mein Job«, versicherte ihm Robert und legte auf.

Dann legte er das Handy auf den Beifahrersitz und sah erneut nach Simcosky. Sein eigentliches Ziel stieg gerade wieder in seinen Truck.

Fluchend hielt er Ausschau nach Jillian. Hier konnte er sich die Frau wohl kaum schnappen, wo sich die halbe Stadt auf dem Parkplatz rumtrieb und auch noch ein SEAL zusah.

Einige Minuten später fuhr Simcosky fort, aber nicht in die Richtung, in die Jillian verschwunden war.

Was zum Henker ging hier eigentlich vor?

Jillian hatte jetzt Priorität, daher ließ er Simcosky fahren, lehnte sich zurück und wartete. Sobald er die Gelegenheit bekam, würde er sie sich schnappen.

Und dieses Mal würde er dafür sorgen, dass sie endgültig tot blieb.

# Kapitel 3

Cosky fuhr zurück zu Kaits Apartmenthaus. Das Gebäude war von einem Park umgeben. Dem Hauseingang gegenüber befand sich eine mit Gras bewachsene Schneise, auf der sich einige Bäume, ein Baseballplatz mit einer Metalltribüne sowie einige offene, auf Säulen stehende Gebäude mit Picknickbänken und Grillplätzen befanden. Hinter dem Haus war eine weitere Wiese zu finden, auf der man Tennis- und Basketballplätze sowie einen Fahrradweg angelegt hatte.

Der Apartmentkomplex war riesig, nahm den ganzen Block ein und bestand aus einem siebenstöckigen Turm aus Stahl und Glas. Er sah unfassbar teuer aus, was vermutlich bedeutete, dass es hier einen Fahrstuhl gab. Eine solche Annehmlichkeit hätte ihn noch vor vier Monaten nicht weiter interessiert, aber da Kait im sechsten Stock wohnte, käme ihm ein Fahrstuhl jetzt sehr gelegen.

Er stellte seinen Truck auf dem Besucherparkplatz neben dem Bürgersteig ab. Wie in aller Welt konnte sie sich so eine Wohnung leisten? Die Mieten für Apartments in Coronado waren immens. Er musste sich eine Dreizimmerwohnung mit Rawls und Zane – und jetzt Aiden – teilen, weil er nicht ständig auf der Basis wohnen wollte, sich von seinem Sold aber auch nichts Besseres leisten konnte.

Dabei gab es bei ihnen noch nicht einmal annähernd solche Annehmlichkeiten wie hier, und doch hatte Aiden gesagt, dass Kait allein wohnte. Aber er wusste im Grunde genommen ja auch überhaupt nichts über diese Frau, auch wenn er in seinen verdammten Träumen schon unzählige Male mit ihr geschlafen hatte.

Vor seinem inneren Auge nahm ein Bild Gestalt an: lange Beine, die sich um seine Hüfte legten, und ein wundervoller Hintern in seinen Händen. Seine Erregung wurde größer, auch wenn er zuvor durch ein ausgiebiges Training versucht hatte, genau das zu verhindern. Er runzelte die Stirn, als er eine Erektion bekam.

So ein Mist!

Er hatte Kait Winchester erst zwei Mal gesehen. Zumindest war er ihr in der Realität erst zwei Mal begegnet. Sie war eine schlanke, stoische Schönheit, die die Flagge am Sarg ihres Vaters mit zitternden Händen entgegengenommen hatte, und ein sorgenvoller Engel mit bleichem Gesicht, der an Aidens Bett gesessen hatte.

Seitdem träumte er von ihr.

Nur dass sie in seinen Träumen nicht leiden musste, ganz anders als in der Realität. Er hatte den Schmerz in ihren Augen erkannt, da er den gleichen nach dem Tod seines Vaters oft genug in den Augen seiner Mutter hatte sehen müssen.

Er konnte sich noch ganz genau an ihre zweite Begegnung erinnern: Sie waren auf dem Flur vor Aidens Krankenzimmer aneinander vorbeigegangen. Der Körperkontakt hatte nur einen Sekundenbruchteil angehalten, aber er war abrupt stehen geblieben, da jeder Nerv in seinem Körper auf einmal in Flammen zu stehen schien. Sein Herz hatte wie verrückt geklopft. Zuerst hatte er schon umkehren und ihr wieder ins Zimmer folgen wollen. Doch dann waren sämtliche Alarmsirenen in ihm losgegangen. Diese Frau war gefährlich.

Wenn ihn ein Blick schon erstarren ließ und eine Berührung in Erregung versetzte, dann musste er sich von ihr fernhalten.

Auf der Stelle.

Bevor er auf den Geschmack kam.

Eine solche augenblickliche, überwältigende Anziehungskraft führte zu Dingen, die er gar nicht erst genauer ergründen wollte – wie beispielsweise Besessenheit und Verlangen.

Daher hatte er sich zurückgezogen und war ihr die nächsten fünf Jahre aus dem Weg gegangen, aber selbst jetzt, fünf Jahre später, konnte er noch immer den süßen Zitrusduft riechen, der sie umgeben hatte.

Beim Aussteigen warf er der Krücke, die vor dem Beifahrersitz lehnte, einen Blick zu, nahm sie aber nicht mit. Er wollte sich auf gar keinen Fall damit humpelnd zu ihrer Tür schleppen. Es war erniedrigend genug, in diesem Zustand bei ihr aufzutauchen. Außerdem bewies es auf eindrucksvolle Weise, dass er den Verstand verloren hatte.

Was dachte er sich nur dabei?

Er war dieser Frau fünf Jahre lang aus dem Weg gegangen, weil sie sein Innerstes in Brand zu setzen schien, und jetzt hatte er vor, sich auf ihren Massagetisch zu legen und sich von diesen Händen, von denen er in mehr Nächten geträumt hatte, als er sich eingestehen wollte, über die nackte Haut streichen zu lassen? Eine der Kugeln musste seinen Kopf getroffen haben, da er anscheinend nicht mehr klar denken konnte.

Eine Frau mit abstehenden pinkfarbenen Haaren, die hinter einem kleinen Kaffeestand aus Edelstahl auf Kunden wartete, begrüßte ihn mit aufreizendem Grinsen, als er die Haustür erreichte. Er ignorierte sie und konzentrierte sich stattdessen auf die Goldtafel mit den zahlreichen Namen und Nummern, die neben dem Eingang hing. Dann hatte er »K. Winchester« gefunden, Apartment Nummer 607, und drückte auf die Klingel.

»Ja?«, kam es aus der Gegensprechanlage.

Cosky wand sich unangenehm berührt, als er die raue Frauenstimme hörte. Sie hatten alles per SMS vereinbart, daher hatte er sie nie sprechen gehört. Auch hatte er nicht damit gerechnet, dass ihn ihre Stimme derart bis ins Mark erschüttern würde. War das nicht einfach großartig? Jetzt konnte er seine erotischen Träume, die sich bisher vor allem um ihre Hände und ihr Haar gedreht hatten, auch noch um ihre Stimme erweitern.

»Kait Winchester?«

»Lieutenant Simcosky?«, fragte die rauchige Stimme.

»Ja.«

Es gab eine kurze Pause, als wäre sie erstaunt, dass er wirklich aufgetaucht war. Damit waren sie schon zwei.

»Ich mache auf. Am anderen Ende der Lobby ist ein Fahrstuhl. Ich wohne im sechsten Stock. Apartment 607, am Ende des Flurs, linke Seite«, sagte sie mit einer so rauen Stimme, als wäre sie gerade erst aufgestanden.

Ein Bild flackerte vor seinem inneren Auge auf: goldenes Haar, das sich auf einem dunklen Kissen ausbreitete. Er fluchte leise und verspannte sich. Himmel, er war schon jetzt unglaublich nervös, und das waren keine guten Aussichten, wenn er gleich züchtig wie ein Priester vor ihr liegen wollte, während ihre Hände ihn berührten.

»Sie besuchen Kaity?«, fragte das Kaffeemädchen. »Sie wohnt am Ende des Flurs, sechster Stock.«

»Das habe ich auch gehört«, erwiderte Cosky angespannt und drückte gegen die Tür, sobald der Summer zu hören war. Das Bild von blondem Haar auf Seidenkissen begleitete ihn beim Gang durch die Lobby. Das war doch verrückt. Aber er ging weiter.

Aiden hatte behauptet, dass ihre schlanken, aristokratischen Hände Wunder bewirken konnten. Überdies war sein

Teamkamerad selbst das beste Beispiel dafür, was sie erreichen konnte.

Cosky war sich da allerdings nicht so sicher. Doch es ließ sich nicht leugnen, dass keiner damit gerechnet hatte, Aiden je wieder laufen zu sehen. Sie hatten erst recht nicht erwartet, dass er eines Tages wieder rennen würde. Dennoch war es ihm gerade mal sechs Monate, nachdem sie ihn in den Black Hawk gezerrt hatten, gelungen, zweieinhalb Kilometer in neun Minuten zu laufen.

In neun verdammten Minuten.

Also würde sich Cosky hinlegen und sich von ihren heißen Händen um den Verstand bringen lassen – in der Hoffnung, dass sie bei ihm ebenfalls ein Wunder bewirken konnte. Denn ansonsten würde sein Platz im Team anderweitig vergeben werden, da jemand mit einem kaputten Bein bei den SEALs nichts zu suchen hatte.

Drei Studentinnen traten aus der Fahrstuhlkabine und kamen näher. Sie hatten Tennisschläger in ihren durchtrainierten Armen und lächelten ihm aufreizend zu, aber er ignorierte sie und ging etwas schneller, weil er darauf hoffte, den Fahrstuhl noch zu erreichen.

Doch als er noch zwei Schritte davon entfernt war, schlossen sich die Türen.

Leise fluchend drückte er mit einem Finger auf den Knopf. Vor vier Monaten hätte er einfach die Treppe genommen, ohne überhaupt darüber nachzudenken. Aber vor vier Monaten hätte er auch noch einen weiten Bogen um dieses Gebäude gemacht. Lieber hätte er sich einer ganzen Reihe von psychologischen Befragungen ausgesetzt, anstatt der Gefahr, die ihn auf ihrem Massagetisch erwartete, ins Auge zu sehen.

Vor vier Monaten hatte er noch ein Gehirn besessen, das sich in der oberen Körperhälfte befand.

Als der Fahrstuhl im sechsten Stock ankam, protestierte Coskys Bein vor Schmerz und pochte im Tempo der Rotorblätter eines Black Hawk. Das Letzte, was er jetzt noch im Sinn hatte, war Sex. Gott sei Dank.

Nicht, dass er je Probleme damit gehabt hätte, seinen Körper unter Kontrolle zu halten, aber so musste er während der nächsten Stunde zumindest nicht auch noch gegen diesen Dämon ankämpfen. Schließlich hatte er fast schon in Erwägung gezogen, sich das Bein ohne Betäubung abzuschneiden, da er den jetzigen Zustand nicht mehr ertragen konnte. Während er aus dem Fahrstuhl und auf ihre Wohnung zuhumpelte, klang ihr Massagetisch zunehmend besser. Wenigstens musste er das Bein dann nicht mehr belasten.

Vor ihrer Tür drückte er auf die Klingel und widerstand dem Drang, sich gegen den Türrahmen zu lehnen, während er wartete. Vermutlich hätte er die Krücke doch mitnehmen sollen, aber die Vorstellung, damit in ihre Wohnung zu kommen, war fast noch peinlicher als der Gedanke, mit dem Gesicht voran hineinzustürzen, weil er den Halt verlor.

Als sie die Tür öffnete, atmete er erleichtert auf. Das offene goldene Haar aus seinen Träumen war nicht zu sehen. Wahrscheinlich hatte sie es hochgesteckt. Sie trug ein lockeres, pfirsichfarbenes T-Shirt und eine weite, leichte Baumwollhose, was bedeutete, dass alle interessanten Körperteile gut verhüllt waren.

So weit, so gut.

Bis sie den Mund aufmachte.

»Solltest du nicht eine Krücke benutzen, Marcus?«

Die Art, wie ihre kehlige Stimme seinen Namen fast schon wie eine Liebkosung aussprach, hatte etwas sehr Vertrautes an sich. Etwas, bei dem sich sein ganzer Körper verspannte und auf das er viel zu stark reagierte.

Außerdem nannte ihn niemand außer seiner Mutter Marcus. »Eigentlich nennen mich alle Cosky oder Cos.«

Sie sah ihm mit ihren intensiven braunen Augen ins Gesicht und zog die Augenbrauen hoch. »Ich bin keiner deiner Teamkameraden.«

Er versteifte sich noch weiter. Was zum Teufel sollte das denn bitteschön heißen? Bevor er auch nur die Gelegenheit bekam, sie das zu fragen, sprach sie bereits weiter. Die Form ihrer geschwungenen, rosafarbenen Lippen lenkte ihn einen Augenblick lang ab. Bis er diese Faszination endlich abgeschüttelt hatte, war ihm der Großteil ihrer Erwiderung entgangen.

»… dass du größere Fortschritte machen würdest, wenn du eine Krücke benutzt?«

Er zwang sich, das fragliche Bein zu belasten, unterdrückte alle Anzeichen dafür, dass es schmerzte, und starrte zurück. »Es ist nicht so schlimm.«

»Ja, klar.« Sie verdrehte die Augen und schüttelte den Kopf. »Natürlich ist es das, sonst wärst du nicht hier.«

Als er ihr herzförmiges Gesicht musterte, fiel ihm zum ersten Mal auf, dass sie das Kinn trotzig vorschob. »Müssen wir das hier draußen besprechen oder darf ich reinkommen?«

Sie errötete leicht und machte einen Schritt zur Seite. »Schaffst du das allein oder möchtest du dich aufstützen?«

*Etwa auf sie?*

*Auf gar keinen Fall.*

»Ich komme schon klar«, fauchte er und hörte die Anspannung in seiner Stimme.

»Das sehe ich.« Sie starrte unnachgiebig zurück, und ihre Skepsis bewirkte, dass ihre Augen rund und ihre Lippen zu einem Strich wurden.

Ihre Augen waren dunkelbraun und ihre Wimpern und Augenbrauen ebenfalls dunkel. Unter dem goldfarbenen Haar sah das sehr attraktiv aus. Konnte eine echte Blondine so dunkle Augen haben? Möglicherweise stammte ihre Haarfarbe ja aus der Tube und war gar nicht natürlich. Nicht, dass es irgendeinen Unterschied gemacht hätte.

»Kommst du jetzt rein oder nicht?«

Als er an ihr vorbeiging, fing er einen Hauch eines gleichzeitig süßen und herben Dufts ein, der ihn an Zitronen oder Orangen erinnerte. Dieses Aroma hatte er die letzten fünf Jahre immer wieder in der Nase gehabt. Bisher waren ihm Zitronen und Orangen völlig egal gewesen, warum fing seine Haut dann auf einmal an zu kribbeln und zu prickeln? Und warum zog sich sein Magen aufgrund einer plötzlichen, unerklärlichen Gier zusammen?

Um diese unerwünschte Reaktion zu unterdrücken, belastete er sein Bein schwerer als sonst und konzentrierte sich auf den scharfen Schmerz, der sich anfühlte, als würde jemand Glasscherben in sein Knie rammen. Drei Schritte später hatte die Verspannung in seinen Muskeln eher etwas mit Schmerz zu tun als mit Erregung.

Die Wände des kurzen Flurs hingen voller Fotos. Auf den meisten waren ihr Vater, Commander Winchester, mit dem Cosky damals in Minnow gedient hatte, sowie ihr Bruder Aiden zu sehen. Aber da waren auch immer wieder zwei Frauen abgebildet. Die eine, eine blonde Schönheit auf vergilbten Fotos, sah Kait derart ähnlich, dass es sich bei ihr um ihre Zwillingsschwester oder ihre Mutter handeln musste. Die andere Frau war klein und rundlich und trug ihr silberfarbenes Haar als Bob geschnitten. Cosky musterte das Bild im Vorbeigehen und glaubte, Kaits Gesichtsform und das sture Kinn wiederzuerkennen.

Kaits Fotogalerie bewies, wie wichtig ihr ihre Familie war, und erinnerte Cosky gleichzeitig an die Diele seiner Mutter. Dort hingen ebenfalls unzählige Bilder, und er konnte nicht durch die Tür gehen, ohne sich selbst ins Gesicht zu sehen.

Der Flur führte ins Wohnzimmer. Cosky konnte dort keinen Massagetisch sehen. Stattdessen hatte sie ein weißes Laken auf die Couch gelegt und an den Ecken unter die Kissen geklemmt. Neben dem Sofa stand ein Kaffeetisch mit einer Ansammlung von Plastikflaschen sowie einem Stapel zusammengefalteter Handtücher.

»Ich bin überrascht, dass du wirklich gekommen bist«, sagte Kait hinter ihm. »Ich hätte nicht gedacht, dass du offen für eine metaphysische Heilung bist.«

Eine metaphysische Heilung? So nannte sie das also?

»Ich habe mein Urteil noch nicht gefällt.« Er drehte sich zu ihr um, da sie noch immer im Türrahmen des Wohnzimmers stand und ihn beobachtete. Als sich ihre Blicke trafen, hätte er schwören können, dass das Wohnzimmer plötzlich kleiner wurde. Eine elektrische Ladung lief ihm kribbelnd den Rücken herunter.

»Das wundert mich nicht.« Ein Schatten glitt über ihre Augen. Mit leicht zuckenden Lippen kam sie näher. »Du bist eigentlich nicht der Typ dafür.«

»So was gibt's?« Cosky legte den Kopf schief und dachte an Zane, dessen Vorahnungen ihnen schon sehr oft den Arsch gerettet hatten. Einige Dinge ließen sich einfach nicht logisch erklären, man musste sie einfach akzeptieren und daran glauben.

»Ja, allerdings. Dazu gehört eine gewisse Offenheit, die dir vermutlich fehlt.«

Cosky wurde immer verärgerter. Sie kannte ihn noch keine zwei Minuten, und das war wohl kaum genug Zeit, um ihn in irgendeine Schublade stecken zu können. »Wenn ich ein Zyniker wäre, würde ich davon ausgehen, dass du dir jetzt schon Ausreden dafür ausdenkst, warum dieses Experiment in die Hose geht.«

Sie zuckte mit den Achseln und trat einen Schritt näher. »Aiden sagte, er hätte dich darüber informiert, dass es in den meisten Fällen nicht funktioniert.« Als sie ihn mit gerunzelter Stirn ansah, konnte er ihre Frustration erkennen, und in ihren Augen zeichnete sich etwas Dunkles und Grüblerisches ab.

Doch dann schien sie ihren Frust mit einem leichten Achselzucken abzuschütteln. Ihre dunkelbraunen Augen richteten sich erneut auf ihn, und Cosky glaubte, dass der Raum ein weiteres Mal geschrumpft war. Eine Woge aus Zitrusduft schwebte an ihm vorbei.

Seine Haut spannte sich an und kribbelte.

Na, großartig.

Er unterbrach den Blickkontakt und drehte sich zur Couch um. Ihrem intensiven Blick musste er unbedingt ausweichen, da er seltsame Dinge mit seinem Herzen und seiner Atmung anstellte, und das konnte er unter diesen Umständen beim besten Willen nicht gebrauchen.

»Soll ich mich auf den Bauch oder auf den Rücken legen?«

»Auf den Bauch. Ich werde zuerst deinen Rücken bearbeiten, damit du dich entspannst. Je entspannter du bist, desto besser ist die Aussicht auf eine Heilung. Hast du Shorts angezogen, wie ich gesagt habe? Ich muss direkten Hautkontakt herstellen.«

*Direkter Hautkontakt.* Jeder Muskel in Coskys Körper zuckte. Die Haare an seinen Armen, seinen Beinen und in seinem Nacken stellten sich auf.

Beinahe hätte er sich umgedreht und wäre zur Tür hinausgestürmt. Aber nur beinahe.

Doch dann fiel ihm Aiden wieder ein. Aiden, der die zweieinhalb Kilometer in neun Minuten lief. Er legte die Hände an seinen Hosenbund.

»Ich habe Shorts unter der Jogginghose an.«

»Das Badezimmer ist links, falls du dich ungestört umziehen möchtest«, sagte sie, und ihre Stimme klang rauer und näher.

Ein Schauder lief Cosky den Rücken hinunter.

Verdammt, da war etwas in ihrer Stimme, das er nicht hören wollte. Etwas Heiseres und Ausgehungertes. Etwas, das verdammt nah an Erregung war. Er zögerte einen Moment, biss dann jedoch die Zähne zusammen und zog sich das T-Shirt über den Kopf. Mit einer schnellen Bewegung hatte er auch schon die Jogginghose heruntergezogen. Dann setzte er sich auf die Couch, schnürte seine Stiefel auf und zog sie und die Hose aus.

Ohne den Kopf zu heben, drehte er sich um und legte sich flach auf das Sofa, wobei er die Arme verschränkte, um sie als Kissen nutzen zu können. Er drehte den Kopf so, dass er die Rückenlehne anstarrte.

*Guck lieber gar nicht hin.*

Er unterdrückte einen höhnischen Fluch und war sich des Drucks in seinem Schritt nur zu gut bewusst. Aber dagegen konnte er jetzt nichts unternehmen.

Seine Haut kribbelte, als er ihre leisen Schritte auf dem Teppich hörte. Sie blieb auf der anderen Seite des Raums stehen, und dann waberte eine geflötete New-Age-Melodie durch das Zimmer. Aufgrund der Musik hörte er nicht mehr, ob sie sich bewegte, sodass er sich verspannte und angestrengt lauschte, um ihre Schritte zu erhaschen.

Ihr Zitrusduft warnte ihn, dass sie sich ihm erneut näherte. Auf einmal wärmte ihn ihre Körperwärme vom Hintern bis zu den Schultern, und ihr Duft umgab ihn wie eine Wolke und badete ihn in der zitrusartigen Süße. Jede Zelle seines Körpers schien zu erstarren und sich mit wachsender Erregung auf sie zu konzentrieren.

Mann, er saß echt in der Klemme, und dabei hatte sie ihn noch nicht einmal berührt.

»Hier«, sagte sie, und ihm wurde ganz warm im Nacken. »Du kannst eines davon als Kissen nehmen.«

Ihre schlanke Hand legte ihm eins der gefalteten Handtücher vor den Kopf. Er hielt den Atem an, als ihr Körper den seinen streifte, und öffnete dann die Arme, um sich das Handtuch unter die Wange zu legen.

»Ich lege auch eins unter deine Fußknöchel«, kündigte sie an, und ihr Körper schien an seiner Seite eine brennende Spur zu hinterlassen, als sie ihn berührte. »Dadurch wird dein Kreuz besser gestützt.« Er verspannte sich, als sie seine nackten Füße anhob und das Handtuch darunterschob.

Auf seiner linken Seite war das saugende Geräusch einer zusammengedrückten Plastikflasche zu hören, gefolgt vom öligen Schmatzen ihrer aneinandergeriebenen Hände.

»Ich fange oben am Rücken und an den Schultern an«, erklärte sie mit heiserer Stimme.

Die Wärme an seiner Seite verschwand, als sie sich über ihn beugte. Die sinnliche Zitruswolke kam näher und umgab ihn noch dichter, bis er das Gefühl hatte, sich in einer duftenden Blase zu befinden.

Er zuckte zusammen, als ihre Hände seine Haut berührten und mit langen, gemächlichen Berührungen über seinen Rücken strichen. Auf einmal war ihr Geruch nicht mehr das Einzige, woran er denken konnte.

In seinen Träumen waren ihre Hände kühl, sanft und glatt gewesen, während sie wie Seide über seine Haut strichen und jede Stelle danach prickelte und sich nach mehr sehnte.

In Wirklichkeit waren sie jedoch heiß.

Kräftig.

Entschlossen.

Sie bohrten sich kraftvoll und selbstsicher in seinen Rücken und kneteten die Muskeln, die sich von Sekunde zu Sekunde mehr verspannten. Von den Stellen, an denen sie ihn berührte, breitete sich die Hitze in feurigen Wellen aus und schien jeden Muskel, jeden Nerv und jeden Knochen in

Brand zu setzen, bis sein ganzer Körper in Flammen zu stehen schien.

Das Kribbeln war auf einmal die geringste seiner Sorgen.

Jetzt befürchtete er eher eine spontane Selbstentzündung.

»Tut es weh, wenn ich dich hier berühre?«, wollte sie wissen, und ihr Atem strich wie ein kühler Hauch über seinen verschwitzten Nacken.

Ihre Berührung wurde von einem Kneten zu einer Liebkosung, und er begriff, dass sie die geschundene, vernarbte Erinnerung an die beiden Kugeln, die er in den Rücken bekommen hatte, massierte. Sie beugte sich dichter über ihn, ihr Körper berührte seine Taille und ihre Hände glitten sanft auf und ab und fuhren um das blasenförmige Narbengewebe herum.

Dann wurden ihre Hände langsamer und sanfter, und ihr Rhythmus glich nun eher einem Streicheln als einer Massage.

Streichelte sie ihn etwa?

Wieder stieß sie die Luft aus, die ihm gegen den Nacken wehte. Dadurch wurde eine elektrische Ladung ausgelöst, die seine Wirbelsäule entlang und direkt in sein Gehirn fuhr. Ihm wurde ein bisschen schwindlig, und er fühlte sich benommen.

*Großer Gott.* »Ich tue dir doch nicht weh, oder?«

»Nein.« Das Wort klang, als hätte er den Mund voller Kieselsteine.

Ihre brennenden Hände wanderten höher und packten wieder fester zu. Ihre Finger bohrten sich in seine Haut und drückten zu, und sie massierte ihn in einem stetigen Rhythmus. Er versuchte, nicht zu atmen, aber diesen Kampf konnte er nicht gewinnen. Mit jedem angestrengten Atemzug nahm er ihren Geruch tiefer in sich auf, der sein Gehirn zu umnebeln schien, bis er sich darin verlor.

* * *

Kait stand neben der Couch, holte tief Luft und beugte sich über Cosky. Er zuckte zusammen, als sie die linke Handfläche auf den gewölbten Muskel rechts neben seiner Wirbelsäule drückte, und lag dann regungslos da.

Sie stützte die rechte Hand auf die linke und drückte zu, wobei sie nach und nach die Arme drehte, sodass ihre Handfläche auf seinem Rücken langsam Kreise gegen den Uhrzeigersinn beschrieb. Die Muskeln unter ihren Fingern waren hart und heiß, Stahl, der von Seide ummantelt war.

In ihrem Bauch zog sich alles zusammen, weil ihr auf einmal ganz warm und schwindlig wurde. Kait schnappte nach Luft. Großer Gott, sie war derart darauf fixiert gewesen, ihn endlich zu berühren, dass sie vergessen hatte, zu atmen.

Es war fast nicht zu begreifen, dass Marcus Simcosky, der Mann, den sie schon länger begehrte, als sie sich selbst eingestehen mochte, tatsächlich auf ihrer Couch lag und nichts als locker sitzende Sportshorts trug. Sein muskulöser, gebräunter Körper präsentierte sich ihr und schien nur auf ihre Berührung zu warten.

Natürlich war er nicht in der Absicht hierhergekommen, ihr eine Vielzahl sinnlicher Wonnen zu schenken, und sie hatte auch vor, ihr Versprechen zu halten und diesen wundervollen, geschmeidigen Körper mit allem, was ihr zur Verfügung stand, zu massieren, in der Hoffnung, dass sie etwas von der magischen Energie kanalisieren und den Heilprozess seines Knies in Gang setzen konnte. Aber sie war auch keine Idiotin. Wenn man ihr schon einen ein Meter dreiundneunzig großen Prachtkerl vor die Nase setzte, würde sie nichts davon abhalten können, diese unerwartete Wonne wenigstens ein bisschen zu genießen.

Vor allem, da dies wohl ihre einzige Gelegenheit bleiben würde, seinen großen, schlanken Körper anzufassen.

Coskys versteinerter Miene, seinen knappen Antworten und seinen verspannten Muskeln nach zu urteilen, schien er dieses Erlebnis nicht so zu genießen wie sie. Sollte sein Knie nach dieser Massagesitzung keine nennenswerten Fortschritte machen, würde er sich wohl kaum erneut auf ihre Couch legen.

Aber jetzt war er hier, und sie spürte ihn fest und seidenglatt unter ihren Fingerspitzen. Sie legte die Hände nebeneinander, spreizte die Finger und bohrte sie in seinen angespannten Rücken, um die festen Muskeln zu lockern und zu kneten. Doch anstatt weicher zu werden, schien sich alles nur noch mehr zu verspannen.

Sie runzelte die Stirn. Vielleicht wandte sie zu viel Kraft auf.

»Tue ich dir weh?«, erkundigte sie sich und nahm sich etwas zurück.

»Nein.«

Da seine Stimme gepresst klang und er unter ihren Fingern erschauderte, übte sie noch weniger Druck aus. Er würde es ohnehin nicht zugeben, wenn sie ihm wehtat. Männer und ihr dämlicher Stolz.

Als sie zu seiner Schulter und den runden, roten Narben auf seiner Haut kam, wurde ihre Berührung noch sanfter. Sie liebkoste das gewölbte, raue Gewebe mit den Fingerspitzen, die sie zärtlich darübergleiten ließ.

Schusswunden.

Auch wenn sie solche Verletzungen noch nie zuvor gesehen hatte, erkannte sie sie sofort.

Ihr Brustkorb zog sich zusammen, und sie bewegte die Hände langsamer über die roten Wölbungen. Sie hatte gewusst, dass man ihm auch in den Rücken geschossen hatte, aber davon zu hören und die Auswirkungen unter ihren Händen zu spüren waren zwei völlig unterschiedliche Angelegenheiten.

Sie waren so klein, nicht einmal so groß wie eine Münze, und sahen so unschuldig aus, dabei verursachten sie so schwere Verletzungen.

Ihr wurde übel, als sie sich ausmalte, wie die Kugeln in ihn eingedrungen waren und seinen wunderschönen Rücken punktiert und Muskeln und Knochen zerstört hatten. Wieder streichelte sie über die Narben. Dieses Mal zuckte er unter ihren Fingern.

»Bist du dir sicher, dass es nicht wehtut?« Sie musste die Frage förmlich über ihre Lippen zwingen, da es ihr auf einmal die Kehle zuschnürte. Wenn sie sich vorstellte, wie knapp er dem Tod entronnen war …

»Ja.«

Aber seine Stimme klang gepresst. Die Narben sahen rot und wund aus. Möglicherweise waren sie empfindlich. Vorsichtshalber übte sie noch weniger Druck aus und strich fast federleicht über die Stellen. Die Haut unter ihren Fingern zuckte noch heftiger, was ihr deutlich zu verstehen gab, dass ihm das, was sie da tat, nicht gefiel. Als er die Muskeln an seinem Rücken sichtlich anspannte, wandte sie sich einer anderen Stelle zu und bohrte die Finger in seine Schultern, um diese kraftvoll zu kneten.

»Entspann dich«, forderte sie ihn auf und genoss es, ihn unter ihren Händen zu spüren. Himmel, er fühlte sich so gut an, so heiß, so fest, so perfekt.

In ihrem Bauch loderte ein Feuer, und Wärme breitete sich in ihrem Körper aus und erhitzte sie. Sie verflüssigte Knochen, schmolz Muskeln, brachte ihr Blut zum Kochen.

Kait hielt inne, wischte sich den Schweiß von der Stirn und beugte sich erneut über ihn. Aber nur wenige Sekunden später brannte ihr der Schweiß in den Augen und kitzelte ihre Kopfhaut.

Die Hitze war ein gutes Zeichen. Erfolgreiche Heilungen endeten immer damit, dass sie schweißgebadet war und unter die Dusche musste.

Aber diese Hitze fühlte sich irgendwie anders an. Sie war dichter, schwerer, sexuell aufgeladen.

Wie viel von diesem Feuer beruhte eigentlich auf Begierde und wie viel davon gehörte zur heilenden Energie? Gelang es ihr momentan überhaupt, diese Heilkräfte anzuzapfen?

* * *

Das Inferno, das ihre Hände erzeugten, drang tief ein und traf ihn bis ins Mark. Das Feuer erhitzte sein Blut und verband sich mit seinen Knochen, bis sein Innerstes lockerer zu werden schien und sich mit einer urtümlichen Gier auf sie konzentrierte.

Der Druck in seinem Schritt explodierte und ließ seinen Penis und seine Hoden auflodern. Er musste sich unbedingt beruhigen, sonst würde das Ganze bald peinlich enden.

»Du musst dich entspannen«, sagte sie über ihm, und ihre Hände lagen auf einmal still auf seinen Schultern. Dann machte sie erneut diese zärtliche kleine Liebkosung, und ein Stromstoß schien aus ihren Fingern direkt in sein Glied zu rasen.

Er erstarrte unter ihren Händen.

»Das ist mein Ernst!« Man konnte ihr die Verzweiflung anhören. »Entspann dich. Du musst viel lockerer werden.«

Wieder flatterten ihre Hände über seine Haut, als würde sie versuchen, ihn zu beruhigen. Er unterdrückte ein Stöhnen, und ein Prickeln lief an seiner Wirbelsäule entlang und schien jede Nervenzelle unter Strom zu setzen. Das war nicht gerade entspannend.

»Du bist ja hart wie ein gottverdammter Stein.« Ihre Worte klangen nicht gerade, als wäre das etwas Bewundernswertes.

Cosky unterdrückte den Drang, sich herumzudrehen und sie an sich zu ziehen. Stattdessen knirschte er mit den Zähnen und verließ sich auf seine herausragende Selbstbeherrschung.

Die zum allerersten Mal überhaupt nicht so herausragend war. Sein Körper ignorierte die Befehle seines Verstands und tat einfach, was er wollte.

Jede Zelle, jeder Nerv, jedes Atom in ihm schien auf sie eingestimmt zu sein. Auf diese heißen, kräftigen Hände und ihre sengende Körperwärme. Der Wunsch, sich umzudrehen, wurde immer stärker und schien seine Arme zum Gehorsam zwingen zu wollen. Er stöhnte, weil er innerlich mit sich rang.

Sie lachte schnaubend auf. »Tja, wenigstens weiß ich jetzt, dass du noch nicht eingeschlafen bist«, meinte sie und hatte offenbar nicht bemerkt, was ihre Hände bei ihm auslösten.

Möglicherweise war sie aber auch an eine derartige Reaktion gewöhnt. Vielleicht passierte so etwas jedes Mal, wenn sie ihre Hände auf die Haut eines Fremden legte. Dieser ernüchternde Gedanke dämmte das Feuer ein wenig ein. War es das, was hier gerade geschah? Er hatte noch nie auf diese Weise auf die Berührung einer Frau und auf ihren Geruch reagiert. War diese verrückte Reaktion möglicherweise nur eine Nebenwirkung ihrer Gabe? Er war fünfunddreißig Jahre alt, verdammt noch mal! Er wusste, wie es sich anfühlte, eine Frau zu begehren. Das hier ging weit darüber hinaus. Es grenzte an etwas, das er nicht einmal benennen und an das er nicht glauben wollte. Er war kurz davor, die Kontrolle zu verlieren, und das nur, weil ihn ihre Hände seit einigen Minuten berührten.

Das war nicht normal. Hier ging etwas anderes vor sich. Er konnte Rawls' Lachen fast schon hören, als ihm diese Erkenntnis durch den Kopf schoss.

»Es funktioniert nicht«, sagte sie schließlich und nahm die Hände weg.

Seine Enttäuschung war riesig, auch wenn das lächerlich war. Er hatte ohnehin keine hohen Erwartungen an diese Heilmethode gehabt.

Zanes Visionen waren da etwas ganz anderes. Sie waren begrenzt und ließen sich leicht untermauern. Sie geschahen in Echtzeit und im wirklichen Leben. Aber wie wollte man etwas derart Substanzloses wie eine heilende Berührung beweisen? Verdammt, nach allem, was sie oder Aiden wussten, konnten ihre vermeintlichen Erfolge auch schlicht und einfach auf einer natürlichen Heilung basieren. Dennoch hatte es ihn ja nichts gekostet, es wenigstens mal zu versuchen.

Wieder hörte er Rawls' Stimme in seinem Kopf: »Soweit ich weiß, wächst der Scheiß nicht von alleine nach …«

»Da dich die Massage nicht entspannt, werde ich mich einfach auf dein Bein konzentrieren.« Sie bewegte sich neben ihm, und ihr Körper berührte seinen, als sie mit den Händen zur Rückseite seines Oberschenkels glitt.

Wieder begann sie damit, seine Haut mit ihren heißen Händen zu kneten.

Als ihre Hände höher und immer höher wanderten, machte sein Herz einen Satz und schlug dann wie ein Presslufthammer. Dann blieb es auf einmal stehen, da ihre Finger den Saum seiner Shorts berührten.

Er verspannte die Gesäßmuskeln und schickte den eindringlichen Befehl, in jedem Fall stillzuhalten, an seine Arme, seine Hände und seine Finger.

Großer Gott, er musste sie unbedingt dazu bringen, sich einer anderen Stelle zuzuwenden.

»Die Verletzung ist an meinem Knie«, murmelte er gepresst und konnte nur hoffen, dass sie ihre Hände schnell an einen ungefährlicheren Ort legte.

»Vorn oder hinten?«

Beinahe hätte er vor Erleichterung aufgestöhnt, als sie wieder an seinem Bein nach unten wanderte. »Vorn.«

Er hörte das Rascheln ihrer Kleidung, als sie sich aufrichtete. Sie nahm die Hände weg, und er konnte ihre Körperwärme nicht mehr spüren. Die Zitruswolke, die ihn umgeben hatte, war mit einem Mal ebenfalls verschwunden. Er wäre erleichtert gewesen, wenn der Schaden nicht längst angerichtet worden wäre.

»Warum drehst du dich dann nicht um? Ich kann auch eine Weile die Vorderseite massieren.«

Cosky fluchte leise. Angesichts des Baseballschlägers, der sich in seinen Shorts gebildet hatte, und der Art, wie seine Libido zunehmend außer Kontrolle geriet, wollte er sich auf gar keinen Fall auf den Rücken legen.

»Tja.« Er räusperte sich. »Das ist keine so gute Idee.«

»Brauchst du Hilfe beim Umdrehen?« Ihre Stimme war wieder näher gekommen, und auch die Wärme war wieder da, ebenso wie die verdammte Duftwolke …

»Das ist nicht das Problem.«

»Okay.« Wieder klang sie, als wäre sie kurz vor dem Verzweifeln. »Würdest du mir dann vielleicht verraten, was das Problem ist?«

*Ach, was soll's?* Es war ja nicht so, als könnte er seinen Zustand verbergen, wo seine Mördererektion die Shorts deutlich erkennbar ausbeulte. Sie würde es so oder so irgendwann bemerken.

»Sagen wir einfach, dass mein Körper deine Aufmerksamkeit sehr zu schätzen weiß«, sagte er und wartete gespannt darauf, wie sie reagieren würde.

Er hörte, wie sie hinter ihm scharf einatmete. Anscheinend war sie vor allem überrascht. Warum zum Teufel ihn das derart freute, war eine Frage, der er lieber nicht genauer auf den Grund gehen wollte.

Aber sie erholte sich schnell wieder von ihrem Staunen und lachte. Sie lachte so unbefangen, als wäre das keine große Sache.

Das ärgerte ihn – sehr sogar.

Bekamen Männer bei ihrer Berührung so häufig eine Erektion, dass sie darüber lachen konnte?

»Das ist bloß die männliche Physiologie, Lieutenant. Ich kann es ignorieren, wenn Sie es auch können.«

Er klappte so heftig den Mund zu, dass ihm die Zähne wehtaten.

*Sie konnte es ignorieren?*

*Das wollen wir mal sehen!*

Ohne weiter darüber nachzudenken, hielt er sich am Rand des Sofas fest und drehte sich um.

# Kapitel 4

Kait hätte beinahe laut aufgekeucht, als sich Cosky auf einmal umdrehte, und sie war sofort bestrebt, genau zu ergründen, wie sehr sein Körper ihre Aufmerksamkeit genoss – und anhand seiner sichtlich ausgebeulten Shorts war er ausgesprochen angetan davon.

Oha … Sie räusperte sich und fragte sich, ob ihr Gesicht so puterrot geworden war, wie es sich anfühlte. Offensichtlich war sie nicht die Einzige, die diese sexuelle Anziehungskraft spürte.

Sie wich seinem Blick aus, wischte sich den Schweiß von der Stirn und drehte sich zu ihren Massageölen um. Unbeholfen griff sie nach der nächsten Flasche, die sie auch prompt umstieß. Also nahm sie die nächste und gab etwas von der öligen Flüssigkeit auf ihre Hände, wobei sie mehr Zeit als notwendig dazu aufwandte, diese zwischen ihren Handflächen zu erwärmen. Dann drehte sie sich zur Couch um, beugte sich über sein Knie und räusperte sich erneut.

»Sag Bescheid, wenn der Druck zu fest ist«, verlangte sie und musste sich sehr zusammenreißen, um den Blick nicht nach rechts schweifen zu lassen und diese faszinierende Beule, die ihm so peinlich zu sein schien, genauer in Augenschein zu nehmen.

Ihre Kehle wurde ganz trocken, als sie sich vorbeugte, die Hände auf sein Knie legte und das Massageöl vorsichtig auf dem Gelenk verteilte. Seine Haut war hier ebenso heiß wie auf dem Rücken, aber bei Weitem nicht so glatt. Die Wunde am Knie war ebenso auffällig wie die Narben. Die größte Narbe begann an der Kniescheibe und zog sich wie eine wütende, rote Arterie mindestens fünfzehn Zentimeter nach unten. Sie konnte spüren, dass Cosky sie beobachtete, fühlte die Schwere und die Wärme seines Blickes auf ihrem Gesicht.

»Was zum Teufel?«, murmelte er und klang dabei so verärgert, dass sie aufblickte. »Das Zeug riecht ja nach Rosen.«

Seine Augen waren so hellgrau, dass sie fast schon silbern aussahen. Silbern wie glänzender Edelstahl.

»Nach Rosen«, wiederholte sie geistesabwesend, während ihre Aufmerksamkeit weiterhin seinen Augen galt, doch dann begriff sie auf einmal, was er gesagt hatte, und roch es ebenfalls.

Mit leisem Stöhnen wandte sie sich wieder ganz seinem Knie und dem duftenden Öl zu, das sie in seine Haut massierte. Dem nach Rosen duftenden Öl. Sie hatte versehentlich nach der Flasche gegriffen, die sie bei Demi verwendet hatte. Im Nachhinein war es vermutlich nicht die beste Idee gewesen, alle parfümierten Massageöle aus dem Bad zu holen, aber zu diesem Zeitpunkt war sie sehr nervös gewesen und hatte sich bis zu seinem Eintreffen unbedingt irgendwie beschäftigen müssen. Ihr war nicht einmal bewusst gewesen, dass sie fast ihre kompletten Badezimmerutensilien auf den Wohnzimmertisch gestellt hatte. Als sie endlich zu Sinnen gekommen war und realisiert hatte, dass sie keine sechs Flaschen Massageöl brauchen würde, hatte er bereits geklingelt und es war zu spät gewesen, alles wieder wegzuräumen.

Das würde sie ihm natürlich nicht erzählen.

»Dieses spezielle Massageöl wurde aus Hagebutten hergestellt, denen natürliche Heileigenschaften zugeschrieben werden«, rechtfertigte sie ihre Wahl.

»Mann.« Er klang ebenso angewidert wie ungläubig. »Das hat dir Aiden eingeredet, nicht wahr?«

»Natürlich nicht. Ich würde mir nie von Aiden vorschreiben lassen, welches Öl ich verwende.« Sie versuchte, einen selbstgerechten Tonfall anzuschlagen, aber tatsächlich war dies einer der Bereiche, bei dem ihr Bruder ihr ständig reinreden wollte. »Es gibt zahlreiche Dokumentationen darüber, dass die Hagebutte heilende Kräfte hat.«

Das war nicht komplett gelogen. Hagebutten waren zwar durchaus Heilpflanzen, aber sie hatte nicht die geringste Ahnung, ob dieses Öl tatsächlich welche enthielt. Damals hatte sie es nur benutzt, weil es nach Rosen duftete und Demi diesen Geruch liebte.

»Mit anderen Worten: Ich werde nachher riechen wie ein verdammter Rosengarten«, knurrte Cosky, dem die heilenden Eigenschaften der Hagebutte völlig egal zu sein schienen.

Ihre Lippen zuckten. Aiden würde ihn wirklich ziemlich aufziehen, wenn er diesen Geruch bemerkte. »Ja, das wirst du, aber du kannst auch gern duschen, wenn wir fertig sind. Das Öl lässt sich problemlos abspülen.«

Natürlich würde der Geruch auch nach dem Duschen noch vorhanden sein, da das Öl in die Haut eindrang und sich nicht so leicht wegwaschen ließ. Sie sah ihm grinsend ins Gesicht. Dieses Mal schaffte sie es, seinen Schritt zu ignorieren, musterte jedoch seinen kräftigen, gebräunten Oberkörper und erstarrte. Eine breite rote Narbe verlief mitten über seine Brust.

Der Chirurg hatte wahrscheinlich seinen Brustkorb öffnen müssen, um den Schaden zu reparieren, den die Schüsse in den Rücken angerichtet hatten.

Sie kannte zwar keine Einzelheiten und wusste nicht, was die Kugeln tatsächlich bewirkt hatten, aber ihr war klar, dass er mehrere Stunden auf dem Operationstisch verbracht und sehr viel Blut verloren haben musste. Ihr war nicht klar gewesen, dass sie ihn aus diesem Grund derart hatten aufschneiden müssen. Sie schluckte den Kloß in ihrem Hals herunter und wandte sich wieder seinem Knie zu, über dem ihre Hände erstarrt waren. Anscheinend waren ihre Augen nicht der einzige Teil ihrer Anatomie, der vor Schreck innegehalten hatte. Sie zwang sich, das eindringliche Bild der Narbe aus ihrem Kopf zu verbannen, und massierte sein Knie erneut mit sanft kreisenden Fingern.

Sein Bein war erst vor Kurzem sehr schwer verwundet worden. Sie wollte auf gar keinen Fall zu viel Druck ausüben und den Schaden noch schlimmer machen.

»Es geht mir gut«, beteuerte er mit überraschend sanfter Stimme.

Er hatte offenbar bemerkt, dass sie seine Narbe angestarrt hatte.

»Die Schüsse in den Oberkörper sind problemlos verheilt. Die Wunde am Knie macht mir jedoch Probleme …« Seine Stimme wurde bei jedem Wort angespannter, auch wenn seine Miene ausdruckslos und nichtssagend blieb.

Ihre Berührungen wurden zu einem beruhigenden Streicheln. »Ich weiß.«

Sein Lachen klang ebenfalls angespannt. »Natürlich tust du das.« Er machte eine Pause. »Merkst du irgendwie, ob es funktioniert?«, fragte er dann und klang ein wenig entspannter.

Damit meinte er die Heilung. Kait runzelte die Stirn und wackelte mit dem Kopf, als ihr ein Schweißtropfen den Nacken herunterlief. Sie war sich nicht sicher, was sie auf diese Frage antworten sollte. Ihr war unglaublich heiß, was eigentlich bei jeder erfolgreichen Heilung passierte. Aber sie fühlte sich auch viel zu sehr zu ihrem Patienten hingezogen, und ein Großteil der Hitze konzentrierte sich auf Stellen, die absolut nichts mit dem Heilprozess zu tun hatten, wie ihre Brustwarzen und die feuchte Stelle zwischen ihren Beinen.

Um Zeit zu gewinnen, drehte sie sich um, nahm ein Handtuch vom Tisch und wischte sich erneut das Gesicht ab. »Ich bin mir nicht sicher.«

»Du spürst doch was, oder?«, hakte er nach und stützte sich auf die Ellbogen.

Kait zuckte mit den Achseln. Sie ignorierte die Rückenschmerzen, die sie aufgrund ihrer seltsamen Haltung langsam bekam, beugte sich wieder über sein Knie und massierte weiter. »Kann schon sein. Ich bin mir nicht sicher.«

»Wird einem dabei immer so heiß?«, wollte er wissen, und da lag ein seltsamer, fast schon wachsamer Unterton in seiner Stimme.

Sie konzentrierte sich nur auf ihre Finger, auch wenn der Drang, die gewaltige Erektion genauer in Augenschein zu nehmen, fast schon übermächtig wurde. »Diese Hitze spielt eine wichtige Rolle.«

»Verstehe«, erwiderte er nach langer Pause.

Seiner spröden Stimme zufolge hatte er viel zu viel gesehen und wusste genau, warum sie ihm eine derart ausweichende Antwort gab. Das überraschte sie nicht. Vermutlich waren sie sich beide ihrer gegenseitigen Anziehungskraft deutlich bewusst. Okay, vielleicht war es ihm nicht ganz so leichtgefallen wie ihr – schließlich konnten Frauen ihre Reaktion auf den männlichen Körper einfach besser verbergen –, aber der Mann war ja schließlich auch ein SEAL. Sein Leben hing davon ab, dass er seine Umgebung genau beobachtete. Er musste also wissen, dass sie ebenso erregt war wie er.

Auf einmal war sie es leid, um das Thema herumzureden. Himmel noch mal, sie war neunundzwanzig Jahre alt. Wenn die Chemie zwischen zwei Menschen stimmte, war das Teil des Lebens und nichts, dessen man sich schämen musste. Außerdem spürte er es ebenso wie sie, daher handelte es sich auch nicht um eine einseitige Sache.

Sie richtete sich auf und wischte sich erneut mit dem Handtuch das Gesicht ab. »Die Heilung ist immer mit Hitze verbunden. Aber die besondere Chemie zwischen uns erschwert es mir, zwischen der Heilungswärme und der sexuellen Hitze zu unterscheiden.« Sie machte eine Pause und sah ihm fragend in die Augen. »Es wäre doch albern, so zu tun, als würde zwischen uns nichts in der Luft liegen, wo wir doch beide wissen, dass es so ist.«

Die Worte kamen wie eine Herausforderung aus ihrem Mund, was sie eigentlich gar nicht beabsichtigt hatte. Dennoch war sie gespannt auf seine Antwort. Ein seltsamer Ausdruck erschien kurz auf seinem Gesicht, der hart und hungrig wirkte, aber im nächsten Augenblick auch schon wieder verschwunden war. Er ließ sich wieder auf die Couch sinken, und als er flach auf dem Rücken lag, verdeckte er mit seinem rechten Unterarm seine Augen.

»Ja …« Seine Stimme, die ruhig und desinteressiert klang, ebbte ab.

Dieses Mal konnte sie einen schnellen Blick in seinen Schritt nicht verhindern. Seine Shorts sahen aus, als wären sie noch einige Zentimeter weiter ausgewölbt worden. Selbst wenn er es verbal nicht eingestand, hatte er doch definitiv körperlich auf ihr Geständnis reagiert.

Wer von ihnen ignorierte hier eigentlich das Problem?

Eine weitere Hitzewelle toste durch sie hindurch, allerdings war die Erregung dieses Mal von einer anständigen Dosis Verärgerung durchzogen. Ihre Wut nahm ebenso zu wie die Feuchtigkeit und die Schwellung zwischen ihren Beinen.

Das Kribbeln an ihrer Wirbelsäule und in ihrem Nacken war auch nicht gerade hilfreich.

Sie begehrte ihn und wollte sein Gewicht auf sich und in sich spüren. Danach sehnte sie sich schon seit Jahren. Sie wollte ihn mehr, als sie je einen anderen Mann gewollt hatte.

Und sie war es leid, dass er so tat, als wäre sie die Einzige, die so empfand.

Er begehrte sie ebenfalls. Das war ihnen beiden klar. Es wurde Zeit, dass er es endlich zugab, dass er es laut aussprach und es ihr ins Gesicht sagte.

Sie wusste auch genau, wie sie ihm diese Aussage entlocken konnte.

* * *

Cosky schloss die Augen und verspannte unter ihrer Berührung die Muskeln, während er versuchte, das Bild ihrer erhitzten Wangen während ihres Geständnisses aus dem Kopf zu bekommen. Er hätte sie nicht dazu drängen sollen, aber, verdammt, er hatte damit gerechnet, dass die unterschwellige Herausforderung sie abschrecken würde, sodass sie beide auf andere Gedanken kommen und dieses gefährliche Territorium verlassen würden.

Er hatte jedenfalls definitiv nicht erwartet, dass sie die Gelegenheit beim Schopf ergreifen und das Thema direkt ansprechen würde.

Sobald sie die Hände erneut bewegte und sie mit diesem langsamen, kreisenden Rhythmus auf seinem Knie bewegte, hob er leicht den Arm hoch und sah sie an. Dank des gefalteten Handtuchs lag sein Kopf hoch genug, dass er ihr Gesicht sehr gut sehen konnte. Ihr rosiges, mit Schweiß bedecktes Gesicht.

Sie hatte die Unterlippe zwischen die Zähne gezogen, was seinen Blick auf ihren wundervollen Mund lenkte. Sein Bauch zog sich zusammen, als ihn die Begierde beinahe übermannte. Ihre üppige Unterlippe hatte in der Mitte eine kleine Kerbe. Wie würde es sich anfühlen, sie unter seiner Zunge zu spüren?, fragte er sich sehnsüchtig. Wie würde es schmecken?

Wonach schmeckte sie?

Nach Orangen? War dieser Zitrusduft in ihre Haut eingedrungen?

Bei dieser Frage zogen sich seine Hoden zusammen und sein Penis pochte wie ein schmerzender Zahn.

Er musste den Blick abwenden, aber er konnte es nicht, und das war gar nicht gut, da sie ihm auf einmal aus dem Augenwinkel einen schelmischen Blick zuwarf. Auf diese Weise sah eine Frau einen Mann an, den sie in ihrem Fadenkreuz hatte.

Oder bei dem sie wusste, dass er sie ins Visier genommen hatte.

Doch so einen Blick wollte er bei ihr auf gar keinen Fall sehen, und erst recht nicht jetzt, wo er fast nackt und sehr erregt vor ihr lag.

Himmel, er war am Arsch. Er war so was von am Arsch.

Ein leises Stöhnen stieg in ihm auf. Es gelang ihm gerade noch, es herunterzuschlucken und den Arm wieder über seine verräterischen Augen zu legen. In der Dunkelheit hinter seinen geschlossenen Augen spürte er umso deutlicher, wie ihre heißen, kräftigen Hände von seinem Knie abließen und eine verlockende, erotische Wanderschaft über seinen Oberschenkel antraten.

Jede Berührung, jede zärtliche Liebkosung brachte sie seinen Shorts näher und auch dem Sturm, der darin tobte.

In ihren Händen lag die reinste Verführung, wie sie zielsicher sein Bein nach oben glitten.

Er hätte sich in dieser Hinsicht so gern geirrt. Schließlich stand er so kurz davor, sie an sich zu ziehen, wild zu küssen, sie dann unter sich zu begraben und sie zu besteigen wie ein wildes Tier. Es fiel ihm schon schwer genug, seine eigenen Impulse im Zaum zu halten, da konnte er sich kaum noch um ihre kümmern.

Ihre Finger streiften den Saum seiner Shorts und verweilten dort, als wären sie eine stillschweigende Einladung.

Er unterdrückte ein weiteres Stöhnen, holte tief Luft und schlug die Augen auf.

Sie sah ihn ruhig und mit geröteten Wangen an. In ihren Augen lag eine unausgesprochene Einladung.

»Nein«, sagte er und zuckte zusammen, da die Abfuhr eher wie eine Frage klang, was er jedoch nicht beabsichtigt hatte.

Doch sie legte nur den Kopf schief, sah ihn weiterhin an und ließ die Hände an derselben Stelle liegen, wo sie ein Loch in seinen Oberschenkel zu brennen schienen.

»Warum? Du willst mich. Ich will dich. Wir sind beide Single. Haben uns mit niemandem eingelassen. Das schadet doch keinem.« Ihre Worte klangen gefasst, ihre Frage wirkte gut durchdacht, aber ihre Wangen wurden von Sekunde zu Sekunde rosiger.

»Ich will mich auch mit niemandem einlassen.«

Das hätte überzeugender geklungen, wenn sein Hintern nicht ein Eigenleben entwickelt und sich angehoben hätte, als wollte er ihre Finger ermutigen, unter den Saum seiner Shorts zu wandern.

»Darum geht es hier doch auch gar nicht«, erwiderte sie und strich mit den Fingern über seine Haut, sodass seine Hoden beinahe explodierten.

Mit dem, was sie da tat, brachte sie ihn beinahe um.

»Es geht lediglich um eine halbe Stunde«, fügte sie mit sanfter Stimme hinzu, schob die Fingernägel in seine Shorts und strich leicht über seine Haut.

Er biss die Zähne zusammen, während ein gewaltiges Feuerwerk, wie man es sonst nur am 4. Juli erleben konnte, seine Wirbelsäule entlangzuckte. Eine halbe Stunde? Wenn sie so weitermachte, würde es nur zwei Sekunden dauern, aber daran würde sich eine ganze Woche anschließen.

Sie beugte sich ein wenig vor und schob ihre Finger weiter in seine Shorts. Sein Penis zuckte vor Vorfreude und reckte sich ihr begierig entgegen.

»Was schadet es denn schon?«, flüsterte sie und hielt erneut still.

Das hätte er ihr leicht beantworten können: Sie würde ihm unter die Haut gehen, sich in seinen Knochen festsetzen, und er würde sie nie mehr aus seinem Leben verbannen können. Er würde sich ohne sie von da an nur noch wie ein halber Mensch fühlen.

Diese Art von Komplikationen konnte er nicht gebrauchen. Nicht jetzt. Nicht, wo sein ganzes Leben schon eine Ansammlung von Komplikationen zu sein schien.

Er klappte den Mund auf, weil er Nein sagen und ihr Angebot schlichtweg ablehnen wollte, bevor die Sache noch Züge annahm, die er nicht zulassen durfte. Dummerweise kam etwas völlig anderes über seine Lippen.

»Ich habe keine Kondome.«

Wo in aller Welt war das denn hergekommen? Das war wohl kaum eine Ablehnung.

»Ich nehme die Pille.«

Die Worte hingen in der Luft und schienen zwischen ihnen zu schweben. Er sah ihr ins Gesicht und musterte ihre vollen und leicht zitternden Lippen. Sie wandte den Blick nicht ab, und in ihren Augen spiegelte sich ihre Begierde wider, während ihre Wangen leicht gerötet waren. Aber das lag nicht nur an ihrer Erregung. Sie war in Bezug auf dieses Thema bei Weitem nicht so gelassen, wie sie ihn glauben machen wollte.

Er zögerte, während jedes Atom in seinem Körper »Ja« schrie, obwohl jede seiner Gehirnzellen für »Nein« plädierte.

Das Zögern dauerte lange genug an, dass ihre Selbstsicherheit ins Wanken geriet. Ihr Gesicht wurde puterrot. In ihren Augen zeichnete sich Scham ab. Sie zog sich zurück und riss ihren Blick und ihre Hände gleichermaßen von ihm fort.

Er war sich nicht einmal bewusst, dass er sich bewegt hatte.

In der einen Sekunde lag er noch flach auf dem Rücken und in der nächsten setzte er sich bereits auf, griff nach ihr und zog sie zu sich aufs Sofa, wo sie auf ihm zum Liegen kam, sodass sie sich von der Hüfte bis zu den Schultern berührten.

Mit einem wilden, leidenschaftlichen Kuss eroberte er ihren Mund. Ihre Lippen lagen sanft und süß an seinen und schmeckten ganz und gar nicht wie erwartet nach Zitrone. Sie schmeckten eher nach … Rosen … und das war sehr seltsam, weil er nicht geglaubt hatte, schon einmal Rosen gekostet zu haben. Bis zu diesem Kuss.

Als er die Hände in den Haarknoten an ihrem Hinterkopf schob, flogen die Haarnadeln durch die Gegend. Ihr dicker Zopf rutschte herunter. Er fing das Ende auf, zog das Band ab und kämmte mit den Fingern durch die hellblonden Strähnen, bis ein Wasserfall aus goldenen Locken herunterfiel. Einige Haare fielen ihm auf die Schulter und glitten wie Seide darüber, woraufhin er eine Gänsehaut bekam, die auf seiner Kopfhaut begann und sich in seinem Nacken fortsetzte.

Sein Herz setzte eine Minute lang aus, nur um dann gleich doppelt so schnell zu schlagen.

Das Gefühl, ihr seidiges, kühles Haar auf seiner heißen, empfindlichen Haut zu spüren, war unglaublich erotisch. Noch besser, als es in seinem Traum gewesen war.

Aber ihm war auch so, als würde das für alles gelten, was in diesem besonderen Augenblick geschah …

Er öffnete den Mund, drückte ihre Lippen auseinander und hielt gerade lange genug inne, um die heiße Kuhle in der Mitte ihrer Unterlippe mit der Zunge zu erkunden – diese kaum sichtbare Kerbe, die ihn schon seit mehreren Minuten ganz verrückt machte. Kait erschauderte und drängte sich mit ihrer Zunge der seinen entgegen. Dieser erotische Tanz ihrer Zungen schickte einen Stromstoß seine Wirbelsäule entlang bis in seine Hoden hinab.

Zärtlich biss er in ihre Unterlippe, zog sie in seinen Mund und saugte daran. Kait zuckte, und der kühle Vorhang, den ihre Haare bildeten, strich erneut über seine Schulter und rief einen weiteren Funkenschlag hervor.

Wenn sich ihr Haar schon wie flüssiger Sex und so verdammt gut auf seiner Haut anfühlte, was würde er dann erst empfinden, wenn er ihre Haut spürte? Da er das unbedingt herausfinden wollte, ließ er die Hände an ihrem Oberkörper herabgleiten, packte den Stoff ihres T-Shirts und zerrte es nach oben. Sie rückte etwas von ihm ab, damit er ihr das Shirt über den Kopf ziehen konnte, presste sich dann aber sofort wieder an ihn. Ihre braunen Augen glitzerten und strahlten, und ihr herunterhängendes Haar sah aus wie Ströme aus herabfallendem Gold.

Er stöhnte, als sie die Lippen seitlich an seinen Hals drückte und an seiner Haut leckte und saugte. Himmel, jede Berührung ihres Mundes schickte Stromstöße direkt in sein Glied. Immer, wenn ihre glatte, feuchte Haut seine Brust berührte, zogen sich seine Hoden zusammen.

Seine Hände fühlten sich riesig und unbeholfen an, als er ihr über den Rücken strich und nach dem Verschluss ihres BHs tastete. Er öffnete ihn und achtete kaum darauf, wie das Wäschestück ihre Arme herunterrutschte und sie es mit schnellen Bewegungen abschüttelte. Er konnte es kaum erwarten, ihre kühle, glatte Haut wieder zu spüren, strich mit den Händen über ihren Rücken und über ihre Brust, um dann ihre Brüste zu umfangen. Sie passten perfekt in seine Handflächen und waren weder zu klein noch zu groß, sondern einfach perfekt.

Sie keuchte, als er die weichen Rundungen sanft drückte, und erschauderte, als er mit den Daumen über ihre Brustwarzen strich. Aber nur wenige Sekunden später kam ihm eine andere Idee. Wie würden sich diese wundervollen Nippel an seiner Zunge anfühlen? In seinem Mund? Schmeckte sie dort nach Rosen oder Orangen?

Das musste er unbedingt herausfinden, und so schob er die Hände auf ihren Rücken und ließ sie immer weiter nach unten gleiten, bis sie in den weichen Baumwollstoff ihrer Hose glitten und ihre kühlen Pobacken umfingen. Sie drückte sich an ihn, atmete schneller, und ihr Herz klopfte gegen seins, bis er den Herzschlag in seinem Kopf hören konnte, der sie miteinander verband.

Ihre Lippen legten sich auf seine, und sie stieß ihre Zunge immer wieder in seinen Mund und rieb sich an seiner, als würde sie damit das Liebesspiel imitieren. Cosky schnappte nach Luft, und ihm wurde ganz schwindlig, als sie ihn auf diese Art liebkoste.

Auf einmal war er von einer Explosion aus Rosen- und Orangenduft umgeben, der ihn in einer sinnlichen Blase aus purem Empfinden umgab. Als sie ihre Hüften gegen ihn drückte und sich an ihm rieb, fiel der glänzende Schleier, den ihr Haar bildete, über seine heiße, kribbelnde Haut. Sein ganzer Körper zog sich zusammen, und er war kurz, sehr kurz davor, die Beherrschung zu verlieren. Einfach so.

Er musste sie unbedingt ganz ausziehen. Ihre nackte Haut spüren. Ihre Muskeln. Einfach alles.

Nachdem er ihre perfekten Pobacken noch einmal gedrückt hatte, bewegte er eine Hand an ihre Taille und zog ihr die dünne Baumwollhose zusammen mit dem Slip bis auf die Oberschenkel herunter. Sie streifte sie ganz ab, indem sie sich auf ihm ausstreckte und ihren Körper auf seinen drückte. Als ihr Knie gegen seins stieß, nagte etwas an ihm, etwas sehr Wichtiges, aber er verlor den Faden sofort wieder, da ihre Hände im nächsten Augenblick auch schon am Saum seiner Shorts lagen und daran zerrten.

Er löste den Mund von ihrem und stöhnte leise. »Noch nicht.«

Sie lachte und schob die Finger in seine Shorts. Leise fluchend umfing er ihre Hände, bog sie auf ihren Rücken und hielt sie dort fest.

In der Sekunde, in der er ihre heißen, feuchten Finger auf seinem Penis spüren würde, wäre es um seine Kontrolle geschehen. Der Drang, sie herumzurollen und tief in sie einzudringen, war schon jetzt stark und wurde mit jeder Sekunde übermächtiger, dabei trennte sie noch immer der dünne Baumwollstoff. Aber sie musste bereit für ihn sein. Sie musste so weit sein, dass sie sich ebenfalls ihren Gefühlen hingeben und es genießen konnte.

Noch war sie nicht so weit.

Aber sie würde es sein, und zwar sehr bald.

Sie neckte ihn, indem sie ihn scherzhaft seitlich in den Hals biss und dann über dieselbe Stelle leckte.

»Stell dir nur vor, an welchen Stellen ich dich noch lecken könnte«, flüsterte sie ihm ins Ohr, nahm dann das Ohrläppchen zwischen die Zähne und zog sanft daran.

*Großer Gott.*

Sein ganzer Körper bebte unter ihr, als er vor seinem inneren Auge auf einmal das Bild ihres Mundes, der sich um seinen Penis legte, vor sich sah. Doch er verdrängte diese Fantasie und eroberte erneut ihren Mund, während seine Hände wieder zu ihren Pobacken glitten. Er fuhr die Poritze entlang und spreizte die Finger, um immer wieder zuzudrücken und lockerzulassen, wobei er den Rhythmus seiner Hände an die Vorstöße seiner Zunge anpasste. Sie rieb sich wieder an ihm und drückte ihr Becken gegen seins, sodass er sich fühlte, als würde das gesamte Blut aus seinem Kopf in seinen Schritt strömen, was ihn ganz schwindlig machte.

Dann spreizte sie die Beine und legte sie neben seine, sodass sich ihr feuchter Schritt direkt auf die Wölbung in seinen Shorts drückte.

Er stöhnte auf, drückte den Rücken durch und presste sein Glied gegen sie. Bei dieser Bewegung wurden ihre Brüste nach oben gedrückt. Ihre Brustwarzen strichen über seine glühende Haut und lösten einen weiteren Hitzeschwall aus. Er drückte noch einmal ihre Pobacken, legte die Hände dann an ihre Hüften, hob sie hoch und schob sie weiter nach oben, bis ihre Brüste mit den vergrößerten, dunklen Brustwarzen auf gleicher Höhe mit seinem Mund schwebten. Kait erstarrte, als er an der rechten leckte, und sie hörte ganz auf zu atmen, als er den vorstehenden Nippel zwischen die Zähne nahm, sanft hineinbiss und daran zog. Das wiederholte er gleich noch einmal und entlockte ihr einen erstickten Schrei.

Er nahm ihre Brustwarze in den Mund und saugte fest daran. Sie zuckte heftiger und rieb sich immer härter an seinem Schritt.

Um das Verlangen ein wenig zu besänftigen, legte er ihr eine Hand zwischen die Beine und streichelte sie dort. Sie war heiß, feucht und bereit für ihn. Ihre Scheide bebte unter seinen Fingerspitzen. Er legte die Finger zwischen ihre Schamlippen und streichelte ihre Öffnung, wobei er spürte, wie sie sich zusammenzog. Sie erschauderte, woraufhin er ebenfalls zitterte. Ihm wurde ganz schwummrig, und er war erregter, als er es jemals zuvor in seinem Leben gewesen war.

So etwas hatte er noch nie erlebt.

Mit keiner anderen Frau.

Er drang nur mit der Fingerspitze in sie ein, und sofort zog sie sich um ihn zusammen, liebkoste ihn und versuchte, ihn dazu zu bringen, tiefer in sie einzudringen. Sie warf mit einem klagenden Schrei den Kopf in den Nacken, drückte sich fest auf seine Hand und schob seinen Finger so tiefer in ihre enge, feuchte Spalte hinein.

Allein die Vorstellung, wie sie sich um seinen Penis zusammenziehen würde, brachte ihn beinahe zum Höhepunkt. Er holte tief Luft, erstarrte und musste jeden Muskel anspannen, um dem Drang zu widerstehen, sie einfach umzudrehen und in sie einzudringen.

Sein Glied schwoll dermaßen an, dass es fast schon wehtat, und seine Hoden drückten fest gegen den Penisansatz. Er fluchte leise und zwang seinen Körper, noch etwas auszuharren. Sobald er seine Muskeln wieder unter Kontrolle hatte, stieß er die Luft aus und zog seinen Finger aus ihr heraus.

Sie quittierte das mit einem missmutigen Stöhnen.

Sofort verlagerte er unter ihr das Gewicht, bewegte seine Hand etwas tiefer zwischen ihre Beine und penetrierte sie mit zwei Fingern, während er mit dem Daumen über ihre Klitoris strich.

Sie schrie auf und drückte sich fest auf seine Hand. Mit jedem Stoß seiner Finger in ihre feuchte, geschwollene Scheide und mit jedem Saugen seines Mundes an ihrer mit seinem Speichel benetzten Brust konnte er spüren, wie ihre Anspannung wuchs. Sie bewegte drängend die Hüften und strich dabei ständig über seinen erigierten, pochenden Penis.

Ein Kribbeln breitete sich von seinem Steißbein die Wirbelsäule entlang aus. Mann, er war wirklich nicht mehr zu halten und so kurz vor dem Höhepunkt, wie es nur irgend möglich war.

Er strich mit dem Daumen über ihre Klitoris, stieß die beiden Finger so tief in sie hinein, wie er nur konnte, und streichelte sie von innen. Sie schrie erneut auf und zuckte.

Ihren Schrei noch in den Ohren, rollte er sie herum, sodass er jetzt auf ihr lag. Mit einer schnellen Bewegung schob er seine Shorts nach unten, drückte ihre Beine weiter auseinander, legte sich dazwischen und schob seinen Penis in ihre feuchte, enge Öffnung.

Er versuchte, vorsichtig zu sein, langsam in sie einzudringen und ihr die Zeit zu lassen, sich an seine Größe und Härte zu gewöhnen. Aber sie ließ es nicht zu, sondern hob die Beine an, legte sie um seine Hüften und drückte zu. Dann kam sie ihm entgegen, schob sein Glied weiter in sich hinein und sorgte dafür, dass seine Selbstbeherrschung völlig verloren ging.

Mit einem heftigen Stoß drang er ganz in sie ein.

Sie kam unter ihm, bäumte sich auf und zuckte. Dabei verzog sie das Gesicht zu einer angespannten Grimasse, die eine Mischung aus Ekstase und Schmerz widerzuspiegeln schien. Ihre Scheide zog sich immer wieder um seinen Penis zusammen und massierte ihn.

Stöhnend zog er sich zurück und stieß wieder in sie hinein, um es gleich noch einmal zu machen.

Nur vage wurde er sich ihres Schreis bewusst und dass sie unter ihm erstarrte, als ihr Orgasmus sie beide erfasste und ihre heiße, enge Scheide ihn fest umfing und molk.

Er bäumte sich über ihr auf und rammte in sie hinein. Sein Herz klopfte wie wild. Das Blut toste in seinen Ohren. Er war in einem Wirbelwind gefangen, wie er ihn nie zuvor erlebt hatte, und ergoss sich in ihren zuckenden Körper. Erschöpft und ausgelaugt brach er dann auf ihrem erschlafften Körper zusammen und schnappte nach Luft.

Eine gefühlte Ewigkeit lag er einfach nur da, dämmerte immer wieder kurz weg und fühlte sich friedlicher als jemals zuvor, wobei ihr verschwitzter, weicher Körper sich unter ihm anfühlte, als würde er dort hingehören.

Doch als seine Gliedmaßen ihm wieder gehorchten und sein Verstand zu arbeiten begann, wurde sein Penis in ihr erneut hart und seine zunehmende Unruhe vertrieb die Zufriedenheit.

Er wollte sie noch einmal.

Obwohl er sich gerade erst von dem ersten erderschütternden Sex erholt hatte, sehnte er sich bereits nach einer Wiederholung. Er wollte mehr. Und er wusste, dass es noch schlimmer werden würde. Instinktiv war ihm klar, dass seine Sehnsucht nach ihr mit jeder Kostprobe größer werden würde.

Wie bei jeder harten Droge würde das Verlangen stärker werden, je öfter man in den Genuss kam, und es würde ihm immer schwerer fallen, wieder von ihr abzulassen.

Verdammt, er hätte dem Drang niemals nachgeben dürfen, sie dieses erste Mal zu kosten.

* * *

Erschöpft und befriedigt streckte sich Kait unter Coskys schwerem Körper aus. Er zuckte über ihr, und dieser unwillkürliche Krampf bewirkte, dass sie grinsen musste. Sie war nicht die Einzige, die sich von diesem heftigen Höhepunkt erst einmal erholen musste. Noch immer lächelnd drehte sie den Kopf, drückte ihr Gesicht an seinen verschwitzten Hals und küsste seine feuchte Haut.

Es war so wunderschön, ihn so zu spüren, seinen harten, schweren Körper zu fühlen, der sie in die Couch presste, sein Gesicht so gerötet, verschwitzt und seltsam leer zu sehen, als hätte er alle Schutzwälle fallen gelassen. Selbst seine harten Muskeln fühlten sich weich und träge an – mit Ausnahme seines Glieds, das noch immer in ihr steckte. Dieser spezielle Teil von ihm schien von Sekunde zu Sekunde härter zu werden.

Tatsächlich war er sogar schon wieder ziemlich erigiert.

Die Erkenntnis, dass er sie so kurz danach schon wieder begehrte, zauberte ein Lächeln auf ihre Lippen. Ihr befriedigtes Strahlen wurde noch leuchtender.

Davon, von ihm, hatte sie seit Jahren geträumt, aber die Realität hatte die Träume bei Weitem in den Schatten gestellt. Nichts war der Perfektion dieses Augenblicks auch nur nahe gekommen. Der Perfektion seines Körpers, ihres Einklangs, der Art, wie sie zusammen gekommen waren. Wie perfekt sie zueinanderpassten, wie füreinander bestimmte Puzzleteile.

Da war es doch wirklich schade, dass sie so viele Jahre gebraucht hatte, um über ihren Schatten zu springen, ihren Stolz zu vergessen und sich das zu nehmen, was sie haben wollte.

Seufzend küsste sie ihn erneut auf den feuchten Hals und schmeckte das Salz seines Schweißes auf ihren Lippen, während er in ihr wieder vollständig erigiert war. Ihr Lächeln wurde zu einem törichten Grinsen. Er war auf jeden Fall entschlossen, die verlorene Zeit wiedergutzumachen, was ihren Plänen für den Rest des Tages, der Woche … ach, verdammt, ihres Lebens, sehr entgegenkam.

Er bewegte sich auf ihr, und sie keuchte auf, da er ihr mit seinem Körpergewicht die Luft aus der Lunge presste. Einen Augenblick lang schien er sich noch fester auf sie zu pressen und sie in die Couch zu drücken, doch dann erstarrte er.

»Alles in Ordnung«, versicherte sie ihm, als er sich plötzlich abstützte und aufrichten wollte.

Doch er legte sich nicht wieder auf sie, obwohl sie ihm die Arme fester um die Schultern legte. Stattdessen zog er sich ganz zurück und befreite sich aus ihrer Umarmung. Ihr Lächeln verschwand, und sie wurde unsicher.

Das wundervolle, friedliche Gefühl verschwand, als er sich aus ihr herauszog, als wäre ihre Zufriedenheit vor allem von dieser Verbindung zwischen ihnen abhängig. Er richtete sich neben der Couch auf, und die kühle Luft strich über ihre Haut, sodass sie sich nach einer Decke oder einem Laken sehnte, um das plötzliche Frösteln zu unterdrücken.

»Was ist los?«, wollte sie wissen.

»Nichts.« Er entfernte sich mit langsamen, vorsichtigen Bewegungen vom Sofa, als wäre er sich nicht sicher, ob sein Knie sein Gewicht tragen konnte. »Du hattest deine halbe Stunde. Dann sind wir jetzt quitt, oder? Das war es doch, worum du mich gebeten hast.«

Es dauerte eine oder zwei Sekunden, bis sie das ganze Ausmaß seiner Worte begriffen hatte, und dann tat es richtig weh.

»*Was?*«, stieß Kait mit spitzer Stimme aus. Sie legte den Kopf schief, um ihm ins Gesicht zu sehen. Seine Züge waren hart. Ausdruckslos. Sein Blick war verschleiert, und kalte silberne Steine starrten sie an.

Als wäre sie eine Terroristin, mit der er verhandeln musste. Eine Feindin.

Oder vielleicht auch niemand. Ein Mensch, der ihm absolut nichts bedeutete.

»Du hast um eine halbe Stunde gebeten, für den Sex und für die Heilung«, sagte er geduldig, als müsse er es ihr ins Gedächtnis rufen.

Der eisige Hauch, der über die Couch hinwegstrich, drang in ihre Haut ein, bohrte sich in Muskeln und Knochen, drang ihr bis ins Mark und schien sie von innen heraus zu betäuben.

Er hatte sie geliebt, damit sein Knie heilte.

Hatte er sie für die Heilung mit Sex bezahlt?

Sie dachte zurück an ihren Vorschlag, an ihre Worte … Hatte es sich für ihn etwa so angehört, als würde sie für ihre Dienste Sex verlangen?

Um wieder einen klaren Gedanken fassen zu können, schüttelte sie langsam den Kopf. Nein. Auf gar keinen Fall. Er wusste genau, was sie gemeint hatte. Hätte er ihr Angebot falsch verstanden, dann hätte er sie zum Teufel geschickt.

Aber warum tat er dann jetzt so etwas? Warum sagte er so etwas Grausames?

Sie starrte ihm in sein distanziertes, regloses Gesicht und begriff instinktiv, wie die Antwort auf ihre Frage lautete.

Weil ihm dieser gemeinsame Moment nichts bedeutet hatte, und weil er, abgesehen von seinem Penis, nicht die Absicht hatte, diese Beziehung in irgendeiner Weise fortzuführen. Der Sex schien ihm die Scherereien nicht wert zu sein, und da er jetzt mit Aiden zusammenwohnte, konnte sie das Verhältnis der beiden Männer ziemlich belasten, wenn sie es darauf anlegte.

Als ob sie so etwas tun würde. Aber er hatte auch nie die Absicht gehabt, sie kennenzulernen und das herauszufinden. Stattdessen nahm er den einfachen Ausweg und stieß sie von sich weg.

*Dieser blöde Mistkerl.*

»Findest du nicht, dass du ein bisschen übertreibst?« Sie schwang die Beine von der Couch und stand auf. Die Feuchtigkeit, die an ihrer Haut klebte, fühlte sich nicht länger sexy an, sondern war ihr jetzt unangenehm.

»Womit?« Er machte einen Schritt zur Seite und ging um den Wohnzimmertisch herum, um ihr mehr Platz zu lassen und einen bewussten Sicherheitsabstand zwischen ihnen herzustellen.

Möglicherweise hatte er ja Angst, dass sie zu ihm eilen und ihm ihre immerwährende Liebe gestehen könnte.

*Dieser dämliche, verblödete Mistkerl.*

»Dass du hier mit diesem riesigen Stoppschild herumwedelst.« Sie zwang sich, ruhig zu bleiben, auch wenn jeder Muskel in ihrem Körper und auch ihre Stimmbänder zittern wollten.

Auch ihre Nacktheit und den Schweiß, der sowohl an ihrem als auch an seinem Körper klebte, versuchte sie zu ignorieren. »Ich habe dir doch gesagt, dass ich keine Beziehung anstrebe.«

Zu dumm, dass ihre törichten Gefühle das ebenso wenig geglaubt hatten wie er.

Cosky runzelte die Stirn und machte noch einen Schritt nach hinten. Eine Emotion, die sie lieber gar nicht genauer benennen wollte, zeichnete sich auf seinem Gesicht ab. »Dann sind wir uns ja einig.«

Sie nahm ihr Haar, hob es hoch und warf es auf ihren Rücken. Als sein Blick auf ihre Brüste fiel und dort verharrte, zog sie die Schultern nach hinten und warf sich in die Brust. Sollte er sie sich doch gut ansehen und einprägen.

Denn er würde sie nie wieder zu Gesicht bekommen.

»Ich gehe jetzt duschen. Du weißt ja, wo die Tür ist.« Sie verbarg ihre Nacktheit nicht, als sie quer durch das Wohnzimmer auf das Bad zuging. Da gab es nichts, dessen sie sich schämen musste. Überhaupt nichts.

Außer vielleicht, dass sie es auch nur in Betracht zog, eine weitere Gehirnzelle an dieses Arschloch zu verschwenden, das da nackt in ihrem Wohnzimmer stand.

»Das war's dann also?« Etwas Gefährliches schwang in seiner Stimme mit. Anscheinend gefiel ihm dieser Abschied nicht. Sollte er ihr jetzt etwa leidtun?

Sie blieb in der Tür zu ihrem Schlafzimmer stehen, drehte sich halb um und warf ihm ein sarkastisches Grinsen zu. »Ja, es sei denn, die Heilung hat nicht funktioniert, denn in dem Fall sollte ich dich vielleicht bezahlen.«

Er zog die dicken, schwarzen Augenbrauen zusammen, und in seinem Gesicht braute sich ein Sturm zusammen.

»Oder dir zumindest danken«, fügte sie mit unsicherem Lächeln hinzu.

Aufgrund der Art, wie seine Augen gewittergrau wurden, schloss sie, dass er glaubte, sie würde sich auf den Sex beziehen, doch das hatte sie nicht.

Sie hatte vielmehr gemeint, dass er ihrer jahrelangen Schwärmerei endlich auf eindeutige Weise ein Ende gesetzt hatte und sie ihr Liebesleben nun in neue Bahnen lenken konnte. Ab jetzt musste sie nicht mehr jeden Mann, mit dem sie ausging, an dem unerreichbaren Marcus Simcosky messen.

»Du weißt ja, wo die Tür ist«, sagte sie noch einmal, da er offenbar nicht die Absicht hatte, sich anzuziehen und zu gehen.

Ohne ihn noch einmal anzusehen, ging sie weiter in Richtung Dusche.

Aiden hatte ihr immer vorgeworfen, sie sei zu anspruchsvoll. Er hatte behauptet, die Liebesromane, die sie immer las, hätten in ihr unrealistische Erwartungen hervorgerufen, die sie an Männer stellte.

Was für ein Blödsinn!

Ihre Lieblingsbücher hatten sie nicht davon abgehalten, ein drittes oder viertes Mal mit einem Mann auszugehen. Das hatte schon allein die Erinnerung an Marcus Simcosky getan. Immer, wenn eine Beziehung inniger wurde, musste sie an Cosky denken. Sie verglich die Intensität der Anziehungskraft ihrer aktuellen Flamme mit dem kurzen Intermezzo in der Tür von Aidens Krankenzimmer. Cosky hatte sie fast schon magisch angezogen. Letzten Endes hatte sie jeden Mann, mit dem sie ausgegangen war, mit Lieutenant Marcus Simcosky verglichen und auf die Funken gewartet, die zwischen ihnen hin und her geflogen waren, und da hatten alle anderen Männer den Kürzeren gezogen.

Sie stellte das Wasser an und trat in die Duschkabine, um das Gesicht in den heißen Wasserstrahl zu halten.

Endlich hatte sie den Mann hinter diesen verschlossenen silbernen Augen kennengelernt.

Beeindruckt hatte er sie nicht. Okay, der Sex war umwerfend gut gewesen, aber das allein reichte nicht als Grund, um sich weiterhin mit diesem Idioten abzugeben.

Während sie die Augen schloss und das heiße Wasser ihr den Schweiß vom Körper spülte, redete sie sich ein, dass die warmen, salzigen Bäche, die ihr über die Wangen rannen, ebenfalls vom Duschwasser erzeugt wurden.

# Kapitel 5

Das Sonnenlicht wurde vom Beton reflektiert und blendete Jillian kurzzeitig. Sie schnitt eine Grimasse und wurde langsamer, als das silberne Licht in ihren Augen brannte. Nachdem sie mehrmals schnell geblinzelt hatte, wurde der verschwommene Schleier zu einem strahlend weißen Lichtstrahl, der ein Kind umrahmte, das in einer leuchtenden Blase vor ihr stand.

*Collin.*

Ihr süßer kleiner Collin.

Sein blondes Haar sah in dem grellen Licht fast schon silberfarben aus. Das Wackeln seiner Locken wurde heftiger, als der Kinderwagen über einige Risse im Boden rollte. Ein belegtes, schluchzendes Jaulen drang zu ihr herüber.

Dieser vertraute Schrei brachte ihr Herz zum Überquellen.

*Collin, Collin, hört Collin denn nie auf zu weinen?* Russ' geisterhafter Singsang hallte durch ihren Kopf.

*Weine nicht, Schätzchen. Weine nicht. Mama kommt ja.*

Jillian wurde schneller. Als der Kinderwagen auf einmal vor einem der Restaurants stehen blieb, prallte Jillian gegen die große, schlanke Frau, die ihn schob. Sie taumelte nach dem Zusammenprall, fing sich wieder und stützte sich mit einer Hand an der heißen Fensterscheibe neben sich ab. Als ihr der Geruch von Gegrilltem in die Nase stieg, wurde ihr übel.

»Oh, entschuldigen Sie«, stammelte eine Frauenstimme. »Ich habe nicht bemerkt, dass jemand hinter mir ist … Geht es Ihnen gut?« Sie schien jetzt eher besorgt zu sein. »Sie sind ja kreidebleich. Habe ich Ihnen wehgetan? Möchten Sie sich vielleicht hinsetzen?«

»Collin.« Jillians Stimme war ganz rau, da sie lange nichts mehr gesagt hatte. Sie trat um die Frau herum, die sie ohnehin nur verschwommen erkennen konnte, da sie sich mit jeder Zelle ihres Körpers auf den kleinen Jungen konzentrierte, der in dem Kinderwagen saß.

*Rundliche Arme, die klebrige Umarmungen gaben. Ein Engelsmund, der einem Küsse zuwarf. »Wo bleibt Mamas Kuss, Collie-Schatz? Mama will ihren Kuss.«*

»Wer? Sie weinen ja.« Sie konnte die Stimme der Frau hinter ihr kaum noch verstehen. »Soll ich jemanden anrufen?«

»Mama ist da, Collin. Mama ist ja da.« Jillian beugte sich über den Kinderwagen. Ihre Hand zitterte, als sie die weiche, feuchte Wange streichelte.

»Sie heißt Emma.« Die Stimme hinter ihr klang auf einmal angespannt, und der Kinderwagen wurde ein Stück von ihr weggezogen. »Vielleicht sollte ich wirklich lieber jemanden anrufen, der sich um Sie kümmert. Sie sehen gar nicht gut aus.«

Jillian machte einen Schritt auf den Kinderwagen zu und griff nach den Riemen, mit denen das Kind darin festgeschnallt war.

»Hey.« Dieses Mal wurde der Kinderwagen ein beachtliches Stück von ihr weggezogen. »Was machen Sie denn da?«

Das Kind schluchzte ein weiteres Mal auf.

»Es ist alles in Ordnung, Collie-Schatz.« Jillian taumelte nach vorn und griff nach ihm. »Mama ist ja da.«

»Ihr Name ist Emma. Und Sie sind nicht ihre Mutter. Sie müssen jetzt gehen. Und zwar sofort.« Die Stimme der Frau wurde immer schriller, als Jillian nach dem Kind griff. »Das ist mein Ernst. Wenn Sie nicht auf der Stelle verschwinden, rufe ich die Polizei.«

*»Tanz mit Mama, Collie-Schatz. Mama möchte tanzen.« Herumwirbeln, einander kitzeln und küssen. Heiteres Lachen. Glänzende goldene Locken, die auf und ab tanzen, während das Wohnzimmer um sie herumwirbelt.*

Ihre Arme sehnten sich danach, den warmen, schweren Körper wieder zu halten. Jillian öffnete die Schnalle und löste die Riemen des Kinderwagens.

Ein durchdringender Schrei hallte durch die Luft, und der Kinderwagen wurde ruckartig weggezogen. »Hilfe. Jemand muss mir helfen. Sie ist verrückt und will mir mein Kind wegnehmen.«

Jillian versuchte mit ihren dünnen Armen, den Wagen lange genug festzuhalten, um die kostbare Fracht daraus zu befreien.

Ein groß gewachsener, schlanker Körper schob sie beiseite und baute sich zwischen Jillian und dem Kinderwagen auf. »Das ist nicht Ihr Kind! Was ist denn in Sie gefahren?«

Hände legten sich um Jillians Arm und zerrten sie weg. Da sie ohnehin schon das Gleichgewicht verloren hatte, stürzte sie nun kopfüber gegen die Mauer des Restaurants. Es knackte grässlich, als ihre Stirn auf dem Beton aufkam, und dann wurde um sie herum alles ruhig, während sie das Gefühl hatte, in Watte gepackt zu sein.

Sie richtete sich langsam wieder auf und schwankte. Das schwammige Gefühl in ihrem Kopf dehnte sich immer weiter aus, bis sie keinen klaren Gedanken mehr fassen konnte. Durch diese lähmende Benommenheit drang ein leises Summen zu ihr durch, das immer lauter wurde, ein elektronisches

Jaulen, das aus allen Richtungen gleichzeitig zu kommen schien. Ein grelles weißes Licht strahlte am Rand ihres Blickfelds, es wogte rein und raus wie Wellen, die auf einen Strand schlugen.

Das Summen wurde lauter, und auf einmal waren darin Stimmen zu hören.

»Sie wollte mir mein Baby wegnehmen. Sie ist verrückt. Jemand sollte die Polizei rufen.«

»Ich rufe einen Krankenwagen, da sie so stark blutet. Was hat sie da überhaupt an? Wir haben heute fast dreißig Grad.«

Jillian konzentrierte sich auf das stetige Dröhnen und konnte mit jeder verstreichenden Sekunde mehr Worte verstehen.

»Ist alles in Ordnung bei Ihnen?«, erkundigte sich eine Männerstimme. »Ihr Kopf blutet. Wollen Sie das Wollcape nicht lieber ausziehen? In dem Ding bekommen Sie ja noch einen Hitzschlag.« Seine Stimme schien zu wabern und bei jedem Wort in weitere Ferne zu rücken.

Sie sah sich unsicher um, und ihr Körper fühlte sich federleicht an. Ihr wurde bewusst, dass sich um sie herum eine kleine Menschenmenge versammelt hatte.

»Die Polizei ist unterwegs«, sagte jemand.

Die Polizei?

Diese Worte vertrieben die Benommenheit aus Jillians Verstand. Der Polizei konnte man nicht vertrauen.

Die Menschen um sie herum bewegten sich, und sie konnte einen Kinderwagen erkennen. Jillian konzentrierte sich darauf, musste jedoch feststellen, dass er leer war. Rechts neben ihr war ein leises, stotterndes Schluchzen zu hören, und als sie sich umdrehte, sah sie eine schlanke, dunkelhaarige Frau, die ein Kind auf den Armen schaukelte – ein Kind mit zerzaustem blondem Haar.

Collin.

Sie machte einen kleinen Schritt nach vorn, aber etwas legte sich um ihr Handgelenk und hielt sie fest. Die Frau drehte sich um und sprach in Wortfetzen zu jemandem, der rechts neben ihr stand. Plötzlich konnte Jillian das Gesicht des Kindes sehen.

Der Nebel, der ihren Geist getrübt hatte, verschwand. Das helle Licht, das sie gerade noch umgeben hatte, war verschwunden. Der Boden unter ihren Füßen wurde hart und eisig, und die Wahrheit brach mit all ihrem grässlichen, unerträglichen Schmerz über sie herein.

Das Kind war blond. Blauäugig. Pummelig. Es jammerte.

Aber es war nicht Collin.

Es war nicht ihr Baby.

Collin.

Sein Name wirbelte durch ihren Kopf.

Er war fort. Ihr süßer kleiner Collie-Schatz war fort. Genau wie ihre anderen Babys, sie würden alle nie wieder nach Hause kommen.

Die Realität ließ sie fast in sich zusammensacken, und der Schmerz fühlte sich so frisch und brutal an, als hätte sich diese blutgetränkte Nacht erst vor wenigen Augenblicken ereignet.

Sie beugte sich vor und stieß ein tiefes Stöhnen aus.

»Halten Sie durch«, sagte der Mann neben ihr und drückte kurz ihr Handgelenk. »Der Krankenwagen müsste jeden Moment kommen.«

»Die Polizei ebenfalls«, sagte jemand anders.

Erst da begriff Jillian, dass der Mann neben ihr ihren Arm festhielt. Er sorgte dafür, dass sie nicht wegkam, damit er sie der Polizei übergeben konnte.

Dieser Mistkerl, man konnte ihm nicht trauen.

Sie konnte keinem von ihnen trauen.

Ein heftiger Ruck und ihr Arm war frei. Sie floh in Richtung ihres Wagens, wobei ihr Herz so schnell schlug, dass es in ihren Ohren dröhnte und sie die Geräusche ihrer Verfolger nicht hören konnte. Falls sie überhaupt verfolgt wurde. Als sich nach einer Weile immer noch keine Hand auf ihre Schulter gelegt hatte, wurde sie langsamer, drehte sich halb um und sah nach hinten. Die Menschenmenge neben dem Kinderwagen war kleiner geworden, aber niemand folgte ihr.

Sie holte mehrmals tief Luft, um die Panik zu vertreiben, und da nahm ihr Gehirn die Arbeit auch wieder auf.

Wie viel Zeit hatte sie in diesem furchtbaren Nebel verloren? Sie blickte auf die rechte Seite des Parkplatzes, aber Marcus Simcoskys Truck war verschwunden.

*Verdammt!* Sie hatte ihre Chance vertan.

Wieder holte sie tief Luft und tat es gleich noch mal.

Dann schob sie den Frust beiseite. Sie würde eben von vorn anfangen müssen. Erneut am Silver Strand Boulevard darauf warten, dass einer dieser Mistkerle vorbeifuhr, da das der beste Weg war, um sie aufzuspüren. Ihre Strategie hatte einmal funktioniert und würde es auch ein zweites Mal tun. Sie musste nur geduldig sein.

Also würde sie wieder zu der Stelle fahren und ausharren.

Ein Streifenwagen fuhr auf den Parkplatz, als sie gerade auf die Straße abbog. Sie hielt den Atem an und legte die Hände enger um das Lenkrad, während sie starr auf die Straße starrte. Doch der Wagen fuhr vorbei und wurde nicht langsamer, und schließlich wagte Jillian wieder zu atmen.

Mit etwas Glück waren alle zu weit weg gewesen, um das Kennzeichen ihres Wagens erkennen oder ihn genauer beschreiben zu können.

Sie fuhr denselben Weg zurück, den sie Marcus Simcosky hierher gefolgt war, und hoffte wider besseres Wissen darauf, seinen Wagen irgendwo zu entdecken. Als sie einen schwarzen Ford-Truck auf dem Parkplatz eines Apartmenthauses entdeckte, wurde sie langsamer. Simcosky fuhr einen ähnlichen

Wagen. Sie bog auf den Parkplatz ab und hielt hinter dem Wagen. Er hatte das richtige Kennzeichen. Sie konnte es kaum fassen. Das war ja unglaublich. Sie hatte ihn wiedergefunden. Unfassbar!

Sie grinste grimmig.

Lebte er in diesem Apartmenthaus oder besuchte er nur jemanden?

Eigentlich war das unwichtig. Sie musste nur irgendwo parken, wo er sie nicht bemerkte, und abwarten. Früher oder später würde er schon aus dem Haus kommen.

* * *

Robert Biesel umfasste die Colaflasche so fest, dass das Plastik knackte, als er Jillian Michaels dabei beobachtete, wie sie ihren monströsen Wagen auf den Parkplatz eines der schickeren Apartmentkomplexe der Stadt lenkte.

Was zum Teufel hatte diese verdammte Frau jetzt wieder vor?

Zuvor hatte sie versucht, ein Baby zu entführen. Ein Baby, um Himmels willen, als ob das niemand bemerken würde. Um dieses verrückte Verhalten noch zu toppen, hatte sie sogar Anstalten gemacht, das Kind vor den Augen seiner Mutter oder seines Kindermädchens oder wer immer die Frau gewesen war, die den Kinderwagen schob, mitzunehmen.

War sie wirklich so durchgeknallt? Sein Handy klingelte, als er an den Straßenrand fuhr und parkte, damit er sie im Auge behalten konnte. Als er die Nummer auf dem Display sah, runzelte er die Stirn. Phillip. Sein Partner musste gemerkt haben, dass Simcosky nicht so bald auftauchen würde. Es wurde Zeit, das Spiel fortzusetzen. Er nahm den Anruf an.

»Hey«, meldete er sich lässig. »Hast du das Baby ins Bett geschickt?«

Am anderen Ende war ein Schnauben zu hören. »Schön wär's. Wo hast du ihn zuletzt gesehen?«

»An der Kreuzung Third und Orange. Er fuhr in deine Richtung.« Seine Tonlage wurde schärfer. »Hast du ihn verloren?«

»Ich hab ihn nicht verloren«, erwiderte Phillip entrüstet. »Er ist nie aufgetaucht.«

»Verdammter Mist.« Robert ließ die Worte in der Luft hängen. »Wir sollten lieber ein Suchgitter aufziehen. Fahr du die Orange nach Osten, ich übernehme den Westen.«

Wenn er Phillip auf eine sinnlose Suche im Osten der Orange Avenue schickte, war sein Partner nicht nur beschäftigt, sondern auch verdammt weit weg.

»Wie lange sollen wir uns noch mit dieser Zeitverschwendung abgeben?«, fragte Phillip, dessen Stimme noch immer abweisend, aber auch ziemlich verärgert klang. »Wir sitzen schon seit Monaten an der Sache. Es ist doch inzwischen offensichtlich, dass sich das Leben dieses Arschlochs nur um Arztbesuche und Physiotherapie dreht. Er trifft sich nicht mitten in der Nacht mit irgendwelchen geheimnisvollen Leuten. Wenn eines dieser armen Schweine wüsste, was die Bosse vorhaben, hätten wir es inzwischen mitbekommen. Sie vergeuden verdammt viel Geld für diese Clowns.«

Noch vor dreißig Minuten hätte Robert ihm zugestimmt, aber dann hatte Jillian Michaels versucht, sich mit einem der SEALs zu treffen, die sie überwachen sollten.

»Das ist nicht unser Geld und damit auch nicht unsere Sorge«, erwiderte Robert. »Außerdem können wir unseren Kindern dank dieses Jobs das College finanzieren, was beschwerst du dich also?«

»Ich werde einfach alt, das ist …«

»Wie wäre es, wenn du das den Bossen erklärst und dir ihre Meinung zu diesem Thema anhörst?«, unterbrach ihn Robert aufgebracht.

Sein Vorschlag wurde mit Totenstille erwidert.

»Ja, das dachte ich mir. Ruf mich an, wenn du ihn siehst.« Robert beendete den Anruf, als Jillian hinter einem schwarzen Truck stehen blieb.

Er konnte die Marke oder das Modell des Pick-ups von seinem Standpunkt aus nicht erkennen, aber der Farbe und Form nach ähnelte er viel zu sehr Marcus Simcoskys Wagen, als dass es ein Zufall sein konnte.

Was das nun wieder bedeutete, war ihm ein Rätsel. Phillip hatte recht, sie beobachteten den Kerl jetzt seit Monaten und dies war das erste Mal, dass er vor diesem Haus parkte. Und jetzt war auch noch Jillian aufgetaucht.

Sie fuhr weiter und verschwand hinter einigen geparkten Autos. Er fuhr auf die Straße zurück, damit er sie wieder sehen konnte. Als er langsam an der Parkplatzauffahrt vorbeirollte, konnte er sehen, wie sie auf einen der hintersten Stellplätze fuhr. Er verlangsamte noch weiter und beobachtete sie genau, aber ihr Wagen bewegte sich nicht mehr.

Dann blickte er wieder zu dem schwarzen Truck hinüber und runzelte die Stirn. Es sah ganz so aus, als wollte sie den Wagen beobachten, was bedeutete, dass sie hier bleiben würde, bis Simcosky wieder auftauchte. Robert sah zum Eingang des Apartmenthauses hinüber. Hier herrschte ein ständiges Kommen und Gehen, aber Simcosky tauchte nicht wieder auf.

Da hier so viel los war, konnte er sich Jillian auch nicht einfach schnappen und sie zwingen, in seinen Wagen einzusteigen … andererseits musste er das ja auch gar nicht.

Sie konnten ihren Wagen nehmen.

Jillian hatte direkt neben den Tennisplätzen ihren Posten bezogen. Aber der Parkplatz zog sich weiter nach links bis hinter den Apartmentkomplex. Eine Nebenstraße führte am Nachbargebäude vorbei, von dort konnte man vermutlich auch auf diesen Parkplatz gelangen. Wenn er um den Block herumfuhr, konnte er dort parken und die Bäume neben den Tennisplätzen als Deckung nutzen, um sich an Jillians Wagen heranzuschleichen.

Sie hatte sämtliche Fenster geöffnet, sodass er problemlos an sie rankäme. Es war jedoch sinnvoller, sich neben Jillian auf den Beifahrersitz zu setzen, ihr eine Pistole in die Rippen zu drücken und sie zu zwingen, von dort wegzufahren, anstatt die schreiende und um sich tretende Frau aus ihrem Auto zu zerren und zu seinem zu schleppen, während die halbe Nachbarschaft zusah.

Er beschleunigte und sah im Vorbeifahren zum Hauseingang hinüber. Von Simcosky war noch immer nichts zu sehen.

Da sich der Mann in letzter Zeit nur sehr langsam bewegen konnte, würde Robert vermutlich längst in Jillians Wagen sitzen und auf dem besten Weg sein, diesen Schlamassel in Ordnung zu bringen, bevor Simcosky wieder hinter seinem Lenkrad saß.

Allerdings stellte sich ihm immer noch die Frage, warum die beiden sich treffen wollten. Nun, diese Erklärung würde er schon aus Jillian herauskriegen, bevor er sie endgültig zum Schweigen brachte.

Es dauerte vielleicht eine Minute, bis er um die Ecke gebogen und hinter dem Parkplatz die Nebenstraße raufgefahren war. Er holte seine Waffe aus dem Handschuhfach und schob sie sich im Rücken in den Hosenbund, um dann das T-Shirt darüberzuziehen. Es sollte ja schließlich niemand Alarm schlagen.

Dann stieg er aus dem Wagen, überquerte den Parkplatz in Richtung der Tennisplätze und schlenderte lässig weiter nach Süden über den gewundenen Bürgersteig auf Jillians Wagen zu. Mit etwas Glück war sie derart auf den Eingang des Apartmentkomplexes fixiert, dass sie ihn erst bemerken würde, wenn es längst zu spät war.

Ihn trennten noch etwa sechs Meter von ihrem Parkplatz, als er feststellte, dass ihr Wagen leer war.

Wo zum Teufel steckte sie? Er blieb stehen, sah sich langsam um und entdeckte sie auf einer Bank neben dem Gebäude sitzend.

Verdammt. Diese Veränderung brachte seinen ganzen Plan durcheinander. Sie würde ihn in dem Augenblick sehen, in dem sie zurück zum Wagen ging. Was zum Henker machte sie überhaupt da vorn? Aber nur wenige Augenblicke später wurde ihm klar, welchen Vorteil ihre neue Position hatte, als ein junges Paar aus dem Haus kam, den Parkplatz überquerte und in einen aufgemotzten Sportwagen stieg.

Jeder, der den Apartmentkomplex verließ und in Richtung Park oder Parkplatz ging, musste an ihr vorbei. Wenn derjenige in den Park ging, saß sie genau an der richtigen Stelle. Robert sah zu dem schwarzen Pick-up hinüber. Jeder, der zu seinem Wagen wollte, würde ebenfalls an ihr vorbeigehen.

Falls dies kein freundschaftliches Treffen war, wovon er nach Lieutenant Simcoskys Miene zuvor und aufgrund ihrer jetzigen Position ausging, dann war ihr Standort der Schlüssel. Wenn sie im Wagen saß, konnte man sie direkt sehen. Wartete sie jedoch auf der Bank um die Ecke, würde er ihr beim Vorbeigehen den Rücken zuwenden und ihr einen leichten Vorteil verschaffen.

Diese strategischen Überlegungen verblüfften ihn.

Wer hätte gedacht, dass die eingeschüchterte graue Maus, die er vor all diesen Monaten erwischt hatte, zu so etwas fähig war?

Er hätte zu gern gewusst, was diese Frau mit Simcosky vorhatte.

* * *

Cosky blickte Kaits sexy Hintern nach, der aufreizend wackelte, als sie das Wohnzimmer durchquerte.

Noch lange, nachdem sie im Flur verschwunden war, stand er einfach nur so da, mit vollständig erigiertem Penis, während der Geruch nach Sex, Schweiß und Rosen in der Luft hing. Sein Herz raste, als würde er sich mitten in einer gescheiterten Mission befinden und müsste im Höchsttempo den Evakuierungshubschrauber erreichen, während ihm Kugeln und Mörsergeschosse um die Ohren flogen.

Ihm war, als hätte er das Gleichgewicht verloren. Als hätte er sich verändert. Auf eine Art, die man nicht sehen, sondern nur spüren konnte. Und sie war der Grund dafür. Kait und das, was er gerade mit ihr auf dieser verdammten Couch erlebt hatte.

Denn er begehrte sie noch immer. Schon wieder. Nur noch mehr. Sein Verlangen war jetzt noch viel größer als zuvor.

Dieser ungezügelte Drang war etwas, das er noch nie zuvor erlebt hatte. Er war fünfunddreißig Jahre alt, verdammt noch mal! Er hatte schon früher Frauen begehrt. Aber nicht so. Nicht auf diese Weise. Nicht auf eine Art, die weit über Lust hinausging und schon an Besessenheit grenzte.

»Scheiße.« Er hauchte das Wort eher, als dass er es aussprach, und rieb sich mit den Handflächen über das Gesicht.

Beinahe hatte er Angst, auch nur einen Schritt zu machen, da er besorgt war, seine Beine würden ihm nicht gehorchen, sondern ihn immer weiter tragen, bis er mit ihr unter der Dusche stand, wo seine Hände zum Einsatz kommen und ihren feuchten, wundervollen Körper einseifen und erkunden würden. Er war sich nicht sicher, ob sein Gehirn dem beharrlichen Wunsch seines Körpers nicht nachgeben würde, ob er sich davon abhalten konnte, sie an die Wand der Duschkabine zu pressen und in sie hineinzuhämmern, bis sie beide völlig ausgelaugt und erschöpft waren. Bis sein Bedürfnis endlich befriedigt war.

Falls das überhaupt möglich war.

Und diese Frage, ob seine Besessenheit jemals enden würde, war es schließlich, die dafür sorgte, dass er doch stehen blieb. Sie bewirkte, dass sein Penis im Wohnzimmer blieb, obwohl er sich mit jeder Faser seines Körpers danach sehnte, ihr unter die Dusche zu folgen.

Diese erste Kostprobe von ihr hatte seine Begierde nicht ausgelöscht, sondern sogar noch verschlimmert. Jetzt wusste er erst, was er verpasst hatte. Wie viel schlimmer würde sein Verlangen nach ihr erst nach einer zweiten Runde sein? Oder nach einer dritten? Wenn er ihr unter die Dusche folgte, würde er dann überhaupt jemals wieder herauskommen? Ohne sie an seiner Seite?

Das Letzte, was er jetzt gebrauchen konnte, war eine zweite Leidenschaft. Das SEAL-Team reichte ihm da völlig.

Außerdem musste er noch andere Dinge in Betracht ziehen.

Sie war Aidens Schwester und Commander Winchesters Tochter. Sie war eine der ihren, wodurch sie automatisch nicht für eine Affäre infrage kam.

Und zu mehr war er nicht bereit.

Ganz bestimmt nicht jetzt, wo sein Leben völlig auf den Kopf gestellt worden war und er im wahrsten Sinne des Wortes ein riesiges rotes Fadenkreuz auf dem Rücken trug.

Sie war als Teil einer Militärfamilie aufgewachsen. Er musste an ihr verzerrtes Gesicht bei der Beerdigung ihres Vaters denken, an die Sorge und die Erschöpfung in ihren Augen, als sie Aiden im Krankenhaus besucht hatte. Sie hatte ihren Vater auf einer gescheiterten Mission verloren. Sie hätte beinahe ihren Bruder verloren. Das konnte noch immer geschehen. Er wollte nicht, dass sie noch einen Menschen in ihrem Leben hatte, um den sie sich ständig Sorgen machen musste.

Ihm schoss eine Erinnerung nach der anderen durch den Kopf. Er dachte an seine Mutter. An ihr angespanntes, besorgtes Schweigen, wann immer sein Vater Dienst hatte. An die Angst in ihren Augen, als zweimal Polizisten mit ernsten Mienen an ihrer Tür geklingelt hatten. Er hatte seine Kindheit damit verbracht, mit anzusehen, wie die ständige Sorge jemandem, den er liebte, die Lebensfreude raubte. Da wollte er sein Leben als Erwachsener auf keinen Fall damit verbringen, dass er einer anderen unglücklichen Frau etwas Ähnliches antat.

Es war seine freie Entscheidung gewesen, zu den SEALs zu gehen. Niemand hatte ihn beeinflusst. Er hatte gewusst, welche Opfer er dafür bringen musste. Es war schon schlimm genug zu wissen, dass seine Mutter bei jedem Einsatz Angst um ihn hatte. Er wollte sich auf gar keinen Fall auf eine Beziehung mit einer Frau einlassen, wo er doch wusste, dass sie mehr Zeit ihres Lebens um ihn besorgt sein würde, als glücklich in seinen Armen zu liegen.

Kait hatte schon Aiden, um den sie sich sorgen musste. Ein Mann reichte aus.

Aufgrund der Art, wie sie aus dem Zimmer gestürmt war, würde sie sich in absehbarer Zeit wohl kaum viele Gedanken um ihn machen. Cosky schnitt eine Grimasse und suchte seine Kleidung zusammen. Dabei gestand er sich ein, dass sie seine gemeine Bemerkung nicht verdient hatte. Er musste sich bei ihr entschuldigen. Aber das musste aus der Distanz passieren, am besten per SMS, wenn er sie nicht sehen, riechen oder berühren konnte …

Als er sich die Schnürsenkel zuband, bemerkte er nicht einmal, dass sein Knie überhaupt nicht schmerzte. Langsam richtete er sich auf, und erst dann stellte er überrascht fest, dass er auf sicheren Beinen stand. Dieser dauerhaft stechende Schmerz und das frustrierende Schwanken waren verschwunden. Nach einigen vorsichtigen Schritten starrte er ungläubig nach unten.

Verdammt, es fühlte sich ganz normal an.

Wie vor der Verletzung.

Langsam drehte er sich um und starrte in den Flur, in dem sie verschwunden war.

War es möglich … Nein, sie hatte es doch kaum massiert. Tatsächlich hatte sie sich bestimmt zehnmal länger mit seinem Rücken aufgehalten. Und nachdem er sich umgedreht und sie sein Knie bearbeitet hatte, war irgendwie alles schiefgelaufen. Sie hatte sein Knie maximal zwei oder drei Minuten massiert, bevor sie offenbar den Faden verloren und vergessen hatte, warum er eigentlich auf ihrer Couch lag.

Ein weiterer Schritt, und es tat noch immer nicht weh.

Vielleicht hatte die Massage die Muskeln einfach gelockert, sodass das Knie nicht mehr so angespannt war und deshalb weniger schmerzte. Schließlich hatte Aiden behauptet, es hätte Wochen gedauert, bis sein Rücken dank der Massagen geheilt war. Wochen.

Doch er musste sich eingestehen, dass es mehr war als nur das Nichtvorhandensein des ständigen pochenden Schmerzes. Auch das quälende Stechen war verschwunden, und sein Bein war auf einmal wieder belastbar. Das ließ sich nicht mit gelockerten Muskeln erklären, da es mit der Muskulatur nun mal überhaupt nichts zu tun hatte.

Großer Gott.

War das wirklich möglich?

Er drehte sich um die eigene Achse und blickte sich um. Dummerweise konnte er sie kaum fragen, ob das normal war, zumindest nicht jetzt. Nicht so, wie die Dinge gerade zwischen ihnen standen. War das nicht wieder typisch für ihn, dass er den einzigen Menschen von sich wegschob, der sein Leben wieder in die richtige Bahn lenken konnte?

Das Schicksal meinte es offenbar noch längst nicht wieder gut mit ihm.

Das Klügste wäre es wohl, ihre Wohnung zu verlassen und darauf zu warten, dass sich die Wogen glätteten. Er würde sie in ein paar Tagen anrufen, sich entschuldigen und vorsichtig nachfragen, ob er vielleicht noch eine Massage bekommen könnte. Möglicherweise brauchte er auch keine mehr. Es war ja durchaus möglich, dass er nach dieser einen bereits vollständig geheilt war.

In diesem Augenblick fühlte er sich jedenfalls großartig. Er hatte fast vergessen, wie es sich anfühlte, einen Schritt zu machen, ohne diesen schrecklichen Schmerz zu spüren, wie es war, den Fuß aufzusetzen und sich darauf verlassen zu können, dass sein Bein sein Gewicht auch wirklich tragen würde.

Er stand schon fast vor ihrer Wohnungstür, als ihm auf einmal klar wurde, dass er keine Ahnung hatte, ob sie irgendeine Bezahlung erwartete. Und falls ja, wie viel Geld sie verlangte. Er erstarrte mit der Hand auf dem Türknauf. Nach ihrem letzten Wortwechsel war es wohl kaum angebracht, dass er ihr einfach ein paar Geldscheine auf den Tisch legte. Daher nahm er sich vor, auch dieses Thema später anzusprechen, wenn er auf Sicherheitsabstand zu ihr gegangen war. Oder, noch besser, er würde einfach Aiden fragen, wenn er nach Hause kam. Falls er seinen neuen Mitbewohner denn noch dort antraf.

Es schien eine halbe Ewigkeit zu dauern, bis der Fahrstuhl im Erdgeschoss ankam. Als er die Fahrstuhlkabine verließ, roch es nach Rosen. Der Duft war so intensiv, dass seine Augen zu tränen begannen, was die beiden jungen Frauen, die ihn anlächelten und kicherten, als er durch die Tür ging, nicht im Geringsten zu stören schien.

Eine schnüffelte und grinste ihre Freundin an. »Findest du den neuen Raumduft, den sie hier verwenden, nicht auch super?«

Der gute Zustand seines Knies hielt auch den ganzen Weg durch die Lobby an. Kait hatte seinem Bein zweifellos sehr geholfen. Seitdem er auf der Intensivstation des Sacred-Heart-Krankenhauses aufgewacht war, hatte es sich nicht mehr so gut angefühlt.

Wenn es ihm nach nur einer Massage schon so gut ging, was würden dann zwei bewirken? Oder drei? Oder ein halbes Dutzend?

Vorausgesetzt, sie wäre nach dem, was zwischen ihnen vorgefallen war, und nach dem, was er ihr an den Kopf geworfen hatte, noch bereit, ihn überhaupt jemals wieder zu massieren. Er hätte es ihr jedenfalls nicht verdenken können, wenn sie ihn verprügelt und ihm gesagt hätte, er solle ja zusehen, dass er sich von ihr fernhielt. Falls sie wider Erwarten doch versöhnlicher war, als es die meisten anderen Frauen unter diesen Umständen wären, stellte sich noch immer die Frage, wie hoch die Wahrscheinlichkeit war, dass sie ihre Kleidung anbehalten konnten, wenn ihre heißen, erotischen Hände ihn erneut berührten. Nach dem, was gerade geschehen war, standen die Chancen vermutlich nicht sehr gut. Er ging eher davon aus, dass er wieder auf ihr und in ihr enden würde.

Was seiner wachsenden Besessenheit nicht gerade zuträglich wäre.

Verdammte Scheiße.

Er saß eindeutig in der Zwickmühle.

Die Hitze traf ihn wie ein Vorschlaghammer, als er nach draußen trat. Entweder verweichlichte er allmählich oder die Temperatur war gewaltig angestiegen, seitdem er seinen Truck hier geparkt hatte.

Er knurrte als Reaktion auf die gehauchte Verabschiedung der Kaffeeverkäuferin und ging – er ging und humpelte oder stolperte nicht! – über den heißen Asphalt, während ihm die Sonne auf den Kopf brannte. Das erste Stechen trat auf, als er vom Bürgersteig auf den Parkplatz ging. Allerdings war es nicht besonders schmerzhaft. Okay, dann hatte ihre Massage also keine dauerhafte Wirkung. Sie ließ jetzt bereits nach. Aber Aidens Worten zufolge war das normal. Erst nach mehreren Massagen war die Verletzung komplett ausgeheilt.

Als er schon fast vor seinem Truck stand und sich nach der Klimaanlage und einem kalten Bier sehnte, hörte er schnelle, leise Schritte hinter sich. Eine Frau. Die sich rasch näherte. Vermutlich Kait, die beschlossen hatte, ihm die Hölle heißzumachen, was er ja durchaus verdiente. Aber als er sich umdrehte, stand die seltsame, zerzauste Frau, die er bereits auf dem Parkplatz des Coronado-Ferry-Landing-Shoppingcenters gesehen hatte, vor ihm.

Was zum Teufel?

Wie hatte sie ihn überhaupt gefunden?

Sie kam direkt auf ihn zu, das stand außer Frage. Er kramte in seiner Tasche nach den Schlüsseln und ging rückwärts auf seinen Wagen zu.

Bei seinem zweiten Schritt landete sein Fuß auf einem Stein und sein Knie knickte ein. Der vertraute stechende Schmerz schoss durch das Gelenk, und sein Bein gab nach. Offenbar war die Verschnaufpause vorbei, und das zum denkbar ungünstigsten Zeitpunkt.

Er sah auf die Hände der Frau oder zumindest auf die Stelle, an der sich ihre Hände befinden sollten, während er die Schlüssel hervorzog und noch einige Schritte nach hinten stolperte. Doch er konnte ihre Hände nicht sehen, da sie sie in diesem unförmigen Umhang verbarg, was bei ihm sofort Alarm auslöste.

Es war völlig verrückt, bei dieser Hitze ein Kleidungsstück aus Wolle zu tragen. Aber ihr Gesicht war nicht gerötet, und sie schien auch nicht zu schwitzen. Sie sah blass, ausgezehrt und entschlossen aus.

Ganz anders als er, denn er schwitzte stark. Er ignorierte den Drang, sich den Schweiß wegzuwischen, der in seinen Augen brannte, und blickte wieder auf ihre Hände. Ihm war klar, dass er in Gefahr schwebte, als er bemerkte, dass sich das Kleidungsstück über ihrer Taille ein wenig wölbte, als hätte sie die Hand in die Tasche gesteckt.

Und in der Tasche befand sich noch etwas anderes.

Das auf ihn zeigte.

Ohne den Blick von ihr abzuwenden, steckte er den Schlüssel ins Schloss an der Fahrertür und zog die Tür dann auf. Bevor er zu Kait gegangen war, hatte er seine Glock im Handschuhfach eingeschlossen, daher kam er nicht an seine Waffe heran – es sei denn, er wollte dieser seltsamen Frau den Rücken zuwenden und sich über den Sitz lehnen.

Sie trat näher, als er die Tür weiter öffnete.

»Lieutenant Simcosky?« Ihre Stimme klang auf unheilvolle, grässliche Weise kratzig.

Er trat hinter die geöffnete Tür und beobachtete sie alarmiert. »Und Sie sind?«

Wieder hob sich die ausgebeulte Stelle ihres Umhangs ein wenig.

Vor nicht allzu langer Zeit hätte er sich auf sie gestürzt, sie zu Boden geworfen und dort festgehalten, während er die Taschen ihres Umhangs durchsucht hätte. Seine Frustration wurde immer größer und bewirkte, dass es in seinem Kopf zu pochen begann. Selbst bevor er auf diesen Stein getreten war, hätte er eine solche Konfrontation noch gewagt. Aber im Augenblick war sein Knie einfach zu wacklig. Es konnte jeden Moment nachgeben, sodass er anfällig für einen Angriff wäre.

Also konzentrierte er sich auf die Frau, schob seinen Ärger über all das, was er nicht tun konnte, beiseite und wog seine Möglichkeiten ab.

Ein Windhauch trug den Geruch nach schmutziger Kleidung und ungewaschenem Körper zu ihm herüber.

Sie sah ihm mit ihren braunen Augen, in denen etwas schimmerte, das an Zorn oder vielleicht auch an Hass erinnerte, ins Gesicht. Möglicherweise war es auch beides.

Hier ging es um etwas Persönliches. Aber um was?

»Ich kenne Sie nicht«, sagte er langsam und hatte Angst, dass schon eine Kleinigkeit ausreichen konnte, um sie zum Schießen zu bewegen. Die Wagentür bot ihm nur wenig Schutz vor einer Kugel, und er hätte sein SEALs-Abzeichen darauf verwettet, dass sie eine Pistole unter dem Umhang verbarg.

»Aber ich kenne Sie. Ich weiß, was Sie sind. Ein verlogener, mörderischer Schweinehund.« Ihre Stimme klang belegt und wurde vor Wut tiefer, als sie einen großen Schritt auf ihn zu machte. »Das ist für meine Babys.«

Der letzte Schritt brachte sie in Reichweite der Wagentür. Das dicke Metall würde sowohl als Schild als auch als Waffe dienen. Cosky verlagerte das Gewicht auf sein unverletztes Bein, ging so weit in die Knie, wie er es wagte, und beobachtete, wie sie die Schultern anspannte. Als sich der Saum ihres Ponchos hob, rammte er die Wagentür gegen sie.

»Und für Russ«, fügte sie hinzu, kurz bevor die Tür gegen ihren Körper schlug und sie die Luft ausstieß.

Ein Schuss fiel, und im gleichen Moment war das Geräusch einer Kugel zu hören, die in die Wagentür einschlug. Cosky zog die Tür nach hinten und rammte sie noch einmal so fest er konnte gegen die Frau. Wenn er ihr einen Arm oder eine Schulter brechen konnte, würde sie die Waffe nicht mehr hochheben können.

Wieder war ein gedämpfter Schuss zu hören. Erneut folgte darauf das metallische *Klonk* einer Kugel, die in die Tür eintrat. Es roch nach verbranntem Stoff.

Dem Geräusch und der Durchschlagskraft nach zu urteilen hatte sie eine .22er in der Hand. Aber Gott allein wusste, wie viele Kugeln ihr noch blieben. Wenn sie sich für einen Kopfschuss entschied oder um die Tür herumging, war er erledigt.

Sie schien seine Gedanken gelesen zu haben. Mit einem weiteren abgehackten Schrei machte sie einige Schritte nach hinten und versuchte, um die Tür herumzugehen.

*Verdammter Mist!* Cosky musste reagieren. Jetzt blieb ihm nichts anderes mehr übrig, als das Beste zu hoffen, loszuspringen und zu beten, dass er sie zu Boden zwingen konnte, bevor er sich eine Kugel einfing. Er wappnete sich und stürzte nach vorn, als sie gerade hinter der Tür hervorkam.

Genau in diesem Augenblick gab sein Knie nach, und er verlor das Gleichgewicht.

Scheiße!

Im Fallen griff er nach dem Türgriff. Die Waffe ging los. Über und hinter ihm zersprang Glas.

Von der anderen Seite des Parkplatzes aus Richtung der Tennisplätze rief jemand etwas. Die Frau zuckte zusammen und wirbelte herum. Cosky schaffte es, sein unverletztes Bein unter sich zu bekommen, rappelte sich auf und wollte sich schon auf die Frau stürzen.

Doch sie machte schnell einige Schritte nach hinten und brachte sich so aus seiner Reichweite. Dabei starrte sie noch immer auf die andere Seite des Parkplatzes und kreischte. Einen derartigen Schrei hatte er noch nie zuvor gehört. Er klang wild und primitiv, qualvoll und voller ungezügelter Wut. Sie hob die Waffe und hielt sie in Richtung der Tennisplätze, um dann mehrere Schüsse abzugeben.

Der Schrei erstarb. Stattdessen war das Klicken eines leeren Magazins zu hören, während sie immer wieder den Abzug drückte.

Cosky stützte sich an die Tür, humpelte vorwärts und fluchte, als er wieder auf einen Stein trat und sein Bein unter ihm nachgab. Die Frau erschrak und wirbelte zu ihm herum.

Ihr Gesicht war verzerrt, und sie hatte die Lippen leicht geöffnet. Ihre riesigen, wilden Augen starrten ihn an. Dann riss sie den Mund ganz auf, aber es kam nichts außer einem heiseren Stöhnen heraus. Sie hob die Waffe und richtete sie auf seine Brust.

Klick.

Klick.

Klick.

Cosky ließ die Tür los und stürzte nach vorn. Die Frau machte einen Satz nach hinten. *Klick. Klick.* Er wagte einen weiteren wackligen Schritt. Mit einem erneuten lautlosen, atemlosen Schrei warf sie die Waffe in Richtung seines Kopfes, aber er duckte sich, sodass die Pistole einfach über ihn hinwegflog.

Als er sich wieder aufrichtete, hatte sie die Flucht ergriffen. Autos hupten und Reifen quietschten, als sie dem Verkehr auswich und über den Boulevard vor dem Apartmentkomplex rannte. Sie flüchtete in den gegenüberliegenden Park und rannte immer weiter, wobei ihr Wollcape oder Umhang oder was immer es war wie eine dreckige Flagge hinter ihr herwehte.

Er beugte sich vor und knetete sein schmerzendes Knie. Dieser verrückte und seltsame Zwischenfall hatte alle positiven Auswirkungen von Kaits Heilung zunichtegemacht, und jetzt pochte und schmerzte es wieder und gab nach.

Hilflos wie ein Kleinkind sah er ihr nach, wie sie durch den Park lief und in einer Seitenstraße verschwand. Seine

Frustration heizte den Schmerzofen in seinem Inneren nur noch weiter an, bis er glaubte, er müsse aufgrund des Drucks explodieren.

»Hey, Mister«, rief eine schwache Stimme von rechts. »Ist alles okay?«

Cosky wischte sich mit dem Unterarm den Schweiß von der Stirn und aus den Augen. Ein großer, schlaksiger Junge, der vermutlich gerade die Highschool hinter sich gebracht hatte, kam auf ihn zugelaufen und blieb dann vor dem Pick-up stehen.

»Mir geht es gut.« Cosky schaute zu der Straßenseite hinüber, auf der die Frau verschwunden war. Inzwischen war sie bestimmt längst über alle Berge. Dieses Mal gab er sich erst gar keine Mühe, die Verärgerung im Zaum zu halten. Sie manifestierte sich in seiner Brust und drohte, ihn zu ersticken.

Verdammt, er hätte sie überwältigen müssen. Sie war nur eine Amateurin. Trotz seines verletzten Knies hätte er in der Lage sein müssen, sie festzuhalten.

Mit gerunzelter Stirn zupfte er einige Male an seinem T-Shirt, um Luft an seinen überhitzten Körper zu bekommen. »Wer war das?« Der Junge hüpfte von einem Fuß auf den anderen und schien sehr aufgeregt zu sein. Dabei schien ihm die Hitze nicht das Geringste auszumachen. »Und warum hat sie auf uns geschossen?«

Auf uns? Cosky musterte den Jungen rasch von oben bis unten. Gegen diesen Kerl hatte seine geheimnisvolle Angreiferin ihren Zorn gewandt? Warum? Der Kleine war doch harmlos.

»Hast du sie schon mal gesehen?«

»Nein. Und Sie?«

»Nein.« Während er sein Handy aus der Tasche seiner Jogginghose zog, ging er die Begegnung im Kopf noch einmal durch. Sie hatte definitiv den Eindruck gemacht, als ob sie ihn kennen würde. Zumindest hatte sie es geglaubt. Sie hatte seinen Namen genannt und ihn als verlogenen, mörderischen Schweinehund bezeichnet. Außerdem hatte sie behauptet, das für ihre Babys zu tun.

Was zum Teufel hatte er mit ihren Kindern zu schaffen?

Er runzelte die Stirn und rieb sich geistesabwesend die Schläfe an der Schulter, um den nervigen Schweiß, der ihm daran herunterlief, zu beseitigen.

Sie hatte auch noch einen anderen Namen genannt: Russ.

Als ihm das wieder einfiel, erstarrte er. *Russ?*

Hatte sie damit Branson gemeint? Russ Branson war der Einzige mit diesem Vornamen, den er kannte. Stand diese seltsame Frau irgendwie mit Branson in Verbindung?

*Das ist für meine Babys.*

Ihre Stimme hallte durch seinen Kopf. Dieser unbändige Zorn. Dieser Nachhall eines großen Verlusts. Der Trauer. War Branson der Vater ihrer Kinder gewesen?

Er dachte über ihre Worte nach, während er die Polizei anrief und die Schüsse meldete. Eine weitere Frage drängte sich ihm auf, als er den Anruf beendet hatte, sich mit dem Rücken an seinen Wagen lehnte und auf die Polizisten wartete.

Warum hatte sie ihn nicht auf dem Parkplatz des Einkaufszentrums angegriffen? Möglicherweise hatte sie lieber gewartet, bis sie sich ihm auf andere Weise nähern konnte. Vor dem Einkaufszentrum hätte sie direkt auf ihn zugehen müssen, hier war sie hingegen von hinten an ihn herangeschlichen. Vielleicht hatte sie sich diesen Vorteil verschaffen wollen, den ersten Versuch daher abgebrochen und es noch einmal gewagt, als die Umstände für sie besser waren.

»Das war das erste Mal, dass jemand auf mich geschossen hat«, erklärte der Junge, der vor Aufregung strahlte und glänzende Augen bekommen hatte.

Er war so nervös und zappelig, dass Coskys Knie nur vom Zusehen schon wehtat. Himmel, er konnte sich nicht daran erinnern, dass er jemals derart euphorisch gewesen war, weil ihm jemand eine riesige Zielscheibe auf den Rücken gemalt hatte, nicht einmal in der guten alten Zeit, als er noch ein Grünschnabel gewesen war.

»Was du nicht sagst«, meinte Cosky und zupfte erneut an seinem T-Shirt.

Der schnelle Blick, den ihm der Junge zuwarf, und sein plötzliches Erstarren sagten ihm, dass er die Abgestumpftheit in Coskys Stimme durchaus mitbekommen hatte. Auf einmal fühlte er sich schrecklich alt.

»Hey.« Der Junge machte einen Schritt und beugte sich vor. »Sie hat die Waffe fallen gelassen.«

»Lass sie da liegen.« Seine Worte mussten schärfer herausgekommen sein, als er beabsichtigt hatte, da der Junge einen Satz nach hinten machte. Er sprach etwas ruhiger weiter. »Die Polizei wird die Fingerabdrücke sichern wollen, und wir dürfen sie nicht verschmieren oder selbst welche hinterlassen.«

»Oh. Okay. Was glauben Sie, warum sie auf uns geschossen hat? Ist sie nur eine Verrückte?«

»Keine Ahnung«, antwortete Cosky, der gerade selbst darüber nachdachte.

Auf einmal blieb der Junge stehen und schnüffelte. »Ich frage mich, ob sie Parfüm getragen hat. Irgendwie riecht es hier nach Blumen.«

Cosky machte einen Schritt nach hinten und war peinlich berührt. Er musste unbedingt duschen.

In der Ferne war der Klang einer Sirene zu hören.

Falls sie mit Branson zu tun hatte, warum ging sie dann auf ihn los? Er hatte Branson nicht getötet, sondern Zane. Vielleicht hatte sie sie verwechselt. Sie waren gleich groß, hatten einen ähnlichen Körperbau und beide dunkle Haare. Da konnte man schon mal durcheinanderkommen.

Das hätte ja durchaus Sinn ergeben, wenn sie ihn nicht mit seinem Namen angesprochen hätte. Anscheinend wusste sie genau, wer er war. In den Zeitungen war Zane oft erwähnt worden, weil er geschossen hatte, daher musste sie eigentlich wissen, dass Zane der Schütze gewesen war.

Warum war sie nicht hinter Zane hergewesen?

Vermutlich hatte sie gewusst, dass sie keine Chance gegen Zane haben würde, daher war sie gegen das schwächste Ziel vorgegangen, den Krüppel.

Er fluchte leise und blickte auf sein Knie herab. Wenn er sie festgehalten hätte, wären all diese verdammten Fragen vermutlich beantwortet worden.

Was für ein Desaster.

Falls sie mit Branson in Verbindung stand, dann war sie der erste Hinweis, den sie seit Monaten gefunden hatten. Ihre einzige Möglichkeit, Bransons wahre Identität aufzudecken. Wenn sie den Mann identifizieren konnten, dann ließen sich auch seine Bewegungen nachvollziehen, seine Partner ausfindig machen, und sie wären vielleicht sogar in der Lage, die Leute zu finden, die die Operation am Sea-Tac-Flughafen finanziert hatten.

Sie war möglicherweise ihre einzige Chance, ihre Namen reinzuwaschen und die Mörder von Chastain und McKay zu finden.

Und er hatte sie entkommen lassen.

# Kapitel 6

Sie hatten sie gefunden.

Diese Schweine hatten sie wieder einmal gefunden.

Ein langes Gesicht, ein glänzender Schädel und trübe, tote Augen tauchten in Jillians Blickfeld auf.

Er war einer von ihnen gewesen … Einer der Männer, die ihre Tür eingetreten und ihre Familie entführt hatten. Einer der Männer, die sie in den Wald geschleift und die Waffe gegen sie erhoben hatten. Einer der Männer, die ihr das Leben genommen und sie leer, gequält und wie einen Zombie zurückgelassen hatten.

Jillian überquerte noch eine Straße und ignorierte das Hupen und das Quietschen von Reifen. Als sie in die angrenzende Gasse flüchtete, flogen mehrere grüne Müllcontainer förmlich an ihr vorbei.

Sie scheute zurück vor den Bildern, die durch ihren Kopf schossen.

Der kühle, feuchte Wald. Der durchdringende Geruch nach Kiefern und sich zersetzenden Pflanzenresten. Ein riesiger, goldener Herbstmond am Himmel. Schüsse. Der abgehackte Schrei eines Kindes. Stechende Schmerzen.

Sie schüttelte die Erinnerung ab, drückte das Kinn an die Brust und zwang ihre erschöpften Beine, noch schneller zu laufen.

War er hinter ihr her? Folgte er ihr? Sie versuchte, etwas zu hören. Hämmerten da Schritte hinter ihr über den Boden oder war das ihr Herzschlag?

Doch sie konnte nur ihr Keuchen hören. Der Drang, über die Schulter zu sehen, war fast schon übermächtig. Sie ignorierte ihn, konzentrierte sich auf ihren Körper und zwang sich, ihre brennenden Beine und ihre schmerzende Lunge noch mehr zu beanspruchen. Sich umzusehen würde sie nur langsamer machen. Dadurch bekäme er die Gelegenheit, nach ihr zu greifen, und wenn er sie erwischte, war sie tot.

Das durfte nicht passieren.

Noch nicht.

So zapfte sie jede Kraftreserve an, die ihr geblieben war, überquerte noch eine Straße und stürmte in die nächstbeste Gasse. Noch eine Straße. Noch eine Gasse. Erschrockene Gesichter flogen am Rand ihres Blickfelds vorbei. Sie rannte, bis ihre Beine taub wurden und ihr Herz zu explodieren drohte. Als sie beim besten Willen nicht mehr weiterlaufen konnte, wurde sie langsamer und sah sich um.

Sie wurde nicht verfolgt. Die Straße war leer.

Im Westen fing eine Sirene an zu jaulen.

Jillian blieb stehen, stützte die Hände auf die Knie und schnappte nach Luft. Während sie nach Atem rang, nahm sie wahr, dass die Sirene immer lauter wurde. Dass sie näher kam. Also richtete sie sich auf und stolperte auf eine weitere Nebenstraße zu. In der Straßenmitte stand ein riesiger Müllcontainer, der voller zerkleinerter Pappkartons war. Sie zwang ihre tauben Beine, darauf zuzugehen. Der Container war riesig und stand leicht schräg, sodass sich dahinter ein kleiner Zwischenraum zur Wand hin befand. Dort konnte sie sich verstecken und würde nicht einmal dreckig werden, da hier nur Pappe und nicht etwa Restaurantabfälle herumlagen.

Sie nahm sich eine Sekunde, um die zerrissenen Kartons über den Container zu schieben, sodass sie an der Wand lagen. Dann ging sie auf die Knie und kroch darunter, wobei sie einige Schachteln hinter sich herzog, um den Eingang zu verbergen. Sobald sie davon überzeugt war, dass man sie von der Straße aus nicht mehr sehen konnte, legte sie sich auf den Rücken und zog weitere Kartons über sich. Danach gönnte sie sich endlich etwas Ruhe und versuchte, ruhiger zu atmen.

Es dauerte nicht lange, bis sie die Feuchtigkeit am Rücken spürte. Sie ignorierte dieses unangenehme Gefühl und gab sich die größte Mühe, ruhig und gleichmäßig zu atmen. Falls ihr jemand gefolgt war, dann durfte derjenige sie nicht finden, nur weil er ihr Keuchen hören konnte. Sie musste sich konzentrieren und sich beruhigen.

Ein Dutzend tiefe Atemzüge später war ihre Panik verflogen. Sie war rein aus Instinkt geflohen und durch Straßen und Gassen gerannt, ohne überhaupt darauf zu achten, wohin sie lief, daher hatte sie nicht die geringste Ahnung, wo sie sich eigentlich befand. Sie konnte nur hoffen, dass es ihren Verfolgern genauso ging.

Sie hatte nur den einen Killer gesehen, aber die anderen mussten auch in der Nähe sein. Diese Kerle waren immer zusammen unterwegs; sie waren es zumindest gewesen, als sie in ihr Haus eingebrochen waren und … und …

*… mehrere Schüsse fallen. Ihre Babys stürzen neben ihr zu Boden. Es riecht nach abgebrannten Feuerwerkskörpern …*

*Nein. Nein. Nein.*

Sie zuckte zusammen, riss ihren Verstand von dem Abgrund fort und konzentrierte sich auf das Hier und Jetzt.

Dieselben fünf Männer hatten Russ' Wohnung durchsucht und waren im Krankenhaus hinter ihr hergewesen. Wenn der glatzköpfige Killer in Coronado war, dann waren es die anderen auch.

Sie hatte Glück gehabt. Vier Mal sogar. Wenn sie den beharrlichen Bitten der Krankenschwestern nicht nachgegeben hätte und nicht auf der Station herumgelaufen wäre, dann hätte sie in ihrem Krankenzimmer festgesessen, als diese Mistkerle im Krankenhaus aufgetaucht waren. Hätte sie sich nicht neben der Schwesternstation hingekniet, um ihren Schuh zuzubinden, dann wäre sie auf dem Flur gesehen worden. Hätte sie nicht angehalten, um Russ' alten Nachbarn zu begrüßen, dann hätte sie nicht bemerkt, dass Russ' Wohnung beobachtet wurde, und wäre ihnen in die Falle getappt. Wenn sie sich auf den Ruf des Jungen hin nicht umgedreht hätte, dann wäre ihr das glatzköpfige Monster nicht aufgefallen, das in der Nähe ihres Wagens herumlungerte.

Ja, sie hatte Glück gehabt.

Wenn man in einem Leben mit diesem endlosen Abgrund, der sie von innen heraus verschlang, denn von Glück reden konnte.

Wäre es nicht besser gewesen, wenn sie zusammen mit ihren Babys im Wald gestorben wäre? Oder wenn sie in den kalten, schlammigen Tiefen des Lake Katcheca ertrunken und dort neben ihren Kindern ihr nasses Grab gefunden hätte?

Wie konnte man denn von Glück reden, dass man noch am Leben war, wenn einem alles, was das Leben lebenswert gemacht hatte, genommen worden war?

Wenn sie wirklich Glück gehabt hätte, dann wäre eine dieser Kugeln in Marcus Simcoskys Herz eingedrungen. Und eine weitere hätte den Mistkerl neben ihrem Wagen umgebracht. Wäre sie wirklich ein Glückspilz, dann wären diese beiden Männer jetzt tot.

Sie runzelte die Stirn, weil ihr am Rücken eiskalt wurde, und drehte sich zu der Ziegelsteinwand um. Nachdem ihr die Munition ausgegangen war, hätte sie sich nach einer anderen

Waffe umsehen sollen, anstatt einfach wegzulaufen. Es hatte dort doch bestimmt irgendetwas gegeben, das sie gegen die beiden Scheißkerle hätte einsetzen können.

Das Dröhnen eines Automotors drang in die Gasse. Sie verspannte sich, drehte sich wieder um und schaute unter den gestapelten Pappen hindurch. Hatten sie sie gefunden?

Mitten auf der Straße waren direkt vor ihrem Versteck Reifen zu erkennen. Aber sie sahen zu groß aus, um zu einem Streifenwagen zu gehören, sondern wirkten vielmehr wie die Reifen eines Trucks. Simcosky fuhr so einen Wagen, aber nach allem, was sie durch den Spalt erkennen konnte, war dieses Auto rostig und weiß und nicht etwa schwarz.

Zu schade, dass sie auf dem Parkplatz keinen so robusten Wagen zur Verfügung gehabt hatte. Er würde sich als tödliche Waffe erweisen und schlimme, schmerzhafte Verletzungen hervorrufen. Dann würden diese Männer die letzten Sekunden ihres Lebens Schmerzen leiden. Genau wie ihre Babys. Genau wie Russ.

Solche Schmerzen, wie sie sie gerade empfand.

Türen wurden geöffnet. Sie sah, wie Stiefel aus dem Auto auf die Straße traten. Aber der Motor lief weiter.

»Lass uns nach dieser Tour ins Barney's fahren. Dieser Tag sollte mit einem Bier begossen werden«, sagte eine tiefe Männerstimme, während die Fahrertür zugeworfen wurde und jemand vorn um den Wagen herumging.

Sie entspannte sich, als sie die Stimme nicht erkannte.

»Da hast du recht«, erwiderte ein anderer Mann. »Was müssen wir überhaupt transportieren?«

»Einen Kühlschrank.«

»Bist du sicher, dass er in den Wagen passt?«

»Der passt schon, wir müssen ihn nur auf die Seite legen.«

Dem Geräusch einer Faust, die auf Metall schlug, folgte das Quietschen einer Tür. Jillian regte sich.

»Ihr seid spät dran«, fauchte eine Frau. »Ihr hättet schon vor einer Stunde hier sein sollen.«

Jillian legte den Kopf auf die Seite und lächelte. Bisher hatte sie nur zwei Männerstimmen gehört, und sie schienen beide im Haus verschwunden zu sein. War der Wagen jetzt etwa unbewacht? Sie fand, dass sie durchaus einen Blick riskieren konnte, und falls jemand im Auto saß, würde sie sich einfach wieder verstecken. Sie schob die Pappe beiseite und kam hinter dem Müllcontainer hervor.

»Wir sind ja jetzt hier. Sollen wir das Ding nun transportieren oder nicht?«

Jillian schlich geduckt auf das Fahrzeug zu, das mit laufendem Motor dastand.

»Beeilt euch einfach.« Die Tür quietschte wieder. »Ich hätte schon vor einer halben Stunde zu Hause sein müssen.« Die Stimmen wurden leiser.

Während sie Angst hatte, zu atmen, schlich Jillian auf Zehenspitzen zum Wagen und schaute hinein. Er war leer. Vorsichtig zog sie die Fahrertür auf, stieg ein und schloss sie leise wieder. So weit, so gut. Sie löste die Handbremse und legte den Gang ein. Dann rollte sie die Gasse entlang und dachte, dass sie die Möglichkeit, Marcus Simcosky umzubringen, vielleicht doch noch nicht vertan hatte. Der Lautstärke der Sirenen nach zu urteilen, hatte jemand die Polizei gerufen. Das wiederum bedeutete, dass er sich vermutlich noch immer in der Nähe des Parkplatzes aufhielt und Fragen beantworteten musste.

Außerdem würde er nicht damit rechnen, dass sie noch einmal zuschlug, zumindest nicht so bald. Auch nach diesem Van würde er nicht Ausschau halten. Wenn sie Glück hatte, war sogar der andere Mistkerl noch da.

Sie rutschte auf dem Sitz nach unten, um sich möglichst klein zu machen und nicht gesehen zu werden, als sie am Ende der Gasse nach links abbog. Die Tatsache, dass sich sowohl Simcosky als auch der Kidnapper auf demselben Parkplatz aufgehalten hatten, bewies, dass die SEALs in die Entführung ihrer Familie verwickelt gewesen waren. Die Männer, die ihren Bruder getötet hatten, kannten anscheinend die Männer, die ihre Babys entführt und ermordet hatten. Wahrscheinlich trafen sie sich gerade irgendwo. Wenn sie nicht überstürzt auf Marcus Simcosky losgegangen wäre, dann hätte sie die beiden Männer eventuell sogar beide ausschalten können.

Nicht, dass das jetzt noch von Bedeutung war. Falls sie sich noch dort aufhielten, konnte sie das immer noch tun.

Und wenn nicht, dann wusste sie jetzt, wo sie sie finden konnte, und das war weitaus mehr, als sie noch an diesem Morgen gewusst hatte.

* * *

Cosky drehte sich zu dem schlaksigen Jungen neben sich um. Der Kleine hatte in einer Minute gerade mal so lange den Mund gehalten, wie er Zeit zum Luftholen brauchte. Mit etwas Glück, das ihm allerdings an diesem Tag und eigentlich auch in den letzten vier Monaten nicht hold gewesen war, würde sein neuer Freund aufgrund der Hitze und des Luftmangels ohnmächtig werden und ihn endlich in Ruhe lassen.

Allerdings machte es nicht den Anschein, als würden die hohen Temperaturen dem Jungen irgendetwas ausmachen.

»Ihrem Truck hat sie ja einige Löcher verpasst.«

Cosky musterte den Vordersitz seines Wagens, auf dem ein Teil der Glassplitter der Windschutzscheibe lag. Der Rest lag auf der Motorhaube verteilt. Verdammt. Er würde wohl einen Abschleppwagen bestellen müssen.

Obwohl er eigentlich gar nicht wissen wollte, was seine verrückte Stalkerin mit der Tür gemacht hatte, schlug er sie zu und zuckte zusammen, als er die Kerben sah, die den zuvor makellosen Lack verunzierten. Leise fluchend strich er mit einer Handfläche über das mitgenommene Metall. Der Wagen musste in die Werkstatt, was wiederum bedeutete, dass er Tage, wenn nicht gar Wochen ohne ihn auskommen musste.

Mit einem angewiderten Kopfschütteln sah er über den Parkplatz zu dem monströsen Gefährt hinüber, das die Verrückte gefahren und hinter einigen anderen Autos versteckt hatte. Am liebsten hätte er ein paar Kugeln hineingejagt und sie dann gefragt, wie es ihr gefiel, ohne Wundschutzscheibe und mit ein paar neuen Dellen in der Tür zu fahren. Aber wenn er genauer darüber nachdachte … Sein Blick wanderte über die abblätternde Farbe und die Rostflecken, und er stellte fest, dass es sie angesichts des Zustands des Wagens vermutlich auch nicht weiter gestört hätte.

Am liebsten hätte er sich den Wagen genauer angesehen. Vielleicht konnte er darin irgendetwas finden, das seine Vermutung bestätigte und sie tatsächlich mit Branson in Verbindung brachte. Im schlimmsten Fall konnten sie am Lenkrad ihre Fingerabdrücke nehmen und ihren Namen aus der Datenbank erfahren. Dann wüssten sie wenigstens, mit wem sie es zu tun hatten. Verdammt, es war ja durchaus möglich, dass sie so dumm war, zurückzukommen und zu versuchen, die Karre abzuholen.

In diesem Fall würde er sie erwarten.

Vorausgesetzt, sie tat es nicht, nachdem die Polizei aufgetaucht war oder bevor sein neuer Freund seinen Adrenalinrausch ausgestanden hatte und nach Hause gegangen war, um sich hinzulegen.

Er zwang sich, nicht weiter zum hinteren Teil des Parkplatzes zu sehen. Zwar war die Gefahr gering, dass der Junge es mitbekam, aber er musste ja kein unnötiges Risiko eingehen. Schließlich wollte er den Wagen durchsuchen, bevor er beschlagnahmt wurde, und da konnte er nicht riskieren, dass der Junge ihn der Polizei gegenüber erwähnte. Daher hatte er vor, den Polizisten zu erzählen, dass die Frau zu Fuß unterwegs gewesen war. Wenn sie dann die Ermittlungen abgeschlossen hatten und verschwunden waren, konnte er den Wagen ganz in Ruhe unter die Lupe nehmen. Er musste bloß geduldig sein.

Und darauf hoffen, dass die Polizei ihn nicht zuerst entdeckte.

Als der erste Streifenwagen eintraf, parkte er vor der Einfahrt des Parkplatzes und blockierte sie somit. Cosky wartete, bis der Polizist näher gekommen war, identifizierte sich mit Rang und Namen und wies den Beamten, der ein ausdrucksloses Gesicht und müde Augen hatte, auch auf die Glock hin, die er im Handschuhfach eingeschlossen hatte. Der Mann blinzelte nicht einmal, sah sich nur Coskys Führerschein und seinen Militärausweis an und ging zu seinem Wagen zurück. Cosky lehnte sich an die Seitenwand der Ladefläche seines Pick-ups, verlagerte das Gewicht auf sein unverletztes Bein und ignorierte die Menge aus interessierten Gaffern, die sich auf den Bürgersteigen rings um den Apartmentkomplex versammelte.

Was hätte er jetzt für einen Eisbeutel, ein kaltes Bier oder gar eine noch kältere Dusche gegeben.

Der Officer, der seine Daten aufgenommen hatte, kehrte zurück, als ein zweiter Streifenwagen ankam und Nase an Nase mit dem ersten stehen blieb. Cosky bekam seine Ausweise zurück und berichtete dem Polizisten, was passiert war. Zumindest erzählte er einen Großteil davon. Einige Einzelheiten behielt er für sich, wie beispielsweise den heruntergekommenen Wagen und den Namen, den sie ihm entgegengeschleudert hatte. Es ergab keinen Sinn, seinen Verdacht, dass sie mit den Ereignissen in Seattle in Verbindung stand, jetzt schon zu erwähnen. Es war ja ziemlich offensichtlich, dass die Leute, die für diesen ganzen Mist verantwortlich waren, einen verdammt langen Arm hatten. Falls sie davon erfuhren, dass sich Bransons Frau in Coronado aufhielt und Ärger machte, würden sie nach ihr suchen.

Aber Cosky hatte vor, sie vor ihnen zu finden.

Der Junge machte sich tatsächlich nützlich und bestätigte Coskys Bericht. Anscheinend hatte er gesehen, wie die Frau Cosky über den Bürgersteig folgte, was Coskys Aussage bestätigte, dass sie zu Fuß unterwegs gewesen sei.

Er hatte gerade seine Aussage gemacht, als Zanes dunkelblauer Minivan von hinten auf den Parkplatz einbog und näher kam. Ein Polizist trat ihm in den Weg und bedeutete ihm, dass er nicht weiterfahren konnte.

Cosky knurrte leise, warf einen Blick zum Eingang des Apartmenthauses und hoffte, dass Kait nicht beschloss, nachzusehen, was hier unten für ein Aufruhr war. Aber als er die Menschenmenge musterte, die die Polizei aus allen Richtungen beobachtete, stellte er fest, dass ohnehin schon die Hälfte der Hausbewohner zuzusehen schien. Möglicherweise würde Kait da nicht weiter auffallen. Solange sie sich nicht unter dem Absperrband hindurchduckte, weil sie Coskys Leben noch mehr zur Hölle machen wollte.

Außerdem hoffte er, dass der Polizist, der seine Aussage aufgenommen und sich auch ihren Namen notiert hatte, sie vorerst in Ruhe lassen würde.

Er drehte sich wieder zu dem Van um und bemerkte, dass dieser einige Meter von dem Ungetüm entfernt, das Cosky die ganze Zeit zu ignorieren versuchte, in eine Parklücke fuhr. Drei Türen wurden geöffnet, und drei Stiefelpaare erschienen auf dem Boden. Da ging Cosky auf, dass seine Teamkameraden ihm gerade die perfekte Ausrede boten, um sich seinem

Ziel zu nähern, und dass er einen von ihne

sich mal unauffällig im Wagen der Frau um

»Mein Lieutenant Commander ist hier

Officer und stieß sich von seinem Truck

den Minivan. »Ich muss ihm Bericht erstatten. Falls

weitere Fragen haben, finden Sie mich dort drüben.«

Er wartete nicht ab, ob ihm der Polizist die Erlaubnis gab, sondern ging einfach los – oder humpelte vielmehr hinüber. Die Redseligkeit des Jungen kam Cosky in diesem Fall zugute, da der Kleine dem Officer noch immer wortreich alles erzählte und nicht einmal mitbekam, wie sich Cosky entfernte.

Wenn er geglaubt hätte, seine Teamkameraden wären zu seiner Rettung geeilt, weil sie fürchteten, dass er nicht allein klarkam, wäre er stinksauer gewesen, aber er wusste es besser. Sie waren einzig aus dem Grund hergekommen, weil sie seine Teamkameraden waren und deshalb zu ihm standen. Unabhängig davon, dass er momentan krankgeschrieben war und ob er ihre Unterstützung nun wollte oder nicht. Er hätte das Gleiche für sie getan, wenn die Umstände anders gewesen wären.

Eine solche sofortige, uneingeschränkte Unterstützung gehörte bei ihnen einfach dazu.

»Wie zum Teufel habt ihr so schnell davon erfahren?«, wollte Cosky wissen, nachdem er zu ihnen gehumpelt war.

»Wir wären schon vor zehn Minuten hier gewesen.« Rawls streckte einen Arm aus und knuffte Zane gegen die Schulter. »Wenn unsere schwangere Mama hier nicht ständig angehalten hätte, um das Mittagessen wieder von sich zu geben.« Er machte eine Pause und grinste. »Was für ein Glück, dass wir gerade keinen Einsatz haben.«

Zane schnitt eine Grimasse, während sich sein Gesicht schon wieder leicht grün verfärbte. »Es ist nur ein Mal passiert, verdammt.«

Cosky zwang sich zu einem Grinsen. Es war immer wieder amüsant für sie, mit anzusehen, wie Zane Beths Schwangerschaftssymptome ebenfalls durchmachte. »Verdammt, sie ist doch im vierten Monat. Sollte die morgendliche Übelkeit nicht langsam mal vorbei sein?«

»Morgendliche Übelkeit?« Zane stieß ein angewidertes Lachen aus. »Die hält den ganzen Tag und die ganze Nacht an.«

»Könnten wir vielleicht mal deinen angeschlagenen Zustand außen vor lassen und uns auf den Grund konzentrieren, aus dem wir eigentlich hier sind?«, fauchte Mac und starrte Zane wütend an. Dann richtete er seinen zornigen Blick auf Cosky. »Radar sagte, es wären Schüsse gefallen.« Er musterte Cosky rasch von oben bis unten und sah dann zu der zertrümmerten Windschutzscheibe des Trucks hinüber. »Ich bin erleichtert, dass nur dein Wagen getroffen wurde. Was zum Henker ist hier passiert?«

Cosky zuckte mit den Achseln und humpelte etwas näher an sie heran. »So eine Verrückte ist auf mich zugekommen und hat das Feuer eröffnet.«

Rawls zog eine Augenbraue hoch und grinste, aber seine Augen blieben umschattet und ernst. »Ich hab dir doch schon so oft gesagt, dass du die Damen anständig behandeln sollst, dann haben sie auch nicht so schnell den Finger am Abzug.«

Mac schnaubte und drehte sich zu Rawls um. »Cosky? Im Leben nicht. Er ist schlau genug, sich von keiner um den Finger wickeln zu lassen. Wenn eine angesäuerte Exfreundin zu schießen anfängt, dann wird es wohl deine sein.«

Kaits riesige braune Augen, in denen sich Schreck und Schmerz widerspiegelten, blitzten vor Coskys innerem Auge auf. Sie hätte Mac da zweifellos widersprochen.

Rawls riss übertrieben schockiert den Mund auf und legte eine Hand an seine Brust. »*Moi?* Ich bin entsetzt, dass du so über mich denkst.«

Derweil sah Zane Cosky ins Gesicht. »Du hast sie nicht gekannt?« Als Cosky den Kopf schüttelte, fuhr er fort: »Hat sie gesagt, warum sie dich angegriffen hat?«

Cosky runzelte die Stirn. »Ihre Worte ergeben keinen Sinn.«

Er drehte sich rasch um und sah zu dem Polizisten hinüber, der ihn befragt hatte. Der Mann klappte gerade sein Notizbuch zu und suchte den Boden ab. Der Officer, der die Straße gesperrt hatte, war zum Tatort zurückgekehrt und sicherte die Waffe, während der plappernde Junge den dritten Beamten beschäftigte.

Nachdem er sich wieder zu seinen Teamkameraden umgedreht hatte, berichtete er mit gesenkter Stimme: »Sie sagte: ›Das ist für meine Babys und für *Russ*.‹«

Die anderen erstarrten und sahen ihn entsetzt an. Zane warf den Polizisten, die vor Coskys Wagen standen, einen Blick zu. »Branson?«, fragte er dann leise.

»Wenn ich das wüsste.« Cosky wischte sich mit einer Hand den Schweiß von der Stirn und war auf einmal hundemüde.

»Hast du sie nicht gefragt?«, wollte Mac wissen.

»Wann hätte ich das denn bitte schön machen sollen?«, fauchte Cosky, dem es schwerfiel, weiterhin leise zu sprechen. »Während ich ihren Kugeln auswich? Oder als sie weggelaufen ist?«

Rawls' Lippen zuckten, aber der Schatten war noch immer in seinen Augen zu erkennen. »Das begreife ich nicht. Wenn sie wirklich etwas mit Branson zu tun hat, warum greift sie dann dich an? Zane hat dem Kerl doch das Licht ausgepustet. Du warst viel zu sehr damit beschäftigt, die Notaufnahme vollzubluten.«

»Jetzt mal von Anfang an«, schaltete sich Zane ruhig ein. »Wie bist du überhaupt hier gelandet?«

Cosky holte tief Luft und warf dem verrosteten Wagen hinter ihnen einen schnellen Blick zu. So weit, so gut. Seine verrückte Stalkerin hatte ihr Auto noch nicht abgeholt, die Polizei interessierte sich nicht dafür, und Kait war glücklicherweise auch noch nicht hier unten aufgetaucht.

»Ich habe auf dem Silver Strand Boulevard gemerkt, dass mir jemand folgt. Gleich hinter dem Tor. Eine Frau. Weiß. Blutige Anfängerin.« Er machte eine Pause und schüttelte den Kopf. »Ich dachte zuerst, sie wäre eine Reporterin.«

Mac fluchte leise, und man sah ihm seine Abscheu an. Alle vier verzogen das Gesicht. Sie hatten genug schlechte Erfahrungen mit Journalisten gemacht.

»Wie hast du gewusst, dass sie nicht nur auf eine Story aus ist?«, fragte Zane.

»Als ich ihren Wagen gesehen habe«, erwiderte Cosky trocken. »Der sieht eher nach Vagabundin als nach Reporterin aus.« Er warf einen schnellen Blick auf die Rostlaube, die er grimmig anstarrte, bevor er seine Teamkameraden musterte, weil er wissen wollte, ob sie den stillschweigenden Hinweis mitbekommen hatten.

Macs Augen leuchteten auf. Er machte einen Schritt auf ihn zu und sprach noch leiser. »Inwiefern?«

»Das ist das hässlichste, lauteste Stück verrostetes rotes Metall, das ich je gesehen habe.« Wieder musterte er den Wagen und zog die Augenbrauen hoch.

»Ach was.« Rawls verschränkte die Finger im Nacken und streckte sich langsam, wobei er sich zur Seite drehte. Dabei warf er einen schnellen Blick in die Richtung, in die auch Cosky gesehen hatte. Als er sich wieder umdrehte, funkelten seine Augen ebenso amüsiert wie überrascht. »Das muss ja ein interessanter Anblick gewesen sein.«

»Schwer zu übersehen«, stimmte ihm Cosky zu.

»Hast du der Polizei davon erzählt?« Macs Stimme war so leise, dass Cosky sie kaum hören konnte.

Er schüttelte den Kopf. Kurz schwiegen sie alle.

»Sie könnten jeden Augenblick darauf stoßen«, meinte Zane leise. »Wir sollten uns Zugriff darauf verschaffen, bevor sie ihn sicherstellen.«

»Das sehe ich auch so«, murmelte Cosky, der immer ungeduldiger wurde, da ihm die Hitze zu schaffen machte und er einen Krampf im Oberschenkel bekam.

»Ist er abgeschlossen?«, wollte Mac wissen, ohne zu dem Wagen rüberzusehen.

Cosky holte tief Luft und versuchte, sich zu beruhigen. »Keine Ahnung.«

Zane musterte ihn besorgt. »Willst du dich lieber hinsetzen?«

Ja, das wollte er nur zu gern, aber er ignorierte die Frage und das Bedürfnis.

»Rawls.« Zane deutete mit dem Kopf auf den verrosteten Wagen.

»Bin schon unterwegs.« Rawls schlenderte lässig rüber.

Cosky, Zane und Mac stellten sich so hin, dass sie genau zwischen den Polizisten und dem Auto standen, auch wenn die Officers bisher nur daran interessiert zu sein schienen, alle Beweise zu sichern, und dem Rest des Parkplatzes keine Beachtung schenkten.

Zane und Cosky tauschten eine Runde Banalitäten aus, während sie auf Rawls' Rückkehr warteten.

Die Minuten verstrichen. Hinter ihnen war auf einmal statisches Rauschen zu hören, und einer der Polizisten stieg in seinen Streifenwagen und fuhr davon.

Endlich kehrte Rawls zurück. Er baute sich so auf, dass er den letzten beiden Polizisten den Rücken zuwandte, und sprach ganz leise. »Keine Papiere, keine Fotos, keine Ausweise.

Auch keine Waffen und kein Handy. Im Wageninneren liegt vor allem sehr viel Müll. Konservendosen, Utensilien, Kleidungsstücke, Decken … Es sieht ganz danach aus, als hätte sie da drin gewohnt.«

»Scheiße.« Mac schlug mit der Faust gegen seine Hüfte. »Mit anderen Worten: Wir haben gar nichts.«

»Nur das Kennzeichen.« Man konnte Rawls anhören, was er dachte. »Das uns nicht weiterbringen wird, wenn der Wagen gestohlen ist.«

Zane runzelte die Stirn. »Wir müssen die Fingerabdrücke am Lenkrad sichern. Das ist unsere beste Möglichkeit, sie zu identifizieren.« Er sah zu den Polizisten hinter ihnen hinüber. »Und wir sollten uns beeilen. Früher oder später werden sie begreifen, dass diese Rostlaube hier nichts zu suchen hat.«

»Kein Problem, wir besorgen uns einfach ein Fingerabdruckset im nächsten Supermarkt.« Mac warf einen wütenden Blick auf den Wagen.

»Das brauchen wir gar nicht. Wir können die Abdrücke auch mit Klebeband sichern«, meinte Rawls. Als sich alle zu ihm umdrehten und ihn anstarrten, zuckte er mit den Achseln. »Was ist? Ich gucke nun mal gerne *CSI*.«

»Hast du zufälligerweise Klebeband in deinem Verbandskasten?«, fragte Cosky trocken. Rawls war der Sanitäter des SEAL-Teams 7 und hatte daher eigentlich immer einen Verbandskasten dabei, auch wenn sie nicht im Einsatz waren. Darin schien sich so gut wie alles zu befinden, was man irgendwann mal gebrauchen konnte.

»Nur Isolierband«, erwiderte Rawls geknickt.

Was anscheinend nicht funktionierte.

Na super.

Cosky drehte sich um und starrte zum Eingang des Apartmentkomplexes hinüber. »Vielleicht kann man uns am Empfang in der Lobby ja Klebeband leihen.«

Rawls pfiff leise. »Die haben da einen Empfang? Nicht übel. Was hat dich überhaupt hierhergeführt? Du sagtest doch, du hättest sie am Silver Strand bemerkt. Das ist drei Kilometer weit weg.«

Mac nickte kaum merklich. »Du solltest uns lieber alles erzählen. Wo wolltest du hin?«

Oh oh … Cosky versuchte sich an einem lässigen Achselzucken und wusste, dass er ihnen auf gar keinen Fall von Kait erzählen durfte. Das lag nicht nur daran, dass Aiden ihn gebeten hatte, bezüglich ihrer Fähigkeiten Stillschweigen zu bewahren. Seine Teamkameraden durften um nichts in der Welt erfahren, wie verzweifelt er aufgrund seiner Verletzung war.

Und falls sie durch irgendeinen dummen Zufall von dem Zwischenfall auf der Couch erfahren sollten … Er zuckte zusammen.

Kait war die Schwester eines Teamkameraden, die Tochter eines Vorgesetzten und in jeder Hinsicht tabu, wenn es um eine Affäre ging. Jeder aus dem Team kannte die Regeln. Man konnte sich nicht auf seinen Einsatz konzentrieren, wenn man sich Sorgen machen musste, dass die eigene Frau, Freundin, Schwester oder Tochter gerade ausgenutzt wurde.

»Ich wollte zum Coronado Ferry Landing.« Er nannte den ersten Ort, der ihm in den Sinn kam.

Zane, Rawls und Mac wackelten zeitgleich auf den Absätzen vor und zurück und starrten ihn an.

»Wie bitte?«, fragte Zane ungläubig.

»Du wolltest einkaufen gehen?« Rawls unterdrückte ein Lachen. »Wer's glaubt …«

Verdammt, er hätte sich ein glaubhafteres Ziel einfallen lassen sollen. Resigniert rang er sich eine Erklärung ab. »Nicht, dass es euch etwas angeht, aber meine Mom hat bald Geburtstag, und sie steht auf diese Touristensouvenirs, die es da wie Sand am Meer gibt.«

Rawls nickte ernst, schaute ihn jedoch spöttisch an. »Genau aus diesem Grund hast du ihr die letzten zehn Jahre die Geschenke von da online gekauft.«

»Mir war langweilig«, fuhr ihn Cosky an, dessen Wangen immer röter wurden. Er konnte nur hoffen, dass sie das auf seine Aufregung schoben. »Soll ich jetzt weiterreden oder nicht?«

»Aber klar.« Rawls grinste ihn breit an, sodass seine Zähne weiß in seinem bronzefarbenen Gesicht aufblitzten. »Unbedingt.«

Cosky holte einmal tief Luft, um sich zu sammeln. »Sie ist mir direkt hinter dem Tor auf dem Silver Strand zum ersten Mal aufgefallen. Da ich vermutete, dass sie mir folgt, habe ich einige Ausweichmanöver gemacht. Sie ist die ganze Zeit hinter mir geblieben. Daher habe ich schließlich hier gehalten, um sie zur Rede zu stellen.«

»Warum hier?« Zane sah sich langsam um, als würde er versuchen zu erkennen, warum dieser Ort etwas Besonderes war.

»Es lag in der Nähe«, stieß Cosky zwischen zusammengebissenen Zähnen hervor. »Und ich wollte nicht, dass sie meinen Wagen zerkratzt oder sonst irgendeinen Scheiß macht, während ich ein Geschenk für Mom aussuche.«

Zane musterte den schwarzen Truck mitfühlend. »Ja, das wäre wirklich tragisch gewesen.«

»Find ich auch.« Cosky entspannte sich ein wenig.

»Dann ist sie dir also hierher gefolgt«, stellte Zane fest und sah wieder zu der Rostlaube hinüber.

Cosky nickte nur.

»Dem Schaden an deinem Wagen nach zu urteilen, hast du hier auf sie gewartet?«, fuhr Zane mit ruhiger Stimme fort.

Cosky verlagerte das Gewicht und wartete. Beim Klang von Zanes sachlicher Stimme schlugen seine Instinkte Alarm.

Er hatte schon häufiger miterlebt, wie sein Kumpel einem Verdächtigen den Arsch aufriss, ohne dass er diese ruhige, vernünftige Tonlage verlor.

»Du bist also aus deinem Truck ausgestiegen, um auf sie zu warten.« Zane hielt inne, sah Cosky in die Augen und zog die Augenbrauen hoch. »Ohne deine Waffe.«

Es war keine Frage. Es war eine Feststellung. Und zwar eine sehr offensichtliche, da Cosky keinen Schuss abgegeben hatte.

Eine oder zwei Sekunden lang herrschte eine tödliche Stille.

Verdammt.

Cosky starrte die drei wütend an. »Ich dachte, sie wäre harmlos.«

Er gab diese Erklärung nur halbherzig ab, da ihm ohnehin schon klar war, dass sie sie ihm nicht abkaufen würden.

Er hätte es an ihrer Stelle auch nicht getan.

Zane drehte sich zu dem Apartmentkomplex um. »Du wärst nie im Leben ohne deine Waffe ausgestiegen, wenn sie hier gewesen wäre. Es sei denn, du hast hier jemanden besucht und wolltest nicht bewaffnet auftauchen.« Er drehte sich wieder zu Cosky um, und in seinen Augen schimmerte etwas, das an Mitgefühl grenzte. »Wie wäre es, wenn wir noch mal von vorn anfangen? Ohne das Einkaufszentrum. Denn wir alle wissen ganz genau, wie gerne du shoppen gehst.«

»Ach, Scheiße.« Cosky ballte die Fäuste und sah die drei Männer mit finsterer Miene an.

Rawls pfiff leise und musste sich große Mühe geben, nicht in lautes Gelächter auszubrechen. Er beugte sich zu Cosky vor und schnüffelte hörbar.

»Wir waren ja zu höflich, um es zu erwähnen, Bruder, aber dein neues Aftershave riecht ziemlich blumig.« Er zog sich zurück, bevor Coskys Ellbogen seinen Kiefer treffen konnte, und sah neugierig zu dem Gebäude hinüber. »Wer mag diese geheimnisvolle Rosendame wohl sein?«

Ach, verdammt. Cosky sah ihn wütend an.

»Okay.« Er strich sich mit einer Hand durch das Haar, seufzte und berichtete ihnen, was sich wirklich abgespielt hatte.

»Wie hat sie dich aufgespürt?«, wollte Zane wissen.

»Wenn ich das wüsste.« Cosky hob fragend eine Hand.

»Ich habe irgendwie den Eindruck«, schaltete sich Rawls mit unschuldiger Stimme ein, »dass du uns noch immer nicht erklärt hast, was du hier eigentlich wolltest.«

»Das könnte daran liegen, dass es dich überhaupt nichts angeht.« Jetzt konnte er nur beten, dass Kait ihren wundervollen Hintern nicht aus dem Haus bewegte. *Das* wollte er ihnen nun auf gar keinen Fall erklären.

»Na, sieh mal einer an. Cos hat heimlich eine Freundin.« Rawls blaue Augen funkelten, als er Zane ansah. »Ich habe dir doch gesagt, dass er viel zu viel Zeit bei der Physiotherapie verbringt.«

»Wenn ihr drei euch jetzt genug amüsiert habt, dann können wir uns ja vielleicht wieder …«, er warf den Polizisten hinter ihnen einen schnellen Blick zu, »der aktuellen Situation zuwenden. Falls diese Frau etwas mit Branson zu tun hat, dann ist sie unsere erste handfeste Spur in vier gottverdammten Monaten.«

Bei diesen Worten verblasste ihr Lächeln und ihre Mienen wurden wieder ernst.

»Erzähl uns auch den Rest«, forderte Mac ihn auf.

Niemand unterbrach ihn, bis er ihre Reaktion auf den Jungen schilderte, auf den sie gefeuert hatte.

»Auf den da?«, fragte Mac ungläubig, und Zane und Rawls sahen ebenso fassungslos aus, als sie zu dem Jungen hinübersahen, der hinter einem der uniformierten Beamten hinterherlief. »Bist du dir sicher, dass sie auf ihn geschossen hat?«

Cosky hielt inne. Er war viel zu sehr damit beschäftigt gewesen, seine eigene Haut zu retten, um darauf zu achten, auf wen die Verrückte noch geschossen hatte. »Das behauptet er zumindest.«

Zane starrte den Jungen an und schüttelte dann den Kopf. »Das ergibt doch keinen Sinn. Wenn er bei den Tennisplätzen war, dann hätte sie ihn mit einer .22er niemals getroffen.«

»Falls sie das gewusst hat«, merkte Mac schnaubend an. »Sie hat die Waffe schließlich weggeworfen, anstatt nachzuladen.«

Achselzuckend sah Cosky zum Park hinüber. »Sie ist in diese Richtung weggerannt. Wir sollten ausschwärmen und versuchen, sie zu finden.« Ihm lief der Schweiß im Nacken herunter, und das ließ ihn nur noch aufgebrachter werden. »Dann können wir ihr all diese verdammten Fragen stellen.«

Zane warf ihm einen langen Blick zu. »Die halbe Polizei sucht jetzt nach ihr. Wenn sie clever ist, dann taucht sie unter. Ansonsten …«, er schüttelte den Kopf und sah rasch zu den Streifenwagen hinüber, »ansonsten werden die Cops sie bald finden. Wir müssen die Fingerabdrücke aus dem Wagen sichern und herausfinden, ob die Polizei sie nicht längst festgenommen hat, bevor wir anfangen, uns auf die Suche nach ihr zu machen.«

»Ich hole das Klebeband.« Rawls hielt inne und warf Cosky einen verschmitzten Blick zu. »Es sei denn, du möchtest deine Kleine anrufen. Sie hat bestimmt Klebeband.«

»Wenn du nicht gleich die Klappe hältst, klebe ich dir damit das Maul zu«, erwiderte Cosky wütend.

Rawls klimperte mit den Wimpern. »Ganz der Beschützer. Das muss wahre Liebe sein.«

Cosky trat mit geballten Fäusten einen Schritt vor.

»Hol das Klebeband.« Zane trat zwischen sie. Nachdem Rawls losgelaufen war, wandte er sich mit besorgtem Blick an Cosky. »Du musst das Bein entlasten und erst mal runterkommen. Warte im Van.« Als Cosky eine trotzige Miene aufsetzte, machte Zane einen bedrohlichen Schritt auf ihn zu. »Das war kein Vorschlag, Lieutenant. Setz dich hin.«

Da er genau wusste, dass er gegen diesen ruhigen, kalten Tonfall nicht ankommen würde, drehte sich Cosky ohne ein weiteres Wort um und humpelte zum Chrysler. Dabei kämpfte er bei jedem Schritt gegen den Drang an, sich umzudrehen und nachzusehen, ob Kait inzwischen heruntergekommen war, weil sie wissen wollte, was hier vor sich ging.

Wenn seine Freunde herausfanden, dass Kait hier wohnte, dann würde ihnen auch klar sein, warum er so einen Aufstand gemacht hatte, als sie Aiden als Zanes Nachfolger und neuen Mitbewohner vorgeschlagen hatten. Sie würden zwei und zwei zusammenzählen und Bescheid wissen. Dann hätte er nie mehr Ruhe vor ihnen.

Denn man ließ sich nicht mit der Schwester eines Teamkameraden ein – es sei denn, man meinte es ernst. So ernst, dass man sie heiraten und mit ihr Kinder bekommen wollte. Aber er hatte schon vor Jahren beschlossen, dass beides nichts für ihn war.

# Kapitel 7

Kait hörte die erste Sirene, als sie sich unter dem dampfenden Wasserstrahl in ihrer Dusche entspannte. Als das Geräusch immer lauter wurde und schließlich derart in ihren Ohren dröhnte, dass der Wagen gleich um die Ecke stehen musste, drehte sie das Wasser ab. Auf einmal verstummten die Sirenen, und sie stieg aus der Wanne. Sie trocknete sich ab, flocht ihr nasses Haar rasch zu einem Zopf und warf sich etwas über, bevor sie barfuß zu dem großen Fenster in ihrem Schlafzimmer ging, von dem aus sie über den Trident-Park blicken konnte.

Zwei Streifenwagen mit blinkendem Blaulicht standen am Bürgersteig, gleich in der Nähe von Demis Kaffeestand. Besorgt beugte sie sich vor, sah nach unten und versuchte, ihre Freundin zu entdecken, aber es gelang ihr nicht. Nur der silberne Wagen war zu sehen. Fluchend versuchte sie, auf dem Bürgersteig etwas zu erkennen. Am liebsten hätte sie sich in ihr Bett verkrochen und sich einen albernen Film wie *Galaxy Quest* angesehen, bis ihre Erinnerungen an die letzte Stunde verblasst wären.

Doch da Demi sich bisher beharrlich geweigert hatte, sich ein Handy zuzulegen, musste Kait jetzt wohl nach unten gehen, wenn sie sich vergewissern wollte, dass es ihrer Freundin gut ging. Was wiederum bedeutete, dass sie das Wohnzimmer betreten musste …

Bleib locker, sagte sie sich und holte einmal tief Luft, um sich zu stärken. Cosky ist inzwischen bestimmt längst gegangen. Sie hatte bestimmt zwanzig Minuten unter der Dusche vertrödelt. Mehr als genug Zeit, damit er sich anziehen und verschwinden konnte. Außerdem musste sie ohnehin früher oder später diesen Raum betreten.

Es dauerte zwei Sekunden, ihre Füße in Crocs zu schieben und zur Tür zu gehen. Wie erhofft war Cosky längst weg. Aber der Geruch nach Rosen und Sex traf sie in dem Moment, in dem sie das Wohnzimmer betrat, und ließ sie erstarren. Entsetzt bemerkte sie, dass sich die verräterische Zone zwischen ihren Beinen bei der Erinnerung daran zusammenzog.

Großer Gott, sie musste schnellstmöglich das Laken von der Couch nehmen, es in die Waschmaschine stopfen und ein paar Fenster aufreißen.

Aber eins nach dem anderen. Vorerst war es wichtiger, sich davon zu überzeugen, dass Demi nichts passiert war. Sie nahm ihr Handy und ihre Schlüssel und steckte sie in die Hosentasche.

Als sie im Erdgeschoss aus dem Fahrstuhl trat, empfingen sie blau und rot blinkende Lichter, die durch die sonnige Lobby flackerten und durch die Glastüren und Panoramafenster hereindrangen.

Würden die Polizisten sie überhaupt aus dem Haus lassen? Oder hatten sie möglicherweise sogar die Straße abgesperrt? Sie entdeckte einen uniformierten Beamten neben der Doppeltür und stutzte kurz, ging dann jedoch achselzuckend weiter. Wenn sie die Straße sperrten, dann würden sie ihr das schon mitteilen, daher sollte sie keine voreiligen Schlüsse ziehen.

Der stämmige Officer neben der Tür reagierte mit einem unfreundlichen Blick auf ihr Lächeln. Okay, dann würde sie ihm lieber keine Fragen stellen. Gut, dass Demi in der Nähe war. Kait ging zu dem Kaffeestand hinüber, der sich rechts neben der Tür befand, und entspannte sich zusehends, da es ihrer Freundin gut zu gehen schien.

Demi war außerdem sehr beschäftigt. Anscheinend hatte das Auftauchen der Polizei und der ganzen Schaulustigen dafür gesorgt, dass sie auf einmal sehr viel zu tun hatte. An der Hauswand stand eine ganze Menschenschlange. Kait runzelte die Stirn, während ihre Freundin gerade einen dampfenden Krug Milch in einen großen Becher goss. Demi war momentan viel zu beschäftigt, um Fragen zu beantworten. Seufzend wandte sie sich gerade noch rechtzeitig ab, um zu sehen, wie der Polizist neben ihr auf die Klingel von Apartment 607 drückte. Sie erstarrte und riss vor Schreck den Mund auf.

Er wollte mit ihr reden? Aber warum?

»Entschuldigen Sie«, sagte sie und trat näher an den Polizisten heran, um jemanden vorbeizulassen.

Der Officer drehte sich zu ihr um und sah sie mit kaltem Blick und distanzierter Miene an, als wäre er viel zu beschäftigt, um mit ihr zu reden. Das ärgerte sie.

»Ich bin Kait Winchester«, sagte sie und machte sich nicht die Mühe, ihn anzulächeln.

Er sah auf das Klingelschild. »Apartment 607?«

»Genau. Kann ich etwas für Sie tun?« Sie sah den Bürgersteig entlang. Etwa ein Dutzend Pulks mit Schaulustigen blockierte den Weg. Es musste mehr als genug Zeugen für das geben, was passiert war. Warum klingelte er dann bei ihr? »Ich war oben und habe überhaupt nichts gesehen. Was ist hier überhaupt passiert?«

»Kennen Sie einen Lieutenant Marcus Simcosky?«, fragte der Polizist und zog einen kleinen Notizblock und einen kurzen Stift aus der Brusttasche.

Kait erstarrte. »Cosky? Ist ihm etwas zugestoßen?«

»Lieutenant Simcosky geht es gut«, erwiderte der Mann angespannt. »Sie müssen mir nur seine Angaben bestätigen. Um wie viel Uhr ist er in Ihre Wohnung gekommen, und wann ist er wieder gegangen?«

»Was? Warum?« Sie spürte, dass sie rot wurde.

Cosky hatte der Polizei von ihr erzählt? Warum? Das war ihr jetzt sehr peinlich. Aber nach einer Sekunde runzelte sie die Stirn und schüttelte den Kopf. Cosky mochte in mancherlei Hinsicht ein Riesenarschloch sein, aber er hätte sie nicht in was auch immer hier vor sich ging mit reingezogen, wenn es nicht unvermeidbar gewesen wäre. Und er hatte ganz bestimmt niemandem erzählt, was sie zuvor so getrieben hatten.

»Worum geht es hier eigentlich?«, wollte sie wissen.

»Hier geht es darum, wann Lieutenant Simcosky in Ihre Wohnung gekommen ist und wann er sie wieder verlassen hat«, erwiderte der Polizist nur.

Kait erstarrte. Auf einmal hatte sie die Nase voll von dem Machogehabe der Männer um sie herum.

»Himmel noch mal, Sie müssen ja nicht gleich pampig werden«, fauchte sie den Mann an.

Er schnitt eine Grimasse. Das geschah dem Arschloch recht.

»Er wollte gegen neun bei mir sein, aber er hat sich etwas verspätet, daher war es vermutlich eher Viertel nach neun.«

Mit noch immer versteinerter Miene notierte sich der Officer etwas in seinem Notizbuch. »Und wann ist er wieder gegangen?«

Kait zuckte mit den Achseln. »Keine Ahnung. Ich habe nicht auf die Uhr gesehen.«

»Dann schätzen Sie es.« Er sah nicht einmal auf.

»Okay.« Sie stieß verärgert die Luft aus. »Es muss so gegen Viertel vor zehn gewesen sein.«

Der Polizist notierte sich auch das. »Der Grund für seinen Besuch?«

Verdammt, sie wurde schon wieder rot. Der Polizist sah sie mit wissendem Blick an, und auf einmal wurde sie wütend – ebenso auf sich selbst wie auf dieses Arschloch vor sich und den Mistkerl, der in ihr Leben gestürmt war, es ordentlich durchgerüttelt hatte und sie dann mit dem Chaos sitzen gelassen hatte. Dazu gehörten auch nervige Fragen von blöden Polizisten.

Warum also nicht? Der Mann dachte es doch eh und schien sie längst in eine Schublade gesteckt zu haben.

»Er war hier, um mit mir zu schlafen. Das handhaben wir so.«

Außerdem konnte sie ihm ohnehin nicht den wahren Grund für Coskys Besuch verraten. Seine Reaktion auf *diese* Enthüllung konnte sie sich lebhaft vorstellen.

Der Officer starrte sie mit unbewegtem Gesicht an. »Lieutenant Simcosky sagte, er hätte Sie wegen einer Massage aufgesucht.«

»Natürlich hat er das.« Kait gab sich die größte Mühe, keine Miene zu verziehen. »Ich dachte, jeder wüsste, dass das ein Codewort für Sex ist.«

Jetzt musterte sie der Polizist interessierter. »Haben Sie Geld für diese Massage verlangt?«

»Natürlich nicht«, erwiderte sie entrüstet. »Das wäre doch illegal.« Als der Officer sie einfach nur weiterhin mit unergründlicher Miene anstarrte, zuckte sie mit den Achseln. »Fragen Sie Cosky. Er wird Ihnen bestätigen, dass er mir keinen Cent bezahlt hat.«

*Zumindest hat er mich nicht mit Geld entlohnt, dieser Mistkerl.*

Jetzt wurde sie doch wütend. »Sind wir hier fertig oder soll ich Ihnen auch noch erzählen, wie er gewesen ist? Das würde allerdings nicht besonders schmeichelhaft für ihn ausfallen.«

Zumindest war sein Benehmen nach dem Sex alles andere als vorbildlich gewesen.

»Aber sagten Sie nicht, Sie handhaben das immer so?«, meinte der Polizist, dessen Tonfall auf einmal sehr trocken klang und dem offenbar klar war, dass sie ihn auf den Arm nahm.

Kait stieß einen gespielten Stoßseufzer aus. »Ich habe heute wirklich noch was anderes zu tun. Sind wir hier fertig?«

Der Officer klappte sein Notizbuch zu und steckte es wieder in seine Brusttasche. »Vorerst schon. Falls ich noch weitere Fragen habe, melde ich mich.«

»Großartig«, entgegnete Kait mit so viel Sarkasmus, wie sie aufbringen konnte, und ging dann mit gerunzelter Stirn weiter.

Sie wusste immer noch nicht, was überhaupt passiert war. Nur, dass es etwas mit Cosky zu tun hatte. Aber der Officer hatte gesagt, es würde ihm gut gehen. Irritiert ging sie zum Kaffeestand. Die Schlange war deutlich kürzer geworden. Demi musste mitbekommen haben, was sich hier ereignet hatte. Sobald sie die Kunden bedient hatte, konnte sie sie fragen … oder … Kait sah sich auf dem Bürgersteig um und erkannte noch sehr viele andere Menschen. Die Hälfte ihrer Nachbarn stand hier herum und sah zu. Jeder von ihnen konnte es ihr ebenfalls erzählen.

Ihr Handy klingelte, als sie auf die ihr am nächsten stehende Gruppe zuging. Sie zog es aus der Tasche und sah auf das Display, um dann abrupt stehen zu bleiben.

Das konnte doch nicht sein … Sie starrte ihr Handy ungläubig an. Das musste ein Zufall sein. Wolf konnte doch unmöglich wissen …

Aidens Stimme waberte durch ihren Kopf. »Bei unserem letzten Einsatz wurden wir in eine Falle gelockt und saßen zwischen zwei Stockwerken fest. Wolf und ein paar knallharte Typen sind reingekommen und haben uns rausgeholt.«

Okay, wenn sie all das in Betracht zog, wusste er wahrscheinlich doch Bescheid.

Sie drehte sich wieder um und ging zurück in die relativ leise Lobby. Ihr Handy klingelte noch mehrmals und schien bei jedem Klingeln schriller zu werden, bis es ihr so vorkam, als vibrierte es förmlich vor Frustration.

Sobald sie in der Lobby angekommen war, holte sie einmal tief Luft, um sich zu beruhigen, und nahm den Anruf entgegen. »Wolf. Was für eine Überraschung.«

»Geht es dir gut, *bixoo3etiit*?«, fragte eine tiefe Stimme.

»Alles bestens.«

»Was zum Teufel hatte Simcosky in deiner Wohnung zu suchen?«, wollte er wissen, wobei seine Stimme nicht mehr ganz so seidenglatt klang.

Kait war so überrascht, dass ihr beinahe das Handy aus der Hand gefallen wäre. »Du kennst ihn?«

»Ich kenne ihn«, erwiderte Wolf nach einer kurzen Pause. Dann wurde seine Stimme härter. »Und was noch viel wichtiger ist: Ich weiß, dass er in einem ziemlich üblen Schlamassel steckt. Du musst dich von ihm fernhalten.«

Noch ein Alpha-Mann, der sich in ihr Leben einmischen wollte.

»Hatten wir die Unterhaltung darüber, dass du dich aus meinem Privatleben raushalten sollst, nicht schon?«, fauchte Kait und umklammerte das Handy so fest, dass ihr die Finger wehtaten. »Himmel, du bist ja noch schlimmer als es Dad jemals gewesen ist. Du bist noch schlimmer als Dad und Aiden zusammen.«

In der Leitung herrschte Totenstille. Sie konnte seinen Frust fast schon spüren.

»Ich mache mir Sorgen um dich, *hico'ooteehihi*«, sagte er schließlich mit schroffem Tonfall.

Ihre Verärgerung ließ ein wenig nach. »Ich weiß, aber ich bin neunundzwanzig, Wolf. Ich habe seit Jahren gut allein auf mich aufpassen können.«

»Du weißt nicht, worauf du dich bei Simcosky einlässt«, sagte Wolf, dessen Stimme immer härter wurde.

»Das mag sein, aber deswegen musst du dir keine Sorgen machen. Ich lasse mich bei ihm auf gar nichts ein.«

»Du hast nichts mit ihm?«

Sie konnte den Zweifel in seiner Stimme hören.

»Großer Gott, nein.« Sie versuchte, sich davon zu überzeugen, dass sie deshalb erleichtert und nicht etwa enttäuscht war.

»Aber warum ...« Schweigen, gefolgt von: »Sein Bein. Hat die Heilung funktioniert?«

Sie runzelte die Stirn und zog mit einem Fuß Kreise auf dem Boden. »Ich glaube nicht.«

»Auch gut«, knurrte er.

Kait riss die Augen auf. Er war froh darüber, dass die Heilung nicht funktioniert hatte? Er freute sich darüber, dass jemand, der im Dienst für sein Land verwundet worden war, der ein wahrer Held war, nicht die Gelegenheit bekam, sich von einer Verletzung zu erholen, die ihn zum Krüppel machen konnte? Das klang ganz und gar nicht nach Wolf.

Wow, er musste sich wirklich große Sorgen um sie machen.

Sie hatte gehört, dass Zane, Cosky, Mac und Rawls ziemlichen Ärger hatten – unter anderem lief eine Ermittlung des Justizministeriums gegen sie. Aber sie war davon ausgegangen, dass sie letzten Endes in jeder Hinsicht freigesprochen werden würden. Schließlich hatten sie nach allem, was man so hörte, in gutem Glauben gehandelt. Die geretteten Geiseln hatten sich auch für sie ausgesprochen. Selbst die Medienberichte waren überaus positiv gewesen.

Dann würde man sie jetzt doch nicht anklagen, oder?

Und wieso konnten die Ermittlungen auch für sie gefährlich werden?

»Wie groß ist der Schlamassel, in dem sie stecken?«, fragte sie leise.

Sein Schweigen bewirkte, dass sich ihr Brustkorb zusammenzog.

»Man wird doch keine Anklage erheben, oder? Sie bekommen vielleicht eine Verwarnung, aber mehr doch wohl nicht …« Das Schweigen am anderen Ende dauerte an, und ihr wurde ganz mulmig zumute. »Hier geht es nicht nur um das Justizministerium, oder? Was ist hier los, Wolf?«

»Halt dich da raus, *nebii'o'oo*.« Seine Stimme klang härter und kompromissloser als sie sie je gehört hatte. »Du hast mit alledem nichts zu schaffen. Und wenn er dich in diesen ganzen Mist mit reinzieht, dann häute ich diesen *heebii3soo* mit meinen eigenen Händen.«

Großer Gott … Kait zweifelte nicht daran, dass er das völlig ernst meinte. Sie musste an Coskys geschmeidigen Körper denken. Er würde ihrem Bruder die Sache nicht gerade leicht machen … aber andererseits war Cosky auch nicht im Vollbesitz seiner Kräfte.

Sie schluckte schwer und schritt instinktiv ein, um Wolf zu beruhigen. »Dann ist es ja gut, dass die …«, sie sprach etwas leiser, auch wenn niemand in ihrer Nähe war, »Heilung nicht funktioniert hat. Er kommt bestimmt nicht wieder.«

Dessen war sie sich zumindest sicher.

Er musste die Überzeugung in ihrer Stimme gehört haben, da sein Tonfall etwas entspannter klang, als er weitersprach. »Gut.« Dann räusperte er sich. »Wie läuft es mit deinen neuen Glasvögeln?«

Kait runzelte die Stirn und sah aus dem Fenster zu den grünen Ästen der Eiche im Park hinüber. Dort wimmelte es vermutlich von Vögeln, aber auf die war sie momentan nicht besonders gut zu sprechen. Sie kamen direkt nach Cosky.

»Ich kriege die Proportionen einfach nicht richtig hin. Ich blase das Glas nicht dünn genug, sodass die Skulpturen zu dick werden. Zu unförmig. Zu schwer zum Fliegen. Aber wenn ich versuche, sie dünner zu machen, zerspringt das Glas.« Sie ließ ihre Schultern kreisen, um die Frustration abzuschütteln. »Ich sollte vielleicht bei Dodos bleiben.«

Das war nur so dahingesagt, doch dann hatte sie auf einmal ein Bild vor Augen: einen dicken, bunten, unbeholfenen Vogel. Sie runzelte nachdenklich die Stirn. Vielleicht ging sie das Ganze ja völlig falsch an.

Ein Kichern drang an ihr Ohr. »Du bist zu ungeduldig. Und zu hart zu dir, *nii'ehihi'*«, sagte er amüsiert. »Lass dir Zeit.«

Kait schnaubte und verdrehte die Augen. Er hatte gut reden.

»Ich gehe jetzt ins Studio.« Das Bild des schwerfälligen, dicken Vogels mit übergroßem Schnabel und sehr auffälliger Farbe ging ihr nicht mehr aus dem Kopf, und sie musste es unbedingt aufmalen und dann in Glas bannen.

Er lachte. »Warum überrascht mich das nicht?« Dann hielt er inne. »Hast du noch mal über das Angebot der Galerie nachgedacht?«

Kait runzelte die Stirn. »Eigentlich nicht.«

Der Galeriebesitzer, der die Arbeiten ihrer Tante Issa ausgestellt hatte, war unangekündigt in ihrer Werkstatt vorbeigekommen und hatte Kaits Stücke gesehen. Da sie bei ihrer Tante gelernt hatte, war deren Einfluss auch in ihren Werken zu erkennen, obwohl die Ähnlichkeiten mit jedem Jahr weiter abnahmen. Sie war sich allerdings nicht sicher, ob sie bereit war, ihre Kunstwerke der Öffentlichkeit zu zeigen und sich Vergleichen und Kritik auszusetzen.

»Lass dir Zeit. Du wirst es wissen, wenn du bereit bist.« Wolfs Stimme wurde wieder tief und weise, was Kait gleichzeitig faszinierend und nervig fand. »Ich muss auflegen, es ruft jemand an. Du hast ja meine Nummer, falls du mich brauchst.«

Nach seiner üblichen Abschiedsfloskel beendete er den Anruf.

Als Kait wieder nach draußen kam, war die Schlange vor dem Kaffeestand weg und Demi stand gelangweilt herum und starrte die Leute an.

»Hey«, begrüßte Demi sie und streckte sich. »Das wurde aber auch Zeit.«

»Wenn du ein Handy hättest, dann hättest du mich anrufen und mir alles erzählen können«, erwiderte Kait und stellte sich vor den Milchaufschäumer.

»Aber dann wärst du nicht runtergekommen und hättest den hübschen Anblick verpasst, der sich einem da vorn an der Ecke bietet.« Demi deutete grinsend mit dem Kinn in Richtung Parkplatz. »Aber nach allem, was ich vorhin gehört habe, hast du heute anscheinend mehr gemacht, als einen von denen nur anzustarren.«

Kait stöhnte leise. Sie wusste genau, was Demi damit meinte und auf wen sie sich bezog. Trotzdem machte sie ein paar Schritte und reckte den Hals, um an den Menschen auf dem Bürgersteig vorbeizuschauen und ihren Verdacht zu bestätigen. Natürlich standen dort drei ihr gut bekannte Männer.

Cosky, Zane und Commander Mackenzie. Dann musste Rawls auch irgendwo in der Nähe sein. Wenn Zane und Cosky hier waren, konnte Seth Rawlings wohl kaum woanders sein. Die drei Männer waren unzertrennlich und laut Aiden immer am gleichen Ort anzutreffen.

Wenn Aiden keinen Einsatzbefehl erhalten hätte, wäre er jetzt vermutlich auch da drüben gewesen … oder vielmehr hier, um sie einem gründlichen Verhör zu unterziehen.

Sie wollte sich gerade abwenden, bevor die Männer noch bemerkten, dass sie sie anstarrte, als der Polizist, der sie befragt hatte, sich dem Trio näherte und sein Notizbuch aus der Tasche zog.

Oh, oh.

Ihr Magen zog sich zusammen und rutschte in ihre Kniekehle. Irgendwie wusste sie, dass das nichts Gutes zu bedeuten hatte, zumindest nicht für sie. Der Polizist sagte etwas zu Cosky, der die Stirn runzelte. Dann drehten sich alle drei Männer zum Bürgersteig um und bemerkten, dass Kait in ihre Richtung blickte.

Resigniert winkte sie ihnen zu.

Mac bekam dem Anschein nach einen Anfall, zumindest einen verbalen. Er packte Coskys Arm und redete in einem irrwitzigen Tempo auf ihn ein.

Coskys Gesicht verfinsterte sich zunehmend, bis es so aussah, als würde gleich ein Gewittersturm darin losbrechen.

Der Blick, den er Kait zuwarf, hätte ein Kornfeld niedermähen können.

Sie war verletzt und versteifte sich. Was hatte er denn? Durfte sie denn nicht auf dem Bürgersteig vor ihrem Haus stehen, wenn er mit seinen Freunden in der Nähe war? Ach, zur Hölle mit ihm!

Er war zu weit weg, um sie verstehen zu können, also gab sie ihm die Kurzform zu verstehen und zeigte ihm den Mittelfinger.

Demi kicherte los. »Wer ist denn der große, dunkle und knurrige Typ?«, wollte Demi wissen und kam hinter ihrem Kaffeestand hervor, um Kait anzustoßen.

Na, super. Kait seufzte und wappnete sich für die Inquisition. Wolf war nichts im Vergleich zu Demi, wenn es darauf ankam, ihr jedes noch so kleine Detail zu entlocken. Und sie konnte sich auch nicht dumm stellen. Der Kaffeestand befand sich nah genug an den Klingeln, sodass Demi die Unterhaltung per Gegensprechanlage genau mitbekommen haben musste. Da sie ihre Freundin kannte, ging sie davon aus, dass diese jedes Wort verstanden und sich genau gemerkt hatte, um ihre Freundin später auszufragen.

»Er ist ein Freund meines Bruders«, antwortete Kait, während ein weißer Van mit dem Aufdruck einer Transportfirma näher kam und schließlich neben ihnen am Straßenrand hielt.

Demi drehte sich um und starrte den Wagen an, während die nach Diesel stinkenden Abgaswolken sie umgaben. »So eine blöde Kuh.« Sie wedelte mit einer Hand vor ihrem Gesicht herum. »Sie steht gegen die Fahrtrichtung, und hier laufen lauter Polizisten rum. Die will wohl unbedingt einen Strafzettel kriegen.«

Kait musterte das Fahrzeug und zuckte mit den Achseln. »Vielleicht will sie was abliefern oder abholen.« Sie drehte sich wieder zu Demi um. »Was ist hier überhaupt passiert? Und wieso ist die Polizei hier?«

»Hast du es denn noch nicht gehört?«, fragte Demi, deren Augen zu strahlen begannen. Sie liebte nichts mehr, als jemandem eine Geschichte erzählen zu können. »Als dein heißer Kerl gerade aus der Lobby kam … Hey!« Sie sprach leiser weiter. »Du hast bei ihm eine Heilung durchgeführt, oder? Als er herkam, hat er gehumpelt, aber als er ging, war das Humpeln verschwunden.«

»Wirklich?« Kait sah sie überrascht an. »Ich habe gedacht, es hätte nicht funktioniert.«

»Oh, und wie es funktioniert hat. Er hat beim Gehen so gut wie gar nicht mehr gehumpelt.« Demi grinste und machte ein schmatzendes Geräusch mit den Lippen. »Und du kannst mir glauben, dass ich ihn den ganzen Weg bis zu seinem

Wagen im Auge behalten habe. Bei dem Hintern blieb mir ja auch gar nichts anderes übrig.«

Kait zweifelte keine Sekunde daran. Demi stand auf gut gebaute Männer, und Cosky fiel eindeutig in diese Kategorie.

»Was ist dann passiert?«, drängte sie ihre Freundin.

»Ach ja.« Demi schüttelte den Kopf. »Das war total verrückt. So eine Irre hat auf ihn geschossen.«

»*Was?*«

»Ja.« Demi schnitt eine Grimasse und wedelte eine weitere Dieselwolke weg. Nach einem verärgerten Blick in Richtung Van nickte sie. »Sie hat drei- oder viermal auf ihn geschossen.«

Wieder umgab sie eine stinkende Abgaswolke, und Demi wirbelte zu dem Wagen herum. »Jetzt reicht's.« Sie marschierte zur Fahrertür und klopfte ans Fenster, um sich dann auf die Zehenspitzen zu stellen und durch die Scheibe zu sehen. »Entweder stellen Sie den Motor ab, oder Sie parken woanders. Ich ersticke hier gleich an Ihren Abgasen.«

Die Frau hinter dem Lenkrad drehte den Kopf mit mechanischer Präzision zur Seite, starrte die beiden an und sah dann ebenso langsam wieder nach vorn.

Demi machte einen Schritt nach hinten und war auf einmal ganz still. »Das ist ja komisch«, murmelte sie nach einem langen Moment.

Kait sah ihre Freundin fragend an. »Was ist denn?«

Demi ging noch weiter von dem Wagen weg. »Die Frau am Steuer. Ich glaube, das ist sie.«

»Wer?«

»Die Verrückte, die auf den Wagen deines Freundes geschossen hat.«

Kait drehte sich um, wobei es ihr vorkam, als würde sie sich in Zeitlupe bewegen, und starrte die Frau an, die zusammengesunken auf dem Fahrersitz hockte. »Bist du sicher?«

Demi nickte und ging zurück zu ihrem Stand, als hätte sie Angst, dass die Frau die Wagentür aufreißen, herausspringen und sie angreifen würde. »Ich habe sie nur von hinten gesehen, aber sie hat dasselbe zerzauste braune Haar und trägt auch so einen dicken beigefarbenen Umhang. Wie viele Menschen tragen bei diesen Temperaturen denn schon Wollkleidung?« Sie schüttelte den Kopf. »Echt verrückt.«

Kait machte vorsichtig einen Schritt nach vorn und sah durch das Fenster auf der Fahrerseite. Die Frau starrte direkt geradeaus und wirkte völlig konzentriert. Als Kait ihrem Blick folgte, löste sich gerade eine der Gruppen auf dem Bürgersteig auf und ging zurück in die Lobby, sodass das Blickfeld frei wurde und Cosky, Zane und Mac zu sehen waren.

Ihr lief es eiskalt über den Rücken, und die Haare an ihren Armen stellten sich auf. Die Frau starrte die drei SEALs mit einer unheimlichen Intensität an. Ihr Blick hatte etwas Beunruhigendes an sich und reichte aus, um Kait davon zu überzeugen, dass Demi recht hatte.

Sie drehte sich um und ging mit schnellen Schritten zu dem nächsten Polizisten, der zufälligerweise auf dem Bürgersteig stand und sich mit einigen Passanten unterhielt. Wenn sie ihm eine Warnung zurief, würde sie die Frau vermutlich alarmieren und zur Flucht bewegen. Es war besser, die Polizei leise zu informieren, damit sie die Sache regeln konnte.

Aber sie hatte erst wenige Schritte gemacht, als das laute Aufheulen eines Automotors hinter ihr zu hören war, und sie wusste ganz genau, dass ihr nicht mehr genug Zeit blieb, um den Polizisten zu erreichen. Stattdessen blieb sie auf der Stelle stehen und holte tief Luft.

»Sie ist es! Da vorn im Van! Die Frau, die geschossen hat!«, schrie Kait die Warnung hinaus, so laut sie konnte, und hoffte, dass sowohl die Polizisten als auch die drei Männer an der Ecke sie hören würden.

Dann sah sie nervös mit an, wie der Van an den Streifenwagen vorbeifuhr, die neben ihr parkten. Das Quietschen von Bremsen und das Hupen des entgegenkommenden Verkehrs übertönten ihren Warnruf. Sie legte die Hände an den Mund und versuchte es noch einmal.

Der Van schwenkte aus, und das linke Vorderrad holperte über den Bordstein und verlor mit einem lauten Zischen Luft. Der Wagen fuhr schwankend weiter auf den Bürgersteig, wobei der Reifen bei jeder Umdrehung flacher wurde. Als der Wagen ganz auf dem Bürgersteig war, scherte das Heck nach links aus und stieß gegen die Front des ersten Streifenwagens, der wiederum schwankte, sich auf den Hinterreifen drehte und auf das Gebäude zuschnellte, und zwar genau auf die Stelle, an der Kait zwischen vielen anderen Passanten stand.

Während sie einen Satz nach hinten machte, stoben die Menschen in alle Richtungen davon. Schreie und Flüche hallten durch die Luft. Der Van beschleunigte, sodass nur noch die beiden linken Reifen auf dem Gehweg fuhren. Eine schmutzige Abgaswolke trat aus und verbarg den Wagen hinter einem dichten Schleier.

Aber Kait musste das Fahrzeug nicht sehen, um zu wissen, dass es auf Cosky, Zane und Mac zuraste.

* * *

»Du behauptest also, es wäre Zufall«, brüllte Mac, dessen Augen blitzten. »Dabei ist es verdammt offensichtlich, dass du hier in diesem Haus irgendeine Frau besucht hast, und jetzt taucht Aidens gottverdammte Schwester auf einmal hier auf dem Bürgersteig auf? Ja, das ist wirklich ein unglaublicher Zufall.«

Cosky knirschte mit den Zähnen und machte einen wackligen Schritt auf Mac zu, bis sie beinahe Brust an Brust standen. »Ich sagte, dass dich das nichts angeht!«, fauchte er zurück.

»Blödsinn.« Die Worte flogen mit tödlicher Präzision durch die Luft, und es klang, als hätte Mac einen ganzen Wespenschwarm verschluckt. »Ich bin noch immer dein kommandierender Offizier und …«

»Nein, das bist du nicht«, unterbrach Cosky ihn und wünschte sich augenblicklich, er könnte die Worte zurücknehmen.

Plötzlich herrschte Totenstille.

*Verdammte Scheiße!* Das war ein übler Tiefschlag gewesen. Aber er hatte die Worte ausgesprochen. Sie hingen zwischen ihnen in der Luft, und er konnte es nicht mehr ungeschehen machen.

Er hätte in Zanes Wagen sitzen bleiben sollen, anstatt zu Zane und Mac in eine Ecke des Parkplatzes zu gehen, während Rawls versuchte, in der Rostlaube Fingerabdrücke zu sichern.

Cosky machte einen Schritt nach hinten und fuhr sich mit den Fingern durchs Haar. *Scheiße.*

Zane schüttelte langsam den Kopf und runzelte die Stirn. »Da steckt doch noch mehr dahinter. Cos weiß ganz genau, dass er mit keiner Frau, die zu uns gehört, eine Affäre anfangen kann.« Er drehte sich zu Cosky um, legte den Kopf schief und musterte ihn fragend. »Spuck's schon aus.«

Den Teufel würde er tun. Seine Brust zog sich zusammen. Die Vorstellung, seinen Teamkameraden von seiner Verzweiflung zu erzählen, ihnen zu gestehen, wie weit ihn diese Verzweiflung getrieben hatte, war kaum zu ertragen.

»Da gibt es nichts zu erzählen.« Cosky spuckte die Worte aus, und im nächsten Augenblick heulte ein leistungsstarker Motor in der Nähe des verglasten Eingangs des Apartmentkomplexes auf.

Mac klappte den Mund auf, während sich auf seinem Gesicht Fassungslosigkeit abzeichnete, und Cosky wappnete sich bereits für eine weitere Schimpftirade, aber ein schriller Schrei ließ ihn auf einmal alles andere vergessen.

*Was zum Teufel?*

Er drehte sich in die Richtung um, aus der der Schrei gekommen war. Die Schaulustigen, die sich auf dem Bürgersteig versammelt hatten, wirbelten ebenfalls herum. Die Menschen bewegten sich, und er konnte Kait erkennen. Sie hatte die Hände an den Mund gelegt, und es war offensichtlich, dass sie schrie. Während er hinsah, rief sie erneut etwas, aber das Dröhnen des Motors erstickte ihre Worte.

»Was zum Henker?«, rief Mac.

Ein weißer Lieferwagen, der vor dem Kaffeestand geparkt hatte, schoss auf einmal vorwärts und in den Gegenverkehr. Bremsen quietschten. Autos hupten. Zwei Wagen, die auf Kollisionskurs mit dem Van waren, wechselten die Fahrbahn. Wieder quietschten Reifen und hallten Huptöne durch die Luft.

Der weiße Van schoss an den beiden Streifenwagen vorbei, die vor der Doppeltür des Gebäudes standen. Als er fast am hinteren vorbei war, ruckte der Van nach links und streifte den Kotflügel des Streifenwagens, der daraufhin herumgeschleudert wurde.

»Kait!«, brüllte Cosky und stürzte vor, während sein Magen zu Eis erstarrte, da der Streifenwagen auf die groß gewachsene Blondine zuraste, die wie erstarrt nur wenige Meter entfernt stand.

Kait machte einen Satz nach hinten, als der Wagen auf sie zukam.

Zane packte Coskys Arm und zerrte ihn nach hinten. »Bleib hier …«

Er sprach nicht weiter, sondern hielt inne und legte die Hand fester um Coskys Bizeps.

Cosky musterte ihn kurz. Das war ja unglaublich. Der Kerl hatte jetzt eine Vision?

Der Van raste weiter auf sie zu, wobei er halb auf dem Bürgersteig fuhr. Die Passanten rannten zur Seite, und ihr Geschrei vermengte sich mit dem Brüllen des jaulenden Motors.

»Was zum Teufel …« Mac griff nach seiner Waffe, die in seinem Rücken unter dem T-Shirt im Hosenbund steckte, und ging in Schussposition.

Cosky konnte durch die Windschutzscheibe des näher kommenden Wagens zerzaustes braunes Haar erkennen und wusste sofort, wer es da auf sie abgesehen hatte. Großer Gott, die Irre war tatsächlich zurückgekommen, um noch einmal zu versuchen, ihn umzubringen.

»Nicht auf sie schießen!«, rief er Mac zu. »Wir brauchen sie lebendig.«

Mac senkte leicht die Waffe und zielte auf die Reifen und den Motorraum, um den Wagen zu stoppen, bevor er sie erreichte und dem Erdboden gleichmachte, während Zane wie erstarrt dastand.

Cosky riss seinen Arm los, packte Zanes linken Arm, legte ihn sich über die Schulter, hielt ihn mit der linken Hand fest und legte seinem Freund den rechten Arm um die Taille. Dann drückte er Zane auf diese Weise an sich, wirbelte mit ihm herum und humpelte so schnell es sein Knie erlaubte auf die beiden Streifenwagen zu, die den Eingang des Parkplatzes versperrten.

Ein Polizist rannte mit gezückter Waffe an ihm vorbei und brüllte: »Polizei! Polizei!«

Hinter ihnen hallten mehrere Schüsse durch die Luft. Der Van kam immer näher. Cosky konnte hören, dass das Motorgeräusch lauter wurde, aber er konzentrierte sich nur auf die Barrikade, die die beiden Streifenwagen bildeten.

Er würde es nicht schaffen.

»Cos«, schrie Mac, und wieder hallten Schüsse durch die Luft.

Im letztmöglichen Augenblick, als er die Wärme schon spürte, die von der Motorhaube des Vans abgegeben wurde, schubste Cosky Zane so fest er konnte nach rechts und sprang selbst nach links. Ein riesiges weißes Geschoss raste an ihm vorbei.

Großer Gott, hatte er Zane weit genug aus dem Weg geschubst?

Er kam auf dem Boden auf und rollte sich ab. Sofort spürte er einen heftigen Schmerz in der Schulter. Dann prallte sein Knie auf den Boden, und einen Augenblick lang bestand seine Welt nur noch aus Qualen. Ihm wurde ganz schwindlig, und dann war sein Bein vollständig taub.

Vor ihm waren ein schrecklicher Knall und das Kreischen von aufeinandertreffendem Metall zu hören, das sich verbog. Glassplitter fielen auf ihn herab.

Wieder rollte er sich ab und versuchte aufzustehen, stürzte aber zurück auf den Boden, da sein rechtes Bein sein Gewicht nicht tragen wollte.

Starke Hände schoben sich unter seine Achseln und zogen ihn hoch.

»Sie ist gegen den Streifenwagen geprallt«, erklärte Rawls mit grimmiger Stimme.

»Zane?« Cosky spuckte kleine Schottersteine und Blut aus und warf einen raschen Blick in die Richtung, in die er seinen LC geschleudert hatte.

»Ich bin hier«, sagte Zane, schob eine blutige Schulter in einem zerfetzten T-Shirt unter Coskys Achsel und umfing seine Taille.

Rawls stützte ihn auf der anderen Seite.

»Nein.« Cosky versuchte, Rawls' Arm wegzuschieben. »Du musst ihr hinterher.«

Wo zum Teufel steckte Mac? Wo blieben die Polizisten?

»Nein.« Zanes Stimme klang bestimmt. »Wir müssen dich von hier wegbringen.«

*Verdammt noch mal.*

Die Vision. Es konnte nicht anders sein. Er musste Coskys Tod gesehen haben. Wieder einmal.

*So eine gottverdammte Scheiße!*

Cosky zuckte zusammen, als ein ohrenbetäubendes Kreischen ertönte, das sich wie ein Splitter in seinen Kopf zu bohren schien. Er blickte zu den Streifenwagen und seiner völlig verrückten Stalkerin hinüber. Sie hatte den ersten Wagen frontal gerammt und war so fest dagegengeprallt, dass er mit dem zweiten kollidiert war und sie beide Fahrzeuge gute vier Meter nach hinten geschoben hatte. Die drei Wagen waren jetzt ein einziges Durcheinander aus verbogenem Metall. Nicht, dass sie das lange aufhalten würde. Sie trat so heftig auf das Gaspedal, dass der Van die beiden Streifenwagen vor sich herschob.

Als sich die Fahrzeuge voneinander lösten, machte der Van ruckartig einen Satz nach hinten, und das Gummi des Vorderreifens löste sich und blieb auf der Straße zurück wie die abgelegte Haut einer Schlange. Von einer weiteren Kakofonie aus kreischendem Metall begleitet, wurde die vordere Stoßstange des einen Streifenwagens abgerissen. Dann raste der verdammte Van erneut auf sie zu, wobei er die herunterhängende Stoßstange mitschleifte.

*Ach, verdammt.*

Mac rannte an ihnen vorbei. Seine Arme waren verschrammt und bluteten, und er hielt seine Sig ausgestreckt in den aufgeschürften Händen. Als ob ihm die Waffe jetzt etwas nützen würde. Zane und Rawls stürzten vor und zerrten ihn mit atemberaubender Geschwindigkeit aus dem Weg.

Hinter ihnen wurde erneut geschossen. Das Klappern und Röhren des überlasteten Motors des Vans wurde nun leiser und entfernte sich.

Wieder war ein schreckliches, metallisches Getöse zu hören.

Weitere Schüsse hallten durch die Luft.

Rawls und Zane zerrten Cosky hinter seinen Pick-up. Dann drehten sie sich alle gleichzeitig um, aber die Ecke des Apartmentkomplexes versperrte ihnen die Sicht.

»Ich bleibe bei Cos«, sagte Rawls, als wäre er ein Kleinkind, auf das man aufpassen musste, und Zane sprintete los.

Cosky konnte anhand des metallischen Kreischens von verbogenem Metall und den zahlreichen Schüssen erkennen, dass die Irre es jetzt auf die Vorderseite des Gebäudes abgesehen hatte.

Das Blut gefror in seinen Adern, und seine Brust wurde ebenso eiskalt und taub wie sein Knie.

Die Vorderseite des Gebäudes.

Dort hatte Kait eben noch gestanden.

# Kapitel 8

Kait sah mit an, wie Coskys völlig durchgeknallte Angreiferin beschleunigte und rückwärts über den Bürgersteig raste, um Commander Mackenzie zu verfolgen. Großer Gott, sie musste jeden Augenblick den Streifenwagen rammen, der mit der Front in Richtung Apartmentgebäude stand. Wenn dieser Aufprall die gleichen Auswirkungen hatte wie der Zusammenstoß auf dem Parkplatz, dann würden sie und Demi von dem Streifenwagen zerquetscht werden.

Nach einem letzten Blick auf den kommandierenden Offizier ihres Bruders, der in vollem Lauf war, aber mit jeder Sekunde an Vorsprung verlor, drehte sie sich um, packte Demis Arm und schob sie in Richtung des etwas zurückliegenden Eingangs. Zum Glück schüttelte Demi ihre Erstarrung gerade noch rechtzeitig ab und rannte los.

Die Passanten, die sich zuvor auf dem Bürgersteig aufgehalten hatten, waren beim Losfahren des Vans auseinandergestoben. Die meisten hatten die Straße überquert und im Park auf der anderen Seite Schutz gesucht. Einige, die sich bei der rasanten Fahrt des Vans über den Bürgersteig verletzt hatten, waren in die sichere Lobby gebracht worden. Zum Glück schien es niemanden ernsthaft getroffen zu haben.

Aber wenn sie, Demi und Mac sich nicht bald in Sicherheit brachten, konnte sich das schnell ändern. Da Mac das anscheinend ebenfalls begriffen hatte, nahm er seine Kraftreserven zusammen und lief noch schneller. Er sprang über die Motorhaube des schräg stehenden Streifenwagens und lief in die Nische hinter ihnen. Sobald er sich im Schutz des Gebäudes befand, wirbelte er herum, drückte den Rücken an die Wand und hob die blutenden Arme, um erneut mit der Waffe zu zielen. Dabei warf er Kait einen abschätzenden Blick zu und deutete mit dem Kopf in Richtung der Lobby. Das war ein lautloser, aber eindeutiger Befehl, dass sie sich gefälligst in Sicherheit bringen sollte.

Kait hatte nicht die geringsten Einwände.

Sie griff nach Demi, die wieder erstarrt war, aber bevor die beiden Frauen die Türen erreichten, rammte der Van den Streifenwagen.

Der Aufprall war so laut, dass das Geräusch in ihren Ohren anzuschwellen schien, bis sie nichts weiter als den schrecklichen Knall und danach ein Klingeln hörte. Der Boden bebte unter ihren Füßen. Die Fenster und Glastüren hinter ihr zerbarsten. Sie hörte die Kollision nicht, aber sie spürte sie, als die spitzen Glassplitter auf sie herabregneten.

Inmitten dieses Getöses, das ihre Ohren erfüllte, rutschte der Streifenwagen, der vom Heck des Vans weitergeschoben wurde, an ihnen vorbei. Er traf den Kaffeestand, der dadurch völlig eingedrückt wurde. Eine Kaffeefontäne spritzte auf, war jedoch sofort wieder verschwunden.

Die Schiebetür des Vans kam in Sicht.

Mac sprang darauf zu und versuchte, sie aufzuziehen. Als sie sich nicht bewegen ließ, rannte er zur Fahrertür.

»Erschieß sie!«, schrie Kait, die noch immer vor Augen hatte, wie diese Irre direkt in eine Menschenmenge gerast war.

Er hatte seine Waffe in der Hand. Warum benutzte er sie nicht?

Die Fahrertür ließ sich auch nicht öffnen. Der Van wurde langsamer, rollte aber immer weiter und schob den Streifenwagen vor sich her.

Mac nutzte den Griff seiner Waffe als Hammer, schlug die Scheibe auf der Fahrerseite ein und beugte sich halb durch das zertrümmerte Fenster, um nach etwas zu greifen – vermutlich nach den Wagenschlüsseln. Die Frau rammte ihm einen Ellbogen ins Gesicht, riss das Lenkrad nach links und trat aufs Gaspedal, sodass der Van jetzt frontal auf das Gebäude zuraste.

Mac zuckte zurück, als er getroffen wurde, hielt sich jedoch schweigend und mit grimmiger Entschlossenheit fest. Wenn er nicht losließ und nach hinten sprang, würde ihn der Van an der Hauswand zerquetschen, sobald sie das Ende der Nische erreichten. Kait sprang vor, packte ihn hinten am Shirt und zerrte daran, so fest sie konnte.

Der Stoff riss unter ihrem heftigen Zerren, aber Mac taumelte zur Seite, während der Van wieder rückwärts beschleunigte und seitlich gegen das Gebäude prallte.

»Was zum Teufel machst du denn?«, brüllte Mac und wirbelte zu ihr herum. Seine Augen funkelten und spiegelten seine Frustration und seine Wut wider.

Seine Worte schienen zu wabern, waren erst laut, dann gedämpft und wieder sehr laut.

»Ich habe dir deinen Arsch gerettet«, fuhr Kait ihn an.

Er drehte sich mit grimmigem Blick zum Van und der Hausecke um, bevor er sie anschnauzte: »Geh gefälligst in die Lobby.«

Dieses Mal konnte sie seinen Befehl deutlich verstehen, da ihre Ohren offenbar wieder funktionierten.

Kait schob Demi durch die zertrümmerten Türen, wobei die Glasscherben unter ihren Füßen knirschten, und in die

Lobby, während in der Ferne ein Gejaule zu hören war, das von einhundert Sirenen zu stammen schien. Die Polizisten mussten Verstärkung gerufen haben, und angesichts der zunehmenden Lautstärke kam diese schnell näher.

*Gott sei Dank.*

Kait sah durch die zertrümmerten Lobbytüren mit an, wie der Van, der schon fast aus ihrem Blickfeld verschwunden war, auf einmal zum Stehen kam. Mac stand in der Nische und sah aus, als hätte er jeden Muskel seines Körpers angespannt. Er schoss zweimal auf einen Vorderreifen und hob seine Waffe dann etwas höher.

»Warum tut er denn nichts?«, fragte Demi mit schriller Stimme.

*Gute Frage.*

Warum schoss er nicht auf die Fahrerin, sondern nur auf den Reifen? Das ergab doch keinen Sinn. Schon den neuen Rekruten wurde eingetrichtert, dass sie eine potenzielle Gefahr sofort ausschalten mussten. Diese Frau stellte definitiv eine Gefahr dar. Für Mackenzie, Cosky, Rawls und Zane ebenso wie für die zahlreichen Passanten. Anscheinend war es ihr egal, wen sie bei ihrer verrückten Vendetta gegen Cosky und seine Teamkameraden anfuhr oder überrollte. Commander Mackenzie wusste, was zu tun war. Warum hielt er sie dann nicht mit allen ihm zur Verfügung stehenden Mitteln auf?

Was in aller Welt ging hier vor sich?

Natürlich konnte er in diesem Augenblick nicht viel tun. Wenn er sich vor den Van warf, um ein gutes Schussfeld zu haben, riskierte er, dass sie erneut aufs Gaspedal trat und ihn überfuhr, bevor er sie ausschalten konnte.

Aber er hatte bisher schon mehr als genug Möglichkeiten gehabt, um ihrem Amoklauf ein Ende zu bereiten. Warum hatte er sie nicht genutzt?

Weil sie eine Frau war?

Weil sie Zivilistin war?

Die Vorderreifen schwenkten nach rechts.

Dann schoss der Van wieder vorwärts und streifte seitlich die Hauswand, als das Lenkrad herumgerissen wurde und er auf die Straße fuhr. Sobald die hintere Tür auf den Eingang der Lobby zeigte, blieb er mit kreischenden Reifen stehen und schoss dann nach hinten und direkt auf Mac zu.

Die Frau hätte ihn überfahren, wenn sie den Abstand besser eingeschätzt hätte. Aber anstatt zwischen den beiden Seiten der Nische hindurchzurasen, rammte der Wagen gegen die rechte Wand, wo er abrupt stehen blieb und dann vorwärts ruckte.

Das Gebäude wackelte. Der Boden bebte unter Kaits Füßen.

Mac zielte auf die Hinterreifen und feuerte.

Die Sirenen kamen näher.

Mit langsamen Schritten betrat Mac rückwärts die Lobby. Kait und Demi gingen weiter nach hinten und hielten sich rechts, um aus der Schussbahn zu sein und sich hinter der Mauer in Sicherheit zu bringen.

Wieder war eine heftige Kollision zu hören. Das Gebäude wackelte erneut. Von der Decke rieselte Putz herunter. Hinter ihnen knallte es laut, und das Knistern und Klirren von zerbrechendem Glas war zu hören. Kait wirbelte herum. Ein Kronleuchter war knapp fünf Meter hinter ihnen heruntergekommen. Sie sah zu dem anderen hinauf, der wild unter der Decke hin und her baumelte, packte Demis Arm und zerrte sie noch weiter nach hinten.

Einige der Sirenen schienen schon ganz nah zu sein.

Der Motor des Vans jaulte wieder auf, war aufgrund der näher kommenden Sirenen jedoch kaum noch zu hören, und dann schoss der Wagen am Fenster der Lobby vorbei.

Kait stand einfach nur zitternd da und starrte aus dem Fenster, weil sie sich fragte, ob er zurückkommen würde. Mac rannte wieder ins Freie.

»Glaubst du, sie ist weg?«, flüsterte Demi mit zittriger Stimme, als ein schwarz-weißer Streifenwagen am Fenster vorbeifuhr.

»Ich glaube schon«, antwortete Kait leise. Ihre Arme und Beine begannen zu zittern, ihr wurde auf einmal ganz schwindlig, und sie schien jegliche Kraft zu verlieren.

Mac erschien am Fenster, stemmte die Hände in die Hüften und starrte in die Richtung, in die der Van verschwunden war. Ein weiterer Streifenwagen raste an ihm vorbei, und die Lobby wurde in blaues und rotes Licht getaucht, bis der Wagen mit leiser werdender Sirene in der Ferne verschwand.

Zane kam neben Mac zum Stehen. Die beiden Männer unterhielten sich angespannt und liefen dann über den Bürgersteig zurück zum Parkplatz.

Kait holte tief Luft. Sie musste sich beruhigen.

Zane und Cosky waren hart auf dem Boden gelandet, aber während Zane nur etwas lädiert aussah, war Cosky zurück auf den Asphalt gesackt, als er versucht hatte, aufzustehen. Erst seine beiden Freunde hatten ihm hochgeholfen und ihn in Sicherheit gebracht.

Obwohl der Kerl sich wie ein Arschloch benommen hatte und sie nicht beabsichtigte, sich ihm erneut in körperlicher oder emotionaler Hinsicht auf irgendeine Weise zu öffnen, bedeutete das noch lange nicht, dass sie ihn verletzt oder gar verkrüppelt sehen wollte.

Falls sie Demi glauben konnte, dass ihre abgebrochene Heilung gewirkt und sein Humpeln verbessert hatte, wenn auch nur für kurze Zeit, dann würde sich eine längere Behandlung von Vorteil erweisen und seinem Bein den Heilschub verpassen, den es so dringend brauchte.

Denn nachdem sie gesehen hatte, wie er sein Bein schlaff hinter sich hergezogen hatte, als Zane und Rawls ihn in Sicherheit brachten, war ihr klar, dass er jede Hilfe brauchen würde, die er kriegen konnte.

* * *

Cosky stemmte die Handflächen auf die Motorhaube seines Fords und sah zum Bürgersteig hinüber. Das unüberhörbare gequälte Kreischen des Vanmotors wurde immer leiser, was ein deutliches Zeichen dafür war, dass die Frau die Flucht ergriffen hatte. Ein Streifenwagen jagte mit jaulender Sirene an ihnen vorbei.

»Sieh mal nach Mac und Zane«, sagte Cosky zu Rawls, ohne den Blick vom Bürgersteig abzuwenden.

Kait war irgendwo da hinten, ebenso wie Zane und Mac. Seine Brust zog sich zusammen. Die Hauswand stand im Weg, sodass er nicht das Geringste sehen konnte. Möglicherweise waren alle drei überfahren worden und lagen im Sterben, und das nur, weil diese Irre eine Vendetta gegen ihn gestartet hatte.

Er hatte die Gefahr vor Kaits Tür gebracht. Er allein war Schuld an allem, was passiert war.

Weitere Beweise brauchte er nicht, um zu wissen, dass sein Beruf und der ganze Mist, der momentan um ihn herum passierte, eine Beziehung schlicht und einfach unmöglich machten. Er durfte sich auf gar keinen Fall auf etwas Ernstes mit einer Frau einlassen, und erst recht nicht mit Kait.

»Lass uns noch kurz warten«, erwiderte Rawls, der seinen Südstaatenakzent vorübergehend verloren hatte und dessen großer, schlanker Körper noch immer angespannt war.

Er wollte gehen. Cosky spürte, dass die Luft zwischen ihnen förmlich vibrierte, weil Rawls unbedingt nachsehen wollte. Aber er würde es nicht tun, zumindest jetzt noch nicht. Schließlich musste er Cosky beschützen.

Die Frustration und die Wut schienen Cosky von innen heraus zu zerfressen. »Ich brauche keinen Babysitter, verdammt noch mal! Geh endlich!«

»Noch nicht«, entgegnete Rawls ruhig.

»Sie ist weg«, schnaubte Cosky und ballte die Fäuste. »Mac hat ihre Reifen und den Motor mit Kugeln vollgepumpt. Die halbe Polizei von Coronado ist hinter ihr her. Sie kommt nicht zurück.«

Rawls musterte ihn mit gelassener, unnachgiebiger Miene. »Du weißt ganz genau, dass es einige Zeit dauert, bis die ganze Luft aus den Reifen raus ist. Das Gleiche gilt für die Kühlflüssigkeit. Vielleicht kehrt sie wieder um. Du kannst nicht gehen, geschweige denn rennen. Mac und Zane wissen, was sie tun.«

Cosky zog eine Grimasse. Kait hatte nicht die gleiche Ausbildung wie seine beiden Teamkameraden genossen. Aber Rawls hatte recht, er konnte nicht laufen, was wiederum bedeutete, dass er nicht selbst nach Kait sehen konnte. Er klappte gerade den Mund auf, um Rawls zu bitten, nach ihr Ausschau zu halten, als Zane und Mac um die Ecke kamen.

»Kait?«, rief er ihnen zu, als sie über den Parkplatz auf sie zuliefen.

Rawls erstarrte, als er den Namen hörte, und starrte ihn verblüfft an.

Na, super. Jetzt hatte er Rawls auch noch gegen sich aufgebracht. Aber das Thema Kait würde sowieso früher oder später auf den Tisch kommen. Rawls war nicht dabei gewesen, als dieser blöde Polizist ihnen mitgeteilt hatte, dass seine Zeitangaben von Kait bestätigt worden waren, aber da Mac ohnehin nie die Klappe halten konnte, wäre der Grund für Coskys Anwesenheit in diesem Apartmentkomplex ohnehin irgendwann bekannt geworden.

»Es geht ihr gut«, versicherte Zane ihm und wandte sich dann an Rawls. »Hast du ihn untersucht?«

Rawls schüttelte den Kopf. Er wartete, bis seine beiden kommandierenden Offiziere näher gekommen waren, warf den Polizisten, die sich auf den Weg zu ihnen machten, einen schnellen Blick zu und sagte leise: »Ich habe am Lenkrad ein paar Fingerabdrücke gesichert. Aber mehr konnte ich in der kurzen Zeit nicht schaffen, bis hier die Kacke am Dampfen war. Da ich hier mitmischen wollte, habe ich mein Zeug im Vorbeigehen in Zanes Wagen deponiert.«

»Geh«, sagte Mac nur.

»Ich hole meinen Verbandskasten«, erklärte Rawls laut genug, dass die näher kommenden Polizisten es hören konnten, und ging zu Zanes Minivan.

»Du siehst scheiße aus«, meinte Cosky trocken und starrte Zanes blutende Schulter und seinen aufgeschürften rechten Arm an. Mac hatte auch ziemlich viel abbekommen. Seine Arme waren zerkratzt und bluteten, ebenso wie seine rechte Wange.

»Du siehst auch nicht viel besser aus«, erwiderte Zane ebenso nüchtern und musterte dann Coskys rechtes Bein. »Wie schlimm ist es?«

»Schlimm«, antwortete Cosky nach einer Minute mit belegter Stimme.

Mac fluchte. »Ich rufe einen Krankenwagen.« Er griff an seinen Gürtel, doch sein Handy war nicht da. »Scheiße.« Fluchend sah er sich auf dem Bürgersteig um und ging den Polizisten dann entgegen.

Cosky, der sich sehr wohl bewusst war, dass Zane ihn beobachtete, starrte den Boden an.

»Du solltest dich setzen«, meinte Zane nach einer langen Pause.

Da hatte er recht. Cosky blickte mit finsterer Miene auf den Asphalt. »Wenn Rawls wieder da ist.«

Gott allein wusste, wie lange es dauern würde, bis er wieder auf den Beinen war, wenn er sich erst einmal hingesetzt hatte.

»Danke, dass du mir vorhin den Arsch gerettet hast«, sagte Zane und brach damit erneut eine lange Schweigeperiode.

»War doch selbstverständlich.« Cosky räusperte sich und wusste ganz genau, dass dieser Kommentar nur ein Ablenkungsmanöver darstellte. Es war selbstverständlich, dass man einem Teamkameraden zur Seite stand. Es wurde sogar von einem erwartet. Wenn man nicht gerade ein Grünschnabel war, der frisch aus der Grundausbildung kam, dankte man seinem Teamkameraden für so etwas nicht. Die Chancen standen gut, dass dieser Gefallen früher oder später erwidert wurde. »Außerdem beruhte das heute auf Gegenseitigkeit.«

Zane knurrte und schien den Dank ebenso wenig annehmen zu wollen wie Cosky.

»Lass mich raten.« Cosky blickte auf und sah Zane fragend an. »Du hattest wieder eine dieser verdammten Visionen.«

Nickend strich sich Zane mit einer Hand über das Gesicht.

Cosky fluchte und schüttelte angewidert den Kopf. »Deine verdammte Gabe hätte heute beinahe dafür gesorgt, dass wir beide überfahren werden.«

Zane runzelte die Stirn, sah sich auf dem Parkplatz um und musterte das Metall und die Glassplitter, die auf dem Boden lagen. »Diese Szene ähnelt der, die ich gesehen habe.«

Das war doch schon mal was, dann musste er sich wenigstens keine Sorgen machen, dass der Tod aus einer anderen Richtung kommen würde. Aber da diese Frau völlig verrückt zu sein schien, konnte er das auch nicht wirklich ausschließen.

Das Handy an Zanes Gürtel klingelte, als Rawls gerade mit der schwarzen Tasche in der Hand zurückkam, die seinen Verbandskasten enthielt.

Zane sah auf das Display und nahm den Anruf dann entgegen. »Hey, Babe. Es ist alles in Ordnung.« Er warf Cosky einen Blick zu und ging dann ein Stück zur Seite.

»Das muss hart gewesen sein«, murmelte Rawls und blieb neben Cosky stehen.

»Was?«, fragte Cosky und verlagerte das Gewicht, um seinen schmerzenden Rücken zu entlasten. In seinen aufgeschürften und blutenden Ellbogen spürte er einen stechenden Schmerz, als hätte man dort die Haut abgezogen, was im Grunde genommen ja auch den Tatsachen entsprach. Seine linke Schulter hatte es schlimmer erwischt als seine Arme und den Rücken zusammen, da von dort ein tiefes, ständiges Pochen und Brennen ausging, als hätte man ihr einen heftigen Schlag versetzt, was auch nicht sehr weit von der Wahrheit entfernt war, wenn er bedachte, wie hart er darauf gelandet war.

Aber sein rechtes Bein tat überhaupt nicht weh. Es ziepte nicht einmal und kribbelte auch nicht. Es war schlicht und einfach vollkommen taub. Er schluckte schwer und zwang sich, nach unten zu sehen. Sein Bein baumelte einfach nur nutzlos herum. Das Ausmaß der Verletzung war durch die zerrissene und schmutzige Jogginghose nicht zu erkennen.

Schmerz konnte er ignorieren, aber diese eisige, durchdringende Taubheit jagte ihm eine Heidenangst ein.

»Beth«, sagte Rawls. »Sie muss dank dieser seltsamen Verbindung, die sie zu Zane hat, mitbekommen haben, was passiert ist.« Als Cosky ihn mit leerem Blick ansah, sprach er weiter. »Aber sie hat erst angerufen, als alles vorbei war. Es muss ihr schwergefallen sein, so lange zu warten, bis er nicht mehr in Gefahr war und sie davon ausgehen konnte, dass sie ihn nicht stören würde. Wenn wir erst wieder im Einsatz sind, steht den beiden eine schwere Zeit bevor.«

Falls sie je wieder einen Einsatzbefehl erhielten.

Rawls schien das Gleiche zu denken, da sich sein Gesicht verdüsterte und er den Kopf schüttelte. »Jetzt setz dich hin, damit ich mir dein Bein mal genauer ansehen kann.«

Cosky stieß sich von seinem Truck ab und balancierte auf seinem unverletzten Bein, als er im Augenwinkel rechts von sich jemanden mit blondem Haar bemerkte. Rawls, der ebenfalls blond war, stand links von ihm.

Instinktiv verspannte er sich, drehte sich um und hoffte inständig, dass da ein blonder Polizist näher kam … oder ein blonder Schaulustiger … oder irgendein anderer blonder Mensch.

Es war Kait.

*Verdammt noch mal.*

Cosky musterte sie mit finsterer Miene, als sie näher kam, und hoffte, dass sie die dadurch vermittelte Botschaft verstand und wieder abdrehte. Sie hatte seine stillschweigende Entmutigung zweifellos mitbekommen, da sie ihr herzförmiges Gesicht verärgert verzog. Sie schob sich eine feuchte Haarsträhne, die sich aus ihrem Zopf gelöst hatte, hinter das Ohr, reckte das Kinn in die Luft und starrte zurück, während ihr Gang energischer wurde.

*Na, großartig.*

»Kaity«, sagte Rawls. »Wie lange ist es her? Vier Jahre?«

*Kaity?* Cosky starrte Rawls an, und sein Magen zog sich zusammen.

»Wohl eher fünf«, erwiderte Kait und grinste Rawls an.

»Deine Anwesenheit rettet mir gerade den Tag.« Rawls strahlte sie an. »Bitte sag mir, dass wir dich jetzt öfter sehen werden, wo Aiden bei uns eingezogen ist.«

In Coskys Magen kochte die Säure langsam über.

Sie lachte. »Du bist ja immer noch der alte Charmeur.«

»Offensichtlich kein besonders guter. Schließlich habe ich es nie geschafft, dich mal dazu zu bewegen, mit mir auszugehen«, erwiderte Rawls neckisch.

Cosky ballte die Fäuste.

Rawls bemerkte die Bewegung und stutzte. Er sah Cosky rasch ins Gesicht, und der Schalk tanzte in seinen Augen. Dann wandte er seine Aufmerksamkeit erneut Kait zu.

»Wir könnten das doch wirklich mal tun, findest du nicht? Und dieses Mal lasse ich mich nicht abwimmeln, bevor du Ja gesagt hast.«

Kait lachte wieder und blieb vor dem Truck stehen. »Wer weiß, vielleicht sage ich ja wirklich Ja. Ich würde sehr gerne mal wieder tanzen gehen.«

Sie stand jetzt gerade mal drei Meter von Cosky entfernt, ließ ihren Blick über seinen Körper wandern und sah dann sein Bein an. Ihr schelmischer Blick verschwand.

»Du bist offensichtlich verletzt.« Sie legte den Kopf leicht schief und sah ihn ernst an. »Vielleicht kann ich helfen.«

Ihre Worte überraschten Cosky, und in seiner Brust wurde es ganz warm. Nachdem er sie derart brüskiert hatte, war ihr Angebot mehr als großzügig. Und es kam unerwartet. Aber auch zur falschen Zeit. Wenn sie wollte, dass ihre Gabe geheim blieb, dann konnte sie wohl kaum in aller Öffentlichkeit sein Bein massieren. Er fluchte leise, warf Rawls einen Blick zu und stellte fest, dass sein Kumpel zwischen ihm und Kait hin und her sah und eine nachdenkliche Miene aufgesetzt hatte.

»Später«, knurrte Cosky.

Wenn sie keine Zuschauer hatten.

Andererseits … Verdammt, vielleicht waren Zuschauer auch genau das, was sie brauchten. Zumindest würde es dann nicht wieder damit enden, dass er auf und in ihr landete.

Sie runzelte die Stirn. »Je eher, desto besser, bevor die Verletzung sich erst richtig eingenistet hat.«

»Was genau kannst du unter diesen Umständen tun?«, fragte Rawls langsam. Er drehte sich mit entschlossener Miene zu Cosky um. »Du bist offenbar hergekommen, um Kait zu besuchen. Warum?«

Cosky biss die Zähne aufeinander und starrte Rawls an. »Das geht dich nichts an.«

»Er ist hergekommen, damit ich ihn massieren konnte«, erklärte Kait. Sie sah Cosky genervt an, als dieser das Gesicht verzog. »Zane und Mac wissen Bescheid und werden es ihm sowieso erzählen.«

Das stimmte, hielt ihn aber nicht davon ab, Rawls ein paar Zähne ausschlagen zu wollen. Vielleicht konnte er so verhindern, dass der Kerl noch mehr sagte.

»Eine Massage«, wiederholte Rawls und starrte ins Leere.

Mit geballten Fäusten und schwindender Selbstbeherrschung wartete Cosky auf die Antwort seines Freundes. *Ein frecher Kommentar, eine sexuelle Anspielung …*

»So wie du deinen Bruder immer massiert hast, als er im Krankenhaus gelegen hat?«, fragte Rawls, der jetzt todernst geworden war. Verdammt, er hatte sogar seinen Südstaatenakzent abgelegt.

Cosky war so überrascht, dass er sich entspannte.

»Im Grunde genommen schon«, bestätigte Kait und musterte ihn misstrauisch.

Rawls war offenbar zu einer Entscheidung gelangt, da er sich zu Cosky umdrehte und seinen Arm nahm. »Dann setz dich jetzt hin, damit ich mir dein Bein ansehen kann.«

Cosky verspannte sich. Wenn Kait dabei zusah? Auf keinen Fall. »Bring mich einfach ins Krankenhaus.«

Es war zugegebenermaßen albern, dass Kait sein nacktes Bein nicht sehen sollte. Vor gerade mal einer Stunde hatte sie es selbst berührt. Verdammt, sie hatte weitaus mehr als nur sein entblößtes Bein gesehen … aber es kam ihm so armselig vor, wenn er sich hier auf den Boden legte, während sie um ihn herumstanden.

»Leg dich hin«, ordnete Rawls an.

Cosky hüpfte auf einem Bein zur Seite und drehte den Oberkörper, um Rawls anzustarren. »Bring mich einfach zu einem Krankenwagen. Ich komme schon klar.«

Was eine völlig blödsinnige Aussage war, da jeder sehen konnte, dass er nicht klarkam.

»Ich habe Augen im Kopf«, fauchte Rawls, dessen Stimme hart wurde. »Setz dich endlich hin.«

»Um Himmels willen.« Kait stieß genervt die Luft aus. »Ist er immer so dickköpfig?«

»Nein …« Bevor Rawls weitersprechen konnte, war Macs Stimme in ihrem Rücken zu hören.

»Warum in aller Welt steht er noch? Setz dich hin.«

*Verdammt.*

Wenn er sich weiterhin weigerte, würden sich noch alle fragen, warum er es tat. Während sich in seiner Brust vor Frustration alles zusammenzog, ließ er sich auf den Boden sinken.

Mac trat um ihn herum, ging zur Motorhaube und sah Kait mit eiskaltem Blick ins Gesicht. »Geh zurück in die Lobby.«

Einen Moment lang hoffte Cosky, sie würde auf ihn hören … doch Kait ignorierte Mac, beugte sich vor und sah mit an, wie Rawls seine Tasche öffnete.

Fluchend ließ Cosky die Schultern und den Kopf auf den Asphalt sinken und schloss die Augen. Der Entschlossenheit in ihren Augen und der dickköpfigen Haltung ihres Kinns nach zu urteilen brauchte es schon eine Atombombenexplosion, um Kait von hier wegzubekommen.

»Entschuldige, Kumpel«, sagte Rawls, und Cosky hörte, wie Stoff zerriss. »Aber deine Hose war sowieso hinüber.«

»Wie geht es ihm?«, erkundigte sich Zane.

»Das werden wir gleich herausfinden«, antwortete Rawls, der die Jogginghose noch weiter aufriss.

»Verdammt noch mal, Kait«, knurrte Mac. »Du solltest wirklich …« Dann erstarb seine Stimme einfach.

Es herrschte Schweigen.

Totenstille. Hilfloses Schweigen.

Die SEALs hatten einen Namen für dieses Schweigen. Die Totenwache. Diese Stille entstand, wenn man hilflos zusehen musste, wie ein Teamkamerad in den eigenen Armen verblutete.

Cosky schnitt eine Grimasse. Seine Freunde hatten anscheinend gerade herausgefunden, was er instinktiv in dem Augenblick gewusst hatte, als er wieder aufstehen wollte und nur einen tauben, nutzlosen Fleischklumpen an der Stelle vorgefunden hatte, an der zuvor sein Bein gewesen war.

Von dieser Verletzung würde er sich nicht wieder erholen. Nicht genug, um weiter beim SEAL-Team 7 zu bleiben. Vermutlich konnte er von Glück reden, wenn er je wieder ohne Krücken laufen konnte.

Ohne ein gewaltiges Wunder war seine Karriere endgültig vorbei.

# Kapitel 9

Robert beobachtete staunend, wie Jillian mit dem Van davonraste.

Heilige Scheiße, er konnte es nicht fassen, konnte es einfach nicht glauben, dass diese kleine Schisserin alle vier SEALs angegriffen hatte. *Alle vier.* Auf einmal. In der Öffentlichkeit.

Es war schon schlimm genug gewesen, mit anzusehen, wie sie zuvor auf Simcosky losgegangen war, ohne dass er deswegen irgendetwas unternehmen konnte. Zuvor hatte er nicht eingreifen können, da ihn Simcosky und auch zahlreiche Zeugen gesehen hätten und es ihm unmöglich gewesen wäre, seine beiden Ziele gleichzeitig auszuschalten.

Daher hatte er stinksauer hinter ihrem Wagen zugesehen, wie die blöde Kuh alles ruiniert hatte.

Es wäre etwas anderes gewesen, wenn sie es tatsächlich geschafft hätte, Simcosky auszuschalten. Dann hätte er wenigstens eine Sorge weniger gehabt. Wenn der Mistkerl tot wäre, wäre es ihm auch völlig egal gewesen, was sie ihm vorher erzählt hatte.

Aber sie hatte danebengeschossen.

Außerdem hatte ihr Angriff das Interesse des SEALs geweckt.

Sie musste Simcosky irgendetwas gesagt haben, denn als Robert von seiner ergebnislosen Suche nach ihr zurückgekehrt war, hatte sich Rawlings in ihrer Rostlaube umgesehen.

Er schnappte nach Luft, als ein Streifenwagen mit jaulender Sirene an ihm vorbeifuhr und die Frau verfolgte, die sein Leben gerade den Bach runtergehen ließ. Warum hatte er nicht in den sauren Apfel gebissen und war ihr nach ihrem ersten Angriff auf Simcosky gefolgt? Verdammt, wenn er etwas cleverer gewesen wäre, dann hätte er einfach hinter ihr herlaufen können, bis sie beide nicht mehr zu sehen waren. Sobald es keine Augenzeugen mehr gab, hätte er sie eliminieren können und niemand hätte gewusst, wohin sie verschwunden war.

Doch anstatt sie zu Fuß zu verfolgen, hatte er sich in seinen Wagen gesetzt und war in die Richtung gefahren, in die sie gerannt war. Allerdings hatte sich das als sinnlos erwiesen, da er sie nicht gefunden hatte. Danach hatte sie anscheinend den Van gestohlen und war zurückgekehrt, um ein weiteres Mal zu versuchen, den Kerl umzubringen. Nur, dass dieses Mal gleich alle vier SEALs vor Ort gewesen waren.

Sowie mehrere ihrer Beobachter.

Er fluchte leise und strich sich mit einer zittrigen Hand übers Gesicht. Tja, jetzt war die Katze aus dem Sack. Von der Stelle, an der er parkte, konnte er sowohl Mackenzies als auch Rawlings' Schatten sehen. Sie hatten alles mit angesehen. Jetzt konnte er nur noch reinen Tisch machen und darauf hoffen, dass die Bosse milde gestimmt waren. Abzutauchen und den Problemen aus dem Weg zu gehen kam jetzt nicht mehr infrage.

Sie hatten Russ in der Hand gehabt, als er versucht hatte, aus der Sea-Tac-Operation auszusteigen, indem sie seine Schwester und deren Kinder entführten. Aber die versuchte Desertion des armen Schweins hatte auch alle anderen mit in den Abgrund gerissen.

Nach diesem Fiasko hatten die Bosse dafür gesorgt, dass ihnen nie wieder jemand entkommen konnte. Er erschauderte, als er an das giftige Zeug dachte, das sie in seine Adern gepumpt hatten und mit dessen Hilfe sie ihn immer aufspüren konnten, wohin er auch ging und wie gut er sich auch versteckte. Während er seinen gebräunten Unterarm anstarrte, rechnete er schon fast damit, dass dieser zu glühen anfing.

Sein Handy klingelte, und er zuckte zusammen und sah erschrocken auf das Display.

Wussten sie schon Bescheid?

Er hob es langsam hoch und erkannte die angezeigte Nummer, woraufhin er sich entspannte, da es die von Jonese und nicht die des Hauptquartiers war. Möglicherweise konnte er ja mit Jonese und Reeves reden, damit sie ihm ein paar Stunden Zeit gaben, um die Sache wieder in Ordnung zu bringen. Allerdings war das fraglich. Er war nicht der Einzige, den das Hauptquartier in der Hand hatte.

»Hast du das gesehen?«, fragte Jonese aufgeregt.

»Ja, es war ja auch nicht gerade sehr unauffällig«, erwiderte Robert angespannt.

»Mann, wäre es nicht der Hammer gewesen, wenn er alle vier ausgeschaltet hätte? Mit einem Schlag wäre unser Job hier erledigt gewesen und wir hätten dafür nicht mal einen Finger krümmen müssen.« Seine Stimme klang bedauernd. »Zu schade, dass er sie verfehlt hat.«

Robert erstarrte. *Er.*

Er drehte langsam den Kopf und musterte die Fahrzeuge seiner Teamkameraden. Jonese hatte weiter die Straße entlang geparkt und stand hinter einigen anderen Fahrzeugen, was die Standardprozedur war, um eine Entdeckung zu vermeiden. Zu Roberts Glück war der Van in die entgegengesetzte Richtung geflohen. Jonese hatte das, was passiert war, und auch die Fahrerin nicht richtig sehen können.

Dann sah er zum hinteren Teil des Parkplatzes hinüber. Reeves stand zwar dichter dran, aber immer noch zu weit weg, als dass er in den Van hätte hineinsehen können. Er hatte die Fahrerin vermutlich auch nicht gesehen.

War es möglich, dass keiner von ihnen Jillian erkannt hatte?

Er räusperte sich, um sich seine Nervosität nicht anmerken zu lassen. »Hast du ihn nicht gesehen?«

»Wen?«

»Den Fahrer.« Robert holte hastig Luft und versuchte, einen möglichst lässigen Tonfall anzuschlagen. »Ich wüsste ja zu gern, wer es noch auf sie abgesehen hat …«

»Wenn man bedenkt, wie vielen Terroristen auf der ganzen Welt sie ans Bein gepisst haben, könnte es jeder sein. Es musste ja irgendwann mal passieren, nachdem die Medien ihre Namen und Gesichter oft genug gezeigt haben«, meinte Jonese, dem das Ganze völlig gleichgültig zu sein schien. »Das ist vermutlich genau das, was das Hauptquartier schon die ganze Zeit beabsichtigt hat. Gib ihre Informationen an die Haie weiter und lass die die Drecksarbeit machen.«

»Stimmt«, meinte Robert. Sie tauschten noch einige Belanglosigkeiten aus und legten dann auf.

Er hätte Jillian nicht unbedingt als Hai bezeichnet. Sie war eher ein Guppy. Harmlos. Ineffizient. Eher Opfer als Täter.

Sein Stirnrunzeln wurde zu einer Grimasse. Das hatte sich heute offenbar geändert. An diesem Tag hatte sie sich als höchst unangenehme Überraschung herausgestellt. Ein Guppy marschierte nicht auf jemanden zu, der doppelt so groß war und tausendmal mehr Erfahrung hatte, und fing an zu schießen. Und er entkam auch nicht unversehrt und kehrte in einem gestohlenen Van zurück, um es mit dem ganzen Team auf einmal aufzunehmen.

Die eingeschüchterte und erstarrte Jillian Michaels von vor vier Monaten hatte so gut wie keine Ähnlichkeit mit der Frau, die gerade versucht hatte, vier hervorragend ausgebildete SEALs zu überfahren.

Zu schade, dass Jillian die Sache nicht besser angegangen war und dass sie es nicht geschafft hatte, wenigstens einige der SEALs auszuschalten. Verdammt, alle vier wäre natürlich am besten gewesen. Denn jetzt fiel ihm die unangenehme Aufgabe zu, herauszufinden, was sie ihnen erzählt hatte, und das möglichst, ohne dass sein Team Wind davon bekam.

Er musste sie befragen. Beiläufig fiel sein Blick auf das Handschuhfach. Die Marke eines Detectives, die er dort aufbewahrte, würde ihm da zugutekommen. Die Polizei würde ein Ermittlungsverfahren einleiten. Ein weiterer Polizist, der Fragen stellte, fiel da nicht weiter auf. Aber jetzt konnte er nicht viel tun, während sein Team noch in der Nähe war und immer mehr Polizisten hier eintrafen.

Später würde er sie aufsuchen und sich mit ihnen unterhalten.

Nach einem schnellen Blick in den Rückspiegel fuhr er auf die Straße und in die Richtung, die Jillian zuvor eingeschlagen hatte. Vorerst musste er diese verdammte Frau finden und dafür sorgen, dass sie sich nie wieder einmischen konnte.

Und das, bevor die Polizei sie in die Finger bekam.

Oder bevor Mackenzie und seine Leute sie aufspürten.

Verdammt, vielleicht sollte er sich einfach auch gleich um die SEALs kümmern. Warum warten, bis er herausgefunden hatte, was sie wussten? Das Timing wäre perfekt. Falls er vor der Polizei zu Jillian gelangte und sie verschwinden ließ, würde niemand wissen, dass sie als Mörderin von Mackenzie und seinen Männern nicht infrage kam. Man würde ihr die Schuld am Tod dieser Männer zuschieben, da sie es ja schon zwei Mal zuvor versucht hatte.

In diesem Fall müsste er sich auch keine Sorgen mehr machen, dass seine Bosse von der ganzen Sache erfuhren.

Ein weiterer Streifenwagen überholte ihn, und Roberts Herz schlug schneller. Alles hing davon ab, dass er diese verfluchte Frau fand, bevor die Polizei sie in die Finger bekam. Oder zumindest, bevor sie von derart vielen Polizisten umstellt war, dass er sich nicht mehr um alle kümmern konnte.

Was machte es denn schon aus, wenn er der Frau noch einen oder mehrere weitere Morde anhängte?

Sie würde ohnehin nicht mehr da sein, um ihre Unschuld zu beteuern.

* * *

Kait brauchte nicht dieses *Wissen*, das ihr Vater, Aiden und vermutlich auch Wolf besaßen, um zu erkennen, dass Cosky ihre Hilfe nicht haben wollte.

Oder zumindest nicht jetzt, sonst hätte er nicht leise »Später« gesagt.

Nicht vor seinen Teamkameraden. Dagegen hatte sie keine Einwände, da sie Mac, Zane und Rawls auch nichts von ihrer Gabe erzählen wollte. Schließlich machte sie sich nicht besonders gern vor anderen Menschen lächerlich.

Auch die Vorstellung von einer Heilung in der Öffentlichkeit gefiel ihr ganz und gar nicht. Wenn erst einmal bekannt wurde, was sie zu tun vermochte, würde man sie mit Hilfegesuchen überschütten und sie würde Anfragen von Menschen bekommen, denen es viel schlechter ging als Cosky, Aiden oder auch Demi. Dabei war ihre Gabe viel zu unzuverlässig, als dass Menschen ihre Hoffnungen darauf setzen konnten. Das hatten der Tod ihrer Mutter und der von Tante Issa bewiesen.

Die Trauer übermannte sie kurz. Der Verlust dieser beiden Menschen war nicht mehr so erstickend und schmerzhaft wie früher, tat jedoch immer noch weh, ebenso wie der Tod ihres Vaters. Wahrscheinlich würde das auch immer so bleiben.

Der erste durchdringende Schmerz, den der Tod eines anderen Menschen mit sich brachte, hielt nie lange an. Es war unmöglich, eine derartige Intensität über längere Zeit aufrechtzuhalten. Der Verstand wurde mit einem ständigen, quälenden Schmerz einfach nicht fertig. Letzten Endes wurde die Trauer zu einem dauerhaften, dumpfen Ziehen, das mit jedem Tag ein kleines bisschen nachließ, bis man irgendwann merkte, dass man den ganzen Tag lang nicht an diesen Menschen gedacht hatte.

Sie hatte den Tod ihrer Mutter bereits vor Jahren akzeptiert. Damals war sie noch so jung gewesen – gerade mal zehn Jahre alt –, und ihre Heilkräfte hatten gerade erst begonnen, sich zu manifestieren. Ihr war klar, dass sie damals nicht stark genug war, um etwas zu bewirken.

Aber Issa … In diesem Fall war ihre Trauer von Zorn und Frustration durchzogen. Sie hätte in der Lage sein müssen, ihr zu helfen. Damals war sie zweiundzwanzig und längst kein Kind mehr gewesen. Sie hätte stark genug sein müssen, um den Krebs zu besiegen.

Was brachte eine solche Gabe, wenn man sich nicht darauf verlassen konnte?

Wenn man sie nicht einsetzen konnte, um den Menschen zu helfen, die man liebte?

Sie schüttelte die Frustration ab, als Rawls ein Messer aus der Tasche nahm und Coskys Jogginghose zerschnitt. Das Bein musste sehr schwer verletzt sein, nicht nur, weil es schlapp heruntergehangen hatte, sondern auch, weil Cosky keinen Versuch unternommen hatte, seiner Angreiferin zu folgen.

Doch aufgrund der Totenstille, die alle übermannte, als der Stoff endlich herunterfiel und das entstellte, auf groteske Weise verformte Knie freigab, ging sie davon aus, dass sie nicht die einzige war, die dieser erschreckende Zustand schockierte.

Das Gelenk war nicht nur drastisch angeschwollen, die Kniescheibe hatte sich außerdem noch nach rechts verschoben und befand sich an einer Stelle, die einfach nur falsch aussah. Kait sah Cosky ins Gesicht. Er hatte den Hinterkopf auf den Asphalt gelegt und die Augen geschlossen. Großer Gott, er musste schreckliche Schmerzen haben.

Aber … Sie runzelte die Stirn und musterte ihn genauer. Er sah gar nicht so aus, als litte er Schmerzen. Seine Miene wirkte grimmig und resigniert, aber nicht schmerzverzerrt. Natürlich war er inzwischen vermutlich sehr gut darin, seine Pein zu verbergen. Er musste schließlich seit Monaten mit dieser Verletzung leben. Und wenn seine Karriere bei den SEALs ähnlich verlaufen war wie die ihres Bruders, dann hatte es zahlreiche andere, kleinere Verletzungen gegeben, die er ebenfalls auskuriert hatte.

Rawls steckte das Messer wieder in die Scheide, legte es in die Tasche, die neben seinen Knien stand, und holte eine Ampulle und eine Spritze heraus. »Ich werde dir jetzt ein Schmerzmittel geben.«

»Das kannst du dir sparen«, erwiderte Cosky, in dessen Stimme dieselbe grimmige Resignation mitschwang, die sich auch in seiner Miene widerspiegelte. »Es tut nicht weh. Eigentlich spüre ich vom Knie abwärts überhaupt nichts mehr.«

Mac fluchte und wandte sich ab, um über den Parkplatz zu schauen. »Wo bleibt der verdammte Krankenwagen?«

»Halt uns die Polizei vom Leib«, rief Zane Mac hinterher, als dieser wegging.

*Er konnte sein Bein nicht mehr spüren?*

Sie wusste nicht viel über den Bewegungsapparat eines Kniegelenks, aber Taubheit klang ganz und gar nicht gut. Tatsächlich klang es sogar verdammt übel.

Ihr Magen zog sich zusammen, und sie holte verhalten Luft. Eine Hitzewelle überflutete sie. Als ihre Hände zu kribbeln begannen, sah sie nach unten und stellte fest, dass sie sie zu so festen Fäusten geballt hatte, dass sie sich die Fingernägel in die Handflächen bohrte. Sie entspannte sich ein wenig, aber das Kribbeln wurde nur noch stärker. Mit verzerrtem Gesicht rieb sie sich die Hände an den Hosenbeinen und hoffte, dass das seltsame Gefühl durch die Reibung vergehen würde.

»Was ist passiert?« Zanes Stimme klang so verdrießlich, dass sie fast schon zu zittern schien.

»Ich bin auf dem Asphalt aufgekommen, als ich zu Boden gegangen bin.« Cosky klang tatsächlich gefasster als alle anderen.

Aber wenn sein Knie taub war, dann musste er auch schon länger als seine Teamkameraden wissen, wie schwer seine Verletzung war. Lange genug, um es zu akzeptieren. Lange genug, dass jetzt Resignation einsetzte.

Wieder wurde ihr ganz heiß, und das Kribbeln verlief durch ihren ganzen Körper. Sie verspürte den starken Drang, sich zu Boden fallen zu lassen und Coskys Knie zu berühren.

Okay, das war etwas Neues.

Und verdammt unangenehm.

Mit verspanntem Körper machte sie einen Schritt nach hinten und versuchte, den immer stärker werdenden Drang zu ignorieren. Dies war weder die richtige Zeit noch der richtige Ort, um das zu tun. Das hatte ihr Cosky klar zu verstehen gegeben. Sie musste warten, bis sie ungestört waren.

Das Kribbeln in ihren Händen war längst nicht mehr unangenehm, sondern richtiggehend schmerzhaft.

Sie musste sich umdrehen und weggehen, aber ihr Körper weigerte sich, ihrem Verstand zu gehorchen.

Möglicherweise wäre es ihr gelungen, dieses Verlangen zu ignorieren, wenn Cosky nicht erst auf sein Knie und dann zu Zane geblickt hätte. Die beiden Männer sahen sich nur eine oder zwei Sekunden lang in die Augen, aber das reichte aus, dass Kait die Verzweiflung in ihren Augen wahrnehmen konnte.

Die nächste Welle zwang sie, vorzutreten und sich hinzuknien. Sie griff nach Coskys Knie, bevor sie überhaupt begriff, dass sie sich bewegt hatte.

»Verdammt«, knurrte Cosky, setzte sich ruckartig auf und griff nach ihren Händen, während Zane auf sie zuging. »Ich habe Nein gesagt.«

In der Sekunde, in der sich ihre Hände berührten, schien ein Stromstoß durch sie hindurchzujagen. Betäubt sah Kait mit an, wie sich die Haare an ihren Armen aufstellten. Es fühlte sich ganz danach an, als würden die Haare auf ihrem Kopf das Gleiche tun.

»Was ist denn das?« Cosky riss die Augen weit auf. Der Verwirrung in seiner Stimme nach zu urteilen spürte er es ebenfalls.

Okay … Das Ganze wurde immer verrückter …

Auf einmal wurde ihr unglaublich warm. Die Hitze baute sich in ihrer Brust auf, strömte durch ihre Schultern und ihre Arme hinunter. Das wiederum kannte sie: Es waren die Hitze und der Energiefluss, wenn die Kanalisierung funktionierte.

Aber so viel hatte sie noch nie zuvor kanalisiert.

Kait musste blinzeln, da sie auf einmal nicht mehr klar sehen konnte. Cosky blickte auf seine Arme, an denen die Haare ebenfalls aufrecht standen. Langsam drehte er den Kopf und sah Kait ins Gesicht.

Sein Gesicht war gerötet, und er schwitzte. Bereits jetzt bildeten sich feuchte Flecken am Ausschnitt seines T-Shirts und unter den Armen.

Ihre Augen brannten, und alles verschwamm um sie herum. Schweiß benetzte ihre Kopfhaut und ihren Nacken. Er stand ihr sogar zwischen den Brüsten.

»Kait«, sagte Zane, der schräg hinter ihr stand. Er legte die Hände auf ihre Schultern, zischte und nahm sie sofort wieder weg. »Heilige Scheiße.«

»Was ist los?« Rawls stand auf.

»Sie steht förmlich unter Strom«, erklärte Zane.

Er hatte es auch gespürt? Was ging hier nur vor sich? Das war ja über alle Maßen bizarr.

»Unter Strom?«, wiederholte Rawls nachdenklich. »Dann lass sie nur machen«, fügte er entschieden hinzu und kam zu Kait herüber.

»Was geht hier vor sich?«, wollte Zane wissen.

»Ich vermute, dass wir gerade genau das zu sehen bekommen, weswegen Cosky sie aufgesucht hat.«

Kait war sich nur am Rande bewusst, dass Rawls sich rasch umsah. »Haltet ja alle anderen von ihnen fern. Die beiden wollen bestimmt keine Zeugen dafür haben.«

Cosky blickte auf, ließ ihre Hände aber nicht los. Ihm lief der Schweiß über das Gesicht, das einen immer tieferen Rotton annahm. »Wie zum Teufel hast du das herausgefunden?«

»Dank Aiden«, erwiderte Rawls schlicht. »Sie hat ihn jedes Mal massiert, wenn ich ihn besucht habe. Dutzende Male. Das war seltsam. Als seine Röntgenbilder dann auf einmal eine Genesung zeigten und er wieder zum Dienst antrat, habe ich mir so meine Gedanken gemacht.«

Ihre Stimmen wurden zu einem stetigen Hintergrunddröhnen, das mal lauter und mal leiser wurde und an Wellengang erinnerte.

Als Coskys Hände sich fester auf ihre legten und ihre Handflächen auf sein Knie drückten, hob Kait den Kopf. Ihr tropfte der Schweiß vom Kinn und fiel mit stetigem Plätschern auf den Boden. So warm war ihr noch nie zuvor in ihrem Leben gewesen, und so heftig hatte sie noch nie geschwitzt, und da war sie nicht die Einzige.

Sein Gesicht war ebenfalls schweißüberströmt und noch röter geworden.

Es sah fast schon ungesund rot aus.

Seine Hände fühlten sich rau, geschwollen und taub an.

Das war falsch. Alles an dem, was hier passierte, war falsch.

Cosky stöhnte und drückte ihre Hände noch fester, aber sie konnte den Druck kaum spüren.

Wieder stöhnte er mit belegter Stimme und klang, als hätte er Schmerzen.

Sie blinzelte den Nebel und den Schweiß aus ihren Augen. Sein Gesicht schwankte erst, bevor es Gestalt annahm, nur um dann wieder zu verschwimmen. Als sie es endlich klar erkennen konnte, wirkte es verzerrt und war puterrot.

Großer Gott, sie tat ihm weh!

Sie konnte ihre Hände nicht mehr spüren. Ihre Finger waren völlig taub geworden. Vielleicht drückte sie zu fest auf sein Knie und übte einen zu großen Druck auf die zertrümmerten Knorpel und die gerissenen Sehnen aus. Sie versuchte, die Hände wegzunehmen, aber Cosky hielt sie fest und drückte ihre Handflächen weiterhin fest auf seine Haut.

Er hob den Kopf. Seine platinfarbenen Augen glühten wie poliertes Silber, als er sie ansah.

»Hör nicht auf.« Die Worte kamen undeutlich aus seinem Mund, und er lallte ein wenig.

Was zum Teufel geschah mit ihnen? Was passierte hier?

»Ich tue dir weh«, keuchte sie, und allein das Reden war so anstrengend, dass ihr schwindlig und übel wurde.

»Ich kann spüren, wie sich die Knorpel bewegen.« Cosky klang ebenso atemlos wie sie. »Großer Gott, ich spüre, dass es funktioniert.«

Das war unmöglich. So schnell funktionierte ihre Heilung nicht. Dafür musste sie jemanden wochenlang massieren, manchmal sogar monatelang.

Nichts von alledem war möglich.

Und dennoch geschah es.

Sie stöhnte, als das Schwindelgefühl stärker wurde und ihr die Galle die Speiseröhre hinaufwanderte.

Verdammt, sie musste sich übergeben. Würgend beugte sie sich zur Seite.

Die Hände, die sie festhielten, verschwanden.

»Rawls.« Dieses Mal klang Coskys Stimme klar und entschieden. »Zieh sie weg.«

»Du solltest der Sache ihren Lauf lassen.«

»Zieh sie weg«, brüllte Cosky und schob ihre Hände runter. Dann rutschte er ein Stück von ihr weg.

»Cos…«

»Um Himmels willen, sieh sie doch an«, fauchte Cosky. »Sie fällt gleich in Ohnmacht.«

Er hatte recht. Kait kippte nach vorn, und ihr wurde schwarz vor Augen.

»Halt sie fest!« Coskys Stimme hallte durch ihren Kopf.

»Verdammt.« Hände hielten sie fest, zogen sie in eine sitzende Position und dann noch weiter nach hinten, bis sie den Asphalt unter ihren Schultern und ihrem Rücken spürte. »Großer Gott, sie brennt ja förmlich.«

»Verdammt, tu doch was.« Coskys Stimme klang seltsam. Irgendwie panisch.

»Wir müssen ihre Körpertemperatur senken.« Rawls klang hingegen grimmig. »Ist das normal?«

»Woher zum Teufel soll ich das wissen?«

Alles drehte sich um sie, und die Stimmen um sie herum verschwammen zu einem undeutlichen Gewirr, das mal lauter und mal leiser wurde.

»Was ist beim letzten Mal passiert?«

»Nichts von alledem«, erwiderte Cosky angespannt. »Sie hat mich nur massiert. Jetzt halt die Klappe und hilf ihr.«

»Zane, zieh dein Shirt aus und wedel ihr Luft zu. Wir müssen sie irgendwie abkühlen.«

Ihr Shirt wurde angehoben, und ein herrlicher Luftzug wehte über ihr Gesicht und ihre Brust. Etwas Eiskaltes, Eckiges wurde an ihre Stirn gedrückt. Ein zweites und drittes Objekt lag auf einmal an ihrem Hals, und weitere wurden auf ihre Brust und zwischen ihren Brüsten platziert. Sie stöhnte und konzentrierte sich auf die Kälte. Sie fühlte sich so gut an.

»Die Eisbeutel sollten helfen.« Eine lange Pause. »Ihr Puls verlangsamt sich.« Darauf folgten einige lange, beruhigende Minuten des Schweigens, bis Rawls erneut den Mund aufmachte. »Ich glaube, sie kühlt langsam ab.«

»Was soll das heißen, du glaubst es?«, knurrte Cosky gereizt. »Ich kann ihre Temperatur nicht messen.« Zum ersten Mal klang auch Rawls' Stimme verärgert. »Aber sie fühlt sich nicht mehr so heiß an, und du auch nicht.«

Kaits Schwindelgefühl ließ nach. Sie konzentrierte sich darauf, langsam tief Luft zu holen, bis sich auch ihr Magen beruhigt hatte.

»Es geht mir gut«, sagte sie, sobald sie sich sicher war, dass die Übelkeit vergangen war. Aber sie schlug die Augen noch nicht auf. Es brachte ja nichts, die Dinge zu überstürzen.

»Bleib ganz ruhig liegen«, murmelte Rawls.

Sie hatte auch gar nicht vorgehabt, sich zu bewegen. Eigentlich wollte sie für immer hier liegen bleiben. Kait seufzte und genoss die angenehme Brise, die ihr Gesicht umwehte.

»Großer Gott«, sagte Rawls auf einmal und klang verblüfft.

»Was ist?«, fragten Cosky und Zane gleichzeitig.

»Seht euch ihre Hände an!« Eine lange, angespannte Pause. »Meine Fresse! Cos, dein Knie!«

Als sie das Staunen in Rawls' Stimme hörte, machte Kait die Augen doch auf. Der Himmel war strahlend blau und fast schon schwindelerregend. Sie wollte sich die Hände vor das Gesicht halten, obwohl sich ihre Arme anfühlten, als wären sie tonnenschwer, aber jemand hielt ihre Unterarme fest und drückte sie wieder auf den Boden.

»Hey«, sagte sie ungehalten und versuchte es gleich noch einmal. Dieses Mal hielt sie niemand mehr fest.

»Es muss ihr schon besser gehen«, stellte Cosky fest, dessen Stimme noch spröde, aber auch ruhiger klang. »Sie wird schon wieder grantig.«

Grantig? Sie würde ihm schon noch zeigen, was grantig bedeutete.

Sie wollte sich aufsetzen, stellte jedoch fest, dass ihr die Kraft dafür fehlte, daher beschloss sie, lieber nur die Arme zu heben. Als ihre Hände in ihr Blickfeld kamen, blinzelte sie mehrmals schnell, um den Schleier vor ihren Augen zu vertreiben, und dann starrte sie sie fassungslos an. Ihre Handrücken waren knallrot und geschwollen. Sie drehte die Hände langsam um.

Ein Zischen hallte durch die Luft. Sie war sich nicht sicher, ob es von ihr, Zane oder Cosky kam.

»Ach du Scheiße«, murmelte sie und zog die Worte in die Länge, während sie ihre roten, von Blasen übersäten Handflächen anstarrte. Sie schloss die Augen und schlug sie wieder auf. Beim zweiten Mal sahen ihre Hände noch schlimmer aus: geschwollen, wund, von Blasen übersät, als hätte sie versucht, Lava aus einem Vulkan zu schöpfen.

»Tja, das hatten wir bisher noch nicht«, sagte sie laut und zu niemandem im Speziellen.

Erst da ging ihr auf, dass ihre Hände nicht wehtaten. Was aber eigentlich der Fall sein sollte. Wenn man bedachte, welche Schmerzen eine leichte Verbrennung schon mit sich brachte, hätte sie eigentlich vor Schmerzen schreien müssen.

»Wie kommt es, dass sie nicht wehtun?«, fragte sie und sah zu Rawls auf.

Er runzelte die Stirn und hockte sich neben sie. »Kannst du sie denn überhaupt spüren?«

Sie starrte die mit Blasen bedeckte Haut verwirrt an. »Sie fühlen sich taub an, so, als hätte ich starke Schmerzmittel genommen.«

Die blauen Augen über ihr sahen sie besorgt an, aber dann schüttelte er den Kopf und ging zu Cosky. Was die nächste Frage aufwarf …

Wenn ihre Hände aussahen, als hätte sie einen Atomreaktorkern angefasst, wie sah dann erst Coskys Knie aus? Ohne an die Konsequenzen zu denken, setzte sie sich ruckartig auf. Einen Augenblick lang war ihr schwindlig, aber dann legte sich dieses Gefühl wieder. Auch ihr Magen blieb ruhig.

»Es geht mir gut«, sagte sie, als sie Hände auf ihren Schultern spürte.

»Sie scheint auch nicht mehr unter Strom zu stehen«, stellte Zane fest.

Kait musterte Coskys Knie. Jetzt wurde ihr doch beinahe wieder übel. »Oh, Cosky, es tut mir so leid.«

»Das muss es nicht«, knurrte er. »Es hat geholfen.«

»Es hat geholfen?«

Wie in aller Welt konnte er das nur behaupten? Ihr fiel wieder ein, wie er zuvor das Gesicht verzogen hatte. Kein Wunder, dass er Schmerzen gehabt hatte. Sein Knie sah so aus wie ihre Hände: geschwollen, mit Blasen bedeckt. Sie hatte ihm förmlich die Haut weggebrannt.

»Ich begreife nicht, was hier passiert ist«, sagte sie, während es ihr die Kehle zuschnürte. Sie schluckte schwer und schüttelte dann nur den Kopf.

»Ist das normal?«, wollte Rawls wissen.

Schweigend schüttelte sie noch einmal den Kopf. Er drückte ihre Schulter und griff vorsichtig nach ihrem rechten Handgelenk. Dann drückte er etwas weiße Creme aus einer Tube auf ihre Handfläche, verteilte sie vorsichtig und umwickelte ihre Hand mit weißem Mull. Er sicherte den Verband an ihrem Handgelenk und machte das Gleiche mit ihrer linken Hand.

Als Kaits Verbrennungen versorgt waren, wandte er sich Coskys Bein zu.

»Wie schlimm ist es?«, fragte Kait mit belegter Stimme. Ihr wurde wieder übel, als sie sein mit Blasen übersätes Knie ansah. Es hatte inzwischen die Farbe von Tomatensuppe angenommen und leuchtete dunkelrot.

Rawls drückte ein wenig Creme auf Coskys Knie, schraubte die Tube dann wieder zu und ließ sie in eine Tasche fallen, bevor er die weiße Substanz vorsichtig auf der Haut seines Freundes verteilte. »Das ist aufgrund der Schwellung schwer zu sagen, aber …« Seine Stimme brach, und er schüttelte den Kopf.

»Was ist?«, fragte Kait mit angehaltenem Atem. Sie ließ den Kopf sinken, und ihr stiegen Tränen in die Augen.

Was für ein Desaster. Sie hätte niemals versuchen sollen, ihm zu helfen. Dadurch hatte sie alles nur noch schlimmer gemacht. Viel schlimmer. Jetzt hatte er neben seinen anderen Verletzungen auch noch Verbrennungen dritten Grades.

»Ich bin mir nicht sicher.«

Rawls ausweichende Antwort bewirkte, dass Kait ihn ansah. Hatte sie noch etwas Schlimmeres bewirkt, als ihr bisher bewusst gewesen war?

Cosky sah ihr mit sanftem Blick ins Gesicht.

»Die Blasen sind nur oberflächlich«, teilte er ihr mit, und sein sanfter Tonfall war noch tröstender als seine Worte. »Die eigentliche Frage ist, was darunter los ist.« Er sah Rawls herausfordernd an. »Hab ich nicht recht?«

Zane kam zu Cosky hinüber und sah auf ihn herab. »Was genau meinst du damit?«

»Das Knorpelgewebe«, erwiderte Cosky, als Rawls nicht reagierte. »Es ist wieder an die richtige Stelle gerutscht.«

Zane stieß die Luft aus. Er hockte sich hin und starrte Coskys mit Creme beschmiertes Knie an. »Das ist unmöglich.«

»Ach ja?«

Rawls leiser Einwurf bewirkte, dass alle drei Männer Kait anstarrten.

Kait schnappte nach Luft, und auf einmal kam ihr das alles äußerst unwirklich vor. Ihr wurde ganz schwummrig, aber das Gefühl verging dieses Mal nicht wieder. Sie stellte fest, dass sie völlig erschöpft war.

»Doch, das ist es. Normalerweise geschieht es nicht so schnell. Meist dauert es Wochen … wenn nicht gar Monate«, flüsterte sie.

Rawls zuckte mit den Achseln und hockte sich mit einem Verband in der Hand neben Cosky auf den Boden. Dann umwickelte er Coskys Knie. »Nach dem Röntgen wissen wir mehr. Möglicherweise sind die Blasen ja schuld daran, dass wir da was falsch sehen.«

Cosky sah nicht überzeugt aus.

»Ich kann dir ein Schmerzmittel geben.«

»Das ist nicht nötig.« Cosky zog die Augenbrauen zusammen und musterte Kaits verbundene Hände. »Es ist ganz taub …«, meinte er langsam. »Als hätte ich längst was genommen.«

Er wiederholte das, was sie zuvor über ihre Hände gesagt hatte. Sie schüttelte den Kopf und war zu erschöpft, um auch nur darüber nachzudenken, was das bedeuten konnte.

»Der Krankenwagen ist da«, rief Mac, der wieder zu ihnen trat. »Was ist denn mit Kait passiert?«

Kait hörte einen Wagen näher kommen und hatte das Gefühl, als würde der Boden unter ihr beben.

»Das erzählen wir dir später«, erwiderte Zane.

»Okay.« Mac klang nicht, als würde es ihn besonders interessieren. Er trat an Zane heran und senkte die Stimme. »Auf der anderen Seite des Parkplatzes. Der dunkelblaue Kombi. Siehst du ihn?«

Zane drehte sich unauffällig um. »Ja. Und?«

Mac sprach noch leiser weiter. »Ich kenne den Kerl. Der hängt mir schon seit einer Weile auf der Pelle. Aber immer, wenn ich dachte, ich werde verfolgt, war er auf einmal verschwunden. Was ist mit dir, hast du ihn schon mal gesehen?«

Seine Stimme schien noch leiser zu werden. Möglicherweise lag das aber auch an ihr und dem Summen in ihren Ohren, das langsam alles andere übertönte.

Sie war so müde, dass sie die Augen keinen Augenblick länger aufhalten konnte. Kait ließ sich wieder auf den Asphalt sinken und beschloss, sich kurz auszuruhen.

»Kait!« Coskys Schrei schien aus weiter Ferne und wie durch einen Tunnel zu kommen.

Sie versuchte, ihm zu antworten, aber die Erschöpfung überkam sie wie ein Tsunami und riss sie mit in ein Meer der Dunkelheit.

# Kapitel 10

Cosky starrte den Vorhang an und zuckte zusammen, als das hohe, schrille Jammern auf der anderen Seite des Stoffes immer näher kam, was seine Frustration nur noch weiter steigerte. Seine Nachbarin hörte nur auf zu reden, wenn sie mal Luft holen musste, um danach erneut loszulegen.

Fluchend schob sich Cosky die Eisbeutel vom Knie und schwang die Beine über den Rand des Krankenhausbettes. Kait war hier irgendwo, war bewusstlos und kämpfte womöglich um ihr Leben. Er sah sich im Zimmer nach etwas um, das er als Krücke benutzen konnte. Ein EKG-Gerät auf einem Rollwagen schien ganz brauchbar zu sein. Er wollte gerade aus dem Bett steigen und darauf zuhumpeln, als der Vorhang zurückgeschlagen wurde und Rawls hereinkam.

»Augenblick mal. Was hast du vor?«, knurrte Rawls, stürzte vor und drückte Cosky wieder in die Kissen. Als Cosky erneut versuchte, sich aufzusetzen, schob Rawls Coskys linkes Bein aufs Bett. Beim rechten war er vorsichtiger, danach legte er die Eisbeutel wieder auf das bandagierte Knie.

»Ich wollte nach Kait sehen«, erklärte Cosky bissig und musterte den Vorhang, der ihn von seiner nervigen Nachbarin in der Notaufnahme trennte, mit wütendem Blick.

»Es geht ihr gut«, versicherte ihm Rawls und blickte mit gerunzelter Stirn auf Coskys Knie herab. Er rückte die Eisbeutel zurecht und machte einen Schritt nach hinten.

»Dann ist sie also wach?«, fragte Cosky und entspannte sich ein wenig. Seitdem sie auf den Asphalt zurückgesunken war, hatte sie das Bewusstsein nicht wiedererlangt und war noch nicht einmal während der Fahrt im Krankenwagen aufgewacht.

»Nein, aber der Arzt sagt, sie würde nur schlafen.«

Rawls trat vom Bett weg, sah jedoch weiterhin angespannt und wachsam aus, als würde er nur darauf warten, Cosky anzuspringen und notfalls auf das Bett zu drücken.

Dieser Blödmann.

»Sie schläft?« Coskys Stimme wurde lauter und entrüsteter. »Das war doch kein Schlafen, verdammt noch mal.«

Wieder schwang er die Beine über die Bettkante, sodass die Eisbeutel herunterrutschten. »Ich will sie sehen.«

Rawls schüttelte genervt den Kopf und riss die Hände in die Luft. »Na gut. Wir wollen ja nicht, dass du ausnahmsweise mal ein bisschen gesunden Menschenverstand an den Tag legst und dein Bein schonst, bis wir wissen, wie schwer du verletzt bist.«

»Wirst du mir nun helfen oder nur weiter dumm rumstehen?«, fragte Cosky, dessen Ungeduld und Sorge immer weiter zunahmen, bis er das Gefühl hatte, dass sich sein Oberkörper unter dem Druck zusammenzog.

Verdammt, er hätte sie nicht zum Weitermachen drängen sollen. Sie hatte versucht, die Hände wegzunehmen und aufzuhören, aber er hatte sie festgehalten. Er hatte sie gezwungen, diese verdammte Energie zu kanalisieren, wie sie es nannte, und das viel länger, als gut für sie war, und als sie es problemlos tun konnte.

»Du hast fünf Minuten«, erklärte Rawls, trat ans Bett und drückte seine Schulter. »Das ist mein Ernst, Cos. Ich gebe dir fünf Minuten, damit du nach ihr sehen kannst. Danach gehst du wieder ins Bett. Hast du verstanden?«

Cosky rutschte vom Bett, griff nach Rawls Schulter und zog sich daran hoch, wobei er nur das linke Bein belastete. Er legte einen Arm um die Schultern seines Teamkameraden. Während sich seine Lunge verkrampfte, hüpfte er langsam neben Rawls durch die Notaufnahme und an den hinter Vorhängen verborgenen Betten vorbei. Vor dem letzten Vorhang blieben sie stehen und drehten sich langsam um. Nachdem sie den Stoff zur Seite geschoben hatten, konnte Cosky sie auf einmal riechen. Orangen oder Zitronen. Der süße Duft war zwischen den schärferen Gerüchen nach Desinfektionsmitteln und Blut eindeutig auszumachen. Etwas tief in seinem Inneren entspannte sich, und seine Lunge funktionierte wieder, sodass er den süßen, sauberen Geruch tief in sich aufnehmen konnte.

Ihr abgetrennter Bereich sah genauso aus wie seiner, nur ihr Bett wirkte irgendwie größer, was aber auch daran liegen konnte, dass sie darin so klein und zerbrechlich aussah. Sein Brustkorb zog sich zusammen, als ihm bewusst wurde, wie unschuldig sie erschien, wenn sie das Gesicht im Schlaf entspannt hatte. Ihr Zopf leuchtete wie geschmolzener Honig auf dem weißen Krankenhauskissen. Er schlängelte sich wie ein vergoldetes Seil hinter ihrem Kopf hervor und an ihrem Körper entlang.

Cosky hüpfte näher an sie heran, griff nach dem Stuhl, der neben ihrem Bett stand, und zog ihn zu sich. Sie regte sich nicht, als die metallischen Stuhlbeine über das Linoleum schabten. Er ließ Rawls' Schulter los, ließ sich auf den Stuhl sinken und schob sich mitsamt dem Stuhl näher an das Bett heran.

»Das nennst du schlafen?«, fragte er angespannt, da sie totenstill dalag und ihre dunklen Wimpern dunkle Schatten auf ihre rosafarbenen Wangen warfen.

»Ja, das tue ich. Die Ärzte übrigens auch.« Rawls trat an das Bett heran und blickte auf Kait herab. Als könnte er nicht anders, legte er ihr die Finger seitlich an den Hals. »Ihr Pulsschlag ist normal. Ebenso ihr Blutdruck. Sie atmet ruhig. Die Pupillen reagieren, und sie ist empfänglich für Reize.« Er schüttelte den Kopf, ließ die Hand sinken und machte dann einen Schritt nach hinten, während er Cosky verwirrt ansah. »Ich muss zugeben, dass das ungewöhnlich ist, aber sie scheint einfach nur tief zu schlafen. Sie werden sie nachher auf eine andere Station verlegen und warten, bis sie aufwacht.«

Ungewöhnlich?

Ja, dieses Wort beschrieb alles, was an diesem Tag passiert war, ziemlich gut.

Cosky nahm ihre verbundene linke Hand. Sie lag einfach so in seiner Handfläche. Leblos. Da war keine Wärme. Keine tobende Lust. Er empfand nichts als Schuldgefühle.

Und Respekt. Sie hatte für ihn ihr Leben riskiert. Verdammt, wenn er daran dachte, wie widerlich er sich nicht einmal eine Stunde zuvor benommen hatte, war diese Großzügigkeit ausgesprochen ungewöhnlich. Und was hatte es ihr eingebracht, dass sie die gute Samariterin gespielt hatte?

Eine Nacht im Krankenhaus.

Und er war schuld daran.

Als bräuchte er noch ein weiteres Beispiel dafür, warum er sich nicht auf eine Beziehung einlassen durfte.

»Jetzt hast du sie gesehen«, erklärte Rawls und zog Cosky wieder auf die Beine. »Also ab ins Bett. Du musst dein Bein hochlegen.«

Cosky ließ sich von Rawls zurück in seinen kleinen Abschnitt der Notaufnahme führen. Aber ihr rosafarbenes, unbewegtes Gesicht ging ihm nicht aus dem Kopf. Außerdem war er wegen ihres seltsam tiefen Schlafs besorgt. Was war, wenn sie nicht in ein paar Stunden aufwachte? Was war, wenn sie einfach immer weiterschlief?

»Du musst dir keine Sorgen machen.« Rawls musterte Cosky mitfühlend, als dieser sich wieder hinlegte und seine Beine aufs Bett zog. »Sieh dir nur an, was sie getan hat. Ist es da ein Wunder, dass sie erschöpft ist? Sie hat sehr viel Energie verbraucht. Vielleicht ist dieser tiefe Schlaf einfach ein Teil des Heilvorgangs und sie muss ihre Reserven auffüllen.« Er ließ sich neben Coskys Bett auf einem Stuhl nieder und sah dessen bandagiertes Bein an. »Spürst du schon wieder was?«

Cosky schüttelte nur den Kopf.

Rawls runzelte die Stirn. »Was hat der Arzt gesagt?«

»Nichts«, antwortete Cosky und ließ den Kopf mit finsterer Miene in das Kissen sinken. »Er war noch gar nicht hier. Sie mussten erst einen Termin für das Röntgen machen, aber die Schwester sagte, der Arzt käme vielleicht schon früher vorbei.«

Als Rawls' Handy klingelte, atmete Cosky erleichtert auf, da er es schrecklich fand, nicht zu wissen, was in der Außenwelt passierte. Zane und Mac waren losgezogen, um Ausschau nach dieser Frau zu halten, während Rawls Cosky und Kait im Krankenwagen begleitet hatte.

»Hatten sie Erfolg?«, wollte Cosky wissen, als Rawls das Handy wieder sinken ließ.

»Nein. Mac hat …«, Rawls sah zum Vorhang hinüber und sprach leiser weiter, »einige der Jungs zu Hilfe gerufen. Sie werden die ganze Nacht weitersuchen.«

Einige Minuten später kam jemand aus der Radiologie mit einem Rollstuhl, um Cosky zum Röntgen abzuholen. Als er da lag und das eiskalte Metall des Tisches im Rücken und am Hinterkopf spürte, wartete er darauf, dass man ihn nach der verbrannten, mit Blasen übersäten Haut an seinem Knie fragte, aber diese Verletzung wurde ignoriert. Vermutlich waren Verbrennungen dritten Grades und ein zertrümmertes Knie Peanuts im Vergleich zu den schweren Traumata, die man hier regelmäßig zu sehen bekam.

Kurz darauf half man ihm wieder in den Rollstuhl und schob ihn zurück zu seinem Bett. Abwesend betrachtete er sein jetzt unbedecktes Knie.

Und glaubte zuerst, er würde das falsche Bein anstarren.

Er blinzelte und sah genauer hin.

Was zum Teufel?

Dann zuckte er so ruckartig nach vorn, dass er beinahe aus dem Rollstuhl gefallen wäre, wenn er sich nicht an den Armlehnen festgehalten hätte.

»Ganz ruhig«, sagte die Krankenhausangestellte, legte ihm eine Hand auf die Schulter und zog ihn vorsichtig wieder nach hinten.

Cosky murmelte etwas Unverständliches und saß einfach nur wie festgefroren und ungläubig da.

Nachdem er einige Sekunden lang vor sich hingestarrt hatte, schloss er die Augen, zählte bis zehn und schlug sie wieder auf. Es hatte sich nichts geändert.

Die Blasen waren verschwunden, ebenso wie die Schwellung. Gesunde rosafarbene Haut präsentierte sich seinen ungläubigen Augen. Er beugte sich vor und starrte sein Knie verblüfft an. So gut hatte es seit der Geschichte in Seattle nicht mehr ausgesehen. Die Quetschung war so gut wie verschwunden. Selbst die Operationsnarben waren dünner, heller und weniger gut zu erkennen.

Kein Wunder, dass man beim Röntgen keinen Ton gesagt hatte – die Verletzung sah aus, als wäre sie Monate alt.

Auf einmal stellte er fest, dass es ihm erstaunlich gut ging, obwohl er mit vollem Tempo auf dem Asphalt aufgekommen war. Er war auf der Schulter gelandet, die danach höllisch wehgetan hatte … anfangs zumindest. Jetzt jedoch nicht mehr. Er wackelte mit dem Arm. Eigentlich schmerzte da gar nichts mehr. Außerdem hatte er sich die Haut an den Ellbogen und den Rückseiten der Arme abgeschürft, was ziemlich gebrannt hatte.

Er streckte einen Arm aus und drehte ihn, um sich den aufgeschürften Ellbogen anzusehen, auf dem zwar getrocknetes Blut, aber keine losen Hautfetzen zu erkennen waren. Vorsichtig tastete er den rechten Ellbogen mit den Fingern der linken Hand ab. Unter den Fingerspitzen spürte er glatte Haut.

Das Brennen, das er nach seiner Kollision mit dem Boden gespürt hatte, war ebenfalls verschwunden. Kopfschüttelnd zog er den Ärmel seines Krankenhaushemds hoch und musterte seine Schulter. Auch hier sah er getrocknetes Blut und glatte Haut.

Einfach unglaublich!

Da er noch immer nicht glauben konnte, was er mit eigenen Augen sah, lehnte er sich zurück und wartete.

Rawls sah ihm ins Gesicht, als er zu seinem Krankenhausbett geschoben wurde, und setzte sich dann mit besorgter Miene auf. »Was ist los?«

Cosky deutete mit dem Kinn auf sein nacktes rechtes Knie und wartete. Es dauerte nicht lange. Rawls sah es an, stutzte und sprang so ruckartig von seinem Stuhl auf, dass dieser umfiel.

Offenbar hatte er doch keine Halluzinationen. Rawls sah die Veränderung ebenfalls.

»Was? Wie?« Rawls kam näher. Er hockte sich vor Coskys Rollstuhl und strich mit den Fingerspitzen über die leicht gerötete Haut. »Großer Gott.«

»Gibt es ein Problem?«, wollte die Krankenhausangestellte wissen und sah Rawls und Cosky verwirrt an.

»Jetzt nicht mehr.« Rawls stand langsam auf.

Cosky war sich da nicht so sicher. Das Gelenk sah gut aus. Die Kniescheibe war wieder an die richtige Stelle gerutscht. Die Blasen und Verbrennungen waren weg. Tatsächlich waren alle Verletzungen, die er sich an diesem Tag zugezogen hatte, verschwunden. Aber da gab es ja auch immer noch die ältere Verletzung. Hatte Kait auch den Riss des Schienbeinplateaus geheilt?

»Wann bekomme ich die Röntgenbilder zu sehen?«, wollte Cosky wissen.

»Dr. Phillips möchte noch mit Ihrem Orthopäden sprechen«, erwiderte die Krankenhausangestellte. »Er sucht Sie bestimmt auf, sobald er die Gelegenheit hatte, sich die Bilder anzusehen und mit Ihrem Arzt zu sprechen.«

Als die Frau die Bremse des Rollstuhls festgestellt hatte und Cosky zum Bett hinüberhelfen wollte, winkte er ab.

Rawls wartete, bis die Frau hinter dem Vorhang verschwunden war, um sich dann sofort wieder neben Cosky hinzuhocken. Dieses Mal untersuchte er das Gelenk gründlich und von allen Seiten. Als er damit fertig war, starrte er das Knie nur fassungslos an.

»Und?«, fragte Cosky.

»Vielleicht war die Kniescheibe gar nicht verrutscht. Das Knie war stark angeschwollen, da sah es möglicherweise nur so aus.«

Ja, klar.

»Und die Blasen haben wir uns auch nur eingebildet?«, fuhr Cosky fort und hob seinen Arm, damit Rawls seinen Ellbogen sehen konnte. »Und meine Arme und meine Schulter waren nicht aufgeschürft und haben geblutet?«

Rawls runzelte die Stirn. Er ging um den Rollstuhl herum, löste die Bremse und schob Cosky wieder durch den Vorhang. Cosky musste ihn nicht fragen, wohin er wollte. Er konnte es sich denken.

Kait schlief noch immer, als sie hereinkamen. Sie drehte sich gerade auf die rechte Seite und schob sich die Hände unter die Wange. Der Knoten in Coskys Brust lockerte sich ein wenig. Er entspannte sich sogar noch mehr, als ihre Augenlider flatterten und ihre Lippen zuckten. Jetzt sah es aus, als würde sie ganz normal schlafen.

Sie streckte sich und bog ihren Körper unter der Decke durch, wobei sie die Brüste anhob und ihr die Decke bis zur Taille herunterrutschte. Auf einmal starrte Cosky ihre prallen Rundungen an, die fast aus ihrem Krankenhaushemd herausfielen.

Ihn überkam eine Hitzewelle.

Nur, dass das Feuer dieses Mal nichts mit der Heilung zu tun hatte.

Die Anspannung wanderte bis in seinen Schritt, und er bekam eine Erektion.

Dann wurde ihm klar, dass sich Rawls derselbe Anblick bot. Dieses Mal war die Hitze, die sein Blut zum Kochen brachte und seine Muskeln anspannte, nicht etwa Lust, sondern Zorn. Als sich Rawls vorbeugte und eine Hand nach Kaits Brust ausstreckte, schoss Cosky aus dem Rollstuhl, ballte die Fäuste und hatte jeden Muskel in seinem Körper kampfbereit angespannt. Das Einzige, was ihn daran hinderte, seinem Freund jeden Knochen im Gesicht zu zertrümmern, war die Tatsache, dass Rawls die Decke nur wieder bis zu Kaits Schlüsselbein hochzog.

Verdammt noch mal.

Noch immer aufgeputscht vom Adrenalinrausch sackte Cosky zurück in den Rollstuhl. Erst dann wurde ihm bewusst, dass er auf beiden Beinen gestanden und dass sein rechtes Bein nicht nachgegeben hatte. Es hatte sein Gewicht nicht nur getragen, sondern dabei nicht mal geschmerzt.

Er dachte noch darüber nach, als Rawls Kaits Hand nahm. Sie runzelte die Stirn und murmelte etwas. Rawls murmelte: »Sch« und wartete, bis sie wieder tief und fest schlief, bevor er den Verband abwickelte. Dann stand er einfach nur wie erstarrt da.

Endlich trat er mit einem verwirrten Kopfschütteln beiseite.

Cosky beugte sich vor, nachdem Rawls aus dem Weg gegangen war, und konnte Kaits Hand sehen. Ihre perfekte, schlanke Hand mit ihrer perfekten, rosafarbenen Haut.

Ohne irgendwelche Verbrennungen oder Blasen.

* * *

»Verdammt.« Mac klappte sein Handy zu und blickte mit finsterer Miene durch die Windschutzscheibe in den stetigen Verkehr hinaus, während er versuchte, seinen Herzschlag und seine Atmung wieder unter Kontrolle zu bringen.

Er hätte seine Anspannung am liebsten auf seine Frustration und seinen Zorn geschoben, aber er hatte sich noch nie selbst belogen und wollte jetzt bestimmt nicht damit anfangen. Außerdem konnte man mit Frustration und Zorn nicht die Erektion erklären, die er in dem Augenblick, in dem Amy Chastains Stimme in der Leitung zu hören gewesen war, bekommen hatte. Was hatte diese verdammte Frau nur an sich, dass er so auf sie reagierte?

Das hätte er zu gern gewusst.

Er versuchte, sich auf etwas anderes als diese scharfe Rothaarige zu konzentrieren, und wandte seine Aufmerksamkeit wieder dem Thema zu, das jetzt wichtiger war: dem Wagen, der sie verfolgte.

Wie viele Wochen war es jetzt her, dass er diesen Wichser und seinen dunkelblauen Kombi das erste Mal bemerkt und sofort abgeschüttelt hatte? Sechs Wochen? Zwei Monate?

»Verdammt noch mal …« Er klappte den Mund zu und schluckte seinen Zorn herunter.

Wenn er hier einen Wutanfall bekam, erreichte er gar nichts. Beim nächsten Mal würde er einfach auf seine Instinkte vertrauen und dementsprechend handeln, wie paranoid es ihm auch vorkam. Wenn er sich das Arschloch damals geschnappt hätte, wären sie vor sechs Wochen schon weiter gewesen, als sie es heute waren.

Möglicherweise hätten sie dann sogar schon einen Hinweis gehabt, dem sie hätten nachgehen können.

Zane scherte in den Verkehr ein, bevor er ihm einen Blick zuwarf. »Amy wusste nichts davon?«

»Amy«, stieß Mac zwischen zusammengebissenen Zähnen hervor und ignorierte die Tatsache, dass sein Penis schon bei der Erwähnung ihres Namens zuckte, »weiß nichts von einer Überwachung, die das Justizministerium angeordnet hat.«

Zane blieb vor einer roten Ampel stehen. »Bist du dir sicher, dass sie davon erfahren hätte?«

»Sie sagt, man hätte es ihr erzählt.« Mac starrte durch das Fenster hinaus und machte tiefe und beruhigende Atemzüge.

Wenn sie nicht überwacht wurden, dann war der Kerl auf dem Parkplatz entweder zufällig da gewesen oder von jemand anders geschickt worden.

Er bemerkte, dass Zane immer wieder in den Rückspiegel blickte. »Siehst du jemanden?«

»Keinen blauen Kombi«, antwortete Zane nach einer langen Pause.

»Aber?«, hakte Mac nach, da er ahnte, dass da noch etwas kommen würde. Er drehte sich auf dem Schalensitz um und sah in den Verkehr hinter ihnen.

»Da ist ein silberner Accord acht Autos hinter uns. Den sehe ich immer mal wieder, aber er ist nie nah genug, als dass ich den Fahrer oder das Kennzeichen erkennen könnte. Der Wagen ist ansonsten nicht weiter auffällig.« Er sah Mac grimmig in die Augen. »Es könnte überhaupt nichts bedeuten.

Hier fahren sehr viele Accords herum, und Silber ist keine ungewöhnliche Farbe.«

Was den Wagen zu einem perfekten Überwachungsfahrzeug machte.

»Lass uns mal sehen, was passiert, wenn du ein paar Ausweichmanöver durchführst«, schlug Mac vor.

Nachdem sie zweimal abgebogen waren, fuhr der Accord nach links und war kurz darauf nicht mehr zu sehen. Was bedeuten konnte, dass der Wagen jemandem gehörte, der in Coronado lebte und arbeitete, oder dass der Fahrer begriffen hatte, dass er aufgeflogen war, und die Überwachung abgebrochen hatte.

Frustriert blickte Mac wieder nach vorn und drückte die Schultern gegen die Rückenlehne. »Falls wir wirklich verfolgt werden, dann dürfen wir diese Leute auf keinen Fall zu Coskys Angreiferin führen. Fahr zurück zum Krankenhaus. Ich werde Hollister und Russo hinzuziehen. Sie sind ohnehin in Bereitschaft und haben Zeit, sie aufzuspüren.«

»Wir brauchen für uns selbst ebenfalls eine Überwachung«, fuhr Mac fort, während er Russo und Hollister eine SMS schickte, dass sie ihn anrufen sollten. »Damit wir herausfinden, ob wir wirklich beschattet werden.«

Falls sie jemand tatsächlich mit drei oder mehr Fahrzeugen beschattete, war es so gut wie unmöglich, das genau herauszufinden, da sich ihre Verfolger immer rechtzeitig abwechseln würden.

»So ein Team wäre eine verdammt teure Angelegenheit«, meinte Zane nachdenklich. Er runzelte die Stirn und schüttelte den Kopf. »Verdammt, wenn sie auf jeden von uns ein Team angesetzt haben, dann reden wir hier von fünfzehn bis zwanzig Mann.«

»Wenn ich mir ihre Operation in Seattle so ansehe, dann haben sie mehr als genug Geld.«

»Vielleicht ist es aber auch nur Zuf…« Zane sah in den Rückspiegel und stockte, während er die Stirn runzelte. »Ich fass es nicht«, murmelte er dann, starrte wieder in den Spiegel, wandte den Blick ruckartig ab und konzentrierte sich auf den Verkehr vor ihnen. »Ein blauer Kombi ist gerade hinter uns eingeschert. Da sind sieben Autos zwischen uns, sodass ich weder den Fahrer noch das Nummernschild erkennen kann.«

Das war ja ein wunderbarer Zufall.

»Was sollen wir jetzt machen?«, fragte Zane und sah erneut in den Rückspiegel.

Mac hatte eine finstere Miene aufgesetzt. »Lass ihn nicht wissen, dass wir ihn bemerkt haben. Halte die Augen offen. Mal sehen, wie viele verschiedene Fahrzeuge wir identifizieren können. Wenn wir mehr Informationen haben, können wir ihnen eine Falle stellen. Vorerst fahren wir zurück zum Krankenhaus.«

Zane nickte und bog nach rechts ab. »Was ist mit den Fingerabdrücken, die Rawls gesichert hat? Schicken wir sie zu Amy?«

Erneut verspannte er die Muskeln, während sein Blut in Wallung geriet, als Amys Name erwähnt wurde. Das war für ihn schon Grund genug, so wenig wie nur möglich mit dieser verdammten Frau zu tun haben zu wollen.

»Ich habe sie bereits zu Radar geschickt.« Er sah grimmig aus, als Zane ihn fragend ansah. »Amy müsste einen Gefallen einfordern, um die Abdrücke durch die Datenbank jagen zu können. Wir wissen, dass es im FBI-Büro in Seattle einen Maulwurf gibt, und dürfen nicht riskieren, dass sie deswegen die falsche Person anspricht.«

Das stimmte zwar alles, hatte aber nichts mit dem Grund zu tun, aus dem er sich an Radar gewandt hatte.

Amy wusste genau, dass sie mit niemandem aus Chastains früherem Büro über so etwas reden durfte. Er zweifelte nicht im Geringsten daran, dass sie ihm die gewünschten Informationen besorgen konnte, ohne den Maulwurf zu alarmieren. Das eigentliche Problem war, dass er mehrfach mit ihr hätte sprechen müssen, wenn er sich wegen der Abdrücke an sie gewandt hätte. Dabei war seine Erektion nach ihrem gerade mal dreißigsekündigen Telefonat jetzt noch nicht wieder abgeklungen.

Wie in aller Welt eine Stimme eine derartige Wirkung auf seine Libido haben konnte, war ihm ein Rätsel. Aber er hatte dank einer verfluchten Frau heute bereits genug Aufregung gehabt und konnte es nicht gebrauchen, mitten in der Nacht wegen einer anderen erneut durcheinanderzugeraten.

Sein Handy klingelte, als Zane gerade auf den Krankenhausparkplatz einbog.

»Die Nummernschilder gehören zu einem Wagen, der als gestohlen gemeldet wurde«, informierte ihn Radar.

»Wo?«

»In Portland. Vor einem Monat.«

Mit anderen Worten: Das war eine Sackgasse. Mac stieß frustriert die Luft aus.

»Na, großartig.« Er sog die Luft ein und sammelte sich kurz. »Ich bitte nur sehr ungern darum, aber wir sitzen in der Klemme. Ich habe einen Klebestreifen zu Ihnen geschickt. Können Sie jemanden die Fingerabdrücke darauf überprüfen lassen?« Er lächelte, als Radar sofort zustimmte. »Danke. Wir sind Ihnen was schuldig.«

Bevor er die Hand sinken lassen konnte, klingelte sein Handy erneut. Er sah auf das Display, auf dem Russos Nummer angezeigt wurde. Dreißig Sekunden später hatte der Lieutenant Commander des Echo-Platoons zugestimmt, sich mit ihm im Krankenhaus zu treffen. »Überprüft Radar die Abdrücke?«, fragte Zane.

Mac nickte und hob das Stück Klebeband hoch, das Rawls in den Becherhalter gelegt hatte. Rawls hatte auf die

Seite, auf der er die Abdrücke gesichert hatte, ein weiteres Stück Klebeband geklebt, um sie zu schützen. »Das wird nicht viel bringen. Rawls hat sie schon verschmiert, als er sie gesichert hat.«

Zane zuckte mit den Achseln. »Es ist einen Versuch wert.«

Das stimmte, auch wenn sie noch eine andere Möglichkeit hatten. Ein hartes Lächeln breitete sich auf Macs Lippen aus, als er an den Kombi und den Accord denken musste. Ebenso wie an Coskys verrückte Stalkerin.

»Hat Rawls was über die Flüchtige gehört?«, fragte Zane, schaltete den Motor aus und zog den Schlüssel aus dem Zündschloss.

»Sie wurde noch nicht gefunden.« Mac öffnete die Beifahrertür und stieg aus dem Van. »Vermutlich ist sie untergetaucht.«

Was ihnen einen Vorteil verschaffte, denn je länger sie der Polizei aus dem Weg ging, desto größer war ihre Chance, sie zu schnappen.

»Ich werde hier auf Russo warten«, sagte Mac und bedeutete Zane, schon reinzugehen. Während er wartete, musterte er die parkenden Fahrzeuge und suchte nach einem, das ihm bekannt vorkam. Da war weder ein blauer Kombi noch ein silberner Accord. Einige Minuten vergingen, dann fuhr ein grauer Civic auf den Parkplatz, der im hinteren Teil parkte. Niemand stieg aus. Mac verlagerte ein wenig das Gewicht, um besser hinübersehen zu können, ohne sein Interesse zu sehr zu verraten.

Nach einigen weiteren Minuten hielt ein Jeep Cherokee neben ihm. Die Tür ging auf, und Russo stieg aus. Sein Blick wanderte über den Parkplatz und hinüber zu dem Civic. »Hast du was?«

»Ich bin mir nicht sicher«, erwiderte Mac und sah erneut zu dem fraglichen Wagen hinüber. Der Fahrer sah aus, als würde er gerade etwas essen. »Fahr mal an ihm vorbei, und gib mir das Nummernschild durch.«

Russo nickte nur und starrte zum Eingang der Notaufnahme hinüber. Er strich sich mit einer Hand durch sein kurzes schwarzes Haar. »Wie geht's Cos?«

Mac schüttelte den Kopf. »Es sieht nicht gut aus. Er ist wieder auf das Knie gefallen, als er zu Boden gegangen ist. Es sah aus, als wäre es völlig zertrümmert. Ein weiteres Mal.«

»Verdammt.« Russo wischte sich über das grimmige Gesicht, nahm das Klebeband entgegen, das Mac ihm reichte, und stieg wieder in seinen Jeep. »Sag Cos, ich komme später mal bei ihm vorbei. Wir drehen noch ein paar Runden und halten Ausschau nach seiner Lady, es sei denn, die Polizei findet sie vor uns.«

Mac sah ihm nach, als er den Motor seines Cherokee anließ und losfuhr. Ohne darauf zu warten, dass Russo an dem Civic vorbeifuhr, ging Mac dann auf den Eingang zu. Sein Handy klingelte einige Minuten später und wies ihn darauf hin, dass er eine SMS bekommen hatte. Er schickte das Nummernschild weiter an Radar und bat ihn, den Halter ausfindig zu machen.

Am Schalter erkundigte er sich nach Coskys Zimmernummer und wurde zum entsprechenden Vorhang geschickt. Dahinter waren leise Stimmen zu hören, aber er konnte die Worte nicht verstehen. Das bedeutete, dass sie über etwas sprachen, das niemand mit anhören sollte. Seine Vorahnung bestätigte sich eine Sekunde später, als er den Vorhang zur Seite schob und das Gespräch einfach erstarb. Zane drehte sich zum Bett um, sobald Mac den Vorhang wieder geschlossen hatte.

»Und, wann wirst du entlassen?«, fragte Zane.

»Wenn ich das wüsste.« Cosky tauschte einen seltsamen Blick mit Rawls aus. »Sie wollen mich noch mal röntgen.«

Dieser Kommentar kam weder frustriert noch verärgert aus Coskys Mund, wie es Mac eigentlich erwartet hätte. Cosky schien sogar merkwürdig zufrieden und entspannt zu sein. Da hatte er noch ganz anders geklungen, als sie ihn in den Krankenwagen verfrachtet hatten.

»Haben sie schon einen OP-Termin festgelegt?«, wollte Mac wissen und trat ans Bett. Coskys Knie war mit Eisbeuteln bedeckt, aber angesichts der Verletzungen, die er gesehen hatte, schien eine Operation nicht nur wahrscheinlich, sondern sogar dringend nötig zu sein.

»Nein.« Rawls räusperte sich. »Das Bein ist bei Weitem nicht so schwer verletzt, wie wir gedacht hatten. Er muss nicht operiert werden.«

»Was du nicht sagst«, murmelte Mac und bemerkte, dass seine Männer erneut einen komischen Blick austauschten. Das gefiel ihm gar nicht, weil er nicht wusste, was hier vor sich ging. »Für mich sah es aber ziemlich übel aus.«

»Ja.« Rawls räusperte sich wieder, was ein eindeutiges Zeichen dafür war, dass gleich eine Lüge folgen würde. »Es sah deutlich schlimmer aus, als es ist.«

»Wirklich?« Jetzt hatte Mac aber langsam genug. Was zum Henker sollte die Lügerei? Und warum logen sie? Er griff nach dem Eisbeutel. »Hast du was dagegen, wenn ich mir die Sache mal ansehe?«

Cosky blinzelte nicht einmal. »Tu, was du nicht lassen kannst.«

Die beiläufige Bemerkung hätte Mac eigentlich beruhigen sollen und es auch getan, wenn Rawls und Zane sich nicht wieder einen Seitenblick zugeworfen hätten.

Was zum Teufel ging hier vor?

Bevor Mac die Gelegenheit hatte, das zu fragen oder die Eisbeutel herunterzunehmen und sich Coskys Knie anzusehen, wurde der Vorhang erneut geöffnet. Ein großer Mann in einem langweiligen Anzug, unter dessen Jackett man das Schulterholster deutlich erkennen konnte, kam herein.

Seine matten braunen Augen sahen Cosky an. Er legte den Kopf schief, und die Haut auf seinem kahlen Schädel glänzte im Licht der Deckenlampe. »Marcus Simcosky?«

Mac runzelte die Stirn. Das hatte ihnen gerade noch gefehlt. Ein Polizist. Okay, früher oder später hatte es ja passieren müssen, aber er hatte auf später gehofft.

»Ja?«, erwiderte Cosky. Er betonte das Wort so, dass es wie eine Frage klang.

Der Fremde baute sich mitten im Raum auf und sah von Cosky zu Rawls und Zane und schließlich zu Mac hinüber.

»Ich bin Detective Pachico vom Coronado Police Department und habe ein paar Fragen an Sie.«

Natürlich hatte er die, sonst wäre er ja nicht hier.

»Können Sie sich ausweisen?«, fragte Mac, allerdings eher, weil er den Kerl ärgern wollte, und nicht etwa, weil er ihm misstraute. Er ignorierte den warnenden Blick, den Zane ihm zuwarf.

Pachico griff in seine Jackentasche und zog eine lederne Brieftasche hervor. Er klappte sie auf und zeigte seine silberne Dienstmarke, die er Mac fünf Sekunden lang unter die Nase hielt, bevor er sie wieder einsteckte, ohne ein Wort zu sagen.

»Diese Frau, die Sie angegriffen hat, hat sie irgendeinen Grund dafür genannt?«, fragte Pachico, dessen Blick zum Bett zurückgekehrt war.

»Ich bin das doch schon mit dem Officer vor Ort durchgegangen«, erwiderte Cosky und starrte zurück.

Mit einer leichten Kopfbewegung nahm Pachico Coskys Kommentar zur Kenntnis. »Ich befrage die Zeugen lieber selbst, anstatt mich auf den Bericht eines Officers zu verlassen.«

Mac schnaubte. Wahrscheinlich tat er das nur, um die Aussage mit der zu vergleichen, die beim Officer gemacht worden war, um so mögliche Unterschiede zu finden.

Der Detective warf Mac einen Blick zu, ignorierte das Schnauben jedoch. »Hat die Frau irgendetwas gesagt?«

Cosky zuckte mit den Achseln. »Sie hat behauptet, sie würde mich kennen. Sie hat mich als verlogenen, mörderischen Schweinehund bezeichnet, die Waffe auf mich gerichtet und geschrien: ›Das ist für meine Babys.‹«

Der Detective runzelte die Stirn. »Sie hat Sie beschuldigt, ihre Kinder umgebracht zu haben?«

»Nein«, entgegnete Cosky. »Sie hat nur die Waffe auf mich gerichtet und gesagt: ›Das ist für meine Babys.‹«

»Sonst hat sie nichts gesagt?« Pachicos Stimme klang skeptisch.

»Nein, hat sie nicht.«

»Sie erwarten von mir, dass ich glaube, diese Frau, die Sie nicht nur ein Mal, sondern gleich zwei Mal angegriffen hat, hätte Ihnen nicht gesagt, warum sie Sie töten wollte?«

Cosky sah ihm ruhig in die Augen. »Das, was Sie glauben, kann ich wohl kaum beeinflussen. Ich kann Ihnen nur erzählen, was passiert ist, und genau das habe ich gerade getan.«

»Und Sie haben diese Frau noch nie zuvor gesehen?«

»Nein.«

»Erzählen Sie mir noch einmal den genauen Ablauf der beiden Ereignisse.«

Mac lauschte, während Cosky berichtete, was zu dem ersten Angriff geführt hatte, und auch erzählte, dass ihm die Frau zum Einkaufszentrum gefolgt war, dort jedoch abgedreht habe.

»Sie ist einfach weggegangen?«, fragte Pachico, der jedoch eher nachdenklich als ungläubig klang.

»Genau«, bestätigte Cosky. »Daher dachte ich, sie hätte mich mit jemandem verwechselt. Als sie nicht zurückgekommen ist, bin ich weggefahren.«

Der Detective nickte langsam und bedeutete Cosky, er möge fortfahren. Als dieser seinen Bericht abgeschlossen hatte, verlagerte Pachico das Gewicht. »Und sie hat nichts weiter gesagt? Überhaupt nichts?«

Mac verschränkte die Arme und stellte die Füße etwas weiter auseinander. »Wie oft muss er es Ihnen denn noch sagen? Nein, er kennt sie nicht, und nein, sie hat nichts mehr gesagt. Haben Sie es endlich begriffen?«

Pachico drehte sich langsam zu Mac um. »Ich kann Ihnen genau sagen, wo mein Problem ist: Wenn er sie nicht kennt, wenn keiner von Ihnen weiß, wer sie ist, warum sind dann Mitglieder Ihres Teams auf den Straßen unterwegs, um nach ihr zu suchen?«

Mac zuckte mit den Achseln. »Sie hat uns angegriffen. Beim ersten Mal nur Cosky, beim zweiten Mal uns alle. Dadurch wurde unsere Neugier geweckt.«

»Ach, wirklich?« Pachico zog eine Augenbraue hoch und sah Mac in die Augen. »Ich hatte gedacht, die Konsequenzen des letzten Zwischenfalls, bei dem Sie das Gesetz in die eigene Hand genommen haben, hätten Sie von einer solchen Neugier geheilt.«

Mac ballte die Fäuste. »Wir haben nicht die Absicht, sie festzuhalten.« Er stieß die Lüge zwischen zusammengebissenen Zähnen hervor. »Wenn wir sie sehen, dann melden wir es.« Er hielt inne und grinste den Mistkerl an. »Ihre Leute scheinen sie ja nicht aufspüren zu können.«

Pachico hielt seinem Blick stand und schien ihn zu durchschauen. Der Mann kaufte ihm kein Wort ab, konnte aber zum Glück nichts beweisen.

»Dann rufen Sie die Polizei, wenn Sie sie finden?«, fragte er direkt.

Mac bleckte die Zähne. »Sicher.«

*Nicht. Du Wichser.*

Pachico grinste ihn ebenso breit an. Eins musste man dem Arschloch lassen: Er hatte Mumm. Unter diesen Umständen fand Mac das jedoch alles andere als beruhigend.

»Wäre das dann alles, Detective?«, schaltete sich Cosky ein.

»Vorerst schon.« Der Detective drehte sich wieder zu Cosky um, griff in seine Jackentasche, zog eine weiße Visitenkarte heraus und schnippte sie aufs Bett. »Rufen Sie an, wenn Sie sie finden. Auch, wenn sie Sie erneut kontaktiert. Ebenso, falls Ihnen noch etwas Neues einfallen sollte.«

Ohne darauf zu warten, ob irgendjemand die Karte einsteckte, ging er wieder durch den Vorhang. Im Raum herrschte Totenstille. Nach einigen Minuten steckte Mac den Kopf nach draußen. Der Gang war leer.

Was nichts zu bedeuten hatte, schließlich konnte der Mistkerl auch hinter einem der Vorhänge links oder rechts stehen. Den wachsamen Blicken von Cosky, Rawls und Zane nach zu urteilen, war ihnen der Mangel an Privatsphäre ebenfalls bewusst.

Anscheinend würde er an diesem Tag keine Antwort auf die Frage des Tages bekommen, die sich um das drehte, was seine Männer ihm verschwiegen.

* * *

Vierundzwanzig Stunden, nachdem sie den Van aufgegeben hatte, schlich eine verwandelte Jillian aus dem Haus, in das sie eingebrochen war. Sie hatte sich das Haar direkt über den Ohren abgeschnitten und kastanienbraun gefärbt, da sie im Badezimmer ein entsprechendes Färbemittel gefunden hatte. Eine Sonnenbrille und eine Baseballkappe verbargen ihren Kopf und den Großteil ihres Gesichts. Sie hatte den Poncho gegen eine locker sitzende Jeans, blau-weiß gestreifte Turnschuhe und ein rotes Sweatshirt der Universität von Columbia eingetauscht. Die Kängurutasche des Sweatshirts war gerade groß genug für das Fleischermesser, das sie darin verbarg.

Alles, was sie trug, war ihr etwas zu groß, aber das war ihr egal.

Mit etwas Glück würden die Hausbesitzer nicht so bald zurückkehren und die Polizei über das zerbrochene Fenster und die verschwundenen Kleidungsstücke informieren. Jillian hoffte, dass sie bis dahin hinter sich gebracht hatte, was sie plante.

Sie ging an der Hauptstraße entlang und versuchte, das entspannte Schlendern eines Menschen an den Tag zu legen, der nichts zu verbergen hatte, der hierhergehörte und der nicht gerade einen Mord plante. Anscheinend war sie doch eine bessere Schauspielerin, als sie gedacht hatte, da sie an drei Streifenwagen vorbeikam, ohne genauer beachtet zu werden.

Im Park auf der anderen Straßenseite des Apartmentkomplexes, vor dem sie Cosky angegriffen hatte, fand gerade ein Baseballspiel statt. Sie setzte sich mitten auf die Tribüne und lehnte sich zurück, um das Gebäude genauer in Augenschein zu nehmen. Innerhalb von fünfzehn Minuten waren vier Streifenwagen an dem Baseballplatz vorbeigefahren. Die Polizei sorgte definitiv dafür, dass man sie bemerkte, aber sie konnte keinen Beamten erkennen, der den Hauseingang bewachte.

Allerdings war eher davon auszugehen, dass jemand in der Lobby wartete, wo er nicht gesehen wurde.

Auf der Bank unter ihr saßen drei gebräunte, durchtrainierte, plaudernde Barbiepuppen. Jillian ignorierte ihre theatralischen Stimmen und konzentrierte sich auf das gegenüberliegende Gebäude.

»Ich hatte solche Angst«, sagte die blonde Barbie, deren Stimme fast ebenso laut wurde wie das Jubeln, das in der

Menge ausbrach, als ein Schläger den Ball traf. »Diese Irre hätte mich beinahe angefahren. Ich konnte gerade noch im letzten Moment zur Seite springen.«

Diese Irre?

Jillian senkte rasch den Kopf, schüttelte die Empörung ab und starrte die Hinterköpfe der Barbies an. Sie sahen aus wie eine Werbung für eine Haartönung mit ihrem seidigen, weichen Haar in Blond, Brünett und Hellrot.

Wenn sie eine von ihnen am Vortag beinahe angefahren hatte, dann musste diese Frau auf dem Bürgersteig gestanden haben, was wiederum bedeutete, dass sie in dem Apartmentkomplex leben musste. Jillian überlegte, ob sie das nicht irgendwie ausnutzen konnte, um an Simcosky heranzukommen.

Wieder jubelte das Publikum auf, und die stählerne Bank wackelte. Jillian hielt sich am Sitz fest und kämpfte gegen ihre Übelkeit an. Sie hätte vor ihrem Aufbruch etwas essen und nicht nur die Kleiderschränke, sondern auch den Kühlschrank plündern sollen. Aber allein bei dem Gedanken an Lebensmittel hatte sich ihr der Magen umgedreht.

»Seht euch nur an, wie viele Polizisten hier unterwegs sind. Sie haben sie bestimmt noch nicht gefunden«, meinte die brünette Barbie. »Ich wüsste ja zu gern, wie es Kaitys Freund geht.«

»Vermutlich deutlich besser, als es ihm gehen würde, wenn sie ihn wirklich erschossen oder überfahren hätte«, meinte die rothaarige Barbie.

»Hast du ihn dir mal genauer angesehen?«, Die Brünette klang sehr interessiert. »Der ist schon was fürs Auge. Kaity hat wirklich Glück.«

Jillian beugte sich vor.

»Da hast du recht«, stimmte ihr die Blonde zu. »Da er jetzt offenbar mit Kaity zusammen ist, kommen seine Freunde vielleicht auch öfter hierher. Habt ihr den Blonden gesehen? Oh mein Gott!« Sie schnalzte mit der Zunge. Interessant.

Offenbar wohnte Marcus Simcosky gar nicht in dem Apartmentkomplex, sondern seine Freundin. Jillian runzelte die Stirn und dachte darüber nach. Eine Freundin konnte sich als nützlich erweisen. Sie konnte diese Kaity benutzen, um an Simcosky heranzukommen. Vorausgesetzt, sie fand heraus, in welchem Apartment Kaity wohnte und wie die Frau aussah.

Sie sah quer durch den Park zu dem hoch aufragenden Gebäude hinüber. Es war wirklich riesig. Wenigstens sieben oder acht Stockwerke hoch. Wie groß war die Wahrscheinlichkeit, dass die Frauen jeden kannten, der dort wohnte? Nicht sehr groß vermutlich.

Sie räusperte sich laut und rutschte eine Bank weiter nach unten, bis sie direkt hinter ihren anvisierten Opfern saß. »Entschuldigt, ich habe euer Gespräch mit angehört. Ich wohne noch nicht lange hier, bin erst letztes Wochenende eingezogen. Was ist hier gestern passiert? Ich habe die Sirenen gehört, aber als ich unten war, war schon alles vorbei.«

Die blonde Barbie warf ihr Haar über die Schulter und drehte sich um. Ihre blassblauen Augen musterten Jillians Gesicht und wanderten dann hinunter zu ihrer Kleidung. »Irgendeine verrückte Obdachlose hat versucht, Kaitys Freund umzubringen.«

Jillian stieß erleichtert die Luft aus, da sich auf dem markanten Gesicht der Blonden Verachtung und nicht etwa Wiedererkennen abzeichnete. Die junge Frau schniefte, drehte sich wieder zu ihren Freundinnen um und hielt das Gespräch offenbar für beendet.

Doch Jillian beugte sich wieder vor, da sie noch mehr wissen wollte. »Wer ist Kaity?«

Die Brünette antwortete ihr, ohne sich umzudrehen. »Die große Blonde aus Apartment 607.«

Die Blonde stieß die Brünette mit der Schulter an, und dann steckten die drei flüsternd die Köpfe zusammen.

Jillian verspannte sich, da sie davon ausging, sie hätten sie erkannt. Sie wartete auf den panischen Aufschrei.

Dann drangen ihre Stimmen zu ihr herauf.

»… Freak … Großer Gott, hast du ihre Fingernägel gesehen?«

Jillian hob die Hände, starrte ihre abgebrochenen, schmutzigen Fingernägel an und grinste. Das Geflüsterte hatte nichts damit zu tun, dass sie sie erkannt hatten oder sich vor ihr fürchteten. Sie lästerten bloß über sie.

Während des restlichen Baseballspiels ignorierte das Trio sie, was Jillian nur recht war. Sie hatte alle Informationen, die sie haben wollte. Jetzt brauchte sie nur noch eine Gelegenheit, um diese einzusetzen. Und diese Gelegenheit bot sich ihr schneller als erwartet. Nach Ende des Spiels trafen sich die Barbies mit einigen Spielern. Während sie mit den Mädchen flirteten, diese neckten und sich untereinander schubsten, wanderte die Gruppe durch den Park in Richtung Apartmentkomplex.

Jillian folgte ihnen. Da sich aus der Gruppe immer wieder jemand umdrehte und kicherte, hatte man zweifellos bemerkt, dass sie hinter ihnen herging. Kurz, bevor sie die Straße überquerten, schloss Jillian fast zu ihnen auf, weil sie hoffte, dass es dann so aussah, als würde sie zu ihnen gehören.

Das Glas der Eingangstür und der Fenster, das sie mit dem Van zerschmettert hatte, war noch nicht ersetzt worden. Ein Sicherheitsmann in einer blauen Uniform stand in der Lobby an der Wand. Er musterte die plaudernde Gruppe, als sie an ihm vorbeikam, und nickte höflich. Jillian zwang sich, ihn anzulächeln, und hielt den Atem an, als sie ihren vermeintlichen Freunden durch die Lobby folgte.

Währenddessen rechnete sie die ganze Zeit damit, dass irgendjemand sie erkannte und zu schreien begann.

Dass der Wachmann auf sie zustürmte.

Aber abgesehen von dem höhnischen Gelächter und den abfälligen Kommentaren über Jillians Kleidung, Hände, Haare und Herkunft blieb es still in der Lobby. Als sich die Gruppe den Fahrstühlen näherte, ging eine der Türen auf und die Barbies gingen zusammen mit ihren Begleitern hinein.

Jillian wollte ihnen folgen, aber die Blonde blockierte den Eingang. »Der Fahrstuhl ist voll.« Sie warf ihren Freunden einen Blick zu und verdrehte übertrieben die Augen. Alle fingen an zu lachen.

Schweigend machte Jillian einen Schritt nach hinten. Während sich die Türen schlossen, hallte das Gelächter der Gruppe in ihren Ohren. Vor vier Monaten hätte sie ein derartiges Verhalten auf die Palme gebracht, aber inzwischen hatten sich ihre Prioritäten geändert. Sie hatte herausgefunden, worin man Energie und Emotionen investieren musste und worin nicht, und die Barbies gehörten eindeutig in die zweite Kategorie.

Wichtig waren die Menschen, die man liebte.

Wichtig war die Rache, wenn sie einem genommen worden waren.

Und Marcus Simcoskys Freundin, die in Apartment 607 wohnte.

# Kapitel 11

Am folgenden Morgen war Kait noch immer völlig erschöpft. Allein der Lebensmitteleinkauf hatte sie ausgelaugt. Vielleicht war es auch keine besonders gute Idee gewesen, ihrem Verlangen nach Eis nachzugeben. Sie hätte sich lieber noch ein paar Stunden länger zu Hause ausruhen sollen, nachdem man sie aus dem Krankenhaus entlassen hatte, anstatt zum Supermarkt zu gehen. Andererseits fragte sie sich aber auch, wie es sein konnte, dass sie immer noch müde war, obwohl sie achtzehn Stunden am Stück geschlafen hatte …

Eine derart extreme Reaktion auf eine Heilung hatte sie noch nie zuvor erlebt. Aber andererseits hatte sie auch noch nie eine solch extreme Heilung vorgenommen. Sie musste an ihre knallroten, von Blasen übersäten Hände denken. Die Erinnerung daran kam ihr vor wie ein Traum, was vor allem damit zu tun hatte, dass es keine Beweise mehr dafür gab. Ihre Hände hatten an diesem Morgen wieder perfekt ausgesehen. Rawls' Worten zufolge galt das Gleiche für Coskys Knie, was sie sehr erleichtert hatte.

Aber wie war das möglich?

Es hatte sechs Monate gedauert, bis Aidens Rücken geheilt gewesen war.

Auf dem Weg vom Parkplatz zur Lobby wurde sie immer wieder aufgehalten, sodass sie doppelt so lange wie sonst brauchte, um den Fahrstuhl zu erreichen. Wenn sie sich nicht gerade mit ihren Nachbarn unterhielt, sah sie auf ihr Handy und überprüfte ihre Mailbox, auch wenn sie eigentlich davon überzeugt war, dass sie ein Klingeln gehört hätte.

Wolf hatte nicht angerufen, ebenso wenig wie Cosky oder Rawls.

Coskys Schweigen war verständlich, und auch Rawls'. Bevor sie aus dem Krankenhaus entlassen worden war, hatte Rawls sie aufgesucht und ihr berichtet, dass Coskys Orthopäde eine Reihe weiterer Tests angeordnet hatte: Röntgen, Kernspin- und Computertomografien. Die unerwartete Verbesserung seines Knies hatte alle in Erstaunen versetzt.

Da niemand in dieser Hinsicht Rückschlüsse auf ihre Beteiligung ziehen sollte, hatten sie beschlossen, dass es besser war, sich vorerst aus dem Weg zu gehen – zumindest im Krankenhaus. Rawls war nur kurz bei ihr geblieben, hatte ihr ein paar Fragen gestellt und gesagt, dass sie sich wieder melden würden, sobald Cosky entlassen worden war. Kait zweifelte nicht daran, dass Rawls sie später gründlich ausfragen würde.

Doch sie würde diese Fragen nicht beantworten können. Schließlich hatte sie keine Ahnung, was auf dem Parkplatz eigentlich passiert war, und sie wusste auch nicht, wie dieser seltsame Zwischenfall Coskys Bein derart geheilt haben konnte, dass es sogar seinem Orthopäden aufgefallen war. Das Ganze erstaunte sie ebenso wie die Ärzte.

Sie sah auf die Uhr, die zwischen den Fahrstühlen hing. Es war kurz nach elf. Wie lange würde es dauern, bis sie alle Tests gemacht hatten? Oder war Cosky bereits aus dem Krankenhaus entlassen worden?

Hoffentlich nicht! Es war eine Sache gewesen, ihn auf dem Parkplatz zu sehen. Das Adrenalin und ihre Sorge hatten die Peinlichkeit übertroffen, und dann hatte diese verrückte Heilung alles andere überlagert. Sie hatte gar keine Zeit gehabt, über ihre letzte Begegnung nachzudenken, bei der sie nackt, verschwitzt und leidenschaftlich auf der Couch gelegen hatten.

Aber seitdem sie wieder zu Hause war, musste sie ständig daran denken. Obwohl sie die Fenster aufgerissen hatte, roch es noch immer nach Rosen und Sex, da sie am Vortag vergessen hatte, das Laken vom Sofa zu nehmen. Das war auch der Grund dafür, warum sie heimlich und ohne Begleitung das Krankenhaus verlassen hatte, anstatt Demis Angebot anzunehmen, sich von ihr nach Hause fahren zu lassen, denn Demi hätte zweifellos darauf bestanden, sie nach oben zu bringen.

Beim Wegräumen des Lakens und dem Aufkommen der damit verbundenen Erinnerungen war in ihr erneut das Bedürfnis nach Eis geweckt worden.

Auch daran war Cosky schuld.

Im Fahrstuhl überprüfte sie erneut ihre Mailbox, schließlich konnte es ja sein, dass sie kurzfristig auf unerklärbare Weise taub geworden war und das Klingeln des Handys nicht gehört hatte. Aber sie hatte noch immer keine Nachricht bekommen. Cosky würde sie doch anrufen, bevor er zu ihr fuhr, oder nicht? Das gebot schon die Höflichkeit. Allerdings sagte ihr irgendetwas, dass dieser Mann keinen besonderen Wert auf so etwas legte, und erst recht nicht, wenn er Antworten haben wollte.

Fluchend starrte sie ihr Handy an. Vielleicht war es ja kaputt. Sie drückte die Sprechtaste und runzelte die Stirn, da sie ein Freizeichen hörte. Es klang so, als würde es funktionieren, ebenso wie die ein Dutzend anderen Male, die sie es überprüft hatte. Außerdem hatte sie vorhin noch problemlos ihr Festnetztelefon anrufen können.

Warum hatte sich Wolf dann noch nicht gemeldet?

Kait seufzte und stieß ihre Einkaufstüten mit dem Fuß an. Wolfs Schweigen war gleich aus zwei Gründen besorgniserregend. Er hatte nach sehr kurzer Zeit von dem ersten Angriff auf Cosky gewusst und sie gerade mal eine halbe Stunde später angerufen. Da hätte er inzwischen längst von dem zweiten Angriff erfahren haben müssen. Ebenso davon, dass sie ins Krankenhaus gemusst hatte. Wenn man bedachte, welchen Beschützerinstinkt der Mann ihr gegenüber an den Tag legte, dann hätte er eigentlich schon vor einer Ewigkeit anrufen müssen, und selbst wenn er beschlossen hatte, nicht anzurufen, sondern einfach herzukommen, wäre er inzwischen längst in Coronado gewesen.

Es sei denn, er war auf einem Einsatz.

Ihr war klar, dass die SEAL-Teams jederzeit und ohne große Vorwarnung aufbrechen mussten. Falls Wolf ebenfalls zu einem solchen Team gehörte, wonach es für sie aussah, dann war er möglicherweise auf einer Mission. Vielleicht befand er sich gerade am anderen Ende der Welt mitten im Kampf … oder bei Aidens Auftrag war irgendetwas schiefgelaufen und Wolf rettete ihm wieder einmal das Leben. Was aber auch bedeuten würde, dass beide in Gefahr schwebten.

Wenn man bedachte, womit ihre Brüder ihren Lebensunterhalt verdienten, dann schwebten sie wiederum ständig in Lebensgefahr.

Sie hätte inzwischen längst wissen sollen, dass es nichts brachte, sich Sorgen zu machen, und dass man davon höchstens ein Magengeschwür bekam. Daher holte sie tief Luft und konzentrierte sich lieber auf das Bild eines farbenprächtigen, cartoonartigen Dodos. Sie hatte die Kreatur im Kopf bereits so deutlich erschaffen, dass sie alles andere verdrängte. Nach kurzer Zeit sah sie sie klar und deutlich vor ihrem inneren Auge und roch bereits den Geruch des geblasenen Glases. Ihr Verstand konzentrierte sich nur noch auf ihre Schöpfung.

Diesen Trick hatte sie bereits vor Jahren gelernt. Wenn sie sich einzig und allein auf ihre Kunst konzentrierte und nichts als ihre Werke vor Augen sah, konnte sie die Sorge, die Angst und die Unsicherheit vertreiben, die mit dem Leben als Familienmitglied eines SEALs einhergingen.

Als der Fahrstuhl auf ihrer Etage ankam, war ihre Erschöpfung der Kreativität gewichen, und Kait konnte es kaum erwarten, das Bild, das sie im Kopf hatte, in die Realität umzusetzen. Sie blickte auf die Tüten zu ihren Füßen hinunter, fluchte leise und hob sie auf. Das Glas würde warten müssen, bis sie ihre Einkäufe weggeräumt hatte.

Ihre Handtasche hing schwer an ihrer linken Schulter, und die beiden Tüten fühlten sich an, als wären sie tonnenschwer, als sie aus der Fahrstuhlkabine trat und auf ihre Wohnung zuging. Eine schlanke Gestalt am Ende des Flurs, die neben Martha Chambers' Tür stand, erregte ihre Aufmerksamkeit und sie unterdrückte ein Stöhnen. Martha war eine sehr liebenswerte Frau, aber sie hörte sich wirklich gern reden und hörte nicht so schnell wieder damit auf.

Wenn sie von ihr aufgehalten würde, dann käme sie nie in ihr Atelier. Aber als sie näher kam, wurde ihr bewusst, dass die Person, die da vor Marthas Tür stand, zu dünn und zu groß war, als dass es sich bei ihr um ihre Nachbarin handeln konnte. Kait war sich noch nicht einmal sicher, dass sie eine Frau vor sich hatte, denn die Gestalt war spindeldürr, hatte kurzes Haar und trug eine Sonnenbrille und eine Baseballkappe, sodass sie sehr androgyn wirkte.

Sie lächelte Marthas Besucherin abwesend an, während sie zu ihrem Apartment ging. Doch ihr Lächeln verblasste, als sich die Gestalt auf einmal zu ihr umdrehte.

»Kaity?«

Ihr Lächeln verschwand ganz. Die Frau – zumindest klang es nach einer Frauenstimme – schien sie zu kennen. Beinahe hätte sie geseufzt, als sie sich zu der Fremden umdrehte. Die Form der Wangenknochen und des Kinns kamen Kait irgendwie bekannt vor, aber sie konnte die Frau nicht einordnen.

»Ja?« Kait zwang sich, ihr Gegenüber anzulächeln.

Die Frau kam näher und schob die rechte Hand in die Tasche ihres Sweatshirts. Die Art, wie sie den Arm anspannte, erregte Kaits Aufmerksamkeit, und ihr wurde eiskalt. Das sah irgendwie merkwürdig aus, wie sie die Hand da so komisch in die Tasche steckte.

»Sie müssen entschuldigen«, meinte Kait und lächelte noch breiter, was auf die Frau vor ihr, die die Lippen fest aufeinanderpresste, nicht den geringsten Eindruck zu machen schien. »Aber ich erinnere mich leider nicht mehr an Sie.«

»Woher auch?« Die Frage wurde mit einem hässlichen Unterton gestellt.

Kait machte vorsichtshalber einen Schritt nach hinten, was jedoch nichts brachte, da die Frau zwei Schritte auf sie zukam. »Kenne ich Sie?«

»Nein, aber Sie werden mich gleich kennenlernen.« Die Stimme der Frau klang kalt, wie sie durch den Flur hallte.

Kait sah ihr ins Gesicht und musterte ihre hervorstehenden Wangenknochen, die eingefallene Haut und das schmale, spitze Kinn.

Wieder schoss ihr durch den Kopf, dass sie ihr bekannt vorkam, und ihre Alarmsirenen gingen los.

Sie hatte diese Frau erst vor Kurzem gesehen.

»Was kann ich für Sie tun?«, fragte Kait und musste sich große Mühe geben, damit man ihr die Unsicherheit nicht anhörte. Sie hob die Schulter ein wenig an und ließ ihre Handtasche in die Armbeuge gleiten. Für den Notfall bewahrte sie darin ein Pfefferspray auf.

»Sie müssen Ihren Freund anrufen und ihm mitteilen, dass ich ihn sprechen muss.« Die Frau betonte das Wort

»Freund« auf merkwürdige Weise, und darin schwang nicht nur Abscheu, sondern richtiggehender Hass mit.

*Was zum Teufel war hier los?*

»Ich habe keinen Freund«, entgegnete Kait, und ihr Lächeln verblasste. Sie blieb stehen, als die Frau noch etwas näher kam.

»Lügnerin!« Ein Zischen ersetzte die Eiseskälte in der Stimme der Frau.

Als Kait ihr ins Gesicht starrte, wusste sie auf einmal, woher sie die Frau kannte, und in ihrem Magen bildete sich ein riesiger Eisklumpen.

War das möglich?

Wieder schaute sie der Frau ins Gesicht. Das lange, zerzauste braune Haar war verschwunden. Entweder hatte sie es abgeschnitten oder unter die Kappe gesteckt. Aber die Gesichtsform war dieselbe, ebenso wie die Wangenknochen und das Kinn.

War das nicht einfach großartig? Jetzt war Coskys Stalkerin auch noch hinter ihr her!

»Ich weiß, dass Marcus Simcosky Ihr Freund ist«, sagte die Frau mit derart zorniger Stimme, dass sie fast schon nicht mehr menschlich klang.

»Da sind Sie falsch informiert. Er ist nicht mein Freund.« Kaits Blick wanderte zu dem roten Sweatshirt der Frau mit der großen Fronttasche.

»Lügnerin!« Die Stimme der Frau wurde schriller. »Ich weiß, dass Sie sich mit diesem verlogenen, mörderischen Schweinehund eingelassen haben. Ich weiß auch, dass er Sie gestern hier besucht hat. Und ich weiß, dass Sie ihm wichtig sind.«

Die Tasche des Sweatshirts beulte sich aus, als würde die Frau irgendetwas in der Hand halten. Eine Pistole? Als sie das erste Mal auf Cosky losgegangen war, hatte sie auf ihn geschossen.

»Was haben Sie da in der Tasche?«, wollte Kait wissen. Sie hatte zwar das Pfefferspray, aber das befand sich in ihrer noch verschlossenen Handtasche, und sie hatte die Hände voll. Falls die Frau wirklich eine Pistole hatte, dann wäre Kait tot, bevor sie die rechte Tüte fallen lassen, den Reißverschluss ihrer Handtasche aufziehen und das Pfefferspray herausholen konnte.

»Ein Messer.« Die Stimme der Frau war auf unheimliche Weise ruhig. »Und ich werde Sie damit verletzen, wenn Sie Ihren Freund nicht anrufen und davon überzeugen, hierherzukommen.«

Ein Dutzend Selbstverteidigungstechniken, die ihr Bruder ihr beigebracht hatte, schossen ihr durch den Kopf, aber keine davon war unter diesen Umständen einsetzbar.

»Rufen Sie ihn an. Sofort!« Die Frau wackelte zur Betonung mit dem Kopf, wobei ihre Sonnenbrille herunterrutschte und auf den Boden fiel.

Wilde braune Augen sahen Kait ins Gesicht, woraufhin ihr die Haare an den Armen zu Berge standen. Diese Frau war völlig verrückt, das stand außer Frage.

Auf einmal hallten ihr Aidens Worte durch den Kopf: »Nutze jede Waffe, die du zur Verfügung hast, und schlage schnell und fest zu.«

Instinktiv machte sie einen Schritt nach vorn und schlug mit der Einkaufstüte, die sie in der rechten Hand hielt, gegen den Kopf der Frau. Zum Glück war es die Tüte, in der sich das Eis und ein Glas Mayonnaise befanden.

Die Frau hatte nicht mit dem Angriff gerechnet. Sie hatte keine Zeit, um den Schlag abzuwehren oder ihren Kopf zu schützen. Das Eis mochte zwar auf dem Heimweg angeschmolzen sein, aber das Glas Mayonnaise war verdammt fest. Es knackte, als die Tüte den Kopf der Frau traf.

Das Plastik zerriss, und das Eis und die Mayonnaise fielen zu Boden.

Die Frau stand einfach nur mit aufgerissenen Augen da und hatte die Hand weiterhin in der Tasche geballt. Dann verdrehte sie die Augen, bis die Pupillen verschwunden waren und man nur noch das Weiße sehen konnte. Sie sackte langsam nach hinten und fing sich nicht, sondern stürzte schließlich mit einem Knall, der merkwürdigerweise nicht lauter war als der der fallenden Lebensmittel, auf den Boden.

Ohne den Blick von ihrer zusammengebrochenen Gegnerin abzuwenden, öffnete Kait den Reißverschluss ihrer Handtasche und zog das Pfefferspray heraus. Die Frau regte sich nicht.

Das besorgte sie. Vielleicht hatte sie zu fest zugeschlagen. Was war, wenn sie sie umgebracht hatte?

In ihrem Kopf tauchten Bilder aus zahllosen Horrorfilmen auf, in denen das vermeintlich tote Monster auf einmal zupackte, während sie langsam näher schlich. Sie richtete das Pfefferspray auf die geschlossenen Augen der Stalkerin, beugte sich vor, nahm das Handgelenk der Frau und zog es langsam aus der Tasche.

Ein riesiges Fleischermesser fiel ebenfalls heraus.

Großer Gott, die Irre hatte nicht gelogen. Und dieses Messer war wirklich verdammt groß. Damit hätte sie Kait schwer verletzen können.

Sie löste den Messergriff aus den steifen Fingern und warf die Waffe dann in Richtung ihrer Wohnungstür. Die Brust der Frau hob und senkte sich langsam, also war sie noch am Leben.

Gott sei Dank.

Ihr gesunder Menschenverstand riet Kait, sich in ihrem Apartment einzuschließen und die Polizei zu rufen. Aber was war, wenn die Frau aufwachte, bevor die Polizisten hier eintrafen? Wenn sie einfach verschwand. Was war, wenn sie jemanden umbrachte, bevor sie erneut gefangen genommen werden konnte.

Vorerst war sie bewusstlos und ließ sich problemlos fesseln.

Kait kramte in ihrer Handtasche nach den Wohnungsschlüsseln und schloss die Tür auf. Nachdem sie sich mit einem schnellen Blick vergewissert hatte, dass sich die Frau noch nicht wieder regte, nahm sie das Fleischermesser und rannte in ihre Küche. Sie warf ihre Handtasche und das Messer auf die Arbeitsplatte, holte ihr Handy aus der Tasche und eine Rolle Isolierband aus einer Schublade, wirbelte herum und rannte zurück in den Flur. Dort stieß sie vor Erleichterung die Luft aus, da die Frau noch immer bewusstlos auf dem Boden lag.

Sie fesselte die Hände und Füße der Frau mit dem Isolierband, bevor ihr aufging, dass sie lieber Hilfe holen sollte. Es wäre klüger gewesen, die Frau zu bewachen und mithilfe des Pfeffersprays festzuhalten und ihre Nachbarin zu bitten, etwas zum Fesseln zu besorgen. Anscheinend hatte sie doch nicht so klar denken können, wie sie geglaubt hatte.

Als Kait die Nummer der Polizei wählte, hatte sich die Frau noch immer nicht bewegt. Kait hockte neben ihr, und ihre Sorge wurde immer größer, während sie den Zwischenfall meldete. Sie zuckte zusammen, als sie die Wunde sah, die sie mit der Einkaufstüte bewirkt hatte. Die Tüte musste die Frau am linken Auge und an der Schläfe erwischt haben, da die Stellen bereits anschwollen und rot wurden. Mit Eis konnte sie die Schwellung lindern, und da die Verrückte noch immer bewusstlos war, musste sich Kait auch keine Sorgen machen, dass sie die Flucht ergriff, wenn Kait sie kurz allein ließ.

Sie beantwortete die Fragen der Polizei, während sie in die Küche ging und einen Beutel Mischgemüse aus dem Gefrierschrank holte. Ihre Stalkerin war noch nicht wieder zu sich gekommen, als Kait zu ihr zurückkam und ihr das gefrorene Gemüse auf das Auge legte, das sich bereits bläulich verfärbte.

Die Frau, die ihren Notruf entgegengenommen hatte, sagte, dass der nächste Streifenwagen in etwa fünf Minuten bei ihr wäre, und bat Kait, in der Nähe des Telefons zu bleiben, bis der Officer bei ihr war. Wenige Sekunden später summte ihr Handy, und Kait sah auf dem Display, dass Cosky anrief.

Das war ja perfektes Timing.

Da konnte sie ihm gleich danken, dass er diese Irre zu ihr geführt hatte.

* * *

Cosky widerstand dem Drang, Kait anzurufen und sich zu vergewissern, dass es ihr gut ging, bis er in Zanes Van und damit vor unerwünschten Lauschern sicher war – oder zumindest vor Menschen, die nicht wussten, aus welchem unerklärlichen Grund sein Bein auf einmal geheilt war. Sein Orthopäde und die Krankenhausärzte standen diesbezüglich noch immer vor einem Rätsel.

Der eigentliche Schaden am Schienbeinplateau war zwar noch nicht so weit abgeheilt wie die neue Verletzung, die er sich auf dem Parkplatz zugezogen hatte – falls man es denn überhaupt Verletzung nennen konnte, da es auf seinen Röntgenaufnahmen keine Hinweise auf irgendein kürzlich erfolgtes Trauma gab –, aber es gab eindeutige Hinweise darauf, dass sich zwischen den Knochentransplantaten neue Brücken gebildet hatten.

Der Orthopäde hatte Worte wie »entscheidend« oder »großartig« und ein oder zwei Mal sogar »unglaublich« benutzt. Weiterhin hatte er gesagt, dass er damit gerechnet hätte, eine derartige Knochenverästelung erst sieben oder acht Monate nach der Operation auf den Röntgenaufnahmen zu sehen und nicht schon nach vier Monaten und erst recht nicht drei Tage nach dem letzten Röntgen, bei dem keinerlei Heilungsfortschritte erkennbar gewesen waren.

Rawls hatte ruhig die Genauigkeit der drei Tage alten Röntgenaufnahmen infrage gestellt und vermutet, dass das Gerät oder die Position des Beins für die Diskrepanz verantwortlich wären. Der Orthopäde hatte Rawls' Vorschlag zwar nicht von der Hand weisen können, aber auch nicht überzeugt gewirkt.

»Ich habe nachgedacht«, sagte Rawls ruhig. Er drehte sich zu Cosky um, der hinter ihm auf dem Rücksitz saß. »Vielleicht war die Verletzung vom Parkplatz einfacher zu heilen, weil sie noch frisch war. Es gab kein Narbengewebe, das beseitigt werden musste. Aber der Riss deines Schienbeinplateaus ist vier Monate alt, hat Narbengewebe gebildet und schwere Auswirkungen auf die Muskeln, Nerven, Bänder, Sehnen und Knochen gehabt.« Er hielt inne und strich sich mit einer Hand durch das Haar. »Nicht zu vergessen das ganze Metall, das sie bei der Operation eingesetzt haben. Vielleicht konnte sie es deshalb nicht heilen.«

Cosky, der sein Handy schon in der Hand hatte, hielt inne. Er hatte seinen Teamkameraden nichts von der vorherigen Diagnose erzählt und sie nicht einmal Aiden gegenüber erwähnt. Der Blödmann hatte es schlichtweg erraten. Damals hatte ihm die Vorstellung, wie sie ihn bemitleiden würden, Gänsehaut verursacht. Aber jetzt sah die Lage anders aus. Die Fraktur heilte nicht nur, sondern tat dies außerdem sehr viel schneller, fast doppelt so schnell wie normal. Es bestand nun doch eine große Chance, dass er sich bald wieder seinem Team anschließen konnte.

Und das hatte er nur Kait zu verdanken.

Er blickte auf das Handy in seiner Hand herab. »Sie hat es geheilt«, sagte er schließlich. »Du hast die Röntgenaufnahme von vor drei Tagen gesehen. Die Verletzung wollte nicht heilen. Auf den neuen Bildern ist jedoch eine deutliche Verbesserung zu erkennen. Nur dank Kait. Dank dem, was sie in ihrer Wohnung und auf dem Parkplatz getan hat.«

Rawls winkte ab. »Ich meine, dass es wieder richtig heilt. So wie die Blasen. Dein Knie war im Arsch, Cos. Wir haben es alle gesehen. Die Kniescheibe saß an einer Stelle, an die sie definitiv nicht gehört.«

»Vielleicht war es ja nicht so schlimm, wie wir gedacht haben«, warf Zane ein, der den Wagen gerade vom Krankenhausparkplatz lenkte. »Das Knie war stark geschwollen, das könnte uns irritiert haben.«

Rawls knetete sein Kinn und musterte nachdenklich Coskys Bein, das auf dem Rücksitz ausgestreckt war und mit Eisbeuteln gekühlt wurde. »Kann schon sein.« Aber er klang noch immer skeptisch. »Wie fühlt es sich an? Ist es noch immer taub?«

Cosky ließ sein Handy auf den Sitz fallen, beugte sich vor, um die Eisbeutel wegzunehmen, und zog das Knie an die Brust. Dann streckte er das Bein langsam wieder. Zum ersten Mal, seitdem er auf dem Boden aufgekommen war, spürte er ein Stechen im Gelenk, aber der Schmerz war vernachlässigbar im Vergleich zu dem, den er zuvor empfunden hatte.

»Es zwickt, aber nicht sehr schlimm«, sagte er und bewegte es noch einmal. Danach legte er die Eisbeutel wieder darauf und griff nach seinem Handy. Er suchte Kaits Nummer heraus, wählte und hielt das Telefon ans Ohr.

»Ich muss zugeben, dass mir eine Sache ziemliche Sorgen bereitet«, erklärte Rawls nach einem Moment, und seine Stimme klang so ernst, dass Cosky innehielt. »Du scheinst eine ungesunde Vorliebe für die Notaufnahme entwickelt zu haben.«

Cosky reagierte darauf, indem er ihm den Mittelfinger zeigte. Er sah Zanes Grinsen im Rückspiegel, als es klingelte.

Kait ging sofort ran. »Wow, dein Timing ist wirklich perfekt.«

Er war überrascht und zuckte ein wenig zurück. »Wie meinst du das?«

»Ach, ich wollte dir eigentlich nur sagen, wie super ich es finde, angegriffen und als Geisel genommen zu werden, damit du deiner verrückten Stalkerin in die Falle tappen kannst.«

»*Was?*« Cosky richtete sich so ruckartig auf, dass seine Wirbelsäule knackte. »Sie hat dich angegriffen? Bist du verletzt?«

Kurz herrschte Schweigen in der Leitung. »Angegriffen wäre leicht übertrieben. Ein versuchter Angriff beschreibt es wohl eher.«

Was zum Teufel war da los?

»Verdammt, Kait!« Seine Stimme wurde immer lauter, bis sie schließlich durch den Van hallte. »Hat sie dir was getan?«

Ihm war nur vage bewusst, dass Zane am Straßenrand hielt und sich ebenso wie Rawls auf dem Sitz umgedreht hatte, um ihn anzustarren.

»Nein, eigentlich bin ich eher diejenige, die ausgeteilt hat.«

Er holte tief Luft, stieß sie vorsichtig wieder aus und versuchte, seinen Herzschlag zu beruhigen.

»Was ist passiert?«, fragte er so ruhig, wie er nur konnte.

»Sie hat vor meiner Wohnung auf mich gewartet. Mit einem Messer.«

Sein Herz blieb beinahe stehen. Er spürte genau, wie es einen Aussetzer machte. Eine oder zwei Sekunden lang passierte in seiner Brust gar nichts. Gleichzeitig drohte eine Hitzewelle, ihn zu ersticken. Er holte mehrmals tief Luft und riss sich zusammen. Es ging ihr offenbar gut. Tatsächlich war sie sogar ziemlich keck. Diese gottverdammte Irre musste längst weg sein.

»Wie bist du ihr entkommen?«, fragte er angespannt.

»Ich habe sie k. o. geschlagen.«

Er legte die Finger fester um sein Handy. Dann nahm er es ganz langsam vom Ohr und starrte es entgeistert an.

»Du hast sie k. o. geschlagen«, wiederholte er und fand, dass er dabei wie ein Idiot klang. Er bemerkte, wie Zane und Rawls sich ansahen.

»Ja.« Sie hielt inne und sagte dann mit bemüht ruhiger Stimme: »Mit einem Glas Mayonnaise.«

Wieder gab es eine lange Pause, sogar noch länger als die letzte, und dann kam ein Kichern aus dem Telefon. Er schluckte schwer und schloss die Augen. Der letzte Kommentar ergab doch keinen Sinn. Sie war von der Begegnung vermutlich mitgenommener, als sie zugeben wollte. Er klappte den Mund auf, um ihr zu versichern, dass sie unterwegs waren und auf sie aufpassen würden, aber sie brach die Stille, bevor er die Worte über die Lippen bekam.

»Oh, Gott sei Dank, sie wacht auf. Sie war so lange bewusstlos, dass ich mir schon Sorgen gemacht habe.«

Das Blut erstarrte in Coskys Adern.

»Was? Sie ist immer noch da?«, brüllte er und schnellte mit dem Oberkörper nach vorn. »Was denkst du dir nur dabei? Sieh zu, dass du von da wegkommst.«

In der Leitung herrschte kurz Totenstille, bis sie sich schließlich räusperte. »Ach ja. Hatte ich vergessen zu erwähnen, dass ich ihre Hände und Füße mit Isolierband gefesselt habe? Sie geht nirgendwohin.«

Natürlich hatte sie das.

Cosky beugte sich vor. Er umklammerte das Handy so fest, dass seine Finger wehtaten, und seine Lungenflügel zogen sich derart zusammen, dass er beinahe keuchte.

»Geht es dir gut?«, fragte sie besorgt.

Seine Schultern begannen zu zittern. Cosky konnte nicht anders, er lachte einfach laut los. Zane und Rawls sahen sich grimmig an, was ein deutliches Zeichen dafür war, dass sein Lachen sich manischer anhörte als sonst.

»Sie hat diese verrückte Braut k. o. geschlagen und gefesselt«, berichtete er seinen irritierten Freunden und wusste, dass ihnen die Ironie dieser Situation auch nicht entgehen würde. Kait hatte ganz allein geschafft, was sie alle vier zusammen nicht hinbekommen hatten. Er verspürte großen Respekt vor ihr. Sie war eine clevere und fähige Frau, so viel stand fest.

»Scheiße«, murmelte Zane. »Sag ihr, sie soll nicht die Polizei rufen. Wir sind unterwegs.«

Sein Lachen erstarb. Daran hätte er als Erstes denken sollen.

»Pass mal auf«, sagte er brüsk, da ihm eigentlich noch immer zum Lachen war. »Wir müssen mit ihr reden. Ruf nicht die Polizei.«

Sie erwiderte nichts.

*Ach, verdammt.* Sie hatte sie bereits angerufen.

»Haben sie sie schon?«, wollte er wissen, und seine Belustigung war spontan verflogen.

»Nein, aber ein Wagen ist unterwegs.« Jetzt klang sie misstrauisch, als würde ihr die Richtung nicht gefallen, die die Unterhaltung eingeschlagen hatte.

»Wir müssen mit ihr reden«, wiederholte Cosky und wartete.

»Die Polizei wird doch bestimmt …«

Cosky unterbrach sie: »Alleine. Ohne, dass uns jemand zusieht oder zuhört.«

Sie fluchte, und er konnte fast hören, wie sie fieberhaft nachdachte.

»Was ist hier eigentlich los? Sie hat dich als verlogenen, mörderischen Schweinehund bezeichnet. Warum will sie dich umbringen?«

Er holte tief Luft, um sich zu beruhigen. Dann stieß er sie so leise wie möglich wieder aus. »Genau das wollen wir herausfinden.«

»Und das könnt ihr nicht auf dem Polizeirevier tun?«

»Nein.«

»Sie hat mit dem zu tun, was in Seattle passiert ist, nicht wahr?«

Jetzt war es an ihm zu fluchen. Himmel, er wollte nicht, dass sie in diese Sache mit reingezogen wurde. Sie musste sein Widerstreben gespürt und den Grund dafür erraten haben.

»Ich stecke schon mittendrin«, rief sie ihm leise ins Gedächtnis. »Du kannst mich jetzt nicht mehr da raushalten.«

»Verdammt.« Er drückte das Handy fest an sein Ohr und schloss die Augen. »Wir wissen nicht, ob sie etwas damit zu tun hat, aber das ist genau das, was wir herausfinden müssen.«

Einen Augenblick lang hörte er nur ihr Atmen in der Leitung, dann seufzte sie.

»Okay. Ich bringe sie über die Hintertreppe nach unten. Die Polizei wird durch die Lobby kommen und den Fahrstuhl nehmen. Fahrt hinter das Gebäude. Ich komme an der letzten Tür raus. Wir haben nicht viel Zeit. Die Polizei müsste in etwa vier Minuten hier sein.«

»Wir sind früher da«, versprach er ihr, aber sie hatte schon aufgelegt.

Sobald er das Handy heruntergenommen hatte, fiel ihm ein, dass sie möglicherweise verfolgt wurden. Er fluchte und strich sich mit steifen Fingern durchs Haar. Da die Polizei gleich vor Ort sein würde, hatten sie keine Zeit für Ausweichmanöver. Sie mussten einfach darauf hoffen, dass ihre Beschatter großen Abstand hielten und nicht mitbekamen, was sie taten.

# Kapitel 12

Während sich um sie herum alles drehte und es ihr vor Übelkeit die Kehle zuschnürte, wankte Jillian die Treppe hinunter. Auf dem nächsten Treppenabsatz machte sie einen Fluchtversuch, wurde jedoch von der hartnäckigen Hand, die sie am Ellbogen festhielt, davon abgehalten. Marcus Simcoskys verfluchte blonde Freundin war kräftiger als sie aussah. Oder Jillian war einfach schwächer als sie gedacht hatte.

Die wiederholten Kollisionen vom Vortag hatten ihren Körper ziemlich in Mitleidenschaft gezogen. Schon vor ihrer Irrfahrt mit dem Van war sie müde, chronisch unterernährt und erschöpft gewesen. Aber nach dem Angriff auf die vier Mistkerle war alles nur noch schlimmer geworden. Die Benommenheit und die Übelkeit, die sie seit Wochen begleiteten, gingen nun gar nicht mehr weg.

Und das war schon so gewesen, bevor Simcoskys Schlampe ihr mit ihrer Einkaufstüte eins übergezogen hatte. Der Schlag schien irgendeine wichtige Verbindung zwischen ihrem Gehirn und ihrem Körper getrennt zu haben. Ihre Beine fühlten sich an, als würden sie ganz von allein die Stufen herunterlaufen, ohne dass sie den dafür notwendigen sensorischen Befehl von ihrem Verstand bekamen, sodass sie taub und unbeholfen lief und Entfernungen nicht richtig abschätzen konnte. Sie wusste schon gar nicht mehr, wie oft sie eine Stufe verfehlt hatte und beinahe kopfüber die Treppe hinuntergestürzt wäre.

Das Einzige, was sie noch auf den Beinen und in Bewegung hielt, war die entschlossene Frau an ihrer Seite. Da sie wusste, wohin sie gebracht wurde, empfand Jillian diese Unterstützung nicht gerade als Beruhigung.

Dabei war sie noch so hoffnungsvoll gewesen, als die blöde Kuh das Isolierband an ihren Fußknöcheln entfernt hatte, und hatte gehofft, sich befreien und fliehen zu können.

Doch diese Hoffnung war rasch verflogen, nachdem Simcoskys Freundin sie auf die Füße gezerrt und gezwungen hatte, die Treppe hinunterzulaufen. Taumelnd, zitternd und die Galle hinunterschluckend war Jillian schon sehr bald klar geworden, dass sie diesen Kampf verloren hatte. Und den ganzen Krieg. Ihre Gelegenheit, Rache zu nehmen, war dahin.

Welche Chance auf eine Flucht hatte sie schon noch, wenn ihre Hände gefesselt waren und sie kaum sehen oder sich auf den Beinen halten konnte?

Die Verzweiflung drohte, sie zu übermannen, und ließ ihre Beine, die sich ohnehin schon anfühlten, als würden sie in Zement stecken, noch schwerer werden, sodass sie beinahe glaubte, durch Treibsand zu waten.

Sie hatte versagt.

Sie hatte ihre Babys, ihren Bruder und sich selbst enttäuscht. Bald würde sie sterben, ohne etwas bewirkt zu haben, ohne die Morde an ihren Kindern und ihrem Zwillingsbruder gerächt zu haben und ohne alles richtiggestellt und den Namen ihres Bruders reingewaschen zu haben.

Trauer und Verzweiflung überkamen sie. Die träge Lethargie betäubte ihren schweren Körper und ihr noch schwereres Herz. Sie hätte vor vier Monaten einfach die Augen schließen und sich in die Arme des Todes sinken lassen sollen. Wenigstens würde sie dann jetzt zusammen mit ihren Babys auf dem Grund des Lake Katcheca liegen.

Sie wäre bei ihren Babys, denen man das Leben genommen hatte, bevor sie es überhaupt richtig hatten beginnen können.

Als sie die nächste Stufe übersah, stürzte sie nach vorn, aber Kaity zog sie wieder nach hinten und hielt sie fest.

»Wir sind gleich da.«

Kaitys Stimme kam aus weiter Ferne wie durch einen langen, widerhallenden Tunnel.

Jillian lehnte sich an die Wand und gestattete sich, die Augen zu schließen.

»Ich habe Sie sehr heftig geschlagen. Vermutlich haben Sie eine Gehirnerschütterung. Außerdem schwillt Ihr Auge langsam zu. Ich habe den Eisbeutel dabei. Wenn Sie ihn auf Ihr Auge drücken, wird die Schwellung nicht so schlimm.«

»Legt mich doch endlich um, dann haben wir es hinter uns«, sagte Jillian, ohne die Augen zu öffnen. »Sie werden mich erschießen, sobald Sie mich ihnen übergeben haben, daher klebt mein Blut dann auch an Ihren Händen.«

»Sie werden Sie nicht töten. Sie wollen Ihnen nur ein paar Fragen stellen.«

»Haben sie Ihnen das erzählt?« Jillian hatte gerade noch genug Kraft, um aufzulachen. »Und Sie glauben ihnen? Sie lügen. Alles, was aus ihrem Mund kommt, ist eine Lüge. Sie werden mich umbringen, sobald sie mit mir alleine sind. So, wie sie es schon einmal probiert haben. So wie sie meinen Bruder und meine Kinder getötet haben.«

Kaitys Hand legte sich enger um ihren Arm und zog sie weiter die Treppe hinunter. Jillian konzentrierte sich darauf, nicht das Bewusstsein zu verlieren und auf den Beinen zu bleiben. Aber warum machte sie sich überhaupt die Mühe? Sie sollte einfach aufgeben. Ihren Kopf ausschalten und zulassen, dass ihr Körper die Treppe hinunterstürzte. Wenn sie Glück hatte, wäre Kaity nicht mehr dazu in der Lage, der Schwerkraft Einhalt zu gebieten.

Wenn sie Glück hatte, würde der Sturz sie umbringen.

Aber dann wurde ihr auch diese Hoffnung genommen.

»Wir sind da«, sagte Kaity, hielt Jillian fest und sorgte dafür, dass sie nicht umkippte, indem sie ihr einen Arm um die Taille legte.

In Jillian stieg ein verzweifelter Seufzer auf, der jedoch nicht gegen die Lethargie ankam. Sie schlug die Augen auf und versuchte, etwas zu erkennen. Vor ihr nahm das verzerrte Bild einer Metalltür Gestalt an.

»Wer hat Ihre Familie umgebracht?«, wollte Kaity wissen und trat vor die Tür.

Jillian starrte das graue Metall an und beobachtete, wie es hinter einer Wolke aus tanzenden schwarzen Punkten verschwand. »Ihr Freund und seine Kumpel.«

»Wann? Wo?«

Die Fragen kamen wie aus weiter Ferne. Vage war sich Jillian bewusst, wie sich die Hand fester um ihren Arm legte. Sie starrte den Boden an und sah, wie ihre blau-weiß gestreiften Turnschuhe ein Stück nach vorn schlurften.

»Diese Männer haben Ihre Familie nicht umgebracht«, sagte Kaity. »Ich weiß nicht, was passiert ist, aber ich kenne sie. Und sie bringen keine unschuldigen Menschen um.«

»Dann kennen Sie sie nicht so gut, wie Sie denken«, flüsterte Jillian, und diese Anstrengung raubte ihr die letzte Kraft.

Sie hörte das Kreischen von Metall, das auseinandergezogen wurde.

Der schwarze Tunnel, der schon ihr Hörvermögen beeinträchtigt hatte, legte sich nun auch auf ihre Augen. Blauer Himmel und Gras wirbelten um sie herum und wurden von einem grellweißen Nebel verschluckt, der zu einem immer kleineren Punkt in der Dunkelheit wurde.

»Rawls! Gott sei Dank! Es geht ihr gar nicht gut. Ich habe sie kaum die Treppe herunterbekommen.«

Jillians Arme wurden angehoben, und etwas Schweres drückte sich gegen ihre Brust. Auf einmal war sie leicht wie eine Feder und schien zu schweben.

»Ich schätze, sie hat eine Gehirnerschütterung, und ihr Auge ist fast zugeschwollen. Hier ist der Eisbeutel. Du wirst sie doch untersuchen, nicht wahr? Am besten bringt ihr sie zu einem Arzt.«

Jillian hätte am liebsten laut aufgelacht. Aber das war viel zu anstrengend. Sie sollten sie zu einem Arzt bringen? Als ob diese verlogenen, mörderischen Schweinehunde sich um sie kümmern würden, bevor sie sie umbrachten.

»Ich übergebe sie Cos und bleibe bei dir, damit du mit der Polizei fertig wirst«, erwiderte eine andere Stimme. Eine Männerstimme mit einem beruhigenden Südstaatenakzent.

»Nein. Du musst sie begleiten. Du hast eine medizinische Ausbildung.«

»Hör zu, Kaity …«

»Du fährst mit ihr, Rawls. Das ist mein Ernst. Sie muss behandelt werden. Ich werde schon allein mit der Polizei fertig.«

»Cos kann auf sie aufpassen, bis ich …«

»Wenn du nicht mit ihr mitfährst, rufe ich die Polizei an und sage ihnen, dass sie in eurer Gewalt ist. Ich werde ihnen Zanes Kennzeichen durchgeben. Zumindest werden die Polizisten sie erst einmal ins Krankenhaus bringen.«

»Verdammt noch mal, Kait, wir haben keine Zeit für so was.« Der Südstaatenakzent war verschwunden, und an seine Stelle war pure männliche Verzweiflung getreten.

Das vertraute Geräusch einer geöffneten Vantür war zu hören, und Jillian wurde von ihren Erinnerungen übermannt.

*»Zieh die Stollenschuhe aus, Wes. Beim letzten Mal hast du beim Einsteigen Stücke aus dem Teppich rausgerissen.«*

*»Gehen wir Eis essen, Mom? Kenyas Dad ist mit uns in die Eisdiele gegangen.«*

*»Das hatte ich vor. Schnall deine Schwester an.«*

*»Sie hört nicht auf zu zappeln.«*

*»Lizzy …«*

»Großer Gott, sie weint!«

Das wundervolle, schwebende Gefühl hörte abrupt auf. Etwas Festes legte sich um ihr Handgelenk.

»Was dauert denn hier so lange?«

Sie erkannte Marcus Simcoskys harte Stimme und versuchte, die Augen zu öffnen. Der Rücksitz eines Minivans befand sich vor ihr.

Blitz.

*Wes' langsam schwankender Kopf. Das Aufblitzen seines weißgoldenen Haars.*

*»Nein. Nein. Nein.«*

Der plötzliche stechende Schmerz sorgte dafür, dass sie wieder klar denken konnte.

»Tu doch was, Rawls!« Kait klang, als würde sie in Panik geraten.

Wes' blondes Haar wurde schwarz. Die rundlichen, unschuldigen Wangen verwandelten sich in das harte, markante Gesicht eines Mannes.

Marcus Simcosky.

Und er griff nach ihr.

*Nein!* Das Adrenalin schoss durch ihre Adern. Sie schlug mit ihren gefesselten Händen nach seinem Kopf.

»Verdammt noch mal!« Er stieß die Worte förmlich aus, und dann wurden ihre Arme gepackt, damit er sie in den Van ziehen und neben sich festhalten konnte. »Ich hab sie«, blaffte er. »Fahr los.«

Rechts neben sich konnte sie mit ihrem unverletzten Auge eine Bewegung erkennen, und ein Mann mit blondem Haar und blauen Augen, der ihr bekannt vorkam, stieg in den Van und setzte sich neben sie. Die Schiebetür wurde zugeknallt.

»Was soll der Scheiß, Rawls?«, protestierte Simcosky. »Du solltest doch dableiben.«

»Erzähl das Kait. Fahr los, verdammt. Die Polizei ist da. Wir müssen von hier verschwinden.«

Der Wagen setzte sich in Bewegung. Jillian wurde schwindlig.

»Halt sofort an!«, brüllte Simcosky neben ihr.

Die Tür knallte gegen Jillians Kopf und löste ein so heftiges Pochen darin aus, dass ihre Übelkeit fast übermächtig wurde. Sie beugte sich vor, ließ den Kopf zwischen die gespreizten Knie sinken und würgte. Sie konnte gar nicht mehr damit aufhören.

Sie hörte jemanden fluchen, dann legte sich eine Hand in ihren Nacken und blieb dort liegen.

»Aus genau diesem Grund bin ich mitgekommen«, sagte der blonde, blauäugige Mann mit dem Südstaatenakzent.

Er hatte einen Namen. Jillian wusste das ganz genau, aber sie gab den Versuch auf, sich daran erinnern zu wollen.

»Kait hat sich Sorgen um sie gemacht, und das aus gutem Grund, wie ich hinzufügen möchte. Sie sagte, sie würde die Polizei anrufen und unser Nummernschild durchgeben, wenn ich nicht mitfahre und mich um sie kümmere.«

»Kait verbringt so viel Zeit damit, sich Sorgen um andere Menschen zu machen, dass sie überhaupt nicht mehr an sich selbst denkt«, fauchte Marcus Simcosky. »Halt den Wagen an, Zane. Ich werde bei Kait bleiben.«

Der Minivan fuhr weiter.

»Verdammt!«, brüllte Simcosky. »Zane …«

»Die Polizei ist schon da«, sagte eine ruhige Stimme. »Wir dürfen das Risiko nicht eingehen, dass sie gesehen wird. Außerdem hat der Arzt gesagt, dass du das Bein ein paar Tage schonen musst.«

Simcosky fluchte lautstark.

»Gib mir mal die Wasserflasche, Zane. Sie ist völlig dehydriert. Wir müssen sie unbedingt dazu bringen, was zu trinken. Hey, Schätzchen.« Die Stimme wurde sanft und verlockend. »Lehn dich doch mal an, damit ich mir dein blaues Auge genauer ansehen kann.«

Kräftige Hände legten sich auf ihre Schultern und zogen sie nach oben und nach hinten.

»Du hast Mac angerufen, nicht wahr?«, fragte der Mann mit den sanften Händen und der beruhigenden Stimme, die mit jedem Herzschlag leiser zu werden schien. »Ruf ihn noch mal an und sag ihm, er soll Radar ans Telefon holen. Ich brauche …«

* * *

Sie erwachte allmählich und wurde sich zunehmend mehrerer Männerstimmen um sich herum bewusst.

»Woher wissen wir, dass sie uns nicht nur was vorspielt?«

»Weil ich dir mit Gewissheit versichern kann, dass sie es nicht tut.«

Sie erkannte die Stimme mit dem Südstaatenakzent. Allerdings fehlte ihr jetzt die Sanftheit und Freundlichkeit. Die andere Stimme, die kalte, harte und brutale, hatte sie noch nie zuvor gehört. Das hätte von ihr aus auch gern so bleiben können. Vielleicht war es besser, die Augen nicht aufzuschlagen und sich nicht zu bewegen. Simcoskys Freundin hatte gesagt, dass sie sie befragen wollten. Da sie nicht tot war, hatte die blonde Frau offenbar recht behalten, was wiederum bedeutete, dass ihre Lebenserwartung umso größer war, je länger sie diese Männer auf ihre Antworten warten ließ.

Daher lag sie so still wie möglich da, während der Drang, sich zu bewegen, sich zu strecken, die angeschlagenen Muskeln zu lockern, immer heftiger wurde.

»Hat Kait die Polizisten abwimmeln können?«

»Ja.« Das war Marcus Simcoskys Stimme, aber sie klang nicht mehr so laut und wütend. »Sie hat uns gedeckt.«

»Ich hab dir ja gesagt, dass sie ein cleveres Mädchen ist.«

»Wann zum Teufel wacht sie endlich auf?«, wollte die harte, raue Stimme wissen, und Jillian wusste, dass sie damit gemeint war.

Finger legten sich an ihren Hals und blieben dort. Jillian gab sich die größte Mühe, ruhig zu atmen. Konnte er herausfinden, ob sie wach war, indem er ihren Puls fühlte? Bei diesem Gedanken schoss das Blut nur so durch ihre Adern. *Das* konnte er auf jeden Fall spüren. Sie geriet in Panik, verspannte sich und war bereit, sich auf ihn zu stürzen, als die Hand auf einmal weggenommen wurde.

»Sie ist wach. Du kannst die Augen ruhig aufmachen, Süße. Wir werden dir nicht wehtun.«

Lügner.

Seine Stimme mochte sanft sein und er hatte beruhigende Hände, aber er war einer von ihnen. Ein mörderischer, verlogener Schweinehund wie Zane Winters und Marcus Simcosky.

Dennoch war es sinnlos, weiter so zu tun, als wäre sie bewusstlos. Da war es klüger, sich ihrer Angst und dem Feind zu stellen. Sie holte einmal tief Luft und schlug die Augen auf. Oder vielmehr ein Auge. Ihr Blickfeld war links der Nase abgeschnitten.

Sie lag auf dem Rücken und spürte etwas Weiches unter ihrem Kopf. Ihr rechtes Auge, das noch funktionierte, aber alles irgendwie verschwommen wahrnahm, richtete sich auf braunes Leder, bei dem es sich um die Rückenlehne einer Couch handeln konnte. Auf der linken Seite konnte sie nichts erkennen. Als sie versuchte, ihr linkes Auge mit Gewalt zu öffnen, schien sich ein sengend heißer Schürhaken hineinzubohren. Sie erstarrte, und der durchdringende Schmerz flachte etwas ab. Nach einem Augenblick stieß sie die Luft aus, die sie angehalten hatte, und berührte vorsichtig das Auge. Darauf lag ein kalter Eisbeutel. Sie hielt ihn fest, drehte den Kopf und sah nach links. Ein großer blonder Mann mit besorgtem Blick stand vor ihr. Sie hatte ihn schon im Fernsehen und in der Zeitung gesehen. Er war einer der Männer, die für Russ' Tod verantwortlich waren.

Seine Besorgnis war eine weitere Lüge. Wie die Lügen über ihren Bruder, die sie dem FBI und den Reportern erzählt hatten.

Da stand auch ein Tropf, und sie versuchte, sich darauf zu konzentrieren und dem Plastikschlauch zu folgen, der von dem durchsichtigen Beutel hinunter zu ihrem Arm und zu der Nadel, die in der Vene unter ihrem Ellbogen steckte, verlief.

Sie setzte sich ruckartig auf und schwankte. Sobald sich die Welt um sie herum nicht mehr drehte, versuchte sie, das Klebeband abzureißen, das die Nadel festhielt.

»Nicht aufregen.« Der blonde SEAL trat um den Tropf herum hinter ihren Kopf. Er legte ihr eine Hand auf die Schulter und drückte sie wieder auf das Sofa, nahm dann ihre Hand, die an der Infusionsnadel herumhantierte, und hielt sie neben ihrem Kopf fest. »Das ist nur Flüssigkeit.«

Und das sollte sie ihm glauben?

»Nehmt das raus!« Ihre Stimme wurde immer schriller.

»Nein«, erwiderte er ruhig. »Sie sind dehydriert.«

Sie versuchte, die Nadel mit der anderen Hand rauszuziehen, aber er hielt sie ebenfalls fest.

»Muss ich Sie etwa wieder fesseln?« Seine Stimme klang zwar sanft und ruhig, aber auch unnachgiebig.

Jillian stockte der Atem in der Kehle, und sie gab nach. Was war wirklich in dem Beutel? Irgendein Gift? Wollten sie, dass ihr Tod wie ein Unfall aussah?

»Ich versichere Ihnen, dass in der Infusion nichts Schädliches ist. Wir wollen Ihnen nur Flüssigkeit zuführen und werden Ihnen nicht wehtun.«

Sie legte den Kopf in den Nacken und bleckte die Zähne. »Und das soll ich euch glauben? Euch Mördern?«

»Ja.« Er blickte mit gerunzelter Stirn auf sie herab, und die vorgespielte Wärme schimmerte noch immer in seinen blauen Augen. »Darüber wollten wir ohnehin mit Ihnen reden. Kait sagte, Sie hätten behauptet, wir hätten Ihre Kinder und Ihren Bruder umgebracht. Wie kommen Sie auf die Idee?«

Sie starrte ihn an. »Weil ihr genau das getan habt.«

»Wann?«, fragte eine andere Stimme in einem derart ruhigen Tonfall, dass es ihr ganz unwirklich vorkam. Wie konnte er so ruhig bleiben, während sie über den Mord an ihren Babys sprachen?

Sie drehte den Kopf nach links und versuchte, das Monster anzusehen, das derart beiläufig über ihre toten Kinder gesprochen hatte, um dann festzustellen, dass es Zane Winters gewesen war.

Der Wichser, der ihren Bruder erschossen hatte.

»Du!« Sie versuchte, dem blonden SEAL ihre Hände zu entziehen, aber er hielt sie problemlos fest. »Du Arschloch hast sie umgebracht. Du hast meine Babys getötet.«

Zane Winters trat näher, und seine grünen Augen waren überschattet. Er tauschte einen grimmigen Blick mit Marcus Simcosky aus. »Wir hatten nichts mit dem zu tun, was auch immer Ihren Kindern zugestoßen ist.«

»Lügner!« Das Wort vibrierte, weil sie so wütend war.

»Warum sind Sie so sicher, dass wir Ihre Kinder getötet haben?«, wollte der Mann wissen, der ihren Bruder ermordet hatte.

»Weil ihr es zugegeben habt. Im Fernsehen. In den Zeitungen. Ihr habt selbst gesagt, dass ihr sie umgebracht habt«, stieß sie zischend hervor und versuchte, sich von den Händen zu befreien, die ihre Handgelenke festhielten.

»Wir haben ganz bestimmt nicht zugegeben, Ihre Kinder ermordet zu haben, weder im Fernsehen noch in den Zeitungen.«

»Ihr habt gestanden, Russ getötet zu haben«, warf sie ihm ins Gesicht. »Und ihr habt all die schrecklichen Lügen über ihn erzählt. Ihr habt aus ihm eine Art Monster gemacht. Eure Kumpel haben mich und meine Kinder an demselben Tag entführt. An dem Tag, an dem ihr Russ ermordet habt. Das war kein Zufall.«

Daraufhin entstand ein langes Schweigen. Sie konnte förmlich spüren, wie die Spannung im Raum zunahm. Das konnten sie jetzt nicht mehr leugnen, oder?

»Sie reden von Russ Branson.«

»Nein.« Ihre Stimme brach, aber sie riss sich zusammen. »Sein Name war nicht Branson. Das ist auch nur eine eurer Lügen.«

Zane wirbelte zu Simcosky herum, sah dann wieder Jillian an und trat einen Schritt näher. »Wie hieß er denn?«

Wieder versuchte sie, ihre Hände loszureißen, da jede Zelle, jeder Muskel und jedes Atom in ihrem Körper nichts anderes wollte, als ihm wehzutun. Ihm die Augen auszureißen. Ihn für das büßen zu lassen, was er getan hatte. Ihn leiden zu lassen, weil er ihr so viel genommen hatte. »Du kennst nicht mal den Namen des Mannes, den du ermordet hast?«

Hörte er den Hass in ihrer Stimme? Die Wut? Sie hatte noch nie jemandem so wehtun wollen, wie sie ihm Schmerzen zufügen wollte. Eigentlich ihnen allen. Und zwar hier und jetzt.

»Wir kannten ihn als Russ Branson.«

»Dann gibst du zu, ihn getötet zu haben?«

»Ja, ich habe ihn getötet …«

Sein Geständnis schockierte sie derart, dass sie den Rest des Satzes nicht mitbekam.

»… meine Verlobte. Wenn ich ihn nicht ausgeschaltet hätte, dann hätte er mich, Beth, Amy Chastain und wer weiß wen sonst noch alles umgebracht.«

»Lügner!« Das Wort klang beinahe wie ein Kreischen.

Zane Winters zuckte zusammen, richtete sich dann jedoch zu voller Größe auf und trat noch einen Schritt näher, aber bevor er noch etwas sagen konnte, drängte sich ein anderer Mann an ihm vorbei und deutete mit einem schlanken, gebräunten Finger auf sie.

Diese neue Bedrohung war schmaler als die anderen drei und älter. Sein kurzes schwarzes Haar wurde an den Schläfen bereits grau. Seine Augen waren so schwarz, dass sie das Gefühl hatte, der von Wolken verhangene Mitternachtshimmel würde sie ansehen.

»Ich bin es langsam leid, dass Sie uns ständig als Lügner bezeichnen, Lady. Sie wissen offenbar nicht das Geringste über Ihren Bruder.« Der Gewittersturm, der sich als Mann verkleidet hatte, schnaubte und stach mehrmals mit dem ausgestreckten Finger in die Luft. »Allein in Seattle war er verantwortlich für die versuchte Entführung von Flug 2077, die Entführung und Vergewaltigung von Ginny Clancy und Amy Chastain, für die Morde an Todd Clancy und Agent Chastain. Ihr Bruder war ein gottverdammter Soziopath …«

»Das ist nicht hilfreich, Mac«, murmelte der blonde SEAL, der ihre Hände festhielt.

Der Mann drehte sich zu ihm um. »Sie ist doch diejenige, die hier mit Lügen um sich schmeißt, da kann sie ruhig erfahren, wie die Wahrheit aussieht.«

»Passen Sie mal auf.« Der Blonde beugte sich über die Armlehne der Couch, die sich hinter ihrem Kopf befand, und starrte auf sie herab. »Wir haben Ihren Bruder getötet, aber wir hatten keine andere Wahl. Und wir hatten nichts mit dem zu tun, was mit Ihren Kindern passiert ist.«

»Lüge!«, sie spie ihm das Wort förmlich entgegen. »Und ich soll vermutlich auch glauben, dass es nur Zufall war, dass das Schwein, das auf mich und meine Kinder geschossen hat …«, ihre Stimme brach und wurde weinerlich, um im nächsten Augenblick erst richtig Gift zu sprühen, »gestern genau am selben Ort war wie dein armseliger Kumpel?«

* * *

Der Schreck bewirkte, dass Cosky aufsprang. »Was sagen Sie da?«

Die Frau, die versucht hatte, ihn umzubringen – zwei Mal sogar –, wand sich unter Rawls festem Griff. Sie sah Cosky mit ihrem nicht zugeschwollenen Auge an, das wild, braun und zornig aussah. Aber unter dieser ganzen Wildheit war noch etwas anderes zu erkennen: die ungemeine Verzweiflung eines Menschen, der alles verloren hatte und nichts mehr besaß, wofür es sich zu leben lohnte.

Wenn sie den Mord an ihren Kindern mit angesehen hatte, dann war es kein Wunder, dass sie halb verrückt war.

Er knirschte mit den Zähnen und musste seinen eigenen Zorn im Zaum halten. Wenn das, was sie behauptete, stimmte, wenn dieses Schwein wirklich ihre Kinder getötet hatte … Dann hatte der Kerl den langsamsten und grausamsten Tod verdient, den man sich nur vorstellen konnte, und Cosky hätte ihm nur zu gern dazu verholfen.

Dann dachte er zurück an ihren ersten Angriff auf ihn. Sie war entschlossen gewesen, ihn umzubringen. Getrieben von ihrem Hass. Dennoch hatte sie sich abgewandt, obwohl sie die perfekte Gelegenheit gehabt hatte, ihr Werk zu vollenden. Er hatte hilflos am Boden gelegen, und sie hätte nur um die Wagentür herumgehen und das Magazin in ihn entleeren müssen. Stattdessen war sie herumgewirbelt und hatte quer über den Parkplatz geschossen.

Damals hatte es für ihn keinen Sinn ergeben, dass sie auf den Jungen geschossen hatte. Jetzt begriff er es. Sie hatte gar nicht auf ihn, sondern auf jemand anders gezielt.

»Dieser Mann, der auf Sie geschossen hat …« Cosky erwähnte ihre Kinder lieber nicht, da sie an diesen unerträglichen Verlust nicht erinnert werden sollte. Schließlich brauchte er Antworten von ihr, und dafür musste sie bei klarem Verstand sein. »Er hat gestern im hinteren Teil des Parkplatzes gestanden, nicht wahr? Sie haben auf ihn geschossen …«

Sie verzog die Lippen zu einem spöttischen Schnauben. »Ihr dachtet wohl, ich wäre so dämlich und würde den glatzköpfigen Mistkerl nicht erkennen, der auf mich geschossen hat … und …«

Ihr unglaublicher Schmerz bewirkte, dass sie das Gesicht verzog und ihr Auge noch grimmiger dreinblickte. Aber im nächsten Augenblick schlug die Qual auch schon in ungezügelten Zorn um. Sie schüttelte den Kopf, und der Eisbeutel flog durch die Luft. In diesem Moment sah sie fast schon missgebildet aus. Ihr linkes Auge war zugeschwollen und lief blau an. Ihr Gesicht wirkte wie eine zornestrunkene Maske.

Es dauerte einige Sekunden, bis ihre Beschreibung des Schützen registriert wurde. *Dieser glatzköpfige Mistkerl.*

Verdammte Scheiße.

»Das gibt's doch nicht«, murmelte Mac und wurde bleich. »Cos, gib mir mal diese Visitenkarte.«

Cosky zog die Visitenkarte aus der Hosentasche, die ihnen dieser feindselige Detective im Krankenhaus gegeben hatte.

Dieser glatzköpfige, feindselige Detective.

»Es gibt nicht gerade wenig kahlköpfige Männer«, warf Rawls ein. Als ihre Gefangene plötzlich auf der Couch zusammensackte und erschlaffte, ließ er ihre Hände los und hob den Eisbeutel wieder auf.

»Das mag sein, aber dieser ganz besondere Glatzkopf war viel zu sehr an dem interessiert, was sie«, Cosky deutete mit dem Kinn auf die Frau, die auf seiner Couch lag, »zu mir gesagt hat.«

»Und er ist auch nicht am Tatort aufgetaucht«, sagte Mac, der bereits das Handy am Ohr hatte. »Das ist höchst ungewöhnlich.« Er starrte die Visitenkarte an. »Radar, Sie müssen mir noch einen Gefallen tun. Erkundigen Sie sich mal bei der Polizei von Coronado nach einem Detective Alejandro Pachico. Ich kann Ihnen den Mann auch beschreiben, aber bitte gehen Sie sehr unauffällig vor. Ach ja, und die Sache ist dringend.«

Zane strich sich mit einer Hand durch das Haar. »Wenn der Kerl ein Betrüger ist und mit dem ganzen Scheiß zu tun hat, den sie erlebt hat«, Zane nickte in Richtung ihrer Gefangenen, »dann kann er uns vermutlich auch zu demjenigen führen, der für die Sache in Seattle verantwortlich ist.«

Mac verzog die Lippen zu einem raubtierhaften Grinsen.

Rawls hockte sich neben dem Kopf der Frau auf die Armlehne und legte ihr vorsichtig den Eisbeutel auf die Schwellung. »Wir können nicht die ganze Zeit in der dritten Person über Sie reden«, sagte er und lächelte sie freundlich an. »Wie heißen Sie?«

Sie reckte den Hals und starrte ihn mit gerunzelter Stirn an. Plötzlich zuckte sie zusammen, und ihre Züge glätteten sich.

»Jillian«, sagte sie schließlich nach einer Pause, die so lang war, dass Cosky schon glaubte, sie würde überhaupt nicht mehr antworten.

»Und Ihr Nachname, Jillian?«, bohrte Rawls weiter nach.

Sie presste die Lippen aufeinander und starrte ihn an. Auf ihrem Gesicht zeichnete sich Misstrauen ab, als sie von Cosky zu Zane und Mac schaute.

»Michaels«, stieß sie schließlich widerstrebend hervor und war anscheinend zu der Erkenntnis gelangt, dass diese Information den Männern keinen besonders großen Vorteil lieferte.

Zane runzelte die Stirn und machte einen Schritt auf ihren Gast zu. »Hieß Ihr Bruder ebenfalls Michaels mit Nachnamen?«

»Sie wissen, dass es nicht so war«, erwiderte sie, klang jedoch bei Weitem nicht mehr so gereizt.

Sie wirkte erschöpft und zerbrechlich und lag einfach nur so da. Die Gesichtshälfte, die nicht unter dem blauen Eisbeutel verschwunden war, sah vor dem satten mahagonifarbenen Leder der Couch gräulich aus.

»Wir kannten ihn als Russ Branson«, sagte Zane leise.

Cosky und Rawls tauschten einen Blick aus und warteten. Wenn sie Bransons richtigen Namen kannten, war das ein erster Schritt auf dem Weg, seine Bosse aufzuspüren. Aber jetzt hatten sie dank Jillian sogar eine noch vielversprechendere Spur. Doch bevor sie darauf antworten konnte, klingelte Macs Handy.

Er ging ran. »Ja, wirklich? Wie sieht er aus?« Er lauschte einen Moment, runzelte die Stirn und sah enttäuscht aus. »Verdammt. Können Sie mir ein Foto besorgen? Danke.« Dann ließ er die Hand sinken und zuckte mit den Achseln. »Die Beschreibung passt, er könnte also wirklich Detective sein.«

Wenn er klug war, schlüpfte er natürlich nur in die Rolle eines Mannes, der ihm sehr ähnelte, falls jemand auf dem Revier anrief, um seine Identität zu überprüfen.

»Hat Radar ein Foto?«, wollte Cosky wissen.

»Er schickt es mir aufs Handy«, antwortete Mac. »In einer Minute wissen wir mehr.« Er drehte sich zu Jillian um. »Hat sie den Namen ausgespuckt?«

»Noch nicht.« Zane sah zur Couch hinüber und runzelte die Stirn. »Verdammt.«

Jillians Züge waren erschlafft, und sie hatte das Auge geschlossen.

»Sie tut nur so.« Mac trat näher an sie heran und starrte auf sie herab, als könnte er sie mit reiner Willenskraft dazu bringen, das Auge zu öffnen.

»Nein, tut sie nicht«, stellte Rawls klar. »Sie ist unterernährt, dehydriert und erschöpft. Nur das Adrenalin und ihre Wut haben sie noch wach gehalten, aber in ihrem Zustand konnte das nicht lange vorhalten.«

Mac sah nicht so aus, als würde er die Diagnose glauben. Doch bevor er die schlafende Frau wecken konnte, summte sein Handy.

Er hob es hoch. »Radar hat das Foto geschickt.« Er tippte auf dem Display herum und grinste, während sich die raubtierhafte Vorfreude auf seinem Gesicht widerspiegelte. »Volltreffer. Damit haben wir eine erste Spur.«

»Ich muss Kait Bescheid sagen«, meinte Cosky und nahm sein Handy vom Wohnzimmertisch.

»Blödsinn.« Mac machte eine abwehrende Geste. »Diese Information muss unter uns bleiben, sie darf nichts davon erfahren.«

Aber Cosky ignorierte den Befehl und wählte Kaits Nummer. Sie steckte nur dank ihm in diesem Schlamassel mit drin, und da wollte er auf gar keinen Fall zulassen, dass sie diesem Mistkerl in die Hände geriet.

»Gottverdammt, Cos …« Macs Stimme wurde lauter.

Cosky starrte zurück und lauschte, wie es immer weiter klingelte. »Wenn er einen Kontaktmann bei der hiesigen Polizei hat, worauf du deinen Arsch verwetten kannst, da er nämlich viel zu gut informiert ist, dann weiß er, dass Jillian Kait angegriffen hat. Ich lasse nicht zu, dass sie in die Schusslinie gerät. Dieses Arschloch könnte jeden Moment bei ihr vorbeifahren und ihr Fragen über Jillian stellen.«

Es setzte ihm sehr zu, dass sie sie mit den Polizisten allein gelassen hatten. Verdammt, irgendjemand hätte bei ihr bleiben und sie unterstützen sollen. Aber wenn er bedachte, wie sein Körper jetzt schon reagierte, wo er doch nur damit rechnete, ihre Stimme zu hören, und dass er auf einmal den plötzlichen Drang verspürte, ihre glatte, heiße Haut zu berühren, war es vermutlich gut, dass er vorhin nicht aus dem Van gesprungen war, um ihr beizustehen.

Sonst würde er jetzt mit ziemlich großer Wahrscheinlichkeit in ihrem Bett liegen.

Es hörte auf zu klingeln, und eine heisere Stimme meldete sich. »Hallo?«

Bingo, schon bekam er eine Erektion.

»Hey …«

»Du scheinst meine Nachricht erhalten zu haben«, unterbrach sie ihn.

Er runzelte verwirrt die Stirn. »Welche Nachricht?«

Sie schnaubte. »Die, in der ich dir dafür gedankt habe, dass du mich in diesen Schlamassel mit reingezogen hast.«

Cosky wurde immer irritierter. Sie hatte so etwas gesagt, als sie vorhin mit ihm telefoniert hatte, direkt bevor sie Jillian abgeholt hatten. Aber bevor er dazu kam, ihr deswegen eine Frage zu stellen, sprach sie schon weiter.

»Es geht mir gut, aber deine Stalkerin ist wieder entkommen.«

»Ist jemand bei dir?«, wollte Cosky wissen und fing an zu verstehen, was da vor sich ging.

»Ja«, bestätigte sie seinen Verdacht beiläufig, woraufhin er sich fragte, ob sie wohl eine geübte Lügnerin war. Anscheinend war sie verdammt gut darin. Da war keinerlei Anspannung in ihrer Stimme, kein Zögern, nichts, was eine Lüge entlarvt hätte.

»Momentan ist gerade ein Detective hier, aber er sagt, sie hätten sie auch noch nicht gefunden.«

Cosky erstarrte, und in ihm regte sich ein schrecklicher Verdacht. Ihm lief ein eiskalter Schauder den Rücken herunter, und es kribbelte in seinem Nacken. »Heißt dieser Detective zufälligerweise Pachico?«, fragte er, und die Worte kamen langsam, hart und gefährlich aus seinem Mund.

Zum ersten Mal hielt sie inne, und er konnte ihre Überraschung förmlich spüren. »Allerdings …«

Er fluchte laut, und sein Herz hämmerte so heftig gegen seine Rippen, als hätte er gerade ein langes Ausdauertraining hinter sich.

Verdammt, er hätte sie nicht so überraschen dürfen. Wenn Pachico wirklich so ein Profi war, wie sie vermuteten, dann hatte er ihre erstaunte Reaktion mitbekommen.

Coskys Unfähigkeit hatte Kait soeben in Gefahr gebracht. In große Gefahr sogar. In seinem Inneren ballte sich eine eiskalte, pechschwarze Wolke zusammen, die er sofort benennen konnte: Er hatte Angst um sie.

Bisher war es ihm nie schwergefallen, dieses Gefühl zu verdrängen und zu ignorieren, aber dieses Mal drängte es sich ungefragt in den Vordergrund.

Aber er wusste, dass er sich konzentrieren musste, und da bemerkte er, dass sie längst wieder redete.

»Aber ein Abendessen wird nicht reichen, um dich dafür zu revanchieren«, sagte sie in einem halb lachenden, halb flirtenden Tonfall. Dann hielt sie inne, als würde sie ihm zuhören. »Nein, das ist kein Nein. Ich schlage doch keine Einladung zum Abendessen aus.«

Cosky versuchte, seinen Blutdruck unter Kontrolle zu bekommen. »Hast du ihm irgendwas gesagt?«

Wenn Pachico wusste, dass sie Jillian hatten, dann würde er wissen, dass Jillian sie über ihn aufgeklärt hatte. Möglicherweise nahm er dann Kait als Geisel und nutzte sie als Druckmittel. Die Erfahrung hatte gezeigt, dass die Menschen, die in der Gewalt dieses Kerls gewesen waren, keine sehr hohe Lebenserwartung mehr hatten, wenn er erst einmal mit ihnen fertig war.

Cosky spannte jeden einzelnen Muskel in seinem Körper an. Nicht Kait. Er wollte auf gar keinen Fall Kait verlieren.

Sie lachte wieder, klang dieses Mal aber leicht gereizt. »Nein, natürlich nicht.« Ihre Stimme wurde sanfter. »Um wie viel Uhr holst du mich ab?«

»Du musst ihn loswerden«, sagte Cosky angespannt und war sich bewusst, dass ihn Zane und Rawls anstarrten. »Wir kommen so schnell wie möglich. Geh auf gar keinen Fall irgendwo mit ihm hin. Fordere ihn nicht heraus. Stell ihm keine Fragen. Sorg einfach dafür, dass er deine Wohnung verlässt, und verschanz dich dann dort, bis wir da sind.«

»Ja«, erwiderte sie schlicht. »Das musst du mir nicht extra sagen. Ich werde hier sein. Ist dein Knie der Sache gewachsen?«, fragte Kait. Ihre sanfte Stimme sagte ihm, dass sie diese Frage stellte, weil sie sich wirklich Sorgen um ihn machte, und nicht etwa, um Pachico abzulenken.

Seine Brust zog sich zusammen. Himmel, er hatte sie zuvor so schlecht behandelt und verdiente ihre Sorge nicht. Kait hatte wirklich ein gutes Herz, ganz im Gegenteil zu ihm.

»Meinem Knie geht es gut«, versicherte er ihr mürrisch.

Sie schnaufte. »Ja, klar.«

Er versuchte, den Knoten zu lockern, der sich in seiner Brust gebildet hatte – rings um diese schreckliche Angst und noch ein anderes Gefühl, das er lieber nicht genauer ergründen wollte. »Ruf mich an, sobald du ihn losgeworden bist.«

»Alles klar.« Sie klang erfreut. »Dann bis in einer Viertelstunde.«

Sie legte auf.

Er fluchte laut und wollte sie gleich noch einmal anrufen, aber dann siegte seine Vernunft.

Es wäre viel zu verdächtig, wenn er das tat und sie in der Leitung behielt. Schließlich sollte er ja eigentlich gar nicht wissen, dass Pachico – oder wie immer dieser Wichser hieß – nicht für die Polizei von Coronado arbeitete, und sollte sich daher auch keine Sorgen um Kait machen müssen. Zane nahm Coskys Arm und wirbelte ihn herum. »Ich fahre.«

Cosky folgte seinem LC durch die Küche und in die Garage, während seine Angst immer stärker wurde. Er versuchte nach Leibeskräften, sie zu bezwingen und zu ignorieren.

»Geht es dir gut?«, erkundigte sich Zane und musterte ihn mit einem raschen Seitenblick, als sie auf den Minivan zugingen.

»Ja«, antwortete Cosky angespannt.

Sie stiegen schweigend ein.

Zane wartete, bis sie auf der Straße waren, bevor er Coskys zu Fäusten geballte Hände musterte. »Die kannst du jetzt locker lassen.«

Cosky blickte überrascht nach unten, da er gar nicht gemerkt hatte, was er da tat. Er zwang sich, jeden einzelnen Finger nacheinander zu entspannen. Als seine Hände wieder geöffnet waren, drückte er die Handflächen auf die Oberschenkel und stellte erschrocken fest, dass er zitterte.

»Gibst du es jetzt endlich zu?«, fragte Zane.

Cosky drehte sich langsam zu ihm um. Die Welt schien irgendwie aus den Fugen geraten zu sein und zu schwanken.

»Was denn?«

Zane sah ihn mit einem listigen Blick an. Seine Miene war eine Mischung aus Mitgefühl und Belustigung. »Dass du etwas für sie empfindest. Dass du Gefühle für sie hast, seitdem du ihr vor Aidens Krankenzimmer begegnet bist.«

Cosky war, als hätte man ihm den Boden unter den Füßen weggezogen. Er saß wie ein Häufchen Elend auf dem Beifahrersitz, konnte es nicht fassen und wollte es nur noch leugnen. »Blödsinn. Ich bin kein Winters. Ich habe keine Seelenverwandte.«

»Davon rede ich auch gar nicht. Ich rede von Gefühlen. Ernsthaften Gefühlen.«

Cosky schnaubte und musste sich zusammenreißen, um nicht erneut die Fäuste zu ballen. »Beths Schwangerschaft hat dein hormonelles Gleichgewicht ziemlich durcheinandergebracht.«

Zane schüttelte den Kopf. »Cos, du bist ein kaltschnäuziger Bastard. Hast dich immer unter Kontrolle. Du hast dich nie von deiner Angst beherrschen lassen … oder es dir zumindest nie anmerken lassen. Aber jetzt zittern deine Hände. Und wenn so was bei einem Kerl wie dir passiert, dann muss er schon Gefühle für eine Frau entwickelt haben. Verdammt starke Gefühle.«

Cosky verschränkte die Arme vor der Brust und lehnte sich zurück. »So ein Quatsch. Ich würde mir ebenso große Sorgen um Beth machen, wenn sie mit diesem Wichser zusammen in der Wohnung wäre.«

Grinsend schüttelte Zane den Kopf. »Du bist wirklich ein Dickkopf. Beth bist du die letzten fünf Jahre nicht aus dem Weg gegangen. Außerdem ist da noch Aiden. Mann, du hast ihm jeden Stock in den Weg geworfen, den du finden konntest, nur um zu verhindern, dass er bei uns einzieht. Was in aller Welt sollte das denn?«

Cosky runzelte die Stirn. Ihm hätte klar sein müssen, dass Zane ihn durchschauen würde. Dem Blödmann entging doch nichts.

»Ich leugne ja gar nicht, dass ich sie attraktiv finde, aber das ist auch schon alles. Verdammt, was glaubst du denn, warum ich ihr aus dem Weg gehe?« Er starrte Zane wütend an. »Sie gehört zu uns. Ich kann nicht einfach mit ihr schlafen und sie dann sitzen lassen.«

Aber hatte er nicht genau das getan?

Seine finstere Miene verschwand, als die Schamgefühle in ihm aufstiegen.

Er drehte den Kopf, sah aus dem Fenster und versuchte, sich nicht auszumalen, was gerade in Kaits Wohnung passierte. »Kann die Mühle nicht schneller fahren?«

Kait war allein mit einem Killer. Einem kaltblütigen Mörder, der Jillian und ihren Kindern keine Gnade gezeigt hatte.

Die Minuten verstrichen wie in Zeitlupe, während er darauf wartete, dass sie ihn zurückrief.

Das Leben konnte in einem Augenblick vorbei sein. Das hatte er selbst viel zu oft mit eigenen Augen gesehen. In einem Moment war jemand noch am Lachen, am Reden, am Leben, und im nächsten Augenblick schloss er die Augen und wurde in deinen Armen kalt.

Der schwarze Schatten in ihm wurde immer größer und drohte, ihm die Luft aus der Lunge zu pressen.

Er kniff die Augen zu und drängte Pachico in Gedanken, Kaits Apartment zu verlassen. Coskys Leben wäre auf einen Schlag sehr viel weniger lebenswert, wenn Kait daraus verschwände.

# Kapitel 13

Kait legte auf und drehte sich zu Detective Pachico um – oder wer immer dieser Mann war. Die Veränderung in Coskys Tonfall bei der Erwähnung ihres Besuchers war beunruhigend gewesen. Von einem Moment auf den anderen war er nicht mehr locker, sondern nervös gewesen. Anscheinend hielt Cosky diesen Mann für gefährlich. Und wenn Cosky, der es mit den gefährlichsten Männern der Welt aufgenommen hatte, glaubte, dass ihr Besucher eine Gefahr darstellte, dann würde sie sich das zu Herzen nehmen. Sie musste den Mann unbedingt aus ihrer Wohnung bekommen.

Aber wie?

»Lieutenant Simcosky?«, fragte der Detective und zog seine dünnen, blassen Augenbrauen hoch.

»Ja.« Kait versuchte sich an einem Lachen. »Ich habe wohl überreagiert und eine gemeine Nachricht auf seine Mailbox gesprochen, nachdem seine Stalkerin mich angegriffen hat.«

Ihr Besucher sah sie nur an, und seine Augen wirkten kalt und wissend.

»Wenigstens lädt er mich dafür zum Essen ein.« Sie lächelte ihn erneut an, was jedoch keine Wirkung hatte. »Sind wir hier fertig? Ich muss mich noch umziehen und schminken.«

Er machte einen Schritt auf sie zu. Diese Bewegung hatte etwas Raubtierhaftes und Einschüchterndes an sich, aber Kait wich nicht vor ihm zurück.

»Hat diese Frau irgendetwas zu Ihnen gesagt?«, fragte er sehr höflich, und obwohl er sie freundlich ansah, lief es ihr eiskalt den Rücken herunter und sie bekam eine Gänsehaut.

Ihr Instinkt sagte ihr, dass sie Vorsicht walten lassen musste, und warnte sie, dass dieser Mann tödlich war.

Zu schade, dass dieser Instinkt nicht schon eingesetzt hatte, als er noch auf der anderen Seite ihrer verschlossenen Tür stand.

Sie hatte ihm diese Frage schon mehrfach beantwortet, aber Coskys Warnung hallte ihr durch den Kopf: »Fordere ihn nicht heraus.«

Daher beantwortete sie seine Frage noch einmal und mit so viel Geduld, wie sie in ihrem nervösen Zustand nur aufbringen konnte. »Sie sagte, sie wolle mich benutzen, um Cosky in eine Falle zu locken. Und sie hat gedacht, er wäre mein Freund.«

Der Mann legte den Kopf schief und sah sie wachsam und irgendwie spöttisch an. »Wenn Sie mit ihm essen gehen, dann macht das auch irgendwie den Anschein.«

Sie schüttelte den Kopf. »Er ist nicht mein Freund. Wir gehen nur essen, weil er sich so bei mir entschuldigen will. Eigentlich ist er ein Freund meines Bruders.«

»Ein Freund Ihres Bruders«, wiederholte er, und ja, jetzt versuchte er nicht einmal mehr, den Spott in seiner Miene zu verbergen. Er spielte mit ihr. »Der Sie zufälligerweise gestern besucht hat, als er zum ersten Mal angegriffen wurde?«

»Ich habe es Ihnen doch gesagt.« Sie zwang sich, leicht genervt zu klingen, als wäre sie es leid, das alles noch einmal durchzukauen, was ja auch der Wahrheit entsprach. »Er war wegen einer Massage hier.«

»Sie haben der Polizei gesagt, er wäre hergekommen, um mit Ihnen zu schlafen.«

Sie zuckte zurück und versuchte, sich ihre Überraschung nicht anmerken zu lassen. Das hatten sie wirklich in den Bericht geschrieben?

»Das war doch nur ein Witz«, erwiderte sie und konnte ihm deutlich ansehen, dass er ihr nicht glaubte. »Sein Knie und sein Oberschenkel bereiten ihm schon Probleme, seitdem er aus dem Krankenhaus entlassen wurde. Er hat Krämpfe, und das Gelenk ist steif. Daher hatte ich ihm versprochen, es mal zu massieren. Dadurch kann die Heilung beschleunigt werden«, fügte sie selbstbewusst hinzu.

Zumindest manchmal.

Häufiger bewirkte es rein gar nichts.

»Sie sind keine Masseurin«, erwiderte er unbewegt und hatte sie damit im Grunde genommen als Lügnerin bezeichnet.

»Ich habe keine Lizenz.« Sie zuckte mit den Achseln, hielt seinem Blick stand und machte einen Schritt auf ihre Handtasche zu, in der sich das Pfefferspray befand. Er verstellte ihr jedoch den Weg. Kaits Kopfhaut begann zu kribbeln. Sie konnte ihre Stimme nur mit Mühe am Zittern hindern. »Aber ich habe einen Kurs in Massagetherapie belegt.«

Er steckte eine Hand in die Jackentasche.

»Und Ihr Bruder kann das bestätigen?« Er sah sich mit seinen kalten, intensiven Augen um.

Angespannt beobachtete Kait ihn. Wonach suchte er? Und, noch viel wichtiger, was hatte er da in der Jackentasche?

»Miss Winchester?«, hakte er nach und sah ihr in die Augen.

Sie zuckte zusammen und schalt sich innerlich. »Aiden könnte es bestätigen, wenn er verfügbar wäre, was er leider nicht ist. Er wurde gestern zu einem Einsatz geschickt.«

Er verzog die Lippen, wirkte allerdings nicht amüsiert. »Natürlich wurde er das.«

Sie hielt seinem Blick stand. »Mir ist nicht klar, wieso das von Bedeutung sein sollte. Was macht es für einen Unterschied, aus welchem Grund Cosky hier war oder ob wir etwas miteinander haben?«

»Frauen neigen dazu, für ihren Freund zu lügen.«

Das galt auch für Frauen, die nicht in einer Beziehung waren, aber sie ging davon aus, dass er das längst wusste. »Möchten Sie sonst noch etwas wissen?«

»Hat diese Frau gesagt, warum sie sich für Simcosky interessiert?«, fragte er und sah sie konzentriert und ohne zu blinzeln an.

Auch diese Frage hatte sie bereits mehrfach beantwortet. Sie holte tief Luft und tat es noch einmal. »Sie sagte, er müsse büßen. Dass sie alle büßen müssten. Und sie hat gesagt, dass sie dafür sorgen würde.«

Er runzelte die bleiche Stirn. »Wofür?«

Kait zuckte mit den Achseln und strich sich eine Haarsträhne aus dem Gesicht. Sie versuchte gar nicht erst, ihre Verwirrung zu verbergen. »Keine Ahnung. Sie sagte, sie hätten ihre Kinder ermordet. Aber Cosky würde keinem Kind etwas zuleide tun. Sie muss ihn mit jemandem verwechselt haben.«

Auf einmal bekam sein Blick eine seltsame Intensität. Er legte den Kopf schief und sah ihr ins Gesicht, wobei er wie ein Raubtier wirkte, das kurz davor war, sich auf seine Beute zu stürzen.

Ihr wurde ganz mulmig, und sie ging ihre Worte im Kopf nervös noch einmal durch. Hatte sie sich irgendwie verraten? Sie hatte ihm nichts gesagt, was sie nicht auch der Polizei erzählt hatte.

Auf einmal ging er zu dem Teakholzbücherregal und nahm einen zerbrechlichen, mehrfarbig glitzernden Glasquader heraus. Kait verspannte sich und hielt die Luft an, als er das Objekt zwischen den Handflächen drehte.

Er sah ihr in die Augen und grinste. Sein Grinsen war kalt und vielsagend, und dann hob er den Glasquader mit einer Hand hoch in die Luft. Die facettenartig schimmernden Seiten funkelten im Sonnenlicht, das durch das Wohnzimmerfenster hereindrang.

»Es ist wirklich wunderschön, und die einzelnen Teile passen perfekt zusammen. Es ist wie ein Puzzle. Hat Ihre Tante das gemacht?«

Eigentlich war es gar keine Frage. Er teilte ihr vielmehr mit, dass er wusste, wie wichtig ihr dieses Stück war. Er gab ihr zu verstehen, dass er sie durchschaut hatte, dass er sie ebenso leicht durchschauen konnte wie das Objekt in seinen Händen.

Sie nickte nur und bekam einen trockenen Mund.

»Die Schwester Ihres Vaters.« Er drehte den Glaswürfel auf seiner Handfläche. »Sie war Künstlerin? Hat mit Bleikristall, geblasenem Glas und Keramik gearbeitet?«

*Wer in aller Welt war dieser Kerl?*

Sie versuchte, sich ihre Reaktion nicht anmerken zu lassen, und tat so, als würde sie glauben, ein stinknormaler Detective hätte derart detaillierte Informationen über ihre Familie in ein oder zwei Stunden herausgefunden. »Ja. Das war ihr letztes Stück.«

Und aus diesem Grund bedeutete es Kait auch sehr viel.

Was dieser Mistkerl genau wusste.

Er sah sie mit seinen kalten Augen an, in denen kein Hauch von Menschlichkeit zu erkennen war. »Es ist immer wieder erstaunlich, wie schnell solche Dinge kaputtgehen können. In einem Augenblick sind sie noch da«, er ließ den Blick träge an ihrem Körper herunterwandern, »und im nächsten sind sie fort.«

Kait bekam eine Gänsehaut und verspannte sich. Er sprach nicht von dem Glaswürfel.

Sie wappnete sich und war davon überzeugt, dass er den Würfel gleich auf den Boden fallen lassen würde.

Was sie dazu zwingen würde, ihn darauf anzusprechen und dieses Schauspiel, das noch wie ein dünner Schleier zwischen ihnen im Raum hing, auffliegen zu lassen.

In ihrem Magen bildete sich ein eisiger Knoten.

Coskys Stalkerin mochte eine Verrückte sein, aber im Vergleich zu diesem Kerl war sie eine blutige Anfängerin. Dieser Mann hatte die Augen eines Killers.

Zum zweiten Mal an diesem Tag musste sie an die Selbstverteidigungskniffe denken, die ihr Bruder ihr beigebracht hatte. Aber ihr war auch klar, dass dieser Mann sie alle umgehen würde. Das wusste sie so genau, wie ihr klar war, dass sie ihn nicht so leicht besiegen konnte wie zuvor die Frau.

Ein vielsagendes Schweigen hing zwischen ihnen in der Luft. Sie beobachtete ihn und wartete darauf, dass er Tante Issas Geschenk fallen ließ. Dass er zum Angriff überging.

Dann klopfte es an ihrer Tür. Sie zuckte zusammen. Er nicht. Stattdessen ließ er den Glasquader langsam sinken.

Es klopfte wieder.

Das konnte noch nicht Cosky sein. Ihr Besucher musste das wissen. Aber er drehte sich mit einer seltsamen, faszinierenden Anmut um und stellte das Objekt wieder ins Regal. Dabei verschob er es leicht, sodass es wieder genauso stand wie vorher.

Ohne ein Wort zu sagen, wandte er sich ab und ging durch den Flur zur Wohnungstür. Kait beobachtete ihn und stand wie erstarrt im Wohnzimmer.

Als er den Türgriff schon in der Hand hatte, drehte er sich lächelnd noch einmal zu ihr um. »Sagen Sie Simcosky, dass wir uns bald wiedersehen werden.«

Er öffnete die Tür, verbeugte sich leicht vor Martha, machte einen Schritt zur Seite und bedeutete ihr, dass sie hereinkommen könne. Dann war er verschwunden.

»Was für ein netter Mann«, sagte Martha und schickte ihm ein strahlendes Lächeln hinterher. »Solche Manieren sieht man heutzutage nur noch selten.« Sie schloss die Tür und kam auf Kait zu. »Ich habe mir Sorgen um dich gemacht. Hier ist neuerdings eine Menge los.«

»Es geht mir gut«, versicherte Kait ihr automatisch, aber ihre zittrige Stimme und ihre wackligen Beine straften ihre Worte Lügen.

»Du siehst aber nicht so aus. Außerdem zitterst du wie Espenlaub«, entgegnete Martha.

Sie konnte der Frau wohl kaum die Wahrheit sagen. Eigentlich wusste sie ja selbst nicht einmal, was los war. Vielleicht hatte sie die letzten fünf Minuten auch überreagiert.

Aber wahrscheinlicher war, dass sie sich glücklich schätzen konnte, noch am Leben zu sein.

»Ich glaube, das Adrenalin von vorhin lässt langsam nach«, meinte Kait und ging aufgrund des besorgten Blicks, mit dem Martha sie musterte, davon aus, dass ihr Lächeln auch nicht gerade überzeugend gewirkt hatte.

Sie sah auf die Uhr und drängte Cosky innerlich, er möge sich beeilen.

Irgendwie war es schon komisch, dass sie Coskys Gesellschaft auf einmal als sehr viel angenehmer empfand, nachdem sie dem Tod ins Auge gesehen hatte. Auch wenn dieses letzte Erlebnis wieder einmal Coskys Schuld gewesen war.

Wenn Coskys Stalkerin Kait nicht angegriffen hätte, dann hätte sie nie die Aufmerksamkeit dieses Killers mit den leeren Augen erregt.

Das würde sie ihm auf jeden Fall aufs Brot schmieren, wenn er denn endlich eintraf.

* * *

Es schienen Stunden vergangen zu sein, als Coskys Handy endlich klingelte.

»Kait?« Seine Stimme klang, als hätte er Glas verschluckt. Er hörte nur schnelles Atmen und dann ein Räuspern.

»Mir geht es gut. Er ist weg.«

Cosky schloss die Augen und entspannte seine Arme. Er war noch nie im Leben so froh gewesen, eine Stimme zu hören. »Wir sind gleich da.«

»Er ist gar kein Detective, oder?« Ihre Stimme bebte, aber nur für einen Moment, dann wurde sie wieder fest.

Er legte die Hand fester um das Handy. »Nein, ist er nicht.«

Sie atmete wieder ungleichmäßig.

»Ist er derjenige, der ihre Familie ermordet hat?«, flüsterte sie.

Wie in aller Welt hatte sie das herausgefunden? Hatte der Mistkerl es ihr erzählt? Großer Gott … Cosky holte tief Luft und kämpfte gegen die Wut an, die in ihm aufstieg.

»Das hat er bestimmt sehr genossen«, fuhr sie immer noch flüsternd fort.

Cosky schüttelte den Kopf, um ihn wieder freizubekommen. »Was hat er genossen?«

»Die Kinder umzubringen.« Er hörte, wie sie tief Luft holte. Ihre Stimme wurde wieder kräftiger. »Ich soll dir was von ihm ausrichten. Er sagte, ihr würdet euch bald sehen.«

»Ich freue mich schon drauf.« Cosky bleckte die Zähne. Kaits Apartmentkomplex kam in Sicht. Er unterdrückte die in ihm aufsteigende Wut und die Überreste der Angst. »Pack ein paar Sachen für mehrere Tage ein.«

Er würde sie vorerst auf keinen Fall allein lassen.

Durch die Leitung kam ein Lachen. »Rate mal, was ich gerade mache. Wir treffen uns in der Lobby.«

*Den Teufel würden sie tun.*

»Wir kommen hoch«, erwiderte er schlicht.

»Das ist nicht nötig. Hätte er mir was tun wollen«, ihre Stimme zitterte, »dann hätte er genug Gelegenheit dazu gehabt. Vermutlich ist er längst weg. Du solltest dein Bein schonen.«

*Scheiß auf sein Bein.*

»Wir holen dich in deiner Wohnung ab«, beharrte er und hätte es am liebsten laut rausgeschrien. Gut, Kait war robust, aber sie hatte an diesem Tag schon mehr als genug durchgemacht. Da musste er sie jetzt nicht auch noch anschreien, selbst wenn er ein Ventil für seine Wut brauchte.

Außerdem hatte sie recht. Wenn der Schweinehund ihr etwas hätte antun wollen, dann wäre Kait längst verschwunden und Cosky hätte nichts unternehmen können, um ihn davon abzuhalten.

Er riss die Wagentür auf und stieg aus, nur um zusammenzuzucken, als sein Fuß auf dem Boden aufkam und der Schmerz durch sein Knie schoss.

*Verdammte Scheiße!*

Anscheinend ließ die Wirkung von Kaits Heilung nach. Der Schmerz war zwar bei Weitem nicht so schlimm wie vorher, aber doch so intensiv, dass er sein Denken beherrschte und seine Gehweise veränderte.

Den nächsten Schritt machte Cosky sehr viel vorsichtiger.

Zane bekam das natürlich mit. »Macht dir dein Knie wieder Probleme?«

Da er wusste, was folgen würde, wenn er die Frage bejahte, ignorierte er sie einfach. Er würde nicht wie ein Invalide im Wagen warten, während Zane Kait nach unten begleitete. Das hier war alles seine Schuld, und er würde sich darum kümmern.

Zane wollte schon etwas sagen, stockte dann jedoch, krümmte sich und stöhnte.

*Nicht auch das noch!*

Cosky starrte ihn an. »Beth sollte diese Übelkeit langsam mal in den Griff kriegen. Lustig ist das schon lange nicht mehr.«

»Sag ihr das ruhig«, erwiderte Zane, der sich mit grünlichem Gesicht wieder aufrichtete. »Dann ist Jillian bald nicht mehr die Einzige mit einem blauen Auge.«

Cosky betrat die Lobby mit finsterer Miene. Die Fahrstuhltür stand offen, und sie fuhren in den sechsten Stock hinauf. Kait öffnete ihre Wohnungstür nach dem zweiten Klopfen. Er musste nur einen Blick auf ihr bleiches Gesicht und ihre weit aufgerissenen Augen werfen und nahm sie in die Arme.

Im ersten Moment zuckte sie zurück, aber dann erwiderte sie die Umarmung.

»Es geht mir gut«, versicherte sie ihm mit zittriger Stimme. »Er hat mir nichts getan.«

Cosky spürte, wie sie die Arme enger um seine Taille legte. Der Mistkerl mochte ihr zwar kein Haar gekrümmt haben, aber er hatte ihr eine Heidenangst eingejagt. Als sie erschauderte, musste Cosky erneut gegen seine Wut ankämpfen. Jeder Instinkt befahl ihm, diesen Schweinehund zu jagen und ihm eine Kugel in den Kopf zu schießen.

»Wir müssen los«, drängte Zane, der hinter ihnen stand.

Kait holte tief Luft, wobei sich ihre Brüste an Coskys Brust rieben, und schon stieg eine Hitzewelle in ihm auf und vertrieb das eisige Gefühl. Sie löste die Arme und machte einen Schritt nach hinten. Dann drehte sie sich kurz um, bückte sich und hob einen Koffer auf.

»Ich werde für ein paar Tage bei einer Freundin wohnen«, erklärte sie, trat in den Hausflur und schloss die Tür hinter sich. »Ihr hättet eigentlich gar nicht kommen müssen. Der Wachmann hätte mich schon zu meinem Wagen begleitet.«

*Ja, klar …* Cosky tauschte einen grimmigen Blick mit Zane aus und strich sich mit einer Hand übers Gesicht. Ihm war klar, dass ihr nicht gefallen würde, was er ihr zu sagen hatte.

»Du kannst deinen Wagen nicht nehmen, Kait.« Er versuchte gar nicht erst, es ihr schmackhaft zu machen. »Du bist jetzt in ihr Visier geraten, und diese Leute haben verdammt gute Verbindungen. Sie können dich mithilfe deines Wagens überall aufspüren.«

Sie machte einen Schritt und erstarrte dann, um sich langsam zu ihm umzudrehen. »Sie? Wie viele sind es denn?«

Er wollte schon eine Hand heben und ihr über die aschfahle Wange streichen, entschied sich dann aber doch dagegen. »Das wissen wir nicht.«

»Okay …« Sie versuchte nicht, sich mit ihm zu streiten oder ihm zu widersprechen, sondern stand nur mit gerunzelter Stirn da. »Dann kann ich mir auch keinen Wagen mieten. Wenn sie so gute Verbindungen haben, werden sie das ebenfalls herausfinden.«

Zane zog die Augenbrauen hoch. »Davon gehe ich aus.«

Kait nickte entschlossen. »Und zu Demi kann ich auch nicht gehen, falls sie mir möglicherweise folgen.«

»Du kommst mit uns«, erklärte Cosky.

Sie nickte abwesend, aber ihre Miene wurde noch düsterer. »Wenn sie mich finden können, dann euch auch.«

Da hatte sie recht.

Cosky zweifelte nicht daran, dass diese Leute seit Monaten wussten, wo er wohnte.

Wenn man bedachte, welche Mühe und Ressourcen Russ' Bosse aufgewandt hatten, um diese geheimnisvollen Passagiere von Flug 2077 in die Finger zu bekommen, hatten sie vermutlich eine ganze Reihe von Personen mit der Aufgabe betraut, die Männer zu observieren, die ihre Operation verhindert hatten. Das mussten sie einfach tun, schließlich galt es zu verhindern, dass er, Zane, Rawls und Mac ihren ganzen Plan ins Wanken brachten. Sie mussten genau wissen, wie viele Informationen Russ ausgeplaudert hatte und wie viel sie selbst zusammengetragen hatten.

Diese Arschlöcher hätten zweifellos weitaus drastischere und dauerhaftere Maßnahmen ergriffen, wenn sich die Medien nicht derart auf diesen Zwischenfall gestürzt hätten. Cosky und seine Teamkameraden jetzt zu eliminieren, während sie lautstark von einer Verschwörung sprachen, hätte dann doch zu viele Fragen aufgeworfen.

Also warteten sie vermutlich einfach ab, beobachteten sie aus der Ferne und waren bereit, sofort zuzuschlagen, wenn es sein musste. Cosky ging davon aus, dass es bei ihm ebenso wie bei allen anderen Beteiligten auch innerhalb ihres Heims unerwünschte Augen und Ohren gegeben hätte, wenn Radar nicht der Prototyp einer Kombination aus Audio- und Hightechstörgerät in die Hände gefallen wäre. Das Gerät blockierte nicht nur externe und interne Mikrofone, es erkannte außerdem autorisierte elektronische Signale und ließ diese durch, wie beispielsweise die ihrer Handys. Ein Glück. Hätte er jedes Mal das Haus verlassen müssen, um ein Telefonat zu führen oder seine Mailbox abzuhören, wäre er vermutlich schnell verrückt geworden.

»Wir sind darauf eingerichtet«, erwiderte Cosky nur. »Du nicht. Daher bist du bei uns sicherer.«

Sie gingen zu dritt auf den Fahrstuhl zu.

»Ich habe da einen Freund«, sagte Kait, die noch immer ein besorgtes Gesicht machte. »Bei ihm bin ich in Sicherheit.«

*Bei ihm?*

Cosky versteifte sich. »Bei uns auch.«

Er bemerkte, dass Zane ihm bei seinem barschen Ausbruch einen amüsierten Blick zuwarf. Kait schien das glücklicherweise nicht zu bemerken.

Sie lachte auf, und in ihrer Stimme schwang Zuneigung mit. »Du kannst mir glauben, dass ich bei Wolf genauso sicher bin.«

*Wolf?*

*Was für ein blöder Name war das denn?*

»Du bleibst bei uns«, stieß Cosky zwischen zusammengebissenen Zähnen hervor.

Zanes Lippen zuckten, aber er sagte keinen Ton, als sie in die Fahrstuhlkabine stiegen.

Kait wartete, bis sich die Türen geschlossen hatten, bevor sie Cosky ruhig ins Gesicht sah. »Danke. Ich nehme dein Angebot gerne an …«

Cosky entspannte sich.

»… bis Wolf mich abholt.«

Zane stieß ein ersticktes Lachen aus. Rasch versuchte er, es wie einen Hustenanfall wirken zu lassen, was jedoch nicht besonders überzeugend rüberkam. Cosky warf ihm einen wütenden Blick zu, während Kait eher verwirrt zu sein schien.

»Ich glaube, du unterschätzt die Gefahr, in der du schwebst.« Cosky versuchte, einen vernünftigen Tonfall anzunehmen, aber die Worte klangen trotzdem heiser und feindselig.

Ein Schatten legte sich über ihre Augen. Sie versteifte sich, und ihre Miene wurde eisiger. »Du kannst mir glauben, dass ich mir der Gefahr sehr wohl bewusst bin. Fünf Minuten allein mit diesem Detective Pachico haben da voll und ganz gereicht.«

Cosky zuckte zusammen und musste an ihr kreidebleiches Gesicht und ihre aufgerissenen Augen denken. Sie hatte recht und wusste genau, wie groß die Gefahr war.

Daher musste sie verdammt großes Vertrauen in diesen *Freund*, diesen *Wolf* haben, dass sie ihm ihr Leben anvertraute.

Die wahnsinnige Wut, die in ihm aufstieg, schockierte ihn. Es ging ihn überhaupt nichts an, wie viel Kait diesem

Kerl zutraute. Er sollte sich vielmehr freuen, dass sie jemanden hatte, auf den sie sich verlassen und dem sie vollkommen vertrauen konnte. Dadurch musste er diese Verantwortung nicht tragen.

Sie gingen schweigend durch die Lobby.

Auf halbem Weg bemerkte Kait, dass er humpelte, und die Kälte verschwand teilweise aus ihrem Gesicht. Sie wurde langsamer, passte ihr Tempo seinem an und sah sich um.

»Die Heilung hat also nicht lange vorgehalten?«, fragte sie leise.

Cosky warf ihr einen Blick zu und zuckte mit den Achseln. »Meinem Knie geht es schon deutlich besser als noch gestern Morgen.«

Er hatte nicht vorgehabt, sie an diese heißen Momente auf der Couch zu erinnern, aber bei diesem Kommentar dachten sie beide daran. Ihr Blick wurde hitziger, und sein Blut reagierte darauf, indem es heiß und schnell durch seine Adern toste.

Es war leicht zu erkennen, wann sie an das dachte, was nach dem Sex passiert war, denn in diesem Augenblick verschwand die Erregung aus ihren Augen.

Er wandte den Blick ab. Noch hatte er sich nicht dafür entschuldigt, aber bevor er die Gelegenheit dazu bekam, schaltete sich Zane ein.

»Warum setzt du dich nicht auf den Beifahrersitz? Dann kann Cosky sein Bein auf dem Rücksitz ausstrecken.«

Verdammt. Er hatte tatsächlich vergessen, dass Zane bei ihnen war. Wie peinlich.

Als Kait in den Wagen steigen wollte, hielt er sie am Arm fest. Sie drehte sich zu ihm um, hatte schon ein Bein im Auto, und ihre Miene war so glatt und emotionslos wie eine Glasscheibe.

»Danke«, grummelte er heiser und deutete mit einer Hand auf sein Bein.

Ihr Blick wurde sanfter, aber sie nickte nur und wandte sich ab.

Da er ein wenig wacklig auf den Beinen war, stieg Cosky auf den Rücksitz und lehnte sich an. Er streckte sein Bein aus und musterte Kaits perfektes Profil.

Der Drang, sich bei ihr zu entschuldigen, wurde immer stärker, aber Zane – dieser Blödmann – würde jedes Wort mit anhören. Wenn sich Cosky jetzt entschuldigte, dann wusste Zane, dass er in Bezug auf das, was sich am Vortag in Kaits Wohnung abgespielt hatte, nicht ganz ehrlich gewesen war.

Daher musste die Entschuldigung warten, bis er mit Kait allein war.

Kait versuchte auf dem Weg durch die Stadt zweimal, ihren Wolf anzurufen. Cosky fand es eigentlich ganz beruhigend, dass nur die Mailbox ranging. Mit etwas Glück würde der Kerl nicht zurückrufen, bevor sie in der sicheren Wohnung angekommen waren, wo der Störsender seine Anrufe abblocken würde.

»Anscheinend hast du Besuch«, stellte Zane fest, als er neben Russos Dodge Ram parkte.

Hollisters und Trammels Wagen standen ebenfalls vor dem Haus, was wiederum bedeutete, dass Taggart vermutlich auch da war, da er mit Tram zusammenwohnte.

Schon als sie die Wohnung betraten, hörten sie Macs laute Stimme. Cosky kannte den Tonfall – er hatte ihn schon sehr, sehr oft bei den Missionsbesprechungen gehört. Nach einem kurzen Blick auf Zane gingen sie in Richtung Wohnzimmer. Irgendetwas ging hier vor sich.

Jillian schlief noch immer auf der Couch und war an die Infusion angeschlossen. Aber das Esszimmer sah inzwischen aus wie eine Kommandozentrale, da an den Vorhängen und Wänden Karten, Diagramme und Fotos hingen.

Die sechs Männer, die sich dort versammelt hatten, drehten sich um, und Mac verstummte, als er Cosky und Zane sah. Dann warf er Kait einen verärgerten Blick zu und wandte sich an Zane.

»Wir stellen diesem Wichser eine Falle«, erklärte Mac.

»Wie in aller Welt hast du all das hier arrangiert?«, wollte Zane wissen und deutete auf die Karten. »Wir waren nicht einmal dreißig Minuten lang weg.«

»Die Wunder des Internets«, meinte Rawls und wandte sich an Kait. »Ich bin froh, dass dir nichts passiert ist, Süße.«

Tag trat vor und nahm sie in die Arme. »Schön, dich zu sehen, Kaity.«

Cosky versteifte sich und verengte die Augen. Ihre Umarmung sah viel zu selbstverständlich … und zu vertraut aus.

Irgendetwas war zwischen Tag und Aiden vorgefallen, aber niemand wusste genau, was passiert war – möglicherweise mit Ausnahme von Tram, aber der hatte keinen Ton gesagt –, aber es hatte ausgereicht, um Aiden dazu zu bewegen, sich eine neue Wohnung zu suchen. War Kait der Grund für ihren Zwist gewesen?

Eigentlich ging es ihn ja auch gar nichts an.

Kait und Tag waren erwachsen, und wenn sie eine Affäre hatten, dann betraf das nur sie beide.

Dummerweise konnte er seine Fäuste nicht davon überzeugen.

Mac unterbrach das Wiedersehen zum Glück, indem er Kaits Arm nahm. »Was hast du diesem Mistkerl erzählt, als er bei dir war?«, wollte er wissen und zerrte sie aus Tags Armen. Der Blick, den er Taggart zuwarf, enthielt eine eindeutige Warnung.

Cosky stieß den Atem aus, den er unbewusst angehalten hatte.

»Nichts«, antwortete Kait. »Zumindest nichts, was ich nicht auch schon der Polizei gesagt hatte.«

»Und was genau hast du da ausgesagt?«, verlangte Mac zu erfahren.

»Dass sie es auf mich abgesehen hatte, weil sie an Cosky rankommen und ihn zu mir locken wollte. Dass ich sie danach mit meiner Einkaufstüte k. o. geschlagen habe. Ich habe der Polizei erzählt, dass ich in meine Wohnung gegangen bin, um Isolierband zu holen und sie damit zu fesseln, und dass sie in der Zeit abgehauen ist.«

Tags Lippen umspielte ein Grinsen. »Das muss ja ein harter Einkauf gewesen sein.«

»Allerdings.« Sie lachte auf, und ihre Augen funkelten amüsiert. »Ich hatte ein Glas Mayonnaise drin.«

Rawls lachte. »Aua.«

»Wie lautet der Plan?«, wollte Zane wissen und kam damit aufs Thema zurück.

»Ich werde unseren glatzköpfigen Freund anrufen und ihm sagen, dass wir Jillian haben. Dann gebe ich ihm eine Adresse, an der er sie abholen kann«, sagte Mac mit gemeinem Grinsen.

Zane verengte die Augen und überflog die Karten und Diagramme. »Und wir werden ihn dort bereits erwarten.«

Macs Miene war eiskalt. »So sieht es aus.«

Kait drehte sich zu der Frau um, die auf dem Sofa lag. »Wie könnt ihr euch sicher sein, dass sie nicht längst wissen, dass sie hier ist? Was ist, wenn Pachico euch von meiner Wohnung aus gefolgt ist, als ihr sie dort abgeholt habt?«

»Du hast ihm doch nicht gesagt, dass wir sie haben.«

Cosky versteifte sich bei Macs anklagendem Tonfall, aber Kait runzelte nur die Stirn.

»Natürlich nicht.« Sie hielt inne, fügte dann aber leise hinzu: »Aber ich denke, er weiß es längst.«

Zane drehte sich irritiert zu ihr um. »Wie kommst du auf die Idee?«

Sie schüttelte den Kopf. »Keine Ahnung. Instinkt?«

Mac wandte sich mit einem Schnauben ab.

»Du hast Millian zwei Blocks weiter westlich postiert«, sagte Zane, woraufhin Cosky aufsah. Er hatte Millians klapprigen Wagen nicht einmal bemerkt. »Wer ist im Osten?«

»Brenton«, antwortete Russo, ohne den Blick von der Karte an der Wand abzuwenden. »Wir haben uns abgesichert. Anscheinend werden wir nicht beobachtet.«

Anscheinend war das entscheidende Wort. Falls sie aus einer Wohnung in der Nachbarschaft observiert wurden, dann konnte man ihre Beobachter von der Straße aus nicht sehen. Zwar hatten weder Cosky noch Zane oder Rawls in der Gegend unbekannte Gesichter oder fremde Fahrzeuge auf dem Parkplatz gesehen, aber das hatte nicht viel zu sagen. Profis wussten, wie sie ihre Anwesenheit verbergen konnten.

»Dann packen wir alles ein und legen los«, meinte Mac. Sein eisiger Blick richtete sich auf Cosky. »Du bleibst hier.«

»Du musst sie jede halbe Stunde wecken«, instruierte ihn Rawls, der mit dem Kinn auf die schlafende Frau deutete. »Falls ihre Pupillen erweitert oder verengt sind, muss sie ins Krankenhaus. Du kannst den Tropf abnehmen, wenn der Beutel leer ist.«

Cosky nickte und sah mit an, wie sie ihr Waffenarsenal überprüften und in Gürteln, Hosenbunden und Stiefeln verstauten. Nach dem Uhrenvergleich wurden auch noch die Akkus der Handys überprüft.

Kaits Blick fiel auf Rawls' Handy, wobei ihr offenbar wieder einfiel, dass sie ihren Freund Wolf noch anrufen wollte.

Sie kramte in ihrer Tasche herum und holte ihr Handy heraus. Cosky tat so, als würde er nicht bemerken, wie sie darauf herumtippte, während er sich fragte, was Tag von ihrem Freund Wolf halten mochte.

Aber Rawls war mal wieder viel zu hilfsbereit.

»Hey, du musst es freischalten lassen, damit du hier telefonieren und Anrufe empfangen kannst.« Rawls nahm Kait das Handy ab, schloss es an das Störgerät an und drückte ein paar Tasten. »Es dauert ein paar Minuten, dann solltest du Empfang haben.«

Einige Minuten später fiel die Tür ins Schloss und Stille kehrte ein. Cosky runzelte die Stirn und war frustriert. Verdammt, er hätte zusammen mit ihnen aufbrechen müssen. Wäre sein Knie nicht gewesen, hätte er das auch getan.

Wütend starrte er sein Bein an. Es war vermutlich besser, wenn er sich schon einmal an das Dasein als Babysitter gewöhnte, denn solange sein Knie nicht wieder vollkommen geheilt war, würde er auch keine andere Aufgabe mehr übernehmen können.

* * *

Roberts Kopfhaut juckte wie verrückt unter dem Toupet, als er das Oldsmobile langsam an dem Haus, in dem Simcosky und Rawls lebten, vorbeilenkte. Er warf einen schnellen Blick zu ihrer Wohnung hinüber und entspannte sich, als er Mackenzies und Rawlings' Autos sah. Allerdings standen da auch noch mehrere ihm unbekannte Fahrzeuge.

Ein weiterer Hinweis darauf, dass sie Jillian hatten und dass die Schlampe ihnen mehr erzählt hatte, als gut für ihn war.

Inzwischen wussten sie bestimmt längst, dass Jillian mit Russ verwandt war. Die Chancen standen außerdem gut, dass ihnen die Schlampe beschrieben hatte, wie er aussah, und sie über seine Rolle bei dem vorherigen Debakel aufgeklärt hatte.

Glücklicherweise war nichts davon mehr wichtig, da diese Männer alle in Kürze tot sein würden.

Es würde allerdings mehr als die sechs geplanten Todesopfer geben. Doch das war besser so, denn wenn Mackenzie den Rest seines Teams in das eingeweiht hatte, was er von Jillian wusste, dann musste jeder, der sich in dieser Wohnung aufhielt, zum Schweigen gebracht werden. Dies war ihre beste Gelegenheit, das zu erreichen.

Ohne einen Hauch von Reue hob er den Hörer des uralten Analoghandys mit dem riesigen Akkupack hoch. Das verdammte Ding nahm den halben Beifahrersitz ein.

Die Hightechgeräte, mit denen Simcosky und Rawlings ihre Festung bewachten, hatten einen entscheidenden Nachteil: Sie waren zwar gegen digitale, aber nicht gegen die alten analogen Signale geschützt. Wenn man beispielsweise eine Bombe fernzünden wollte, ohne dass ihre schicken Störsender – und was auch immer sie noch alles zu ihrem Schutz einsetzten – dazwischenfunkten, dann musste man nur in die guten alten 1970er-Jahre zurückgehen und dementsprechende Mittel einsetzen. Ein analoges Signal von einem alten Handy, das an einen Pager geschickt wurde, der mit dem Stromkreis des Hauses verbunden war, reichte da völlig aus.

Keiner im Haus würde überhaupt etwas davon merken.

Natürlich waren all ihre Hightechspielzeuge darauf ausgelegt, ungebetene Lauscher und Beobachter auszusperren. Sie hatten nicht versucht, sich vor einer Bombe zu schützen. Warum sollten sie auch? Bis zu diesem Moment hatte ihnen niemand tatsächlich körperliches Leid antun wollen. Die Bosse hatten sie lediglich mithilfe der Justiz und dem Naval Special Warfare Office attackiert.

Die Bombe unter der Wohnung war schlicht und einfach eine Absicherung gewesen.

Falls die Dinge aus dem Ruder liefen und diese Arschlöcher ihre Nasen zu tief in die falschen Angelegenheiten steckten, dann stand die Option einer sofortigen und bedingungslosen Auslöschung zur Verfügung. Aber die Bombe sollte nur als letzter Ausweg dienen.

Die Bosse wollten keine unerwünschte Aufmerksamkeit auf ihre Geschichte ziehen. Eine Explosion, bei der vier hochdekorierte Mitglieder der Naval Special Warfare ums Leben kamen, schrie förmlich nach einer Verschwörung und würde viel zu viel Interesse und Spekulationen nach sich ziehen.

Daher würden die Bosse in dreißig Minuten, wenn die Bombe unter der Wohnung detonierte und jeden, der sich im Haus aufhielt, in Flammen aufgehen ließ, stinksauer und selbst auf Vergeltung aus sein. Robert musste dafür sorgen, dass sie ihr Gift in die richtige Richtung verspritzten.

Er sah auf die Uhr im Armaturenbrett des Oldsmobile. Er hatte noch ungefähr fünfzehn Minuten, um Phillip abzufangen und Plan B umzusetzen. Es sollte nicht allzu schwierig werden, das alte Analoghandy zusammen mit mehreren anderen belastenden Beweisen in Phillips Wagen zu deponieren. Am besten schaltete er Phillip sofort aus und schaffte so die optimalen Voraussetzungen. Später konnte er Manheim davon überzeugen, dass Phil ihn angegriffen hatte, als er ihn zur Rede stellen wollte.

Während er seine Strategie im Kopf durchging, klingelte sein Handy. Auf dem Display stand »Anonym«, daher ging er davon aus, dass es einer seiner Männer war, die alle Prepaidhandys benutzten.

Wenn er Glück hatte, war der Anrufer Phillip. Dann würde er ihn überreden, sich mit ihm zum Mittagessen zu treffen, um ihn unter irgendeinem Vorwand in den Park zu locken. Nachdem er Phil ausgeschaltet hatte, konnte er die belastenden Beweise in seinem Wagen deponieren. Er spürte einen Anflug von Reue, aber nur einen sehr kleinen. Phil war zwar ein netter Kerl, aber sein Selbsterhaltungstrieb hatte nun einmal Vorrang.

»Ja?«, meldete er sich.

»Detective Pachico?«, fragte eine raue Stimme.

Es dauerte einen Augenblick, bis er mit dem Namen etwas anfangen konnte, was verdammt peinlich war, wenn man einen Decknamen benutzte. Himmel, er musste dringend einen klaren Kopf bekommen. Ein solcher Patzer konnte einen rasch den Kopf kosten.

»Wer ist da?«, wollte er wissen, auch wenn er die tiefe Stimme durchaus erkannt hatte. Er stellte das Handy auf Lautsprecher, während er den eingebauten Rekorder aktivierte, damit er sich das Gespräch später noch einmal anhören konnte.

»Mackenzie. Sie haben gesagt, wir sollen uns melden, wenn wir die Kleine finden.«

Robert zog die Augenbrauen hoch. Das kam unerwartet und machte ihn verdammt misstrauisch. »Sie haben sie gefunden?«

»Ja, wir haben sie.«

»Und wo genau halten Sie sie fest?«, wollte Robert wissen und versuchte, sich seine Skepsis nicht anmerken zu lassen. Seine Augenbrauen wanderten noch höher, als er die Adresse hörte, die Mackenzie ihm nannte und die definitiv nicht die der Wohnung war.

Er fuhr an den Straßenrand und gab die Adresse in sein Navigationssystem ein. Mackenzies Koordinaten führten ihn an das andere Ende der Stadt und in ein Industriegebiet. In dieser Ecke von Coronado gab es sehr viele abgelegene Orte, die sich perfekt zum Stellen einer Falle eigneten.

»Hm«, tat er überrascht. »Das ist ziemlich weit weg von dem letzten Ort, an dem sie gesehen wurde.«

»Aus diesem Grund hat man sie vermutlich nicht eher gefunden«, entgegnete Mackenzie.

Oh ja, der Wichser war gut. Er hatte nicht einmal gestockt.

Robert runzelte die Stirn und kniff sich in den Nasenrücken, da ihm diese Entwicklung einen gewaltigen Strich durch die Rechnung machte. Mackenzie hätte nicht angerufen, wenn sie nicht längst vor Ort und bereit wären, die Falle zuschnappen zu lassen. Was wiederum hieß, dass sich die Hälfte seiner Ziele am anderen Ende der Stadt aufhielt. Sie mussten mit einem Wagen dorthin gefahren sein und die anderen hier stehen gelassen haben. Was auch erklärte, wieso er Winters' Minivan nicht gesehen hatte.

Wie viele Männer hatte Mackenzie mitgenommen? Acht Personen passten in den Van, womit es bei diesen breitschultrigen Männern schon verdammt eng wurde, aber die SEALs waren an weitaus beengtere Umstände gewöhnt.

Wahrscheinlich hatten sie die Frauen zusammen mit einem oder zwei Wachhunden in der Wohnung zurückgelassen. Somit wäre er zumindest Jillian los, aber die meisten seiner Ziele wären noch am Leben und würden auf Rache sinnen.

Er überlegte, ob er Mackenzie sagen sollte, dass er erst später kommen konnte. Eventuell kämen sie ja dann in der nächsten halben Stunde und somit bis zur Zündung der Bombe zurück in die Wohnung. Nach einem Augenblick schüttelte er jedoch angewidert den Kopf. Wenn er das Treffen hinauszögerte, würden sie Verdacht schöpfen, und er wollte schließlich auf gar keinen Fall, dass sie die Wohnung aufgaben.

Zu schade, dass er die Bombe nicht deaktivieren konnte.

»Pachico?«, fragte Mackenzie.

»Ich bin unterwegs«, erwiderte Robert.

»Wir warten.«

Das waren vermutlich die einzig wahren Worte, die der Wichser bisher gesagt hatte.

Sobald Mackenzie aufgelegt hatte, rief Robert die Polizei. Wenn er nicht all seine Ziele auf einmal ausschalten konnte, dann wollte er ihnen zumindest das Leben schwer machen.

»Was haben Sie für einen Notfall?«, fragte eine nasale Frauenstimme.

Robert räusperte sich. »Ich bin gerade an der alten Pontaine-Fabrik vorbeigefahren«, sagte er mit zittriger Stimme, »Sie wissen schon, da wo die Drogensüchtigen immer abhängen. Da fiel mir auf, dass das Tor unten ist und einige verdammt muskulöse Kerle um sich schießen. Ich dachte, ich melde das lieber mal, denn da wird ganz schön viel rumgeschrien, und bei allem, was so los ist …«

Er legte auf, als die Frau Fragen stellte, und saß dann grinsend da.

Das dürfte sie für eine Weile beschäftigen.

# Kapitel 14

Kait warf Cosky einen schnellen Blick zu, als die Tür hinter Commander Mackenzie und dem Rest von Aidens Teamkameraden ins Schloss fiel. Die darauffolgende Stille war schwer und unangenehm. Allerdings war dies auch das erste Mal, dass Cosky und sie allein waren – wenn man mal von der schlafenden Frau auf dem Sofa absah –, seitdem sie einander in ihrem Wohnzimmer nackt gegenübergestanden hatten.

»So läuft das also.« Kait sagte das Erste, was ihr durch den Kopf schoss.

»Was?«

Cosky drehte den Kopf, aber sein getrübter Blick streifte sie nur und wanderte dann weiter in die Küche, wenn sie den Raum mit den Resopaloberflächen richtig identifizierte.

»Eine eurer supergeheimen Strategiesitzungen.« Kait drehte sich langsam und nahm Coskys und Rawls' Wohnzimmer in Augenschein.

Ihr Blick blieb an den nackten weißen Wänden hängen. Nirgendwo war ein Bild, eine Uhr oder sonst irgendein Schnickschnack zu erkennen. Der restliche Raum sah ebenso karg aus. Ein Tisch, eine Ledercouch, ein paar Fernsehsessel, natürlich ebenfalls aus Leder. Ein riesiger Fernseher stand neben einigen anderen Geräten in einer Ecke. Unter den dort aufgebauten elektronischen Geräten erkannte sie einen Blu-Ray-Player, einen Receiver für Kabelfernsehen und das Störgerät, an dem Rawls zuvor herumhantiert hatte. Aber das war gerade mal die Hälfte der dort vorhandenen Dinge.

Das war also Aidens neues Zuhause. Da er beim Auszug aus Tags Haus noch immer Umzugskartons an den Wänden seines Schlafzimmers stehen gehabt hatte – vier Jahre nach dem Einzug! –, würde er sich hier bestimmt wohlfühlen. Solange er einen Platz für seine Waffen und seine Kleidung hatte und irgendwo die ganzen Sportsendungen sehen konnte, war ihr Bruder völlig zufrieden.

Sein überdurchschnittlich ausgestattetes Bankkonto sah man seiner Wohnung definitiv nicht an.

Cosky hatte noch immer nicht auf ihren Kommentar reagiert, aber eigentlich gab es dazu auch nicht viel zu sagen. Sie hatte das eher ausgesprochen, um das Eis zwischen ihnen zu brechen, und nicht, um eine Unterhaltung anzufangen. Offenbar war ihr beides misslungen. Sie hörte, wie er die Kühlschranktür öffnete, darin herumkramte und sie wieder schloss.

Nach einer langen Pause fragte er: »Möchtest du ein Bier?«

Ihre Lippen zuckten, da ihm diese Frage ganz offensichtlich erst im Nachhinein eingefallen war. »Ja, gern.« Vielleicht half ihr ein Bier dabei, sich zu entspannen.

Wieder wurde der Kühlschrank geöffnet und geschlossen. Sie ging zur Couch, als seine ungleichmäßigen Schritte in der Küche zu hören waren. Jillian war vollkommen weggetreten, hatte den Mund halb geöffnet und schnarchte hörbar.

Kait setzte sich neben sie auf die Couch und hob vorsichtig den Eisbeutel an, der auf Jillians Auge lag. Als sie die Schwellung und Verfärbung sah, zuckte sie zusammen. Die Verletzung sah jetzt noch sehr viel schlimmer aus als zuvor.

Kaits Magen zog sich zusammen. Sie hätte nicht so fest zuschlagen dürfen. Auch bei einem geringeren Kraftaufwand wäre ihr die Flucht gelungen.

»Das hast du gut gemacht«, sagte Cosky leise, der auf der anderen Seite des Raums aufgetaucht war.

Kait schluckte mehrmals schwer, bevor sie davon überzeugt war, dass sie einen Ton herausbringen konnte. »Was?«

»Das mit ihr«, erwiderte er nur. »Du hast mitgedacht und nicht gezögert. Und du hast die beste Waffe eingesetzt, die dir zur Verfügung stand.«

Er klang sehr zufrieden.

Kait hätte beinahe laut aufgelacht, weil Cosky sie für etwas lobte, was ihr Gewissensbisse bereitete.

»Hat Rawls ihr Auge untersucht und nicht nur die Schwellung? Ich habe ihr doch keinen bleibenden Schaden zugefügt, oder?«

»Er sagt, dass es ihr gut geht.« Man konnte Cosky anhören, dass ihm das ziemlich egal war. »Zumindest gut gehen wird, wenn die Schwellung wieder zurückgegangen ist.«

Seine Stimme klang, als würde er direkt hinter ihrer Schulter stehen, und dann berührte eine eiskalte Flasche ihren Arm. Sie zuckte zusammen, blickte auf, beobachtete ihn, wie er die Flasche aufdrehte, und nahm sie ihm dann ab.

Ein betretenes Schweigen machte sich breit. Sie tranken ihr Bier. Nach ein paar Schlucken stellte Kait die Flasche auf den Tisch. Dann rutschte sie näher an Jillians Kopf heran und legte die Hände auf Jillians geschwollenes Auge und die Schläfe.

»Verdammt, lass das!«, rief Cosky fassungslos und brach damit die Stille.

Er knallte seine Flasche auf den Holztisch, und schon lagen kräftige Arme um ihre Taille und zerrten sie nach hinten.

»Hey!«, schimpfte Kait entrüstet und versuchte, sich ihm zu entziehen.

»Du wirst sie auf gar keinen Fall heilen.« Seine Stimme klang unnachgiebig.

»Das ist nicht deine Entscheidung«, fauchte sie. Als er sie nicht losließ, verspannte sie sich. »Wenn du mich nicht auf der Stelle runterlässt, ramme ich dir deine Eier bis rauf in den Schädel.«

Er lockerte seinen Griff, ließ sie jedoch nicht los. Kait stellte entsetzt fest, dass ihr an den Stellen, an denen sie seine Arme berührten, ganz warm wurde. Eine intensive Hitze breitete sich von diesen Punkten bis in ihren Bauch und zwischen ihre Beine aus. Ihre Brüste spannten sich an, und ihre Brustwarzen wurden hart. Ihr Innerstes schien zu schmelzen. Das war nicht die Hitze der Heilung, vielmehr war sie erregt, auch wenn sie das gar nicht wollte.

Eigentlich hatte sie das nie wieder erleben wollen.

Zumindest nicht mit ihm.

Wieder spannte er die Arme an und drückte sie gegen seine Brust, bis sie seinen harten, schnellen Herzschlag an ihrem Rücken spürte und weiter unten seine beharrliche Erektion.

Unfassbar!

Sie erstarrte und trat ihm instinktiv so fest sie nur konnte auf den linken Fuß.

»Verdammte Scheiße!« Er ließ die Arme sinken.

Sie wirbelte zu ihm herum und zielte mit einem Knie auf seinen Schritt. Er konnte den Angriff im letzten Moment noch abwehren, sodass dieser auf seinem Oberschenkel landete.

»Himmel noch mal!«, brüllte er und machte einen Schritt nach hinten.

Kait rang zitternd nach Luft und versuchte sich an einem unbekümmerten Achselzucken. »Ich hab dich gewarnt.«

Er starrte sie wütend und mit geröteten Wangen an. Sie wusste nicht, ob er so erregt oder so wütend war, vermutete aber, dass es sich um eine Mischung aus beidem handelte.

Nachdem er einige Male tief Luft geholt hatte, schien er sich ein wenig zu entspannen. »Du bist vor nicht einmal zwölf Stunden von der Intensivstation entlassen worden, nachdem du mich geheilt hast. Findest du nicht, dass es ein bisschen früh ist, um es schon wieder zu tun?«

Seine Stimme klang rau und angespannt, als würde er sich die größte Mühe geben, sie nicht anzuschreien.

Kait reckte das Kinn in die Luft und starrte ihn an, musste sich aber innerlich eingestehen, dass er recht hatte. Das hätte sie allerdings nie im Leben laut ausgesprochen. »Und du bist der Ansicht, dass ich nicht selbst entscheiden kann, ob ich fit genug für eine weitere Heilung bin? Ich habe damit weitaus mehr Erfahrung als du.« Sie brachte diese Lüge in einer Tonlage vor, die ihm zu verstehen geben sollte, dass er sich da nicht einzumischen hatte.

Hoffentlich wusste er nicht, dass die Heilung auf dem Parkplatz auch für sie etwas Neues gewesen war – dass sie da zum ersten Mal derart viel Hitze und Energie kanalisiert, eine Verletzung in einer Sitzung geheilt und das Bewusstsein verloren hatte. Aber all das musste er nicht wissen.

Die Röte verschwand aus seinem Gesicht, und auf einmal sah er nur noch müde aus. Leise fluchend strich er sich mit einer Hand durchs Haar und wandte sich ab, um zum nächsten Sessel zu humpeln.

Er hinkte jetzt sehr viel stärker als noch zuvor.

Hatte sie sein Knie getroffen, als sie eigentlich auf seinen Schritt gezielt hatte?

»Entschuldige«, sagte sie und machte einen Schritt auf ihn zu. »Ich habe nicht auf dein verletztes Knie gezielt.«

Er lachte humorlos auf. »Ach was.«

Kait schoss das Blut in die Wangen. Okay, sie hatte möglicherweise überreagiert.

»Aber eigentlich bin ich es, der sich entschuldigen sollte, und nicht du«, sagte er, ließ sich in den Fernsehsessel sinken und zog an dem Hebel, mit dem man das Fußteil hochstellte.

Seine Stimme klang ebenso müde, wie er aussah.

»Du musst dich nicht entschuldigen«, erwiderte sie und scheute vor der Richtung zurück, die diese Unterhaltung einschlug. Sie wusste instinktiv, dass er sich nicht auf den Zwischenfall vor wenigen Minuten bezog.

»Doch, das muss ich.« In seiner Stimme lag Entschlossenheit. Eine derart beharrliche Entschlossenheit, wie man sie an den Tag legte, wenn man eine unangenehme Aufgabe möglichst schnell hinter sich bringen wollte. »Es tut mir wirklich leid, was ich in deiner Wohnung gesagt habe, du weißt schon … nachdem … nun ja, nach …«

Kaits Lippen zuckten. Er konnte es nicht einmal aussprechen? Dieser Feigling. »Nach dem Sex.«

Da musste er jetzt durch.

Er warf ihr einen wütenden Blick zu.

Sie stemmte die Hände in die Hüften und sah ihm direkt ins Gesicht. »Als du mich eine Hure genannt hast?«

Er zuckte in dem Sessel zusammen, als hätte sie ihm einen glühenden Schürhaken in die Hose gesteckt. »Was zum …?! Das habe ich nie gesagt!«

Sie zog die Augenbrauen hoch und starrte ebenso wütend zurück. »Wie nennst du den Austausch von Sex gegen Gefälligkeiten dann?«

»Ach, verdammt.« Jetzt wirkte er peinlich berührt. Er machte den Mund auf, und sie konnte seine Reue spüren und wusste, dass gleich eine Entschuldigung folgen würde. Dann musterte er ihre Miene und runzelte die Stirn. »Du weißt genau, dass ich es nicht so gemeint habe.«

Sie legte den Kopf schief und sah ihm in die Augen. »Tue ich das?«

Seine Züge wurden sanfter, und er wirkte leicht amüsiert. »Ja, das weißt du verdammt gut. Du verarschst mich doch nur.« Er hielt inne und fügte dann geknickt hinzu: »Nicht, dass ich das nicht verdient hätte.«

Dieses Geständnis hätte sie beinahe einknicken lassen, aber sie wehrte sich gegen diese Schwäche.

»Endlich sind wir uns mal einig.«

Er lehnte sich zurück und sah sie mit zuckenden Lippen an. »Du hast eine ziemlich große Klappe, hat dir das schon mal jemand gesagt?«

Diese Frage klang eher sanft und fast schon liebevoll, was sie verblüffte.

»Bisher nur Aiden und Wolf …« Woraufhin ihr wieder einfiel, dass sie ihn noch anrufen wollte. Sie nahm ihr Handy vom Tisch und wählte seine Nummer, aber es ging wieder nur die Mailbox ran.

Anscheinend war ihr großer Bruder … irgendwo … und sie hatte keine Ahnung, wann er zurückkommen würde. Ihre Strategie, wie sie aus Coskys Wohnung wieder entkommen konnte, musste sie wohl noch einmal überdenken.

»Geht er noch immer nicht dran?«, fragte er und klang seltsam zufrieden.

Kait starrte ihn mürrisch an. Er hatte sich im Sessel nach hinten gelehnt und schien schon im Halbschlaf zu sein. Vermutlich hatte sie sich bei seinem Tonfall geirrt, denn er konnte es bestimmt kaum erwarten, sie aus seiner Wohnung zu bekommen. Es gab nichts Unangenehmeres als einen One-Night-Stand, der einfach nicht gehen wollte.

»Ich möchte nur, dass du weißt«, begann er und musterte sie mit seinen silbernen Augen, die derart strahlten, dass es faszinierend aussah, »dass mir leidtut, was in deiner Wohnung passiert ist. Wie sich die Dinge entwickelt haben. Und dass ich mich wie ein Arschloch benommen habe.«

*Und dass wir Sex hatten.*

Er sprach es nicht aus, aber es war klar.

Kait wandte den Blick ab. »Ach, vergiss es.«

»Kait …«, sagte er und klang auf einmal angespannt. Das Leder quietschte, als er sich aufsetzte.

Sie wandte sich von ihm ab, ging zur Couch und setzte sich wieder neben Jillian. Sie wollte auf gar keinen Fall mit ihm darüber sprechen, was für ein Fehler diese hitzigen, heißen Minuten mit ihm gewesen waren. Und sie wollte auch nicht hören, dass er diesen Zwischenfall als Fehler bezeichnete. Er sollte ihr nicht versichern, dass es nie wieder passieren würde. Sie wollte auch seine Ausflüchte nicht hören, warum sie nicht zusammen sein konnten.

Fakt war nun mal, dass er nicht mit ihr zusammen sein wollte.

Sie wollte hingegen ihr Leben weiterführen, ohne sich daran erinnern zu müssen, wie er sich bei ihr entschuldigt hatte, weil er nichts für sie empfand.

»Sagen wir einfach, die Massage ist außer Kontrolle geraten, und denken nicht mehr daran, okay? Es hat ja niemandem geschadet.« Sie legte die Hände auf das geschwollene, verfärbte Auge der Frau.

Die Anspannung, die von ihm ausging, wurde zu Missbilligung, aber dieses Mal mischte er sich nicht ein.

Wie sich herausstellte, geschah ohnehin nichts. Nachdem sie mehrere Minuten so gesessen hatte, seltsam zur Seite gedreht und über ihre liegende Patientin gebeugt, war nichts passiert.

Da war nicht einmal ein Hauch von Hitze. Kein Anzeichen für die heilende Energie. Da war rein gar nichts.

Sie lehnte sich frustriert zurück. Vielleicht hatte sie sich auf dem Parkplatz verausgabt und musste ihre Batterien erst wieder aufladen. Oder Jillian gehörte zu den siebzig Prozent, denen sie nicht helfen konnte.

Dann fiel ihr noch eine Möglichkeit ein, die sie zutiefst erschreckte. Was war, wenn sie durch die Kanalisierung dieser unglaublichen Energie komplett ausgebrannt war? Was war, wenn der Teil ihres Körpers, der ihr die Heilung überhaupt ermöglichte, nicht mehr funktionierte?

»Was ist los?«, wollte Cosky wissen.

»Es passiert nichts«, sagte Kait langsam, während sich die Paranoia in ihr manifestierte. Konnte es sein, dass sie ihre Gabe einfach verloren hatte?

Er schwieg einen Moment lang. »Aiden sagte, dass es nicht immer funktioniert. Dass du nicht jedem helfen kannst.«

»Ja, aber …« Sie hielt inne, rang kurz mit sich und zuckte dann mit den Achseln. Es gab nur einen Weg, sich zu vergewissern, dass sie ihre Heilkräfte nicht verloren hatte, und dafür brauchte sie seine Beteiligung, daher musste er auch begreifen, was genau ihr Sorgen bereitete. »Als ich gestern auf dem Parkplatz dein Bein geheilt habe …«

Er kniff die Augen zusammen und sah sie an. »Ja?«

»Das war nicht normal.« Sie stand auf, schob die Hände in ihren locker gebundenen Zopf und spürte, wie sich einige Strähnen lösten.

»Wie meinst du das?«, wollte Cosky wissen und musterte ihr Haar.

»So viel Energie habe ich noch nie zuvor kanalisiert. Mir ist auch noch nie so heiß dabei gewesen. Himmel, ich hatte Blasen an den Händen und du am Knie.« Sie machte eine kurze Pause und sprach dann leiser weiter. »Ich habe auch noch nie zuvor eine Verletzung bei nur einer Sitzung geheilt. Und ich bin noch nie ohnmächtig geworden.« Ihre Stimme wurde noch leiser. »Was ist, wenn ich die Gabe überstrapaziert habe und sie jetzt nicht mehr da ist?«

Er schüttelte den Kopf und sah ihr ins Gesicht. »Ich glaube eher, dass sie zu den Menschen gehört, denen du nicht helfen kannst … oder dass du deine Energiereserven erst wieder aufladen musst. Vielleicht ist deine Gabe wie eine Batterie und du musst ihr Zeit geben, bis du sie erneut einsetzen kannst.«

Sein Blick wanderte wieder zu ihrem Haar, und seine Augen glänzten auf eine Weise, die sie unglaublich irritierte. Nur mit Mühe konnte sie sich konzentrieren. »Ich möchte ausprobieren, ob sie noch da ist.«

Er legte den Kopf schief und musterte sie kritisch. Das Glitzern in seinen Augen wich Skepsis. »Wie?«

Cosky war ein kluger Kerl, daher ging Kait davon aus, dass er längst ahnte, was sie ihm vorschlagen wollte. »Indem ich dein Knie noch einmal heile.«

»Nein.« Er lehnte ohne zu zögern ab.

Oh ja, er hatte genau gewusst, worauf sie hinauswollte.

»Ich weiß, dass meine Gabe bei dir funktioniert. Wenn es klappt, bin ich mir wenigstens sicher, dass sie noch da ist.«

»Um Himmels willen, Kait, du warst völlig überhitzt. Rawls musste deine Temperatur mithilfe von Eisbeuteln senken.« Er ließ die Fußstütze herunter und sprang auf. »Woher willst du wissen, dass eine weitere Heilung so kurz nach der letzten, die du selbst als ungewöhnlich bezeichnest, dich nicht völlig ausbrennt? Woher weißt du, dass keine dauerhaften Hirn- oder Organschäden zurückbleiben? Das ist das Risiko nicht wert. Gib dir ein paar Tage Zeit zum Ausruhen.«

»Ich werde keine vollständige Heilung machen. Ich will nur wissen, ob ich es noch kann«, versuchte sie, ihn zu überreden. »Ich höre sofort auf, sobald ich weiß, dass es funktioniert.«

Er sah nicht überzeugt aus.

»Es könnte die letzte Gelegenheit sein, dein Bein noch einmal zu heilen«, sagte sie und änderte ihre Taktik. »Wer weiß, wie lange es noch dauert, bis ich Wolf erreiche und er mich abholt.«

Cosky presste die Lippen aufeinander, verschränkte die Arme vor der Brust und baute sich breitbeinig vor ihr auf. »Nein.«

*Okay …*

Sie runzelte die Stirn. Es musste doch einen Weg geben, ihn davon zu überzeugen, es sie wenigstens versuchen zu lassen. Ihr fiel ein, wie es Aiden nach seiner Rückenverletzung gegangen war, wie frustriert und wütend er gewesen war, weil sein Körper nicht mitspielen wollte, und das nicht etwa aufgrund der Konsequenzen, die das in seinem Leben hatte, sondern aufgrund der Auswirkungen, die das für sein Team hatte.

Weil er der Meinung war, er würde sein Team im Stich lassen.

Das Team. Das war der Schlüssel.

»Dein Bein ist momentan eine Belastung für dein Team.« Als er leicht zusammenzuckte, wusste sie, dass sie auf dem richtigen Weg war. »Du musst wieder so fit werden wie möglich.«

»Wir sind momentan sowieso nicht im Einsatz«, brummte er mit tiefer, harter Stimme.

Aber sein Gegenargument war nicht sehr überzeugend, und Kait wusste, dass sie seine Schwachstelle gefunden hatte. Ohne zu zögern nutzte sie das eiskalt aus. Das, was sie vorschlug, würde ihm ohnehin zugutekommen. Daher hatte er eigentlich überhaupt keinen Grund, zu mauern.

»Das mag sein, aber ihr seid mitten im Kampf«, rief sie ihm ruhig ins Gedächtnis und ließ die Worte auf ihn wirken. »Dein Team hätte dich heute gut gebrauchen können.«

Er schwieg und wirkte auf einmal angespannt und nachdenklich.

»Und was ist, wenn Mac die Sache falsch eingeschätzt hat? Was passiert, wenn dieser Pachico hierher zurückkommt? Wenn er uns hier angreift und nicht in Macs Falle tappt? Ist dein Bein kräftig genug, dass du dich darauf verlassen kannst?«

Bei diesen Worten zuckte er zusammen. Leise fluchend strich er sich erneut mit den Händen durchs Haar, drehte sich zu ihr um und sah ihr ins Gesicht. »Ich schaffe das schon. Du kannst dich darauf verlassen.«

Aber dann fluchte er erneut und ließ sich wieder in den Sessel fallen. Als sie die Frustration und die Wut in seinem Gesicht sah, wusste sie, dass sie gewonnen hatte.

»Okay. Wenn du dich unbedingt komplett verausgaben möchtest, dann nur zu.« Er beobachtete sie, als sie näher kam, und schien immer schlechtere Laune zu bekommen. »Und mir ist durchaus nicht entgangen, wie du mich gerade manipuliert hast.«

Sie zuckte mit den Achseln. »Alles, was ich gesagt habe, entsprach der Wahrheit. Wenn es nicht so wäre, würdest du's mich wohl kaum versuchen lassen.«

Er starrte sie einfach nur wütend an.

Sie kniete sich vor ihn, schob das Bein seiner Jogginghose hoch und legte die Kompressionsbandage an seinem Knie frei. Da sie die nackte Haut berühren musste und sich die Bandage nicht einfach nach unten schieben ließ, da sie so eng war, schnürte sie den Stiefel auf, zog ihn aus und rollte die Bandage nach unten über seinen haariges Bein und seinen breiten Fuß.

An Orten, auf die sie nicht genauer eingehen wollte, spürte sie auf einmal ein unerwünschtes Prickeln. Das alles war fast so, als würde sie ihn ausziehen. Ihr Blick wanderte an seinem Bein hoch, und sie stellte fest, dass der Stoff der

Jogginghose im Schritt nicht mehr so locker zu sitzen schien wie zuvor. Dann sah sie seine Hände, die auf den Armlehnen lagen. Seine Finger wurden schon weiß, da er sie in das Leder bohrte.

Die Erregung schien die Luft um sie herum zum Knistern zu bringen. Sie spannte die Muskeln an und sah, dass er es ihr gleichtat. Ihr standen die Haare auf den Armen zu Berge, bei ihm war es genauso.

Okay … Das war offenbar eine der dümmsten Ideen, die sie je gehabt hatte.

»Gibt es ein Problem?« Seine kehlige, erregte Stimme klang herausfordernd.

Ja. Das war blöd, einfach nur blöd.

»Nein«, sie hielt inne und musste sich räuspern, da ihre Stimme auf einmal ganz heiser geworden war, »ganz und gar nicht.«

Sie legte die Hände auf sein Knie, und sofort stieg die Hitze in ihr auf, was eigentlich beruhigend gewesen wäre, doch es war die falsche Art von Hitze.

Dieses Mal baute sich das Verlangen nicht erst nach und nach auf. Ihr Körper wusste genau, wie es sich anfühlte, sein langes, hartes Glied in sich zu haben. Wie es war, wenn er auf ihr lag, in ihr war und sie zum Höhepunkt brachte.

Und sie wollte ihn erneut spüren. In sich. Auf sich. An sich.

Ihr Verlangen explodierte und zerrte sie in ein Inferno aus Lust, das alles mit sich riss. Ihre Bedenken, ihren Schmerz, ihre Vorsicht – all das ging in der Eruption verloren, bis nur noch Leidenschaft übrig war.

Die augenblicklich gestillt werden musste.

Hitze drang aus ihren Händen in ihre Arme und raste durch ihren Körper wie eine elektrisierende, sinnliche Woge, die sich schließlich in ihrem pochenden, feuchten Schritt manifestierte.

In ihr zog sich alles zusammen, und sie wollte nichts weiter, als ihn endlich in sich spüren.

Er stöhnte und legte die Hände auf ihre Arme. In einem Augenblick kniete sie noch vor ihm, im nächsten saß sie auf seinem Schoß, sodass sich sein Penis durch die Jogginghose gegen ihren Venushügel drückte, und zwar genau an der Stelle, an der sie diesen Druck am dringendsten brauchte. Er schob die Finger in die losen Haarsträhnen, die ihr Gesicht umgaben, lockerte sie und löste dann langsam den Zopf an ihrem Hinterkopf.

Seine Lippen fanden die ihren. Er schob seine Zunge in ihren Mund, presste sie an sich und bewegte sich unter ihr.

Sie öffnete den Mund noch weiter, saugte an seiner Zunge und drückte sich an ihn, um diesen unerträglichen Drang zu befriedigen, indem sie sich an seiner Erektion rieb.

Cosky stöhnte in ihren Mund, und sein maskuliner Geruch schien sie einzuhüllen.

Dann löste er die Lippen von ihren, knabberte an ihrem Hals herum und leckte dann über diese leicht schmerzenden Stellen.

»Ich will dich. Ich will dich mehr als je zuvor.«

Irgendwo in der Ferne ging ein Alarm los. Cosky stieß ein genervtes Stöhnen aus.

Wieder biss er ihr sanft in den Hals und leckte zärtlich mit der Zunge darüber. »Du bist wie eine schreckliche Droge, von der ich einfach nicht genug bekomme.«

Der Alarm wurde lauter und schriller.

Seine Stimme hatte eben schon frustriert und möglicherweise leicht anschuldigend geklungen.

Sie wollte sich ihm entziehen, aber er legte die Arme fester um sie und zog sie an sich. Dann strich er ihr mit den Händen über den Rücken und schob sie unter ihr T-Shirt. Die Berührung seiner mit Schwielen bedeckten, harten Finger bewirkte, dass sie eine Gänsehaut bekam, wo immer sie über ihre Haut strichen. Er biss ihr sanft ins Ohrläppchen und zog daran. Sie erschauderte bei dieser Liebkosung. Als er an ihrem Ohrläppchen saugte, stöhnte sie und rieb sich fester an seiner Erektion.

Irgendwo hinter ihnen fiel etwas Metallisches zu Boden.

Kait war so verloren in seinem Geschmack und dem Gefühl, seinen Mund und seine Hände auf sich zu spüren, dass sie dieses Geräusch kaum mitbekam.

Cosky reagierte jedoch sofort darauf.

In einem Moment saß sie noch auf seinem Schoß, im nächsten standen sie auch schon beide auf den Beinen. Er hatte Kait hochgehoben und neben sich gestellt.

Sie verlor das Gleichgewicht und taumelte nach links. Dabei fiel ihr Blick auf den Tropf, der umgefallen war und halb auf dem Wohnzimmertisch lag. Cosky war bereits losgerannt und hatte das Wohnzimmer schon halb durchquert, wobei er den Vorsprung der fliehenden Jillian schnell verringerte.

Oh Gott.

Kait wäre vor Scham am liebsten im Boden versunken. Sie hatte ganz vergessen, dass sich die andere Frau auch noch im Zimmer aufhielt.

Cosky erwischte Jillian, als sie gerade die Wohnzimmertür erreichte. Hätte die Frau bei ihrer Flucht nicht den Tropf umgeworfen, wäre sie ihnen vermutlich entkommen. Sie hatten ja nicht einmal bemerkt, dass sie aufgestanden war.

Kait wollte sich lieber gar nicht erst vorstellen, wie sie Commander Mackenzie erklären mussten, dass die Gefangene entkommen war. Sie hatte dieses peinliche Bild immer noch vor Augen, als ihr Handy klingelte.

Während Kait ans Telefon ging, zog Cosky Jillian wieder zur Couch.

Kait sah auf das Display. Es war Wolf. Gott sei Dank.

Sie hörte, dass Wolf etwas rief, als sie das Handy ans Ohr nahm, aber sie konnte die Worte nicht verstehen.

»Wolf? Was? Ich hab dich …«

»Raus aus dem Haus!« Seine Stimme glich einem donnernden Gebrüll. »Sofort!«

Sie stellte den Befehl nicht infrage, sondern senkte einfach den Arm und rannte auf Cosky und Jillian zu.

»Lauft!«, schrie sie.

* * *

Robert hatte Phil am Telefon und verabredete sich gerade mit ihm zu einem schnellen Mittagessen, das in Phils Fall sogar ausgesprochen kurz ausfallen würde, da er vor Ende der Mahlzeit bereits tot sein würde, als sein Handy erneut klingelte. Er entschuldigte sich kurz bei Phil und nahm den Anruf an.

»Trommeln Sie Ihr Team zusammen und fahren Sie zurück nach Seattle.« Die Stimme war ausdrucks- und völlig emotionslos.

Robert erstarrte, und ihm schien das Blut in den Adern zu gefrieren. »Sir?«

Die Bombe war noch nicht einmal hochgegangen. Wie in aller Welt hatte Manheim so schnell davon erfahren können?

»Chastains Witwe stellt Nachforschungen wegen der Laborexplosion an. Sie stellt Fragen, die besser nicht beantwortet werden sollten, und muss zum Schweigen gebracht werden.«

Robert stieß die Luft aus, die er angehalten hatte, und kniff sich in den Nasenrücken, während seine Gedanken rasten. »Okay.«

Manchmal war einem das Glück offenbar hold. Wenn das passierte, nutzte man die Gelegenheit und sah zu, dass man davonkam.

»Wir haben ein größeres Problem«, sagte Robert und versuchte, nachdenklich zu klingen. »Einige Mitglieder vom SEAL-Team 7 haben sich gerade in Rawlings' und Simcoskys Wohnung versammelt. Falls sich Amy Chastain mit Mackenzie in Verbindung gesetzt hat …«

Er brachte den Satz nicht zu Ende, sondern zog es vor, dass Manheim selbst die richtigen Schlüsse zog, anstatt ihm alles auf dem Silbertablett zu servieren und sich verdächtig zu machen.

»Sie glauben, er hat von ihr von dem Labor erfahren und jetzt haben sie irgendwas vor?«, fragte Manheim, dessen Stimme immer schärfer wurde.

»Das würde Sinn ergeben und dieses unerwartete Zusammentreffen in der Wohnung erklären. Es ist uns nie gelungen, darin Abhörgeräte anzubringen, aber wir haben draußen Leute postiert, und uns wurde berichtet, dass diese Männer beim Reingehen sehr grimmig gewirkt hätten. Es sieht ganz nach einer strategischen Sitzung aus, und ich wollte Sie ohnehin gerade darüber informieren.«

Manheim zischte, und dieses schlangenartige Geräusch drang wie ein eiskalter Tadel durch die Leitung. »Sie dürfen sich auf gar keinen Fall einmischen.«

»Ja, Sir.« Robert tat so, als würde er nachdenken. »Wir haben eine Notsicherung unter der Wohnung angebracht, und da sie alle schon vor Ort sind, könnten wir doch …«

»Tun Sie es.«

Na, sieh einer an. Er hatte kaum Zeit gehabt, die Bitte überhaupt auszusprechen.

»Haben Sie den Zünder?«, wollte Manheim wissen, dessen Stimme wie üblich kalt und ausdruckslos geworden war. »Mithilfe der Bombe können wir die Kerngruppe auf einmal ausschalten. Sie müssen aber dennoch mit Ihrem Team nach Seattle fliegen und sich um Amy Chastain kümmern.«

»Ja, Sir, wird erledigt.«

»Das will ich hoffen.« Dann war die Leitung tot.

Robert saß noch einige lange Sekunden einfach so da und starrte ungläubig durch die Windschutzscheibe.

Plötzlich und unerwartet war er wieder im Rennen.

Die Bosse würden nie erfahren, dass Jillian wieder aufgetaucht war, weil sie bei der Explosion, für die er gerade die Genehmigung bekommen hatte, sterben würde.

Und was Phil anging, tja, verdammt, sein Kumpel hatte gerade eine Gnadenfrist bekommen. Allerdings würde er nie erfahren, wie kurz davor er gewesen war, die Ewigkeit in einem nicht gekennzeichneten Grab zu verbringen.

Robert sah auf die Uhr. Die Bombe würde jeden Augenblick explodieren. Das Timing war zwar nicht perfekt, aber das ließe sich problemlos kaschieren, schließlich gingen Bomben nun einmal nicht immer so wie geplant hoch.

Was die SEALs betraf, die der Explosion entkamen … Um diesen Schlamassel zu erklären, würde er Manheim einfach die Wahrheit sagen: Die Mistkerle hatten die Wohnung vor der Explosion bereits verlassen.

Die Bosse würden zwar nicht erfreut darüber sein, aber das konnten sie ihm wohl kaum anhängen.

Pfeifend und grinsend sah er nach draußen. Er wurde immer euphorischer und hätte Amy Chastain am liebsten dafür gedankt, dass sie ihm diesen Ausweg präsentiert hatte.

Vielleicht würde er das auch noch tun, direkt bevor er sie umbrachte.

* * *

Seine Erektion pochte wie ein gottverdammter Abszess, was beim Rennen ziemlich hinderlich war, aber Cosky packte Jillian und hob sie hoch. Zuerst wehrte sie sich, aber dann schien sie es sich anders zu überlegen. Sie erstarrte und erschlaffte daraufhin in seinen Armen.

Glücklicherweise befand sich die Tür direkt hinter ihm. Schlecht war nur, dass er mit seinem Knie kaum sein eigenes Gewicht tragen konnte, und die fünfzig Kilogramm, die er sich jetzt an die Brust presste, machten ihm die Sache nicht unbedingt leichter.

Aber er zweifelte Kaits Warnung nicht an. Sie hatte in dieser Hinsicht immer recht behalten und war ein cleveres Mädchen. Wenn sie ihnen zurief, dass sie rausrennen sollten, und selbst zur Tür lief, gab es auch einen guten Grund dafür.

Also riss er die Wohnzimmertür auf und rannte weiter, wobei er hoffte, dass sein Knie nicht zu früh nachgeben würde. Als er den Bürgersteig erreichte, erschien Kait neben ihm, die ihr Handy noch immer mit der Hand umklammerte. Ihre Wege trennten sich kurz, als sie zwischen den parkenden Wagen hindurchrannten und sich weiter vom Haus entfernten.

Zu Coskys Überraschung spielte sein Knie mit und zwickte nicht einmal, während er das heilende Gelenk über alle Maßen beanspruchte. Das hatte vermutlich viel mit dem Adrenalinstoß zu tun, und wenn dieser abgeflaut war, würde er vermutlich dafür büßen müssen.

Als sie hinter Aidens Mustang stehen blieben, drehte er sich zu Kait um. »Was ist denn …«

Hinter ihnen flog das Haus in die Luft.

Die Gewalt der Explosion riss ihn beinahe von den Beinen und schleuderte ihn nach vorn. Er drehte sich in der Luft und versuchte, auf dem Rücken zu landen, damit er Jillian nicht zerquetschte. Beinahe hätte er es geschafft. Er stürzte auf die linke Schulter und hörte das Knacken, als er sie sich auskugelte. Einen Augenblick später spürte er auch schon den unerträglichen Schmerz.

Dennoch gelang es ihm, Jillian abzuschirmen, die sicher auf ihm landete. Er rollte sich ab, sobald er wieder Luft holen konnte, ignorierte den Schmerz und schob Jillian unter seinen Körper, um sie vor den brennenden Trümmern zu schützen, die auf sie herabregneten.

Hinter ihnen brannte das Haus. Die Fenster und die Tür waren fort. Um sie herum fielen Trümmerteile vom Himmel.

»Ist alles okay?«, fragte er Jillian und wartete kaum auf ihr schockiertes Nicken, bevor er sich wieder aufrappelte und sie mit sich hochzog. Sie mussten weg von hier, bevor derjenige, der die Bombe gezündet hatte, zurückkam, um den Job zu beenden.

»Kait?«, schrie er, und dann wurde ihm eiskalt, als er sie ein paar Meter von sich entfernt erblickte. Sie lag auf dem Bauch, und ihr Zopf war mit Asche bedeckt und schwelte leicht.

»Es geht mir gut«, keuchte Kait und stützte sich auf Händen und Knien auf. Dann stand sie auf wackeligen Beinen und drehte sich um.

Sie erstarrte und verzog vor Schreck das Gesicht.

Ihre rechte Wange war verschrammt und mit kleinen Blutflecken übersät. Sie hatte einen Schuh verloren, und ihr T-Shirt war völlig zerfetzt.

Dennoch war er heilfroh, dass sie aufrecht stehen und sich bewegen konnte.

Sie hatten Glück gehabt. Zwei oder drei Sekunden länger in dieser Wohnung und sie wären tot gewesen. Allein die Erschütterung der Explosion hätte ihnen die Wirbelsäule oder das Genick brechen können. Aber das hieß noch lange nicht, dass sie jetzt außer Gefahr waren.

Das Haus war schließlich nicht von allein explodiert.

Jemand hatte darin eine verdammte Bombe deponiert.

Er wollte seine Glock aus dem Hosenbund ziehen, doch dann fiel ihm wieder ein, dass er sie in der Wohnung auf den

Tisch gelegt hatte. Was wiederum bedeutete, dass sie ebenso wie der Rest seiner Habseligkeiten nicht mehr existierte.

Nach und nach wurde seine Wut stärker als der Schock. Verdammte Scheiße. Irgendein Arschloch hatte gerade alles, was er besaß, in die Luft gejagt. Wirklich alles.

Jetzt war er unbewaffnet und nicht in der Lage, die beiden Frauen zu beschützen.

Nicht zu vergessen seine Knieverletzung, die ihm allerdings trotz der gegebenen Umstände erstaunlich wenig Probleme bereitete.

Er blendete das schreckliche Szenario hinter sich aus und konzentrierte sich auf das, was getan werden musste.

Sie mussten sich zurückziehen und an einem sicheren Ort verstecken.

»Verschwinden wir von hier«, schrie er Kait zu, aber seine Worte waren ob des tosenden Feuers kaum zu verstehen.

Daher gab er es auf, sich verbal verständlich machen zu wollen, legte einen Arm um Jillians Taille und schob sie vorwärts. Sobald sie Kait erreicht hatten, berührte er ihren Arm an einer Stelle, die nicht blutete oder zerkratzt war. Sie zuckte zusammen, als sie seine Finger spürte, und drehte sich zu ihm um. Noch immer hatte sie die Augen und den Mund vor Schreck weit aufgerissen. Ihr war vermutlich noch nicht einmal aufgefallen, dass sie unzählige kleine Verletzungen hatte.

»Oh, Cosky«, murmelte sie leise und wie betäubt. »Dein Haus.« Ihre Augen waren glasig, und man konnte ihr ansehen, dass sie unter Schock stand. Als ihr Blick auf seinen seltsam abstehenden Arm fiel, wurde er auf einmal klarer. »Du bist verletzt.«

Er ignorierte ihre Sorge. »Wir müssen hier weg. Sofort!«

Endlich schien Kait sich zu besinnen. Sie wirbelte herum, aber bevor sie noch drei oder vier Schritte gemacht hatten, kam ein schwarzer Escalade mit getönten Scheiben neben ihnen zum Stehen.

»Los, los«, brüllte Cosky und schob Jillian auf Kait zu. Er drehte sich um und war entschlossen, jeden aufzuhalten, der da aus dem Wagen stürmen würde.

Die Autotür wurde aufgerissen.

# Kapitel 15

Mac strich sich mit einer Hand über den Kopf und stemmte die Hände dann in die Hüften, während er auf den verlassenen Parkplatz starrte. Früher war hier Obst und Gemüse verladen worden, doch nach dem Bankrott hatte man die Gebäude aufgegeben. Heute hielten sich hier vor allem Süchtige oder Obdachlose auf. Der Maschendrahtzaun und die heruntergekommenen Gebäude auf dem Gelände boten Schutz vor den Elementen und der Polizei.

Zwar wurde hier hin und wieder eine Razzia durchgeführt, bei der man die dreckigen, verlausten Bewohner wegschaffte, doch größtenteils tat die Stadt Coronado so, als würde dieser Schandfleck überhaupt nicht existieren.

Aus diesem Grund war er für ihren Zweck auch derart perfekt.

Die zerfallenden Hütten mit der abblätternden weißen Farbe und den von Termiten zerfressenen Wänden eigneten sich hervorragend für eine geheime Überwachung. Seine Männer konnten sich in den Schatten im Inneren verbergen.

Detective Pachico oder vielmehr der Mistkerl, der sich für ihn ausgab, würde Macs Team erst sehen, wenn es zu spät war.

Falls er überhaupt auftauchte.

Mac runzelte die Stirn und sah auf die Uhr. Eigentlich hätte das Arschloch längst hier sein müssen.

»Der Mistkerl hat uns versetzt«, erklärte Mac grimmig.

Zanes ernster Gesichtsausdruck sagte ihm, dass sein LC das Gleiche dachte.

Aber Zane war wie immer optimistisch und hatte sofort eine Erklärung parat. »Vielleicht wurde er durch den Verkehr aufgehalten oder er hat noch einen Anruf bekommen.«

»Ja.« Mac glaubte das zwar nicht, aber er sah trotzdem noch einmal auf die Uhr. Sie konnten die Position ruhig noch eine Weile halten.

Schweigend warteten sie eine Minute, dann drei, dann sieben.

Der Mistkerl würde nicht kommen, da war sich Mac ganz sicher. »Wenn er uns durchschaut hat, dann hat er vermutlich auch unsere Beobachter abgezogen.«

Was bedeuten würde, dass es niemanden mehr gab, den sie schnappen konnten, um Antworten aus ihm herauszupressen.

Verdammt, jetzt standen sie wieder ganz am Anfang, oder zumindest fast. Sie hatten immer noch Jillian, und die würde sich vielleicht noch als nützlich erweisen, wenn sie erst mal Gelegenheit gehabt hatten, sie zu befragen.

»Verdammter Mist.« Mac strich sich mit einer Hand über das Gesicht, knirschte mit den Zähnen und hatte große Mühe, seine Frustration im Zaum zu halten. Er spürte, wie sie in seiner Brust aufbrandete, bis er sich wie ein Ballon fühlte, der kurz vor dem Zerplatzen stand.

Falls Pachicos Doppelgänger abgehauen war, falls sie ihr verdammtes Überwachungsteam abgezogen hatten und falls Jillian keine Antworten ausspuckte, die sie weiterbrachten, dann hatten sie drei ihrer besten Gelegenheiten verpasst, um ihren Namen reinzuwaschen und die Männer, die für den Mord an McKay verantwortlich waren, vor Gericht zu bringen.

Als sein Handy klingelte, nahm er es vom Gürtel und blickte auf das Display.

Unbekannte Nummer.

Möglicherweise war es Pachico, der sich über ihn lustig machen wollte, oder aber auch Cosky, der sich erkundigte, wie ihre Lage war. Das war der Nachteil, wenn man Prepaidhandys benutzte, die sich nicht aufspüren ließen – die Rufnummer wurde nicht übermittelt.

Er hielt sich das Handy ans Ohr und bellte ein »Ja?« hinein.

»Commander Mackenzie?«, fragte eine kontrollierte Frauenstimme.

Seine Finger wurden steif, und sein Penis tat es ihnen nach.

Selbst wenn er ihre Stimme nicht erkannt hätte, wäre aufgrund der Reaktion seines Glieds offensichtlich geworden, wen er da in der Leitung hatte. *Heilige Scheiße*, das verdammte Ding hatte sich auf sie eingeschossen wie der pawlowsche Hund auf die verdammte Glocke. Wo er darüber nachdachte, fiel ihm auf, dass es noch weitere Gemeinsamkeiten gab: Beide waren nicht nur der beste Freund des Mannes, sondern wurden überdies von primitiven, instinktiven Impulsen angetrieben.

Impulsen, denen man nicht mit Vernunft beikommen konnte.

Als es in seiner Brust zu brennen begann, wurde sich Mac gewahr, dass er vergessen hatte zu atmen. Das war noch eine dieser nervigen Reaktionen auf sie, die er immer wieder an sich bemerkte.

»Mackenzie?«, fragte sie mit ihrer weiterhin kühlen und kontrollierten Stimme.

Mac presste die Lippen aufeinander. Er hasste es abgrundtief, wie er sich in ihrer Nähe fühlte. Als wäre er wieder in der Highschool und die unterprivilegierte, unterentwickelte Lachnummer, die unter dem hohen Absatz der Ballkönigin zerquetscht wurde.

»Ich bin gerade sehr beschäftigt«, fauchte er und legte die Hand so fest um das Handy, dass seine Finger wehtaten.

»Zu schade«, erwiderte sie. »Ich wollte dir nur von einer neuen Entwicklung hinsichtlich einiger der Passagiere aus der ersten Klasse erzählen … Na, dann vielleicht später.« Damit war die Leitung tot.

Verdammt noch mal!

Er wählte ihre Nummer, aber es ging nur die Mailbox dran.

Auch beim nächsten Versuch war es dasselbe.

»Wenn du noch stärker mit den Zähnen knirschst, dann hat dein Zahnarzt bald viel zu tun«, meinte Zane. »Amy?«, fügte er dann trocken hinzu.

Mac erstarrte. Ihm war gar nicht bewusst gewesen, dass seine unerwünschte Reaktion auf diese Frau auch anderen aufgefallen war. »Wie kommst du denn auf die Idee?«

Zane schnaubte. »Sie ist der einzige Mensch, der bei einem Telefonat mit dir je auflegen würde. Was hat sie gewollt, bevor du sie verärgert hast?«

Daraufhin entspannte sich Mac wieder ein wenig, denn das Letzte, was er wollte, war, dass seine in vielerlei Hinsicht frustrierende Reaktion auf diese Frau all seinen Männern bekannt war. Eigentlich sollte niemand davon wissen.

»Anscheinend hat es bezüglich einiger Passagiere von Flug 2077 eine neue Entwicklung gegeben.«

Zane pfiff erleichtert und sah sich um. »Das sind gute Neuigkeiten, denn ich gehe davon aus, dass hier nichts mehr passieren wird.«

Da war Mac seiner Meinung. Er rief noch einmal bei Amy an, und aller guten Dinge war ganz offensichtlich drei, da sie sich dieses Mal erbarmte und ranging.

»Dann hast du jetzt doch Zeit für mich?«, fragte sie, ohne dass sich ihre Stimme auch nur einen Deut veränderte.

Mac verkniff sich seine instinktive Antwort, damit sie nicht wieder auflegte – wer wusste denn schon, wie lange sie ihn beim nächsten Mal zappeln lassen würde.

»Wir sind gerade mitten bei einer Observierung«, erwiderte er angespannt.

»Wirklich? Ist er nicht aufgetaucht?«

»Nein, ist er nicht …« Macs Stimme wurde lauter.

»Du würdest nicht mit mir telefonieren, wenn die Observierung erfolgreich laufen würde«, unterbrach sie ihn mit so ruhiger und vernünftiger Stimme, dass Mac sie am liebsten geschüttelt und wild geküsst hätte, bis sie endlich diese unglaubliche Selbstbeherrschung verlor.

Was natürlich völlig verrückt war, warum er auch weiterhin sicherstellen musste, dass sie drei Staaten und zweitausend Kilometer voneinander entfernt blieben.

Er holte tief Luft und stieß sie vorsichtig wieder aus. »Was ist mit diesen Passagieren?«

»Vor vier Tagen ist ein Labor in die Luft geflogen. Man geht von elf Toten aus. Sieben der elf Personen hätten bei Flug 2077 in der ersten Klasse sitzen sollen.«

Mac dachte darüber nach. »Was sagen deine FBI-Kontakte dazu?«, wollte er wissen. »Gehen sie der Sache nach? Oder halten sie es für Zufall, dass diese Wissenschaftler vor vier Monaten diesen Flug gebucht hatten?«

Sie schnaubte, und darin schwang eine Mischung aus Frustration und Abneigung mit. »Zufall. Das scheint das entscheidende Wort zu sein, zumindest in den Augen des FBI.«

Also ermittelten sie nicht weiter.

Das überraschte Mac nicht. Wenn die Laborexplosion mit der versuchten Flugzeugentführung zusammenhing, dann würden die Männer, die für diese beiden Zwischenfälle verantwortlich waren, auf gar keinen Fall wollen, dass irgendjemand eine Verbindung herstellte. Was wiederum bedeutete, dass ihre Kontaktperson beim FBI dafür sorgen musste, dass das zerstörte Labor keine Aufmerksamkeit erregte.

Aber die fehlende Initiative konnte seinem Team auch zugutekommen. Die Ermittler vor Ort würden die beiden Ereignisse nicht in einen Zusammenhang bringen und nicht nach etwas suchen, das über eine normale Brandstiftung hinausging.

Zane und er hatten Überlegungen angestellt, dass die Flugzeugentführung der Versuch gewesen war, sich des Wissenschaftlerteams zu bemächtigen sowie der Forschungsunterlagen, die sie bei sich hatten. Vielleicht hatten ja einige Daten die Explosion überlebt, selbst wenn die Wissenschaftler nicht so großes Glück gehabt hatten.

Er stieß einen Stein mit dem Stiefel an, als ihm noch eine andere Möglichkeit einfiel. »Wurde da alles gründlich durchsucht? War noch irgendwas übrig?«

»Laut der Berichte hat die Explosion so gut wie alles zerstört«, antwortete Amy.

»Gibt es Leichen?«, wollte Mac wissen.

»Ein gutes Dutzend. Sie sind alle verkohlt und nicht mehr zu erkennen. Sie werden sie mithilfe der Zahnarztunterlagen identifizieren müssen.«

»Und wenn jemand die Unterlagen austauscht …«

»Du glaubst, dass die Wissenschaftler entführt wurden, bevor dort alles in die Luft geflogen ist.« Amy schien von Macs Vermutung nicht überrascht zu sein. Sie hatte diese Möglichkeit zweifellos schon selbst in Betracht gezogen.

Mac zuckte mit den Achseln. »Es ist durchaus möglich. Sie haben auf jeden Fall die Ressourcen, um eine derart große

Sache durchzuziehen. Und wenn sie diese Wissenschaftler so sehr haben wollen, dass sie eine Flugzeugentführung vortäuschen …«

Amy machte ein zustimmendes Geräusch, das direkt durch Macs Körper hindurchzugehen schien. Zuerst fing seine Haut an zu spannen, dann zogen sich seine Muskeln zusammen, sein Blut erhitzte sich, seine Brust zog sich zusammen … *Verdammt!* Er knirschte mit den Zähnen bei dem, was sich in seinem Schritt abspielte.

»Dann kommst du her?«, fragte Amy, auch wenn es eigentlich gar nicht wie eine Frage klang.

Sie war vermutlich überzeugt davon, dass sie sofort aufbrechen würden, um dieses Labor genauer zu durchsuchen.

Mac strich sich mit einer Hand über das Gesicht und sah zum Eingang ihrer Falle hinüber. Immer noch nichts. Pachico war viel zu spät dran, und sie standen erneut mit leeren Händen da. Falls Amy jedoch recht hatte und diese Wissenschaftler tatsächlich zu den Passagieren gehörten, hinter denen Russ her gewesen war, dann hatte sich gerade ein neuer Weg für sie eröffnet.

Das sollten sie sich auf jeden Fall genauer ansehen.

»Wie lautet der Name des Labors und der Wissenschaftler?«

In der Leitung herrschte Stille. »Ich werde euch dorthin begleiten.«

Den Teufel würde sie tun.

Er ließ sich seine Entrüstung nicht anmerken. »Aber klar. Also, wie heißt das Labor?«

Wieder schwieg sie. Dann: »Ich erzähle dir alles, wenn ihr hier seid.«

Mac presste die Lippen aufeinander. Verdammt, konnte diese Frau denn nicht einmal vernünftig sein?

Natürlich gab es immer Mittel und Wege, auf andere Weise an diese Informationen zu kommen.

»Es wird ein paar Tage dauern, bis wir so weit sind. Wir stecken hier gerade mitten in einer wichtigen Sache.«

»Eurer Observierung.«

»Genau. Aber wir brechen auf, sobald wir hier fertig sind.«

Was durchaus in wenigen Sekunden sein konnte, aber das musste sie ja nicht erfahren.

»Ich berichte dir alles, sobald ihr angekommen seid.«

Ihm war nicht klar, ob sie ihm glaubte oder nicht, und sie legte auf, bevor er die Gelegenheit bekam, sich zu vergewissern – was ihn erneut auf die Palme brachte.

»Wir fliegen nach Seattle?«, fragte Zane und winkte den Rest des Teams heran.

»Ja. Ich erzähle euch unterwegs alles.« Mac wählte Radars Nummer, während er auf Macs Wagen zuging.

Wie schwer konnte es schon sein, ein Labor ausfindig zu machen, das vor Kurzem abgebrannt war? Vermutlich nicht besonders schwer, vor allem dann nicht, wenn bei der Explosion Menschen ums Leben gekommen waren. Die Fahrt von Coronado nach Seattle dauerte etwa zwanzig Stunden, je nach Verkehrs- und Wetterlage. Bis sie dort ankamen, würde Radar eine Adresse und alle notwendigen Informationen besorgt haben. Sie konnten sich das ausgebrannte Gebäude ansehen und wieder verschwunden sein, bevor Amy überhaupt Wind davon bekam.

Diese Strategie wurde von dem halben Dutzend Streifenwagen unterbrochen, die auf einmal näher kamen. Sie bogen nacheinander um die Ecke und fuhren über die Straße, die zu ihrer Falle führte, wobei sie eine Staubwolke hinter sich herzogen.

»Scheiße«, murmelte Mac grimmig und stemmte die Hände in die Hüften, als sich die Fahrzeuge näherten. Irgendwie wusste er, dass das kein Spaß werden würde.

Das konnte dauern.

* * *

Cosky näherte sich dem Escalade, während sein Herz wie verrückt schlug. Wie in aller Welt sollte er diese Leute lange genug aufhalten, damit die beiden Frauen entkommen konnten?

»Kait!«, rief eine tiefe Baritonstimme aus dem dunklen Wageninneren.

Kait blieb abrupt stehen und drehte sich um. Dann zog sie Jillian mit sich auf den Wagen zu.

Was zum Teufel? Cosky wollte sich ihr schon in den Weg stellen.

»Das ist Wolf!«, rief sie, als Cosky auf sie zukam.

Hinter ihnen kam es erneut zu einer Explosion, der das Kreischen von verbogenem Metall folgte. Cosky schoss durch den Kopf, dass das die Autos gewesen sein mussten, deren Tanks in die Luft geflogen waren.

»Steig ein«, befahl Wolf.

Cosky hätte dem Mistkerl am liebsten die Tür ins Gesicht gerammt. Aber verdammt noch mal, sie brauchten diesen Wagen. Er sprang vor, riss die Tür auf, schob Jillian hinein und folgte ihr. Kait setzte sich auf den Beifahrersitz.

Das Arschloch hinter dem Steuer trat das Gaspedal durch, bevor die Türen ganz geschlossen waren. Während Cosky die Tür zuzog – er hatte sich zum Glück die linke und nicht die rechte Schulter ausgekugelt –, bemerkte er einen dunklen Kopf und einen riesigen, breiten Körper auf dem Fahrersitz.

Einige kleinere Explosionen erschütterten den Wagen, als sie davonfuhren. Wahrscheinlich waren jetzt die Munitionsvorräte hochgegangen. Sie hatten verdammt viele Waffen und Munition dort aufbewahrt.

Cosky drehte sich auf dem Sitz um und starrte die Straße hinunter. Hinter ihnen waren keine Autos zu sehen, sie wurden anscheinend nicht verfolgt.

Aber das Haus war ein riesiger Feuerball, und die Flammen schlugen fünf Meter hoch in die Luft. Eine dicke schwarze Wolke schwebte darüber.

»Sind alle rausgekommen, *bixoo3etiit*?«, fragte Wolf.

Er hatte ein eckiges Gesicht und diese markanten Wangenknochen, die man von den lächerlichen männlichen Models kannte, die oben ohne auf den Covern der Liebesromane von Coskys Mutter abgebildet waren. Pechschwarze Augen sahen Kait ins Gesicht.

Ihm schien nicht zu gefallen, was er da sah, da er fluchte und wieder nach vorn blickte, während er die Muskeln in seinen riesigen Schultern anspannte.

»Ja, wir haben es alle geschafft.« Kait klang heiser. »Du hast wirklich ein super Timing.«

Bei dem Kompliment presste Cosky die Lippen aufeinander. Jetzt, wo das Adrenalin nachließ, erwachte sein Misstrauen. Woher hatte das Arschloch gewusst, wo sich Kait aufhielt? Sie hatte nicht mit dem Kerl telefoniert. Obwohl sie ihm mehrfach auf die Mailbox gesprochen hatte, war nie die Rede von ihrem Aufenthaltsort gewesen und sie hatte immer nur um einen Rückruf gebeten.

»Fast zu gut, um wahr zu sein«, murmelte Cosky grimmig. Als der Mistkerl den Kopf leicht schief legte, wusste Cosky, dass er den Unterton verstanden hatte.

Unergründliche obsidianfarbene Augen hielten Coskys Blick im Rückspiegel fest, und dann runzelte der Kerl seine gebräunte Stirn. Er griff mit seiner riesigen, eckigen Hand nach oben und verstellte den Rückspiegel ein wenig nach nach links unten.

Cosky drehte sich ebenfalls ein kleines Stück und folgte dem Blick des verstellten Spiegels. Er war jetzt auf Jillian gerichtet, die sich an die Tür presste und versuchte, einen möglichst großen Abstand zu ihm zu halten. Sie hatte sich ganz klein gemacht und die Arme um ihren Körper gelegt, während ihr kurzes Haar in alle Richtungen abstand. Ihr linkes Auge war komplett zugeschwollen und blau angelaufen, während in ihrem rechten Auge Misstrauen und Feindseligkeit zu erkennen waren, während sie zwischen Cosky und dem Fahrer hin und her sah.

Sie sah zerbrechlich und ziemlich erbärmlich aus. Aber sie war am Leben und nicht besonders schwer verletzt.

Das war mehr, als Cosky von sich behaupten konnte.

Er schnitt eine Grimasse und sah wieder nach vorn. Seine Schulter tat höllisch weh. Jetzt, wo sie in Sicherheit waren, fiel es ihm zunehmend schwerer, den Schmerz abzublocken. Er brauchte Rawls. Sein Mitbewohner hatte als Sanitäter des SEAL-Team 7 genug Erfahrung damit, ausgerenkte Gelenke wieder an ihre richtige Position zu befördern.

Aber bevor er Rawls anrufen konnte, musste er mit der Polizei sprechen und die Explosion melden. Aufgrund der Menge an Munition, die sie zu Hause aufbewahrten, stellte das Gebäude eine Gefahr für Schaulustige und die Feuerwehr dar.

Er griff nach dem Handyhalter an seinem Gürtel, aber er war leer.

Verdammt, er hatte das blöde Ding auf dem Wohnzimmertisch liegen gelassen – der nicht mehr existierte. »Kait, ruf die Polizei an«, sagte Cosky und beugte sich vor, um seine Schulter ein wenig zu entlasten.

Sie mussten auch mit Zane, Rawls und Mac sprechen. Das Team musste erfahren, dass alle, die sich im Haus aufgehalten hatten, jetzt in Sicherheit waren.

»Das ist bereits erledigt«, erwiderte Wolf mit seiner tiefen, sanften Stimme, die Cosky schon jetzt zu hassen begann.

»Wirklich?« Da er nun etwas anderes als seine schmerzende Schulter hatte, auf das er sich konzentrieren konnte, gab sich Cosky nicht die geringste Mühe, sein Misstrauen zu verbergen. »Wann hast du das getan? Bevor die verdammte Bombe hochgegangen ist?«

»Nein«, antwortete Wolf, in dessen Stimme eine bedrohliche Herausforderung mitschwang. »Vorher war ich zu sehr damit beschäftigt, deinen wertlosen Arsch zu retten.«

In diesem Augenblick machte es Klick bei Cosky. Kait hatte direkt vor der Detonation einen Anruf erhalten. Er erstarrte vor Zorn. Dieser Anruf hatte das Ding vermutlich scharf gemacht. Der Störsender hätte alle anderen ankommenden Signale abgeblockt.

»Du hast Kait angerufen?« Er hätte die Frage lieber weniger aggressiv gestellt, aber das ließ sich nun mal nicht verhindern.

»Korrekt.« Die Stimme des Mistkerls vibrierte und klang wie eine Kampfansage. Er drehte den Rückspiegel wieder nach rechts und sah Cosky mit einem feindseligen Blick an. Dann verzog er herablassend die Lippen. »Um sie zu warnen, dass sie aus dem Haus verschwinden muss.«

»Woher in aller Welt hast du gewusst, dass du sie warnen musst?«, verlangte Cosky zu wissen und verspannte sich kampfbereit.

Er gab sich die größte Mühe, sich im Zaum zu halten. Verdammt, sie saßen in einem SUV fest, der verdammt schnell fuhr. Außerdem hatte er ein kaputtes Knie und eine ausgekugelte Schulter. In diesem Zustand und bei dieser Geschwindigkeit konnte er Kait und Jillian unmöglich aus dem Wagen schaffen.

Daher musste er versuchen, den großen Wichser davon abzuhalten, irgendetwas zu tun, bevor der Escalade angehalten hatte und er ihn ausschalten konnte.

»Du bist nicht befugt, das zu erfahren.« Die dunklen Augen glänzten feindselig, als er Cosky ansah.

Der Kerl verbarg seinen Zorn nicht mal. Was die Frage aufwarf, warum er eigentlich so wütend war. Hatte Kait ihm von diesen heißen Augenblicken auf der Couch erzählt? Wenn die beiden eine Beziehung hatten, dann hatte er guten Grund, sauer auf Cosky zu sein, der mit Kait geschlafen hatte.

»Wir müssen zu einem Krankenhaus«, unterbrach Kait den sich anbahnenden Streit. Sie drehte sich auf ihrem Sitz um und beugte sich über die Rückenlehne. Dann musterte sie besorgt Coskys herunterhängenden linken Arm. »Cosky hat sich die Schulter gebrochen.«

»Ausgekugelt«, korrigierte sie Wolf unbesorgt, bevor Cosky das tun konnte. »Darum kümmere ich mich später.«

Auf gar keinen Fall!

Bei den bedrohlichen Schwingungen, die von dem Kerl ausgingen, würde er Coskys Arm wahrscheinlich eher abreißen und ihn damit verprügeln, als ihm die Schulter wieder einzurenken.

Kait schien die Anspannung bemerkt zu haben, da sie die Stirn runzelte und sich zum Fahrersitz umdrehte. »Wolf …«

»Du hättest dich von ihm fernhalten sollen, *nebii'o'oo.*« Seine Zuneigung zu ihr wurde bei diesen Worten ebenso deutlich wie seine Frustration und sein Zorn.

»Du weißt doch gar nicht, was passiert ist«, fauchte Kait und zog die Schultern hoch.

»Ich weiß, dass du meine *netesei* bist und wegen ihm beinahe gestorben wärst.« Seine Stimme klang jetzt stählern.

Cosky fragte sich, was in aller Welt eine *netesei* war und was Kait diesem Mann eigentlich bedeutete.

Das ging ihn nichts an, verdammt. Überhaupt gar nichts.

Kait war für ihn tabu.

Sie war außerdem eine wunderschöne Frau. Da war es doch logisch, dass sie Männerbekanntschaften hatte. Diese Tatsache wäre nur sehr viel leichter zu ertragen gewesen, wenn diese Männerbekanntschaft nicht so bedrohlich gewesen wäre.

Er holte tief Luft und versuchte, sich zu entspannen. Aber er hatte das Gefühl, als würde seine Brust in einem Schraubstock stecken.

Der Escalade fuhr scharf nach rechts auf den leeren Parkplatz vor dem Footballfeld einer Highschool und kam neben dem Maschendrahtzaun mit quietschenden Reifen zum Stehen. Die harten, schwarzen Augen sahen Cosky erneut im Rückspiegel an. Die offene Herausforderung darin war deutlich zu erkennen.

Cosky spannte jeden Muskel in seinem Körper an und erwiderte den Blick.

Die Fahrertür wurde aufgerissen, und Wolf stieg aus.

Cosky stieß seine Tür ebenfalls auf und trat auf die Straße, während ihm das Adrenalin durch die Adern schoss.

Wenn der Mistkerl Ärger wollte, dann sollte er ihn haben.

Ihm war vage bewusst, dass Kait ebenfalls ausstieg, aber seine Aufmerksamkeit richtete sich vor allem auf den riesigen Wichser, der gerade um den Escalade herumging.

Sie trafen sich an den Heckscheinwerfern.

Auch wenn Cosky nicht mit einem freundlichen Handschlag gerechnet hatte, überraschte ihn der knallharte rechte Haken, der seinen Unterkiefer traf, doch. Der Schlag traf ihn wie ein Schmiedehammer und hätte ihn von den Beinen geholt, wenn er nicht die Hecktür des Wagens hinter sich gehabt hätte.

Sein Gesicht wurde taub, und ein gewalttätiger roter Nebel blockierte seine Gedanken, als er sich vom Fahrzeug abstieß und auf Kaits *nebe'ib* stürzte.

Der Bastard würde gleich ihr *Ex-nebe'ib* sein, und wenn es das Letzte war, was er tat.

* * *

»Wie ich bereits erklärt habe«, sagte Mac zum zehnten Mal, während er an dem heißen Metall des schwarz-weißen Streifenwagens des leitenden Sergeants lehnte, »wurde uns zugetragen, dass sich die Frau, die Lieutenant Simcosky und Kait Winchester angegriffen hat, in diesem Gebäude aufhält …«

»Und Sie wollten sich hier mal umsehen, bevor Sie die Sache melden«, unterbrach ihn der stämmige Sergeant, der ihn die letzten zwanzig Minuten verhört hatte, und wiederholte genau, was Mac ihm gesagt hatte.

»Genau«, versicherte ihm Mac mit angespanntem Grinsen, bei dem er die Zähne bleckte. So langsam ging ihm dieses Verhör auf die Nerven. »Wir wollten sichergehen, dass sie wirklich hier ist, um Ihre Zeit nicht mit einem Fehlalarm zu vergeuden.«

Er hob den Arm und wischte sich den Schweiß von der Schläfe, um sich dann leicht zu drehen und nach seinen Männern zu sehen. Sie waren zu anderen Streifenwagen geführt worden und wurden dort befragt.

Glücklicherweise hatten sie vorher noch genug Zeit für eine kurze Strategiebesprechung gehabt, bevor die Polizei angekommen war. So würde jetzt jeder das Gleiche erzählen.

»Wir wissen Ihre Sorge um die kostbare Zeit der Polizei natürlich zu schätzen«, entgegnete der Sergeant, dessen Stimme ebenso trocken wie ungläubig klang, »aber die Frage ist, ob Sie wirklich vorhatten, uns anzurufen, oder ob Sie die Frau selbst in Gewahrsam nehmen wollten.« Seine Stimme wurde noch skeptischer. »Wie Sie vermutlich wissen, ist es in den Vereinigten Staaten rechtswidrig, Selbstjustiz zu üben.«

Dieses eingebildete, selbstgerechte Arschloch. Er wusste verdammt gut, dass ihnen genau das in Seattle vorgeworfen wurde.

»Ja«, erwiderte Mac und verkniff sich die Reaktion, die ihm schon auf der Zunge lag und die in etwa mit »Wenn Sie Ihre gottverdammte Arbeit machen würden …« begonnen hätte. »Wir hatten nicht die Absicht, die Frau festzunehmen. Das wollten wir Ihren Leuten überlassen.«

Der Sergeant legte den Kopf schief und setzte eine unergründliche Miene auf. Aber Mac wusste, dass der Kerl ihm kein Wort glaubte.

Was eigentlich nicht überraschend war, da sie ja bei ihrer Ausbildung lernten zu erkennen, wann sie verarscht wurden.

Er hatte einfach schlechte Karten.

Das musste Mac Pachicos Doppelgänger lassen: Es war ein brillanter Schachzug gewesen, die Polizei hierherzuschicken.

So hatte er sie gewaltig genervt und sie wertvolle Zeit gekostet.

»Passen Sie mal auf.« Mac versuchte, vernünftig zu klingen, was ihm verdammt schwerfiel, da sein ganzer Körper unter Strom stand. Sie mussten schnellstmöglich aufbrechen. Er riss sich zusammen, da er beinahe auf die Uhr gesehen hätte. Der Mistkerl, der ihn verhörte, hatte ihn schon zweimal dabei erwischt. Beim nächsten Mal würde er sich vermutlich fragen, warum Mac das ständig tat. »Sie haben unsere Waffen überprüft. Unabhängig von dem, was der Anrufer behauptet hat«, nettes Detail, Arschloch, »können Sie sogar riechen, dass keine davon abgefeuert wurde.« Er hielt inne und schenkte dem Sergeant ein hartes Lächeln. »Falls die Frau hier gewesen ist, dann ist sie jetzt längst über alle Berge. Wie wäre es, wenn wir die Sache abbrechen und von hier verschwinden?«

»Wir müssen noch immer klären, ob Sie auch Waffenscheine für das Arsenal haben, das Sie und Ihre Männer mit sich führen.« Der Sergeant erwiderte Macs ungeduldigen Blick kaltherzig. »Und warum Sie überhaupt derart bewaffnet sind.«

Macs Grinsen erstarb. »Sie wissen ganz genau, dass wir Waffenscheine dafür haben. Und was unsere Bewaffnung angeht, so sind wir nun mal daran gewöhnt, ständig so viel Zeug mit uns rumzutragen. Die Menge mag Ihnen übertrieben vorkommen, aber Sie können mir glauben, dass das für mein Team noch eine leichte Bewaffnung ist.«

Der Sergeant runzelte die Stirn und klappte den Mund auf, aber dann wurde er durch ein statisches Rauschen, gefolgt von einer gehetzten Stimme, abgelenkt.

Zane, der sich links neben Mac an die Motorhaube eines Streifenwagens lehnte, senkte den Kopf und lauschte, nur um sich plötzlich aufzurichten. Auf einmal wirkte er angespannt, und er eilte mit finsterer Miene zu Mac. Er sah den Sergeant, der auf einmal argwöhnisch wirkte, grimmig an. »Was ist ein zehn neunundachtzig und ein elf einundsiebzig?«

Der Sergeant drehte sich um, deutete auf die hintersten beiden Streifenwagen und bedeutete ihnen, sie sollten losfahren. Die Officers stiegen ein, wendeten und rasten in einer Staubwolke davon.

»Verdammt.« Zane packte den Mann am Ellbogen, drehte ihn zu sich um und baute sich so dicht vor ihm auf, dass sie sich beinahe berührten. »Was genau bedeutet dieser Code, Mann?«

Der Sergeant entriss ihm seinen Arm und sah zwischen Mac und Zane hin und her. »Warum wollen Sie das wissen?«

»Weil wir da wohnen«, antwortete Rawls, der im Laufschritt auf sie zukam. »Und ein paar unserer Freunde halten sich dort auf.« Sein Gesicht war hart, und seine Stimme klang nachdringlich. »Was ist passiert?«

Fluchend nahm der Sergeant seinen Hut ab, strich sich über den Kopf und sah zu der sich auflösenden Staubwolke hinüber.

»Verdammt noch mal.« Zane hatte bereits sein Handy in der Hand und wählte. Nach einer Minute drehte er sich zu Mac um, warf Rawls einen Blick zu und schüttelte mit betretener Miene den Kopf. »Bei ihm geht sofort die Mailbox dran.«

»Was ist da los?«, knurrte Mac, dessen Stimme immer lauter wurde.

In ihm tobte das reinste Chaos. Die Reaktion des Sergeants und sein Widerstreben, ihnen zu verraten, was passiert war, ließen das Schlimmste vermuten. Das Allerschlimmste.

Ach, Scheiß auf ihn.

»Fahren wir«, rief Mac und deutete auf den Minivan. Aber dieser Befehl war gar nicht notwendig gewesen. Tag, Tram, Russo und Hollister hatten die Streifenwagen, zu denen man sie geführt hatte, bereits verlassen und liefen auf den Van zu.

»Man lässt Sie da sowieso nicht rein«, erklärte der Sergeant und griff nach Macs Arm.

Mac ignorierte ihn, riss seinen Arm los und drehte sich zum Minivan um.

Der Sergeant fluchte, packte ihn erneut und hielt ihn auf. »Der ganze Block ist abgesperrt. Das ist die Standardprozedur nach einer Bombendrohung und einem Brand.«

Bombe? Brand …

Großer Gott.

Macs Knie gaben beinahe nach, und er sah die Panik in Zanes und Rawls' Gesicht.

Rasch nahm er sein Handy und wählte Cos' Nummer.

Aber es ging nur die Mailbox ran.

* * *

Einen Augenblick lang stand Kait einfach nur da, umklammerte ihr Handy mit einer Hand, hatte den Mund aufgerissen und war wie erstarrt, während Cosky und Wolf versuchten, einander zu erschlagen – und das mit Fäusten, Knien, Stiefeln und Schultern und allen anderen Körperteilen, mit denen man jemandem wehtun konnte.

Blut spritzte auf, als ihre Fäuste die Nase, den Mund und die Ohren des jeweils anderen trafen.

Die Wut der beiden Männer war in ihren angespannten Halsmuskeln und ihren verzerrten Gesichtern zu erkennen, und sie gaben gelegentlich atemlose Töne von sich, wenn ihnen ein besonders heftiger Schlag die Luft aus der Lunge presste. Aber da waren auch noch andere Geräusche: das dumpfe Aufkommen einer Faust auf dem Gegner, das Scharren der Stiefel auf dem Asphalt, der gedämpfte Aufprall eines Körpers auf dem Escalade.

Sie war erstaunt über Coskys Kraft und Kampfvermögen. Er hielt sich gut, obwohl er einen Arm und ein Bein kaum bewegen konnte. Als Kait ihn genauer dabei beobachtete, wie er sich umdrehte und zutrat, sodass sein Stiefel Wolf unter dem Kinn traf, wurde ihr bewusst, dass ihn das verletzte Knie kaum zu behindern schien.

Männliche Aggression lag in der Luft, und sie war so dick und schwer, dass Kait das metallische, moschusartige Aroma beinahe riechen konnte. Ihr war klar, dass die beiden Männer nicht von sich aus aufhören würden. Nicht, bevor einer von ihnen oder beide schwer verletzt waren. Also steckte sie ihr Handy in die Hosentasche und bereitete sich darauf vor, einzuschreiten.

Als Wolf nach hinten taumelte, erwachte Kait aus ihrer Erstarrung und trat schnell zwischen die Kämpfenden. Wenn sie dieses bescheuerte Treiben nicht von sich aus beendeten, dann würde sie es eben tun.

»Hört sofort auf.« Sie hielt die Arme hoch und drückte jedem der beiden schnell atmenden Männer eine Handfläche auf die Brust. »Das ist mein Ernst. Es reicht jetzt.«

Wolf machte als Erster einen Schritt nach hinten. Sein dicker, schwarzer Zopf war rot befleckt und hatte sich teilweise gelöst, und er wischte sich mit geschwollenen, zerschrammten Fingerknöcheln das Blut weg, das von seiner aufgeplatzten Lippe herunterlief.

Einen langen Atemzug stemmte sich Cosky noch gegen Kaits Hand. Sein Herz hämmerte unter ihrer Handfläche. Auf seinem linken Wangenknochen bildete sich direkt unter dem Auge bereits eine beachtliche Schwellung, die sich bläulich färbte.

Kait stand schwankend da, sah ihm ins Gesicht und hatte ein Déjà-vu: Die Verletzung sah fast so aus wie Jillians. Woraufhin ihr wieder einfiel … Wie hoch war die Wahrscheinlichkeit, dass Jillian im Wagen sitzen geblieben war?

Sie sah sich auf dem Parkplatz um und entdeckte die Frau auf dem Weg zu dem Tor, durch das man auf das Footballfeld gelangte. Sofort ließ Kait die Arme sinken, drehte sich nach links und wollte ihr hinterherlaufen.

In dem Augenblick, in dem sie sich bewegte, rückten die beiden Männer wieder vor und starrten sich feindselig an.

Um Himmels willen. Das war ja lächerlich.

»Cosky«, sagte sie schlicht. »Jillian haut ab.«

Zumindest das drang in sein von Hormonen bestimmtes Gehirn vor. Er drehte sich um.

»Wenn du sie noch einmal anfasst«, sagte Wolf so leise und bedrohlich, dass es Kait eiskalt den Rücken herunterlief, »dann kann mich nicht einmal Kait davon abbringen, dich in Stücke zu reißen.«

Dann drehte sich Wolf um und rannte Jillian hinterher, die hektisch zu entkommen versuchte.

Als Cosky einen Schritt machte und aussah, als wollte er hinterherlaufen, hielt ihn Kait am Ellbogen fest. Sie standen nebeneinander und beobachteten, wie Wolf dank seiner längeren Beine die Flüchtige rasch einholte. Als er nah genug war, dass er sie berühren konnte, blieb sie abrupt stehen. Er duckte sich unter der Faust weg, mit der sie ihn am Kopf treffen wollte, umfasste ihre Taille und schwang sie sich über die Schulter, obwohl sie sich zu wehren versuchte.

Dann drehte er sich um, hielt Jillian fest, als würde sie überhaupt nichts wiegen, legte ihr einen muskulösen Arm über die Unterschenkel und eine Hand auf den Rücken und kam langsam mit ihr zurück. Dabei sah es so aus, als würde er die Hand auf ihrem Rücken bewegen.

Kait kniff die Augen zusammen, um es besser erkennen zu können. Ja, er streichelte ihr den Rücken. Außerdem hatte er den Kopf gedreht, sodass sich seine Lippen direkt neben ihrem Ohr befanden, und schien sie zu beruhigen.

Seine Haltung und die Art, wie er sie festhielt, wirkten sanft und beschützend und nicht so, als wollte er ihr schaden. Auf einmal musste sie an seine Warnung Cosky gegenüber denken.

*»Wenn du sie noch einmal anfasst, dann kann mich nicht einmal Kait davon abbringen, dich in Stücke zu reißen.«*

In ihr erwachte ein seltsamer Verdacht.

Sie musterte Coskys Auge. Es war inzwischen beinahe zugeschwollen und nahm denselben Farbton an wie Jillians Auge. Die gleiche Verletzung am gleichen Auge …

Selbst wenn man bedachte, wie brutal sie aufeinander eingeschlagen hatten, war es doch merkwürdig, dass Cosky an genau der gleichen Stelle verletzt war wie Jillian. Das wäre doch ein verdammt großer Zufall gewesen, oder?

Jetzt, wo sie Zeit hatte, darüber nachzudenken, fragte sie sich, wieso Wolf überhaupt derart ausgerastet war. Gut, er nahm seine Pflichten als großer Bruder manchmal etwas zu ernst, aber Cosky derart ungestüm anzugreifen wegen etwas, von dem er nicht einmal wusste, ob Cosky es wirklich getan hatte? Und ihn anzugreifen, obwohl er verletzt war? Schließlich konnte Cosky kaum seinen linken Arm anheben.

Das klang ganz und gar nicht nach dem Mann, den sie im vergangenen Jahr kennengelernt hatte.

»Dir ist klar, dass dein *Freund* hinter der Explosion stecken muss«, sagte Cosky angespannt.

Was? Kait runzelte die Stirn. Es war ziemlich offensichtlich, was Coskys Feindseligkeit heraufbeschworen hatte. Und sie konnte es ihm nicht einmal verdenken. Er wusste nichts über Wolf, daher musste ihm dessen Timing ja verdächtig vorkommen.

»Er hatte nichts damit zu tun«, erwiderte sie und hätte ihm zu gern erklärt, wieso ihr Bruder von der Bombe gewusst hatte. Aber dazu hätte sie ihn auch über ihre Beziehung aufklären und ihm von der Gabe erzählen müssen, die ihr Vater sein ganzes Leben lang verschwiegen hatte und die Aiden jetzt auch vor allen verbarg.

Allerdings war die Gabe bei ihrem Vater und Aiden auf Zahlen und Geld beschränkt.

Sie runzelte die Stirn und sah Wolf an, der immer näher kam. Vielleicht hatte seine Warnung gar nichts mit dieser Gabe, sondern vielmehr mit seinen Kontakten beim Militär zu tun – oder für wen auch immer er arbeitete.

»Um Himmels willen, Kait.« Es klang so, als würde Cosky die Worte zwischen zusammengebissenen Zähnen herauspressen. »Es ist ziemlich offensichtlich, dass du etwas für diesen Mann empfindest, aber du solltest das ignorieren und auf deinen Verstand hören. Er muss gewusst haben, dass dort eine Bombe ist, sonst hätte er dich nicht rechtzeitig vor der Explosion warnen können.«

Kait schüttelte seufzend den Kopf. Sie konnte fast schon spüren, wie Coskys Blutdruck bei dieser Geste in die Höhe schnellte. Wie in aller Welt konnte sie seine Aufmerksamkeit von Wolf ablenken?

Zumindest dürfte es ziemlich einfach werden, Wolfs Meinung über Cosky zu ändern. Sie musste ihm nur erzählen, was in den letzten vierundzwanzig Stunden passiert war, da er offensichtlich einige falsche Schlüsse gezogen hatte.

Sie wartete, bis er Jillian auf den Beifahrersitz des Escalade bugsiert und ihren steifen Körper angeschnallt hatte, bevor sie auf ihn zuging.

»Ich glaube, du hast da was falsch verstanden«, begann sie, als er die Tür schloss. »Jillian hat das blaue Auge nicht von Cosky, sondern von mir.«

Im Augenwinkel bekam sie mit, wie Cosky erstarrte.

Wolf starrte Cosky verächtlich an. »Du versteckst dich hinter deiner Frau?« Als er sich zu Kait umdrehte, wurde sein Blick sanfter. »Warum beschützt du ihn, *hookecouhu' heeyei*? Er ist deiner nicht wert.«

»Ich beschütze ihn nicht, und ich bin auch nicht seine Frau.« Kait verschränkte die Arme vor der Brust, schob das Kinn vor und starrte ihn trotzig an. »Es ist die Wahrheit, Cosky hat sie nicht geschlagen. Das war ich. Und wenn du mich danach gefragt hättest, was mit ihr passiert ist, bevor du voreilige Schlüsse ziehst, dann hätte ich es dir erzählt.« Sie sah zwischen den beiden angeschlagenen Männern hin und her. »Und ich hätte euch davor bewahrt, einander zu Brei zu schlagen.«

Ein Teil der Aggression verschwand aus Wolfs Gesicht. Er runzelte die Stirn und sah durch das Fenster auf der Beifahrerseite, wo Jillian durch das getönte Glas zu erkennen war. »Sie hat Angst vor ihm, das kann ich deutlich spüren.«

»Natürlich hat sie das.« Kait wedelte mit einer Hand in der Luft herum. »Sie ist verwirrt und gibt ihm die Schuld für etwas, womit er gar nichts zu tun hatte. Erinnerst du dich an den Zwischenfall vor meiner Wohnung gestern früh, wegen dem du mich angerufen hast? Das war sie. Sie hat auf ihn geschossen. Als das nicht funktioniert hat, ist sie auf mich losgegangen. Sie muss mitbekommen haben, dass Cosky bei mir war, und davon ausgegangen sein, dass wir ein Paar wären, weshalb sie beschlossen hatte, mich zu überfallen, um ihn mit meiner Hilfe anzulocken. Daher hat sie das blaue Auge. Ich habe sie geschlagen.« Als Wolf noch immer nicht überzeugt zu sein schien, warf Kait die Hände in die Luft und drehte sich zu Cosky um. »Sag du es ihm.«

»Mir ist scheißegal, was er glaubt«, knurrte Cosky, der sich noch nicht wieder beruhigt hatte. »Ich will wissen, woher er von der Bombe wusste und dass du in meiner Wohnung warst und warum die Bombe direkt nach seinem Anruf hochgegangen ist.«

Na, das lief ja super. Bevor sie die Gelegenheit hatte, weitere Erklärungen abzugeben, klingelte ihr Handy.

Kait ignorierte das beharrliche Klingeln, das aus ihrer Hosentasche kam, und starrte ihren Bruder beharrlich an. »Wolf, erklär Cosky …«

»Du solltest da lieber rangehen«, unterbrach sie Cosky. »Das ist vermutlich Zane, der wissen will, ob wir noch am Leben sind.«

Ach, verdammt. Sie hatte ganz vergessen, Coskys Teamkameraden anzurufen und ihnen mitzuteilen, dass sie die Explosion überlebt hatten. Seine Freunde machten sich wahrscheinlich große Sorgen.

Sie zog ihr Telefon heraus und ging ran. »Es geht uns gut«, sagte sie sofort.

»Winchester?«

Sie erkannte die harte, heisere Stimme sofort. Das war nicht Zane. Ohne zu zögern reichte sie das Handy an Cosky weiter. »Es ist für dich.«

Seinen knappen Antworten und der Anspannung nach zu urteilen, die seinen ganzen Körper erfasste, während er mit Commander Mackenzie sprach, bekam Cosky gerade nicht zu hören, wie froh alle waren, dass er noch lebte.

Eigentlich klang es eher, als würde er eine Standpauke über sich ergehen lassen.

Endlich spulte Cosky die Beschreibung ihres Standorts herunter, klappte das Handy zu und reichte es Kait.

»Das klang nicht, als wäre dein Commander sehr glücklich darüber, dass du noch am Leben bist«, meinte Wolf amüsiert.

*Verflucht noch mal!*

Sie warf ihrem Bruder einen genervten Blick zu und trat zwischen die beiden Männer. »Das ist nicht gerade hilfreich.«

Es würde ihrem Bruder nicht wehtun, freundlicher zu sein. Sobald Cosky seinen Teamkameraden erzählt hatte, was passiert war, würden sie sich alle fragen, woher er von der Bombe gewusst hatte, und wenn er sechs Mitgliedern des SEAL-Team 7 gegenüberstand, wäre ihr Bruder eindeutig im Nachteil.

# Kapitel 16

Als Zanes Minivan auf den Parkplatz fuhr, war Coskys linkes Auge komplett zugeschwollen. Da der Adrenalinstoß abgeflaut war, spürte er nun auch den Schmerz, und der war aufgrund der ausgekugelten Schulter und des zerschlagenen Gesichts fast unerträglich. Cosky war an Schmerzen gewöhnt, die er im Allgemeinen verdrängte und ignorierte, bis er einen Job erledigt hatte.

Es fiel ihm jedoch verdammt schwer, das andauernde Stechen in seiner Schulter und seinem Auge auszublenden.

Offenbar war er langsam zu alt für diesen Scheiß.

Der Van hielt neben dem Escalade. Alle vier Türen wurden geöffnet, und das gesamte Team stieg aus. Zanes erleichtertes Lächeln verblasste, als er Coskys Gesicht sah.

»Rawls«, rief Zane laut und musterte Coskys Auge, bevor sein Blick zu dem Arm herunterwanderte, den Cosky sich an die Brust drückte.

Mac ging um die Motorhaube des Vans herum und sah Wolf in das ebenfalls angeschlagene Gesicht. »Wer ist denn dieser Wichser?«

Wolf stützte sich mit dem Hintern an die Beifahrertür des SUV und ignorierte die Frage.

»Simcosky?«, bellte Mac und wirbelte zu Cosky herum, um ihn mit seinen dunklen, temperamentvollen Augen anzusehen. »Was ist jetzt wieder passiert?«

Cosky spuckte etwas Blut aus und setzte eine finstere Miene auf. Mac tat ja ganz so, als wäre er jemand, der ständig Unfälle hatte und ins Krankenhaus musste.

»Hast du den Teil mit dem Haus, das in die Luft geflogen ist, schon wieder vergessen?« Coskys Stimme klang belegt. Er hustete und spuckte noch mehr Blut.

Rawls tauchte neben ihm auf. »Das blaue Auge stammt aber von einer Faust, nicht von der Explosion.« Er drehte sich zu Wolf um, der desinteressiert neben dem SUV stand und die Arme vor seiner breiten Brust verschränkt hatte. »Wer von euch beiden war denn der Sandsack und wer der Boxer?«

»Wer zum Teufel ist der Kerl?«, fragte Mac und wandte sich dieses Mal an Cosky.

»Er ist das Arschloch, das Kait dreißig Sekunden vor der Explosion angerufen und aufgefordert hat, das Haus zu verlassen«, erwiderte Cosky kaltschnäuzig, während die Wut erneut in ihm aufwallte.

Aller Augen blitzten auf, und die Männer drehten sich zu dem großen Kerl um, der da so lässig am Escalade lehnte. Russo, Hollister und Tag nahmen eine lockere Zangenformation ein und verstellten dem Mann den Fluchtweg. Was ihn allerdings weder zu interessieren noch zu ängstigen schien.

Cosky runzelte die Stirn. Jeder, der nur ein Fünkchen Intelligenz besaß, wäre zumindest besorgt, wenn ihm sieben wütende Mitglieder des SEAL-Team 7 gegenüberstanden, aber der Scheißkerl zuckte nicht einmal mit der Wimper.

Wer zum Teufel war dieser Mann?

»Ach was.« Mac wirbelte zu Wolf herum und ging mit versteiftem Körper auf ihn zu. »Würdest du uns vielleicht mal erklären, woher du wusstest, dass da eine Bombe war?«

Ohne auch nur eine Miene zu verziehen sah Wolf ihm in die Augen. »Das ist geheim.«

»Du hast mich wohl falsch verstanden, du Arschloch«, schnaubte Mac, der die Fäuste ballte und in die Hüften stemmte. »Das war keine Bitte. Woher hast du …«

»Ich hab überhaupt nichts falsch verstanden«, entgegnete Wolf völlig ruhig und gelassen. »Diese Information ist nur für berechtigte Ohren bestimmt, und Sie gehören nicht dazu.«

»Ich bin Commander …«

»Ich weiß, wer Sie sind«, unterbrach Wolf ihn ruhig. »Aber das ändert gar nichts. Sie haben nicht den erforderlichen Dienstgrad.«

Russo legte den Kopf schief und runzelte die Stirn. Dann trat er langsam einen Schritt nach vorn und sah nachdenklich aus. »Wir kennen uns doch.«

Wolf sah ihn einfach nur an.

Überrascht blickte Cosky zwischen Russos gedankenvoller Miene und Wolfs ausdruckslosen Gesichtszügen hin und her, während bei Ersterem allmählich der Groschen zu fallen schien.

»Okay, Cos, sehen wir uns mal deine Schulter an. Sieht aus, als wäre sie nur ausgekugelt, aber ich möchte mich vergewissern, dass nichts gebrochen ist«, meinte Rawls.

Cosky stöhnte und sah weiterhin Russo an, während Rawls vorsichtig das Gelenk abtastete. Einen Augenblick später nahm er Coskys linken Unterarm und streckte den Arm langsam ganz aus, bis er gerade nach unten hing.

Bei dem starken, ständigen Stechen musste Cosky die Zähne zusammenbeißen, aber er wartete. Er hatte sich schon genug Gelenke ausgerenkt, um zu wissen, dass das Einrenken ebenso schmerzhaft war wie das Ausrenken und somit höllisch wehtat. Allerdings würde der Schmerz augenblicklich stark nachlassen, sobald das Ganze vorüber war.

Zumindest galt das für seine Schulter. Bei seinem Auge sah es völlig anders aus.

»Woher kennst du ihn?«, wollte Cosky von Russo wissen und versuchte zu ignorieren, was Rawls gerade mit seinem Arm machte.

»Ich habe ihn letzten März in Kunar gesehen«, murmelte Russo langsam. Er musterte Wolf gründlich von Kopf bis Fuß, als würde er den Mann vor sich mit dem aus seinen Erinnerungen vergleichen.

Zane wirkte überrascht und sah sich Wolf genauer an. »Meinst du diesen Einsatz, der schiefgelaufen ist und bei dem wir Gassy und Kieb verloren haben?«

»Genau«, bestätigte Russo. »Wir wären beinahe alle in Leichensäcken nach Hause gekommen, aber dann tauchte dieser Kerl hier mit ein paar Freunden da auf und hat uns den Weg zum Dach freigeräumt, wo bereits ein Black Hawk wartete.«

Schweigen breitete sich aus. Wolf stand einfach nur da, während sie ihn kritisch musterten, und wirkte völlig gelassen.

»Ist das wahr?«, wollte Mac wissen, da der Mann vor ihnen freiwillig anscheinend nichts zu Russos Bericht hinzuzufügen hatte.

Wolf gab keinen Ton von sich.

Bevor Mac noch etwas sagen konnte, trat Kait vor.

Sie warf Wolf einen entschuldigenden Blick zu. »Es stimmt. Aiden hat mir erzählt, dass er dort gewesen ist, sie rausgeholt und aufs Dach gebracht hat.«

»Woher zum Teufel kennt Aiden den Kerl?«, fragte Mac, dessen Stimme immer frustrierter klang. »Und wieso in aller Welt kennst du ihn?«

Kait zögerte, zuckte dann jedoch mit den Achseln. »Dad war ein Arapaho, und Wolf ist auch einer«, erklärte sie. »Sie gehörten zum gleichen Clan. Aiden und ich kennen ihn schon seit Jahren.«

Da ihre Stimme irgendwie zögerlich klang und Wolf ihr außerdem einen irritierten Blick zuwarf, ging Cosky davon aus, dass Kait einen Großteil der Informationen weggelassen hatte.

»Wolf«, murmelte Russo. »Hast du auch einen Nachnamen?« Als der andere Mann weiterhin schwieg, trat Russo vor und streckte ihm eine Hand hin. »Ich bin dir verdammt dankbar für das, was du in Kunar gemacht hast. Bisher hatte ich nicht die Gelegenheit, mich bei dir dafür zu bedanken.«

Nach einem Moment lockerte Wolf seine muskulösen Arme und senkte sie, aber es dauerte noch einige Sekunden, bis er Russos Hand ergriff.

»Wir waren gerade in der Nähe«, behauptete Wolf.

Übersetzung: Es war kein Dank erforderlich. Das war die Standardantwort nach einer Rettung. Nur dass sie Cosky dieses Mal nicht mit dem ansonsten gewohnten angenehmen Gefühl zurückließ.

»Wir? Wer ist wir?«, erkundigte sich Cosky. Er hatte noch lange nicht vor, sich dem Mistkerl zu Füßen zu werfen. Es gab noch eine ganze Menge, was Kait und ihr geheimnisvoller Freund der Familie ihnen verschwiegen.

Beispielsweise warum er von der verdammten Bombe gewusst hatte.

Wolf fiel erneut in seine teilnahmslose Haltung zurück. *Zur Hölle mit ihm!*

»Okay, Kumpel«, meinte Rawls. »Wir müssen uns um deine Schulter kümmern. Runter auf den Boden.«

Fluchend ließ sich Cosky auf dem Boden nieder und legte sich auf den Rücken. Mann, auf das, was jetzt kommen würde, freute er sich nicht im Geringsten. Rawls setzte sich links neben ihn. Nachdem er den Arm vorsichtig ausgestreckt hatte, stellte er einen Stiefel unter Coskys Achselhöhle, streckte die Beine aus und zog langsam, aber mit zunehmender Kraft, an dem Arm.

Cosky holte tief Luft, schloss die Augen und zwang sich, locker zu bleiben. Er war sich nur vage der anderen Stimmen in der Nähe bewusst. Rawls übte nach und nach mehr Druck aus und zog den Gelenkkopf immer weiter vom Schultergelenk weg, wodurch der Schmerz immer heftiger wurde.

Nach einigen Sekunden knackte es laut, und augenblicklich war der Schmerz verschwunden. Cosky entspannte sich ein wenig. »Wieder drin.«

Er schlug die Augen auf und blickte in ein verschrammtes, herzförmiges Gesicht, aus dem riesige, besorgte Augen auf ihn herabstarrten. Ohne nachzudenken griff er nach ihr, da der Drang, ihre weichen Lippen auf seinen zu spüren, plötzlich und unerwartet über ihn kam. Doch dieser Impuls rächte sich sofort, als ein stechender Schmerz durch seine Schulter schoss.

»Alles okay«, sagte er und setzte sich auf.

Er ignorierte sein Bedauern, als sie sich abwandte, stand auf und sah sich auf dem Parkplatz um.

Russo, Tag und Tram standen vor Wolf und unterhielten sich. Zane und Mac hielten sich in der Nähe auf und hörten zu.

Cosky ging auf Zane zu. »Hat er das mit der Bombe erklärt?«

Zane schüttelte schweigend den Kopf und warf Kait einen mürrischen Blick zu. Dann beugte er sich zu Cosky hinüber. »Es gibt Neuigkeiten«, murmelte er. »Wir fahren nach Seattle, um der Sache auf den Grund zu gehen.«

»Ein Hinweis?«, fragte Cosky ebenso leise und spürte, wie die Vorfreude in ihm aufstieg.

Zane nickte. »Kannst du Jillian und Kait im Auge behalten?«

Verdammt.

Schon war die Vorfreude dahin. Natürlich würde er sie nicht begleiten. Er war ein Sicherheitsrisiko. Schließlich war er halb blind und konnte nur einen Arm und ein Bein richtig bewegen. Kein Wunder, dass sie ihn als Babysitter einspannten.

Da ging ihm auf, dass sie gar keinen Ort hatten, an dem er die Frauen unterbringen konnte. Sein Haus war ja in die Luft geflogen.

»Wir brauchen ein Versteck«, meinte er zu Zane. »Einen Ort, den diese Schweine nicht mit uns in Verbindung bringen.«

»Die Frauen kommen mit mir«, sagte Wolf in seinem Rücken.

Cosky drehte sich fluchend um. Er hatte nicht einmal gehört, dass der Mistkerl näher gekommen war, und dann wurde ihm erst bewusst, was der Kerl gesagt hatte.

»Nein«, knurrte er.

Wolf zog seine dicken, dunklen Augenbrauen hoch. »Das ist nicht verhandelbar. Sie werden mich begleiten.«

Cosky versteifte sich und trat einen Schritt vor, aber bevor er noch etwas sagen konnte, mischte sich Mac ein. Wenn er die Miene seines Commanders richtig deutete, dann konnte er Wolf ebenso wenig leiden wie Cosky.

»Aidens Schwester kannst du gern mitnehmen, aber die andere bleibt bei uns.«

»Nein.« Wolf blieb unerschütterlich.

»Glaubst du wirklich, du könntest uns davon abhalten, sie mitzunehmen?«, fragte Mac ungläubig. »Wir sind zu siebt, du dämliches Arschloch, und du bist ganz allein.«

»Und was ist mit den unzähligen Polizisten, Sheriffs und anderen Gesetzeshütern, die nach euch Ausschau halten werden, sobald ich gemeldet habe, dass ihr die beiden Frauen entführt habt?«, entgegnete Wolf ungerührt.

Auf die Drohung folgte Totenstille.

Russo schüttelte schließlich den Kopf und sah Mac an. »Wir können sie sowieso nicht mitnehmen. Wo willst du sie unterbringen, während wir«, er sah zu Wolf hinüber und zog die Augenbrauen hoch, »beschäftigt sind?«

Zane warf Cosky einen betretenen Blick zu und deutete mit dem Kinn auf Wolf. »Da hast du dein sicheres Versteck.«

Cosky verspannte sich. Wollten die ihn verarschen? »Nein.«

»Er hat keine Verbindung zu uns«, rief ihm Zane ins Gedächtnis.

Und was war mit der Bombe in ihrer Wohnung?

Zane schien seine Gedanken erraten zu haben. Er nahm Coskys Ellbogen und zog ihn zur Seite. »Denk doch mal darüber nach«, meinte er leise. »Diese Bombe muss schon vor Monaten dort angebracht worden sein. Bevor wir dich aus Seattle nach Hause geholt haben. Rawls hat am Tag nach unserer Rückkehr die Kameras angebracht, daher hätten wir es gesehen, wenn sie danach ins Haus gekommen wären. Aber sie haben sie erst hochgehen lassen, als Jillian aufgetaucht ist. Sie wissen, dass wir sie haben, und sie wollen sie tot sehen.«

Verdammt, da hatte er recht. Cosky runzelte die Stirn und strich sich mit einer Hand über das Gesicht.

Anscheinend bemerkte Zane, dass Cosky weich wurde, da er sofort weitersprach. »Das ist die beste Möglichkeit, um Kaits und Jillians Sicherheit zu garantieren. Niemand weiß etwas von dem Kerl, daher werden sie die Frauen bei ihm auch nicht aufspüren können. Du hast selbst gesagt, dass wir ein Versteck brauchen, das man nicht zu uns zurückverfolgen kann.«

Dann sprach er die entscheidenden Worte aus. »Außerdem kannst du ihn so besser im Auge behalten. Mach dich schlau über ihn, und finde heraus, was er vor uns verbirgt.«

Ach, verdammt.

Fluchend drehte sich Cosky zu Wolf um. »Ich komme mit.«

Wolf sah ihn grimmig an. »Nein.«

»Wolf.« Kait berührte seinen Arm.

Cosky ballte die Fäuste, als er das sah. »Ich komme mit.«

Nach einem langen Blick zu Kait knurrte Wolf leise.

Russo und Zane verhandelten einige Sekunden lang mit ihm, dann trafen sie die Übereinkunft, dass Cosky die Frauen begleiten würde, wo immer Wolf sie hinbrachte.

Nicht erwähnt wurde – auch wenn Cosky davon ausging, dass sich Wolf dieser unausgesprochenen Tatsache sehr wohl bewusst war –, dass Cosky die Position des Verstecks weitergeben würde, sobald Mac und das Team das Labor durchsucht und all seine Geheimnisse ergründet hatten.

Schon sehr bald würde Kaits verdammter Wolf das ganze SEAL-Team 7 am Hals haben.

* * *

Es dauerte über sieben Stunden, bis sie den von Wolf versprochenen sicheren Hafen erreicht hatten, und Kait war völlig erschöpft, als sie endlich die Auffahrt hochfuhren.

Unterwegs hatten sie Lebensmittel, Wasser, Eis und Benzin besorgt, was Kait übernommen hatte, da die zerschlagenen Gesichter der Männer Verdacht erregt hätten. Cosky kühlte die ganze Zeit sein Auge und behielt dabei die Straße vor und hinter ihnen im Blick.

Als sie etwa eine Stunde unterwegs waren, rief Wolf mit seinem Handy jemanden an. Das Gespräch wurde auf Arapaho geführt, und obwohl Kait im letzten Jahr begonnen hatte, die Sprache zu lernen, sprach sie sie noch nicht annähernd flüssig genug, um auch nur die Hälfte zu verstehen.

Aber sie bekam einiges mit, unter anderem die Worte für Lebensmittel, Kleidung und Haus. Doch der Rest war ihr schleierhaft. Coskys genervter und immer eisiger wirkender Miene zufolge fand er Wolfs Verhalten auch nicht gerade witzig.

»Wir werden dort etwas zu essen und Kleidung haben«, berichtete Wolf, nachdem er aufgelegt hatte, aber ohne ihnen zu erklären, wohin sie eigentlich fuhren.

Cosky fragte gar nicht erst, da er davon ausging, es ohnehin nicht vor ihrer Ankunft zu erfahren.

Aber Kait glaubte, ihr Ziel zu kennen.

Ganz sicher war sie sich, als sie die Ausfahrt auf den Highway 99 nahmen.

Wolf sah sie an, und in seinen Augen spiegelten sich Wärme und Zuneigung wider.

Sie war bisher dreimal in seiner Hütte gewesen. Das erste Mal einige Monate, nachdem sie und Aiden von ihrem bis dato unbekannten Bruder erfahren hatten. Als Aiden wieder einmal einen seiner seltenen Heimaturlaube angetreten hatte, war Wolf aufgetaucht und hatte sie zu seiner Zuflucht in den Wäldern geführt.

Seine Hütte lag irgendwo tief in den bewaldeten Weiten südlich des Yosemite National Parks. Kait hatte sich vom ersten Augenblick an sehr wohl dort gefühlt. Die Hütte bestand aus grob bearbeiteten Baumstämmen, hatte vorn und hinten eine Veranda über die gesamte Länge und drei Schlafzimmer, die mit einem Kamin und einem Badezimmer ausgestattet waren. Die Küche und das Wohnzimmer waren gemütlich und behaglich und mit Ledersofas und rustikalen Holztischen ausgestattet.

Aber vor allem die Umgebung und der Blick auf die Berge waren umwerfend.

Sie hatte während der Zeit des Kennenlernens mit einer gewissen Betretenheit gerechnet, aber es war schlicht und einfach unmöglich, sich in der Hütte nicht wie zu Hause zu fühlen. Dazu war es dort viel zu perfekt, was vermutlich auch der

Grund dafür gewesen war, dass Wolf sie und Aiden dorthin gebracht hatte. Es war der perfekte Ort, um einander besser kennenzulernen. Sie hatten ganze zwei Wochen dort verbracht, sich unterhalten, Geschichten ausgetauscht und die Blutsbande zwischen ihnen gestärkt.

Allein hätte sie allerdings nicht dorthin zurückgefunden. Sie erinnerte sich nur noch an eine Vielzahl von nicht gekennzeichneten, gewundenen, schmalen geteerten Straßen, gefolgt von Landstraßen und schließlich holprigen Waldwegen.

Aber selbst jetzt, fast zwei Jahre später, konnte sie sich noch an ihr Erstaunen erinnern, als sie auf der letzten Anhöhe stehen geblieben waren. Unter ihnen lag in einem kreisrunden Tal ein kleiner See, der wie ein Topas schimmerte.

Ihre Finger hatten vor Verlangen gezuckt, weil sie ihn unbedingt hatte zeichnen wollen.

Eigentlich arbeitete Kait am liebsten mit Glas, aber da sie keinen Brennofen zur Verfügung hatte, hatte sie in diesen zwei Wochen Leinwände bemalt, entweder auf der hinteren Veranda oder geschützt zwischen riesigen Gelbkiefer- und Föhrenhainen, die am felsigen Ufer standen, und Wolf und Aiden gelauscht.

Um kurz nach ein Uhr kam der Escalade schließlich aus dem dunklen Wald heraus und fuhr auf das tiefer gelegene, hell erleuchtete Haus zu. Aus jedem Fenster schimmerte Licht und empfing sie mit einer wundervollen Wärme. Wolf hielt direkt vor der Treppe, über die man auf die vordere Veranda gelangte.

Sobald der SUV angehalten hatte, stieß Cosky seine Tür auf und stieg aus. Er streckte sich und musterte die Schatten, die das Haus umgaben. »Wer ist noch hier?«

»Niemand.« Wolf ging um die Motorhaube herum. »Ich habe einen Freund gebeten, ein paar Sachen herzubringen, aber er ist längst wieder weg.«

Kait stieg aus und dehnte sich, während Wolf die Beifahrertür öffnete und Jillian auffing, bevor sie herausfallen konnte.

»Du kannst das Zimmer nehmen, in dem du schon mal geschlafen hast«, sagte Wolf und warf ihr einen Blick zu, während er Jillians immer noch schlaffen Körper hochhob.

Kait nickte. Aber sie musste auf jeden Fall duschen, bevor sie ins Bett ging.

Wolf stieg die fünf Stufen zur Veranda auch mit Jillian in den Armen geschmeidig hoch. Er verlagerte ihr Gewicht leicht, als er die Tür öffnete, und Kait und Cosky folgten ihm in das geräumige Wohnzimmer.

Seufzend sah sich Kait um. Seit ihrem letzten Besuch hatte sich hier nichts verändert. Zwar loderte momentan kein lustiges Feuer im Kamin, aber die Ledercouch, auf der farbenfrohe Navaho-Decken lagen, und der abgenutzte, durchgesessene Lederfernsehsessel standen noch an derselben Stelle.

»Du bist schon mal hier gewesen«, stellte Cosky fest, als Wolf Jillian durchs Wohnzimmer trug. Seine Stimme klang leicht schneidend, aber als sie ihn ansah, wirkte sein geschwollenes, mitgenommenes Gesicht ausdruckslos. »Weißt du, wo wir sind?«

Wahrscheinlich wusste er das ebenso gut wie sie. Jedes Mal, wenn sie auf der Fahrt hierher aufgewacht war und zu ihm hinübergesehen hatte, war sein Blick auf die Straße gerichtet gewesen. Er musste alle Straßenschilder mitbekommen haben.

»Nicht genau, nur, dass wir irgendwo südlich des Yosemite-Parks sind.«

Er fluchte leise, sah sich um und ging dann auf den Computer zu, der auf einem gewaltigen Tisch mit Beinen aus polierten Baumstämmen stand. Nachdem er einige Male auf der Tastatur herumgetippt hatte, fluchte er erneut.

»Passwortgeschützt.« Er sah sie an.

Sie zuckte mit den Achseln und gähnte. »Wir sind hier in Sicherheit. Wolf wird uns nichts tun.«

Cosky starrte sie einfach nur an.

»Ich kenne das Passwort nicht«, sagte sie schließlich. »Und ich gehe jetzt ins Bett.«

Auf einmal fiel ihr auf, dass sie zu viert waren, es aber nur drei Schlafzimmer gab. Und sie war die Person, die am wenigsten abbekommen hatte.

»Soll ich dir mein Bett überlassen?«, fragte sie widerwillig, da sie die wundervolle Matratze nur ungern gegen die Couch eintauschen wollte. Aber sie war nun mal nicht so schwer verletzt wie Cosky.

»Du schläfst nicht bei ihm?« Seine Stimme klang so ätzend, dass sie nicht genau wusste, ob das ein Befehl oder eine Frage war.

»Natürlich nicht!«, stieß Kait hervor und wurde rot. »Wir sind nur Freunde.«

Cosky legte den Kopf schief und sah sie aufmerksam an.

»So, wie wir Freunde sind?«, fragte er dann mit immer noch schneidender Stimme.

Kait starrte ihn an.

Was er eigentlich wissen wollte, war, ob sie auch mit Wolf geschlafen hatte, aber das ging ihn nicht das Geringste an.

»Sind wir denn Freunde?«, erwiderte sie leise.

Sie war sich nicht ganz sicher, was das zwischen ihnen wirklich war, aber sie wusste genau, was sie nicht waren. Sie waren nicht wirklich ein Liebespaar. Nicht wirklich Freunde oder Bekannte. Was blieb da noch übrig?

Sein leiser Fluch hallte durch den Raum, und auf einmal sah er müde aus – mehr als müde sogar, nämlich völlig erschöpft und verletzt.

Etwas in ihrem Inneren wurde weich, wie immer, wenn sie glaubte, dass er Schmerzen hatte. »Ich könnte dich noch mal heilen, bevor wir zu Bett gehen.« Ihr Blick ruhte auf seinem grotesk angeschwollenen, blau angelaufenen Auge. »Vielleicht kann ich deiner Schulter, deinem Knie und deinem Auge helfen.«

Er errötete leicht, und sein Blick wurde sanfter. Als sie seine Verletzungen aufzählte, lachte er leise auf. »Vergiss nicht die Schürfwunden, Kratzer und blauen Flecken.«

Sein Blick fiel auf ihr Gesicht und blieb an ihren Lippen hängen.

Kait wurde ganz warm, und ihr Blut pulsierte schneller durch ihre Adern.

Ihre Brustwarzen wurden hart, und sie genoss den heißen, würzigen Duft, den er auf einmal ausströmte.

Nach einem kurzen Augenblick holte er tief Luft und schüttelte den Kopf. »Ich werde es schon überleben, und du bist müde. Geh unter die Dusche und ins Bett.«

Das leise Klicken einer Tür, die geöffnet wurde, erregte ihre Aufmerksamkeit. Sie drehten sich gleichzeitig um, als Wolf durch die erste Tür auf dem Flur kam und diese leise hinter sich schloss.

»Das ist das erste Schlafzimmer«, sagte Kait. »Er muss es Jillian gegeben haben.«

»Du kennst dich hier ja gut aus«, erwiderte Cosky, aber es klang nicht bewundernd, sondern eher grimmig.

Man hätte fast auf die Idee kommen können, er wäre eifersüchtig, aber das war lächerlich. Er hatte ihr klar zu verstehen gegeben, dass er keine Beziehung mit ihr wollte. Bevor sie ihn darauf ansprechen konnte, kam Wolf zu ihnen.

Er musterte Cosky und deutete dann mit dem Kinn in Richtung Flur. »Ich übernehme die erste Wache. Du kannst dich im hinteren Schlafzimmer aufs Ohr hauen.«

Cosky versteifte sich leicht, und seine Miene wurde sogar noch kälter. »Ich schlafe auf der Couch.«

Wolf studierte Coskys ausdrucksloses Gesicht. »Ich löse dich in vier Stunden ab.«

»Mach dir keine Mühe«, erwiderte Cosky unbewegt.

Es folgte ein langer Augenblick voller Testosteronaufwallung und maskuliner Aggression.

»Jetzt ist aber gut.« Kait trat zwischen sie, nahm Wolfs Arm und versuchte, ihn in Richtung Flur zu ziehen. »Wenn er auf der Couch schlafen will, dann lass ihn doch.«

Wolf widerstand ihrem Drängen kurz, kicherte dann aber und legte ihr einen Arm um die Schulter. »*3ooxonouubeiht.*«

»Hey«, erwiderte Kait erzürnt, da sie das Wort erkannte, »ich bin nicht griesgrämig.«

Er lachte und drückte sie an sich.

»Du hast gelernt«, sagte er erfreut.

»Ich gebe mir zumindest Mühe.« Sie hielt sich eine Hand vor den Mund, um ihr Gähnen zu verbergen. »Aber es fällt mir sehr viel schwerer, wenn ich ohne meinen Lehrer lernen muss.«

Leise lachend folgte er ihr durch die offene Tür ins zweite Schlafzimmer. »Du findest alles, was du brauchst, im Badezimmer. Du weißt, wo …« Er unterbrach sich und drehte sich zur offenen Tür um. »Gibt es ein Problem?«, fragte er mit eisiger Stimme.

»Nein.« Aber Cosky blieb im Türrahmen stehen. Seine Miene war wie erstarrt.

Kait schaute verblüfft zwischen den beiden Männern hin und her.

»Du nimmst die Couch.« Das war keine Frage. Wolfs Stimme klang gebieterisch.

»Und du das dritte Schlafzimmer.« Coskys Tonlage kam der ihres Bruders gleich.

Da sie auf einmal wütend auf alle beide war, warf Kait die Arme in die Luft und deutete auf die offene Tür. »Ihr werdet jetzt beide verschwinden, damit ich ins Bett gehen kann. Wenn ihr euch gegenseitig umbringen wollt, dann soll mir das recht sein, aber schließt bitte vorher die Tür, damit ihr mich nicht aufweckt.«

Wolf sah sie überrascht an. »*Nebii'o'oo …*«

»Das ist mein Ernst, Wolf.« Kait versuchte, ihn zur Tür zu schieben.

Er ließ es zu, und sie schloss energisch die Tür. Danach stand sie einfach nur da, lauschte und wartete darauf, dass sich die Männer wieder zu prügeln anfingen.

Nach einigen Sekunden waren Schritte auf dem Flur zu hören. Kurze Zeit später murmelte Cosky: »Geh schlafen, Kait.«

Sie beherzigte seinen Ratschlag und ging unter die Dusche, wo sie sich sehr beeilte, um danach ins Bett zu fallen und auf der Stelle einzuschlafen.

* * *

In der marineblauen Jogginghose, die ihr widerwilliger Gastgeber ihm zugeworfen hatte, und mit noch feuchtem Haar, nachdem er im Badezimmer neben Kaits geduscht hatte, legte Cosky eine der bunten Decken, die über der Rückenlehne der Couch lagen, zusammen, um sie als Kopfkissen zu benutzen, und legte sich hin. Dann sah er in Richtung Flur und sprang sofort wieder auf.

Er schob die Couch so über den Holzboden, dass er den Flur einsehen konnte.

Alle drei Schlafzimmertüren waren geschlossen. Sobald das Sofa richtig stand, löschte er das Licht im Wohnzimmer, streckte sich wieder aus und legte den Kopf so hin, dass er mit seinem unverletzten Auge in den Flur blicken konnte.

Dieser wurde von der Küchenlampe erhellt. Falls im Laufe der Nacht irgendeine Tür geöffnet wurde, würde er es mitbekommen. Wenn jemand versuchte, sich in ein anderes Schlafzimmer zu schleichen, würde ihm das auffallen.

Wie oft er sich auch ins Gedächtnis rief, dass er Kait abgewiesen hatte, so verspürte er allein bei der Vorstellung, sie könnte mit einem anderen im Bett liegen, den Drang zu töten.

Sie hatte etwas Besseres als ihn verdient.

Aber auch etwas Besseres als den Kerl, der jetzt im Zimmer neben ihr schlief.

Es stand außer Frage, dass der Mistkerl zu den Special Forces gehörte. Zweifellos erledigte er ebenso schmutzige und gefährliche Aufträge wie das SEAL-Team 7. Verdammt. Kait verdiente etwas Besseres.

Etwas Besseres, als sie es waren.

Sie verdiente einen Mann, bei dem sie sich keine Sorgen machen musste, dass er in irgendeinem Rattenloch in der Fremde ums Leben kam. Sie verdiente einen Ehemann, der jeden Abend nach Hause kam und die Wochenenden mit ihr verbrachte.

Das konnte ihr Wolf ebenso wenig bieten wie er.

Während er ihre Schlafzimmertür anstarrte, spürte Cosky, wie er von ihr angezogen wurde. Der Drang, aufzustehen, hinüberzugehen, die Tür zu öffnen und in ihrer Hitze und Weichheit zu versinken, war beinahe übermächtig.

Wenigstens hatte Wolf ihn noch nicht vor die Tür geschleift und irgendwo in dieser Wildnis, die offenbar sein Zuhause war, begraben, denn es war offensichtlich, dass der Mistkerl ihre Tür ebenso überwachte, wie Cosky es tat.

Daher vertrieb er sich die Zeit damit, der Stille zu lauschen. Dabei war es eigentlich gar nicht still. Tatsächlich hörte es sich hier überall sehr lebendig an. Draußen knarrten und stöhnten die Bäume. Der Wind, der durch sie hindurchfuhr, klang wie ein Flüstern und wie ein schauriges, keuchendes Atmen, wenn er an den Fensterscheiben entlangstrich.

Bei ihrer Ankunft war es zu dunkel gewesen, um viel von der Umgebung erkennen zu können. Aber er hatte die riesigen, schwankenden Schatten, die sich in Richtung Nachthimmel erhoben, als Bäume identifiziert und das metallische Glitzern hinter der Hütte als Wasser. Eine Art See oder Teich. Es war kein fließendes Wasser zu hören, daher konnte es kein Fluss sein.

Aber abgesehen davon, dass er vermutete, sich irgendwo südlich des Yosemite National Parks aufzuhalten, hatte er nicht die geringste Ahnung, wo sie sich befanden. Wenn er sein Handy noch gehabt hätte, wäre das GPS sehr hilfreich gewesen.

Aber hier besaß nur Wolf ein Handy.

Und das würde er ihm wohl kaum geben.

Cosky seufzte und versuchte, sich zu entspannen. Aber sein ganzer Körper pochte oder brannte – mit Ausnahme seines Knies. Nicht einmal die Aspirintabletten, die er zuvor genommen hatte, vermochten es, den Schmerz in seinen Händen, seinem Gesicht oder seinen Rippen zu lindern. Aber sein Bein fühlte sich besser an, als es das seit Monaten getan hatte. Besser als es sich eigentlich anfühlen durfte nach allem, was er in letzter Zeit durchgemacht hatte.

Er hatte es beim Duschen genauer untersucht und hätte schwören können, dass die Operationsnarbe heller, glatter und weniger wund und rot aussah.

Kait hatte es wirklich geheilt. Womöglich heilte es noch immer weiter.

Zu schade, dass er das nicht auch von seinen anderen Verletzungen behaupten konnte. Allerdings stellten sie alle keine Gefahr für seine Karriere dar, und obwohl sie momentan recht unangenehm waren, würden sie letzten Endes von allein heilen.

Als er nicht mehr länger auf der Couch liegen konnte, wanderte er in der Hütte herum und machte sich mit allem vertraut. Die Wände bestanden aus grob behauenen, aneinandergefügten Baumstämmen, die lackiert worden waren. Der Holzboden, den er schon im Wohnzimmer gesehen hatte, setzte sich im Flur und in der Küche fort. Die Arbeitsflächen dort bestanden aus schwarzem Granit, der mit weißen Flecken durchzogen war. Überall waren Stahloberflächen zu sehen, beim Herd, der Geschirrspülmaschine, dem Kühlschrank und dem Gasgrill, der mitten in der Kücheninsel eingelassen war, ebenso wie bei der Waschmaschine und dem Trockner, die in einer Ecke neben dem Gefrierschrank standen, der natürlich ebenfalls eine Stahlfront hatte.

Cosky sah in den Kühl- und in den Gefrierschrank.

Verhungern mussten sie jedenfalls nicht.

Da er versuchte, wach zu bleiben, sah er sich die Wände, an denen er vorbeikam, genauer an. Daran hingen zahlreiche Bilder, die mit Pastellkreide, Aquarell- oder Ölfarben gemalt worden waren. Die Motive unterschieden sich ebenso wie die Maltechniken – er sah alles von majestätischen Bergen bis hin zu wunderschönen Seen sowie einheimischen Tieren und Pflanzen. Am besten gefielen ihm die Vögel. Es gab nicht sehr viele Vogelbilder, aber sie stachen einem ins Auge, da sie so farbenprächtig und lebendig aussahen, als würden die Tiere schweben, bereit, im nächsten Augenblick mit den Flügeln zu schlagen und davonzufliegen.

Möglicherweise bildete er sich das aufgrund der Tabletten aber auch nur ein.

Nach und nach sickerte Tageslicht durch die Fenster und ließ geisterhafte, silberne Finger und Nebel entstehen. Er ging einige Augenblicke auf die vordere Veranda und atmete die kühle, nach Kiefern duftende Luft ein.

Mit den Bäumen hatte er recht gehabt. Wolf hatte die Fläche direkt vor dem Haus zwar gerodet und mit Schotter bestreut, aber hinter der Hütte standen riesige Bäume, die sich hoch in die Luft erstreckten und mit ihren grünen Wipfeln nach dem Himmel zu greifen schienen.

Angeblich waren die Wetterbedingungen und die nährstoffhaltige Erde im Yosemite-Park dafür verantwortlich, dass dort die höchsten Bäume der Welt wuchsen.

Als er sich jetzt umsah, war er davon überzeugt.

Kurz darauf hörte er, wie in der Hütte eine Tür geöffnet wurde, gefolgt von Schritten auf dem Holzboden. Wolf trat zu ihm auf die Veranda hinaus.

Er stützte die Arme auf den behauenen Baumstamm, der das Geländer bildete, schloss die Augen und atmete tief ein. Seine aufgeplatzte Lippe war stark geschwollen und mit getrocknetem Blut bedeckt. Die Verletzungen an seinen Wangen und seinem Kinn waren gelb-blau angelaufen. Aber sein Körper und sein Gesicht wirkten entspannter, als Cosky ihn bisher gesehen hatte.

»Ich kann den Gestank an dir riechen«, sagte Wolf, ohne die Augen zu öffnen, und obwohl seine Miene entspannt wirkte, galt das nicht für seine Stimme.

Cosky richtete sich auf und wusste ganz genau, was der Blödmann meinte.

»Er strömt förmlich von dir aus. Der Gestank der Lust, der Eifersucht, der Besitzgier.« Er öffnete die Augen und sah Cosky ruhig an. »Du darfst sie nicht besitzen, du hast nicht das Recht dazu. Vergiss das nicht.«

Dann drehte sich Wolf um und ging wieder ins Haus.

Cosky blieb draußen, hatte die Fäuste auf dem Geländer geballt und atmete mehrmals tief ein und aus.

* * *

Stunden später waberte der Duft von Bacon durchs Haus. Von seiner Position auf der Couch aus sah Cosky, wie Kaits Schlafzimmertür geöffnet wurde. Sie taumelte auf den Flur, als wäre sie noch gar nicht richtig wach. Ihr verschrammtes Gesicht sah rosig und verschlafen aus. Sie ging in Richtung Küche, aber dann schien sie seinen Blick instinktiv zu spüren und sah über die Schulter. Als sie ihn entdeckte, drehte sie um und kam auf ihn zu.

Er stellte zufrieden fest, dass sie zuerst zu ihm kam und nicht etwa zu dem Arschloch in der Küche ging.

Als sie näher kam, setzte er sich langsam auf und musterte den goldenen Zopf, der ihr über die Schulter hing. Sie trug ebenso wie er eine Jogginghose, die jedoch lila war.

»Hast du gut geschlafen?«, fragte sie gähnend.

»Ja.« Er unterdrückte den Drang, sie zu küssen und zu schmecken.

»Falls du Hunger hast, Wolfs Frühstück ist unübertroffen«, sagte sie und musste erneut gähnen. Dann drehte sie sich um und ging zur Küche.

Er sah nach Jillian, als sie an ihrem Zimmer vorbeikamen, aber sie schlief noch und wurde von dem riesigen Himmelbett beinahe verschluckt.

Wolf sah auf, als Cosky das Zimmer betrat. Die Kücheninsel vor ihm quoll förmlich über von Tellern mit knusprigem Bacon, Eiern, Rösti und Toast. Wolf füllte gerade den Teller, der vor ihm stand, nahm ein Stück Toast und beschmierte es mit Erdbeermarmelade. Ohne ein Wort zu sagen, nahm er den Teller und verschwand damit in Jillians Zimmer.

»Greif zu«, forderte ihn Kait auf und goss sich eine Tasse Kaffee ein.

Cosky nahm eine der Keramiktassen, die neben der Kaffeemaschine standen, und einen der Teller, die auf der Arbeitsplatte gestapelt waren. Nachdem er sich Kaffee eingeschenkt hatte, tat er sich etwas zu essen auf.

Sie aßen schweigend. Wolf kehrte mit einem leeren Teller in die Küche zurück, spülte ihn ab und stellte ihn in die Spülmaschine. Danach nahm er sich Bacon, Eier und Rösti und ging auf die hintere Veranda, ohne ein Wort zu sagen.

Seufzend schob Kait ihren leeren Teller zur Seite und folgte ihm nach draußen. Cosky ging ihr hinterher und kam sich wie das fünfte Rad am Wagen vor.

Wolf sah von der Bank auf, auf die er sich gesetzt hatte, und runzelte die Stirn. »Es ist kalt, *bixoo3etiit*. Neben der Tür ist ein *hookoubiixuut*.«

Sie ging zurück, zog sich einen Mantel über und setzte sich dann neben Wolf auf die Bank, wo sie sich an ihn kuschelte, während er ihr einen muskulösen Arm um die Schultern legte. Er sah Cosky mit seinen dunklen Augen herausfordernd an, und dieser musterte ihn feindselig, ging aber nicht weiter darauf ein. Es war offensichtlich, dass sich die beiden nahestanden. Wenn er mit Wolf einen Streit anfing, nur weil er sie umarmte, würde er bei Kait bestimmt keinen Boden gutmachen. Lieber ließ er sich Zeit und würde die nächsten Tage dazu nutzen, einen Keil zwischen die beiden zu treiben.

Nachdem sie alle gefrühstückt und aufgeräumt hatten, ging Kait in ihr Zimmer und Wolf nach draußen.

Als Kait zurückkehrte, hatte sie einen Skizzenblock und Stifte in der Hand.

»Das hat mir Wolf herbringen lassen«, erklärte sie fröhlich und ging auf die hintere Veranda.

Als er erneut nach Jillian sah, stellte er fest, dass Wolf an ihrem Bett saß. Ihr Gastgeber blickte mit finsterer Miene auf, als Cosky hereinkam, und seine Feindseligkeit war deutlich spürbar. Cosky zuckte mit den Achseln und verließ das Zimmer wieder. Er hatte nichts dagegen, wenn Wolf den Wachhund spielen wollte. Außerdem hielt er sich so von Kait fern.

Als Cosky auf die hintere Veranda zurückkehrte, war Kait in ihre Zeichnung vertieft. Er saß da und beobachtete sie, prägte sich ihren konzentrierten Gesichtsausdruck ein, das leichte Stirnrunzeln, wenn sie einen Umriss oder eine Schattierung nicht so hinbekam, und wie ihr dicker Zopf über ihrer Schulter herunterhing.

Sie war so wunderschön, dass es in seiner Brust zu schmerzen begann.

Irgendwann wurde ihm bewusst, dass sie einen Vogel malte. Noch war es eine Schwarz-Weiß-Skizze, aber er erkannte die Strichführung wieder.

»Du hast den gelben Vogel in der Küche gemalt. Und den blau-grauen im Wohnzimmer«, sagte er langsam und erinnerte sich daran, wie ihn die beiden Bilder angezogen hatten. Die Vögel hatten so lebensecht gewirkt, dass er schon fast erwartet hatte, sie würden gleich losfliegen.

»Der Turmfalke«, sagte sie und lächelte strahlend. »Das ist einer meiner Lieblinge. Seine Farben sind einfach wunderschön. Gefällt dir das Bild?«

Er war sich nicht sicher, welches der Bilder sie meinte, aber es war eigentlich auch egal. Beide Bilder waren großartig. »Es ist wunderschön. Du bist wirklich sehr talentiert.«

Ihr Lächeln brachte ihr Gesicht zum Strahlen, und ihm war, als hätte er ihr gerade ein kostbares Geschenk gemacht. Sie holte tief Luft, und ihr Lächeln wirkte fast schon verträumt.

»Ist es hier nicht herrlich? Eigentlich male ich kaum noch, sondern blase Glas. Aber Wolf hat eine Staffelei und alle möglichen Farben herbringen lassen, sodass ich sehr viel malen kann, solange wir hier sind.« Auf einmal überschattete sich ihr Gesicht, und sie erschauderte. Aber sie schüttelte das Gefühl wieder ab und lächelte erneut. »Du hast ja keine Ahnung, wie teuer all diese Farben gewesen sein müssen.«

Cosky sah sich um. »Er kann es sich anscheinend erlauben.«

Kaits Lächeln erstarb, als sie das Misstrauen in seiner Stimme hörte. »Er ist nicht so, wie du denkst, Cosky, das kannst du mir glauben.«

»Falls er bei den Special Forces ist, wie du und Russo behaupten, dann verdient er da nicht genug Geld, um sich so eine Hütte leisten zu können.«

Sie starrte mit hochgezogenen Schultern auf ihren Skizzenblock. »Seine Familie hat Geld. Und er tut uns einen großen Gefallen, indem er uns hier aufnimmt, bis es draußen wieder sicher ist.«

Aber sie stellte nicht die Fragen, die ihnen beiden im Kopf herumschwirrten: Wie lange würden sie hierbleiben? Wie würden sie die Gefahr beseitigen? Was in aller Welt sollten sie nur tun?

All die Fragen, auf die er noch keine Antworten hatte.

Okay.

Cosky holte tief Luft, stieß sie wieder aus und suchte nach einem unverfänglichen Thema, das sie nicht auf irgendeine Weise belasten würde.

Eines, das ihr nicht die Freude an ihrer Zeichnung und diesem wundervollen Morgen verdarb.

»Ist dein künstlerisches Talent Teil deines Arapaho-Erbes?«, wollte er wissen.

Sie lachte und entspannte sich. »Nein, meine Tante Issa, die Schwester meiner Mutter, war die Künstlerin in der Familie. Sie hat es mir beigebracht.«

Aiden hatte eine Tante erwähnt. »Ist sie diejenige, die nach dem Tod deiner Mutter für dich gesorgt hat? Die dich aufgezogen hat, während Commander Winchester im Einsatz war?«

»Genau.« Sie starrte in den Wald hinaus, der sie umgab, während sie von ihren Erinnerungen übermannt wurde. »Anfangs ist sie nur zu uns gekommen, wenn Dad nicht da war, aber nach einer Weile ist sie ganz bei uns eingezogen.«

»Ihr habt euch sehr nahegestanden«, erkannte Cosky.

»Sie war in jeglicher Hinsicht wie eine Mutter für mich.« Kait lächelte traurig. »Ich erinnere mich kaum noch an meine richtige Mutter. Sie ist gestorben, als ich erst sechs war. Aber Issa … Sie hat ihr Leben aufgegeben, um uns großzuziehen. Sie war morgens da, um uns Frühstück zu machen, und hat uns abends ins Bett gebracht. Sie saß nachts an meinem Bett, wenn ich krank war. Hielt mich im Arm, wenn ich mir wegen irgendeines dummen Jungen die Augen ausgeweint habe. Sie hat mich alles gelehrt, was ich über das Malen und über Glas weiß … Sie war meine Mutter.«

In ihren Worten schwangen ihr Schmerz und ihre Trauer mit.

»Du vermisst sie noch.« Cosky hatte die Worte ausgesprochen, bevor es ihm überhaupt bewusst war.

»Sie fehlt mir immerzu«, erwiderte Kait. »Sie hatte Krebs, weißt du. Langsam und unausweichlich wurde es immer schlimmer, bis sie schließlich hilflos war und starb.« Sie schluckte schwer, und ihr Gesicht wirkte angespannt.

Cosky musste daran denken, wie sein Vater unter dem Krebs gelitten hatte. Er hatte ihm alles genommen, was diesen Mann ausgemacht hatte, seine Kraft, seine Unabhängigkeit, seine Körperkontrolle, seine Fähigkeit, die Familie versorgen zu können. Schon Monate vor seinem Tod war all das nicht mehr da gewesen.

»Ich habe meinen Vater auch an den Krebs verloren«, sagte er leise. »Lungenkrebs«, fügte er hinzu, als sie ihn fragend ansah. »Obwohl er seit über dreißig Jahren nicht mehr geraucht hatte. Das war ein furchtbares Gefühl, mit ansehen zu müssen, wie er seine Würde und seine Kontrolle verlor und schließlich hilflos war.«

»Aber ich hätte in der Lage sein müssen, ihr zu helfen«, flüsterte Kait. »Damals besaß ich die Gabe der Heilung bereits. Ich hätte sie heilen und retten müssen.«

»Sie war eine der siebzig Prozent?«, fragte Cosky, dem wieder einfiel, dass ihm Aiden davon erzählt hatte. In siebzig Prozent der Fälle hatte sie keinen Erfolg.

»Vermutlich schon. Ich habe es unzählige Male versucht, aber nie etwas bewirkt.« Sie schwieg einige Sekunden lang. »Nach ihrem Tod war ich sehr lange Zeit sehr wütend. Was ist so eine Gabe denn schon wert, wenn ich damit nicht die Menschen retten kann, die mir wichtig sind?«

»Du hast Aiden geheilt«, rief ihr Cosky ins Gedächtnis und sah sie zärtlich an. »Vielleicht solltest du dich auf die Menschen konzentrieren, die du geheilt hast, und nicht auf die, denen du nicht helfen konntest.«

Sie lachte und schien ehrlich amüsiert zu sein. »Das wird dir jetzt nicht gefallen, aber das Gleiche hat Wolf auch gesagt. Das sagt er mir eigentlich ständig.« Sie lächelte ihn an. »War dein Dad auch beim Militär?«

»Nein, er war Polizist. Das ist schon irgendwie aberwitzig. Meine Mom hat sich jahrelang Sorgen um ihn gemacht, wenn er im Dienst war, und war davon überzeugt, dass wir ihn durch eine Kugel oder ein Messer verlieren würden … Was tatsächlich angenehmer gewesen wäre, wenn er bei der Arbeit das Leben verloren hätte. Dann wäre es wenigstens schnell gegangen.«

»Man weiß nie, was einen erwartet«, meinte Kait. »Meine Freundin Demi hat ihren Mann durch einen Baseball verloren. Er war Buchhalter und hatte somit einen wirklich risikoarmen Job. In einem Augenblick ist noch alles eitel Sonnenschein und im nächsten wird er beim Baseballspiel seiner Firma am Kopf getroffen und ist tot.«

Cosky runzelte die Stirn und schüttelte leicht den Kopf. »Es kann immer was passieren. Aber wenn man einen Beruf als Gesetzeshüter oder bei den«, er warf ihr einen Seitenblick zu, »Special Forces hat, müssen sich diejenigen, die zu Hause auf einen warten, viel größere Sorgen machen.«

Kait schnaufte leise und nahm ihren Stift wieder in die Hand. »Natürlich müssen sie das. Aber wenn es der richtige Mann ist, dann macht einem diese Sorge nichts aus. Wenn du deine Mutter fragst, wird sie dir bestimmt versichern, dass sie keinen Augenblick des Lebens, das sie mit deinem Dad verbracht hat, bedauert, auch wenn sie sich oft um ihn sorgen musste.«

»Du weißt selbst ganz genau, wie das Leben für die Frau eines SEALs ist«, sagte Cosky, dem auf einmal ganz schwindelig wurde, als würde ihm der Boden unter den Füßen weggezogen und er den Halt verlieren. »Die ständige Sorge, der Schmerz, wenn der Albtraum wahr wird. Du hast es doch selbst erlebt, als dein Vater gestorben ist oder als wir Aiden gelähmt zurück in die Staaten gebracht haben.«

Sie zuckte mit den Achseln. »Ich behaupte ja nicht, dass man sich nicht sorgt oder dass man nicht leidet, wenn man jemanden verliert. Ich will damit nur zum Ausdruck bringen, dass es zum Leben dazugehört. Schmerz ist ein Teil des Lebens. Die Sorgen, die ich mir um Aiden und Wolf mache, oder der Schmerz, als Dad gestorben ist, all das gehört dazu, wenn man einen Menschen liebt. Ich bin stolz auf sie. Stolz auf ihren Mut. Stolz darauf, dass sie so sehr an unser Land glauben, dass sie dafür eintreten und sich dafür opfern würden. Ich möchte keine Sekunde meines Lebens mit Dad missen, und das Gleiche gilt auch für Aiden oder Wolf – auch wenn es bedeutet, dass ich mich sorge, wenn sie im Einsatz sind, oder leide, falls sie nicht zurückkommen.«

Ihre Worte trafen Cosky wie ein Donnerschlag.

»Du liebst ihn«, stellte er mit heiserer Stimme fest.

»Wie bitte?« Sie sah ihn erschrocken an.

»Wolf. Deinen *Freund*. Du hast gerade gesagt, du würdest ihn lieben«, stieß Cosky zwischen zusammengebissenen Zähnen hervor.

»Ja, natürlich tue ich das«, erwiderte Kait bedächtig und sah ihn misstrauisch an.

Cosky sprang auf und lief auf der Veranda auf und ab, wobei er erschrocken feststellte, dass seine Hände und Beine zitterten.

»Großer Gott, Kait. Du hast doch nicht die geringste Ahnung, wer der Kerl ist. Du kennst ihn nicht. Wie in aller Welt kannst du ihn lieben, wenn du nicht einmal weißt, wer er ist?«, brüllte er und spie die Worte aus, die ihn in der Kehle schmerzten.

Kait stand so plötzlich auf, dass ihr Skizzenblock laut auf den Boden knallte. »Ich kenne ihn sehr gut, verdammt noch mal. Er ist mein Bruder. Hast du verstanden? Er ist Dads ältester Sohn. Mein Bruder. Genau wie Aiden. Und ich bin nicht die Einzige, die mit einer Gabe gesegnet ist. Also kannst du mir ruhig glauben, dass ich ihn kenne, und zwar sehr viel besser als dich. Und jetzt lass mich damit in Ruhe.«

Sie drehte sich um, marschierte ins Haus und knallte die Tür hinter sich zu.

Cosky blieb allein auf der Veranda zurück, wo er mit offenem Mund stehen blieb, während seine Arme und Beine vor Erleichterung ganz schlaff wurden.

# Kapitel 17

Mac rutschte in dem Busch neben dem Loch, das sie in den Maschendrahtzaun geschnitten hatten, ein Stück zur Seite.

Da die Metallglieder rußgeschwärzt waren, hatte der Zaun offenbar schon vor der Explosion, bei der das Labor abgebrannt war, hier gestanden.

Zane und Rawls mussten jeden Augenblick von ihrer Aufklärungsmission auf der anderen Seite zurückkommen.

Ein Windhauch streifte ihn und brachte einen belebenden, sauberen Geruch mit sich, der ihn an Babypuder und frischen Regen erinnerte. Sein Körper erkannte diesen Duft schneller als sein Verstand und reagierte an den völlig falschen Stellen. Er erstarrte eine Sekunde lang, während sein Herz auf einmal anfing zu rasen und sein Mund trocken wurde. Keine dieser Reaktionen war angenehm.

Dann richtete er sich vorsichtig auf, drehte sich um und beobachtete durch das Nachtsichtgerät, wie Amy mit den für sie typischen forschen, energischen Schritten auf ihn zukam.

Sie musste auch ein Nachtsichtgerät haben. Das war ja großartig. Genau das hatte er vermeiden wollen.

Zumindest war sie schlau genug, nicht den Mund aufzumachen, da ihre Stimmen sonst weit zu hören gewesen wären. Das Gebäude sah zwar verlassen aus, aber sie hatten sich noch nicht darin umsehen können. Wer wusste denn schon, ob sich nicht ein ganzer Aufräumtrupp dort aufhielt.

Mit finsterer Miene sah er, wie sie sich den Weg durch die Büsche bahnte, die am Zaun standen. Sie nutzte die Deckung wie ein Profi und bewegte sich lautlos. Ebenso leise wie sein Team. Wäre ihr Geruch nicht gewesen, den er inzwischen mit ihr in Verbindung brachte, dann hätte er nie gemerkt, dass sie eins und eins zusammengezählt und ihren Plan durchkreuzt hatte.

Sie wartete, bis sie vor ihm stand, und zog dann eine Augenbraue hoch. Er konnte ihre Augenfarbe durch das Nachtsichtgerät nicht erkennen, und der Mond war hinter der für Seattle typischen Wolkendecke verschwunden.

»Ihr kommt also erst in ein paar Tagen her, was?«, sagte sie leise, aber er konnte den Sarkasmus dennoch hören.

»Wir wollten dich nicht dabeihaben«, fauchte er ebenso leise.

Er hätte noch eine ganze Menge hinzufügen können, sie fragen können, wo sie das Nachtsichtgerät herhatte, was in aller Welt sie sich dabei gedacht hatte, ganz allein hier draußen aufzutauchen, anstatt auf ihre Ankunft zu warten, und ob sie ihren Verstand verloren hatte, dass sie etwas so Törichtes tat. Ihm wurde eiskalt, als er sich vorstellte, welche Gefahren sie hier möglicherweise erwarteten.

Aber das alles sagte er nicht, weil die Stimmen hier weit trugen und sie ohnehin schon hier war. Doch wenn sie hier wegfuhren, würde sie das alles ganz bestimmt zu hören bekommen.

»Mir ist klar geworden, dass du auf gar keinen Fall mehrere Tage damit warten würdest, um die erste handfeste Spur, die wir seit Monaten haben, zu verfolgen.«

»Vorausgesetzt, es gibt eine Verbindung zwischen diesem Ort und Flug 2077.«

»Die gibt es«, versicherte ihm Amy ernst. »Ansonsten wäre es ein verdammt großer Zufall.«

Da hatte sie recht, und Mac glaubte sowieso nicht an Zufälle, aber hin und wieder gab es dennoch mal einen.

»Wo ist der Rest deines Teams?«

»Auf Aufklärung.« Mac drehte sich leicht zu der schwarzen, nach Rauch riechenden Ruine vor ihnen um. »Es gibt keine Wachleute.«

»Kommt dir das nicht verdächtig vor?«, wollte sie wissen.

Das tat es allerdings, aber möglicherweise war dort alles zerstört worden, sodass es keine Sicherheitsrisiken mehr gab. Warum sollte man etwas bewachen, wenn alles Wertvolle zerstört worden war?

Möglicherweise war diese ganze Reise in den Norden nichts als Zeitverschwendung.

Sein Handy vibrierte, und er hielt es ans Ohr.

»Hinter dem Gebäude ist nichts«, meldete Zane leise. »Rawls sagt das Gleiche von der Ostseite.«

»Hier ist auch alles klar«, erwiderte Mac leise. »Aber wir haben Besuch.«

Zanes Stimme veränderte sich nicht, aber er hatte ja auch schon gesagt, dass alles sicher war. »Wer ist denn gekommen?«

»Chastains Frau.« Er konnte den Ärger in seiner Stimme hören.

»Amy?«, fragte Zane überrascht.

»Hatte der Mann noch andere Frauen?« Mac gab sich die größte Mühe, nicht wütend zu klingen, aber es gelang ihm nicht.

»Verstanden. Ich sage Rawls Bescheid. Kommt sie mit uns rein?«

»Nein. Nutzt die Zugangspunkte auf euren Seiten. Ich gehe von vorne rein.« Allerdings vermutete Mac, dass diese Entscheidung nicht bei ihm liegen würde. Die Frau war ungemein dickköpfig, und sie war bereits unverhofft mitten in der Nacht hier aufgetaucht. Daher bezweifelte er, dass sie vorhatte, draußen zu warten und Däumchen zu drehen.

Natürlich konnten sie immer einen Späher gebrauchen. Sie hatten die Hälfte ihres Teams verloren, da Russo, Hollister, Tag und Tram abberufen worden waren.

Und dieses Timing kam ihm ungemein verdächtig vor.

Er steckte das Handy wieder in die Hosentasche und drehte sich zu ihr um. »Du könntest dich sogar als nützlich erweisen, da wir einen Späher gebrauchen können.«

Ihr Schnauben gab ihre Meinung zu diesem Plan deutlich genug wieder.

»Du bist nicht für so was ausgebildet worden und wärst uns nur im Weg.« Außerdem würde sie ihn ablenken. Mac schnitt eine Grimasse.

»Blödsinn«, unterbrach ihn Amy ruhig. »Ich habe sehr viel Tatorterfahrung, weitaus mehr als jeder andere aus deinem Team.«

»Und wenn das Aufräumteam auftaucht, während wir drin sind?«

Sie zuckte mit den Achseln und drehte sich zu dem rußgeschwärzten Gebäude um. »Ich kann ganz gut mit einer Waffe umgehen.«

Warum musste die verdammte Frau nur so stur sein? Mac holte tief Luft und stieß sie langsam wieder aus. »Wir brauchen einen Späher.«

»Wenn du einen bräuchtest, hättest du einen mitgebracht. Ich gehe mit rein, wir vergeuden hier nur Zeit. Dein Team rückt bereits ohne dich vor.«

Ohne auf seine Reaktion zu warten, nahm sie eine gebückte Haltung ein und näherte sich dem Gebäude, während sie ihre Waffe mit beiden Händen schussbereit vor sich hielt.

Mac fluchte und folgte ihr.

Sie erreichte den Vordereingang des Labors, der so aussah, als wäre die Tür bei der Explosion weggesprengt worden, und wartete daneben auf ihn. Er warf ihr einen kurzen Blick zu und trat dann in die Dunkelheit. Als er ihre Körperwärme hinter sich spürte, begann seine Haut zu kribbeln.

Langsam liefen sie durch einen Korridor, von dem rechts und links Büros und Konferenzräume abgingen. Die meisten Türen fehlten, aber hin und wieder hing noch eine schief in den Angeln.

Nachdem er ein weiteres verkohltes Büro überprüft hatte, nahm sich Mac vor, später wiederzukommen, wenn sie alles durchsucht hatten, und sich die schwarzen Aktenschränke aus Metall mal genauer anzusehen. Vielleicht hatten ja einige Unterlagen die Explosion überstanden.

Der Rauchgeruch war überwältigend. Aber da war auch noch ein anderer Geruch, der ihm sehr vertraut war, der schwere, durchdringende Gestank von verkohltem Fleisch, in diesem Fall von menschlichem.

Er warf Amy einen Blick zu. Hatte sie das auch gerochen, und wusste sie, was dieser Geruch bedeutete?

Sie kam gerade rückwärts aus einem Raum und sah ihm in die Augen. Mit einer Kopfbewegung deutete sie den Gang entlang und lief weiter. Die letzten beiden Türen rechts und links führten in Konferenzräume. Mac übernahm den rechten und Amy den linken, und wenige Augenblicke später trafen sie sich wieder auf dem Flur.

Am Ende des Korridors befand sich eine intakte Metalltür. Er machte sich nicht die Mühe, den geschwärzten Türgriff herunterzudrücken, da die Wände auf beiden Seiten verschwunden waren. Nur der Türrahmen stand noch da und natürlich die Tür, aber auf beiden Seiten herrschte Leere. Er ging rechts neben der Tür durch und sie links.

Sie gelangten in einen viel größeren Raum, in dem lauter Computer und Büromöbel standen. Amy ging vorsichtig den breiten, größtenteils leeren Gang zwischen den geschwärzten Trennwänden entlang, zog einen Schraubenzieher und eine Zange aus der Tasche und begann, die Festplatten auszubauen.

Währenddessen ging Mac weiter in den nächsten Raum.

Hier war alles voller Metall-, Glas- und Plastikteile. Das Dach war weggesprengt worden, sodass der Mond die Szene in silbernes Licht tauchte. Vor Mac ragte ein riesiges Gerät aus Metall auf, und es war ihm ein Rätsel, wie es die Explosion hatte überstehen können.

Er wollte sich gerade schon abwenden, als er aus dem Augenwinkel eine Bewegung wahrnahm. Sofort erstarrte er und sah zu der Stelle hinüber. Wieder sah er, wie sich etwas auf dem Boden regte.

Mit gerunzelter Stirn ging er näher heran. Dann konnte er Unterschenkel erkennen. Der Torso der Person war unter der riesigen Maschine verborgen.

Die Beine waren zu schlank, als dass sie Rawls oder Zane gehören konnten. Verdammt, sie gehörten auf gar keinen Fall zu einem Mann.

Er versuchte zu erkennen, ob sie unter der Maschine feststeckte. Nach und nach erkannte Mac, dass sie sich mit den Fersen weiter vorschob. Aber warum?

Diese Frau hatte offenbar etwas vor. Es wäre klug, zu warten, bis sie damit fertig war, um dann herauszufinden, was sie plante.

Es stellte sich heraus, dass es eine ganze Weile dauerte. Mac wartete immer noch, als erst Zane und dann Rawls neben ihm auftauchten.

Er wollte die Sache gerade beenden und die Frau herauszerren, da kroch sie langsam wieder unter der Maschine hervor.

Mac lauschte, wie sie vor Anstrengung keuchte und vor Schmerz zischte. Sie machte Fortschritte, war aber langsamer als eine Schnecke, und er hatte nicht ewig Zeit.

Mit gerunzelter Stirn streckte er den Arm aus und wollte sie schon an den Fußknöcheln packen, aber Rawls nahm seinen Ellbogen und hielt ihn davon ab, bevor er sie überhaupt berührte.

Er taumelte, und das Geräusch hallte laut durch den Raum. Die Beine auf dem Boden erstarrten und begannen dann zu zucken, als die Frau hektisch versuchte, möglichst schnell zurückzukriechen.

Mac zuckte mit den Achseln. Wenigstens hatte das Geräusch ihr Feuer unterm Hintern gemacht.

Der Oberkörper wurde größer, eine Hand tauchte auf und hielt sich am Rand des Metalls fest. Schon klammerte sich eine zweite Hand daneben. Ihre Brüste erschienen, die unter dem hautengen T-Shirt gut zu erkennen waren. Schlanke Schultern. Mac runzelte die Stirn. Das Shirt war an einigen Stellen zerrissen und mit Blutflecken übersät. Was immer sie da unten getan hatte, war derart wichtig, dass sie trotz der Schmerzen weitergemacht hatte.

Ein schlanker Hals tauchte auf. Wie in aller Welt wollte sie ihren Kopf da rausbekommen? Wie hatte sie es überhaupt erst da reingeschafft?

Dieses Geheimnis wurde gelüftet, als sie sich mit den Händen abstieß, anstatt sich weiter herauszuziehen. Die Maschine wurde ein kleines Stück angehoben, aber sie würde das ganze Ding nicht weit genug hochkriegen, um darunter hervorkriechen zu können.

Mac machte eine Geste zu Zane und baute sich links neben der Maschine auf. Rawls hockte sich neben die Füße der Frau, während Mac und Zane sich mit der Schulter gegen die Maschine lehnten und sie nach oben drückten.

Die Frau erstarrte, als sich die Maschine bewegte, und stieß ein erschrockenes Kreischen aus. Dann packte Rawls ihre Beine und zog sie heraus. Das Kreischen wurde zu einem erstickten Schrei. Rawls drückte sie mit seinen Beinen auf den Boden und legte ihr eine Hand auf den Mund, während Mac und Zane die Maschine wieder absenkten.

Auf einmal brach die Hölle los.

Die Frau packte ein schweres Rohr und schlug damit nach Rawls Kopf. Er duckte sich, wurde jedoch trotzdem getroffen. Ein dumpfes Dröhnen hallte durch den Raum, und er sackte in sich zusammen. Sie rollte sich unter ihm hervor, und Mac und Zane stürzten sich auf sie, was ihnen letzten Endes das Leben rettete.

Denn es fielen Schüsse.

* * *

Jillian war schon halb aus der Tür und kniff die Augen zusammen, da sie das gleißende Sonnenlicht blendete, als sie hinter sich eine tiefe Stimme hörte.

»Ah, *nebii'o'oo*, du bist wach.«

Sie machte noch einen Schritt und war fasziniert vom Geruch des Waldes, der ihr die Freiheit versprach.

»Möchtest du spazieren gehen, *bexookeesoo?* Das machen wir bald. Die frische Luft wird dir gut tun.« Seine Stimme war direkt hinter ihr, dabei hatte sie gar keine Schritte gehört.

Mit einem letzten sehnsüchtigen Blick in Richtung der Bäume und der Sicherheit, die sie versprachen, drehte sie sich zu ihrem Entführer um. Zumindest zu einem von ihnen. Dem neuen.

Dem riesigen, dunkelhaarigen Kerl mit dem Zopf, der sie wieder eingefangen hatte, nachdem sie aus dem Wagen geflüchtet war. Er war so groß, dass sie den Kopf in den Nacken legen musste, wenn sie ihn ansehen wollte.

Sie war sich nicht sicher, was sie von ihm halten sollte. Er war im Fernsehen nicht als einer der Männer zu sehen gewesen, die ihren Bruder getötet hatten. Vielmehr schienen er und Marcus Simcosky, einer der Männer, von denen sie wusste, dass sie mit dem Mord an ihrem Bruder zu tun hatten, einander zu verabscheuen.

Das bewiesen die ganzen Schrammen und blauen Flecken.

Doch dieser Wolf, wie Kait ihn genannt hatte, war ihr hinterhergelaufen, als sie während der Schlägerei einen Fluchtversuch unternommen hatte. Er hatte sie gezwungen, sich wieder in den Wagen zu setzen.

Sie sah ihn misstrauisch an, als er näher kam, da er sie verunsicherte und verwirrte.

Obwohl er sie bisher bewacht hatte, war er unglaublich sanft zu ihr gewesen. Nachdem er sie auf dem Footballfeld über seine Schulter gelegt hatte, hatte er ihren Rücken gestreichelt und sie auf dem ganzen Weg zum Wagen beruhigt.

»Du bist in Sicherheit, *nebii'o'oo*. Niemand wird dir etwas tun. Du bist jetzt sicher.«

Dann hatte er sein Versprechen wahr gemacht, sich vor der Wagentür aufgebaut und sich geweigert, sie diesen Mördern zu übergeben.

War das nur eine Falle, um ihr Vertrauen zu gewinnen? Hatten diese Schweine ihn gerufen, damit sie sich entspannte und ihre Fragen beantwortete? Er schien zwar nichts mit den SEALs zu tun zu haben, hatte aber irgendeine Verbindung zu Kaity, und die war schließlich Marcus Simcoskys Freundin.

»Komm«, sagte er und trat neben sie. »Das Frühstück ist fertig. Du musst etwas essen, und danach gehen wir zum See.«

Sie würde ihm nicht davonlaufen können, daher schlüpfte sie nach langem Zögern an ihm vorbei und ging zurück in das Schlafzimmer, das er ihr in der Nacht zuvor zugewiesen hatte. Ihre Ankunft in dieser Hütte war ihr nur verschwommen im Gedächtnis geblieben. Sie war kurz aufgewacht, als er sie hineingetragen hatte, aber sofort wieder eingeschlafen, sobald sie auf dem Bett lag. Da war eine vage Erinnerung an Dunkelheit und das Mondlicht, das durch ein offenes Fenster hereinschien und einen großen, breiten Körper zu erkennen gab, der neben dem Bett in einem Ohrensessel saß.

Andere Bilder waren in ihren Träumen aufgeflackert: eine warme, schützende Umarmung, die sie tröstete, als sie weinte, eine feste Schulter, die nach Holzrauch und Kiefern duftete, als sie ihre Wange berührte, eine samtene Baritonstimme, die Worte säuselte, die sie nicht verstand.

Er berührte ihren Ellbogen, als sie vor dem Schlafzimmer standen, öffnete die Tür und führte sie lautlos hinein. Auf dem Nachttisch stand ein Teller bereit. Darauf stapelten sich Bacon, Eier und Rösti, und die Menge hätte problemlos für sie beide gereicht.

Erwartete er etwa, dass sie mit ihm zusammen im Schlafzimmer aß, womöglich sogar im Bett? Sie stemmte die Füße in den Boden und blieb abrupt stehen.

Er drehte sich um und blickte fragend auf sie herab. »Du musst etwas essen, *bixoo3etiit*. Damit du wieder zu Kräften kommst. Es ist deine Entscheidung, ob du in der Küche oder hier essen möchtest.«

Er hatte recht, sie musste wirklich etwas essen. Sie musste wieder zu Kräften kommen, damit sie diesem Haus und diesem Mann entkommen konnte.

Aber in der Küche essen … zusammen mit dieser Blondine und Marcus Simcosky, einem der kaltblütigen Monster, die Russ ermordet hatten … Auf einmal kam ihr das Schlafzimmer wie ein sicherer Zufluchtsort vor.

»Ich werde hier essen.« Sie hielt seinem Blick stand und zwang sich, ihn nicht abzuwenden. »Alleine.«

Er sah sie zufrieden an. »Bis der Teller leer ist, *nebii'o'oo*. Ich komme später wieder.«

Das war dasselbe Wort wie aus ihren Träumen. Unbekannt, aber auf seltsame Weise wunderschön.

Verwirrt ging sie in das Schlafzimmer, wartete, bis er draußen war, und schloss die Tür. Sie nahm den Teller und setzte sich in den Ohrensessel, der neben dem Bett stand. Erst dann fiel ihr auf, dass sich die Sitzfläche so anfühlte, als wäre sie von einem Hintern ausgebeult – dem großen Hintern eines großen Mannes.

Langsam drehte sie sich wieder zur Tür um.

Die Bilder aus ihrem Traum schossen ihr erneut durch den Kopf. Das schattenhafte Profil eines Mannes, der neben dem Bett saß. Schützende Arme. Wie sie an einer festen Schulter weinte. Sie schnüffelte und hätte schwören können, Holzrauch und Kiefern zu riechen.

Sie musterte das Bett, in dem sie in der Nacht zuvor geschlafen hatte. Beim Aufwachen war ihr Kissen feucht gewesen.

War das möglich? Hatte er die ganze Nacht neben ihrem Bett gesessen und sie getröstet, als sie geweint hatte?

Und wenn ja, warum? Um sicherzustellen, dass sie nicht wieder zu fliehen versuchte? Warum schloss er nicht einfach die Tür ab und verriegelte die Fenster? Man konnte die Gefangene doch auch ohne Essen ins Bett schicken …

Während sie im Kopf über all das nachdachte, schlang sie das Essen herunter. Doch schon währenddessen überkam sie erneut die Müdigkeit. Als der Teller gerade mal halb leer war, konnte sie kaum noch die Augen aufhalten. Sie zwang sich, noch ein paar Bissen zu nehmen, gab es dann aber auf.

Sie stellte den Teller zur Seite, stand auf und taumelte zum Bett.

Während sie eindämmerte, kam ihr das Ganze sehr seltsam vor. Diese Erschöpfung war doch nicht normal. Sie war gerade erst aufgewacht, nachdem sie viele Stunden geschlafen hatte. Hatte er ihr irgendetwas ins Essen getan?

Sie war sich vage bewusst, dass ihr jemand die Schuhe auszog, sie hochhob und wieder hinlegte. Dann wurde sie zugedeckt. Sie drehte sich auf die Seite, legte den Kopf auf die Hände und beruhigte sich wieder.

Beim Einschlafen war sie vom Geruch nach Holzrauch und Kiefern umgeben.

»Du bist hier in Sicherheit, *wo'ouusoo*. Schlaf jetzt.«

* * *

Kait lag auf dem Bett, starrte die Decke an und überlegte, was sie mit der angefangenen Zeichnung machen sollte, als es leise an ihrer Tür klopfte. Sie ignorierte es. Der Mann auf der anderen Seite war nicht Wolf, da war sie sich sicher. Bei Wolf schlug ihr Herz nicht schneller, ihr Blut geriet nicht in Wallung und ihr Körper spielte nicht verrückt.

Auch wenn sie Cosky nicht sehen konnte, spürte ihr Körper, dass er da war, und begehrte ihn.

Zum Glück hatte sie in den letzten Tagen ganz gut gelernt, dieses Verlangen zu ignorieren.

Als die Tür geöffnet wurde, Cosky hereinkam und die Tür wieder hinter sich schloss, regte sie sich nicht.

Er ging zum Fuß des Bettes und starrte sie an.

»Es tut mir leid«, sagte er mit leiser, aber kräftiger Stimme und ohne diese Schärfe, die immer an ihren Nerven und ihrem Herzen zerrte.

Okay. Eine Entschuldigung war das Letzte, womit sie gerechnet hatte. Sie setzte sich auf und sah ihn misstrauisch an. »Wirklich?«

»Ja.« Er rieb sich mit einer Hand das geschundene Gesicht. »Komm doch wieder raus auf die Veranda. Wir müssen reden.«

»Warum?«, wollte sie wissen. »Entweder du glaubst mir oder du glaubst mir nicht. Jedenfalls kannst du meine Meinung über Wolf nicht ändern, und ich werde nicht versuchen, deine zu ändern. Daher haben wir momentan nichts zu bereden.«

»Ich glaube dir.«

Noch eine Überraschung.

»Du glaubst mir«, wiederholte sie mit sarkastischem Unterton und konnte es kaum fassen. »Warum? Vor fünf Minuten hast du es noch nicht getan.«

»Weil er dein Bruder ist. Bevor ich das wusste, dachte ich, ihr würdet miteinander schlafen … Ach, verdammt, das hat mich wahnsinnig gemacht.« Er strich sich mit der Hand über den Kopf, hielt ihrem Blick jedoch stand. »Aber du würdest nicht lügen, nicht bei so einer wichtigen Sache.« Er klang, als würde er es ernst meinen.

»Dann glaubst du jetzt nicht mehr, dass er die Bombe gelegt hat? Du gehst nicht mehr davon aus, dass er geschmiert wurde, für die andere Seite arbeitet oder was dir sonst noch so an Vorwürfen durch den Kopf gegeistert ist?«

Er sah sie ruhig an. »Sagen wir einfach, dass ich bereit bin, ihm einen Vertrauensbonus zu gewähren.« Er hielt inne und sah ihr in die Augen. »Deinetwegen.«

Ihr wurde ganz warm ums Herz, und diese Wärme breitete sich in ihrem ganzen Körper aus. Er glaubte ihr. Das war mehr, als sie jemals erwartet hatte.

»Jetzt komm bitte wieder mit nach draußen, bevor dein Bruder noch reinkommt und mich in deinem Schlafzimmer erwischt.« Seine Stimme klang jetzt leicht spöttisch. »Er spielt bei dir ja gern den Beschützer.«

Kait lachte. Das war wohl die Untertreibung des Jahres. Wie als Beweis für seine Worte hämmerte eine Faust an die Wand zum Nebenzimmer.

Cosky drehte sich um und starrte wütend die Mauer an. »Siehst du? Ich habe ihn längst durchschaut.«

»Er ist überfürsorglich«, sagte Kait laut und stand auf.

Wieder klopfte es an der Wand. Sie streckte die Zunge in Richtung der Geräuschquelle heraus und folgte Cosky in den Flur und durch die Küche auf die Veranda. Als sie auf der Bank saßen, reichte er ihr den Skizzenblock und ihre Stifte.

Ein angenehmes Schweigen breitete sich zwischen ihnen aus, als sie da saßen, aber sie spürte, dass er sie noch einiges fragen wollte. Er war neugierig. Seufzend ließ sie den Block sinken.

»Dad wusste nichts von ihm.« Sie fragte sich, ob dieser Kommentar irgendwie nach einer Rechtfertigung klang. Ihr kam es zumindest so vor.

»Davon bin ich ausgegangen«, erwiderte Cosky leise. »Ansonsten hätte jeder von ihm gewusst. Dein Dad war stolz auf seine Kinder und hat sich nie gescheut, das zu zeigen.«

»Ja.« Auf einmal hatte sie einen Kloß im Hals. »Soweit wir herausfinden konnten, waren Dad und Wolfs Mutter als Teenager zusammen. Aber Dad … Nun ja, sein Leben war damals ziemlich schlimm. Er hat nur selten darüber gesprochen, aber Tante Issa hat mir mal erzählt, dass er von seinem Vater geschlagen wurde. Soweit ich weiß, war da auch Alkohol im Spiel.«

»Was erklären würde, warum dein Vater nie getrunken hat. Ich wüsste nicht, dass ich ihn je mit einer Flasche Bier, geschweige denn mit etwas Härterem gesehen habe.«

»Das hat Tante Issa auch gesagt. Jedenfalls hat er das Reservat gehasst. Er wollte unbedingt da weg. Als er sechszehn geworden ist, hat sich irgendwas verändert. Er ist ausgerastet und hat seinen Vater beinahe totgeprügelt. Danach ist er zu Wolfs Mutter gegangen, hat ihr gesagt, dass er abhauen würde, und sie gebeten, ihn zu begleiten.« Sie sprach nicht weiter.

»Sie ist nicht mitgegangen.«

»Nein.« Kait starrte mit leerem Blick in das grelle Sonnenlicht hinaus, das zwischen den Baumstämmen tanzte. »Dad hat seine Herkunft gehasst und seinen Namen von Littlehorse zu Winchester ändern lassen. Er ging studieren und danach zur Navy. Den Kontakt zu seiner Familie und seinem Clan hat er komplett abgebrochen. Über sein Leben vor dem College hat er so gut wie nie gesprochen. Und auch nicht über das Reservat. Natürlich wussten wir, dass wir halb Arapaho sind, aber das war auch alles. Wir wussten nicht einmal, zu welchem Stamm wir gehören und in welchem Reservat dieser lebt.«

»Warst du nicht neugierig?«

»Natürlich war ich das. Allerdings glaube ich, dass es Aiden ziemlich egal gewesen ist. Er hat eigentlich schon von Geburt an zu den SEALs gehört. Aber ich wollte es wissen. Also habe ich ihn gefragt, zu welchem Stamm wir gehören. Da war ich sechzehn. Ich dachte, es würde mir dabei helfen, meine Gabe besser zu verstehen. Dass mir jemand aus dem Reservat, vielleicht ein Verwandter, zeigen könnte, wie ich sie einsetzen kann. Mein Dad war mir da überhaupt keine Hilfe. Er wurde ganz abweisend, sarkastisch und wütend.« Sie schüttelte den Kopf und legte die Finger fester um ihr Skizzenbuch. »So hatte ich ihn noch nie gesehen. Danach habe ich mich nie mehr getraut, ihn zu fragen.«

Cosky nahm ihre Hand und drückte sie. »Wie habt ihr von Wolf erfahren?«

Kait starrte auf ihre Hände. Seine Finger fühlten sich warm und kräftig an. »Ich habe eines der älteren Fotos von Dad genommen, das aus seiner Collegezeit stammte, es an alle Arapaho-Reservate geschickt und gefragt, ob ihn jemand gekannt hat.« Sie blickte auf und lächelte. »Dann stand auf einmal Wolf vor meiner Tür.«

Er lachte auf. »Das klingt ganz nach dem Wich…« Er sah Kait an. »Kerl.«

Sie verdrehte die Augen und kicherte. Natürlich wusste sie, was er hatte sagen wollen, aber er hatte sich zumindest die Mühe gemacht, es schnell zu ändern. Noch eine Stunde zuvor hätte er das nicht getan.

»Dann ist er der einzige Halbbruder, von dem du weißt?«

»Ja. Wolfs Mutter hat nie geheiratet, und er hat keine Brüder oder Schwestern.«

Cosky schwieg eine Weile. Sie blickte auf ihre ineinander verschränkten Finger herab. Hatte er vergessen, dass er ihre Hand hielt?

»Warum die Geheimnistuerei? Warum sagt ihr nicht einfach, dass ihr verwandt seid?«, fragte Cosky nach einer Weile.

Kait räusperte sich. Eigentlich hätte sie sich schuldig fühlen müssen, weil sie so viele von Wolfs Geheimnissen weitererzählte, aber tatsächlich verspürte sie Erleichterung. »Wolf sagt, er hätte Feinde. Skrupellose Menschen, die hinter mir und Aiden her wären, um an ihn ranzukommen. Daher darfst du auch niemandem davon erzählen. Ich könnte es nicht ertragen, Wolfs Leben aufs Spiel zu setzen.«

»Ich werde es niemandem erzählen. Versprochen.«

Kait entspannte sich. Coskys Versprechen bedeutete ihr eine Menge, denn jetzt musste sie sich keine Sorgen mehr machen, dass die Geheimnisse ihres Bruders ausgeplaudert wurden.

»Du hast gesagt, du wärst nicht die Einzige mit einer Gabe in der Familie. Kann Wolf auch heilen?«

Sie wand sich leicht. Es stand ihr nicht zu, das zu erzählen. »Nein.«

Cosky musterte sie nachdenklich. »Aber er besitzt irgendeine Gabe. Das wolltest du mir doch damit sagen.«

»Pass mal auf.« Sie schien sich immer unwohler zu fühlen und entzog ihm ihre Hand. Er hielt sie noch kurz fest, ließ sie dann aber los. »Ich hätte das gar nicht erwähnen dürfen. Es steht mir nicht zu, über seine Geheimnisse zu sprechen.«

Er nickte und schien das zu respektieren. Sie holte tief Luft und entspannte sich.

»Aiden kann offensichtlich nicht heilen, aber er ist definitiv der größte Glückspilz, der mir je untergekommen ist. Alles, was er anfasst, wird zu Gold. Ist das seine Gabe?«

Kait starrte ihn verblüfft an. »Wie hast du das herausbekommen?«

Cosky zuckte mit den Achseln. »Es ist nur logisch. Du hast gesagt, es läge in der Familie, daher ging ich davon aus, dass ihr alle eine habt. Aiden kann nicht heilen, sonst hätte er mich nicht zu dir geschickt. Aber er hat ungewöhnliches Glück. Wie genau funktioniert seine Gabe?«

»Das weiß ich auch nicht hundertprozentig. Er sagt, er würde bestimmte Dinge manchmal einfach wissen. Beispielsweise sieht er sich eine Aktie an und weiß, dass der Kurs steigen wird. Er sieht ein Pferd und weiß, es wird das Rennen gewinnen. Mein Dad konnte das auch.«

»Praktisch«, murmelte Cosky abwesend. »Aus diesem Grund kannst du dir also ein Apartment in der teuersten Gegend von Coronado leisten.«

»Aiden und ich haben nach Dads Tod alles geerbt.«

Cosky nickte und wirkte nicht überrascht. »Es einfach zu wissen«, murmelte er und wirkte seltsam amüsiert. Auf einmal drehte er den Kopf und sah rechts an Kait vorbei. »Hast du deshalb von der Bombe gewusst und dass Kait in Gefahr schwebt?«

Kait erstarrte und drehte langsam den Kopf. Ihr wurde ganz flau in der Magengrube, als sie Wolf sah, der rechts neben ihr an der Wand lehnte. Großer Gott, wie lange stand er denn schon da?

»Ich habe es ihm nicht erzählt, Wolf. Das schwöre ich«, murmelte sie. »Er hat es erraten.«

»Schon gut, *netesei.*« Wolf schien nicht beunruhigt zu sein. Der Blick, den er Cosky zuwarf, war nicht ganz so sanft. »Das habe ich auch nicht behauptet.«

In seinem harten Gesicht lag eine unausgesprochene Herausforderung.

Cosky starrte zurück, aber seine Miene wirkte gelassen und nicht mehr so aggressiv oder feindselig wie zuvor. »Da du so viel weißt, hast du vielleicht auch schon von Zane gehört? Zane Winters?«

Wolf runzelte die Stirn und stellte sich etwas gerader hin. »Dann stimmt es also?«

Cosky nickte nur.

Kait sah zwischen den beiden Männern hin und her. »Falls ihr von Zanes Vorahnungen sprecht«, meinte sie trocken, »davon hat mir Aiden erzählt.«

Cosky sah sie überrascht an. »Seit wann weißt du das schon?«

Kait zuckte mit den Achseln. »Seitdem Aiden zum Team gehört. Zane ist der erste Mensch außerhalb unserer Familie, der eine solche Gabe hat.«

»Aber Aiden hat niemandem von seiner Gabe erzählt«, entgegnete Cosky trocken. »Nicht einmal, nachdem ihm Zanes Vorahnung ein- oder zweimal den Arsch gerettet hat.«

»Es ist ja auch nicht wirklich dasselbe. Er kann damit niemandem das Leben retten. Eigentlich glaube ich eher, dass es ihm peinlich ist, weil er dadurch reich wird und nicht etwa anderen hilft, so wie Zane es tut«, gab Kait zu. Allerdings hielt

Aiden das nicht davon ab, seine Gabe weiterhin zu nutzen, um sich zu bereichern.

Wolf schien sich zu entspannen. »Du vertraust offenbar auf die Gabe deines LCs, was auch erklärt, warum du Kaits Heilung angenommen hast.«

Cosky warf Kait einen entschuldigenden Blick zu. »Eigentlich habe ich das anfangs nicht. Ich dachte nur, es könnte ja nicht schaden.«

In Wolfs Augen funkelte es amüsiert.

»Pragmatisch.« Das schien ihm zu gefallen. Plötzlich richtete er sich auf, drehte sich um und verschwand in der Küche.

Cosky schüttelte den Kopf und sah ihm nach. »Er ist kein großer Redner, was?«

Kait lachte und fühlte sich ungemein erleichtert. Cosky glaubte ihr. Er plapperte nicht nur die Dinge nach, die sie hören wollte, sondern glaubte ihr tatsächlich.

Er drehte sich auf der Bank wieder zu ihr um. Sie lächelte ihn an, und ihr Blick strich zärtlich über sein mitgenommenes Gesicht. Sein Auge sah furchtbar aus und musste wehtun. »Ich würde dein Gesicht gern heilen.«

»Nein.«

»Cosky«, sagte sie und hob eine Hand. »Ich weiß, dass es wehtut. Mir geht es wieder gut, und eine weitere Heilung wird mich nicht auslaugen.«

Er hielt ihre Hände fest. »In dem Augenblick, in dem du mich berührst, fange ich an zu brennen. Ich verliere den Verstand und die Kontrolle. Dann kann ich an nichts anderes mehr denken als an deinen nackten Körper und dass ich mit dir schlafen will.«

Ihre Hände fingen an zu zittern. Zuerst glaubte sie, das würde an seinen Worten liegen, aber dann begann das Brennen, das sie schon vom Parkplatz kannte, und sie begriff erst richtig, was er gesagt hatte. Errötend entzog sie ihm ihre Finger. Aber er hätte aufgrund seiner Reaktion auf sie nicht so frustriert klingen müssen.

Auf einmal fiel ihr auf, dass das Brennen nicht mehr da war.

Vielleicht hatte sie es sich auch nur eingebildet.

Bevor sie noch etwas tun konnte, beugte er sich vor und nahm erneut ihre Hände. »Wenn du hier eine Heilung versuchst, werden wir die Kontrolle verlieren. Es gibt einen richtigen Ort und die passende Zeit dafür, und das ist ganz bestimmt nicht die Veranda bei Tageslicht, wenn dein Bruder in der Nähe ist, um uns deswegen die Hölle heißzumachen.«

Kait erstarrte. In dem Moment, in dem er sie erneut berührte, war das Feuer wieder erwacht. Das konnte kein Zufall sein. Sie schüttelte seine Hände ab, und das Brennen verschwand.

Seine Hände hatten auf dem Parkplatz auch auf ihren gelegen, als diese unglaubliche Hitze sie erfasst und sie die schlimme Verletzung an seinem Knie innerhalb von Sekunden geheilt hatte.

Sekunden!

Sie hatte mehr Energie als jemals zuvor kanalisiert.

»Kait.« Seine Stimme klang lauter und frustrierter. »Ich gebe zu, dass ich beim ersten Mal ein Arschloch gewesen bin. Und ich habe keine Ahnung, was aus dieser Sache zwischen uns werden kann. Aber als ich dachte, du wärst verliebt in …«

»Cosky«, unterbrach sie ihn und griff nach seinen Händen. Dieses Mal passierte nichts, als sie sich berührten. Das Feuer loderte nicht erneut auf.

Das war seltsam. Vielleicht hatte sie sich das Ganze ja doch nur eingebildet. Sie ließ ihn los und lehnte sich zurück.

»Was ist?« Er wartete auf ihre Antwort. Dann streckte er die Hände aus und legte seine Handflächen auf ihre Handrücken.

Sofort war das Brennen wieder da.

»Du weißt, dass ich dich begehre.«

Das Feuer wurde heißer.

Sie konnte ihn kaum noch hören.

Es wurde ganz warm in ihrer Brust. Die Energie strömte aus ihrer Brust in ihre Schultern und durch ihre Arme, und ihre Hände begannen zu brennen. Wie gelähmt starrte sie ihre ineinander verschränkten Hände an und beobachtete, wie sie immer röter wurden. Sie spürte, wie die Energie stärker wurde. Es fühlte sich genauso an wie auf dem Parkplatz. Auf einmal schien auch er es zu bemerken. Er stieß ein Zischen aus und entzog ihr seine Hände.

Sie waren feuerrot.

»Was zum Teufel?«, sagte Cosky und schüttelte seine Hände. Dann spreizte er die Finger und starrte sie entgeistert an.

Die Energie verschwand ebenso wie das Brennen in ihren Händen.

»Du bist der Auslöser«, erklärte Kait langsam, während sie es selbst kaum fassen konnte. »Nur dank dir konnte ich diese gewaltige Energie auf dem Parkplatz kanalisieren.«

Cosky ballte die Fäuste, die langsam wieder ihre normale Farbe annahmen, und blickte auf. »Wie meinst du das?«

»Erinnerst du dich daran, dass ich gesagt habe, die Heilung auf dem Parkplatz wäre nicht normal gewesen? So viel Energie hatte ich noch nie zuvor kanalisiert. Ich glaube, dass du der Grund dafür gewesen bist. Du hast meine Hände genommen, weißt du noch? Danach wurde alles anders. Das ist mir gerade erst klar geworden. Als du deine Hände eben auf meine gelegt hast, fing dieses seltsame Feuer wieder an zu brennen.«

Cosky zog seine Hände zurück und musterte seine Handflächen. »Das muss Zufall sein. Ich kann nicht heilen.«

»Ich glaube nicht, dass es Zufall ist. Es kommt mir so vor, als würdest du meine Fähigkeiten verstärken, wenn du deine Hände auf meine legst. Dadurch kann ich viel mehr Energie kanalisieren.«

Kopfschüttelnd lehnte sich Cosky zurück. »Kait, wir haben uns schon ganz anders berührt.« Seine silbernen Augen sahen sie sanft an, als sie errötete. »Würde es an der Berührung liegen, dann wären wir inzwischen längst gegrillt worden.«

Mit noch immer roten Wangen lachte Kait auf. »Ich glaube nicht, dass es so funktioniert. Vermutlich muss es eine ganz bestimmte Berührung sein. Als ich dich eben angefasst habe, ist nichts passiert. Aber dann hast du deine Hände auf meine gelegt und das Feuer war wieder da. Du hast selbst gesehen, dass deine Hände rot geworden sind. Als du sie weggezogen hast, hat das Brennen aufgehört. Irgendwie wird meine Gabe verstärkt, wenn du deine Hände auf meine legst.«

Er schwieg eine Zeitlang und sah sie mit gerunzelter Stirn an. Dann musterte er noch einmal seine Hände. »Aber warum?«

Sie lächelte ihn an und versuchte, sich ihre Zufriedenheit nicht anmerken zu lassen. Er würde schon noch geheilt werden, ob er nun wollte oder nicht. »Ich habe keine Ahnung, aber das lässt sich leicht herausfinden. Streck die Hände aus.« Sobald er der Aufforderung nachgekommen war, legte sie ihre Handflächen auf seine Hände. »Spürst du irgendwas?«

»Du lässt zwar ein Feuer auflodern, aber nicht in meinen Händen«, sagte er grinsend und mit schelmischem Blick.

Kait wurde rot und nahm die Hände weg.

Er zog eine Augenbraue hoch. »Das war keine Beschwerde.«

Die Röte in Kaits Wangen intensivierte sich. Normalerweise war sie keine dieser Frauen, die schnell rot wurden, aber sein Verhalten unterschied sich so sehr von seinem eiskalten, abweisenden Benehmen von zuvor, dass sie nicht wusste, wie sie darauf reagieren sollte. Was war, wenn sie das Falsche sagte und er wieder zum Eismann wurde?

Möglicherweise war es am besten, seine Flirtversuche zu ignorieren, solange sie nicht wusste, ob er es ernst meinte. Nachdem sie das beschlossen hatte, räusperte sie sich und streckte die Hände mit den Handflächen nach unten aus. »Jetzt leg deine Hände auf meine.«

In dem Augenblick, in dem er sie berührte, spürte sie die Hitze. Das Feuer loderte immer heftiger, und ihre Hände fingen an zu brennen.

»Wow«, murmelte er ungläubig.

Er sah auf ihre Hände, die von Sekunde zu Sekunde röter wurden. Dann zog er seine Hände weg, spreizte die Finger und starrte sie an.

»Siehst du?«, fragte Kait leise.

»Genau das ist auch auf dem Parkplatz passiert.« Das war zur Hälfte eine Frage und zur Hälfte eine Erkenntnis.

»Das glaube ich auch. Ich vermute, dass du die Energie, die ich kanalisiert habe, verstärkt hast. Aus diesem Grund konnte ich dein Knie so schnell heilen. Und darum sind auch die Blasen so schnell wieder verschwunden.« Sie hielt inne und sah ihn an. »Ich würde das gern an deinem Auge ausprobieren.«

* * *

Mac stürzte auf den Bauch, als er die Schüsse hörte, rollte sich nach rechts ab und kroch unter einen angesengten Stahlschreibtisch, der ihm angesichts der Feuerkraft, über die diese Mistkerle verfügten, keinen großen Schutz bieten würde. Eine AK-47 durchbohrte so ziemlich alles.

Er sah sich nach rechts und links um und machte sich einen Sekundenbruchteil Sorgen um Amy, bevor er sich zwang, diesen Gedanken aus seinem Kopf zu verbannen. Zane war rechts neben ihm hinter einer Art Minikühlschrank in Deckung gegangen, doch das verdammte Ding schützte ihn nur unzureichend, und Rawls … Mac warf rasch einen Blick nach links und stellte fest, dass sein Sanitäter einen weiteren angesengten Schreibtisch als Schutz nutzte und die geheimnisvolle Frau hinter sich an die Wand drückte.

Mac schnaubte angewidert. Der dämliche Idiot hatte sich zwischen ihr und den Schützen postiert und schien vergessen zu haben, dass sie ihm mit einem Rohr eins übergezogen hatte. Abgesehen davon sah sie auch noch so aus, als würde sie es jeden Moment wieder versuchen.

Das Feuer wurde eingestellt. Mac reckte den Hals, um sich ihre Gegner anzusehen, aber sofort wurde wieder geschossen. Himmel, sie saßen hier in der Falle und wie auf dem Präsentierteller.

Er warf Zane einen Blick zu, aber sein LC war ebenso handlungsunfähig wie Mac und Rawls. Der schweren Artillerie nach zu urteilen hatten diese Leute sowohl genug Männer als auch Feuerkraft. Es war wie ein Déjà-vu. Anscheinend hatte Amy recht behalten. Die Schweine, die sie hier angriffen, gingen genauso vor wie die, denen sie vor all diesen Monaten in dem Haus gegenübergestanden hatten. Mac konnte nur hoffen, dass sie hier lebend wieder rauskamen.

Rawls saß völlig in der Klemme. Rechts und hinter ihm befanden sich Wände, und auf der linken Seite war keine weitere Deckung zu finden. Er konnte auf gar keinen Fall einen Vorstoß wagen. Zanes Position unterschied sich nicht groß von Rawls'. Allerdings lag wenige Meter hinter ihm dieses monströse Gebilde, unter dem die geheimnisvolle Frau festgesessen hatte. Er hatte keine Ahnung, was sich dahinter befand, aber es war Zeit, das herauszufinden.

Er sah Zane in die Augen und deutete mit dem Kopf auf die hoch aufragende Maschine. Zane nickte und lugte hinter dem Schreibtisch hervor, um zu schießen. In dem Augenblick lief Mac zu der Maschine und rannte um sie herum. Je weiter er in den Raum hineinkam, desto abschüssiger wurde der Boden, aber zumindest hatte er hinter sich jetzt eine feste Wand. Allerdings war diese Beschreibung nicht ganz zutreffend, da die Mauer mit Löchern übersät war, die ihn nervös machten.

Falls sich jemand dahinter aufhielt, war es um ihn geschehen.

Doch ihre Angreifer waren offenbar noch nicht so weit in das Gebäude vorgedrungen, da es hier hinten ruhig und leer war. Als er in die nördliche Ecke gelangte, wurde die Mauer immer durchlässiger und verkohlter. Jetzt hatte er gar keine Deckung mehr.

Das war eine verdammt blöde Idee gewesen.

Mit der Waffe in der Hand schlüpfte er durch ein Loch in der Mauer und rückte langsam nach vorne rechts vor, um so wieder zurück in den Raum zu gelangen, aus dem er ursprünglich gekommen war. Zumindest hoffte er das – es konnte durchaus sein, dass er sich gerade weiter vom Kampf entfernte, anstatt sich in eine bessere Position zu bringen.

Das T-Shirt klebte ihm am schweißnassen Rücken, als er sich so schnell wie möglich den Weg um die Trümmer herum bahnte und dabei versuchte, möglichst leise zu sein.

Immer wieder hallten Schüsse durch das Gebäude, und es wurden sowohl die Glocks seiner Männer als auch diese verdammten AK-47 abgefeuert.

Beteiligte sich Amy auch an dem Schusswechsel? Hatte sie ihre Angreifer zuerst gesehen oder war es andersherum gewesen? Hätten die Unbekannten auf sie geschossen, bevor sie das Feuer auf ihn und seine Männer eröffnet hatten, dann hätte er das gehört. Dieser Raum war im Grunde genommen die reinste Echokammer.

Er konnte nur hoffen, dass sie sich irgendwo verschanzt hatte und dass ihr nichts passiert war. Genau das war seiner Meinung nach der Grund dafür, warum Frauen beim Militär nichts zu suchen hatten. Die Männer verbrachten viel zu viel kostbare Zeit damit, sich Sorgen um sie zu machen.

Zu seiner Rechten waren erneut Schüsse zu hören. Er wurde schneller und hielt Ausschau nach Deckung, damit sie ihn nicht kommen sahen, aber da war nichts.

Verdammt.

Wenn sie ihn zuerst erblickten, war er so gut wie tot.

# Kapitel 18

Direkt neben Mac ragte ein Türrahmen auf. Dort, wo die Tür hingehörte, befand sich nur ein klaffendes schwarzes Loch.

Wieder fielen Schüsse.

»Scheiße«, flüsterte er.

Seine Männer saßen fest. Wenn er schon nirgendwo Deckung fand, um ihnen Feuerschutz geben zu können, war es ihm vielleicht wenigstens möglich, ein paar dieser Schweine auszuschalten und seinen Leuten eine faire Chance zu bieten.

Falls er sich dabei ein paar Kugeln einfing, dann musste er sich wegen der Sache mit dem Justizministerium und der Militärstrafverfolgung wenigstens keine Sorgen mehr machen. Nachdem er sich das vor Augen geführt hatte, duckte er sich und schwang sich durch das klaffende Loch. Doch das Glück war ihm hold, da sich einen Meter weiter ein riesiger Aktenschrank aus Metall befand, hinter dem er Schutz suchte.

Durch sein Nachtsichtgerät sah er mehrere Männer, die vor der Wand des Raums, in dem sie die Frau entdeckt hatten, knieten. Dann stach ihm eine Bewegung auf der Seite des Raums ins Auge, und er bemerkte Amy, die sich halb geduckt und mit gezückter Waffe durch die offene Tür bewegte.

Heilige Scheiße, anders als er hatte sie nicht die geringste Deckung. Er musste jetzt zuschlagen und diese Leute ablenken, sonst war Amy tot.

Also trat er hinter dem Aktenschrank hervor und schaltete erst ein und dann ein zweites Ziel aus. Währenddessen eliminierte Amy zwei weitere. Der fünfte Mann wirbelte auf den Knien zu Mac herum, aber Mac schoss ihm in den Kopf, sodass der Kerl vornüber zwischen seine toten Begleiter stürzte.

»Sauber«, sagte Mac, rückte vor und hörte, wie seine Stimme in der Stille nach den Schüssen durch den Raum hallte.

Als er zu den Leichen vor der stählernen Wand vorrückte, schnitt er eine Grimasse. Himmel, sie mussten schnellstmöglich hier raus. Falls jemand die Schüsse gemeldet hatte und die Polizei unterwegs war, würden sie dieses Mal richtig Ärger bekommen.

Zane schwang sich über die Mauer, als Mac näher kam, drehte die Toten um und nahm ihnen die Masken und die Nachtsichtgeräte ab. Jemand hatte diese Leute hervorragend ausgestattet.

Amy ging derweil die Taschen durch.

»Hast du deine Kamera dabei, Rawls?«, wollte Mac wissen.

Rawls nickte, schob die Frau, die sie unter der Maschine hervorgeholt hatten, auf Mac zu und nahm seinen Rucksack ab.

Die Frau erschlaffte, als Mac sie mit einem Arm umschlang, fing dann jedoch an zu zappeln und versuchte, sich zu befreien. Er hob sie sofort hoch und hielt sie dann einfach nur fest. Nach einem Augenblick gab sie ihren Widerstand auf.

»Ganz ruhig«, riet ihr Mac schlicht.

Rawls reichte Mac die Kamera und übernahm ihren unerwarteten Gast wieder. Dieses Mal versuchte die Frau gar nicht erst, sich ihm zu entziehen. Stattdessen wanderte ihr misstrauischer Blick zwischen Rawls, Zane, Amy und Mac hin und her.

Sie wartete auf den richtigen Moment.

Solange sie den Mund hielt, konnte Mac damit leben. Bisher hatte sie abgesehen von dem überraschten Schrei, den sie ausgestoßen hatte, als sie sie unter der Maschine an den Füßen gepackt und rausgezogen hatten, keinen Ton von sich gegeben.

»Heilige Scheiße«, murmelte Zane auf einmal grimmig. »Seht euch das an.«

Mac ging um die Leichen herum zu Zane, der vor einem der Männer kniete. Selbst in dem milchigen Licht des Nachtsichtgeräts erkannte er Pachicos Gesicht wieder.

»Verdammt«, murmelte er. »Ist er tot?«

Dann wären ihre Aussichten auf weitere Antworten dahin.

»Noch nicht«, antwortete Zane und stand langsam auf. »Deine Kugel hat ihn nur gestreift. Er ist bewusstlos, aber stabil.«

Mac grinste. »Nimm ihn mit, und lasst uns von hier verschwinden.«

»Ihr kennt den Kerl?«, wollte Amy wissen, kam einen Schritt auf sie zu und starrte auf den glatzköpfigen Mann herab, der vor ihnen auf dem Boden lag.

»Ja«, erwiderte Mac und verzog die Lippen zu einem harten Grinsen. »Wir sind ihm in Coronado begegnet. Er hat sich als Polizist vom Coronado PD ausgegeben. Als du gestern angerufen hast, wollten wir ihm gerade eine Falle stellen.«

»Deine Observierung.« Amy hockte sich hin und nahm den Mann genauer in Augenschein.

»Verschwinden wir von hier«, befahl Mac.

Während Zane Pachicos erschlafften Körper wie ein Feuerwehrmann über seine Schulter hievte, nahm Mac den Arm der Frau, und sie verließen das Gebäude.

»Rawls«, sagte Mac, als sie durch den Korridor gingen. »Hol den Wagen. Wir treffen uns vor dem Tor.«

Sein Lieutenant war der Schnellste von ihnen und würde mit dem Wagen bereitstehen, wenn sie die Frau und Pachico durch den Zaun geschafft hatten.

Aber sie hatten noch immer ein Problem: Wo sollten sie sich mit ihren neuen Gefangenen verstecken?

Als Mac versuchte, die Frau durch das Loch im Zaun zu schieben, wehrte sie sich. »Ich komme nicht mit.«

»Sieh einer an, sie kann auch reden«, meinte Mac. »Und ob Sie mit uns kommen.« Er nahm ihren Arm und zerrte sie wieder in Richtung Zaun.

»Nein, das werde ich nicht.« Sie wollte sich ihm erneut entziehen, doch dieses Mal hatte Mac damit gerechnet. »Anders als Sie habe ich nichts Illegales getan, daher ist es mir auch egal, ob mich die Polizei auf diesem Gelände erwischt.«

»Es ist auch nicht die Polizei, vor der Sie Angst haben sollten«, schaltete sich Amy ein. Sie nickte, als die Frau sie erstaunt ansah. »Dr. Faith Ansell. Ich habe Sie anhand des Fotos auf Ihrer Personalakte erkannt. Freut mich, dass Sie nicht im Feuer umgekommen sind, wie alle angenommen haben.«

»Sie haben in dem Labor gearbeitet?«, wollte Mac wissen.

Verdammt, vielleicht hatten sie ja doch endlich mal Glück. Jetzt hatten sie Pachico und eine der Wissenschaftlerinnen, hinter denen diese Schweine hergewesen waren. Zwei Teile des Puzzles rückten endlich an ihren Platz.

»Wer sind Sie eigentlich?«, fragte Faith und sah misstrauisch zwischen Mac und Amy hin und her.

»Ob Sie es glauben oder nicht, wir sind die Guten«, entgegnete Amy. »Und die Bösen, die mit den AK-47, die Freunde der Männer, die Sie gerade erschießen wollten, könnten jeden Augenblick hier sein. Sie sollten daher lieber durch diesen Zaun klettern und uns begleiten. Ich werde Ihnen unterwegs alles erklären.«

»Wir sollten los«, drängte Zane beharrlich. »Die Zeit wird knapp.«

»Anscheinend wissen Sie bereits, dass die Explosion kein Unfall war«, meinte Amy zu der Wissenschaftlerin, als offensichtlich wurde, dass diese auf Zanes Worte nicht einging. »Ansonsten hätten Sie sich nicht versteckt und tot gestellt. Offenbar ist Ihnen auch klar, dass jemand hinter Ihnen her ist, sonst wären Sie nicht mitten in der Nacht in das Labor eingebrochen, um sich das zu beschaffen, was immer Sie da rausgeholt haben.«

»Ich bin nicht ins Labor eingebrochen«, sagte Faith mürrisch. »Ich bin Teilinhaberin des Geländes. Und warum in aller Welt sollte ich Ihnen vertrauen? Sie sind eingebrochen. Mit Nachtsichtgeräten und Waffen. Sie haben diese armen Männer umgebracht.« Ihre Stimme versagte.

»Jetzt reicht es aber.« Mac drückte sie gegen den Zaun. Dieses Mal versuchte sie nicht, sich zu wehren, sondern bückte sich und schlüpfte durch das schmale Loch. Amy folgte ihr, und ihr runder Hintern wackelte in der Luft.

»Brauchst du Hilfe bei Pachico?«, erkundigte sich Zane.

Mac wandte seinen Blick ab, der wie fasziniert an Amys Hintern hing, und beugte sich zu ihrem gefesselten und geknebelten Gefangenen herunter. Pachico hatte die Augen geschlossen, was jedoch nichts heißen musste, da sich der Kerl möglicherweise nur tot stellte. Aber er atmete langsam und ruhig, und seine Gliedmaßen waren erschlafft. Möglicherweise war er ja doch noch k. o.

Stöhnend zerrte Mac den Mann zum Zaun und schob ihn halb hindurch. Zane packte Pachicos Schultern und zog ihn weiter. Als sich Mac gerade auf den Boden warf und durch das Loch krabbelte, kam Rawls mit dem Van angefahren und alle stiegen ein.

Sie nahmen die Nachtsichtgeräte und die Rucksäcke ab, während Rawls wieder Gas gab.

* * *

Auf einer Bank aus grob behauenen Baumstämmen sitzend, von der aus man über das ruhige blaugrüne Wasser des Bergsees blicken konnte, beobachtete Jillian durch die Wimpern hindurch, wie sich ihr Wächter eine Orange pellte. Seine riesigen Hände waren erstaunlich geschickt und bearbeiteten die Frucht vorsichtig und sanft.

Sie fand das faszinierend.

»Iss«, sagte er nur und reichte ihr mehrere Stücke sowie ein halbes Roastbeefsandwich, das in Papier eingewickelt war.

Sie war aufgewacht, als er an die ihrem Bett gegenüberliegende Wand gehämmert hatte, was sie eigentlich als beängstigend hätte empfinden müssen, aber sie hatte es nur kurz zur Kenntnis genommen und war erneut in tiefen Schlaf versunken, in dem sie nicht an ihre Trauer denken musste.

Ihr Kissen und ihre Wangen waren feucht gewesen, als sie das zweite Mal erwacht war.

Hatte er sie erneut im Arm gehalten, als sie geweint hatte? Dieses Mal konnte sie sich an keine Träume erinnern. Aber sie wusste, dass sie da waren. Sie waren immer da und warteten darauf, über sie herzufallen, sobald sie die Augen schloss.

Sie holte tief Luft und sah auf das spiegelglatte Wasser hinaus.

Der See war wie eine Schale geformt, und an seinem steilen Ufer lagen nackte Felsen, um die Baumwurzeln herumstanden.

Er ähnelte sehr dem See, in dem sie vor all diesen Monaten gestorben war.

»Warum hast du an die Wand gehämmert?«, fragte sie geistesabwesend.

Er warf ihr einen Blick zu, und seine Lippen umspielte ein Lächeln. »Ich war *hisoh'o*.«

Das sagte ihr gar nichts. »Und das bedeutet?«

Er zuckte mit den Achseln. Dann zog er den Saum seiner Jeans nach oben und nahm ein gefährlich aussehendes Messer aus einer Scheide, die er an seinen Unterschenkel gebunden hatte. »Im Grunde genommen bedeutet es so viel wie älterer Bruder.«

Er war also Kaits Bruder. Das hätte sie aufgrund ihres Aussehens niemals vermutet, aber vielleicht hatte er das ja auch nur bildlich gemeint.

Jillian zuckte nicht einmal zusammen, als er sich mit dem Messer in der Hand wieder aufrichtete. Stattdessen biss sie in ihr Sandwich und sah zu, wie er in der Tüte herumkramte, die er mitgebracht hatte, und einen Apfel herausholte, den er mit der tödlichen Klinge geschickt viertelte und entkernte. Dann reichte er ihr die Hälfte, wischte das Messer an einem Papiertuch ab und legte es auf die Plastiktüte.

Sie legte den Apfel neben die Orangenstücke auf das Tuch, das sie auf ihrem Schoß ausgebreitete hatte, und biss erneut in ihr Sandwich.

»Was ist das für eine Sprache? Sie ist wunderschön.« Das war sie auch, und zwar auf eine primitive, arrhythmische Weise. So etwas hatte sie noch nie zuvor gehört.

»Arapaho«, antwortete er nur und nahm so einen gewaltigen Bissen von seinem Sandwich, dass es nur noch halb so groß war.

»Dann bist du Indianer?

Er nickte.

Sie starrte wieder auf den See hinaus und kämpfte gegen die Erinnerungen an, den Verlust, die endlose, quälende Trauer, die sie erneut in bodenlose Tiefen herabzuziehen drohten.

»Stört es dich nicht?«, fragte er und starrte sie an.

Sie musterte ihn verwirrt. »Was?«

»Dass ich Arapaho bin. Indianer. Viele Leute halten mein Volk noch immer für Barbaren.«

Sie schüttelte den Kopf und blickte fast schon zwanghaft wieder aufs Wasser hinaus. »Hast du schon mal jemanden getötet?«

Eigentlich wusste sie, dass er das getan hatte. Sie wusste es, seitdem Kait sie in den SUV geschoben und er den Kopf gedreht hatte, um sie anzusehen. Die eiskalte Härte, die man für das Töten brauchte, umgab ihn ebenso wie die vier SEALs, die ihren Bruder ermordet hatten, und genauso wie die Männer, die sie und ihre Kinder vor all diesen Monaten entführt hatten.

Inzwischen war sie sehr gut darin, das Gesicht eines Killers zu erkennen.

Würde er es zugeben oder sie anlügen?

»Ja.« Seine Stimme war ausdruckslos und ungerührt.

Dieses Geständnis hätte sie nicht beruhigen sollen, aber das tat es seltsamerweise. »Wie viele?«

»Viele«, gab er mit derselben eiskalten Gelassenheit zu.

»Bringst du auch Kinder um?« Diese Frage kam ihr eher wie ein Flüstern über die Lippen.

*Das Knattern der Waffen … Der Gestank … Ihre Kinder, die zu Boden stürzen …*

Sie erschauderte und verdrängte die Erinnerung.

»Niemals.« Seine Stimme klang rau und erfüllt von einer eiskalten, grausamen Wut.

Erschrocken sah sie wieder zu ihm hinüber und fragte sich, ob sich dieser Zorn gegen sie und ihre Frage richtete, aber er sah sie nicht an, sondern starrte auf den See hinaus.

»Wir töten keine Kinder, *heneeceine3 betee*. Wir bringen niemanden um, der es nicht verdient hat.«

Sie entspannte sich wieder, während seine Worte durch ihren Kopf hallten. *Wir bringen niemanden um, der es nicht verdient hat.*

»Wer ist ›wir‹?«, wollte sie wissen und schob sich den Rest ihres Sandwichs in den Mund.

Nicht etwa, weil sie Hunger hatte, sondern weil sie wieder zu Kräften kommen und fliehen musste. Gut, sie hatten sie erwischt und sie war jetzt ihre Gefangene, aber noch war sie nicht gescheitert. Noch war Zeit, Rache zu nehmen.

*Wir bringen niemanden um, der es nicht verdient hat.*

Diese Worte gingen ihr wieder und wieder durch den Kopf.

Die Männer, die ihre Familie getötet hatten, hatten den Tod verdient.

»Wir«, sagte er langsam, »das sind meine Leute.«

Sie nickte. Er musste sich auf seinen Stamm beziehen. Längere Zeit schwiegen sie beide, was jedoch keinesfalls unangenehm war. Sie hatte gerade das Obst aufgegessen, als er erneut zu sprechen begann.

»Um wen weinst du, Jillian?« Seine Stimme war leise und sehr sanft.

Sie erstarrte und blickte auf den See hinaus. Auf einmal hatte sie das Gefühl, zu ertrinken. In Erinnerungen. In ihrer Einsamkeit. In der endlosen, leeren Trauer.

Kinderlachen hallte durch ihren Kopf.

*»Wir sehen dich, Mommy. Jetzt verstecken wir uns, und du musst uns finden.« Das Geräusch von Füßen, die davonlaufen.*

»Um wen, *nebii'o'oo*?«

»Um meine Babys. Meinen Bruder.« Ihre Stimme klang hohl und leer. »Sie haben meinen Bruder und meine Babys ermordet.«

Sie erzählte ihm nichts, was er nicht ohnehin längst wusste. Wie sie sie alle hasste! Zane Winters und seine SEAL-Brüder mochten leugnen, ihre Kinder ermordet zu haben, aber sie waren Lügner. Sie wussten genau, was passiert war.

Seine ausbleibende Überraschung bei ihrer Enthüllung war Beweis genug dafür, dass er die Antwort auf seine Frage längst gekannt hatte.

Warum fragte er dann erst danach.

»Wer hat das getan?«

»Du weißt, wer.« Sie sah ihn nicht an. »Marcus Simcosky, Zane Winters und die anderen beiden.«

»Nein.«

Bei diesem Wort schnellte ihr Kopf herum.

Sie sprang auf, und der Verrat schmerzte sie so sehr, dass ihr der Atem stockte.

»Jillian.« Er legte die Hände um ihre Taille und zog sie an sich, obwohl sie sich wehrte. Dann hielt er sie dort fest, sodass sie sich nicht mehr bewegen konnte, bis sie erschöpft und keuchend gegen ihn sackte. »Sie töten keine Kinder. Sie sind nicht diejenigen, die deine Babys ermordet haben.«

»Sie haben es selbst zugegeben.« Sie musste die Worte durch ihre heisere, brennende Kehle herauszwingen.

»Wann?« Seine Stimme klang geduldig.

»Im Fernsehen haben sie zugegeben, meinen Bruder getötet zu haben.« Sie spie ihm die Worte förmlich entgegen.

»Ja, deinen Bruder«, stimmte er ihr zu. »Aber nicht deine Kinder.« Er schwieg und hielt dem Zorn in ihren Augen stand. »Dein Bruder war nicht der, als der er sich ausgegeben hat, und auch nicht der, für den du ihn gehalten hast.«

»Du bist einer von ihnen. War klar, dass du ihnen nicht in den Rücken fällst.«

Er schüttelte den Kopf und legte einen Arm fester um ihre Taille. »In deinem Herzen weißt du das auch, *heneeceine3 betee*. Du hast es immer gewusst. Vertrau deinem Herzen.«

Sie schluckte schwer und versuchte, seine Worte zu ignorieren, aber sie bohrten sich mit ihren in Gift getränkten Klauen immer weiter in ihr Innerstes vor.

Natürlich hatte sie sich manchmal über Russ gewundert. Warum er immer so viel Geld hatte. Warum er manchmal wochenlang verschwand und dann einfach wieder auftauchte.

Aber er hatte immer eine gute Erklärung parat gehabt. Er verdiente gut in seinem Job, und als Berater musste er hin und wieder in andere Länder reisen.

»Er hat mich geliebt«, stieß sie mit belegter Stimme hervor. »Und er hat die Kinder geliebt.«

»Das bezweifle ich nicht«, sagte Wolf ruhig und strich ihr mit einer Handfläche über den Rücken.

In diesem Augenblick hätte sie fliehen können. Er hielt sie nicht fest. Aber sie blieb da. Die Wärme seiner Hand fühlte sich auf ihrem Rücken so gut an.

»Erzähl mir, was passiert ist, *heneeceine3 betee*.«

Sie scheute vor der Frage zurück, da sie sehr viel Schmerz mit aufwarf.

»Was bedeutet das?«, wollte sie wissen, halb aus Neugier, da er sie inzwischen mehrmals so genannt hatte, und halb, um Zeit zu schinden.

»Es bedeutet Löwenherz.«

Sie musste lächeln und lehnte sich an ihn. Aber dann runzelte sie die Stirn. »Ich bin keine Löwin. Als ich ihn auf dem Parkplatz gesehen habe, den Mann«, ihre Stimme schwankte und wurde leiser, »den Kerl, der auf mich geschossen hat, der Wes und Bree erschossen hat, da bin ich weggelaufen.«

»Er hat auf dich und deine Kinder geschossen?«, fragte Wolf, dessen Stimme so eiskalt war wie das Wasser, das vor ihnen glitzerte, aber seine Finger an ihrem Rücken fühlten sich warm und zärtlich an.

Jillian schüttelte den Kopf, während es ihr die Kehle zuschnürte. »Er hat auf mich geschossen und auch auf Wes und Bree, aber die anderen Männer, sie müssen … Ich habe sie nicht gesehen, ich habe nur die Schüsse gehört.« Ihre Stimme wurde zu einem heiseren Flüstern. »Lizzy, Collie und Katie brachen zusammen, und dann wurde alles kalt und dunkel.«

Sie legte die Arme um ihren Körper und schaukelte vor und zurück. »Ich bin keine Löwin. Als ich ihn gesehen habe, bin ich weggelaufen.«

Seine Hand strich ihr weiterhin beruhigend über den Rücken.

»Aber du bist zurückgekommen. Auf den Parkplatz vor Kaits Haus. Du bist zurückgekommen, um ihn zu töten. Um sie alle zu töten.« Seine Stimme klang nicht tadelnd. Er sprach bloß eine Tatsache aus. Eine akzeptierte Tatsache. Anscheinend hatte Kait ihm die Geschichte erzählt. »Erzähl mir, was passiert ist, *betee*.« Sie seufzte und drückte sich gegen seine warme Hand. In seinen Augen war sie weiterhin eine Löwin. Und es schien ihn nicht im Geringsten zu stören, dass sie versucht hatte, vier Menschen umzubringen. Die seinen Worten zufolge unschuldig waren. Wusste er, dass sie seine Kaity mit einem Messer bedroht hatte?

»Dieser Mann, der auf dich geschossen hat, wie hat er ausgesehen?« Wolfs Stimme war kalt geworden, und der samtene Baritonton klang rauer.

Sie holte tief Luft und stieß sie langsam wieder aus. »Er war groß und dünn. Braune Augen. Glatzkopf.«

Die Wärme in seinen Augen half ihr. Bevor es ihr überhaupt bewusst wurde, begann sie zu reden.

»Lizzy hat sie reingelassen«, flüsterte sie und dachte zurück an diesen schrecklichen Tag. »Eigentlich durfte sie keine Fremden ins Haus lassen. Das wusste sie …« Ihre Stimme klang tränenerstickt. »Aber sie war erst sechs, noch fast ein Baby. Ich stand in der Küche. Sie haben sie reingeschoben und ihr eine Pistole an den Kopf gehalten.« Jillian begann zu zittern, und ihre Kehle war derart zugeschnürt, dass sie fast keinen Ton herausbrachte. »Sie hat … Sie hat immer wieder gesagt: ›Es tut mir so leid, Mommy.‹« Jillian schluckte den Kloß in ihrer Kehle herunter und zwang sich, auch den Rest zu erzählen. »Die anderen Kinder saßen im Wohnzimmer vor dem Fernseher. Sie wollten, dass ich die Kinder in die Küche rufe. Sie haben gesagt, sie bringen Lizzy um, wenn ich es nicht tue.«

Ihr war gar nicht bewusst, dass sie weinte, bis sie die Tränen auf ihrer Hand spürte.

Einen Augenblick lang starrte sie sie verblüfft an. Sie hatte nicht mehr geweint, seitdem sie in dem untergehenden Wagen zu sich gekommen war – nur nachts, in ihren Träumen.

»Sie haben dich gezwungen, deine anderen Kinder in die Küche zu holen«, wiederholte Wolf, in dessen Stimme ein finsterer, gefährlicher Unterton mitschwang.

Sie nickte schwerfällig. »Sie haben gesagt … Sie haben gesagt, uns würde nichts passieren, solange wir alles tun, was sie sagen. Aber jedes Mal, wenn ich nicht gehorche, würden sie jemanden umbringen.« Ihre Stimme wurde schrill vor Schmerz. »Was hätte ich denn tun sollen? Sie hätten meine Lizzy getötet, wenn ich die anderen nicht gerufen hätte. Aber dadurch habe ich sie zum Tode verurteilt.«

»Nein.« Seine Stimme durchdrang ihren Aufschrei und war unnachgiebig und bestimmt. Jillian wurde sofort leiser. »Du hast deine Kinder nicht getötet, indem du sie gerufen hast. Sie hätten sie so oder so gefunden und als Geisel genommen. Das hättest du nicht verhindern können. Es war nicht deine Schuld.«

Sie hielt ganz still und musste diese Worte erst einmal verdauen. Sie breiteten sich aus, verlangsamten ihren Herzschlag und ließen das Eis um ihre Lunge auftauen.

Etwas ruhiger fuhr sie fort. »Sie haben uns die Hände gefesselt und uns geknebelt. Dann brachten sie uns in die Garage zu meinem Wagen. Sie nahmen die Sitze raus, zwangen uns, uns hinzulegen, und fesselten unsere Füße. Einer der Männer fuhr, einer saß auf dem Beifahrersitz, ein dritter saß hinten bei uns. Nach einer Weile trafen sie sich mit zwei SUVs und haben uns voneinander getrennt.«

Wolf streichelte ihr wieder über den Rücken und zog sie enger an sich. Sein großer Körper kam ihr ungemein warm vor, aber selbst diese Hitze konnte das eisige Geschwür in ihrem Kopf nicht vertreiben. »Was haben sie mit deinem Wagen getan?«

Sie runzelte die Stirn. »Sie müssen damit zurück zum Haus gefahren sein und die Sitze wieder eingebaut haben.«

Er schüttelte den Kopf und sah zum ersten Mal überrascht aus. »Warum?«

»Weil sie uns an den Sitzen festgeschnallt und den Van über die Klippe in den Lake Katcheca gefahren haben, nachdem sie auf uns geschossen hatten.«

Er erstarrte neben ihr und hielt die Hand auf ihrem Rücken ganz still. »Deine Kinder sind …«

»Auf dem Grund des Sees«, sagte sie mit belegter Stimme, aber dieses Mal wollten die Tränen nicht kommen. Ihre Augen brannten, und ihr Herz schmerzte noch viel schlimmer. Doch sie musste nicht weinen. »Ich bin aufgewacht, als wir ins Wasser gestürzt sind.«

»Sie haben auf dich geschossen.« Zärtlich strich er über die Narbe an der Seite ihres Kopfes. Als ihr Haar länger gewesen war, hatte man sie nicht sehen können, doch durch das Abschneiden war das dicke, geschwollene, heilende Gewebe deutlich zu erkennen.

»Zwei Mal. Sie dachten, ich sei tot. Ich wurde wach, als ich das Wasser gespürt habe. Das Schiebedach war offen, und ich bin mit Mühe und Not rausgekommen.«

Sie hatte sich sehr anstrengen müssen, um das Ufer zu erreichen und die endlosen Felsen hinaufzukriechen.

Allerdings erinnerte sie sich nicht mehr an sehr viel. Der Autofahrer, der sie beinahe überfahren hätte, als sie auf die Straße getaumelt war, hatte gesagt, sie wäre kaum bei Bewusstsein gewesen und hätte nur unzusammenhängendes Zeug von sich gegeben.

»Ich habe nicht einmal versucht, sie da rauszuholen.« Die Worte kamen mit all ihrer qualvollen Wut aus ihrem Mund. »Ich habe es nicht mal versucht. Ich hätte es probieren müssen. Ich hätte sie nicht dalassen dürfen. Was ist, wenn sie noch am Leben waren? Wenn ich mich geirrt habe? Was ist, wenn sie erst danach ertrunken sind?« Ihre Stimme wurde immer schriller und gequälter, während ein andauernder, gnadenloser Schrei durch ihren Kopf hallte. »Ich habe sie getötet. Ich habe sie umgebracht, indem ich weggegangen bin. Wie konnte ich sie nur dalassen?«

»Jillian.« Er nahm ihre Hände, die sie vor das Gesicht geschlagen hatte, und hielt sie fest. »Jillian, *heneeceine3 betee.*«

»Ich bin keine Löwin«, kreischte sie. »Ich habe sie dagelassen. Ich habe meine Babys sterben lassen und mich selbst gerettet.«

»Nein.« Er schüttelte sie. »Du musstest gehen, um zu überleben. Damit du sie so rächen kannst, wie sie es verdienen. Sie waren längst tot. Du hättest sie nicht retten können.«

»Wie kann ich das wissen?« Sie wurde wieder lauter.

»Du hast es einfach gewusst. Dir war tief in deinem Herzen klar, dass sie tot sind. Du hast es gespürt. Sie waren längst tot.« Seine Stimme war so ruhig und so bestimmt. »Das *betee* einer Mutter weiß, wann ihre Babys gegangen sind, *bixoo3etiit.*«

Sie schluckte schwer. »Was bedeutet *betee*?«

»Herz. Dein Mutterherz wusste, dass sie tot waren.«

Sie stand ganz still und dachte an den Augenblick zurück, in dem sie ihre Kinder auf dem Rücksitz gesehen hatte. An den sofortigen, unerträglichen Schmerz. Ihre wunderschönen Babys waren tot. Alle fünf. Er hatte recht. Sie hatte es gewusst. In dem Moment, an den sie sich erinnerte, hatte sie es gewusst.

Aber irgendwie hatte sie diese Gewissheit in den darauffolgenden Monaten verloren.

»Wir werden sie nach Hause holen«, flüsterte Wolf, legte ihr einen Arm um die Schultern und zog sie an sich. »Nachdem wir diejenigen gefunden haben, die sie dir weggenommen haben, nachdem du sie gerächt hast. Wir werden deine Kinder finden und nach Hause bringen. So, wie sie es verdient haben. So, wie du es verdienst.«

Sie schniefte und runzelte die Stirn. »Wie soll ich die Männer finden, die das getan haben? Du hast gesagt, Simcosky und seine Freunde wären es nicht gewesen?«

Das klang eher nach einer Anschuldigung als nach einer Frage, und Wolf musste lächeln. Aber das Lächeln verschwand schnell wieder. Auf einmal beugte er sich vor und löste die Messerscheide von seinem Unterschenkel. Er schob das Messer hinein und ließ es in ihren Schoß fallen.

Sie starrte ihn erschrocken an. »Äh, was …«

»Du brauchst eine Waffe, die einer Löwin würdig ist, *betee*.« Er sah ihr ins Gesicht, nahm ihre Hand und legte sie direkt links unter dem Brustbein auf seine Brust. »Diese Stelle musst du treffen. Wenn die Zeit gekommen ist, stichst du schnell und fest zu. Lass dich von niemandem aufhalten.«

* * *

Cosky wusste genau, worauf Kait mit dieser Unterhaltung hinauswollte.

Er verschränkte die Arme vor der Brust, die sich anfühlte, als würde sie in einem Schraubstock stecken. Sie würde sein Auge auf gar keinen Fall anfassen.

Sie rückte näher an ihn heran, so nah, dass er diesen sauberen Zitrusgeruch riechen konnte, der einen derart festen Platz in seinen Träumen hatte wie sie in seinem Herzen. Auch wenn er es Zane gegenüber am Vortag geleugnet hatte. Aber es war sehr viel schwerer, sich selbst etwas vorzumachen. Wolf hatte seine Selbsttäuschung ad absurdum geführt. Der Schmerz und der Zorn hatten ihn bei der Vorstellung, dass dieses Arschloch mit ihr schlafen würde, aufgefressen, aber das war nichts gewesen im Vergleich zu der Qual, die ihn gepackt hatte, als Kait ihre Liebe zu Wolf gestanden hatte.

Bei diesen Worten hatte sich eine eiskalte, betäubende Kluft in seinem Inneren geöffnet. Diese Leere und dieses Verlustgefühl waren mit nichts zu vergleichen gewesen, was er je zuvor gespürt hatte. Er hatte das Gefühl gehabt, von innen heraus zu verbluten und in diese endlose, leere Kluft hinabzugleiten. Nicht einmal der Tod seines Vaters hatte ihn derart getroffen.

So etwas wollte er nie wieder empfinden.

Die Vorstellung, dass sie sich vielleicht ihr Leben lang Sorgen um ihn machen würde, behagte ihm noch immer nicht, aber sie hatte durchaus recht damit, dass das Leben auch dunkle Seiten hatte. Himmel, allein in den letzten drei Tagen hatte er gleich mehrmals eine Heidenangst um sie gehabt.

Außerdem war Kait von mutigen und pflichtbewussten Männern aufgezogen worden oder zusammen mit ihnen aufgewachsen. Hatte er wirklich geglaubt, sie würde sich von solchen Männern nicht angezogen fühlen? Die Wahrscheinlichkeit war doch viel größer, dass sie sich für einen Mann entschied, der seinen Lebensunterhalt auf die gleiche Weise verdiente wie ihr Vater und ihre Brüder.

Und wenn sie schon einen SEAL lieben musste, dann doch wohl ihn, verdammt noch mal!

Okay, er musste sich eingestehen, dass er am Anfang ein Riesenarschloch gewesen war. Aber Kait war keine nachtragende Frau. Wenn er die Art, wie ihr Körper jedes Mal reagierte, wenn er in ihre Nähe kam – so wie seiner auch –, richtig deutete, dann wollte sie ihn noch immer.

Das konnte er ausnutzen.

Er hatte sie nicht verloren. Noch nicht.

Und er würde sie ganz bestimmt nicht verlieren, nur weil eine verdammte Heilung schiefIief.

»Gib es auf, Kait. Wir machen keine Experimente mit meinem Auge.« Cosky lehnte sich an, verschränkte die Arme und versuchte, Kaits flehenden Gesichtsausdruck zu ignorieren.

»Cosky …«

»Nein, verdammt.« Seine Brust zog sich zusammen. »Hast du vergessen, dass du letztes Mal beinahe gestorben wärst, als du so viel Energie kanalisiert hast?«

»Ich bin nicht beinahe gestorben, ich war nur völlig ausgelaugt.« Sie rutschte an ihn heran und nahm seine Hand. »Außerdem wussten wir da noch nicht, wodurch es ausgelöst wird. Aber jetzt, wo wir es wissen, können wir die Intensität kontrollieren.«

Er schnaubte und war nicht überzeugt. »Wir wissen nicht das Geringste darüber, wie es funktioniert. Es kann durchaus sein, dass wir irreparable Schäden bewirken, wenn wir so kurz nach deinem letzten Zusammenbruch schon wieder so viel Energie kanalisieren.« Er hielt inne und sah sie ernst an. Aber es war nicht gerade hilfreich, dass sie wunderschön war und ihn bittend anschaute. »Du könntest Hirnschäden davontragen. Himmel, beim letzten Mal ist deine Körpertemperatur derart angestiegen, dass du beinahe verbrannt wärst.«

Jetzt schnaubte sie auf. »Das wird dieses Mal nicht passieren. Wir beenden einfach die Verbindung und den Energiefluss, indem du deine Hände runternimmst.«

Cosky schnürte es die Kehle zu. »Wir wissen nicht genau, ob das helfen wird.«

»Doch, das tun wir.« Sie sprach jetzt lauter. »Es ist jedes Mal passiert, wenn wir es getestet haben.«

»Da hast du mich aber auch nicht geheilt«, erwiderte Cosky aufgebracht und mit finsterer Miene. »Unsere Hände haben sich berührt. Niemand weiß, ob der Energiefluss wirklich aufhört, wenn ich meine Hände wegnehme, während du mitten in einer Heilung bist.«

»Auf dem Parkplatz war es so«, beharrte Kait.

Cosky war nicht davon überzeugt. »Kait …«

»Wir fangen auch klein an, okay?« Kait hatte offenbar beschlossen, die Taktik zu ändern. »Wir testen es für … sagen wir, zwei Sekunden, dann hören wir auf.«

Cosky bewegte fluchend die Schultern. »Zwei Sekunden?«

»Zwei. Versprochen.« Sie strahlte ihn derart wundervoll an, dass er sich einfach nicht weigern konnte.

Verdammt.

»Gut. Zwei Sekunden«, erwiderte er grimmig.

Sie machte sich schnell ans Werk, als hätte sie Angst, er könnte es sich noch einmal anders überlegen. Während sie sich über ihn beugte, legte sie die Hände auf sein Auge. Er schnitt eine Grimasse, als er den Druck spürte, da die Verletzung noch höllisch wehtat.

»Jetzt leg deine Hände auf meine«, verlangte sie.

»Spürst du schon was?«

»Noch nicht«, antwortete sie.

Doch die steifen Brustwarzen, die sie gegen seine Brust presste, verrieten ihm, dass das eine Lüge war. Sie spürte definitiv etwas, und zwar genau das Gleiche, das seinen Penis steif und seine Hoden hart werden ließ. Ihm fielen ein Dutzend Dinge ein, die er gern mit seinen Händen getan hätte, aber dazu gehörte nicht, sie auf sein Auge zu legen.

»Cosky«, sagte sie mit verführerischer Stimme.

Ach, verdammt.

Er legte beide Handflächen auf ihre Hände und begann zu zählen.

*Eins. Zwei. Drei.* Er nahm die Hände wieder weg.

»Cosky!«, rief sie verärgert. »Es hat noch nicht mal angefangen zu brennen.«

Darum ging es doch auch. »Du hast zwei Sekunden verlangt, und ich habe dir drei gegeben.«

»Wie großzügig«, erwiderte sie sarkastisch, ließ die Hände jedoch nicht sinken. »Du weißt genau, dass ich zwei Sekunden, nachdem es zu brennen begonnen hat, gemeint habe. Versuchen wir es noch mal. Du siehst doch, dass es mir gut geht. Und es ist offensichtlich, dass du den Schalter umlegen kannst.«

Da hatte sie recht. Außerdem fühlte es sich wundervoll an, wie sie ihre Brüste gegen seine Brust presste.

»Okay.« Er legte erneut die Hände auf ihre. »Zwei Sekunden.«

»Drei«, sagte sie schnell und bekam ein Schnauben zu hören.

Das Brennen begann nach fünf Sekunden. Er zählte bis drei und ließ sie dann los.

»Kait«, knurrte er, als sie die Hände nicht wegnahm. Er konnte die Hitze spüren, die davon ausging und seine ganze Gesichtshälfte erwärmte.

»Es geht mir gut«, sagte sie langsam. »Das Brennen hat aufgehört, sobald du die Hände runtergenommen hast. Aber es strömt noch Restwärme aus, daher glaube ich, dass die Heilung fortgesetzt wird.«

»Wir hatten abgemacht, dass du die Hände senkst, sobald ich meine runternehme.« Cosky griff nach ihren Handgelenken und nahm ihre Hände von seinem Gesicht.

Sie protestierte nicht. »Nein, wir hatten uns darauf geeinigt, dass du nach drei Sekunden die Hände runternimmst. Niemand hat was davon gesagt, wann ich aufhöre.« Auf einmal zischte sie auf und zuckte zurück. »Oh … Gott … Cosky.«

Er erstarrte und musterte sie von Kopf bis Fuß. Sie sah erschrocken aus, aber keinesfalls gequält. »Was ist los?«

»Dein Auge«, erwiderte sie ungläubig.

Er runzelte die Stirn und betastete sein linkes Auge. Die Schwellung hatte spürbar nachgelassen, und es tat auch nicht mehr so weh.

»Wie viel besser ist es?« Nur durch eine Berührung ließ sich das schwer feststellen.

»Sehr viel besser«, antwortete sie staunend.

Er wollte schon aufstehen und sich einen Spiegel suchen, aber sie hielt ihn fest.

»Ich möchte es noch einmal versuchen.« Ihre Stimme klang jetzt nicht nur flehentlich, sondern fordernd und eindringlich.

Er stieß die Luft aus. »Kait …«

»Es geht mir gut. Ich bin überhaupt nicht erschöpft. Du hast den Energiefluss in dem Moment, in dem du die Hände weggenommen hast, unterbrochen. Das ist erstaunlich, Cosky. Denk doch mal darüber nach! Es funktioniert. Wir können es kontrollieren. Und wenn dein Auge nach drei Sekunden schon so viel besser aussieht, wie sieht es dann erst nach fünf Sekunden aus? Vielleicht kannst du es dann schon wieder öffnen.«

Er rückte von ihr ab, bis er ihr ins Gesicht sehen konnte. Sie wirkte ein wenig erhitzt, mehr aber auch nicht. Ihr stand nicht der Schweiß auf der Stirn, und als er sie dort berührte, fühlte sie sich nicht fiebrig an.

Ihre Haut war warm, aber nicht heiß.

Vielleicht hatte sie recht. Vielleicht konnten sie das kontrollieren. Und es wäre verdammt angenehm, wieder mit beiden Augen sehen zu können.

»Okay, dann fünf Sekunden.«

»Sieben.«

»Fünf oder wir lassen es«, erklärte er entschieden und wappnete sich gegen ihr verführerisches Lächeln.

Sie verdrehte die Augen. »Okay, fünf.«

Als sie sich erneut an ihn lehnte und die Handflächen auf sein Auge legte, spürte er zum ersten Mal eine deutliche Veränderung. Es tat nicht mehr weh, zumindest nicht an seinem Auge.

Er spürte jedoch einen großen Druck an mehreren anderen Stellen. Damit sie sein Auge erreichen konnte, musste sie sich gegen ihn lehnen. Bei jedem Atemzug rieben sich ihre Brüste an seiner Brust, und seine Erektion wurde härter. Wenn das so weiterging, würde sein Penis in ihren Bauch stechen, bevor sie die Heilung beendet hatte.

Dabei wären ihm andere Stellen dafür viel lieber gewesen.

»Es kann losgehen, Cos«, sagte sie heiser, woraufhin er davon ausging, dass sie die begeisterte Reaktion seines Körpers auf ihre Nähe durchaus mitbekommen hatte.

Er schnitt eine Grimasse und griff nach ihren Händen. Dieses Mal gewährte er ihr sechs Sekunden, als Kompromiss zu den von ihr vorgeschlagenen sieben, und unterbrach den Kontakt, als die Temperatur von warm zu verdammt heiß wechselte. Seine brennende Haut kühlte sich augenblicklich ab.

»Kait?«, fragte er angespannt, weil sich ihre Hände, die sie weiterhin auf sein Auge presste, unfassbar aufgeheizt anfühlten.

»Es geht mir gut.«

Beim Klang ihrer Stimme entspannte er sich. Da war keine Anspannung zu erkennen, und auch ihr Körper, den sie weiterhin gegen seinen presste, war entspannt. Er wollte ihr schon die Arme um die Taille legen, hielt dann jedoch inne. Würde er erneut einen Energiefluss provozieren, wenn er sie nur umarmte?

Woraufhin er noch viel weiter dachte.

Sie hatten augenscheinlich eine Art Energiekanal hergestellt, der durch Berührung aktiviert wurde. Aber was würde passieren, wenn er sie berühren, aber keinen Kanal öffnen wollte? Konnte er ihre nackte Haut streicheln, ohne dass die Hitze zunahm? Konnte er sie im Arm halten und sie streicheln, ohne sich Sorgen machen zu müssen, dass die Energie außer Kontrolle geriet? Was würde passieren, wenn sie sich liebten? Würde auch dabei Energie freigesetzt, sodass Kait verbrannte?

Zuvor war es nicht so gewesen, aber sie hatten sich auch erst einmal geliebt, und das war vor dem Zwischenfall auf dem Parkplatz gewesen.

Was war, wenn sich die Parameter seitdem geändert hatten?

Es war offenbar Zeit für weitere Tests.

Er schob die Hände unter ihr T-Shirt und strich ihr über den nackten Rücken. Sie erstarrte und schnappte nach Luft.

»Äh, was machst du da, Marcus?«, fragte sie mit zittriger Stimme.

Er zog sie an sich und drehte den Kopf, sodass seine Lippen an ihrem Ohr lagen. »Ich führe ein eigenes Experiment durch.« Er musste lächeln, als sie erschauderte. »Wird dir schon heiß?«

»Ja.« Ihre Stimme schwankte.

Aber die Hände, die auf seinem Gesicht lagen, wurden nicht heißer.

Er lachte leise und nahm ihr Ohrläppchen in seinen Mund. »Ich meinte deine Hände.«

»Oh.« Sie räusperte sich und schmiegte sich an ihn. »Da nicht.«

»Gut zu wissen.« Er strich ihr mit den Fingern über den Rücken.

Sie erschauderte, als er eine Spur von Küssen über ihren Hals zog, und er lächelte zufrieden. Doch dann drückte sie das Gesicht gegen seine Kehle und berührte mit den Lippen die Stelle direkt unter seinem Ohr. Sie knabberte daran und leckte danach genüsslich darüber.

Nun erschauderte er, während die Lust durch ihn hindurchtoste. Er verspannte sich am ganzen Körper und konnte an nichts anderes mehr denken. Auf einmal wollte er sie spüren und ihren Körper an seinen drücken. Er legte die Arme enger um sie und zog sie fest an sich, bis er das Klopfen ihres Herzens an seiner Brust spüren konnte. Er hob die Hand und drehte ihren Kopf so, dass sie ihn ansah.

Während er sich vorbeugte, um sie zu küssen, sah er kurz ihr errötetes Gesicht und ihre verträumten Augen. Es war eine flüchtige, zärtliche Liebkosung, die ihnen beiden jedoch nicht reichte. Sie öffnete die Lippen und strich mit der Zunge über die Falte zwischen seinen Lippen. Er fing sie mit den Zähnen auf, zog sie sanft in seinen Mund und saugte daran.

Dieser tiefe, innige Kuss hätte vermutlich noch sehr viel weiter geführt. Er sehnte sich so nach ihr, dass er ganz vergessen hatte, wo sie sich befanden und dass sich noch andere Menschen im Haus aufhielten.

Plötzlich räusperte sich jemand über ihnen.

Kait zuckte zusammen, drückte die Hände an Coskys Brust und versuchte, sich von ihm zu lösen.

Cosky runzelte die Stirn, legte die Arme um sie und hielt sie fest. Es wurde Zeit, dass Wolf sich daran gewöhnte, Kait in seinen Armen zu sehen. Sie würde den Großteil ihrer Zeit dort verbringen, wenn es nach Cosky ging.

Dann lehnte er den Kopf zurück und sah nach oben.

Er konnte Wolfs kaltes, hartes Gesicht erkennen, dessen dunkle Augen schockiert wirkten. Im nächsten Augenblick kniff er sie auch schon zusammen und musterte Cosky angespannt. Da wurde Cosky erst bewusst, dass er den Kerl deutlich erkennen konnte.

Mit beiden Augen.

Er blinzelte und sah noch schärfer. Dann schloss er das Auge und betastete es vorsichtig. Die Schwellung war komplett verschwunden. Ebenso der Schmerz. Als er das Auge wieder aufschlug, konnte er sogar noch besser sehen.

Heilige Scheiße. Sie hatte es wirklich geschafft. Sie hatte sein Auge geheilt.

In sechs Sekunden.

Einfach unglaublich.

# Kapitel 19

Mac rutschte unruhig auf dem Sitz von Zanes Minivan hin und her, und seine Haut prickelte, da er Amys Körperwärme auf seiner linken Seite spürte.

»Kannst du zu meinem Wagen fahren? Ich habe ein paar Blocks vom Labor entfernt geparkt, daher wurde mein Auto hoffentlich noch nicht entdeckt«, sagte Amy.

»Mich können Sie auch irgendwo absetzen«, murmelte Faith.

Rawls schnaubte. »Wohl kaum, Schätzchen. Sie sind bei uns vorerst sicherer.«

»Sicherer?« Faiths Stimme wurde lauter. Im Augenwinkel sah Mac, wie sie sich vorbeugte und leicht drehte, damit sie Rawls besser ansehen konnte. »Sie haben diese Männer umgebracht!«

Jetzt schnaubte Mac. »Ist es Ihnen vielleicht entgangen, dass die zuerst geschossen haben? Oder«, seine Stimme wurde härter, »dass wir Ihnen den Arsch gerettet haben? Ohne uns wären Sie jetzt tot oder in deren Gewalt, was auch nicht viel besser wäre.«

Da sagte sie nichts mehr.

»Was ist mit meinem Wagen?«, hakte Amy nach.

»Das ist keine gute Idee«, erwiderte Zane nach einem Moment. »Selbst wenn sie dein Auto noch nicht entdeckt haben, könnten sie in der Gegend alles überwachen. Wir können das Risiko nicht eingehen, dich zu deinem Wagen zu bringen.«

Zane sah Mac an. »Ruf Wolf an. Wir brauchen ein sicheres Versteck. Außerdem muss Jillian diesen Scheißkerl identifizieren. Wir müssen sichergehen, dass er wirklich der Mann ist, der ihre Kinder umgebracht hat.«

Daraufhin herrschte Totenstille im Van. Mac spürte, wie Amy ihren schlanken Körper verspannte.

»Ihre Kinder?«, fragte sie leise.

»Ja. Wir haben Russ Bransons Schwester gefunden. Es sieht ganz danach aus, als hätte dieser Kerl«, Mac deutete mit dem Kinn auf den Mann, der zusammengesunken an der Tür lehnte, »ihre Familie ermordet. Sobald sie nicht mehr von Nutzen waren, wurden sie alle eliminiert. Zumindest hatten sie das vor. Bransons Schwester ist ihnen entkommen.«

»Aber sie haben ihre Kinder getötet.« Sie musterte den Bewusstlosen mit einem eisigen Blick. »Warum?«

Mac sah Pachico mit hartem Lächeln an. »Genau das werde ich den Mistkerl fragen, wenn er endlich aufhört, sich tot zu stellen.«

»Und, was ist mit Ihnen, Süße?«, fragte Rawls. »Möchten Sie uns nicht erzählen, was in aller Welt Sie mitten in der Nacht unter dieser Maschine zu suchen hatten?« Er hielt einen Moment inne und fügte dann hinzu: »Und warum alle glauben, Sie wären tot.«

Zumindest tat die Wissenschaftlerin nicht so, als hätte sie die Frage nicht gehört. »Nein«, antwortete sie höflich. »Eigentlich nicht.«

Rawls lachte auf, während Mac die Sache überhaupt nicht lustig fand. »Lady, wir haben Ihnen da drin den Arsch gerettet. Sie sind uns ein paar Antworten schuldig,«

»Wie kommen Sie auf die Idee?« Ihre Stimme blieb unbewegt und höflich distanziert. »Ich hatte da etwas zu erledigen, und Sie haben sich eingemischt. Nach allem, was ich weiß, könnten diese Leute, die Sie getötet haben, Ihnen gefolgt sein, weil Sie eigentlich die Bösen sind.«

»Glauben Sie mir, wir sind die Guten, Schätzchen«, versicherte ihr Rawls. »Aber unsere weißen Rüstungen passen nun mal nicht gut zu den Nachtsichtgeräten.«

Faith schnaubte.

Amy setzte sich ein wenig anders hin und berührte mit dem Ellbogen Macs Arm. Sofort wurde ihm an der Stelle und auch im Schritt sehr warm.

»Verraten Sie mir eins, Dr. Ansell«, schaltete sich Amy auf einmal mit ruhiger Stimme ein. »Hatten Sie vor sechs Monaten ebenfalls einen Platz in Flug 2077 von Seattle nach Honolulu gebucht?«

Selbst von seinem Platz auf Amys anderer Seite konnte Mac sehen, wie die Frau erstarrte.

»Ja. Und?«

»Das hatten die beiden Männer auf den vorderen Sitzen auch. Darf ich Ihnen Lieutenant Commander Zane Winters und Seth Rawlings vorstellen, denen Sie es verdanken, dass Sie am Leben oder zumindest in Freiheit sind?«

Faith beugte sich leicht vor. »Sie waren die SEALs, die die Flugzeugentführung verhindert haben«, sagte sie langsam.

»Ja«, bestätigte Amy.

»Können Sie das Licht einschalten, damit ich Ihre Gesichter sehen kann?«

Zane schaltete die Innenbeleuchtung ein und drehte sich auf seinem Sitz, damit sie ihn besser anschauen konnte.

Einige Sekunden lang herrschte Schweigen. Schließlich räusperte sich Faith.

»Ich habe in der Zeitung gelesen, dass Ihrer Meinung nach mehr hinter der Flugzeugentführung steckte, als das FBI und das Heimatschutzministerium zugeben wollten. Dass die Männer, die das geplant hatten, es gar nicht auf das Flugzeug, sondern auf einige Passagiere aus der ersten Klasse abgesehen hatten.«

»Was das FBI ins Lächerliche gezogen hat, und da wir die Namensliste nicht haben, können wir auch nichts beweisen«, sagte Zane, und Mac konnte die Frustration in der Stimme seines LCs hören.

»Aber in der ersten Klasse saßen nur die Wissenschaftler«, murmelte Faith.

»Davon sind wir ausgegangen«, bestätigte Zane.

»Wissen Sie, wer hinter der geplanten Entführung steckt?«, fragte sie schließlich.

»Nein.« Macs Stimme klang angespannt. »Aber ich gehe davon aus, dass uns unser neuer Freund hier einiges dazu erzählen kann, wenn er aufwacht.«

Er starrte Pachico an, der noch immer in sich zusammengesunken dalag. Aber der Mistkerl war klug und stellte sich vielleicht nur tot. Er musste wissen, dass Rawls die Tür- und Fenstersteuerung vom Fahrersitz aus kontrollieren konnte. Ohne einen Fluchtweg hatte das Arschloch vielleicht beschlossen, noch eine Weile so zu tun, als wäre er ausgeknockt.

»Tja, ich weiß auch nicht, wer dahintersteckt«, erklärte Faith schließlich, »aber ich habe da so eine Ahnung, worauf sie es abgesehen hatten. Und ich gehe davon aus, dass sie es jetzt haben.«

»Möchten Sie uns nicht aufklären?«, knurrte Mac, als die Frau nicht weitersprach.

»Na ja, bisher ist es nur so eine Theorie«, gestand sie. »Ich habe noch keine Beweise.«

»Willkommen im Klub, Süße«, sagte Rawls grimmig. »Warum erzählen Sie uns nicht erst mal, wieso Sie nicht tot sind? Anscheinend waren Sie nicht im Labor, als es explodiert ist.«

»Stimmt.« Sie hustete. »Allerdings hat sich niemand im Labor aufgehalten, als es in die Luft geflogen ist. Zumindest niemand, der noch am Leben war.«

Amy verlagerte erneut das Gewicht, aber dieses Mal schaffte es Mac, sich auf die Unterhaltung zu konzentrieren und nicht auf die Wärme, die sich auf seiner Haut und in seinem Schritt ausbreitete. »Es war niemand im Labor, als es explodiert ist?«

»Keine Menschenseele. Sie haben ein halbes Dutzend Leichen hingebracht, eine für jeden, der dort sein sollte.«

»Augenblick mal«, meinte Zane. »Sie waren da? Sie haben gesehen, was passiert ist?«

»Nicht alles, aber genug, um die Einzelteile zusammenzusetzen«, erwiderte Faith angespannt. »Und wenn ich so zurückblicke, hat es eigentlich schon nach der versuchten Flugzeugentführung angefangen.

Wir hatten zwei Sicherheitsleute, Tony und Jimbo. Da unsere Arbeit nicht besonders gefährlich ist und nicht unbedingt geschützt werden muss, hatten die beiden vor allem das Tor und die Kameras im Auge zu behalten und die Lkws zu den Laderampen zu geleiten. Alles nur Kleinkram, wenn Sie verstehen.«

»Dann war Ihre Forschung nicht besonders geheim?«, fragte Rawls und klang verwirrt.

Mac ging es genauso. Was in aller Welt hatten diese Schweine gewollt, das nicht einmal streng geheim oder unter Verschluss war?

»Ähm … Doch, das war sie, andererseits aber auch nicht«, entgegnete Faith und seufzte. »Ich glaube, ich sollte noch etwas früher anfangen.«

»Bitte.« Macs knappe Erwiderung klang fast schon verzweifelt.

»Okay, gut. Ich schätze, alles fing mit Dr. Benton an. Er war im Grunde genommen unser Boss und hat das Projekt begründet. Sein Vater hatte vor sechzig Jahren als Praktikant bei Dr. Fredric Poole mit am neuen Energieparadigma gearbeitet, bevor Dr. Poole ermordet wurde und seine Forschungsunterlagen verschwanden.«

»Neue Energie?«, fragte Zane interessiert.

»Ja, das Projekt zielte darauf ab, eine saubere erneuerbare Energiequelle zu finden. Eine preiswerte erneuerbare Energiequelle.«

»Wofür sollte die Energie verwendet werden?«, wollte Rawls wissen.

»Für alles«, erwiderte sie schlicht. »Sie hätte Benzin, Diesel, Kohle, Erdgas, die Atomenergie und die Elektrizität ersetzen sollen. Sie hätte absolut alles mit Strom versorgt, vom einfachen Haushaltsgerät bis hin zu Flugzeugen und Autos, und das für einen vernachlässigbaren Preis, sobald der Apparat entwickelt worden wäre.«

Mac schüttelte den Kopf. Das klang nach einem verdammt guten Grund, um eintausend Sicherheitsleute einzustellen und auch nach einem verdammt guten Grund für einen Massenmord oder eine Flugzeugentführung.

»Wo genau soll diese Energie herkommen?«, erkundigte sich Mac.

»Aus dem Universum oder dem Sonnensystem.« Sie schwenkte den Arm durch die Luft und traf Amy dabei. Nach einer kurzen Entschuldigung sprach sie weiter. »Die Energie ist bereits da. Und sie ist unendlich. Alles, was wir tun müssen, ist, sie anzuzapfen.«

»Dann hat Ihr Dr. Benton an diesem Apparat gearbeitet? Er hat die Forschung fortgesetzt, die sein Vater und Dr. Poole begonnen hatten?« Mac beschloss, sich über diese beiden Männer schlauzumachen, und da fiel ihm noch etwas anderes ein. »Sie sagten, Dr. Poole wäre ermordet worden und seine Forschungsunterlagen wären verschwunden. Wie hat Dr. Benton senior überlebt?«

»Dr. Bentons Vater hat überlebt, weil Dr. Poole verdammt paranoid gewesen ist.« Die Wissenschaftlerin machte eine Atempause. »Anscheinend war Dr. Poole überzeugt davon, dass es in der Vergangenheit bereits mehrere andere Durchbrüche bei der Erforschung dieser Technologie gegeben hatte. Allerdings wurde jedes Mal eingegriffen, und man hat die fraglichen Wissenschaftler entweder zum Stillschweigen verdonnert oder gleich ganz diskreditiert, während ihre Forschungsunterlagen beschlagnahmt wurden. Oder sie wurden umgebracht und ihre Unterlagen verschwanden.«

»Das klingt ziemlich weit hergeholt, finden Sie nicht?«, meinte Zane skeptisch.

Faith kicherte leise. »Das habe ich auch gedacht, bevor das alles passiert ist.«

»Okay.« Amy klang eher interessiert als ungläubig. »Dann war dieser Poole also paranoid. Wie hat das dazu geführt, dass Dr. Benton senior überlebt hat und die Forschung fortsetzen konnte?«

»Im späteren Verlauf seiner Forschung war Poole mehr und mehr überzeugt davon, dass er beschattet und überwacht wurde. Das war in den 50er-Jahren, während Gettys Terrorregime, und es waren immer mehr Gerüchte im Umlauf, er wäre ein Terrorist und seine Forschung würde sich um eine Waffe drehen, die er gegen Amerika einzusetzen gedachte. Er drängte Dr. Bentons Vater nicht nur dazu, zu kündigen, sondern ihn außerdem noch zu denunzieren, daher hatte Dr. Benton das Team bereits verlassen, als gegen Dr. Poole vorgegangen wurde, und arbeitete im Bereich der Atomenergie. Dr. Poole überzeugte Benton, sich vom ihm loszusagen, damit zumindest ein Teil der Forschung den sich anbahnenden Sturm überstände. Es stellte sich heraus, dass ihn sein Instinkt nicht getrogen hatte. Seine Labore wurden geschlossen, seine Forschung wurde konfisziert, und er wurde verhaftet und wegen Verrats vor Gericht gestellt. Aber noch vor der Urteilsverkündung fand man seine Leiche. Er hing am Ventilator in seinem Wohnzimmer, und sein Tod wurde als Selbstmord eingestuft.«

»Lassen Sie mich raten«, meinte Mac trocken. »Seine Forschungsunterlagen waren verschwunden.«

»Und sie sind nie wieder aufgetaucht.«

Zane drehte sich auf seinem Sitz um und sah sie an. »Und Benton wurde nie überprüft?«

»Doch, natürlich, aus diesem Grund hat Dr. Benton senior die Forschung auch nie fortgesetzt. Stattdessen hat er sie an seinen Sohn weitergereicht. Selbst Dr. Benton junior hat die Forschung noch unter anderer Flagge fortgesetzt. Offiziell arbeiteten wir an einer Methode, mit der die Überführung von Energie vereinfacht werden sollte. Niemand wusste, dass wir eigentlich Dr. Pooles Solarenergieapparat gebaut haben.«

»Irgendjemand muss es aber gewusst haben«, korrigierte Mac sie. »Für eine Forschung, wie Sie sie beschreiben, müssen beachtliche Mittel zur Verfügung gestellt werden. Wer hat das Labor finanziert?«

»Dynamic Enterprises«, gab Faith zu.

Diese Information überraschte Mac nicht im Geringsten. Schließlich waren die meisten Wissenschaftler mit Erste-Klasse-Tickets auf dem Weg zur Jahrestagung dieses Unternehmens gewesen.

»Aber Gilbert … Dr. Benton«, korrigierte sie sich, als Amy sie verwirrt ansah, »hat Leonard Embray, dem Geschäftsführer von Dynamic Enterprises, vollkommen vertraut. Und außer ihm hätte niemand wissen dürfen, woran wir gearbeitet haben.«

Mac runzelte die Stirn und fragte sich, ob Embray vielleicht selbst hinter der ganzen Sache steckte. Über den Mann war nur wenig bekannt, aber als Geschäftsführer eines der größten Unternehmen der Welt hatte er auf jeden Fall genug Geld und Macht, um so etwas durchzuziehen.

Aber warum sollte sich der Mann all diese Mühe machen? Die Forschungsergebnisse gehörten ihm ja ohnehin schon. »Warum wollten Sie nach Hawaii fliegen?«

»Weil wir einen funktionierenden Prototyp des Apparats hatten, den wir ihm zeigen wollten, aber unter dem Vorwand, dass wir die Tagung dort besuchen und weitere Geldmittel akquirieren wollten.«

Es herrschte Schweigen im Wageninneren.

Zane brach es als Erster. »Sie wollen uns also erzählen, dass Sie diesen neuen Energieapparat tatsächlich gebaut haben, etwas, das die Technologie der Welt verändern und jede Art der heutigen Stromversorgung überflüssig machen würde?«

»Ja«, antwortete sie leise. »Wir hatten den Prototyp bei dem Flug dabei.«

»Großer Gott.« Rawls pfiff leise und schüttelte den Kopf. »Mit anderen Worten: Die Liste unserer Verdächtigen ist gerade endlos lang geworden und beinhaltet nun jedes Energieunternehmen auf der ganzen Welt sowie deren Rohstofflieferanten.«

»Sieh's doch mal von der positiven Seite«, meinte Amy ironisch, »wenigstens haben wie jetzt eine Liste mit Verdächtigen.«

Mac schüttelte den Kopf und hatte eine finstere Miene aufgesetzt. Im Moment standen auf ihrer Liste mehrere Hundert der mächtigsten, einflussreichsten Männer Amerikas. Die Art von technischer Revolution, über die sie hier sprachen, würde jeden einzelnen von ihnen in den Bankrott treiben.

Daher ergab es durchaus Sinn, dass sie sich zusammengetan hatten, um dafür zu sorgen, dass diese Technologie nie realisiert wurde, oder um sie unter ihre Kontrolle zu bekommen und zu ihrem eigenen Vorteil zu nutzen.

»Sie hatten sie also im Flugzeug dabei«, sagte Mac, als die Wissenschaftlerin offenbar nicht weitersprechen wollte.

Während er darauf wartete, dass sie die Geschichte weitererzählte, drehte er sich um, bis er zu Pachico hinüberblicken konnte, und schob den Mann gegen die Seitentür, um sicherzugehen, dass die Plastikfesseln an den Händen und Füßen des Mannes nicht verrutscht waren. Der Kerl verspannte sich für einen Sekundenbruchteil, um sofort wieder zu erschlaffen, aber es war zu spät.

»Netter Versuch«, meinte Mac zu ihm, nachdem er sich vergewissert hatte, dass die Fesseln fest genug saßen. Aber Pachico konnte warten, zumindest vorerst. Die Wissenschaftlerin war wirklich ein Quell an Informationen.

»Ja …« Faith schwieg einige Sekunden lang. »Die versuchte Flugzeugentführung hat uns schockiert. Wir hatten zwar keine Ahnung, ob es etwas mit uns zu tun hatte, aber … Danach waren Sie mit Ihrer Geschichte in den Nachrichten, und Sie haben immer wieder behauptet, die Flugzeugentführung wäre nur ein Vorwand gewesen und man hätte eigentlich sieben Passagiere aus der ersten Klasse entführen wollen … Da wussten wir Bescheid. Wir wären zu siebt nach Hawaii geflogen.«

»Und Sie hielten das nicht für wichtig genug, um sich zu melden und sich erkennen zu geben?«

»Wie hätten wir das tun sollen, ohne zuzugeben, woran wir gearbeitet und was wir geschaffen hatten? Ihnen sollten die Auswirkungen doch jetzt klar sein. Der Prototyp war noch immer in unserem Besitz. Wir waren weiterhin verletzlich. Leonard Embray, der Gründer von Dynamic Enterprises, hätte vielleicht die Ressourcen gehabt, um uns zu unterstützen, aber wir waren auf uns allein gestellt und hatten keine Ahnung, wem wir vertrauen und an wen wir uns wenden konnten.«

»Und Sie konnten nicht zum FBI oder zum Heimatschutzministerium gehen, weil …«

»Sie haben immer wieder behauptet, die Agencys seien kompromittiert worden und man könne ihnen nicht trauen«, entgegnete Faith. »Aber wir konnten uns auch nicht an Sie wenden, weil die Medien derart auf Sie konzentriert waren. Die Gefahr war viel zu groß, dass Sie überwacht wurden und dass man uns erkannt hätte, wenn wir auf Sie zugegangen wären.«

»Also haben Sie im Grunde genommen gar nichts getan«, fauchte Mac. »Und uns im Regen stehen lassen.«

»Sie können mir glauben, dass wir ohne Ende Besprechungen bezüglich unserer Lage hatten«, meinte sie, und Mac konnte die Resignation in ihrer Stimme hören.

»Aber Sie haben nichts getan«, erwiderte er grimmig.

»Kann man so sagen.« Sie klang nicht, als würde es ihr leidtun.

»Lassen Sie uns das mal kurz rekapitulieren«, meinte Zane. »Sie sagen, Embray hätte von Ihrer Forschung gewusst und sie sogar finanziert. Warum in aller Welt haben Sie sich nicht an ihn gewandt? Er hat doch genug Ressourcen, um das ganze Projekt zu beschützen. Himmel noch mal, er hätte Sie alle in irgendein Versteck schaffen können.«

»Wir haben ja auch versucht, ihn zu erreichen, aber seit der versuchten Flugzeugentführung war er für uns nicht mehr zu sprechen.«

»Verdammte Scheiße«, murmelte Mac und knetete seine Stirn, da er auf einmal höllische Kopfschmerzen bekam. »Wollen Sie damit sagen, dass er verschwunden ist oder dass er den Kontakt zu Ihnen abgebrochen hat?«

»Das wissen wir nicht«, erwiderte Faith angespannt. »Die Privatnummer, die Dr. Benton erhalten hatte, existierte nicht mehr, und als Dr. Benton versucht hat, ihn über die normalen Kanäle zu erreichen, erfuhr er nur, dass Embray nicht zu sprechen wäre. Abgesehen davon, dass wir nach der versuchten Flugzeugentführung keinen Kontakt zu ihm aufnehmen konnten, wurde er seitdem auch nicht mehr in der Öffentlichkeit gesehen.«

Mac schnaubte. »Der Kerl ist sehr auf seine Privatsphäre bedacht und geht kaum vor die Tür.«

»Das stimmt«, bestätigte Faith, »aber er hätte bei der Jahrestagung einen Vortrag halten sollen, wie er es jedes Jahr tut. Das ist einer seiner wenigen öffentlichen Auftritte. In diesem Jahr hat er abgesagt. Er ist auch nicht bei dem Grundsatzreferat erschienen, das er der Abschlussklasse der Universität von Washington für dieses Jahr zugesagt hatte.« Sie hielt inne und lehnte sich zurück. »Das mag nur ein Zufall sein, aber Dr. Benton war überzeugt davon, dass ihm etwas zugestoßen ist.«

Mac runzelte die Stirn und warf Pachico erneut einen Blick zu. Der Kerl tat noch immer so, als wäre er bewusstlos. Das sollte ihm nur recht sein, dann musste er sich vorerst nicht um ihn kümmern.

»Glauben Sie, dass er tot ist?«

»Ich weiß es nicht. Dr. Benton ist davon ausgegangen.«

»Warum in aller Welt wurde sein Verschwinden dann verschwiegen, und warum ist keine Leiche aufgetaucht?«

Sie seufzte. »Gilbert glaubte, das läge an der Art, wie Dynamic Enterprises aufgebaut ist, und dass sein Tod es demjenigen, der hinter alledem steckt und der die Macht ergreifen will, unmöglich gemacht hätte, seinen Platz einzunehmen.«

»Mit anderen Worten: Sie halten die Illusion, dass der Mann noch am Leben ist, aufrecht, um die Kontrolle über das Unternehmen zu behalten?«

»Das hat zumindest Gilbert gedacht.« Sie klang allerdings so, als wäre sie selbst nicht unbedingt überzeugt davon, sondern eher skeptisch.

Anscheinend war Mac nicht der Einzige, der diesen Eindruck hatte, da Zane die Frage stellte, bevor Mac es konnte. »Aber Sie glauben das nicht?«

Sie seufzte schwer. »Ich habe keine Ahnung. All das schien so weit hergeholt, so ... paranoid zu sein. Aber dann ist das mit Tony und Jimbo passiert und das Labor brannte.«

Tony und Jimbo ... Mac dachte an den Beginn der Unterhaltung zurück. »Tony und Jimbo? Die beiden Sicherheitsleute, die Sie erwähnt haben?«

»Genau. Dr. Benton hatte jeden von uns persönlich ins Boot geholt. Mich hat er direkt von der Universität rekrutiert. Ich hatte dort für ihn gearbeitet. Er hatte eine ähnlich persönliche Beziehung zu jedem anderen seiner Mitarbeiter.«

Das ergab Sinn. Er hatte sichergehen müssen, dass er ihnen vertrauen konnte. »Dann hat er die beiden Sicherheitsleute auch selbst ausgesucht?«

»Ja, er kannte sie schon seit ihrer Kindheit. Sie waren absolut verlässlich und vertrauenswürdig. Aber vor zwei Wochen sind sie bei einem Autounfall ums Leben gekommen, als sie aus einer Kurve getragen wurden und eine Böschung heruntergestürzt sind. Sie waren beide sofort tot. Laut der Autopsieberichte hatten sie sehr viel Alkohol im Blut.«

»Und warum kam Ihnen das verdächtig vor?«, wollte Zane wissen.

»Weil Tony allergisch gegen Alkohol war. Bei einer Weihnachtsfeier vor ein paar Jahren mussten wir ihn sogar ins Krankenhaus bringen, nachdem er ein Stück Früchtekuchen gegessen hatte, der angeblich alkoholfrei gewesen war. Sein Gesicht war total aufgequollen, und er hatte noch Tage später einen schrecklichen Juckreiz.«

»Und jemand, der allergisch gegen Alkohol ist, der betrinkt sich nicht mal eben«, begriff Zane und schüttelte den Kopf. »Das war nachlässig. Sie hätten vorher überprüfen müssen, ob der Mann regelmäßig was trinkt.«

»Da haben Sie recht«, stimmte ihm Faith zu. »Ein paar Tage später tauchten zwei neue Sicherheitsleute auf, die von Dynamic Enterprises geschickt worden waren. Allerdings konnte Dr. Benton Embray nicht erreichen, um sich ihre Einstellung bestätigen zu lassen. Und als er versucht hat, sie zu entlassen, wurde ihm höflich mitgeteilt, dass unsere Finanzierung davon abhing, dass sie weiterhin bei uns arbeiteten.«

»Und Ihr Projektleiter hat das einfach akzeptiert?« Das war überaus unwahrscheinlich, wenn der Mann wirklich so paranoid war, wie sie behauptete. Er wäre an dessen Stelle sofort gegangen. Der einzige Grund, warum er nach der versuchten Entführung und dem Fiasko mit den Feds nicht das Handtuch geworfen hatte, war, dass man sein Team an den Eiern hatte. Und er hätte Rawls, Cos oder Zane niemals im Stich gelassen. Außerdem war da noch McKay.

Irgendjemand musste für McKays Tod bezahlen.

»Natürlich hat er das nicht akzeptiert. Er hat uns sofort gesagt, dass er das Projekt einstellen wird und dass wir uns einen neuen Job suchen sollen. Aber als er seine Kündigung eingereicht hat, wurde ihm mitgeteilt, dass er und das ganze Team in diesem Fall Persona non grata in der gesamten wissenschaftlichen Gemeinde sein würden.«

»Daher hat er nachgegeben«, erkannte Mac und fühlte sich unerwarteterweise verbunden mit dem Wissenschaftler. Der arme Kerl war aus den gleichen Gründen zu Gehorsam gezwungen worden wie Mac. Er hatte sein Team beschützt.

»Er hat gar nicht erst die Chance bekommen, einen Rückzieher zu machen«, berichtete Faith angespannt. »Später an diesem Tag haben die neuen Sicherheitsleute einen Lieferwagen reingelassen. Der war jedoch voller bewaffneter Männer. Sie haben uns alle zusammengetrieben, Marcy, Angel und Bekka, unsere Büroangestellten, sowie Julio, den Hausmeister, getötet. Danach wurden wir alle in den Wagen getrieben und sie haben sieben Leichen ausgeladen. Fünf Männer und zwei Frauen.«

Mac fluchte leise. »Gehe ich recht in der Annahme, dass Ihr Forschungsteam aus fünf Männern und zwei Frauen bestand?«

Sie sagte nichts, aber ihr Schweigen war Bestätigung genug. Also hatte man das ganze Forschungsteam gekidnappt und seinen Tod vorgetäuscht, damit niemand nach diesen Leuten suchte. Zweifellos wurden gerade die Autopsieberichte gefälscht, damit sie zu den Personen passten, die angeblich bei der Explosion ums Leben gekommen waren.

Das war auf schreckliche Art und Weise ein brillanter Plan. Nun stand ihnen das ganze Team zur Verfügung. Sie konnten entweder dafür sorgen, dass die Forschungsergebnisse verschwanden, oder sie konnten die Technologie beenden und sicherstellen, dass sie die Rechte, das Patent und die Kontrolle darüber behielten.

Aber sie mussten irgendwo einen Fehler gemacht haben, da eine Wissenschaftlerin entkommen war. »Wie haben Sie es geschafft, dem Schicksal Ihrer Kollegen zu entgehen?«

»Das war reiner Zufall«, antwortete sie nach einem Moment und seufzte. »Ich lese beim Mittagessen und in den Pausen gern. Aber der Pausenraum ist zu voll und zu laut, daher hatte ich dieses … nun ja, gewissermaßen ein Nest hinter den Kartons in einem der Wandschränke. Da standen ein paar Stühle, und ich bewahrte einige Bücher und persönliche Dinge dort auf. Ich hielt mich gerade dort hinten auf und packte meine Sachen ein, als der Lieferwagen ankam.«

»Und man hat nicht nach Ihnen gesucht?«, wollte Zane wissen, der ebenso misstrauisch zu sein schien wie Mac.

»Gilbert hat mich auf dem Handy angerufen, als sie reinkamen, und sein Telefon hinter der Zentrifuge versteckt. So konnte ich alles mit anhören. Er hat ihnen erzählt, ich wäre früher nach Hause gegangen. Als sie das Gebäude durchsucht haben und mich nicht finden konnten, müssen sie ihm geglaubt haben. Ich habe in dem Labor, in dem er das Handy versteckt hat, sehr viel Bewegung gehört, und dann sagte einer der Männer, dass Charlie mich zu Hause auch nicht angetroffen hätte. Der andere Kerl erwiderte, dass das egal wäre. Falls ich mich noch im Gebäude aufhielt, würde die Explosion mir den Garaus machen. Wenn ich draußen herumlief, würden sie mich früher oder später finden. Sobald sie weg waren, habe ich mich zur Hintertür rausgeschlichen, bin mit dem Bus in die Stadt gefahren, habe mir ein Motelzimmer genommen und bar bezahlt.«

Mac schwieg. Die Art von Forschung, die sie beschrieben hatte, war revolutionär. Ja, dafür würden manche Menschen töten. Und sie würden nicht damit aufhören.

»Es gibt offensichtlich eine Verbindung zwischen Dynamic Enterprises und dem, was im Labor passiert ist … nicht zu vergessen Flug 2077 im letzten Frühling. Aber das ergibt doch alles keinen Sinn. Warum haben sie nicht gleich alle aus dem Labor entführt? Warum wollten sie sich die Mühe mit diesem verdammten Flugzeug machen?«

Rawls sah die Wissenschaftlerin im Rückspiegel an. »Warum haben Sie sich wieder ins Labor geschlichen? Was haben Sie da unter der Maschine gemacht?«

Einen Moment lang machte es den Anschein, als würde sie darauf nicht antworten wollen. Dann zuckte sie jedoch mit den Achseln. »Unter der Maschine sollte eine Sicherungskopie mit unseren Forschungsunterlagen kleben.«

Die Frustration in ihrer Stimme war ein eindeutiges Zeichen dafür, dass die Kopie nicht mehr da gewesen war, aber Mac fragte trotzdem. »Und die Kopie war weg?«

Sie stieß die Luft aus und nickte.

Zanes Handy klingelte, und er holte es aus der Tasche. »Das ist Wolf.« Er nahm das Handy ans Ohr, ließ sich Cosky geben und berichtete ihm dann schnell alles, was sie in Erfahrung gebracht hatten. Nachdem er einige Minuten lang zugehört hatte, ließ er das Handy sinken. »Cosky sagt, Wolf ist sauber. Anscheinend hat er ein Haus, wo uns niemand finden kann. Er schickt uns die Koordinaten.« Sein Handy klingelte wieder. »Scheiße«, sagte er dann. »Das ist in der Sierra Nevada. Da sind wir bestimmt vierzehn Stunden unterwegs.«

Mac schwieg und dachte nach. »Er hat sein Okay gegeben? Gestern wollte er den Kerl doch noch umbringen.«

Zane zuckte mit den Achseln. »Das hat er zumindest gesagt.«

»Verdammt«, meinte Mac nach einer Sekunde. »Das wäre perfekt. Niemand bringt den Mann mit uns in Verbindung, daher wird dort auch niemand nach uns suchen. Außerdem ist Russ' Schwester längst dort. Ist er einverstanden, dass wir dahin kommen?«

»Sieht ganz danach aus«, erwiderte Zane. »Wir müssen uns schnell entscheiden. Es wird nicht lange dauern, bis die Kumpel unseres neuen besten Freundes sich auf die Suche nach ihm machen.«

»Ist das richtig, Pachico? Werden Ihre Freunde nach Ihnen suchen?«

Dieses Mal verspannte sich der Mann nicht, als Mac ihn berührte. Aber Mac wusste ganz genau, dass der Mistkerl wach war. Okay, dann sollte er ihnen eben noch länger was vorspielen. Sobald sie ihr Versteck erreicht hatten, würden sie dem Arschloch schon sämtliche Informationen aus der Nase ziehen.

»Ist er wach?«, erkundigte sich Zane und sah über die Schulter.

»Davon gehe ich aus, aber der Kerl ist anscheinend schüchtern«, erwiderte Mac und grinste Zane an. »Wenn der Scheißkerl clever ist, dann denkt er die nächsten Stunden über die Tatsache nach, dass seine Bosse jetzt stinksauer sein werden. Ich gehe mal davon aus, dass es sich bei ihnen nicht um Männer handelt, die man gern verärgert, daher wäre es in seinem Interesse, alles auszuspucken und uns zu helfen, diese Schweine festzunageln, bevor sie das Gleiche mit ihm tun.«

Zane knurrte und drehte sich wieder um. »Amy, falls sie deinen Wagen gefunden haben, wissen sie, dass du heute Nacht auch mit dabei warst. Am besten nehmen wir dich und Dr. Ansell mit.«

»Wo sind deine Jungs?«, fragte Mac plötzlich und drehte sich zu der Frau um, die seit Monaten seine Träume heimsuchte.

Sie erstarrte und sah ihn mit ihren haselnussbraunen Augen an. »Sie übernachten bei einem Freund. Warum?«

Er schüttelte den Kopf. »Du musst jemanden anrufen und sie an einem sicheren Ort unterbringen. Vermutlich wirst du eine Weile weg sein.«

Amy hatte ihr Handy schon in der Hand und wählte.

Zane schüttelte den Kopf und hatte weiterhin eine finstere Miene aufgesetzt. »Ich habe ein ganz ungutes Gefühl. Sie wissen, dass wir im Labor waren und dass wir Pachico und Jillian haben. Diese Schweine werden sich nicht einfach zurücklehnen und darauf warten, dass wir zu ihnen kommen.«

Mac stimmte ihm mit einer Kopfbewegung zu. Er hatte das Gleiche gedacht. »Sie werden zurückschlagen.«

Zane nickte ernst. »Mit aller Kraft.«

# Kapitel 20

Jillian erwachte aus einem tiefen, narkotischen Schlaf, weil sie Stimmen hörte.

Viele Stimmen. Mehrere Tonlagen, aber keine verständlichen Worte.

Sie erkannte einige davon: Marcus Simcoskys ruhige, kalte Stimme, Kaits heisere, Zane Winters ruhige und auch die raue des Commanders. Aber da waren noch weitere Stimmen, die sie nicht kannte: die forsche, ernste, abgehackte Stimme einer Frau und noch eine andere Frauenstimme, die sich leiser, höher und weniger selbstsicher anhörte.

Jillian merkte erst, dass sie auf Wolfs Stimme gewartet hatte, als sie sie vernahm.

»Bringt ihn in die Küche.«

Seine Stimme klang so wild und kratzig, dass sie sie kaum wiedererkannte und sich sehr von seinem üblichen samtenen Baritonton unterschied.

»Werfen wir ihn doch einfach auf die Couch«, sagte Rawlings in dem Südstaatenakzent, den sie aus der Wohnung kannte. »Er tut so, als würde er schlafen, und spielt den nassen Sack.«

»Die Messer sind in der Küche. Da ist auch Wasser zum Saubermachen«, erwiderte Wolf mit derselben wilden Bösartigkeit wie zuvor.

Vor ihrer Tür waren schwere Stiefel zu hören, gefolgt von dem schabenden Geräusch von Schuhen, die über den Holzboden geschleift wurden.

»Das war nur Spaß, oder?«, fragte die Frau mit der forschen Stimme.

»Woher soll ich das denn wissen?« Der Commander klang nicht so, als würde ihn das sonderlich scheren.

Jillian streckte sich aus und legte den Kopf wieder auf die Kissen. Sie fühlte sich erstaunlich gut, und die Kopfschmerzen sowie der Schmerz in ihren Augen waren fort. Sie hob die Hand und betastete vorsichtig ihr linkes Auge.

Erschrocken stellte sie fest, dass die Schwellung verschwunden war. Ebenso wie der Schmerz. Sie schloss das rechte Auge und starrte das Ölbild an der Wand quer durch das dämmrige Zimmer an. Die Bergansicht war verschwommen, aber sie konnte sie erkennen.

Großer Gott. Sie konnte tatsächlich wieder sehen.

Wie lange hatte sie geschlafen?

Anscheinend lange genug, dass die Schwellung abgeklungen war und ihr Auge sich erholt hatte. Sie stand auf und ging ins Bad, um in den Spiegel zu sehen.

Aber sie hatte nicht vor, ihr Schlafzimmer zu verlassen.

Es konnte durchaus sein, dass die Männer, die gerade Wolfs Hütte betreten hatten, keine Schuld am Tod ihrer Kinder trugen. Aber sie hatten dennoch ihren Bruder umgebracht. Ihren Bruder, der sie geliebt hatte. Der seine Nichten und Neffen geliebt hatte. Der Steve nach dessen Tod so gut es ging ersetzt hatte. Ohne Russ hätte sie das Haus oder den Wagen nie halten können.

Es fühlte sich für sie wie ein Verrat an nach allem, was er getan hatte, wenn sie sich mit seinen Mördern anfreunden würde.

Wolf war anders. Und er hatte nicht direkt etwas damit zu tun.

»Jemand sollte Jillian wecken«, sagte Zane Winters direkt vor ihrer Tür. »Vielleicht erkennt sie ihn wieder.«

Jillian erstarrte, und ihr Herz klopfte auf einmal wie wild. Ihr fiel nur ein Mensch ein, den Zanes meinen konnte.

Rasch ging sie zu dem Stuhl neben dem Bett, auf den sie ordentlich zusammengefaltet ihre Kleidungsstücke gelegt hatte, und zog sich an.

Hatten sie einen der Männer gefunden, die ihre Kinder ermordet hatten? Vor lauter Aufregung hatte sie das Gefühl, als würde sich ein kaltes, hartes Gewicht in ihrer Brust festsetzen.

Anstatt das Messer an ihren Unterschenkel zu binden, so wie Wolf es getan hatte, nahm sie es in die Hand und zog ihren Ärmel darüber. Das Sweatshirt war ohnehin viel zu groß für sie, daher war das Messer nicht zu sehen.

Als sie durch die Tür kam, war der Flur leer.

»Jillian hat ihn als groß, dünn, mit braunen Augen und glatzköpfig beschrieben.« Wolfs eiskalte Stimme drang durch den Flur.

Langsam ging Jillian weiter.

»Die perfekte Beschreibung des falschen Detectives, oder nicht?«, meinte Mackenzie. »Nimm dir eins der Messer, und lass uns das Arschloch aufwecken.«

Mit jedem Schritt schien der Korridor länger zu werden, wie in einem dieser Spiegelkabinette auf dem Jahrmarkt, die gar nicht mehr aufzuhören schienen.

Die Stimmen aus der Küche schienen auch abwechselnd lauter und leiser zu werden, was ihr Gefühl, dass die Welt aus den Fugen geraten war, nur weiter verstärkte. Ihr war, als würde sie in der Schwerelosigkeit schweben und ohne Halteleine herumtaumeln.

»Er tut nur so«, sagte Wolf angespannt.

Auf einmal hatte Jillian ihre Halteleine, ihren Anker gefunden. Sie konzentrierte sich auf seine Stimme und ließ sich von ihr in die richtige Richtung leiten.

»Ach was«, fauchte Mackenzie.

»Er könnte wirklich bewusstlos sein«, meinte Rawlings. »Du hattest ihn eben im Wohnzimmer ganz schön im Würgegriff. Ich dachte schon, du drehst ihm einfach den Hals um.«

»Ihr habt noch immer Fragen«, stellte Wolf fest.

Alle schwiegen.

»Wir wären dir sehr verbunden, wenn du dich zurückhalten würdest«, sagte Rawlings misstrauisch.

»Es ist nicht meine Aufgabe, ihn zu erledigen.« Wolfs Stimme klang schon wieder so seltsam gefährlich.

»Wir wissen nicht mal, ob er wirklich der Mann ist, den wir suchen«, meinte die Frau mit der forschen Stimme. »Und hört auf, von ›erledigen‹ zu reden. Er wird den Behörden übergeben, sobald er unsere Fragen beantwortet hat.«

Keiner sagte einen Ton.

»Wir waren uns einig …«, begann die Frau.

»Mich hat keiner gefragt«, erklärte Wolf in seinem unnachgiebigen Tonfall.

Zum ersten Mal seit Monaten wurde Jillian warm in der Brust. Richtiggehend heiß sogar.

Als sie durch die Küchentür trat, wartete Wolf bereits auf sie und sah sie mit seinen samtenen dunklen Augen an.

»*Heneeceine3 betee*«, sagte er mit sanfter Stimme. »Erkennst du diesen Mann?

»Wie zum Teufel hat er sie gerade genannt?«, wollte Mackenzie wissen.

Seine Löwin. Er hatte sie »seine Löwin« genannt.

Die Wärme in ihrer Brust breitete sich immer weiter aus.

Sie legte die Finger enger um das Messer.

Auf einem der Küchenstühle war ein gefesselter Mann in sich zusammengesackt. Er war glatzköpfig. Sie konnte sehen, wie sein kahler Schädel über dem weißen Verband, der seinen Kopf wie eine Krone umgab, glänzte. Auf der rechten Seite des Verbands und auf seinem Gesicht waren Blutflecken zu sehen.

Ihr stockte der Atem, und ihr Hals wurde ganz trocken.

Wolf hakte seinen Stiefel hinter ein Stuhlbein und schob ihr den Stuhl hin. Das Kreischen des Plastikfußes auf dem Holzboden hallte durch ihren Kopf. Der Mann hatte seinen Glatzkopf gesenkt, sodass sein Kinn auf seiner Brust lag.

Aber sie erkannte ihn.

*»Wenn du tust, was man dir sagt, wird dir und den Kindern nichts passieren. Aber ein falscher Schritt und wir legen eins deiner Kinder um. Du wirst entscheiden, welches.«*

Wolf packte den Mann unter dem Kinn und zerrte seinen Kopf brutal nach oben. Auf einmal wachte der Kerl auf und zerrte an seinen Fesseln. Er wackelte mit dem Kopf, bis er sein Kinn befreit hatte. »Erkennst du ihn, Jillian?«

*»Runter auf den Boden. Und kein Wort. Halt ja die Klappe, verstanden?« Sein Glatzkopf glänzte im Licht der Garagenlampe. Leere braune Augen sahen ihr ins Gesicht. »Du machst das wirklich gut. Wenn du dich weiter so gut benimmst, wird euch nichts passieren.«*

Lügner.

Mörder.

»Ich würde sagen, das ist so nah an einem Ja, wie es nur geht«, murmelte Rawlings. Dann stockte er, machte einen Schritt auf Jillian zu und starrte ihr linkes Auge an. »Wow.«

Zane Winters sah sie auch kurz an, dann drehte er sich zu Cosky um und zog eine Augenbraue hoch. »Noch eine Wunderheilung?«

»Ich habe nicht die leiseste Ahnung, was ihr Clowns mir vorwerft«, sagte der glatzköpfige Mörder. Er musterte Jillian mit seinen ausdruckslosen braunen Augen und wandte den Blick dann ab. »Aber ihr habt gerade einen großen Fehler gemacht. Einen, der euer Tod sein wird. Ich arbeite undercover an einem Fall, und ihr habt mich gerade auffliegen lassen.«

Jillian trat einen Schritt näher.

»War das bevor oder nachdem du im Labor das Feuer auf uns eröffnet hast, du Arschloch?«, knurrte Mackenzie.

Der Mann klappte den Mund zu und sah Jillian abschätzend an. »Ihr verarscht mich doch, oder? Glaubt ihr etwa ihre Lügen? Die Frau ist verrückt. Das habt ihr selbst gesehen.« Er sah Marcus Simcosky an. »Um Himmels willen, sie hat auf dich geschossen und dann versucht, dich zu überfahren. Sie ist mit einem Messer auf deine Freundin losgegangen. Bei ihr sind gleich mehrere Schrauben locker.«

*»Wir brauchen ein paar Fotos, okay? Nichts allzu Schlimmes. Wir schießen nur ein paar Fotos, um deinen Bruder an das zu erinnern, was auf dem Spiel steht. Sei ein braves Mädchen und sag deinen Kindern, dass sie mitspielen sollen.«*

»Ist das der Mann, der Ihre Kinder getötet hat, Jillian?«, wollte die Frau mit der forschen Stimme und dem kurzen roten Haar wissen. »Sie müssen ihn identifizieren.«

Jillian klappte den Mund auf, aber ihre Kehle war so zugeschnürt, dass sie keinen Ton herausbrachte.

»Du bist stärker, als du denkst, *heneeceine3 betee*«, murmelte Wolf. Er packte das Kinn des Mannes erneut und drehte es so, dass sie ihn ansehen konnte. »Schau sie an.«

»Die Schlampe ist doch total durchgeknallt«, fauchte der Mann, der ihr die Babys genommen hatte. »Ich kann es nicht fassen, dass ihr den Scheiß glaubt, den sie von sich gibt. Vermutlich hatte sie nicht mal Kinder.«

Jillian hatte nicht einmal bemerkt, dass sie sich bewegt hatte.

In einer Minute stand sie noch in der Küchentür, in der nächsten befand sie sich schon direkt vor ihm.

*Jillian kniete auf dem kiesigen feuchten Boden inmitten ihrer Kinder. Sie sah, wie ihr Killer die Kamera sinken ließ und eine schwarze Waffe mit sehr langem Lauf hochhob. »Entschuldige, Schätzchen«, sagte er, als die erste Kugel einschlug und der Schmerz in ihrem Körper explodierte. »Es ist nichts Persönliches.«*

Ohne zu zögern hob sie das Messer und rammte es ihm in die Brust.

Genau an der Stelle, die Wolf ihr gezeigt hatte.

»Entschuldige, Schätzchen«, flüsterte sie. »Es ist nichts Persönliches.«

* * *

Cosky erstarrte und sah ungläubig mit an, wie das Messer bis zum Griff in die Brust des Mannes eindrang, der ihre größte Hoffnung darauf gewesen war, endlich Antworten zu bekommen. Eine Sekunde lang bewirkte der Schock, dass alle wie gelähmt waren. Sie konnten nicht fassen, was gerade passiert war.

Pachico – den richtigen Namen des Mistkerls kannten sie noch immer nicht – schien noch verblüffter zu sein als alle anderen. Er hatte den Mund und die Augen am weitesten aufgerissen. Sein Gesicht war ausdruckslos. Irgendwie schien der weiße Verband um seinen Kopf seine fassungslose Miene nur noch zu verstärken. Dann sackte er ganz langsam nach vorn. Er wäre mit dem Gesicht voraus auf den Boden gestürzt, wenn Cosky nicht einen Satz gemacht, sein Hemd am Rücken gepackt und ihn festgehalten hätte.

»Rawls!«, brüllte Cosky.

Dabei wusste er längst, dass es zu spät war. Ihr Sanitäter konnte nichts mehr tun, um den Mistkerl zu retten. Jillian hatte genau die richtige Stelle getroffen. Sie hatte die Klinge direkt zwischen den Rippen hindurch in die absteigende

Aorta getrieben. Falls sie durch ein Wunder die Aorta verfehlt hatte, hätte sie immer noch die Hohlvene getroffen. In jedem Fall würde Pachico innerhalb von Minuten, wenn nicht gar Sekunden verbluten.

Der Scheißkerl, auf den sie ihre größten Hoffnungen gesetzt hatten, war tot. Jetzt konnten sie nur noch beten, dass Rawls ihn lange genug am Leben halten konnte, damit er ihnen einige Fragen beantwortete.

»Was für eine gottverdammte Scheiße!«, brüllte Mac, der steif vor Zorn auf Jillian zumarschierte.

Mit einem großen Schritt hatte Wolf den Stuhl umrundet, Jillian an der Taille umfasst und hinter sich geschoben. Er drückte sie in die Ecke und baute sich vor ihr auf.

Mac blieb stehen, musterte Wolfs teilnahmsloses, regloses Gesicht, drehte sich ohne ein Wort zu sagen um und ging zu Cosky zurück.

Rawls hockte vor Pachico, der einfach nur dasaß und auf seine Brust herabblickte.

»Da ist kaum Blut«, flüsterte Faith. Ihr Blick ruhte auf dem Messergriff und dem sich langsam darum herum ausbreitenden roten Fleck. Ihr Gesicht wurde von Sekunde zu Sekunde blasser, sodass ihre Sommersprossen wie goldene Flecken hervorstachen. »Vielleicht können wir ihn noch rechtzeitig ins Krankenhaus bringen, wenn niemand das Messer herauszieht.«

Pachico hob langsam den Kopf. Seinem starren Blick nach hatte er erkannt, was die Wissenschaftlerin noch anzweifelte: dass er innerlich verblutete.

Rawls sprang auf und drehte sich zu Kait um, die wie versteinert und mit aschfahlem Gesicht auf der anderen Seite des Raums stand. »Kait …«

Cosky wusste sofort, was sein Freund beabsichtigte. »Nein!«, fauchte er und trat vor, um Kait den Weg zu versperren, falls sie auf dumme Gedanken kommen sollte.

Rawls strich sich mit den Fingern durchs Haar und wirbelte zu Cosky herum. »Verdammt noch mal, sie kann ihn retten. Sieh doch nur, was sie bei deinem Knie bewirkt hat. Und bei deinem Auge.«

»Nein«, wiederholte Cosky noch etwas lauter, allerdings war es eher an Kait als an Rawls gerichtet.

Die Verletzung war zu schwer, zu lebensbedrohlich. Kait würde sehr viel Energie aufwenden müssen, um eine solche Wunde zu heilen, und er würde auf gar keinen Fall zulassen, dass Kait derart viel Energie kanalisierte und sich für dieses Arschloch in Gefahr brachte.

»Wovon redet ihr zwei?«, fragte Mac und sah Cosky und Rawls wütend an. Danach trat er gegen Pachicos gefesselte Füße, bis der Mann aufsah. »Du verblutest, Kumpel. Jetzt wäre die beste Gelegenheit, um reinen Tisch zu machen. Wer bezahlt dich?«

Ein hässliches, amüsiertes Glitzern war in den braunen Augen zu erkennen. »Ihr armen Schweine habt ja keine Ahnung, wer hinter euch her ist. Aber ich lasse euch die Freude, das selbst herauszufinden.«

Rawls starrte Cosky an. »Mit ihm verlieren wir auch unsere beste Chance, herauszufinden, wer für all das verantwortlich ist und wer McKay ermordet hat. Verdammt, wir werden alles verlieren.«

Cosky knirschte mit den Zähnen, als ihm bewusst wurde, dass Rawls recht hatte. Nach allem, was ihm Zane über die Mission erzählt hatte, gab es dank der Wissenschaftlerin, die sie im Labor gerettet hatten, einige neue Hinweise. Aber mehr auch nicht, und keiner wusste, wie weit sie diese Hinweise bringen würden.

Pachico musste jedoch einige Namen kennen.

Er hatte Antworten.

Kait sah Cosky an, machte vorsichtig einige Schritte auf ihn zu und berührte seinen Arm. »Wir könnten es versuchen ...«

Er sah ihr in das blasse, bereitwillige Gesicht und schüttelte nur den Kopf. Da gab es für ihn kein Zögern. Er hätte eher seine Karriere und sein Leben als SEAL aufs Spiel gesetzt, als das Risiko einzugehen, Kait zu verlieren.

Rawls drehte sich zu Kait um.

»Ich kann ihm nicht helfen«, sagte sie, bevor Rawls den Mund auch nur aufmachen konnte. Sie sah Cosky nicht an, aber er wusste, dass sie das Gleiche dachten. Um eine derart schwere Verletzung zu heilen, musste sie ihre Gabe überstrapazieren, und das konnte sie nur mit Coskys Hilfe.

Zanes Blick wanderte zwischen Cosky und Kait hin und her, als wüsste er, dass da gerade etwas vor sich ging, um dann mit den Achseln zu zucken und sich vor Pachico auf den Boden zu hocken. »Du hast nichts davon, wenn du noch länger schweigst«, sagte er in einem vernünftigen Tonfall. »Wer zieht die Fäden? Warum haben sie die Wissenschaftler aus dem Labor entführt?«

»Macht euch deswegen keine Sorgen«, erwiderte Pachico, dessen Stimme schwächer wurde. »Sie werden euch finden.« Ihm fiel das Atmen immer schwerer. »Früher als ihr denkt«, keuchte er und bekam glasige Augen.

Cosky runzelte die Stirn. Was in aller Welt sollte das denn heißen?

Als Zane den Mann an der Schulter berührte, regte er sich nicht mehr.

Rawls drückte ihm die Finger an den Hals. Alle im Raum schwiegen. Nach einigen Sekunden stand er wieder auf.

»Er ist tot«, sagte er, und man konnte ihm seine Frustration ansehen.

Cosky wandte sich ab, als er den anklagenden Blick in den blauen Augen seines Freundes sah. Er bereute seine Entscheidung nicht.

»Verdammt.« Mac sah mit wütender Miene in die Ecke, in der Jillian an der Holzwand stand, abgeschirmt von Wolfs breitem Körper. »Du hast sie genau angesehen und musst das Messer bemerkt haben. Du hättest sie aufhalten können.«

Wolf starrte ihn ausdruckslos an. »Sie hatte jedes Recht, ihm das Leben zu nehmen. Er hat ihr fünf genommen.«

Leise fluchend legte Mac eine Hand in den Nacken und drehte sich um seine eigene Achse, als könnte er so die Wut loswerden. »Das bestreitet doch niemand, verdammt noch mal. Aber wir mussten mit ihm reden. Wir brauchen Antworten.«

Wolf verschränkte die Arme vor der Brust und schüttelte den Kopf. »Er hätte eure Fragen niemals beantwortet.«

Mac starrte ihn finster an. »Das weißt du nicht. Wir hatten sein Leben in der Hand, und das kann ein ziemlicher Anreiz sein.« Auf einmal legte Mac den Kopf schief und starrte Wolf misstrauisch an.

»Habt ihr auf der Fahrt hierher was aus ihm rausbekommen?«, wollte Cosky wissen.

»Nada«, antwortete Zane angewidert.

»Vielleicht gehörte das ja alles zu deinem Plan«, stieß Mac hervor. Er baute sich dicht vor Wolf auf, während er mit jeder Pore Feindseligkeit auszuströmen schien. »Vielleicht hast du zugelassen, dass sie ihn umbringt, weil er nicht reden sollte. Vielleicht steckst du ja bis zum Hals mit in dieser Scheiße und deine Einladung in dein Versteck war nur ein Ablenkungsmanöver, um uns in der Nähe zu behalten und sicherzustellen, dass wir nicht zufällig auf etwas stoßen.«

»*Tei'yoonoh'o.*« Das Wort troff nur so vor Abneigung.

Plötzlich runzelte Wolf die Stirn. Er wurde ganz still und legte den Kopf schief, als würde er lauschen.

Zane drehte sich zu Rawls um, der noch immer auf ihre tote Geisel herabstarrte. »Mach dir keine Vorwürfe. Den Mann hätte niemand mehr retten können.«

Rawls versteifte sich, und Cosky wusste, dass er es Kait durchaus zugetraut hatte.

Zane schlug Rawls auf die Schulter und erstarrte.

Cosky erkannte seinen fixen, regungslosen Gesichtsausdruck.

Das war doch nicht zu fassen. Ausgerechnet jetzt hatte der Kerl eine seiner Visionen.

»Ach, verdammt«, murmelte Rawls. Er sah Cosky an und zwang sich zu einem schiefen Grinsen. »Dann stehe ich wohl zur Abwechslung mal im Rampenlicht.«

Cosky fluchte leise. Er ging davon aus, dass Rawls nicht der Einzige sein würde, der bald in der Schusslinie stand. Wolfs seltsames Verhalten fiel ihm wieder ein. Als er zu ihrem Gastgeber hinübersah, erschauderte Zane und ließ die Hand sinken.

Wolf stand immer noch ungewöhnlich still da und schien ins Leere zu blicken.

»Was hast du gesehen?« Cosky drehte sich nervös zu Zane um.

Irgendetwas würde passieren, da war er sich ganz sicher. Sie hatten hier zwei Männer, die über eine gewisse Gabe verfügten, und beide sahen genau zur selben Zeit etwas. Das konnte einfach kein Zufall sein.

Auf einmal schüttelte sich Wolf, wirbelte herum, packte Jillian an der Taille und trug sie schon halb durch den Raum. »Alle raus aus dem Haus«, rief er und riss die Tür auf. »Sofort.« Inzwischen brüllte er schon. »Kait. Bewegung!«

Als Wolf Kait das letzte Mal befohlen hatte, ein Haus zu verlassen, war es kurz darauf in die Luft geflogen.

Während das Adrenalin durch Coskys Adern schoss, packte er Kaits Schulter und schob sie in Richtung Tür. »Raus. Raus. Raus.«

In Panik versetzt durch die Eindringlichkeit in Wolfs und Coskys Stimme, nahm Amy den Ellbogen der Wissenschaftlerin und drängte sie vorwärts. Cosky und Rawls bildeten die

Nachhut. Sie klangen wie eine Bisonherde, als sie über die Veranda und die Stufen hinunterrannten, die unter ihrem Gewicht bebten.

»Lauft zu den Bäumen«, rief Wolf und deutete auf die blauschwarze Erhebung, die sich direkt vor ihnen in den Nachthimmel erstreckte.

»Die Autos sind …«, begann Mac.

»Zu den Bäumen«, brüllte Wolf.

Zum ersten Mal überhaupt hörte Cosky Frustration und Zorn in der tiefen Baritonstimme.

Dann war ganz leise in der Ferne das Geräusch von Rotorblättern zu vernehmen.

Cosky stockte der Atem. Dieses Geräusch kannte er viel zu gut.

»Scheiße«, hauchte Mac. Er streckte den Arm aus und schob Amy weiter. »Lauf, verdammt. Lauf!«

Die Geräusche wurden lauter, während sie auf die Bäume zurannten.

Als die Wissenschaftlerin auf dem unebenen Boden stolperte, packte Rawls ihre Taille und warf sie sich über die Schulter.

Schließlich erreichten sie die schützende Baumgrenze, doch das Flattern der Rotoren hallte bereits laut durch das Tal.

Sie hockten sich unter die Kiefern und sahen zum Himmel hinauf.

»Wie viele?«, wollte Amy wissen und starrte die Baumwipfel an. Sie hielt ihre Waffe schussbereit in beiden Händen.

»Einer.« Mac zog seine Glock im Rücken aus dem Hosenbund.

Cosky, Zane und Rawls taten das Gleiche.

Das Klicken von Magazinen, die ausgeworfen und wieder eingelegt wurden, erfüllte die Luft.

»Wie haben die uns gefunden?«, fragte Kait, die mit aschfahlem Gesicht neben Cosky kniete und eine Wange fast an den Baumstamm drückte.

Gute Frage. Der Hubschrauber schien ihnen direkt auf den Fersen gewesen zu sein.

Sie werden euch finden. Früher, als ihr denkt.

Pachicos letzte Worte hallten durch Coskys Kopf.

»Ihr habt ihn doch durchsucht, oder?«, erkundigte sich Cosky, der die Antwort längst kannte. Natürlich war er nach Peilsendern durchsucht worden. Sie waren schließlich keine blutigen Anfänger.

»Was denkst du denn?«, fauchte Mac und klang, als wäre er beleidigt. Er drehte sich auf dem mit Kiefernnadeln bedeckten Boden und sah zu der runden Einfahrt vor der Hütte hinüber. »Wir brauchen die verdammten Wagen.«

Die Bäume um sie herum blockierten das Mondlicht, schirmten sie ab, versperrten ihnen aber auch gleichzeitig die Sicht.

»Vergesst die Wagen«, knurrte Wolf und strich Jillian mit einer Hand beruhigend über den Rücken, als der Hubschrauber über ihnen auftauchte.

Cosky zischte, als er ihn sah. Es war ein Huey.

Er hatte seit einer Ewigkeit keinen Huey mehr gesehen. Die ersten Trainingssprünge hatte er noch aus einem Hubschrauber dieser Marke gemacht, aber danach waren sie durch neuere Modelle ersetzt worden.

»Das Ding ist voll«, stellte Cosky angespannt fest. »Gleich steigen da fünfzehn Leute aus.«

Ein zischendes Geräusch durchbrach die nächtliche Stille, gefolgt von einem Lichtblitz, und die Hütte explodierte.

Wolf gab kein Geräusch von sich, aber er erstarrte.

»Oh, Wolf«, murmelte Kait gequält. Sie griff nach seiner Schulter, doch er verharrte in seiner Erstarrung.

Ein weiterer Lichtblitz, und die Autos flogen in die Luft.

Wie gut, dass sie nicht in diese Richtung gerannt waren.

»Wir sitzen in der Scheiße«, sagte Zane grimmig. Während sie zusahen, landete der Hubschrauber und spuckte einen Trupp von Männern aus, deren Körper sich vor den tosenden orangefarbenen Flammen, die hinter ihnen den Nachthimmel erhellten, abzeichneten.

»Wir sollten uns weiter in den Wald zurückziehen und die Bäume als Deckung nutzen.« Amys Stimme klang noch immer ruhig und vernünftig.

»Das ist zu gefährlich«, erwiderte Cosky und starrte hinter sich in den pechschwarzen Wald. Die Bäume waren nur geisterhafte Schatten in der Dunkelheit. »Wir haben kein Licht und werden über alles stolpern, was sie direkt zu uns führen wird. Wenn sie Nachtsichtgeräte haben, sind wir wandelnde Zielscheiben.«

Der Mond verschwand hinter einer Wolkenbank. Das wenige Licht, das er noch abgab, drang nicht durch die Baumwipfel nach unten.

»Wir haben es mit acht Männern am Boden zu tun«, sagte Wolf. »Und sie haben Nachtsichtgeräte.«

Alle schwiegen betreten.

Sie beobachteten, wie das Team ausschwärmte. Die Umrisse der Männer waren vor den zuckenden Flammen deutlich zu erkennen. Sie suchten offenbar in der Umgebung der Hütte nach Überlebenden. Das Haus war von Bäumen umgeben, und sie würden sich möglicherweise nicht die Mühe machen, in größerem Umkreis zu suchen, da die Fläche einfach zu groß war.

»Am besten klettern wir in die Bäume«, schlug Wolf flüsternd vor. »Die wenigsten Männer sind darauf trainiert, nach oben zu sehen. Dann sind wir im Vorteil, falls sie hierherkommen.«

Cosky musterte die Bäume in der Nähe. Einige hatten tief hängende Äste, die sich zum Klettern eigneten.

Die Hütte brannte jetzt lichterloh, und die Flammen schlugen zum dunklen Himmel empor. Das Brüllen des Feuers wurde mit jeder Sekunde lauter, in der es an Intensität gewann.

»Wir müssen jetzt raufklettern«, erkannte Cosky. »Das Feuer wird die Geräusche abbrechender Äste übertönen.«

»Wartet, bis der letzte Mann am ersten Baum vorbei ist«, flüsterte Mac. »Schaltet das Ziel aus, das euch am nächsten ist, und schwärmt dann aus.«

Cosky und Zane sahen sich genervt an. Als ob sie eine Grundlagenlektion benötigten. Auch wenn Mac das selbst nicht glauben wollte, waren auch Wolf und Amy keine Amateure.

Sie teilten sich in Teams auf – immer ein Mann und eine Frau. Cosky nahm Kaits Ellbogen und zog sie auf die Beine. Rawls übernahm die Wissenschaftlerin, Mac ging zusammen mit Amy und Wolf mit Jillian. Zane kletterte allein auf einen Baum.

Als Kaits wohlgeformter Hintern langsam an Höhe gewann, kletterte Cosky hinterher. Die Borke fühlte sich an manchen Stellen rau und an anderen klebrig an. Nachdem sie Äste entdeckt hatten, die robust genug waren, dass sie darauf sitzen konnten, machten sie sich bereit zu warten.

Durch die Baumstämme sahen sie, wie die Flammen immer höher loderten und am Nachthimmel leckten.

Das Angriffsteam hatte sich auf der Lichtung vor dem Hubschrauber versammelt. Die Männer standen beisammen und schienen sich zu besprechen. Cosky hoffte, dass sie wieder in den Huey einstiegen, aber stattdessen drehten sie sich um, schwärmten aus und liefen direkt auf die Bäume zu, in denen sie Zuflucht gesucht hatten.

Verdammte Scheiße!

Ihnen war einfach keine Atempause vergönnt. Einer der Wichser musste etwas gesehen haben, vielleicht eine Bewegung oder etwas von ihrer Kleidung.

So leise wie möglich und sich Kaits Körper über sich viel zu deutlich bewusst, wartete Cosky. Dieses Mal fühlte sich die Anspannung vor dem Kampf anders an. Intensiver. Ernster. Da Kaits Leben auch auf dem Spiel stand, hing so viel mehr vom Erfolg dieser Operation ab.

Kait regte sich nicht und gab keinen Ton von sich, als der erste Mann mit einem Sturmgewehr in der Hand lautlos unter ihnen hindurchhuschte. Cosky hielt den Atem an und drängte ihn innerlich, weiterzugehen. Wenn er nach oben sah, war das Spiel vorbei.

Aber Wolf behielt recht. Die Kerle waren offenbar nicht sehr gut ausgebildet worden und hatten zu wenig Erfahrung, um mit der Gefahr von oben zu rechnen. Cosky zählte die Gegner, als sie unter ihm entlangschlichen.

Vier. Fünf. Sechs. Sieben …

Ihre Formation war sehr eng, sodass sich alle acht in Reichweite seines Teams befanden. Sie hatten ganz offensichtlich etwas gesehen, dass sie so dicht beieinander zwischen den Bäumen vorrückten. Dabei war das überaus dämlich, da so das ganze Team auf einmal verwundbar wurde.

Allerdings hing das auch davon ab, wie genau die Schüsse von oben waren. Sobald der erste Schuss fiel, würden die Kerle wissen, dass sie in Deckung gehen mussten. Wenn sie nicht augenblicklich jeden einzelnen von ihnen ausschalteten, würden sie sich neu gruppieren und die Bäume angreifen. Das konnte wiederum nur mit großen Verlusten für Cosky und sein Team enden.

Cosky hatte das achte Ziel entdeckt. Der Mistkerl war immer noch zu weit draußen und bewegte sich sehr vorsichtig, während er sein Gewehr hin und her schwenkte. Solange er das nur horizontal tat, war alles in bester Ordnung. Aber sobald er aufblickte … Darüber wollte er lieber gar nicht nachdenken.

Komm schon.

Als der Mann unter seinem Ast hindurchgegangen war, hielt er den Atem an. Kait schien das Gleiche zu tun, weil er keinen Ton von ihr hörte. Zumindest musste er sich keine Sorgen machen, dass sie durchdrehte und dafür sorgte, dass sie alle ihr Leben verloren.

Er empfand großen Respekt vor ihr. Sie hatte die Nerven eines SEALs.

Und das sagte eine Menge über sie aus.

Als sein Ziel etwa ein Dutzend Schritte an dem Baum vorbeigegangen war, visierte Cosky es an und drückte sacht den Abzug. Der Mann ging sofort zu Boden.

Der Schuss durchbrach die Stille und hallte durch die Bäume. Die anderen Männer drehten sich um und sahen nach oben, aber es war zu spät. Direkt nach Coskys Schuss fielen noch fünf weitere, und die ersten fünf Männer gingen zu Boden. Dort blieben sie reglos liegen.

Die beiden in der Mitte wirbelten herum und hoben die Köpfe und die Gewehre.

Endlich hatten sie begriffen, dass die Gefahr über ihnen lauerte. Aber Cosky hatte bereits einen der beiden anvisiert. Er schaltete den, der näher an seinem Baum stand, aus, und richtete die Waffe auf den letzten.

Aber noch bevor er erneut den Abzug drücken konnte, knallte es gleich mehrmals und der Kerl zuckte nach links und sackte in sich zusammen.

Cosky wartete, während sein Herz wie verrückt schlug und ihm der kalte Schweiß über die Schultern und den Rücken lief. Es blieb still unter den Bäumen. Sie warteten weiter. Als sich immer noch nichts regte, sah Cosky zu Kait hinauf, hielt ihr eine Handfläche hin, mit der er ihr bedeutete, dass sie sich nicht vom Fleck rühren sollte, und ließ sich so leise wie möglich vom Baum herunter. Falls da noch ein bisher unbemerkter Feind lauerte, wäre Cosky ein leichtes Ziel.

Aber sie brauchten die Nachtsichtgeräte.

Und natürlich die Sturmgewehre.

Er sah Mac, Zane und Rawls, als sie auf dem Boden aufkamen, und rannte geduckt auf sein Ziel zu.

Dann nahmen sie den Männern schnell die Nachtsichtgeräte und die Waffen ab. Cosky wollte sich gerade wieder aufrichten, als rechts von ihm ein Schuss fiel.

Er ging zu Boden und rollte hinter den nächsten Baum, als er nicht nur zwei weitere Schüsse vernahm, sondern diesmal auch deutlich hörte, wie jemand getroffen wurde.

Ihm klopfte das Herz bis zum Hals, und ihm wurde ganz heiß. Während das Blut durch seine Adern toste, blickte er zu dem Baum hinauf, auf dem er Kait zurückgelassen hatte, und hielt Ausschau nach ihrem blassen Gesicht.

Sie hockte gekrümmt auf einem Ast und machte sich so klein wie möglich.

Er war unfassbar erleichtert. Sie war noch am Leben.

Gott sei Dank!

Aber irgendjemand war getroffen worden.

Nur wer?

Außerdem schwebte Kait noch immer in Gefahr. Sie saß wie auf dem Präsentierteller. Das galt für alle Frauen.

Cosky konnte nur beten, dass sie reglos und leise im Baum hocken blieb. Er sah sich im Wald um, konnte den Schützen aber nicht entdecken. Aber er hatte erst auf sie geschossen, als sie schon am Boden gewesen waren. Mit etwas Glück sah der Kerl nicht nach oben.

Er steckte die Glock ins Holster am Hosenbund, setzte sich das Nachtsichtgerät auf und griff nach dem Sturmgewehr. Dann sah er sich in dem lautlosen Wald um. Doch der Baum war ihm im Weg, und er konnte nichts sehen. Wer wusste denn schon, ob auf der anderen Seite nicht der Gegner mit einem Sturmgewehr lauerte?

Obwohl er angestrengt lauschte, konnte er keinen Ton hören.

Er konnte auch sein Team nicht sehen.

Verdammt. Er brauchte handfeste Informationen.

Er warf schnell einen Blick um den Baumstamm herum und entdeckte Zane und Mac weiter links hinter zwei Bäumen sowie zwei reglose Gestalten am Boden in der Nähe des Baums, von dem Rawls geklettert war.

Noch weiter links ging ein Gewehr los, und direkt neben seinem Kopf flogen Borkensplitter durch die Luft.

Cosky duckte sich, während Zane und Mac das Feuer in die Richtung eröffneten, aus der der Schuss gekommen war, aber sie würden vermutlich nicht treffen, da der Kerl die Bäume als Deckung nutzte.

Ganz in seiner Nähe lag Rawls regloser Körper.

Scheiße. Scheiße. Scheiße.

Bitte lass ihn noch am Leben sein.

# Kapitel 21

Cosky unterdrückte die aufsteigende Angst und zwang sich, nachzudenken. Wenn er seinen Kumpel holen wollte, brauchte er jemanden, der ihm Deckung gab. Dem Anschein nach war nur noch ein gegnerischer Schütze übrig. Der Kerl kannte Coskys Position bereits, daher konnte er sich auch nicht durch lautes Rufen verraten.

»Deckung!«, brüllte er.

Schon schossen Zane und Mac auf den Mistkerl zu ihrer Linken und sorgten dafür, dass er in Deckung blieb, während Cosky losrannte. Er hielt sich so dicht am Boden wie möglich und erreichte Rawls. Zane und Mac schossen weiter auf den Baum ein, hinter dem sich ihr Gegner versteckte.

Wolf gab keine Schüsse ab.

War er ebenfalls angeschossen worden?

Rawls lag mit dem Gesicht nach unten auf dem dichten Teppich aus Kiefernnadeln und halb auf dem Kerl, auf dessen Ausrüstung er es abgesehen hatte. Er rührte sich nicht, als Cosky ihn umdrehte.

Bei seinem Anblick zuckte Cosky schockiert zusammen.

Rawls' Kopf und Brust waren blutgetränkt. Cosky fühlte gar nicht nach einem Puls, sondern legte ihn sich einfach über die Schulter. Er nahm ihn und rannte los.

Aber großer Gott … Er hörte nicht einmal den leisesten Hauch eines Atems von Rawls, redete sich jedoch ein, dass Zanes und Macs Schüsse die Geräusche übertönten.

Allerdings konnte er selbst kaum daran glauben.

Sein Blut wurde eiskalt, und er rannte auf den nächsten Baum zu, der ein Stück von dem entfernt war, auf dem Kait wartete.

Als er Rawls' schlaffen Körper auf den Boden legte, wurde erneut geschossen. Dann herrschte Stille.

»Sauber!«, brüllte Wolf.

Gott sei Dank.

Coskys Hände zitterten, als er das Nachtsichtgerät abnahm und die Finger an Rawls' Hals presste. Er spürte keinen Puls.

Zane und Mac tauchten neben ihm auf.

»Ist er noch am Leben?«, fragte Zane, und die Frage hallte schnell und laut wie ein Schuss durch den Wald.

Ohne auf Coskys Antwort zu warten, ließen die beiden Männer die Gewehre fallen, zerrten sich die T-Shirts vom Leib und ballten sie zu provisorischen Druckverbänden zusammen. Zane kniete sich auf den Boden, und Cosky tastete erneut an Rawls' Hals nach einem Puls.

*Bitte. Bitte.*

*Komm schon, Kumpel. Komm schon.*

Auf einmal ging Kait neben Rawls in die Knie.

»Wo ist die schlimmste Wunde?«, wollte sie wissen.

»An der Brust«, erwiderte Zane atemlos und schien Hoffnung zu schöpfen. Er rutschte zur Seite.

Ein leichtes Flattern war unter Coskys Fingerspitzen zu spüren, und er atmete erleichtert aus. »Ich hab einen Puls.«

Sein Herz schlug nur sehr schwach, aber es schlug noch.

»Verdammt, schaff sie hier weg«, brüllte Mac und wollte Kait schon wegschubsen, aber Zane ging dazwischen.

»Cosky«, sagte Kait, die die Hände fest auf Rawls' Brust drückte. »Ich brauche dich.«

*Großer Gott.*

Cosky strich sich mit zittrigen Fingern durchs Haar.

Hier ging es nicht um eine einfache Heilung. Er musste wieder an den Parkplatz vor Kaits Haus denken. An ihr fahles Gesicht und ihren erschlafften Körper, als sie zu Boden gesackt war.

»Cosky«, sagte Kait ruhig. »Er wird sonst sterben.«

Er traf die Entscheidung, ohne nachzudenken, ging auf die Knie und legte seine Hände auf Kaits.

*Eins.*

*Komm schon, verdammt. Komm schon.*

*Zwei.*

*Bitte.*

Bei drei war die Hitze zu spüren.

Cosky schloss die Augen und fluchte leise vor Erleichterung.

»Was zum Henker tun die da?«, wollte Mac wissen.

»Sie versuchen, ihm das Leben zu retten«, antwortete Wolf, der hinter ihnen aufgetaucht war.

Die Hitze schien zu explodieren, als der Kanal erst einmal offen war. Ihre Hände wurden immer heißer. Als er bei sieben angekommen war, zögerte Cosky und wollte die Hände schon wegnehmen.

»Nein«, beharrte Kait. »Es geht mir gut. Wir müssen noch länger durchhalten.«

Bei zehn Sekunden schwitzten sie schon stark.

Nach fünfzehn Sekunden stießen alle Umstehenden, die ihnen zusahen, die Luft aus.

»Was zum …?«, murmelte Faith verblüfft. »Sie glühen ja.«

Nach zwanzig Sekunden wurde das Brennen in seinen Händen fast unerträglich, aber er biss die Zähne zusammen und hielt weiter durch. Dabei behielt er Kait genau im Auge und konnte nur hoffen, dass er ihren Kraftaufwand richtig einschätzte und verhindern konnte, dass sie sich völlig verausgabte.

Selbst in der Dunkelheit konnte er die Röte in ihrem Gesicht und auf ihren Händen erkennen. Und sie glühte tatsächlich. Ein ätherisches silbernes Leuchten schien ihren Körper zu umgeben. Aber sie war nicht die Einzige. Rawls glühte auf dieselbe Weise wie sie.

Sah er etwa auch so aus?

Aber ihm fehlte der Atem, um diese Frage stellen zu können.

Nach und nach wurde ihm bewusst, dass es kein statisches Leuchten war, sondern dass es vielmehr bebte oder vibrierte.

Nach vierzig Sekunden atmete Kait immer angestrengter.

Sie durften kein weiteres Risiko eingehen. Das musste reichen. Er ließ Kaits Hände los, und nur wenige Sekunden später war das Leuchten erloschen.

Cosky entspannte sich und begriff, dass dies ein konkreter Beweis für das Unterbrechen des Kanals war.

Kait drückte Rawls weiterhin die Hände auf die Brust, aber der weiße Schimmer, der sie umgab, wurde zunehmend schwächer.

Er war sich vage der schockierten Menschen um sie herum bewusst, als er nach Rawls' Hals griff, aber seine Finger waren so angeschwollen und wund, dass er nicht einmal die Haut, geschweige denn einen Puls spürte.

»Zane«, keuchte er und bekam kaum Luft. »Prüf mal den Puls.«

Himmel, hoffentlich hatten die vierzig Sekunden gereicht.

Er wartete mit angespannten Muskeln und einem Knoten in der Brust auf Zanes Reaktion.

»Sein Herz schlägt«, meldete Zane einen Augenblick später. Einige Sekunden verstrichen, dann: »Der Puls wird stärker.«

Kaits Hände ruhten noch immer auf der Wunde, aber das Glühen, das sie umgeben hatte, wurde immer blasser. Zehn Sekunden später war es nur noch ein nebliges Wabern.

Dann war es ganz verschwunden.

Cosky ließ sich auf den Hintern sinken, beugte sich vor, legte die Arme um Kaits Taille und zog sie an sich. Sie fühlte sich heiß an – viel zu heiß und viel zu verschwitzt –, aber sie atmete schon fast wieder normal.

Amy kniete neben Rawls, der sich noch immer nicht bewegt hatte, und wischte ihm mit dem blutigen T-Shirt den Oberkörper ab. Zane ging neben ihr in die Knie und hob Rawls' Oberkörper an. Cosky schloss die Augen und war erleichtert, da sich die Brust hob und senkte.

Die Erinnerung an seinen reglosen Freund und dessen schwachen Puls jagte ihm noch immer eine Heidenangst ein.

Er drehte sich zu Kait um und legte ihr eine Hand auf die Stirn. Sie fühlte sich noch sehr erhitzt an und brauchte Eis oder etwas anderes, womit man ihre Körpertemperatur senken konnte.

Sie drückte sich an ihn. »Es geht mir gut.«

Doch das stimmte nicht, denn sie war viel zu heiß. Besorgt sah er sich um, konnte Wolf aber nirgendwo entdecken.

Sie hatten zwar kein Eis, aber einen Bergsee, und wenn er sie runter zum Wasser brachte, konnte er sie dort abkühlen.

Doch noch während er das dachte, tauchte Wolf neben ihm auf und reichte ihm ein kaltes, nasses T-Shirt. Amy bekam ein zweites, damit sie Rawls' blutüberströmte Brust abwischen konnte.

Zärtlich betupfte Cosky Kaits Stirn, krempelte ihre Ärmel hoch, so weit es ging, benetzte ihre Arme und schob den feuchten Stoff dann unter ihr Sweatshirt, um ihren Bauch und ihre Brust abzureiben.

Sie seufzte und kuschelte sich an ihn, und er gab ihr einen Kuss auf den Haaransatz.

»Er blutet nicht mehr«, verkündete Amy ungläubig. Sie hielt inne und schüttelte den Kopf. »Ich kann nicht mal mehr eine Wunde entdecken.«

»Wie in aller Welt …« Mac sprach nicht weiter.

Coskys Lippen zuckten. Das war das erste Mal, dass er seinen Commander derart verwirrt und nach Worten ringend sah.

Lange Zeit herrschte Schweigen.

Dann räusperte sich Wolf. »Anscheinend haben wir einen Hubschrauber geerbt. Kann den einer von euch fliegen?«

# Kapitel 22

Drei Tage später ließ sich Jillian auf einem smaragdgrünen Rasenfleck an einem gewundenen Strom nieder. Sie zog die Knie an die Brust und starrte auf das steile Ufer hinaus. Das Wasser unter ihr floss so ruhig und klar dahin, dass sie die Steine und Baumwurzeln im Flussbett erkennen konnte. Hin und wieder stach ihr ein silbernes Flackern ins Auge, wenn ein kleiner Fisch vorbeischwamm.

Diese neue Zuflucht, zu der Wolf sie gebracht hatte, ähnelte der alten in vielerlei Hinsicht, war in anderen Belangen aber auch völlig verschieden. Anstelle des Holzhauses bestand ihr jetziges Versteck aus einem riesigen Raum voller durchgesessener Sofas und Ledersessel sowie einem robusten Esstisch und einer riesigen, gut ausgestatteten Küche. In der näheren Umgebung standen mehrere rustikale Hütten, manche mit einem und andere mit mehreren Schlafzimmern.

Cosky, Zane, Mac und Rawls hatten sich eine Hütte geteilt, bis Zanes Verlobte hergekommen und er mit ihr in eine kleinere Hütte gezogen war. Amy und Faith wohnten in einer zweiten und Jillian und Wolf in einer dritten. Kait hatte die kleinste Hütte genommen, aber Jillian vermutete, dass sie darin nicht lange allein bleiben würde, da Cosky und sie die Finger nicht voneinander lassen konnten.

Wie die Asche von Wolfs wunderschönem Holzhaus befand sich auch dieser Unterschlupf hoch in den Bergen und mitten im Wald, allerdings im Staat Washington in den Ausläufern der Cascade Mountains.

Den Flug von der brennenden Hütte hierher hatte sie nur noch verschwommen in Erinnerung. Sie wusste noch, dass Wolf jemanden angerufen hatte und ein Mann mit hartem Gesicht, kurzem schwarzem Haar und den Augen eines Raubvogels kurz darauf in einem zerbeulten Pick-up gekommen war. Danach hatte er zusammen mit Wolf den Hubschrauber von oben bis unten mit kleinen blinkenden Geräten gescannt und mit Zangen und Messern jeden Winkel freigelegt. Es hatte eine Weile gedauert, bis ihr klar geworden war, dass sie nach Wanzen oder GPS-Sendern oder was auch immer suchten. Nachdem die eckigen Geräte aufgehört hatten zu blinken, waren sie alle in den Hubschrauber gestiegen und der schwarzhaarige Fremde hatte sie hierhergeflogen.

Später war er mit Zanes Verlobten Beth, einigen Taschen voller Kleidungsstücke und Kartons voller Lebensmittel zurückgekommen, um danach endgültig zu verschwinden.

Das klare Wasser im Fluss unter ihr schien sie zu rufen, aber sie bewegte sich nicht. Die Böschung war zu hoch, als dass sie die Füße hätte hineintauchen können, und es war ihr viel zu anstrengend, zum Ufer herunterzurutschen und später wieder hochzuklettern.

Sie starrte mit gerunzelter Stirn auf das Wasser herab.

Wann würde diese Taubheit endlich nachlassen?

Wann würde das Leben wieder lebenswert sein?

Dieser Ort half jedoch. Die nach Rauch duftende Bergluft und die Geräusche hatten etwas Beruhigendes an sich … Hier war alles so still: das Flüstern des Windes durch die Baumwipfel, das bewegende, schwermütige Zwitschern der kleinen braun-weißen Vögel, die zwischen den Bäumen herumsausten.

Sie hörte Wolf nicht einmal kommen. Dafür bewegte er sich viel zu lautlos. In einem Augenblick war sie noch allein am Flussufer und im nächsten setzte er sich neben sie.

Einige Minuten lang saßen sie schweigend da.

»Bereust du es, *netee*?«, fragte er schließlich neugierig.

Ohne darüber nachzudenken, hob sie die Hände und hielt die Handflächen vor ihr Gesicht. Auch jetzt, noch Tage später, rechnete sie damit, Blut zu sehen.

Was seltsam war, da er kaum geblutet hatte.

»Nein«, antwortete sie.

Sie bereute es wirklich nicht, dem Mistkerl das Leben genommen zu haben. Das war sie ihren Babys schuldig gewesen.

Aber sie hatte mit einer Reaktion gerechnet … dass sich irgendetwas in ihr lösen würde. Dass der Schmerz nachließ. Vielleicht auch die Taubheit.

Doch sie fühlte sich nicht anders.

Nicht im Geringsten.

Okay, vielleicht ein bisschen … Die Taubheit, die ihr inzwischen vertraut war, schien stärker zu werden. Sie blendete den Zorn aus und überlagerte den Wunsch nach Rache.

»Glaubst du, es wird besser, wenn sie erst mal alle tot sind?«, wollte sie wissen, konnte ihn jedoch nicht ansehen, aus Angst davor, dass sie die Antwort möglicherweise bereits kannte.

»Nein«, erwiderte er schlicht.

Sie wusste, dass er recht hatte, denn selbst wenn sie sie alle vom Antlitz der Erde beseitigte, würde ihr das ihre Babys nicht wiederbringen.

Der Arm, den er ihr um die Schultern legte, war warm, sicher und tröstend.

»Du bist jetzt bereit, ihre Fragen zu beantworten«, sagte Wolf und sah sie entschlossen mit seinen schwarzen Augen an.

Woher wusste er das?

Aber sie stellte diese Frage nicht. Er schien sehr viel über sie zu wissen, was er eigentlich gar nicht wissen konnte. Beispielsweise was sie fühlte, wann sie etwas essen musste, obwohl sie keinen Hunger hatte, oder dass sie sich in den Schlaf weinte.

Und dass das Töten des Monsters weder ihre Trauer gelindert noch die Leere in ihr gefüllt hatte.

Dann waren da noch die Dinge, die er vor ihr gewusst hatte.

Wie, dass ihr Bruder eines der Monster gewesen war.

Diese Erkenntnis war ihr langsam gekommen, da immer wieder andere Erinnerungen aufblitzten. Das viele Geld und die Waffen, die sie in seinem Safe gesehen hatte. Die gewaltigen Summen, die er bekommen hatte, nachdem er monatelang weg gewesen war, und mit denen er ihr Haus abbezahlen oder ihr einen Wagen kaufen konnte. Dass sie ihn nie anrufen durfte, weil er angeblich im Ausland unterwegs war, sondern immer er sie angerufen hatte. Seine blitzschnellen Reflexe. Es war unter ihnen schon zu einem Witz geworden, dass man ihn nicht erschrecken durfte, weil er instinktiv mit einem Schlag gegen die Kehle oder ins Gesicht reagierte. Aber vor allem erinnerte sie sich an diese eisige Leere, die sie immer wieder in seinen Augen gesehen hatte.

Die Kälte, die sie nicht hatte sehen, nicht hatte zur Kenntnis nehmen wollen.

Sie war so eine Närrin gewesen.

»Er hat uns geliebt«, sagte sie, als sie Russ' lächelndes, gebräuntes Gesicht vor Augen hatte.

Daran zweifelte sie nicht eine Sekunde, auch wenn sie viele andere Dinge infrage stellte. Wie seine Großzügigkeit. Wie viel von alledem hatte er tatsächlich getan, weil er Schuldgefühle gehabt hatte?

»Da bin ich mir sicher, *nebii'o'oo*«, erwiderte Wolf. »Sonst hätten sie euch nicht entführt.«

Sie runzelte die Stirn, da sie das erst einmal verdauen musste.

»Sie haben uns als Druckmittel eingesetzt?«, fragte sie, und der Zorn blitzte in ihr auf und erhellte die Leere, als sie die Frage nach dem Warum endlich beantwortet hatte. »Was sollte er denn für sie tun?«

Wolf sah sie mit finsterer Miene an, bevor sein Gesicht kalt und raubtierhaft wurde. »Das werden wir sie fragen, wenn wir sie finden.«

Dann war Russ im Grunde genommen für das verantwortlich gewesen, was ihr und den Kindern passiert war. Ihre Trauer vermischte sich mit Wut. Das Wissen, dass er diese Monster in ihr Leben geholt und sie und die Kinder in Gefahr gebracht hatte, musste ihm sehr zugesetzt haben.

Aber schon kurz darauf verschwand die Trauer wieder und es blieb nichts als Taubheit zurück.

Wenn sie richtig lag, dann hatte er schon vorher einmal Leid in ihr Leben gebracht, aber dieser Fehltritt hatte ihn nicht von diesem mörderischen Weg abbringen können, sodass es erneut geschehen war.

»Steve, mein Mann, war Russ' bester Freund«, sagte sie laut und sprach ihre Angst damit aus. »Sie haben zusammen die Grundausbildung absolviert, sich demselben Ranger-Regiment angeschlossen und nach Verlassen des Militärs eine Sicherheitsberatungsfirma gegründet.« Sie bemerkte, dass Wolf ganz still saß und ihr mit leicht schräg gelegtem Kopf lauschte. Sie sah ihn nicht an. »Er ist vor vier Jahren ums

Leben gekommen.« Sie schluckte schwer und zwang sich, weiterzureden. »Russ sagte, es wäre eine Autobombe gewesen. In der Türkei. Während sie gerade die Sicherheit eines Privatunternehmens überprüften.«

Wolf legte ihr den Arm enger um die Schultern. »Hast du je Beweise dafür gesehen?«

Seine Stimme war unfassbar sanft.

Sie schüttelte den Kopf. »Russ hat sich um alles gekümmert. Um den Papierkram. Die Versicherung ...« Ihre Stimme brach ab. Die nächsten Worte musste sie förmlich herauszwingen. »Glaubst du, er hat erst nach Steves Tod mit dem angefangen, was er gemacht hat?«

Sie betete zu Gott, dass sie sich irrte.

Er schwieg einige Sekunden lang, als wollte er ihr eigentlich gar nicht antworten. Aber er war ein guter und ehrlicher Mann.

»Nein«, sagte er und fluchte leise. »Dein Bruder war viel zu gut in dem, was er getan hat. Er war ein Profi. Er hatte Erfahrung. Sehr viel Erfahrung.«

Sie nahm sein Argument mit einem Nicken auf, und es schnürte ihr die Kehle zu. Die Taubheit war so tief und umfassend, dass sie das Gefühl hatte, ihre Seele wäre in Zement getaucht worden.

Kein Wunder, dass Russ sie so freigiebig unterstützt und für ihre Kinder in die Vaterrolle geschlüpft war. Was immer er und Steve auch gemacht hatten, ihr Mann war dabei ums Leben gekommen.

Steve musste gewusst haben, was Russ tat, was sie taten. Er musste ein Teil davon gewesen sein. Was wiederum bedeutete, dass ihr Mann auch ein Monster gewesen war. Wie hatte sie übersehen können, was bei Steve und Russ unter der Oberfläche lauerte?

Sie hatten sie beide geliebt. Daran zweifelte sie nicht.

Aber das machte die Erkenntnis nicht angenehmer, dass die beiden Männer, die ihr im Leben am wichtigsten gewesen waren, sie angelogen hatten, und zwar jeden Tag und in Bezug auf fast alles. Dass sie im Namen des allmächtigen Dollars schreckliche, kaltblütige Taten verübt hatten. Oder dass ihre soziopathische Rücksichtslosigkeit schuld am Tod ihrer Kinder war.

Sie konzentrierte sich auf den warmen, beschützenden Arm um ihre Schultern und den kräftigen, großen Körper neben sich. Wolf hätte das Böse gesehen, dass Steve und Russ vor ihr verborgen hatten. Er hätte sie darauf angesprochen und allem Einhalt geboten, bevor es außer Kontrolle geraten konnte.

Wäre er doch nur schon in ihr Leben getreten, als es noch etwas zu bewirken gab.

* * *

Cosky beobachtete Mac, der vom einen Ende des Strategieraums zum anderen lief, als Jillian ihren Bericht beendet hatte. Genau das war dieser Ort: ein Strategieraum, Wolfs geheime Operationsbasis.

Der abgelegene, gut zu verteidigende Standort war das erste Anzeichen dafür gewesen, dass dies mehr als eine Ansammlung von Hütten war, die vielen Antennen auf den Dächern das zweite und die riesigen Benzintanks, die an einen Generator angeschlossen waren, mit dem man ein Dritte-Welt-Land mit Strom hätte versorgen können, das dritte. Aber dieser Raum war der eindeutigste Hinweis.

In den nackten Holzwänden hinter dem Esstisch waren zahllose Löcher von Reißzwecken zu erkennen. Auf den Schreibtischen, die weiter rechts standen, waren ein halbes Dutzend Computer sowie einige Überwachungsgeräte, Rauschstörsender, elektronische Verzerrer und GPS-Tracker zu sehen … Hier gab es so viel topmoderne Elektronik, dass Rawls bei deren Anblick bestimmt einen Steifen hatte.

Allerdings schien dieser das noch nicht einmal bemerkt zu haben.

Cosky musterte seinen Mitbewohner mit finsterer Miene. Sein Freund stand mit dem Rücken an der Wand wie erstarrt und mit verspanntem Körper da. Sein Gesicht war kreidebleich und verzerrt. Er sah aus, als würde er bei einem lauten Geräusch zerplatzen.

Was in aller Welt ging nur in seinem Kopf vor?

Seitdem Kait ihn geheilt hatte, war er nicht mehr derselbe. Körperlich ging es ihm gut, aber mental lag alles im Argen und er war nervös wie ein Hase, der im Schatten eines Adlers leben musste. Außerdem nahm er rapide ab. Himmel, er hatte nicht mal die Schokokekse angerührt, die Dr. Ansell gebacken hatte. Da Rawls normalerweise eine Naschkatze war, gab das schon Anlass zur Besorgnis.

Aber es gab noch besorgniserregendere Dinge, wie die Tatsache, dass Cosky ihn dabei erwischt hatte, wie er eine leere Ecke in ihrer Hütte angeschrien hatte … als würde sich dort jemand aufhalten.

Cosky verdrängte die Sorge und wandte sich Mac zu, der immer noch ruhelos auf und ab ging. Rawls würde schon den Mund aufmachen, wenn er bereit dazu war.

»Hast du die Namensliste?«, wandte sich Mac energisch an Beth, die alles aufgeschrieben hatte, was Jillian ihnen erzählte.

Und Jillian hatte eine Menge gesagt. Sie hatte den Geburtsnamen ihres Bruders, die Daten und Einsatzorte seiner Militärlaufbahn, die Namen seiner Freunde und Geschäftspartner ausgespuckt. Verdammt, sie hatte ihnen sogar erzählt, wann er sich in welchem Land aufgehalten haben musste angesichts der Geschenke, die er ihr mitgebracht hatte.

Diese Frau hatte sich als sprudelnde Quelle an Informationen herausgestellt.

Beth ignorierte Mac, behielt ihre kühle, gefasste Haltung bei und reichte die Zettel Zane, der ihr kurz über das blonde Haar strich, bevor er Mac die Notizen gab.

Diese kurze Liebkosung bewirkte, dass Mac mit den Zähnen knirschte und Cosky grinsen musste. Mac hatte sich noch immer nicht daran gewöhnt, dass Beth jetzt da war. Doch das war sein Pech, denn ihr Commander würde sich schlicht und einfach anpassen müssen. Zane war fasziniert von seiner zukünftigen Frau, und Cosky konnte ihn verdammt gut verstehen.

Ihm ging es ja ähnlich, nur nicht in Bezug auf Beth.

Sein Blick wanderte zu Kait und glitt über ihre trügerisch schlanke Figur bis hoch zu dem geflochtenen Zopf. Sie stellte eine seltsame Mischung aus Liebenswürdigkeit und zäher Entschlossenheit dar. Die meisten Menschen unterschätzten Kait und sahen nur diese groß gewachsene, blonde Schönheit, ohne die Intelligenz in ihren Augen zu erkennen oder ihre Entschlossenheit, für das einzustehen, woran sie glaubte – sei es nun ihr Beharren auf einer Heilung, selbst wenn sie sich dabei selbst in Gefahr brachte, oder der emotionale Mut, der es ihr erlaubte, die Männer, die sie liebte, in den Kampf ziehen zu lassen.

Das Gefühl, wie sich sein Herz in ihrer Nähe zusammenzog, war unangenehm. Sie brachte ihn dazu, ein besserer Mensch sein zu wollen. Offener zu werden. Dabei hatte ihn das früher nie interessiert.

Er rieb sich mit einer Hand über das Gesicht und runzelte die Stirn. Sie mussten unbedingt mal von den anderen wegkommen und Zeit miteinander verbringen. Das Band festigen, das sich zwischen ihnen entwickelt hatte. Er war in den vergangenen eineinhalb Wochen kurz davor gewesen, sie zu verlieren, und das sogar mehrmals. Himmel, sie sagen zu hören, dass sie einen anderen Mann liebte, hatte ihn beinahe in die Knie gezwungen.

Diese Worte wollte er nie wieder aus ihrem Mund vernehmen.

Als sich Mac zu Wolf umdrehte, zwang sich Cosky, sich auf das Gespräch zu konzentrieren.

»Ich muss diese Namen an Radar weiterleiten«, sagte Mac und starrte Wolf grimmig an. Es war eher ein Befehl als eine Bitte.

Sie hatten das Satellitentelefon, das Wolf hier hatte, schon mehrmals benutzt. Es bestand kein Zweifel daran, dass es sauber war. Ihr Gastgeber hätte nie riskiert, dieses Lager in Gefahr zu bringen.

Während Mac mit Radar telefonierte, ging Cosky zu Kait. Im Vorbeigehen nahm er sich einen Schokokeks vom Tisch. Wenigstens hatte Faith Ansell einen Weg gefunden, ihre Anspannung abzubauen. Auf dem Tisch standen jede Menge Kekse, Kuchen und andere Süßwaren.

»Was in aller Welt soll das heißen?« Macs Stimme wurde lauter.

Cosky drehte sich um und sah seinen telefonierenden Commander an.

»Nein«, sagte Mac angespannt. »Welcher Sender?« Er hörte kurz zu und fluchte dann. »Ich rufe gleich zurück.«

»Was ist los?«, wollte Zane wissen. Er hatte sich neben Beth auf die Couch gesetzt und ihr einen Arm um die Taille und eine Hand auf den Bauch gelegt.

Cosky verspürte eine starke Sehnsucht, als er zu ihnen hinübersah. Himmel, wer hätte gedacht, dass er sich mal mit derartigen Gedanken rumschlagen würde?

»Radar sagt, wir sind in den Nachrichten.« Mac warf das Telefon auf den Tisch und ging zur Monitorwand.

»Auf welchem Sender?« Cosky folgte ihm.

»Auf allen.« Mac klang grimmig. Sie versammelten sich alle vor den Schreibtischen, während Wolf einen Computer hochfuhr. Es musste ihn ein Heidengeld gekostet haben, aber das Gebäude war ans Internet angeschlossen. Es dauerte nicht lange, bis er den Bericht und somit den Grund für Macs schlechte Laune gefunden hatte.

Der Bericht trug den Titel *Von Helden zu Mördern*.

Coskys Hände fingen vor Anspannung an zu schwitzen.

Auf der Videoaufnahme waren drei bewaffnete Männer mit Nachtsichtgeräten zu sehen, die ein Loch in einen Maschendrahtzaun schnitten. Dann verschwand einer der Männer links um das Gebäude, ein anderer links, und der dritte wartete noch einige Augenblicke in den Büschen, bevor er durch die offene Tür ging. Cosky erkannte die drei Männer sofort. Sie standen neben ihm.

Zane fluchte leise.

Der Film wurde vorgespult, bis Schüsse fielen. Einige Minuten später eilten die drei Gestalten wieder ins Freie und schleppten einen vierten Mann zwischen sich mit.

Danach wurde zu einem Nachrichtenstudio und einer hübschen Brünetten hinter einem hüfthohen Schreibtisch übergeblendet.

»Die Männer, die in die Schießerei verwickelt waren, wurden als Commander Jace Mackenzie, Lieutenant Commander Zane Winters und Lieutenant Seth Rawlings identifiziert«, sagte sie in die Kamera. »Bei den Opfern handelte es sich um unbewaffnete Sicherheitsleute, die für die Anlage verantwortlich waren. Die örtliche Polizei hat Haftbefehle für die drei beteiligten Männer ausgestellt. Bitte rufen Sie sofort die Polizei, wenn Sie sie sehen. Nähern Sie sich ihnen nicht.

Sie sind bewaffnet und gefährlich und haben möglicherweise eine Geisel in ihrer Gewalt.«

»Verdammte Scheiße.« Mac presste die Worte förmlich zwischen zusammengebissenen Zähnen hervor. Er legte sich seine weißen Finger in den Nacken und starrte auf den Bildschirm.

»Wir sind offenbar sehr nah dran.« Zane brach als Erster das Schweigen, als die Reporterin auf die versuchte Flugzeugentführung von vor vier Monaten zurückkam. »Sie wissen, dass uns inzwischen bekannt ist, hinter wem und was sie in dem Flugzeug hergewesen sind. Jetzt gehen sie zur Schadensbegrenzung über.«

Mac drehte sich mit vor Zorn verzerrter Miene zu seinem LC um. »Und was bringt uns das? Wir werden in dem Moment verhaftet, in dem wir uns irgendwo blicken lassen.«

Cosky runzelte die Stirn. »Sie haben nicht alle Namen genannt. Ich wurde nicht erwähnt.«

»Ich bin auch nicht auf dem Film«, warf Amy ein, die nachdenklich auf den Monitor schaute. »Dabei war ich auch dort, ebenso wie Faith. Wir hätten ebenfalls zu sehen sein müssen.«

»Da hat sie recht.« Mac schien sich ein wenig zu beruhigen. »Sie haben sie und Faith rausgeschnitten. Aber warum?«

»Damit sie behaupten können, sie wären nicht da gewesen und dass sich nicht alles so wie berichtet abgespielt hat?«, vermutete Zane, der seine bleiche Verlobte geistesabwesend an sich drückte.

»Kann schon sein.« Amy klang jedoch nicht überzeugt.

Cosky seufzte und sehnte sich auf einmal danach, Kait an seiner Seite zu haben, so wie Zane Beth neben sich hatte. »Zumindest stehen uns zwei Wege offen. Das ist weitaus mehr, als wir noch vor zwei Monaten hatten. Bransons Hintergrund könnte uns einen Hinweis darauf geben, wer hinter der Sache steckt. Und dann ist da noch Dynamic Enterprises. Wir müssen Leonard Embray finden. Der Kerl muss irgendwie in der Sache mit drinstecken.«

Alle nickten.

Als wäre es ein Kinderspiel, den geheimnisvollen, unglaublich auf seine Privatsphäre bedachten und unverschämt wohlhabenden Gründer von Dynamic Enterprises aufzuspüren.

Vorausgesetzt, der Mann war nicht längst verschwunden oder tot, wie es Dr. Ansell vermutete.

* * *

Kaits Brustkorb zog sich zusammen, als sie den Männern zuhörte, wie sie ihre Strategie planten. War es denn zu viel verlangt, sich nach einer ruhigen Woche zu sehnen, bevor es erneut in den Kampf ging? War es zu viel verlangt, etwas Zeit mit Cosky verbringen zu wollen, bevor er ihr wieder entrissen wurde?

Nach fünf langen Jahren schienen sie endlich mit Trippelschritten auf eine Beziehung zuzustreben, und sie wollte verdammt sein, wenn sie ihn gehen ließ, ohne dass sie den nächsten Schritt gemacht hatten.

Ihre Füße bewegten sich, bevor sie sich dessen bewusst wurde. Sie ging um Wolfs bulligen Körper herum und bemerkte den vielsagenden Blick, den er ihr zuwarf. Als sie neben Cosky stand, nahm Kait seine Hand und hielt sie fest.

Bei der Berührung drehte er nicht nur den Kopf, sondern bewegte sich mit dem ganzen Körper auf sie zu. Diese augenblickliche, unmissverständliche Reaktion beruhigte sie und erleichterte ihr Vorhaben – etwas, von dem sie noch vor einer Woche geschworen hatte, dass sie es nie wieder tun würde.

»Wie wäre es, wenn wir für eine Weile von hier verschwinden?«, fragte sie und hielt seine Hand. »Wolf sagt, etwas weiter den Berg hinauf gibt es einen Wasserfall. Wir könnten etwas zu essen mitnehmen und dort ein Picknick machen.«

Die grauen Augen, die sie ansahen, wurden wärmer. Er warf seinen Teamkameraden einen nachdenklichen Blick zu und drehte sich dann mit strahlenden Augen wieder zu Kait um. »Wir brauchen eine Decke. Kann uns Wolf einen Rucksack leihen?«

Sie versuchte, trotz der Schmetterlinge in ihrem Bauch zu lächeln. Wenn sie seinen hitzigen Blick richtig deutete, dann würden sie auf dieser Decke nicht nur etwas essen. »Du besorgst den Rucksack und die Decke und ich mache ein paar Sandwiches.« Er nickte und wollte sich schon abwenden, als ihr auf einmal sein Knie wieder einfiel. »Warte …« Sie hielt seine Finger fest, die er ihr schon entziehen wollte. »Ist dein Knie einer Wanderung gewachsen?«

Seine Züge wurden weicher. »Meinem Knie geht es dank dir wieder richtig gut.«

Kait runzelte die Stirn. »Du würdest es mir doch sagen, wenn du dir das nicht zutraust, oder?«

Sein Grinsen spiegelte eher Erregung als Belustigung wider. »Glaub mir, ich bin der Sache voll und ganz gewachsen.«

Okay, diese Bemerkung hatte sie selbst heraufbeschworen.

Mit knallroten Wangen ließ Kait seine Hand los, ging in Richtung Küche und ignorierte sein leises Lachen. Zehn Minuten später waren sie unterwegs. Cosky trug einen Rucksack auf dem Rücken und hatte eine einfache Karte in der Hand, die Wolf für sie angefertigt hatte. Kait versuchte, seinen amüsierten, wissenden Blick zu vergessen, mit dem er ihnen nachgesehen hatte.

Auch Coskys Teamkameraden hatten ihn nicht einmal gefragt, warum er mitten in der Strategiesitzung verschwand.

Im Wald war es dämmrig, kühl und leicht feucht, und die Kiefernnadeln bildeten einen dicken Teppich unter ihren Füßen, als sie dem Pfad folgten, den Wolf ihnen aufgezeichnet hatte. Einige Zeit später ließen sie den Geruch der Pechkiefern und der verrottenden Vegetation hinter sich zurück, als sich der Wald lichtete, und gingen über einen felsigen Abhang, auf dem kniehohes Alpengras und hüfthohe Büsche wuchsen. Die letzte Hälfte der Wanderung ging es fast nur noch den Berg hinauf, wobei ihnen die Sonne heiß auf die Köpfe schien.

Kait behielt Coskys Bein im Auge, als der Marsch zunehmend anstrengender wurde. Beim ersten Anzeichen eines Humpelns würde sie eine Pause einlegen und ihn erneut heilen. Aber seine Schritte blieben immer fest und sicher, auch als der Pfad sie immer höher den Berg hinaufführte.

Als sie die Klippe erreichten, waren sie durchgeschwitzt und atmeten schwer. Aber die Schönheit, die sich vor ihnen erstreckte, war die müden Beine wert.

Vor Wonne seufzend blieb Kait stehen und sah auf das kleine grüne Tal unter ihnen herab. Die ovale Wiese war mit dickem, smaragdfarbenem Gras bewachsen und von Klippen umgeben. Über zwei der Felsvorsprünge ergoss sich ein Wasserfall in einen schimmernden blaugrünen Teich.

Es war einfach perfekt.

»Es ist so wunderschön, wie Wolf gesagt hat«, murmelte Kait und sah fasziniert zu dem schäumenden Wasser hinüber, das oben über die Felsen floss und sich in den Teich ergoss, sodass die Luft und das Gras in der Nähe voller feinster Tropfen waren.

»Wunderschön«, stimmte ihr Cosky heiser zu.

Kait drehte sich lächelnd zu ihm um und stellte fest, dass er nicht etwa die idyllische Szene weiter unten, sondern sie betrachtete.

Als sie das Glänzen in seinen platinfarbenen Augen sah, errötete sie. Auf seinem Gesicht zeichneten sich gleichermaßen männliche Wertschätzung und Erregung ab. Sie wurde sogar noch röter, als sie sich abwandte, und es verwirrte sie, dass er seine Gefühle gar nicht zu verbergen versuchte.

Sie machte einen Schritt den felsigen Abhang hinunter, der zu dem wunderschönen Tal führte, und rutschte aus. Blitzschnell streckte er die Hand aus, hielt sie am Ellbogen fest und verhinderte, dass sie stürzte. Als sie wieder auf sicheren Beinen stand, ließ er sie jedoch nicht los, sondern legte einen Arm um sie und zog sie an sich.

Ihre T-Shirts waren von der Wanderung ganz feucht, aber sie drückte sich dennoch an ihn. Als er den Arm fester um sie legte und sie an sich presste, schob sie ihre Hände über seinen Rücken nach oben, bis der Rucksack sie aufhielt. Cosky fühlte sich so gut an, wie sich seine feuchte, glatte Haut über seinen festen Muskeln spannte.

Ohne zu zögern hob sie den Kopf und sah ihn unter ihren langen Wimpern an, während seine Lippen den ihren immer näher kamen und die Leidenschaft in seinen Augen noch heller aufloderte. Es erstaunte sie noch immer, wie gern er sie inzwischen küsste und wie offen er mit seiner Begierde umging.

Seine Lippen streiften die ihren und waren eher zärtlich als leidenschaftlich, eher sanft als fest, eher neckend als wild. Sie schloss die Augen und lächelte zufrieden an seinem Mund.

Doch dann hörten die wundervollen kleinen Liebkosungen auf, und sie öffnete die Augen und stellte fest, dass er sie alles andere als träge ansah. Sein Gesicht war vielmehr vor Lust angespannt, und seine Wangen waren gerötet.

»Ein Bad in dem eiskalten Wasser hört sich jetzt verdammt gut an«, sagte er gepresst und drückte die Hüften gegen sie, sodass sie seine harte Erektion spürte.

Bei diesem Beweis für sein Verlangen stieg Kait das Blut in die Wangen, aber sie entzog sich ihm nicht. Sie hatte von dem Augenblick an, in dem sie diese Wanderung vorgeschlagen hatte, gewusst, dass sie mehr als nur einen Nachmittag in seiner Gesellschaft vorschlug, sondern dass sie einander irgendwann nackt in den Armen liegen würden.

Ihre Vorfreude wuchs, als er ihre Hand nahm und sie vorsichtig nebeneinander den felsigen Abhang hinunter zum Teich gingen. Sie war jetzt seit einigen Tagen wieder bereit, ihn sowohl in ihrem Herzen als auch in ihrem Körper aufzunehmen, vielleicht sogar schon seit dem Tag, an dem sie aus Wolfs Hütte vertrieben worden waren.

Er empfand etwas für sie, das wurde von Tag zu Tag offensichtlicher.

Sie war sich nicht sicher, wie seine Gefühle für sie aussahen, und wusste nur, dass sie stark waren – so stark, dass ihm ihre Sicherheit wichtiger gewesen war als seine Karriere bei der Navy, als er sie daran gehindert hatte, Pachico zu heilen. Für einen Mann, der unbedingt zurück zu seinem Team wollte, bedeutete das eine Menge.

Außerdem waren da noch die vielen kleinen Hinweise. Die Art, wie besorgt er war, dass die Heilung seines Beins sie auslaugen könnte. Wie er sein Misstrauen Wolf gegenüber ihretwegen aufgegeben hatte, wie er sie immer ansah, wenn sie einen Raum betrat, und wie er sich immer neben sie an einen Tisch setzte oder den Arm um sie legte, wenn sie auf der Couch saßen.

Dass er sein Team bei der Planung ihrer nächsten Schritte alleingelassen hatte, damit er den Tag mit ihr verbringen konnte.

Aber vor allem war es das, was sie in seinen Augen sah, wenn er sie anschaute: Zärtlichkeit und Leidenschaft.

Oh ja, er empfand etwas für sie, und zwar etwas, das stark genug war, um darauf aufbauen zu können.

Eine Mischung aus Vorfreude und Nervosität ergriff sie, als sie die Decke auf dem dichten Gras ausbreiteten und den Rucksack ausräumten.

»Glaubst du, dass es Rawls wieder besser geht?«, wollte sie wissen, da sie unbedingt etwas sagen musste, während sie Sandwiches, Orangen, Bananenbrot und mehrere dicke, klebrige Schokoladenkekse auspackte.

Cosky runzelte die Stirn, und die Leidenschaft in seinen Augen wurde von Sorge getrübt. »Er ist noch immer verdammt nervös und redet nicht darüber.«

Kaits Bewegungen wurden langsamer, da sie das sehr belastete.

»Ich glaube … Ich glaube, er hat Halluzinationen.«

»Ja.« Cosky sah nicht überrascht aus. Vielmehr zeichnete sich die Sorge jetzt auch auf seinen Gesichtszügen ab.

»Was ist, wenn meine Heilung sein Gehirn geschädigt hat?« Sie zwang sich, die Frage auszusprechen, auch wenn sie ihr die Kehle zuschnürte.

»Hey.« Cosky zog sie in seine Arme und strich ihr mit den Handflächen über den Rücken. »Er ist nur dank dir noch am Leben. Ich weiß nicht, was mit ihm los ist, aber er ist noch am Leben. Er wird das schon überstehen. Er braucht bloß Zeit, und die hast du ihm verschafft.«

Seine Worte hätten ihr mehr Trost gespendet, wenn er den Anschein gemacht hätte, selbst daran zu glauben. Stattdessen zeichneten sich tiefe Sorgenfalten auf seiner Stirn ab.

Sie glaubte erst, sie würde es sich nur einbilden, als sich seine Hände auf einmal nicht mehr beruhigend, sondern liebkosend anfühlten, aber dann sah sie das hungrige Glitzern in seinen silbernen Augen. Er ließ ihrer Nervosität gar nicht erst Raum zum Entfalten, sondern küsste sie einfach und riss sie in einem Strudel der Gefühle mit.

Dieses Mal war sein Mund nicht sanft oder neckend. Er war verlangend und beharrlich. Seine festen Lippen schoben die ihren auseinander, und schon stieß seine Zunge in ihren Mund vor. Sie kam ihr entgegen und rieb sie mit ihrer Zunge, und augenblicklich toste ein Strom reiner Energie in ihr.

Ihr Brüste schwollen an. Ihre Kopfhaut kribbelte. Zwischen ihren Beinen begann es zu pochen.

»Himmel«, murmelte er stöhnend, zog ihr das T-Shirt über den Kopf und warf es beiseite. »Ich wollte ganz langsam vorgehen und dich dieses Mal so lieben, wie du es verdienst.« Er öffnete ihren BH und schob die Träger über ihre Arme, während sich seine Lust auf seinem Gesicht abzeichnete. »Aber wenn ich dich berühre, bin ich auf einmal wieder fünfzehn und verliere völlig die Kontrolle.«

»Langsam wird überbewertet«, konnte Kait gerade noch so herausbringen, bevor sich seine Lippen auf ihre rechte Brustwarze legten und er daran saugte.

Er ließ gerade lange genug von ihr ab, um sich das T-Shirt auszuziehen und Kait auf die Decke zu legen, wo er sich sofort wieder daran machte, ihre Brust zu liebkosen.

»Ich hätte nicht gedacht, dass du nach dem ersten Mal noch besser schmecken oder dich besser anfühlen könntest«, flüsterte er mit vor Erregung heiserer Stimme. »Aber da habe ich mich geirrt.«

Kait glaubte, in Flammen zu stehen. Sie war sich nicht sicher, ob das an seinem Geständnis oder dem Gefühl, seine Lippen auf ihrer Haut zu spüren, lag. Sie legte die Beine um seine Taille und rieb die begierige Stelle zwischen ihren Beinen an der Wölbung seines Penis.

Er stöhnte und richtete sich ruckartig auf, um ihr die Jeans und den Slip gleichzeitig auszuziehen. Danach entledigte er sich seiner Hose und drückte Kait auf die Decke, sodass ihr seine Schultern die Sicht auf die Sonne versperrten und sein heißer, harter Körper auf ihr lag. Wieder drückte er die Lippen auf ihre Brust und nahm ihre Brustwarze in den Mund. Während er fest daran saugte, schob er eine Hand ihren Oberschenkel hoch und zwischen ihre Beine. Sie erschauderte, als er ihre feuchten Schamlippen spreizte und mit einem Finger streichelte.

Sofort legte sie die Beine um seine Hüften und hob das Becken an, um ihn stillschweigend weiter zu ermutigen.

»Großer Gott.« Er war so heiser, dass sie ihn kaum noch verstehen konnte.

Sie konnte keinen klaren Gedanken mehr fassen, als er mit einem Finger in sie eindrang. Er stieß ihn ein- oder zweimal in sie hinein, und schon spannte sie die Muskeln an. Beim dritten Mal jagte ein Schauder durch ihren Körper, sie verspannte sich und stieß einen erstickten Schrei aus.

»Nein.« Seine Stimme klang erstickt, und er atmete schnell und schwer. »Noch nicht.«

Er nahm die Hand weg, schob ihre Knie mit den Beinen auseinander und legte sich zwischen ihre Oberschenkel, wobei er seinen erigierten Penis vor ihre Öffnung drückte und dort festhielt.

Kait wimmerte, und jede Faser ihres Seins sehnte sich danach, sein pralles, heißes Glied in sich zu spüren. Sie hob die Beine an, legte sie um seine Taille und presste ihr Becken gegen seins.

Aber er zog sich zurück – woraufhin sie leise protestierte –, nur um im nächsten Augenblick mit einem heftigen, harten Stoß ganz in sie einzudringen.

Als sie ihn endlich in sich spürte, schien jeder Nerv, jede Zelle und jeder Muskel zu vibrieren. Sie bog sich unter ihm, legte die Beine enger um seine Taille und kam jedem seiner Stöße entgegen.

Während er einen harten, getriebenen Rhythmus vorgab, zog sich ihr Körper fest um ihn zusammen und verharrte einen langen, qualvollen Moment so, bevor sie der Höhepunkt übermannte. Sie schrie auf, als die Lust sie in ihren Fängen hatte, und sie kam, indem sie sich immer wieder eng um ihn zusammenzog.

Als sie sein angespanntes Gesicht und seine roten Wangen über sich sah und er den Körper versteifte und durchstreckte, riss sie das mit zu einem weiteren Orgasmus. Sie spürte, wie sich ihre Scheide fest um sein hartes Glied zusammenzog, das sie wieder und wieder penetrierte.

Dann wurden seine Stöße schwächer, und er verlor den Rhythmus. Er bog den Körper fast schon schmerzhaft über ihr durch, während sich ihre Muskeln immer wieder um ihn herum zusammenzogen und sich wieder entspannten und ihn molken.

Mit einem heiseren Schrei spannte er die Halsmuskeln an, stieß noch einmal tief in sie hinein und erstarrte, als er sich in sie ergoss.

Ihr Herz war so übervoll, dass es schon beinahe wehtat. Sie legte die Arme um ihn und hielt ihn fest, während sein Höhepunkt sie beide zum Beben brachte.

* * *

Während Coskys Verstand von einem weißen Nebel eingehüllt zu sein schien, lockerten sich seine Muskeln langsam und er ließ sich auf Kait sinken, wo er sein verschwitztes Gesicht an ihren Hals presste. Die Nachwirkungen ihres Höhepunkts ließen sie immer noch beben, und ihr zartes Erzittern ließ seinen zuckenden Penis schon wieder hart werden.

Wow. Er wollte sie schon wieder. Obwohl er sich noch nicht einmal von der ersten Runde erholt hatte, begehrte er sie erneut. Sogar noch mehr als zuvor.

Er verspannte sich, als ein Schatten seine Gedanken streifte und ihm klar wurde, dass er nie genug von ihr bekommen würde. Jede Berührung, jeder Stoß, jede Sekunde mit ihr verschlimmerte seine Besessenheit von ihr nur noch weiter. Er stellte sich der Angst und dem Wissen, dass ihm ohne sie immer etwas fehlen würde, und ließ all das los.

Schließlich war die Alternative noch viel schlimmer und unvorstellbarer: sie nie wieder im Arm zu halten, nie wieder zu spüren, wie ihr Herz an seinem klopfte, nie mehr zu erleben, wie sie in seinen Armen kam oder er in ihren, sich den Rest seines Lebens fragen zu müssen, wer in ihrem Bett lag und an ihrem Leben teilnahm.

Dieser Kontrollverlust und dieses ständige Verlangen waren weitaus besser, als sie zu verlieren.

Auf einmal spürte er, dass sich der schlanke, seidige Körper unter ihm anspannte. Sie atmete schneller. Er hob den Kopf und sah ihr in die misstrauischen, fragenden Augen. Sein Herz zog sich zusammen, und er konnte fast schon sehen, wie sie sich wappnete und darauf wartete, dass er sich zurückzog.

Er nahm ihre Hand mit zitternden Fingern, drückte sie an seine Brust und presste sie auf die Stelle, wo sie seinen Herzschlag spüren konnte.

»Ich liebe dich.« Die Worte kamen nicht leicht über seine Lippen. Er drückte ihre Finger fester auf seine Brust und versuchte es noch mal. »Ich liebe dich.«

Dieses Mal ging es schon besser. Sie waren einfacher auszusprechen.

Sie sah ihm ernst in die Augen, und ihre Skepsis verschwand. »Bist du dir sicher?«

»Bis in alle Ewigkeit.« Das war ein Versprechen.

Er strich ihr eine goldene Haarsträhne aus dem Gesicht, und seine Brust zog sich so sehr zusammen, dass es beinahe wehtat. Sie hatte die Worte nicht erwidert.

Aber er konnte es ihr nicht verdenken, nachdem er sich nach ihrem ersten Mal wie ein Vollidiot benommen hatte. Er würde geduldig sein. Darauf warten, dass diese Erinnerung verblasste und sich Vertrauen aufbaute.

Seufzend rollte er sich von ihr herunter und zog sie mit sich, sodass sie auf ihm lag und er keine Angst haben musste, sie zu zerquetschen. Er löste ihren Zopf und strich mit den Fingern durch ihr Haar, bis die seidigen goldenen Strähnen über seine Schultern fielen und seine Brust streichelten.

»Ich habe jahrelang von dir und von dem hier geträumt«, gestand er ihr. »Dass ich deine Hände auf meiner Haut spüre, dein goldenes Haar mich umfließt, dein Körper sich unter meinem bewegt. Ich bin morgens mit einer steinharten Erektion aufgewacht, gegen die nicht mal ein Eisbeutel geholfen hat.«

»Du musst doch gewusst haben, dass ich mich zu dir hingezogen fühle«, sagte sie zögernd und runzelte ihre glatte Stirn.

Er strich mit den Fingern darüber und zwang sich, auf die Frage, die er in ihren Augen lesen konnte, zu antworten. Vertrauen begann mit Ehrlichkeit. Auch wenn er ihr das eigentlich gar nicht enthüllen wollte.

»Ja«, gab er leise zu und sah, wie sie bekümmert das Gesicht verzog. »Aber du hast mir eine Heidenangst eingejagt.« Er lächelte schief, als sie die Augen aufriss. »Ich hatte dich noch nicht einmal berührt, dich nicht geschmeckt, nicht einmal mit dir geredet, und war bereits besessen von dir und kurz davor, die Kontrolle zu verlieren.« Er hielt inne und streichelte ihre Wange, wobei sein Glied, das noch immer in ihr war, zuckte. »Ich konnte an nichts anderes mehr denken als daran, wie viel schlimmer es noch werden würde, wenn ich dich erst einmal gekostet hätte, und bin davor davongelaufen.«

Sie sah ihn mit aufgerissenen, ernsten Augen an. »Warum denn das?«

Ja, er war sich ziemlich sicher, dass sie seine Erklärung nicht heldenhaft finden würde. »Wegen meines Jobs. Der damit verbundenen Gefahren. Der Tatsache, dass ich irgendwann vielleicht nicht mehr nach Hause komme.«

Sie verdrehte die Augen und schnaubte. »Das ist ja eine tolle Entschuldigung. Deswegen bist du mir aus dem Weg gegangen?«

Das stimmte nicht ganz … Er hatte vermutet, dass er sie mied, weil sie bestimmte Gefühle in ihm weckte. Alles andere war eher eine Ausrede gewesen.

Sie sah ihn äußerst angespannt an. »Und jetzt ist das anders?«

Er schwieg einen Augenblick und schüttelte dann reumütig den Kopf. »Ich habe immer noch große Angst. Das, was ich für dich empfinde, ist nicht rational. Es ist nicht angenehm. Verdammt«, seine Stimme wurde vor Empörung tiefer, »es ist nicht normal.«

Sie fing an zu lachen, und ihre Augen strahlten. »Das war die wohl unromantischste Liebeserklärung aller Zeiten.«

Ihrem breiten Lächeln nach zu urteilen schien ihr das nichts auszumachen.

»Ich bin nicht sehr gut in diesem ganzen Herzen- und Blumenzeug«, versicherte er ihr. Sie sollte ruhig wissen, was sie erwartete – oder auch nicht, je nachdem, was sie wollte.

»Ich weiß nicht«, säuselte sie. Dann legte sie die Arme um seine Schultern und drückte sich fester auf seine Erektion. »Ich glaube, du hast die wichtigen Dinge schon ganz gut im Griff.«

Er stieß den Atem aus, als sie sich zurückzog und wieder auf ihn sinken ließ. Doch er riss sich zusammen und war entschlossen, ihr den zärtlichen, langsamen Sex zu schenken, den sie verdient hatte, indem er einen trägen Rhythmus vorgab. Doch mit jedem Stoß ließ die Zärtlichkeit nach, und schon bald brachte er sie beide mit heftigen, kraftvollen Stößen dem Höhepunkt näher.

Dieses Mal kamen sie gleichzeitig.

»Verdammt«, stieß er hervor, als er wieder atmen konnte, und ärgerte sich über sich selbst. Er hatte gerade mal fünf Sekunden durchgehalten, bevor er wieder wie ein Tier in sie hineingestoßen hatte. »Wenn wir uns das tausendste Mal geliebt haben, kann ich vielleicht etwas langsamer werden.«

Sie lachte und strahlte ihn mit rosigen Wangen und leuchtenden Augen an. Ihr goldenes Haar lag wie ein Heiligenschein um ihren Kopf. Sie war das Schönste, was er je gesehen hatte.

»Großer Gott«, flüsterte er mit einem dicken Kloß im Hals. »Ich liebe dich so sehr.«

Ihr Lächeln verblasste. Ernst hob sie eine Hand und legte sie an seine Wange. »Zu sehr gibt es gar nicht. Und ich liebe dich noch viel mehr.«

Es dauerte eine Sekunde, bis er ihre Worte begriffen hatte. Als er es endlich tat, erschlafften seine Muskeln vor Erleichterung.

Sie liebte ihn.

Gott sei Dank.

Er drückte den Mund auf ihren, saugte ihre Unterlippe zärtlich zwischen seine Zähne und knabberte daran.

Dieses Mal gelang es ihm, langsam und zärtlich zu sein und sie so zu lieben, wie sie es verdiente, bis sie in seinen Armen kam.

Eine Ewigkeit später, als die Synapsen in seinem Gehirn ihre Arbeit endlich wieder aufnahmen, legte er die Arme fester um sie und rollte sie beide herum. Sie streckte sich träge auf ihm aus und blieb dann seufzend auf ihm liegen – Herz an Herz, genau dort, wo sie hingehörte.

# Arapaho-Glossar:

*3ooxonouubeiht*: griesgrämig
*betee*: Herz
*bexookeesoo*: Pumajunges
*bixoo3etiit*: Liebe
*ciibehbiiwoohu*: weine nicht
*ciini'i3ecoot*: Trauer
*heebii3soo*: Mistkerl
*heneeceine3*: Löwe
*heneeceine3 betee*: Löwenherz
*hico'ooteehihi*: Süße
*hisoh'o*: großer Bruder
*hookecouhu' heeyei*: kleiner Falke
*hookecouhu hiteseiw*: kleine Schwester
*hookoubiixuut*: Überwurf (Mantel/Jacke)
*nebe'ib*: Blutsverwandter
*nebii'o'oo*: Schätzchen
*netee*: mein Herz
*netesei*: meine Schwester
*nii'ehihi'*: kleiner Vogel
*tei'yoonehe*: Baby, Kind
*tei'yoonoh'o*: Babys, Kinder
*wo'ouusoo*: Kätzchen

# Danksagung

Ich habe es vor allem drei Menschen zu verdanken, dass dieses Buch so gut geworden ist.

Alison Dasho, denn ohne ihre Augen und ihre guten Instinkte beim Lesen einer frühen Fassung dieses Manuskripts würde ich noch immer nach den richtigen Worten suchen. Du hast mich auf die richtige Bahn geführt, mir den Weg gewiesen und mir gezeigt, wo es langgehen sollte. Dafür werde ich dir immer dankbar sein. Ich hoffe, deine Autoren bei Thomas & Mercer wissen, was sie an dir haben!

Charlotte Herscher, die die unbearbeiteten Seiten dieses Manuskripts genommen, mit ihrer Erfahrung, ihren Instinkten und ihren hervorragenden Lektoratskünsten bearbeitet und mir dabei geholfen hat, zu glänzen.

JoVon Sotak, die im letzten Moment eingesprungen ist und das Buch übernommen hat, als es darauf ankam, um mir dann in weniger als einem Tag den richtigen Ansprechpartner zu besorgen. Du bist die Beste, und ich weiß schon jetzt, dass mir die zukünftige Zusammenarbeit mit dir viel Freude bereiten wird.

5648679R00295

Printed in Germany
by Amazon Distribution
GmbH, Leipzig